MANFRED BOMM

Grauzone

HIMMELFAHRT Traumhafte Frühlingstage im Tannheimer Tal. Doch es kommen nicht nur Wanderer in die faszinierende Bergwelt, sondern auch Menschen, die ein dunkles Geheimnis verbindet.

Als in einer Seilbahn ein Verbrechen geschieht und die Spuren ins schwäbische Göppingen führen, werden Kommissar August Häberle und sein Assistent Mike Linkohr mit einer Flugzeugkatastrophe konfrontiert, die sich 14 Jahre zuvor über dem Nordatlantik ereignet hat. Die Witwe eines der Opfer konnte nie vergessen, was ihr in den Tagen danach aufgefallen ist. Für sie stellt sich seither die Frage: War es ein unglaublicher Zufall – oder ein Zeichen des Himmels? Sie sucht Hilfe bei Gleichgesinnten, die sich in der Beschaulichkeit der Tannheimer Berge über die Rätsel der Schöpfung und die Prophezeiungen zum Weltuntergang unterhalten. Doch einiges deutet darauf hin, dass noch ganz andere Dinge eine Rolle spielen. Denn entlang der A7 geschehen mysteriöse Unfälle …

Manfred Bomm ist in Geislingen an der Steige geboren. In Ulm erlernte er den Beruf des Einzelhandelskaufmanns und schaffte als freier Mitarbeiter den Sprung in den Journalismus. Nach dem Volontariat war er lange Zeit Polizei- und Gerichtsreporter in Göppingen, ehe er zu seiner Heimatzeitung nach Geislingen zurückkehrte. 2004 erfüllte er sich mit dem Erscheinen seines ersten Kriminalromans »Himmelsfelsen« einen Jugendtraum. Außerdem schreibt er schwäbische Liedtexte für das Gesangstrio »Kaos plus Duo«.

Bisherige Veröffentlichungen im Gmeiner-Verlag:

Mundtot (2012)
Blutsauger (2011)
Kurzschluss (2010)
Glasklar (2009)
Notbremse (2008)
Schattennetz (2007)
Beweislast (2007)
Schusslinie (2006)
Mordloch (2005)
Trugschluss (2005)
Irrflug (2004)
Himmelsfelsen (2004)

MANFRED BOMM

Grauzone

Der 13. Fall für August Häberle

GMEINER *Original*

Personen und Handlung sind frei erfunden.
Ähnlichkeiten mit lebenden oder toten Personen
sind rein zufällig und nicht beabsichtigt.

Besuchen Sie uns im Internet:
www.gmeiner-verlag.de

Im Ehnried 5, 88605 Meßkirch
Telefon 07575/2095-0
info@gmeiner-verlag.de

1. Auflage 2013

Lektorat: Claudia Senghaas, Kirchardt
Herstellung: Julia Franze
Umschlaggestaltung: U.O.R.G. Lutz Eberle, Stuttgart
unter Verwendung des Fotos von: © suze / photocase.com
Druck: GGP Media GmbH, Pößneck
Printed in Germany
ISBN 978-3-8392-1385-8

Gewidmet allen, die bereit sind, an mehr zu glauben als an die Macht des Geldes und dem Streben nach immer mehr wirtschaftlichem Wachstum. Seien wir aber auch auf der Hut vor allen, die unser Vertrauen in die Geheimnisse und Wunder dieser Welt dazu missbrauchen wollen, uns auf Irrwege zu leiten und Ängste zu schüren, um daraus Kapital zu schlagen. Möge es uns gelingen, den Blick auf das Gute zu richten, damit wir nicht von denen geblendet werden, die den Glauben an das Wunderbare und Unwahrscheinliche verloren haben. Versuchen wir, sensibel zu sein, um die kleinen Signale, die uns geschenkt werden, richtig deuten zu können.

Denn seit die Menschen begonnen haben, ihren Blick von der Natur und der Schöpfung abzuwenden, um an Maschinen und Computer zu glauben, ist vieles verlorengegangen oder gar verächtlich gemacht worden, was unseren Vorfahren noch hilfreich war. Wir sollten nicht so arrogant sein und meinen, mit unserer Zivilisation das höchste Wissen erlangt zu haben. Vergessen wir nicht, dass die Menschen eines jeden Zeitalters über das, was für sie Vergangenheit war, mit Unverständnis, Verwunderung oder Bestürzung reagiert haben. Nicht das Jetzt und Heute ist das Maß aller Dinge, sondern das, was diesen Planeten nachhaltig schützt und den Menschen Frieden und Zufriedenheit beschert. Bei jeder Begegnung mit der Natur – sei es in den Bergen oder am Meer, in Höhlen oder im Weltall – sollten wir daran denken, dass dieses wunderbare Zusammenspiel aller Systeme kein Zufall sein kann.

1

»Einfach Unfug. Verzeihen Sie, wenn ich das so deutlich sage.« Professor Dr. Walter Siegler, Rektor der Hochschule für Wirtschaft und Umwelt, verstand es wie kein anderer, seine Zuhörer zu faszinieren. Wenn er über Weltuntergang und Aberglaube dozierte, verknüpfte er Wissenschaftliches mit Heiterem. Dann ging er mit erhobenem Zeigefinger vor dem Auditorium auf und ab und brillierte mit geschliffener Rhetorik, die in Verbindung mit seinem herben fränkischen Akzent charmant und sympathisch klang. »Nur weil die Mayas ihren Kalender nicht ins Unendliche fortgeführt haben, wird unser schöner Planet nicht mit Pauken und Trompeten untergehen«, fuhr er fort und sah in lächelnde Gesichter. Rund 50 Personen waren in dieses Kellergewölbe einer ehemaligen Weinhandlung gekommen, um sich in mystisch-gespenstischer Umgebung, zwei Etagen unter der Erdoberfläche, von dem ›Herrn Professor‹ den Weltuntergang erklären zu lassen, wie er realistischerweise durch einen Kometen- oder Asteroiden-Einschlag geschehen könnte, oder wie ihn die großen Religionen auf unterschiedliche Weise prophezeiten. »Natürlich wird eines Tages die Apokalypse über uns hereinbrechen«, wurde Siegler wieder ernst. »Dann nämlich, wenn sich in drei oder vier Milliarden Jahren, also ziemlich bald« – er hielt kurz inne und grinste – »unsere sterbende Sonne aufbläht und alles in ihrer Umgebung verbrennt.«

Das Lächeln wich aus den Gesichtern. Es war totenstill. Siegler sog die feucht-modrige Kellerluft ein und betrachtete für einen Moment den riesigen, leicht angerosteten mächtigen Leuchter, der mit einem Dutzend brennender Kerzen zur Gewölbedecke hochgezogen worden war. Die Zuhörer saßen in zwei voneinander getrennten, unterschiedlich abgestuften Räumen, die Siegler jedoch beide von seinem Standort aus überblicken konnte. Die Wände waren ziemlich rau verputzt und mit dem Staub von Jahrzehnten behaftet. Den linken Raum, der drei, vier Stufen tiefer lag, zierten an der Rückwand riesige Weinfässer; den rechten beherrschte ein gusseiserner Holzofen, der behagliche Wärme verbreitete. Außerdem gab es von hier aus weitere Gänge und Treppen, die in noch tiefere Bereiche führten. Neben Siegler, der sich an seinem Standort nur wenige Meter bewegen durfte, um nicht aus dem Sichtwinkel der Zuschauer zu geraten, gähnte das schwarze Loch, das an einen Brunnenschacht oder an ein Verlies erinnerte. Es war mit stabilem Eisengitter abgedeckt worden. Ein von Hand betriebener verrosteter Flaschenzug ließ auf die Bedeutung dieses Schachtes schließen: Hier wurden einst Fässer hochgehievt oder in die finstere Tiefe abgesenkt. »Stellen Sie sich vor, meine Damen und Herren, jedes Mal, wenn wieder ein Termin zum Weltuntergang ansteht, würde sich die ganze Menschheit darauf vorbereiten«, dozierte Siegler weiter und behielt mit seinen flinken Augen alle seine Zuschauer im Blick, obwohl sie im Halbdunkel flackernder Kerzen und indirekter Strahler saßen. Dort, in der letzten Stuhlreihe, hatte auch eine seiner Dozentinnen Platz genommen: Professorin Dr. Hildtraud Platterstein. Sie galt als kulturell engagiert und hatte ihn dazu überredet, an diesem ungewöhnlichen Ort über ein ungewöhnliches Thema zu reden.

Dass dieses uralte Kellergewölbe für kulturelle Veranstaltungen genutzt werden konnte, war den jungen Inhabern eines Blumengeschäfts zu verdanken, die das Gebäude gekauft hatten, um oben im Erdgeschoss ihr Geschäft einzurichten. Tief unten aber, hier im außergewöhnlichen Ambiente dieses Kellers, wollte das engagierte Paar den Kulturschaffenden ein Forum bieten.

Weil der Hochschul-Rektor weithin als begnadeter Redner bekannt war, hatten sie über die kulturell interessierte Professorin Kontakte zu ihm geknüpft. Zwar war Siegler von Haus aus ein Betriebswirtschaftler, doch seine philosophische Ader, vor allem aber seine scharfzüngigen Bemerkungen, machten ihn zu einem beliebten Unterhalter, der – leicht rundlich und kurz vor der Pension stehend – auch mal mit seiner Körpergröße kokettierte, die nur knapp 1,60 Meter betrug. Damit plauderte er sich in die Herzen der Zuhörer und spürte selbst, wie sie ihm an den Lippen hingen.

»Wenn wir alle glauben würden, dass am 21. Dezember 2012 die Welt unterginge – wie es die selbst ernannten Maya-Kenner uns weismachen wollen«, erhob Siegler plötzlich seine Stimme, »würde die Weltwirtschaft zusammenbrechen, noch ehe der Planet in Schutt und Asche versinkt. Denn was würde uns daran hindern, unser Vermögen noch schnell zu verprassen? Alles zu verjubeln – und uns einem Art Sodom und Gomorrha hinzugeben? Pech nur, wenn das mit dem Weltuntergang anschließend nicht klappt.« Er pausierte kurz. »Aber manche globale Finanzjongleure haben sich vermutlich schon darauf eingestellt.«

Er hob wieder den rechten Zeigefinger, als persifliere er einen ›gelehrten Professor‹, also sich selbst. »Ein Bekannter von mir schreibt gerade über den Unfug mit den Weltuntergängen ein Buch, das im Februar erscheinen soll. Ich hab ihm gesagt: Du bist ganz schön optimistisch. Dumm ist's nur, wenn die Mayas recht haben und im Dezember die Welt untergeht, dann ist alles für die Katz gewesen.« Ein gedämpftes Lachen erfüllte kurz die beiden Kellergewölbe. »Na ja«, sprach Siegler weiter, »auf diesen Einwand hin hat mein Bekannter gesagt, das sei ihm völlig egal. Er habe sich dann zwar mit seinem Text blamiert – aber dass er falsch gelegen sei, merke ja niemand mehr.«

Einige Zuhörer wagten jetzt, laut zu lachen. Richtigen Beifall gab's erst, als Siegler zum Ende kam und sich für das Interesse bedankte.

Es folgte die obligate Aufforderung, Fragen zu stellen, was bei Veranstaltungen dieser Art meist niemand tat, weil keiner den Anfang machen wollte. Siegler ließ noch ein paar Sekunden verstreichen, bis er merkte, dass eine Frau in der zweiten Reihe Blickkontakt zu ihm gesucht und zaghaft die Hand gehoben hatte. Er nickte ihr zu und erteilte ihr mit einem auffordernden Lächeln das Wort.

»Sie haben das sehr gut erklärt«, begann die Dame, die einen leichten Schweizer Akzent zu unterdrücken versuchte, »doch würde mich interessieren, ob Sie daran glauben, dass uns Menschen Signale aus anderen Bewusstseinsebenen gesandt werden.«

Siegler spürte, dass er jetzt keine saloppe Antwort geben durfte. Der Kleidung nach zu urteilen, war die Fragestellerin gut situiert. Er schätzte sie auf knapp 50.

»Diese Fragen«, begann er einfühlsam, »sind so alt wie die Menschheit. In nahezu allen Kulturen, vielleicht sogar in allen, ist von anderen Ebenen die Rede – um es mal ganz neutral und ohne religiöse Betrachtungsweise auszudrücken. Jenseitsglauben, Götter, Seelenwanderung, ewiges Leben. Dies findet sich in Variationen ziemlich überall. Vielfach auch die Einflussnahme auf andere Menschen – durch Gedanken, bösen Zauber. Denken Sie an Voodoo oder Schamanen oder an Telepathie. Es soll Heilungserfolge durch Handauflegen geben. Man muss dies kritisch-distanziert betrachten, sich aber davor hüten, es einfach als Hokuspokus abzutun. Auch Wissenschaftler sollten nicht nur an das glauben, was sie mit heutigen Mitteln erklären können. Vielleicht haben sie schon morgen andere Möglichkeiten, mit denen sich erklären lässt, was heute noch rätselhaft erscheint.«

Beifall. Siegler hatte offenbar gesagt, was viele seiner Zuschauer dachten.

»Sie …«, die Fragestellerin suchte offenbar Gewissheit, die sie nirgendwo finden würde, »Sie glauben also auch, es könnte so etwas wie einen Fingerzeig Gottes geben?«

»Der Volksmund sagt: Glauben heißt nicht wissen«, konterte der Professor vorsichtig, »unser Universum ist so komplex, dass wir uns nicht erdreisten dürfen, jemals alle Zusammenhänge begreifen zu wollen.« Siegler stockte. Eigentlich hasste er ausweichende Antworten, weshalb er eine Gegenfrage riskierte: »Hatten Sie denn schon mal Erlebnisse, die Ihnen Anlass geben, sich mit solchen Themen zu befassen?«

Die Dame zögerte kurz, schloss für einen Moment die Augen und nickte. »Ja, das hab ich.« Es klang sehr entschlossen.

Sie hatte den ganzen Abend über an diesen Septembertag denken müssen.

Dieser eine Tag im September hatte alles verändert. Ihre Gefühle, ihre Träume, ihre Wünsche – ihr komplettes Leben. Was ihr bis dahin unendlich wichtig erschienen war, hatte diese einzige, grausame Sekunde des Schicksals für immer vernichtet. Karin Waghäusl versuchte, den Gedanken an Glitzer und Glamour zu verdrängen, von dem sie einst in Zürich umgeben war – dort, wo sie sich im Dunstkreis der Reichen, Schönen und Mächtigen hatte sonnen können.

Doch inzwischen waren fast 14 Jahre vergangen. 14 Jahre – seit sie alles aufgegeben und alles zurückgelassen hatte. Und sie würde es auch nie wieder wollen. Sie spürte ein fahles

Schamgefühl in sich aufsteigen, wenn sie heute an den Luxus, vor allem aber an die Partys dachte, bei denen sie und ihr Mann in feinsten Kreisen des internationalen Geldadels verkehrt hatten.

Sie wollte die Erinnerungen an diese Zeiten gar nicht mehr aufkommen lassen. Ihr war bewusst geworden, dass es mehr auf der Welt gab, als nur das ewige Streben nach Einfluss und immer noch mehr Reichtum. Dieser eine Tag im September 1998 hatte ihr die Augen geöffnet, auch wenn sie seither unter einem Trauma litt, das sie zeitlebens nicht mehr loswerden würde. Sie war durch die Hölle gegangen.

Doch trotz aller Tragik mochte sie nicht glauben, dass dies alles zufällig geschehen war. Denn ohne jene Tage des Schreckens wäre es niemals zu diesen Begegnungen gekommen, aus denen sie unendlich viel Kraft schöpfte – auch vergangenen Samstag bei diesem Vortrag und erst recht jetzt, da sie wieder einmal auf dem Weg zu dieser Gemeinschaft der Gleichgesinnten war. Dorthin, wo der Himmel die Erde zu berühren schien. Nirgendwo sonst wurde ihr das Wunder der Schöpfung so bewusst wie dort oben. Auch wenn sich in den vergangenen Monaten einiges verändert hatte.

Nein, an einen Zufall wollte sie nicht glauben. Schon gar nicht, wenn sie an das Gebetbuch dachte.

Dieses kleine schwarze Buch. Formatfüllend auf einer linken Seite im Wochenendmagazin des Züricher ›Tages-Anzeigers‹ abgebildet. Es war zwar nur ein Inserat gewesen – aber wieso ausgerechnet an diesem Tag? Zwei Tage, nachdem die Zeit für sie stillgestanden war. Diese Abbildung hatte sich tief in ihre Seele gebrannt.

Dass dieses Gebetbuch es war, das ihr den Weg in ein neues Bewusstsein geebnet hat, galt ihr als Botschaft des Himmels. Als eine Botschaft, die ganz bestimmt nicht nur an sie gerichtet war. Sondern an die ganze Menschheit. Diese aber hatte es gar nicht zur Kenntnis genommen. Wie alles, was sich nicht mit der real-materiellen Welt vereinbaren ließ.

Dieser Tag vor 14 Jahren, der alles verändern sollte, hatte daheim bereits begonnen. Doch dort, wo das Entsetzliche geschah, zeigte die Armbanduhr des Mannes, der in Reihe 21 am Fenster saß, erst 21.10 Uhr. Es war noch die Ortszeit von New York, wo die McDonnell Douglas MD-11 vor knapp einer Stunde vom New Yorker John-F.-Kennedy-Airport in Richtung Genf abgehoben hatte. Mario Waghäusl rechnete sich aus, dass es daheim in Zürich bereits kurz nach drei Uhr war. Und während ihn jetzt, nach dem Abendessen, das monotone Dröhnen der drei Triebwerke dahindämmern ließ und der Airliner in rund 10 000 Metern Höhe durch die Nacht flog, wanderten die Gedanken zu seiner Frau, die er heute Nachmittag endlich wiedersehen würde. Dreieinhalb Wochen war er geschäftlich unterwegs gewesen, hatte im Auftrag Schweizer Banken anstrengende Gespräche mit Investment-Managern an der Wall Street geführt und sich mit einflussreichen Politikern in Washington getroffen. Einer von ihnen hatte sogar behauptet, ein enger Freund von Präsident Bill Clinton zu sein, der gerade tief in die Affäre um die Praktikantin Lewinsky verstrickt war. Zwischen Traum und Wirklichkeit produzierte Waghäusls Gehirn immer neue Bilder, die sich mit den Sehnsüchten nach seiner Frau und den Ereignissen der vergangenen Wochen vermischten. Dann schlief er ein. Und wieder bemächtigte sich seiner im Traum jenes finstre Geschehen, das viele Jahrzehnte zurücklag und das er nur vom Hörensagen her kannte. Aber seit er sich intensiv um die Aufklärung bemühte, hatte es sich tief in sein Unterbewusstsein gefressen. So tief, dass er ihm nicht mal im Schlaf entrinnen konnte. Ganz im Gegenteil. Wenn ihn die Wucht dieses Albtraumes traf, war er schweißgebadet. Etwas unfassbar Schreckliches lag über seiner Familie.

2

Im Cockpit hatten sich Flugkapitän Ernest Frohberger und sein Erster Offizier Henry Riedel auf den Transatlantik-Flug eingestellt, der sie wie immer bis nahe der Südspitze Islands heranführen würde. Was auf den Weltkarten wie ein Umweg erschien, war in Wirklichkeit die direkte Verbindung nach Mitteleuropa. Oft genug schon hatte der erfahrene Kapitän auch im Freundeskreis erklären müssen, dass sich eine Flugroute auf einer flachen Landkarte nicht als gerade Linie darstellen ließ. Die kürzeste Entfernung auf einer Kugel, wie sie die Erde nun mal ist, ergab, auf eine ebene Fläche projiziert, zwangsläufig eine Kurve.

Noch war die Swissair-Maschine mit der Flugnummer 111 entlang des nordamerikanischen Kontinents unterwegs, hinauf nach Kanada. Rechts der Atlantik, links die Landmasse. Jetzt, in der Dunkelheit, war von alledem nichts zu erkennen. Im Cockpit warfen die unzähligen Instrumente ein schummriges Licht. Kontrollleuchten glimmten, Displays leuchteten, Zeiger vibrierten sanft. Die Zeit, wie sie weltweit an Bord aller Flugzeuge gilt, wurde in GMT angezeigt, die Greenwich Mean Time. Es war demnach bereits 1:10 Uhr. Dem Wetterbericht zufolge gab es in dieser Spätsommernacht auf der Route nach Mitteleuropa keine Besonderheiten. Starker Westwind würde die Flugzeit voraussichtlich um eine Viertelstunde verkürzen. Ein Routineflug also, wie ihn die beiden erfahrenen Piloten schon viele Male gemeinsam absolviert hatten.

Während Kapitän Frohberger durch die linke Luke in den nachtschwarzen Himmel sah, wo vereinzelt Sterne glitzerten, ließ rechts neben ihm sein Kollege Riedel den Blick über die Instrumente streifen, um zufrieden festzustellen, dass alle Systeme einwandfrei und zuverlässig funktionierten. Noch.

Aber schon mit dem nächsten Atemzug verpasste ihm sein Körper einen gewaltigen Adrenalinstoß. Noch bevor er etwas sagen konnte, hatte es auch Frohberger bemerkt, der blitzschnell die wichtigsten Instrumente checkte und Blickkontakt zu Riedel suchte. »Riechst du das auch?«

Riedel, der gut zehn Jahre jünger war als der Flugkapitän, sog schnelle, kurze Atemzüge in sich auf und vollzog mit dem Kopf kreisende Bewegungen, um die Herkunft des Geruchs zu lokalisieren. »Die Klimaanlage?«, fragte Frohberger knapp. Seine sonore Stimme hatte plötzlich einen beunruhigten Klang.

»Ja«, bestätigte Riedel, der bereits gegen die aufkommende innere Unruhe ankämpfte, während sie die Cockpitbeleuchtung einschalteten. Oft genug hatten sie im Simulator alle möglichen Störfälle durchgespielt. Auch etwaigen Brandgeruch. Denn Feuer war eine der größten Gefahren an Bord eines Flugzeugs. Einen Triebwerkschaden konnte man nach menschlichem Ermessen noch in den Griff bekommen und eine geordnete Notlandung einleiten, aber die Ausbreitung eines Brandes war unberechenbar.

Die beiden Piloten wussten, dass sie sich strikt an den vorgeschriebenen Prozeduren orientieren mussten. Doch jetzt, da blitzschnelle Entscheidungen anstehen konnten, blieb keine Zeit, seitenlange Checklisten durchzugehen.

Nur eines war wichtig: Ruhe bewahren. So lautete das oberste Gebot, das jedem Flugschüler schon in den ersten Stunden des theoretischen Unterrichts eingebläut wurde. Innerhalb von Sekunden hatten sie jedenfalls festgestellt, dass alle Systeme weiterhin funktionierten und keines der Triebwerke eine Unregelmäßigkeit meldete. Das versprach zwar eine kurze Entwarnung, nicht aber die Lösung des Problems. Denn der Geruch blieb. Und wurde schlimmer.

Die Männer wussten, dass es jetzt auf jedes Detail ankam – auf jedes Kontrolllicht, auf die Anzeige eines jeden Instruments.

Mit knappen Worten hakten sie sämtliche infrage kommenden Ursachen ab. Kurz und prägnant, nach außen hin emotionslos. Rieder informierte sich bereits über einen möglichen Ausweichflughafen. Denn ohne es anzusprechen, war ihnen klar, dass eine Entscheidung über Leben und Tod anstehen würde.

Knapp drei Minuten waren seit dem ersten Auftreten des Geruchs vergangen, als sich im Schein der Cockpitlichter feiner Nebel ausbreitete. Rauch.

Es brannte. Irgendwo. Die Blicke der beiden Männer trafen sich.

Sie brauchten nicht auszusprechen, was sie dachten.

»Das sieht gar nicht gut aus«, sagte Frohberger mit fester Stimme und drückte entschlossen die Taste des Funkgeräts, das ihn mit dem zuständigen Luftfahrtkontrollzentrum im kanadischen Moncton verband. »Pan-pan-pan«, meldete er so ruhig wie möglich, obwohl diese drei Worte einen Funkruf mit hoher Priorität einleiteten und alle anderen auf dieser Frequenz zum sofortigen Schweigen verpflichtete. Die ›Swissair 111‹, sagte er, befinde sich in 31 000 Fuß und etwa 66 Seemeilen südwestlich des Airports von Halifax. Frohberger teilte dem Fluglotsen mit, dass es Rauchentwicklung im Cockpit gebe, und erbat eine Freigabe zur Landung auf dem nächstmöglichen Flughafen. Dass er jetzt nicht Halifax, sondern das 300 Seemeilen zurückliegende Boston in Massachusetts vorschlug, also ein deutlich weiter entferntes Ziel, würde später für Irritationen sorgen.

Der Fluglotse erteilte die Freigabe. Doch schon eine knappe Minute später schlug die sonore Männerstimme von der Flugverkehrskontrolle den viel näher gelegenen Flughafen Halifax vor, der sich nur noch 56 Seemeilen nordöstlich vom momentanen Kurs der Maschine befand. Frohberger akzeptierte und spürte ein bedrohliches Kratzen im Hals.

Er zog sich wortlos die Sauerstoffmaske übers Gesicht. Riedel tat es ihm nach. Jetzt wurde es ernst.

Der feine Rauch bildete bereits kleine Wölkchen und füllte das Cockpit bedrohlich aus. Seit sie ihn erstmals bemerkt hatten, waren nur wenige Minuten vergangen – und jetzt hatte sich der anfängliche Nebel bereits in wabernde Schwaden verwandelt.

Noch während sie schweigend und zunehmend unsicherer ihre Instrumente prüften und den Bordcomputer mit den Anflugdaten von Halifax fütterten, erhielten sie die Freigabe für den Sinkflug auf 10 000 Fuß. Die Stimme im Kopfhörer wollte die Anzahl der Passagiere und die Menge des Treibstoffs wissen. Für den Flughafen in dem provinziellen Halifax waren dies wichtige Informationen zur Vorbereitung einer Notlandung.

Kaum hatte Frohberger die Daten übermittelt, fuhr sein Copilot die Luftbremsen aus – jene Klappen, die das Tempo der Maschine verringerten und einen starken Sinkflug einleiteten.

3

Wie oft schon hatte ihr Gehirn sie mit diesen Bildern gequält? Gewiss mehr als zehntausend Mal in den vergangenen 14 Jahren. Diese Szenen waren tief in ihre Seele gebrannt, obwohl sie nichts davon selbst erlebt hatte. Es war nur die Fantasie, die ihr dieses schreckliche Ereignis vorspielte, als habe ein imaginärer Drehbuchschreiber daraus einen Horrorfilm gemacht. Doch Karin Waghäusl konnte sich nicht dagegen wehren. Sie waren einfach da, diese dramatischen Szenen. Mitten in der Nacht, beim Lesen eines Buches oder jetzt an diesem sonnigen Morgen auf der Autobahn. Wie ein Film, der sich niemals stoppen ließ, so lief das Schreckliche unablässig vor ihrem inneren Auge ab. Alle Versuche, es zu verdrängen, zu löschen oder zu vergessen, halfen nichts. Es brandete immer wieder auf, um sie stets mit noch größerer Gewalt wieder zu treffen. In solchen Momenten fühlte sie sich wie gelähmt und der Realität entrückt. Dann konnte sie sich auf nichts konzentrieren und keinen Gesprächen folgen. Sie mied menschliche Kontakte und hätte sich am liebsten tief in ein Erdloch eingegraben. Manchmal schien es ihr, als sei es mit dem Beginn der Wechseljahre noch viel schlimmer geworden. Ihre Stimmungsschwankungen waren seit ihrem 50. Geburtstag, den sie im Dezember gefeiert hatte, extrem heftig, und oftmals lagen nur wenige Stunden zwischen kurzen Glücksmomenten und abgrundtiefer Traurigkeit.

Obwohl sie diese regelmäßigen Treffen auf einer Berghütte sehr schätzte, wäre sie heute im Grunde ihres Herzens lieber daheimgeblieben. Es hatte sie sehr viel Überwindung gekostet, frühmorgens schon loszufahren. Doch dann hatte die Vernunft über die psychische Müdigkeit gesiegt, und sie war in ihren silberfarbenen Golf gestiegen. Sie fühlte sich auch gegenüber den anderen verpflichtet, von denen sich die meisten gewiss auf das Wiedersehen an diesen Tagen der Sommersonnwende in den Bergen freuten. Außerdem gab es einiges zu klären.

Seit sie sich dank des Internets gefunden hatten, waren sie eine verschworene Gemeinschaft geworden. Sie telefonierten oft, schrieben sich E-Mails und konnten ausgiebig über Gott und die Welt philosophieren – vor allem aber über Dinge reden, für die nicht alle Menschen empfänglich waren. Viel zu sehr hatte sich die heutige Gesellschaft aufs Materielle ausgerichtet, um noch die Geheimnisse des Lebens wahrzunehmen – geschweige denn zu akzeptieren, was man nicht sehen, anfassen und berechnen konnte. Was nicht ins physikalisch-chemische Weltbild passte, war schlichtweg nicht existent.

Und wer die Frage stellte, ob es Zufälle gab oder ob eine große Macht und Kraft den Lauf der Dinge vorherbestimmte, wurde als Querkopf oder Spinner abgetan. Karin Waghäusl allerdings mochte nicht mehr an Zufälle glauben. Wieder war es das Gebetbuch, das sie vor sich sah. Dass gerade das Rasthaus ›Allgäuer Tor‹ an ihr vorbei zog, nahm sie gar nicht zur Kenntnis. Wie so oft schon, ließen die monotonen Motorengeräusche Erinnerungen an Flüge wach werden – als sie noch gemeinsam um die Welt gejettet waren, sie und Mario. Hätte sie nur schon damals gewusst, was an seiner Seele nagte.

4

Damals, vor 14 Jahren, waren einige Passagiere bereits durch das veränderte Motorengeräusch verunsichert worden. Jetzt aber spürten sie zusätzlich, wie die Maschine rasch an Höhe verlor und eine Steilkurve flog. Eine erste Unruhe machte sich breit. Doch trotz angestrengter Blicke durch die Bullaugen entdeckten sie in der Schwärze der Nacht nichts Außergewöhnliches. Auch der Passagier, der in Reihe 21 auf Platz A saß, also in Flugrichtung links direkt am Fenster, war wieder wach geworden. Einen Grund zur Beunruhigung empfand er nicht. Dazu war er schon viel zu oft mit dem Flieger unterwegs gewesen, hatte heftige Turbulenzen erlebt und gelegentlich auch ungewöhnliche Flugmanöver. Doch dann kam die Durchsage, die für Entsetzen und Schrecken sorgte: Notlandung, Schwimmwesten anziehen. Panik. Schreie. Mario Waghäusls Herzschlag beschleunigte sich. Pulsrasen. Die beruhigende Stimme des Flugkapitäns im Lautsprecher ging in dem Gemisch aus Stimmen und Motorengeräuschen unter. Stewardessen eilten durch den Gang. Menschen sprangen auf, andere blieben wie gelähmt sitzen.

Vorn im Cockpit nahm die Besatzung Kontakt zur Bodenkontrolle in Moncton auf. Seit ihrem Notruf waren vier Minuten vergangen, und der Rauch, der sie einhüllte, wesentlich dichter geworden. Der Kurskreisel des Kompasses stand auf 50 Grad – in Richtung Halifax.

Flugkapitän Frohberger spürte Schweiß unter der Sauerstoffmaske. Sein Copilot hatte inzwischen Mühe, im dichten Rauch die Instrumente noch zu erkennen. Der Zeiger des Variometers, das die Sinkgeschwindigkeit angab, war ganz nach unten gerichtet.

Dann endlich wieder die Stimme der Flugverkehrskontrolle im Kopfhörer. Kurs ändern auf 30 Grad. Eine Linkskurve also. Und dann zur Landebahn 06 eindrehen. 06 stand für die Landerichtung – nordöstlich. Die Lotsen hatten einen Direktanflug anvisiert. Aber dazu war der Airliner noch viel zu hoch. 21 000 Fuß wären auf den restlichen 30 Seemeilen nicht abzubauen. Frohberger teilte dies mit und erhielt die Anweisung, sofort auf Nordkurs zu gehen, um dann während einer vollen Linksdrehung an Höhe zu verlieren und einen erneuten Landeanflug zu machen.

Chaos im Passagierraum. Kinder heulten, Frauen kreischten und ein Mann schrie: »Wir sterben.« Der rasche Höhenverlust und die Steilkurve, die plötzlich in die entgegengesetzte Richtung drehte, hatten Todesängste ausgelöst. Es war, als käme der Jet ins Trudeln.

»Bitte bleiben Sie ruhig«, versuchte eine Stewardess, über die Bordlautsprecher die Menschen zu besänftigen. Doch ihre Stimme klang schrill und verbreitete alles andere als Gelassenheit. Sie wiederholte das Gesagte auf Englisch. Niemand hörte zu. Die meisten Passagiere waren längst in Panik verfallen. Das Anziehen der Schwimmwesten verursachte ein heilloses Durcheinander, weil niemand so genau wusste, wo welches Band durchgezogen oder befestigt werden musste. Einige betätigten bereits die Automatik, mit der sich die Westen aufbliesen. Doch in Hektik und Panik nutzten auch die Angebote der Stewardessen nichts, die versucht hatten, der Reihe nach zu helfen. Nur einige wenige Passagiere waren ruhig sitzen geblieben, nachdem sie die gelben Westen übergestreift hatten. Es schien so, als würden sie sich dem Schicksal ergeben. Auch Mario Waghäusl blieb still. Obwohl er seit Kindheitstagen nicht mehr gebetet hatte, entsann er sich jetzt seines Schutzengels. Es fiel ihm sogar spontan ein Gebet ein.

Unten zogen die Lichter einiger kleiner Orte der kanadischen Provinz Nova Scotia vorbei. Sie würden jetzt über die St. Margaret's Bay kommen und von dort aus, weiter sinkend, erneut Halifax anfliegen.

5

Jedes Mal, wenn sich diese Bilder ihrer bemächtigten, hatte Karin Waghäusl das Gefühl, sie mit allen psychischen und physischen Schmerzen körperlich zu durchleben. Den raschen Sinkflug, die Steilkurven, die Ungewissheit. Während ihrer vielen Flugreisen hatte es einige Situationen gegeben, die ihr bis heute rätselhaft erschienen. Einmal waren sie um Mitternacht in Bombay kurz vor dem Aufsetzen durchgestartet und erst bei einem zweiten Anflug gelandet – ohne, dass sie jemals erfahren hatten, was geschehen war. Endlos lang erschien ihr rückblickend auch der Nachtflug nach Südafrika, als sie über dem Schwarzen Kontinent Stunde um Stunde von heftigen Turbulenzen geschüttelt worden waren. Sie hatte damals einen Fensterplatz an den Tragflächen gehabt und im Schein der Positionslichter gesehen, wie die Naturkräfte an dem Airliner zerrten und die Tragflächen nach oben und unten gerissen wurden – als würden sie jeden Moment wie ein Stück Holz zerbersten.

Mario war in solchen Fällen ihr Ruhepol gewesen. Alles ganz normal, hatte er ihr zugeflüstert. Die Konstruktion eines Flugzeugs sei auf solche Gewalten ausgerichtet und überstehe weitaus mehr als diese normalen Urkräfte der Natur. Ob er sich damals, in jener Septembernacht, genauso beruhigen konnte? Sie griff instinktiv zu dem goldenen Halskettchen, das er ihr vor dem Abflug geschenkt hatte, und das sie seither stets trug. Oft, wenn sie in tiefe Trauer verfiel, umklammerte sie den kleinen, filigran ausgearbeiteten Anhänger, der eine Posaune darstellte. »Sie soll dir immer schöne Melodien spielen – auch wenn du mal traurig bist und du glaubst, die Welt geht unter.« Die Worte klangen ihr immer noch nach. Seit 14 Jahren. Hatte Mario eine Vorahnung gehabt, als er damals, wie schon viele Male zuvor, in die USA flog? Er war ungewöhnlich sensibel, und manchmal erschien es ihr, als habe er einen siebten Sinn, der ihn Vergangenes und Zukünftiges erahnen ließ.

6

Mario Waghäusl versuchte, das Chaos um sich herum auszublenden. Mit der Sturheit eines knallharten Geschäftsmannes und dem Wissen, dass auch panisches Verhalten nichts verändern würde, saß er da und betete. Er, der noch bis vor wenigen Minuten über Geldgeschäfte und Finanztransaktionen nachgedacht hatte, klammerte sich plötzlich an eine große Macht, von der er nicht einmal so genau wusste, ob er an sie glauben sollte. Doch wenn es sie gab, dann konnte nur sie allein die Katastrophe noch verhindern. Falls sie nicht vorbestimmt war. Oder es nur ein grausamer Zufall war, dass er und die anderen 228 Menschen ausgerechnet mit dieser Maschine nach Genf hatten fliegen wollen. Vielleicht war für sie alle zu dieser Minute die Zeit abgelaufen. Es gab Zufälle. Auch grausame.

Nur Dirk hatte sich allem entziehen können. Dirk, dem in New York ein geschäftlicher Termin dazwischen gekommen war. Hatte ihn ein gnädiges Schicksal vor diesem Flug bewahrt? War auch dies Zufall gewesen?

Waghäusl wehrte sich gegen solche Gedanken. Er mochte sich auch nicht vorstellen, was sich vorn im Cockpit von Swissair 111 in diesem Augenblick abspielte. Flugkapitän Frohberger und sein Kollege entschieden, über der Meeresbucht abseits von Peggy Cave einen Großteil des Treibstoffes abzulassen. Mit vollen Tanks war der Airliner für eine Notlandung zu schwer – und außerdem wäre es auch viel zu riskant. Doch bevor sie die nötigen Einstellungen vornehmen konnten, verlangte die Flugverkehrskontrolle erneut die Zahl der Passagiere und die Treibstoffmenge. Frohberger schluckte und holte unter seiner Sauerstoffmaske tief Luft. Er wollte sich nicht anmerken lassen, wie sehr ihn die vergangenen Minuten mitgenommen hatten. »215 Passagiere und 14 Besatzungsmitglieder«, meldete er monoton und bemerkte nicht, dass seine Konzentration nachließ. Die 230 Tonnen, die er als Treibstoff-Menge nannte, waren das Gewicht des gesamten Flugzeugs.

Unter den Sauerstoffmasken der beiden Piloten sammelte sich Schweiß. Inzwischen quoll dicker dunkler Qualm aus den Lüftungsschlitzen.

Knapp 13 Minuten, nachdem sie den seltsamen Geruch erstmals bemerkt hatten, drehten sie auf Anweisung der Fluglotsen von Moncton auf Südkurs. Eine halbe Minute später signalisierte ein Warnton, dass sich der Autopilot abgeschaltet hatte, worauf Riedel, der Copilot, instinktiv zur manuellen Steuerung griff. Ihm war heiß. Sein Puls raste. Er spürte plötzlich Todesangst in sich aufsteigen. Auch seinem Kollegen schien die angelernte Ruhe verloren zu gehen.

Augenblicke später setzten sie gleichzeitig einen ›Emergency Call‹ ab – einen Notfall allerhöchster Priorität.

In der Kabine hatte sich die erste große Unruhe wieder etwas gelegt. Die meisten Passagiere saßen mit angezogener Schwimmweste kreidebleich auf ihren Plätzen. Paare hielten sich gegenseitig mit den Händen fest oder umarmten sich und sprachen sich Trost zu. Frauen und Männer schluchzten gleichermaßen. »Wir sollten alle beten«, rief ein älterer Herr von hinten. »Wir werden alle sterben.«

Mario Waghäusl auf Platz 21 A kämpfte inzwischen gegen heftige Magenkrämpfe. Sein Blutdruck war nach oben geschossen. Er schwitzte und zitterte am ganzen Körper. Nur nichts anmerken lassen, befahl er sich. Sein Nebenmann, ein jung-dynamischer Geschäftsmann mit viel Gel in den Haaren, hing mit entsetzt aufgerissenen Augen apathisch im Sitz.

»Das wird schon«, flüsterte ihm Waghäusl zu. »Notlandungen gibt es immer mal. Das kann vorkommen.« Seine Stimme verriet jedoch, dass ihn selbst die Panik ergriffen hatte. Ihm war die Überzeugungskraft der vergangenen Tage völlig abhandengekommen. So sehr er sich auch bemühte, gelassen zu bleiben – seine innere Stimme, sein Instinkt, sein sensibles Gespür für Glück und Unheil sagten ihm, dass sie keine Chance mehr hatten.

Und jetzt war es ihm so, als ziehe ein merkwürdiger Geruch durch die Maschine. Um ihn zuordnen zu können, sog er die Luft mit kurzen Atemzügen ein. Roch es tatsächlich nach Rauch? Die Gewissheit durchzuckte seinen ganzen Körper. Rauch. Das war Rauch. Oder doch nicht? Er atmete noch einmal langsam durch, konzentrierte sich auf seine Geruchsnerven, doch es gab keinen Zweifel mehr. Sein Puls raste.

Nichts anmerken lassen, befahl er sich. Gerüche gab es in einem Flieger oft. Selbst Kerosin hatte er unterwegs schon gerochen. Oder es zog der Duft aus der Bordküche durch die Reihen. Besonders bei extremen Flugmanövern wie diesen konnte das vorkommen. Aber jetzt, verdammt noch mal, jetzt in dieser Notlage würde sicher in der Bordküche nichts erwärmt. Noch während er lauschte, ob andere Passagiere den Geruch auch schon bemerkt hatten, wurden seine schlimmsten Befürchtungen auf dramatische Weise bestätigt: Das Licht fiel aus, und augenblicklich war auch die Videoprojektion auf den Leinwänden vor den Sitzreihen erloschen. Undurchdringliche Schwärze, stockfinstre Nacht. Wieder Panik. Ein vielhundertfacher Schrei übertönte das Dröhnen der Triebwerke. »Wir stürzen ab«, schrie eine Frau – und wiederholte dies mit schriller Stimme – so laut, so durchdringend, wie dies nur im Angesicht des nahen Todes möglich ist. Die ganze Kabine war jetzt von Panik ergriffen.

Der Passagier auf Platz 21 A klammerte sich mit schweißnassen Händen an das Polster des Sitzes. Er schloss die Augen und betete. »Es brennt«, rief jemand, »es brennt!« Alle hatten jetzt Brandgeruch bemerkt. War dies das Ende? Die Apokalypse eines jeden Einzelnen? Er hatte es geahnt, als kurz vor dem Abflug ein seltsames Gefühl über ihn gekommen war. Nein, er hatte keine Flugangst. Aber diesmal war beim Check-in alles anders gewesen. Hätte er mit jemandem darüber gesprochen, hätte er sich dem Gespött ausgesetzt. Wie konnte sich ein Finanzmanager von irgendwelchen zufälligen Zeichen beeindrucken lassen? Dass ihm beim Betrachten der Monitore, auf denen die Flüge der nächsten Stunden angezeigt wurden, immer wieder die Zahl 13 ins Auge stach – bei den Flugnummern, bei der Uhrzeit, bei den Gates. Immer 13. Außerdem war ihm bei der Zufahrt zum Flughafen ein Leichenwagen begegnet. Wann kam dies schon mal vor? Ein Leichenwagen in der Nähe eines Flughafens. Und heute früh im Hotel war ihm ein Glas auf den Boden gefallen und in tausend Teile zersprungen. Kein guter Tag heute.

7

Irgendjemand hatte am Rande der Autobahn offenbar etwas verbrannt. Karin Waghäusl hätte nicht zu sagen vermocht, ob der Geruch es war, der ihr die Schreckensbilder von jener Nacht wieder in Erinnerung rief, oder ob sie ihn nur wahrgenommen hatte, weil ihr Gemütszustand heute wieder ganz besonders unter dem Eindruck dieser traumatischen Ereignisse litt. Sie versuchte, sich auf die Straße zu konzentrieren. Der Verkehr rollte an diesem Freitagvormittag problemlos dahin, zumal auf der A7 üblicherweise weniger Lastzüge unterwegs waren als auf anderen Autobahnen. Jetzt, Mitte Juni und außerhalb aller Ferien, fuhren jedoch Rentner und Wochenendurlauber in Richtung Allgäu oder in das österreichische Tannheimer Tal, das durch einen vorgelagerten Höhenzug topografisch von Deutschland getrennt ist.

Das Wetter bot sich geradezu an, nach dem langen, strengen Winter und dem bisweilen sehr kühlen Mai den endlich erwachten Bergfrühling zu genießen. Karin Waghäusl musste daran denken wie sie vor vielen Jahren beschlossen hatten sich künftig stets am zweiten Wochenende nach Fronleichnam zu treffen. Kein anderer Termin würde so gut zu den Themen passen, über die sie sich gerne die Köpfe heiß redeten. Denn an diesem Wochenende wurde im Tannheimer Tal das Herz-Jesu-Fest gefeiert – mit Fackeln auf den Bergen und riesigen, weithin leuchtenden symbolträchtigen Darstellungen an den Steilhängen. Aus unzähligen kleinen Feuern formen sich dann Kreuze, Herze, Kelche oder betende Hände. Zwei Abende lang erinnern die Einheimischen auf diese Weise an die Franzosenkriege vor über 200 Jahren, als das Land Tirol von den mit Napoleon verbündeten Bayern beherrscht wurde. Damals weihten die Gläubigen ihre Heimat dem Herzen Jesu und entzündeten auf den Bergen Feuer als Zeichen des Widerstandes. Traditionell lodern diese Feuer seither am zweiten Wochenende nach Fronleichnam.

Am Samstagabend, das wusste Karin Waghäusl, flackerten diese Leuchtfeuer von den Bergkämmen beim Haldensee; am Sonntagabend setzte sich der stille Lichterzauber über Tannheim, Zöblen und Schattwald fort, wo die Symbole immer größer und vielfältiger werden.

Karin Waghäusls Gedanken schweiften ab. Gedenk- und Feiertage – welche Bedeutung hatten sie denn überhaupt noch? Tatsächlich waren doch Himmelfahrt und Fronleichnam, die gerade erst ein paar Wochen zurücklagen, nur noch ›Pfeiler‹ für ›Brückentage‹. Denn wer von denen, die sich zum Beispiel mit Himmelfahrt vier freie Tage gönnten, hatte schon eine Ahnung, was es mit diesem Feiertag auf sich hat, dachte sie. Manche mochten wahrscheinlich meinen, Himmelfahrt sei der Tag der Fliegerei – vielleicht zum Gedenken an die Flugpioniere oder die erste Mondlandung von 1969. Eigentlich verwunderlich, dass die Fluglinien an diesem Tag keine Schnäppchenflüge anboten.

Wer nutzte eigentlich diese geschenkte freie Zeit für das, wozu sie eigentlich gedacht war? Zum Besuch eines Gottesdienstes und zum Gedenken an Jesus, dessen vergeistigter Körper nach der Auferstehung auf wundersame Weise die materielle Welt verlassen haben soll? Karin war tief davon überzeugt, dass die heutige Gesellschaft weit davon entfernt war, solche christlichen Werte zu achten und ihre Traditionen zu pflegen. Schon oft hatte sie im Kreis ihrer gleichgesinnten Freunde darüber philosophiert, weshalb es die Menschen in den hiesigen Breitengraden nicht mehr wagten, sich öffentlich dazu zu bekennen. Lag es daran, dass die Meinungsmacher in den Medien gleich alles als Hokuspokus abtaten, was nur annähernd etwas mit Glauben zu tun hatte?

Für viele Männer jedenfalls war der Himmelfahrtstag nichts anderes als der Vatertag, der nahezu ungehemmte Ausgelassenheit versprach. Vor allem aber alkoholische Trinkgelage.

Himmelfahrt. Allein dieses Wort hinterließ bei Karin einen schalen Geschmack. Viel zu sehr erinnerte es sie ans Fliegen. Für Mario war es gewiss kein Flug ins Licht gewesen, sondern in die Ewigkeit.

8

Weil auch die Bordsprechanlagen nicht mehr funktionierten, hatte sich eine Stewardess in der Finsternis durch die chaotischen Verhältnisse zum Cockpit vorgedrängt und den Stromausfall gemeldet. Beim Öffnen der Tür war ihr beißender Qualm entgegen geschlagen, der sich sogleich nach weiter hinten ausbreitete und für neue Entsetzensschreie sorgte.

Die Piloten registrierten nur beiläufig das, was die panische Flugbegleiterin gestammelt hatte, und forderten sie mit einer schnellen Handbewegung auf, die Tür wieder von außen zu schließen. Kapitän Frohberger meldete den Lotsen, dass die SR 111 über der Bucht den Treibstoff ablassen werde, um nach der erfolgten Volldrehung sofort den Landeanflug zur Bahn 06 fortzusetzen. Doch in diesen Sekunden der allerletzten Entscheidung schien es so, als habe sich das Feuer – wo immer es sein mochte – zu den wichtigsten Systemen der Maschine durchgefressen.

Innerhalb weniger Sekunden fiel der Gierdämpfer aus – jene Automatik, die das Drehen um die Hochachse verhindert. Die Maschine begann zu schlingern, worauf die Piloten einen neuerlichen Notfall meldeten. In den folgenden acht Sekunden fielen nacheinander alle wichtigsten Instrumente aus. Unterdessen gab die Flugsicherung die Erlaubnis zum Ablassen des Treibstoffes.

Aber SR 111 bestätigte diesen Funkspruch nicht mehr. Aus den Kopfhörern im Tower waren nur noch unverständliche Gesprächsfetzen zu vernehmen. Vermutlich Schweizerdeutsch.

Seit dem Start auf dem John-F.-Kennedy-Airport waren exakt eine Stunde, sieben Minuten und 46 Sekunden vergangen.

In Mitteleuropa zeigten die Uhren 2:25 Uhr.

Und Karin Waghäusl hatte geschlafen. Weshalb sie gerade jetzt aufwachte, führte sie auf die Unruhe zurück, die sie jedes Mal beschlich, wenn ihr Mann nach so langer Zeit wieder zurückkam. Es war die pure Vorfreude.

Ganz gewiss nichts anderes, redete sie sich ein.

9

Sie zitterte. Die Tacho-Nadel hatte sich auf 80 eingependelt. Karin Waghäusl war immer langsamer geworden, obwohl ihr die nahezu leere Autobahn freie Fahrt ermöglicht hätte. Aber wenn sie an diesen Tag im September denken musste, formte sich der Bericht über die Absturzursache, den sie viel später erhalten hatte, zu einem Film. Obwohl offenbar geklärt werden konnte, was den Brand ausgelöst hatte, nämlich ein Kabel für die Unterhaltungselektronik an Bord, empfand sie dies niemals als Trost für den Verlust des Ehemannes. Mit einem Schlag war alles Geschichte und Vergangenheit gewesen, was sie in all den Jahren gemeinsam erlebt hatten. Warum waren sie auf diese entsetzliche Weise getrennt worden? Aber diese Frage stellten sich vermutlich tagtäglich Tausende Menschen, denen ebenfalls ein enger Angehöriger genommen wurde. Sie war damit nicht allein. Dies hatte sie in den folgenden Jahren dankbar spüren dürfen, als sich ein Freundeskreis zusammenfand, der sich regelmäßig traf – am liebsten in einer Berghütte hoch über dem Tannheimer Tal. Und immer an diesem Wochenende.

Sie musste sich auf die Straße konzentrieren. Denn ihr Gedächtnis rief ihr auch den Tag danach in Erinnerung. Als das stundenlange Hoffen und Bangen, die endlose Ungewissheit, zur Endgültigkeit wurde: Niemand hatte den Absturz in die St. Margaret's Bay überlebt. Mario würde nie wieder kommen.

Vielleicht hatte er noch die Schwimmweste anlegen können und treibt irgendwo lebend auf dem Wasser, war damals ihre letzte Hoffnung gewesen. Bestimmt rief er bald an. Oder man würde ihr von irgendeiner kanadischen Klinik mitteilen, dass er überlebt habe.

Doch mit jeder Stunde schwanden auch die allerletzten Hoffnungen.

Sie konnte an jenem Tag auch die Nachrichten nicht mehr hören. Im Radio und im Fernsehen gab es nur dieses eine Thema – die Flugzeugkatastrophe der Swissair.

Nur in den Morgenzeitungen war das nächtliche Unglück noch kein Thema gewesen.

10

Es wurde gewiss ein traumhafter Frühlingstag in den Bergen. Tau glitzerte auf den Wiesen des Tannheimer Tals, das sich geradezu bilderbuchmäßig in das Voralpengebiet schmiegte. Hier am Nordrand der Alpen, wohin die majestätischen Gipfel des Gebirges ihre Vorposten entsandt hatten, konnte der Besucher zu allen Jahreszeiten noch die weitgehend unberührte Natur genießen – vor allem aber eine Landschaft, die der Tourismus nicht mit seinen hässlichen Beton-Bettenburgen verhunzt hatte. Die bäuerliche Vergangenheit schien noch allgegenwärtig zu sein, wenngleich sicher viele Menschen vom Fremdenverkehr lebten. Im Winter waren's die Skifahrer, die zuhauf in das Tal einfielen. Doch auch ihnen waren enge Grenzen gesetzt. Nicht in jeden bewaldeten Berghang hatte man ihnen zuliebe eine Schneise geschlagen, und nicht überall glitzerten Seilbahndrähte in der Sonne.

Im Sommerhalbjahr war dieses Tal, hinter dessen südlicher Bergkulisse der Lech Richtung Reutte floss, ein Eldorado der Wanderer, die hier alles vorfanden, was ihr Herz begehrte – von den einfachsten Spazierwegen bis zu alpinen Pfaden. Jeder einzelne Berg hatte seinen eigenen Charakter: der Aggenstein, der Einstein, die Krinnenspitze oder das Neunerköpfle. Das Örtchen Tannheim schien inmitten einer Berg-Arena zu liegen – umgeben von diesen Steilhängen, die bis zu 2000 Metern in die Höhe ragten, von Wald und Almwiesen und schroffen Felswänden umsäumt. Dies alles spiegelte sich in der Wasserfläche des Haldensees, der das Tal zwischen dem Ort Haldensee und Nesselwängle nahezu auf die gesamte Breite ausfüllte.

Der Mann, der nicht weit davon entfernt mit dem Fahrrad unterwegs war, hatte eiskalte Hände. Er war in dieser Tal-Aue über mehrere asphaltierte und geschotterte Wirtschaftswege gerollt und steuerte nun den Ortsrand von Tannheim an, das jetzt, kurz vor halb neun an diesem Freitagvormittag, längst zum Leben erwacht war. Die Feriengäste in den Hotels und Pensionen, aber auch von den Campingplätzen abseits von Tannheim, Grän und Haldensee bevölkerten bereits den Ort. Die Tagesausflügler kamen meist erst später.

Noch standen auf dem großen Parkplatz bei der Talstation der Seilbahn zum Neunerköpfle nur einige wenige Autos. Der einsame Radler, der Wanderkleidung und einen Rucksack trug, bog in die Straße ein, die dicht an Tannheim vorbeiführte. Die Kirchturmuhr zeigte 8.20 Uhr und die Sonne war schon hoch über die Berge gestiegen. Er würde noch rechtzeitig da sein.

11

Die ganze Gebirgskette, wie sie sich von Norden her bot, lag prächtig vor ihr. Karin Waghäusl versuchte, die finsteren Gedanken abzustreifen. Dieser Anblick, der sich ihr schon lange vor Kempten auf dieses atemberaubende Berg-Panorama bot, berührte ihre Seele. Ein kurzes Glücksgefühl durchströmte ihren Körper – so wohltuend und tief, dass sie für einen Moment sogar mit den Tränen kämpfte. Sie wollte diesen Augenblick der kleinen Lebensfreude festhalten und nie wieder verlieren. Immer, wenn sie von den Schönheiten und Wundern der Natur überwältigt wurde, verspürte sie eine innere Dankbarkeit dafür, dies alles genießen zu dürfen und selbst Teil dieser Schöpfung zu sein. Jede Sekunde wollte sie deshalb tief in sich aufsaugen wie ein Geschenk. Für Mario war das vorbei. Für ihn hatte die Zeit aufgehört zu existieren. Sie war stehen geblieben. Denn wo es keinen Raum mehr gab, gab es auch keine Zeit. Beides hing voneinander ab, hatte Einstein gesagt.

Und doch, davon war Karin überzeugt, war dies kein Ende gewesen, sondern der Übergang in eine andere Dimension, in einen anderen Raum – dorthin, wo sich alle Geheimnisse der Schöpfung offenbarten. In den nächsten Tagen würden sie darüber wieder stundenlang diskutieren, über selbst Erlebtes berichten und eigene Theorien entwickeln. Und sie würde wieder jenes Gebetbuch erwähnen, das ihr, die sie bis dahin dem christlichen Glauben eher ferngestanden war, in den Tagen nach der Flugzeugkatastrophe so unfassbar erschienen war. Genauso wie das, was sie in den Unterlagen Marios gefunden hatte. Aber das brauchten die anderen nicht zu wissen.

Sie hatte damals unter dem Eindruck des schrecklichen Geschehens gar nicht alles, was auf sie hereingestürzt war, verarbeiten können. Noch am Wochenende war sie gemeinsam mit Larissa, ihrer inzwischen in Österreich verheirateten Tochter, sowie mit Marios Schwester und den Angehörigen anderer Opfer nach Halifax geflogen worden, um unter psychologischer Betreuung von den geborgenen und inzwischen identifizierten Toten Abschied nehmen zu können. Wie in Trance, so erschien es ihr heute, hatten sie Gottesdienste und die Gespräche mit den Chefs der Rettungskräfte und den bestürzten Repräsentanten der Fluggesellschaft über sich ergehen lassen. Rückblickend war es ihr, als sei sie Statist in einem Horrorfilm gewesen. Sie war noch immer dankbar, dass Larissa sie auf dieser schmerzhaften Reise begleitet hatte. Auch Marios Schwester hatte sich rührend um sie gekümmert.

Doch da waren auch Wut und Trauer, die sich in diesen Tagen vermischt hatten. Selbst jetzt, mit dem Abstand dieser vielen Jahre, verspürte sie noch immer Zorn, obwohl es keinen Verantwortlichen für den Absturz gab. Dass ein terroristischer Anschlag als ausgeschlossen galt, mochte zwar den Flugsicherheitsbehörden ein gewisser Trost sein. Aber warum hatten die Flugzeugkonstrukteure derart versagt, dass offenbar eine simple Zuleitung für die Videounterhaltung an Bord zu einem Schwelbrand mit verheerenden Auswirkungen führen konnte?

Als Karin Waghäusl nach vier Tagen, gezeichnet von tiefstem Leid, wieder daheim in der leeren und kalten Wohnung angekommen war, wo jedes Bild und jedes Buch sie an Mario erinnerte, hatte sie in den zurückliegenden Ausgaben des Züricher ›Tages-Anzeigers‹ geblättert, ohne die vielen Berichte über die Tragödie zu lesen. Nur oberflächlich nahm sie zur Kenntnis, dass bereits darüber spekuliert wurde, weshalb die Maschine nach dem ersten Notruf noch so viele Umwege geflogen war, und weshalb der Kapitän nicht sofort das nahe Halifax als Notlandeort genannt und stattdessen das weit entfernte Boston hatte ansteuern wollen.

Mochte die Technik noch so perfekt sein, es gab bei allem, was der Mensch erfunden hatte, einen gewichtigen Unsicherheitsfaktor: den Menschen selbst. Karin sah in diesem Moment die Bilder aus jüngster Vergangenheit vor sich, als im Januar an Italiens Westküste ein supermodernes Kreuzfahrtschiff auf Grund gelaufen war. An einem Freitag, dem 13. Gerade erst hatte sie gelesen, dass bei der Taufe des Schiffs die obligate Sektflasche nicht zerschellt war, was als ein Zeichen des Unglücks gilt.

Doch es deutete ja alles darauf hin, dass der Kapitän die Katastrophe durch bodenlosen Leichtsinn verursacht hatte.

Hundert Jahre nach dem Untergang der Titanic, dem damals größten Schiff aller Zeiten. Auch eine Botschaft des Himmels? Und noch eine Merkwürdigkeit: Zu den Überlebenden der jüngsten Katastrophe im Mittelmeer gehörten zwei Italienerinnen, deren Großonkel beim Untergang der Titanic ums Leben gekommen war. Eine einzige Familie wird innerhalb von hundert Jahren gleich zweimal in eine Schiffskatastrophe verwickelt. Gab es sie also – solche Zeichen, von denen Mario immer gesprochen hatte, wenn sie sich allein über Gott und die Welt unterhielten?

Damals, als sie nach ihrer Rückkehr von Halifax in den Zeitungen der vergangenen Tage geblättert hatte, kamen ihr diese Gespräche in Erinnerung.

Weshalb hatte sie sich beim Durchblättern überhaupt für die illustrierte Wochenbeilage interessiert, die aus der zusammengefalteten Samstagsausgabe des ›Tages-Anzeigers‹ gefallen war? Noch heute erschien ihr dies rätselhaft.

Während sie das halbformatige Magazin flüchtig aufschlug, stach ihr auf einer der linken Seiten etwas ins Auge, das sie förmlich elektrisierte. Formatfüllend und unübersehbar: Ein schwarzes Gebetbuch, das eine große Reisebüro-Gesellschaft als Werbegag missbraucht hatte. Der Text, der auf einem knallroten Lesezeichen in weißen Lettern prangte, sollte die Sicherheit der beworbenen Airlines hervorheben. »Empfohlene Reise-Lektüre für alle, die noch billiger fliegen wollen.«

Wie gebannt hatte sie auf dieses Inserat gestarrt und den Text immer wieder gelesen. Erst als sie die Wochenendbeilage ›Magazin‹ wieder in die zusammengefaltete Zeitung schob, entdeckte sie dort auf Seite 1 des ›Tages-Anzeigers‹ einen Hinweis, mit dem sich die Redaktion für das makabre Zusammentreffen von Absturz und Anzeige entschuldigte:

»Angesichts des schweren Flugzeugunglücks der Swissair vom Donnerstag hat ein Reiseinserat im heute beiliegenden ›Magazin‹ eine Aktualität erlangt, die in keiner Weise beabsichtigt war. Das Inserat ließ sich nicht mehr zurückziehen, weil das ›Magazin‹ zum Zeitpunkt des Absturzes bereits gedruckt war.« Weiter hieß es, Verlag, Reisebüro und die zuständige Werbeagentur entschuldigten sich »für den tragischen Zufall und damit verbundene verletzte Gefühle in aller Form.«

Du sollst den Herrn, deinen Gott nicht versuchen – so oder so ähnlich hatte sie in Erinnerung, was sie einmal im Religionsunterricht gelernt hatte. Und noch immer quälte sie ein Gedanke, der sie seit dem ersten Moment, als sie dieses Inserat gelesen hatte, nicht mehr losließ: War Mario das Opfer einer Vergeltung dieser großen universellen Kraft geworden, die sich nicht so einfach herausfordern ließ, wie dies die Werbestrategen mit diesem Inserat beabsichtigt hatten?

Natürlich hatte Karin es nie gewagt, mit jemandem aus ihrem damaligen Freundes- und Bekanntenkreis darüber zu reden. Es wäre nicht schick gewesen, sich in dieser angeblich gehobenen Gesellschaft mit Themen auseinanderzusetzen, die weit jenseits dessen lagen, was man mit Geld erkaufen konnte. Vermutlich hätte man sie ausgelacht, bestenfalls noch vornehm als Esoterikerin abgetan, aber insgeheim als okkulte Spinnerin bezeichnet, die ohne die Kontakte ihres verstorbenen Mannes ohnehin nicht mehr gesellschaftsfähig erschien. Schon nach wenigen Wochen war ihr deutlich geworden, dass die angeblichen Freundschaften nur Zweckverbände waren, die lediglich ein einziges Ziel verfolgten: Dezente Vermehrung des privaten Vermögens durch ebenso dezente gegenseitige Vernetzung. Bisweilen gerieten auf diese

Weise auch Entscheidungsträger aus Wirtschaft und Politik in den Genuss von Zuwendungen, die diese zu würdigen wussten – vor allem aber auch in Form von Gefälligkeiten zu honorieren verstanden.

Karin spürte, wie sie ohne Mario zunehmend unwichtig wurde. Wäre sie noch 20 Jahre jünger gewesen, hätte sie gewiss nicht das Gefühl beschlichen, von den gut situierten Herren des Geldadels unbeachtet zu bleiben. So aber fühlte sie sich bei jeder dieser Partys, zu denen sie gelegentlich noch eingeladen wurde, als eine überflüssige, wohl eher geduldete Person, mit der man aus Pflichtgefühl ein paar Worte wechselte. Hingegen waren die jungen Frauen, die mit ihren geschniegelten und angeblich so erfolgreichen Typen in Erscheinung traten und meist viel Haut zur Schau trugen, begehrte Gesprächspartnerinnen. Nur Dirk Jensen, ein Kollege Marios aus früheren Zeiten, hatte den Kontakt noch gehalten und ihr sogar neue Perspektiven eröffnet. Sie war ihm dafür unendlich dankbar gewesen. Damals. Inzwischen gab es einen schalen Beigeschmack. Immer häufiger musste sie daran denken, weshalb er damals den Abflug in New York verpasst hatte.

Irgendwann – Karin wusste nicht mehr so genau, wann dies geschehen war – hatte sie sich vollständig zurückgezogen. Zugegeben, ihr war es schwergefallen, das soziale Umfeld zu verlassen, dem finanziell sicheren Terrain der Schweiz den Rücken zu kehren und wieder zu den Wurzeln ihrer Familie nach Süddeutschland zurückzukehren. Aber ohne Mario fühlte sie sich im Großraum Zürich als Fremde. Viel zu lang hatten sie sich in diesen Schicki-Micki-Kreisen bewegt, aus denen sich kaum einer als echter Freund entpuppte, der ihr in den schweren Wochen nach dem Unglück zur Seite gestanden wäre. Seit auch ihr einziges Kind, ihre Tochter Larissa, nach Österreich gezogen war, wo sie mit ihrem österreichischen Ehemann ein Hotel führte, war alles noch schlimmer geworden. Sie war aus dem vermeintlich sicheren kapitalistischen Netzwerk gefallen und hatte sich nirgendwo mehr zurechtgefunden. Erst als sie vor sechs Jahren, 2006, dieses kleine Häuschen in der Beschaulichkeit der Schwäbischen Alb hatte kaufen können, war sie von den Schatten der Vergangenheit wieder auf die Sonnenseite des Lebens geraten. Zumindest empfand sie dies so – verbunden mit einer unendlichen Dankbarkeit für einige dieser Menschen, die sie an einem Wochenende wie diesem treffen würde.

Ihre Schwägerin hatte es nach dem plötzlichen Krebstod ihres Mannes beruflich auch wieder nach Süddeutschland verschlagen. Beide genossen sie die Nähe. Ohnehin waren die Kontakte nach der gemeinsamen traurigen Reise an den Absturzort sehr intensiv geworden. Inzwischen verband sie sogar ein gemeinsames Geheimnis.

Tief in die Erinnerung an die vergangenen 14 Jahre versunken, hätte Karin beinahe die Autobahn-Ausfahrt Oy verpasst. Sie trat erschrocken auf die Bremse, als die weiß-blauen Baken die Abbiegespur ankündigten. Wie die Kilometer seit dem Autobahndreieck Allgäu an ihr vorbeigezogen waren, hätte sie nicht mehr sagen können. Nichts davon war bis in ihr Bewusstsein gedrungen. Nicht die sanft ansteigende Autobahn, nicht die nahenden und noch im Schatten liegenden Steilhänge und auch die lang gezogene Rottachtalbrücke nicht.

Karin sah auf die digitale Uhr im Armaturenbrett. Es war kurz vor neun Uhr.

12

Auch Aleen Dobler-Maifeld hatte auf die Uhr gesehen. Sie war mit ihrem metallic-roten VW-Passat später als geplant losgekommen. Gerade erst hatte sie den B10-Tunnel bei Ulm passiert und sah links im Gegenlicht der höher steigenden Sonne das majestätisch aufragende Münster. Sie musste sich auf den Straßenverlauf und den stockenden Verkehr konzentrieren, denn es gab eine Verengung – wegen einer innerstädtischen Brückensanierung.

Der gestrige Donnerstag lag ihr noch bleiern in den Knochen. Bis in den späten Abend hinein hatte die Strategiekonferenz gedauert, während der die Weichen für die Zukunft dieses globalen Großunternehmens gestellt werden sollten. Wieder einmal war deutlich geworden, dass die Ansichten zwischen den Kapitaleignern und dem Vorstandsgremium weit auseinanderdrifteten. Aleen, nach einem mit Bravour absolvierten Studium der Betriebswirtschaft und nach mehreren verantwortlichen Stellen in verschiedenen Konzernen vor zwei Jahren ins Schwäbische gekommen, fühlte sich seit Monaten zwischen den Fronten zermürbt, ausgelaugt und ausgebrannt. Vielleicht war es die schwäbische Mentalität, mit der sie als ›Kind des Nordens‹, wie sie sich oft mit unverkennbar niedersächsischem Zungenschlag bezeichnete, nicht zurecht kam. Allein schon ihre Position im Finanzmanagement – hochtrabend als ›Chief Financial Officer‹ betitelt – ließ ihre Beliebtheitskurve keinesfalls nach oben schnellen. Schließlich wurde von ihr erwartet, einen rigiden Sparkurs durchzusetzen. Doch dies alles raubte ihr den Schlaf. Sie konnte sich nicht mehr konzentrieren, war vergesslich und antriebslos.

Bei den Meetings, wie heutzutage Besprechungen genannt

wurden, hatte sie oft zu spüren bekommen, dass in diesen Konferenzen Welten aufeinanderprallten. Hier das Vorstandsmanagement, besetzt mit international erfahrenen, aber gnadenlosen Strategen, dort die schwäbische Eignerfamilie, die sich nur ungern in die finanziellen Karten blicken ließ. Hinzu kam, dass das Unternehmen von der Öffentlichkeit noch immer als traditioneller und damit bodenständiger Betrieb geschätzt wurde, an dessen Spitze die Öffentlichkeit keine kaltschnäuzigen Manager sehen wollte, die sich weder mit dem Produkt noch mit Stadt und Landschaft, geschweige denn mit den Menschen identifizierten. Seit der Ruf dieser sogenannten Eliten – ausgelöst durch eigene Gier und Abzock-Mentalität – weltweit ins Bodenlose stürzte, wurde es ohnehin zunehmend schwieriger, wirtschaftliche Entscheidungen – auch wenn sie noch so geboten erscheinen mochten, nach außen hin zu vertreten. Sofort schlug jedem, der Althergebrachtes ändern wollte, eiskaltes Misstrauen entgegen.

Diese gnadenlos durchgreifenden Manager hatten nur das Glück, dass es genügend Journalisten gab, denen man mit geschönten Bilanzen nach außen hin blendende Gewinne vortäuschen konnte. Das bot gleichzeitig die Möglichkeit, sich vor den Kameras als die größten Wirtschaftsführer aller Zeiten zu profilieren und geschickt vom kontinuierlichen Abbau der Arbeitsplätze abzulenken.

Aleen musste sich eingestehen, seit ihrem Studium, das mittlerweile über zehn Jahre zurücklag, auch nur Unternehmen kennengelernt zu haben, die des kurzfristigen Gewinns wegen Löhne und Gehälter rigoros reduzierten und das Betriebsklima irreparabel zerstörten.

Nachhaltige Entscheidungen, die über die nächste Dividendenausschüttung hinausreichten, gab es längst nicht mehr. Zweimal schon hatte sie hautnah mitbekommen, wie Geschäftsführer mit schwindelerregenden Abfindungen das Weite suchten, nachdem ein einst florierender Betrieb ruiniert und finanziell ausgesaugt worden war. Aleen musste an das Klischee von den gefräßigen Heuschrecken denken, die überall, wo sie einfielen, eine verwüstete Landschaft hinterließen. Deutschlands ökonomische Landschaften sahen längst danach aus.

Sie hatte sich fest vorgenommen, nicht zu dieser Sorte der rücksichtslosen Wirtschaftsführer gehören zu wollen. Sie fühlte sich dem allen nicht mehr gewachsen. Denn je mehr Einblicke sie in diese brutale Welt des unerbittlichen Stechens und Kämpfens gewann, desto größer wurde ihr Drang, diesem unmenschlichen System den Rücken zu kehren. Mit jedem Tag ihres Lebens wurde ihr mehr bewusst, dass die Entscheidung für diesen Job falsch gewesen war – mochte er ihr bisher noch so viele Erfolge und große Sprünge auf der Karriereleiter beschert haben. Noch war sie nicht zu alt, um auszusteigen.

Sie würde es tun. Ganz bestimmt. Der Anfang war schon gemacht. Sie würde sich radikal ändern. »Mich kotzt das an«, konnte sie gelegentlich sagen, wenn sie im kleinen Kreise erklärte, weshalb sie genug davon hatte. Ihr lief diese Art des Geschäftslebens zuwider. Denn wer tagaus, tagein sein ganzes Sinnen und Trachten nur auf Wachstum um jeden Preis fixierte, wer mit allen hinterhältigen Mitteln die Konkurrenz ausschalten musste und wer in den Mitarbeitern nur folgsame Idioten sah, die man nach Belieben hin- und herschieben oder zum Teufel jagen konnte, verlor im Laufe seines Berufslebens jeglichen Respekt vor anderen Menschen und der Menschlichkeit. Solche Typen führten Krieg, platzierten ihre Geschosse in Form von ruinösen Angeboten und setzten, wenns dem eigenen Fortkommen diente, ältere Mitarbeiter kurzerhand vor die Tür. Diese waren eh nur ein ungeliebter Kostenfaktor.

Nein, sie wollte nicht länger Teil dieses unwürdigen und üblen Kriegsspiels sein. Dass sie diese Erkenntnis gewonnen hatte, verdankte sie den Visionen, die sich ihrer in schlaflosen Nächten regelmäßig bemächtigten. Vielleicht waren es Stress oder seelische Erschöpfungszustände, die dieses Phänomen auslösten. Aber oft schon hatte sie den Eindruck, nachts von etwas Undefinierbarem umgeben zu sein, obwohl sie seit der Trennung von ihrem Mann die Villa am Göppinger Stadtrand ganz allein bewohnte. Sie spürte Kräfte und Energien, körperlose Gestalten und bisweilen glaubte sie sogar Stimmen zu hören, die ihr empfahlen, aus allem auszubrechen und sich Wichtigerem zuzuwenden.

Sie hatte sich völlig zurückgezogen und ihre Nächte damit verbracht, im Internet zu surfen. Zum ersten Mal war ihr damals, vor nunmehr zwei Jahren, bewusst geworden, wie viel Halt, aber auch Trost und Zuversicht die virtuelle Welt bieten konnte, obwohl sie nur aus einem seelenlosen Netzwerk elektronischer Apparate bestand. Wie viele Menschen mochten Nacht für Nacht voller Hoffnung an ihren Laptops sitzen und in diesem anonymen Parallel-Universum ein bisschen Glück suchen?

Sie hatte in Facebook die Profile unzähliger Menschen gelesen, sich auch mal mit Fantasienamen in Chatrooms eingeloggt und war schließlich über Google auf einen sogenannten Blog gestoßen, in dem heftig über Gott und die Welt diskutiert wurde – vor allem aber über ein Thema, das sie nicht mehr los ließ, seit sie den ersten zaghaften Schritt in ein neues Leben getan hatte: Das Ende der Zeit.

Natürlich war das Humbug, hämmerte es in ihrem Kopf,

in dem die anstudierte Vernunft noch immer die Oberhand behielt. Wie oft schon war der Weltuntergang prophezeit worden? Von Sekten, von religiösen Fanatikern, von Spinnern, die sich als Wahrsager ausgaben. Oder auch nur von Geschäftemachern, die mit den Ängsten der Menschen spielten und Kapital daraus schlugen.

Aber noch immer war die Welt nicht untergegangen.

Doch was machte es für einen Sinn, sich darüber den Kopf zu zerbrechen? Denn wenn die Welt unterging, gab es ohnehin nichts mehr, was danach kam. Dann war dieser Planet weg. Ein winziges Staubkorn weniger in der Unendlichkeit des schwarzen und kalten Alls.

Aleen ertappte sich dabei, hinter einem Sattelzug herzukriechen. Sie hätte nicht sagen können, wie sie Ulm und Neu-Ulm hinter sich gelassen hatte, sie war viel zu tief in Gedanken versunken gewesen, auch darüber, was es jenseits der Wahrnehmungen gab. Und wie gutgläubig manche Menschen waren, wenn Wunder versprochen wurden.

Vor ihr tauchte bereits das Hittistetter Dreieck auf, der Verknüpfungspunkt mit der A7, Deutschlands längster Autobahn, die von Flensburg bis Füssen führt, geradewegs auf die Alpen zu. Der »Mountain-Highway«, wie sie diese Autobahn gern nannte.

Während sie auf der Beschleunigungsspur Gas gab, übertönte der Signalton ihres iPhones das Motorengeräusch. Eine SMS – wie so häufig, seit sie übers Internet neue Bekanntschaften geknüpft hatte. Sie fädelte sich in den fließenden Verkehr ein und warf dann einen erwartungsvollen Blick auf das Display des Armaturenbretts, wohin das Gerät über die Bluetooth-Einrichtung den Text geleitet hatte. Doch was da stand, war kein lieber Gruß, der sie jetzt hätte aufmuntern können. Es waren einige Worte, die sie niemandem zuzuordnen vermochte: »Nimm dich in Acht.« Sie hatte Mühe, sich auf den Verkehr zu konzentrieren, weshalb sie das Wohnwagen-Gespann, hinter dem sie in die Autobahn eingefahren war, nicht sofort überholte. Sie hielt genügend Abstand, um weiterlesen zu können. »Es hat auf dieser Autobahn schon genügend Tote gegeben«, las sie weiter, während sich ihr Pulsschlag beschleunigte. Denn da tauchte auch noch ein Datum auf: »21.12.12.« Es war wie ein brennend heißer Stich in ihre Seele. Der 21. Dezember. Der Tag, an dem der Maya-Kalender endete. Seit sie sich mit spirituellen Dingen befasste, war ihr dies ein Begriff.

Aleen reduzierte das Tempo, nahm das Gerät aus der Halterung und versuchte, den Absender ausfindig zu machen. Es war eine ihr unbekannte Nummer – mit der Schweizer Ländervorwahl.

13

Auf dem Campingplatz, der oberhalb des beschaulichen Örtchens Grän lag, war gerade erst das Leben erwacht. Die Sonne strahlte über die Rote Flüh, deren steil aufragende Westseite einen langen Schatten in das Tannheimer Tal warf. Auf den Wiesen glitzerte der Tau, in Sträuchern und Hecken waren die Spinnweben mit feinen Wassertröpfchen verziert. Es war einer jener Frühlingstage, die den Sommer bereits erahnen ließen und dadurch die Natur in einem anderen Licht erscheinen ließen, selbst hier, auf rund 1100 Höhenmetern. Droben auf den Bergen schmolzen endlich die letzten Schneereste. Überall vereinigten sich muntere Rinnsale zu kleinen, plätschernden Bächen, die in unzählige Mulden verschwanden und in Schluchten stürzten, um als kleine Flüsse dem Lech entgegenzustreben. Nach dem langen Winter, der das Tal und seine Berge über Monate hinweg in frostige Starre versetzt hatte, mussten sich Tiere und Pflanzen beeilen, um die kurze Vegetationszeit zu nutzen. Auch die Camper, die aus ihren Wohnmobilen oder Wohnwagen in das Sonnenlicht und die frische Luft hinausstiegen, spürten mit jedem Atemzug diese Aufbruchstimmung. Die meisten, die in diesen Wochen den Platz bevölkerten, hatten ihre Wohnwagen dauerhaft hier abgestellt. Diese waren für sie kleine Ferienhäuschen, die bei Bedarf auch mal einen Standortwechsel zuließen. Später im Jahr tauchten wesentlich mehr Wohnmobilisten auf, die entweder ihren gesamten Urlaub im Tannheimer Tal verbrachten oder auf der Durchreise für ein paar Tage in diesem Wanderparadies verweilen wollten. Sie alle bevorzugten diesen gepflegten Platz, der sich äußerst positiv von jenen abhob, die landauf, landab zwar viel kosteten, aber dem Gast sanitäre Anlagen zumuteten, die an die 50er Jahre erinnerten, als sich mancher Tourist noch mit einem ›Donnerbalken‹ zufriedengab. Hingegen waren die Camper heutiger Zeiten, die mit luxuriösen Fahrzeugen unterwegs waren, wesentlich anspruchsvoller. Campen war längst nicht mehr das Reisen der armen Leute. Hier in Grän wurden all ihre Wünsche erfüllt. Es gab sogar ein Hallenbad, das ins Obergeschoss des Sanitärgebäudes integriert war und dessen geschwungene Glasfront einen grandiosen Blick auf das beeindruckende Panorama der Berge bot. Dazu eine behagliche Wärme, die für Entspannung und Wellness sorgte.

Jonas Mullinger, ein Student des Gesundheits- und Tourismusmanagements, war in dem ovalen Pool soeben zehn Längen geschwommen und genoss diese Atmosphäre. Er ließ sich am Beckenrand bis zum Hals ins angenehm temperierte Wasser sinken und lehnte sich mit verschränkten Armen gegen die geflieste Überlaufkante. Sein Blick ging hinaus auf die Sträucher und Bäume, die mit ihrem zarten Grün die Parzellen des Campingplatzes umrahmten. Er konnte von hier aus sogar seinen alten gelben VW-Campingbus sehen, den er im Laufe des Frühjahrs günstig erworben hatte. 23 Jahre alt war die ›Kiste‹, wie er sie nannte, doch der Dieselmotor schnurrte noch immer zuverlässig. Die Inneneinrichtung machte zwar einen abgewohnten Eindruck, aber für seine Bedürfnisse reichte es allemal. Auch das Hubdach, das er mit Muskelkraft nach oben drücken musste, um sich die nötige Stehhöhe zu verschaffen, empfand er keineswegs als lästig. Ihm genügte es, unabhängig durch die Lande fahren zu können, um möglichst viele touristische Glanzpunkte kennenzulernen. Denn sobald er sein Studium abgeschlossen haben würde, strebte er eine Karriere in der Tourismusbranche an.

Während er sich seinen Zukunftsträumen hingab, nahm er nur beiläufig wahr, wie sich draußen der Campingplatz mit Leben füllte. Vereinzelt schlenderten leger gekleidete Personen aufs Sanitärgebäude zu. Andere gingen über den ansteigenden Weg zur Rezeption hinauf, wo es allmorgendlich frische Brötchen und Zeitungen gab.

Mullinger war so sehr in seine Gedanken und das Geschehen vor der Fensterfront vertieft, dass er das Rentner-Ehepaar gar nicht bemerkte, das inzwischen hinter ihm gemächlich durchs Becken schwamm. Doch dann genügte eine kurze Beobachtung, um ihn mit allen Sinnen wieder in die Realität zurückzuholen: Zwischen zwei Sträuchern hatte sein Unterbewusstsein eine junge Frau wahrgenommen, die aus der Reihe der dort abgestellten Wohnwagen gekommen war.

Mullinger kniff die Augen zusammen, um schärfer sehen zu können. Das Objekt seiner Begierde hatte schulterlange schwarze Haare, war rank und schlank und wollte, was die Kleidung anbelangte, nicht so recht ins optische Bild passen, das zu dieser Stunde auf Campingplätzen vorherrschte. Sie trug einen eleganten dunkelblauen Hosenanzug und eilte in Richtung Ausgang. Mullinger sah ihr nach und war von ihrem flotten Gang und ihrem Hüftschwung angetan. Nachdem sie an der Gebäudekante seinem Blickfeld entschwunden war, versuchte er, sie nachträglich einem der Wohnwagen zuzuordnen. Doch so richtig gelingen wollte ihm dies nicht.

Noch während er beschloss, in den nächsten Tagen intensiv nach ihr Ausschau zu halten, holte ihn ein Schatten, der im rechten Augenwinkel auftauchte, wieder in die Realität zurück. Er drehte sich instinktiv zur Seite und sah, wie neben ihm ein Schwimmer mittleren Alters am Beckenrand anlandete. »Hallo«, grinste es Mullinger aus einem sonnengebräunten Gesicht entgegen. Der Mann wischte sich Wasser von Schnauzbart und Mundwinkeln.

Mullinger musterte ihn irritiert. Er konnte diesem Gesicht keinen Namen geben. Der Unbekannte lehnte sich ebenfalls an den Beckenrand und tat so, als wolle er diese Wellness-Atmosphäre gemeinsam mit Mullinger genießen. »Super Tag heute«, fuhr er mit sympathischem Lächeln fort.

Doch Mullinger hatte nicht die geringste Lust, sich am Beckenrand auf Small Talk einzulassen. Er wollte ohnehin das Wasser verlassen. Denn er war nur deshalb bereits gestern Abend angereist, um heute Vormittag einen Termin wahrzunehmen.

Der Unbekannte neben ihm schien es allerdings nicht bei der kurzen Bemerkung bewenden lassen zu wollen. Ohne den jungen Mann eines Blickes zu würdigen, sagte er leise, fast gefährlich leise, wie Mullinger es in diesem Moment empfand: »Karin Waghäusl wird sich freuen, Sie kennenzulernen.«

Mullinger war verblüfft. Waghäusl? Hatte er Karin Waghäusl erwähnt? Der junge Mann spürte, wie sich sein Pulsschlag beschleunigte. Nie zuvor hatte er diesen Unbekannten gesehen. Ganz sicher nicht. Im Bruchteil einer Sekunde jagten Tausende Gedanken durch seinen Kopf, während der Fremde ungerührt nach draußen starrte und sich der Wirkung seiner Bemerkung offenbar triumphierend bewusst war.

Mullinger wusste, dass er mit einer Antwort jetzt nicht zögern durfte. Damit würde er seine Verunsicherung preisgeben. Blitzartig schoss die Frage durch seine Gehirnwindungen, inwieweit er hier und jetzt eingestehen sollte, Karin zu kennen. Was heißt kennen? Eigentlich kannte er sie nicht wirklich. Nur per E-Mail hatten sie intensiv ihre Gedanken ausgetauscht. Niemand konnte dies wissen.

Er spürte einen Kloß im Hals. Zunächst galt es, Zeit zu gewinnen. »Darf ich fragen, wer Sie sind?«, fragte er deshalb zögernd.

Der Unbekannte, der seinen Blick immer noch auf einen imaginären Punkt weit in der Ferne gerichtet hatte, verzog das Gesicht zu einem müden Lächeln. »Spielt das eine Rolle, wenn wir alle demselben Schicksal unterliegen? Namen sind Schall und Rauch – und wir die Figuren in einem universellen Schachspiel.«

Mullinger vermochte das Gesagte so schnell nicht zuzuordnen. Noch bevor er etwas entgegnen konnte, sprach der andere langsam und leise weiter: »Junger Freund, Sie wissen genauso gut wie ich, welche Erfahrung Karin Waghäusl gemacht hat. Es gibt Zeichen und Signale, die wir nicht ignorieren sollten.« Noch immer sah er seinem Gesprächspartner nicht in die Augen. Mullinger fiel erst jetzt sein goldenes Halskettchen auf, an dem ein winziges Schmuckstück baumelte, das aussah wie eine Posaune.

»Glauben Sie mir«, sprach der Mann noch eine Nuance leiser weiter, während das Rentner-Ehepaar dicht an ihnen vorbei schwamm, »auch Sie sollten auf der Hut sein, wenn Sie heute da rauffahren.« Er deutete mit einer kaum wahrnehmbaren Bewegung in Richtung der gegenüberliegenden Berge. Einer davon war das Neunerköpfle, an dem sich Seilbahndrähte erahnen ließen.

Der Mann drehte sich nach rechts weg, um mit drei kräftigen Schwimmzügen den anderen Rand des Beckens zu erreichen und es über die Stufen zu verlassen. Dabei waren erstmals sein voluminöser Körperbau, vor allem aber auch seine kräftigen Oberarme zu sehen. Eine schwarz-weiß gestreifte Badehose umspannte das Gesäß und betonte den kräftigen Hüftspeck über dem Stoff.

Der Unbekannte schlüpfte in seine Badeschlappen, warf sich seinen weißen Bademantel über, den er auf der Lehne eines Stuhls deponiert hatte, und ging die Treppen ins Untergeschoss hinab, wo sich die großzügigen Duschen und Toiletten befanden.

Mullingers Augen waren wie gebannt an ihm haften geblieben. Auch jetzt, da die hünenhafte Gestalt längst außer Sichtweite war, hing sein Blick wie hypnotisiert an dem Treppenabgang.

Als er sich von dieser Starre befreit hatte, überlegte er für einen kurzen Moment, ob es sinnvoll war, sofort aus dem Becken zu steigen, um den Mann im Duschbereich zur Rede zu stellen. Dann aber verordnete er sich Zurückhaltung, weil ein Vorpreschen jetzt ein Zeichen der Verunsicherung und Schwäche sein würde. Und genau dies hatte der Unbekannte doch beabsichtigt. Denn sein ganzes Verhalten war schließlich darauf ausgerichtet gewesen, eine echte Konversation zu vermeiden.

Mullinger verdrängte auch den Gedanken, sich noch ein paar Minuten in einen der Liegestühle zu legen, die zwischen Beckenrand und Glasfront aufgestellt waren. Zwar würde er von hier aus möglicherweise sehen können, zu welchem Wohnwagen oder Wohnmobil der Mann nachher ging. Doch das weitaus größere Areal des Campingplatzes erstreckte sich in die andere Richtung, war also von hier aus gar nicht einsehbar.

Noch während er zögerte, bemerkte er eine Person, die oben an der Balustrade der abgerundeten Galerie lehnte, zu der eine geschwungene Treppe hinaufführte. Überragt von einer Lichtkuppel, boten hier bequeme Liegen eine Atmosphäre der Beschaulichkeit und Ruhe. Mullinger hatte diese Galerie bisher gar nicht bemerkt. Auch nicht, dass von dort aus das gesamte Hallenbad zu überblicken war. Die Frau, die jetzt da oben stand, schätzte er auf Mitte 40. Ihr ockergelber Bademantel fügte sich nahtlos in die Farbgebung des Innenraumes ein. Eine gute Tarnung, dachte Mullinger.

Er nahm die Frau ins Visier. Aber das Gegenlicht von der gläsernen Kuppel blendete ihn, so dass er aus dieser Distanz die Gesichtszüge nicht deutlich erkennen konnte. Er grübelte darüber nach, wie lang sie schon dort oben gestanden sein mochte und ob sie seine kurze Konversation mit diesem unbekannten Mann registriert hatte – auch wenn sie natürlich beim sanften Plätschern des Wassers kein einziges Wort verstanden haben würde.

Warum legte sie sich nicht einfach hin, um zu relaxen? Was bewog sie, auf diesen Pool hinabzusehen, in dem außer ihm und dem Rentner-Ehepaar doch niemand mehr war?

Mullingers Augen waren fest auf ihr Gesicht fixiert, in dem

ihm erst jetzt eine randlose Brille auffiel. Die Frau starrte ihn regunglos an. Sie wirkte kühl und abweisend, arrogant und beinahe gefährlich.

Mullinger hatte plötzlich das Gefühl, sie schon einmal irgendwo gesehen zu haben, vermied es aber, sie wie ein faszinierter Teenager anzustarren. Er wandte sich ab und wollte mit kraftvollen Schwimmzügen das Becken durchqueren, wobei er jedoch beinahe mit dem Rentner-Ehepaar zusammengestoßen wäre. Der betagte Herr, dessen kahlen Kopf nur ein schmaler Haarkranz zierte, wich aus und folgte ihm vollends bis zu den gefliesten Stufen, die vom Wasser umspült wurden. Während Mullinger bereits nach dem Geländer griff, um sich einen sicheren Stand zu verschaffen, hörte er hinter sich eine sonore Männerstimme: »Gehören Sie auch zu denen, die sich auf den Weltuntergang vorbereiten?«

Zum zweiten Mal innerhalb weniger Minuten fühlte sich der junge Mann in seinem Innersten getroffen. Er kam sich wie ein Schuljunge vor, den der Lehrer bei einem üblen Streich erwischt hatte. So, als ob er etwas furchtbar Verbotenes getan hätte. Mullinger wusste in diesem Moment nicht, ob er lauthals hinausbrüllen sollte, dass er erwachsen sei und tun und lassen konnte, was er wollte, oder ob es besser war, einfach wegzulaufen. Was, zum Teufel, ging hier vor? Er entschied sich, diesen neugierigen Frager einfach zu ignorieren. Mullinger sprang mit einem Satz aus dem Wasser.

14

Es war ein Morgen in den Bergen wie aus dem Bilderbuch: Die Gipfel in sanften Hochnebel gehüllt, das spärliche Gras vom Tau benetzt. Die Sonne stand noch nicht sehr hoch am Horizont, sodass die Bergmassive lange Schatten warfen. Josefina Hallmoser kümmerte es nicht, dass die Temperatur in der Nacht auf zwölf Grad gesunken war. Sie hatte in ihrer urigen, von Wind und Wetter gezeichneten Holzhütte unweit des Neunerköpfles am Südosthang des Vogelhorns genächtigt und diese alles umfassende Stille, die bis in die Unendlichkeit des Weltalls hinaus reichte, in sich aufgenommen. Diese friedliche Ruhe machte sich breit, sobald am späten Nachmittag die Gondeln der Seilbahn stillstanden. Und mit dem Sonnenuntergang verstummten auch die schwarzen Bergdohlen, die mit krähenden Lockrufen um die Hänge kreisten und sich von der Thermik tragen ließen.

Schon oft war die Hüttenbesitzerin gefragt worden, ob es ihr denn nicht zu einsam oder gar unheimlich sei, hier oben allein die Nächte zu verbringen. Regelmäßig antwortete sie dann mit einem entschlossenen »Nein«, um dann hinzuzufügen: »Hier oben ist die Welt noch in Ordnung.« Zwar verriegelte sie die hölzerne Eingangstür mit zwei Schlössern, aber wenn es jemand auf einen Einbruch abgesehen hätte, gäbe es genügend Schwachstellen. Außerdem wäre sie bei einem Angriff völlig auf sich allein gestellt. Ein Handy-Funknetz gab es nur am Steilhang ein paar Meter oberhalb der Hütte, so dass sie nicht jederzeit ihren Mann rufen konnte, der sich drunten im Tal um die Landwirtschaft kümmern musste. Und auch wenn sie ihn schnell erreichen würde, wären er oder die Polizei ziemlich lange unterwegs, bis sie bei Nacht und Nebel über die schmalen und kurvenreichen Wege einträfen.

Im äußersten Notfall käme vermutlich ein Hubschrauber, vorausgesetzt, das Wetter ließe einen Sichtflug zu.

Josefina, vor 56 Jahren im nahen Reutte in Tirol geboren, fürchtete aber weder die Naturgewalten, noch Gesindel, das sich glücklicherweise ohnehin nur selten in diese Höhen verirrte. Ihr tiefer Glaube an Gott und ihr unerschütterliches Vertrauen an die schützenden Engel gaben ihr in jeder noch so schlimmen Situation inneren Halt und Zuversicht.

Daraus schöpfte sie auch die Kraft, sich notfalls couragiert und selbstbewusst zur Wehr setzen zu können. Bereits in ihrer Jugendzeit hatte sie in der Landwirtschaft ihrer Eltern hart arbeiten müssen und gelernt, energisch zuzupacken. Als einigen der wenigen Bauern war es ihr und ihrem Mann gelungen, den landwirtschaftlichen Betrieb zu vergrößern und somit den EU-Richtlinien gerecht zu werden. Nur wer dies geschafft hatte, war für die Zukunft gerüstet. Alle anderen konnten sich noch so sehr abrackern, sie kamen – politisch gewollt – finanziell auf keinen grünen Zweig mehr.

Dass sie noch diese Almhütte besaßen, obwohl eine solche Einrichtung heutzutage eher als folkloristisch abgetan wurde, empfand sie als Glücksfall. Sie hatten das halb verfallene Gebäude schräg oberhalb der Oberen Strindenalpe sogar ausbauen und wohnlich gestalten können – und zwar gegen den erbitterten Widerstand der Naturschützer, die reflexartig eine weitere Verrummelung der Landschaft unterstellten. Ihre Argumente konnten jedoch mit dem Hinweis entkräftet werden, es handle sich schließlich nicht um eine bewirtschaftete Wanderhütte, sondern um einen privaten Stützpunkt zur Pflege der ›Kulturlandschaft‹.

Natürlich durften gesellige Veranstaltungen nicht überhandnehmen. Sie beschränkten sich deshalb darauf, ihren Freundeskreis nur einmal jährlich hierher einzuladen. Josefina war gestern am Spätnachmittag mit ihrem Geländewagen vom Haldensee durchs enge Tal des Strindenbachs hochgefahren, um die Verpflegung für die nächsten Tage sicherzustellen – wie immer, wenn sie gemeinsam ein verlängertes Wochenende in der Hütte verbringen wollten. Anfangs würden sie zu fünft sein, zwei weitere Personen hatten sich für Samstag und Sonntag angekündigt.

Erfahrungsgemäß verknüpften einige Teilnehmer dieses Wochenende auch mit einer längeren Gebirgswanderung. Die Einzige, die bisher keines der Treffen versäumt hatte, war Karin Waghäusl.

Meist war sie früh angereist. Auch diesmal hatte sie dies per E-Mail angekündigt. Denn wenn das Wetter es zuließ, würde sie vor dem Eintreffen der anderen ihren üblichen kleinen Spaziergang über die blühenden Almwiesen unternehmen.

Jedenfalls war sie immer unter den ersten Fahrgästen gewesen, wenn die Umlauf-Seilbahn mit ihren gelben Gondeln um halb neun ihren Betrieb aufnahm.

Josefina ging in Gedanken die Namen der vier Gäste durch, die sie heute erwartete. Während sie den rustikalen ovalen Eichentisch zum Frühstück eindeckte und ein Sonnenstrahl das bunte Geschirr fröhlich aufleuchten ließ, dachte sie über die Sitzordnung nach. Aus Erfahrung wusste sie, dass eine gute Atmosphäre ganz entscheidend davon abhing, wer neben wem saß – vor allem auch, wenn ein neuer Gast hinzukam, der behutsam in die Gruppe integriert werden musste. Diesmal war es ein Student aus dem Schwäbischen, der zwar in ihrem Internet-Forum einen sehr sympathischen Eindruck hinterlassen hatte, doch ob er auch im realen Leben ein umgänglicher Typ war, der zu ihnen und ihrer Weltanschauung passte, würde sich an diesem Wochenende zeigen.

Sie zögerte kurz, als sie die blauen Tischkärtchen mit den Namen verteilte. Dann entschied sie, den jungen Mann zwischen sich und Aleen zu platzieren. Ohnehin war diese Einteilung nur fürs erste Kennenlernen gedacht. Später, wenn die Sonne höher gestiegen war, würde man hoffentlich draußen sitzen können. Vielleicht konnte man am Abend sogar ein Feuer entzünden. Holz genug lag bereit.

Josefina warf noch einen prüfenden Blick ins Dachgeschoss, das über eine schmale Treppe zu erreichen war. Dort oben befanden sich die Schlafräume, getrennt nach Männern und Frauen. Es roch nach Heu und trockenem Holz.

Josefina hatte bereits nach den letzten Schneefällen Mitte Mai die Hütte aus dem Winterschlaf erweckt, kleinere Frostschäden an der verwitterten Holzfassade beseitigt, die angerostete Dachrinne mit starkem Klebeband notdürftig geflickt und das Geschirr gespült. Sie war erleichtert gewesen, dass die Wasserleitung, die von einer rund 300 Meter entfernten Quellfassung herüberführte, den harten Winter unbeschadet überstanden hatte.

Auch die mitgebrachte Gasflasche ließ sich problemlos anschließen, sodass Herd und Beleuchtung auf Anhieb wieder funktionierten. Vorsorglich goss Josefina aus einem Blechkanister einige Liter Dieselkraftstoff in den Tank des Notstromaggregats, das in einem Bretterverschlag an der Nordseite der Hütte untergebracht war. Falls elektrische Energie gebraucht wurde, konnte man den Motor anschalten. Allerdings röhrte er unangenehm, und je nach Windrichtung zogen die Abgase auch in die Hütte hinein. Er war deshalb wirklich nur für den Notfall gedacht.

Für einen Moment hielt sie inne, um die frische Bergluft tief zu inhalieren. Drei, vier Atemzüge lang. An einem Tag wie diesem überkam sie eine unendliche Dankbarkeit für dieses Stück Land, das sie und ihr Mann hier oben, an diesem sonnigen Steilhang, ihr Eigen nennen durften. Sie lehnte sich gegen die roh belassene Holzbegrenzung des Vorplatzes, den sie dem Berg abgetrutzt hatten, und sah zur Krinnenspitze, die sich auf der gegenüberliegenden Seite des tief eingeschnittenen Seitentals erhob. Das markante und rustikale Gipfelkreuz des nahen Neunerköpfles war aus dieser Perspektive jedoch vom Hang des Vogelhorns verdeckt. Stattdessen waren an schönen Tagen die unzähligen Bergwanderer auf dem schmalen Pfad zu sehen, der knapp 30 Höhenmeter oberhalb der Hütte am Hang entlang weiterführte. Die meisten Wanderer, das wusste Josefina, scheuten den beschwerlichen Aufstieg und benutzten deshalb die Seilbahn, von deren Bergstation aus es nur noch ein paar anstrengende Serpentinen bis zur Spitze des Neunerköpfles hinaufging, wo sich Touristen auf einer riesigen Schreibwand – angeblich dem größten Gipfelbuch der Welt – verewigen konnten.

Der viel begangene Bergpfad, der sich auf dem schräg nach Südosten abfallenden Vorgebirgsmassiv traumhaft dahinschlängelte, mündete bei der Landsberger Hütte in den Abstieg zum Vilsalpsee. Josefina sah bereits einige Wanderer, deren rote Jacken im Sonnenlicht weithin leuchteten. Sie warf einen Blick auf die Armbanduhr: 10.10 Uhr. Die Seilbahn war seit mehr als eineinhalb Stunden in Betrieb. Eigentlich hätte Karin längst da sein müssen.

Josefina ging in die Hütte zurück, wo die Holzdielen unter ihren Schritten knarrten. Beinahe hätte sie vergessen, das große geschnitzte Kruzifix zu schmücken, das sich aus einer Zimmerecke schräg den Gästen entgegen neigte. Sie holte aus dem Vorraum drei farbenfrohe Primeln und stellte sie auf die hölzerne Wandablage zu Füßen des leidenden Heilands.

Noch einmal warf sie einen prüfenden Blick auf den

schmalen Bergpfad, der sich im Steilhang abzeichnete. Doch Karin war noch immer nicht in Sicht. Josefina versuchte, ihre aufkommende Unruhe zu verdrängen. Aber Karin war noch nie unpünktlich gewesen. Nie, in all den Jahren. Ihr bedeuteten diese regelmäßigen Treffen sehr viel – gerade diesmal, in diesem ominösen Jahr 2012, mit dem sie sich auf besondere Weise auseinandersetzen wollten.

Josefina sah innerhalb einer Minute erneut nervös auf die Uhr. War Karin etwas zugestoßen? Mit jedem Ticken des Sekundenzeigers wurde ein seltsam ungutes Gefühl deutlicher zu spüren. So etwas, wie eine böse Vorahnung. Oft schon hatten sie genau über solche Dinge diskutiert. Gab es Signale und Botschaften, die auf ein Unheil hindeuteten? Konnte man spüren, wenn ein emotional nahestehender Mensch in Gefahr war? Karin hatte in solchen Gesprächen immer die Meinung vertreten, dass es Telepathie und Vorausahnungen gab.

Josefina schloss die Augen und versuchte, auf innere Stimmen zu hören. Doch es fiel ihr schwer, zwischen all dem, was ihr das Gehirn in rascher Folge präsentierte, etwas herauszufiltern – zwischen undefinierbaren Ängsten, Vernunft und wilden Spekulationen. Weil die Hütte in einem Handy-Funkloch stand, würde Karin natürlich auch nicht anrufen können. Trotzdem holte Josefina ihr Handy und prüfte das Display, um festzustellen, dass wenigstens der Akku geladen war. Eine Netzverbindung gab es auch heute nicht. Sie erwog kurz, einige Höhenmeter den Hang hinaufzusteigen, um Karin anzurufen. Doch dann verwarf sie den Gedanken wieder. Karin sollte sich nicht gedrängt fühlen. Sie war ohnehin sehr sensibel.

Vieles in der Vergangenheit hatte tiefe Spuren in ihrer Psyche hinterlassen und genau solche Momente nährten finstere Erinnerungen. Schon drei Menschen › die in den vergangenen elf Jahren, seit es diese ›Treffen zwischen Himmel und Erde‹ gab, regelmäßig dabei gewesen waren, lebten nicht mehr. Alle hatte sie hier oben als warmherzige und optimistisch gestimmte Persönlichkeiten kennen und schätzen gelernt. Doch dann waren sie innerhalb von drei Jahren bei tragischen Verkehrsunfällen getötet worden. Nächtelang waren diese dramatischen Ereignisse Mittelpunkt heißer Diskussionen gewesen.

Karin wollte seit dem Flugzeugabsturz von vor beinahe 14 Jahren ohnehin an keine Zufälle mehr glauben, sondern war der felsenfesten Überzeugung, dass nicht nur das Universum, sondern auch alles Leben irgendwelchen vorherbestimmten Gesetzmäßigkeiten unterlag. Wie ein Film, in dem ein großer Regisseur allem und jedem seine Rolle zugewiesen hatte. Und dieser Film, so hatte sie einmal gesagt, war schon gedreht und wurde lediglich noch abgespielt. Und manche Menschen verfügten über die Gabe, bereits abgelaufene oder noch kommende Sequenzen zu ›sehen‹.

Josefina hatte während dieser Gedanken die Tür zu einem engen Nebenraum geöffnet, der als Vorrats- und Rumpelkammer diente. Hier lagerten in einem schmalen Regal auch die Bücher, mit denen sie sich bei ihren Treffen auseinandersetzten. Diesmal wollten sie sich mit den letzten Seiten der Bibel befassen. Den Ausschlag dafür hatte der Maya-Kalender gegeben, der angeblich am 21. Dezember 2012 endete, was gewisse Kreise seit Monaten zum Anlass nahmen, ein Weltuntergangsszenario herbeizureden und daraus sogar Kapital zu schlagen. Es gab genügend skrupellose Geschäftemacher, die mit der Angst der Menschen spielten.

Doch dass solche Szenarien nur gesteuerte Panikmache waren, darüber hatte Josefina mit allen, die sich regelmäßig in den Internet-Foren trafen, eifrig diskutiert. Trotzdem wollten sie es jetzt zum Thema ihres Treffens machen. Denn falls es tatsächlich so war, dass es für alles, was geschah, Signale und Vorzeichen gab, die es zu erkennen und zu deuten galt, dann konnte es in alten Schriften und Überlieferungen durchaus auch Botschaften geben, die Hinweise auf das Ende der Welt enthielten.

Josefina nahm die abgegriffene Bibel aus dem Regal und legte sie im großen Zimmer auf einen breiten hölzernen Fenstersims.

Dabei bemerkte sie eine Person, die sich jetzt auf dem Pfad näherte. Doch es war nicht Karin. Sondern ein Mann.

15

Dass zu dieser Morgenstunde bereits jemand mit der Seilbahn ins Tal zurückfuhr, kam höchst selten vor. Der Mann, der an der Talstation der Neunerköpfle-Umlaufbahn hinter einer dicken Glasscheibe saß und gelegentlich einen Blick auf die langsam vorbeiziehenden sechssitzigen Gondeln warf, die zum Ein- und Aussteigen aus dem Seil geklinkt wurden, stutzte. In einer dieser von oben herangeschwebten gelben Kabinen saß – mit dem Rücken zur Fahrtrichtung – eine Frau, die ihren lockigen Kopf schräg nach hinten gelehnt hatte und offenbar schlafend zusammengesunken war.

Der Angestellte der Seilbahngesellschaft – ein junger, drahtiger Mann mit Vollbart – sprang auf und verließ seinen Beobachtungsposten. Mit wenigen Schritten hatte er die ankommende Kabine erreicht. Sie bewegte sich im Schneckentempo um die Plattform herum, während automatisch die Tür geöffnet wurde. Dies war normalerweise der Moment, in dem die Passagiere aufstanden. Doch die Frau blieb regungslos sitzen.

Der Mann zögerte nicht mehr länger, sondern ging der Gondel entgegen, die bereits den Umkehrpunkt erreicht hatte, um ruckelnd zur Einstiegstelle herüber gebracht zu werden. Als der Seilbahn-Angestellte durch die geöffnete Kabinentür in die Gondel hineinsehen konnte, bestand für ihn kein Zweifel mehr: Die Frau war offenbar bewusstlos geworden, ihr Gesicht seltsam bläulich-weiß. Mit zwei schnellen Schritten gelangte er in die Kabine, die leicht zu schaukeln begann, fasste die Dame an den Oberarmen – zuerst sanft, dann kräftiger – und schrie: »Hallo, hallo, hören Sie mich?« Keine Regung. Ihr Körper fühlte sich an, als sei alles Leben aus ihm gewichen. Der Mann ließ von ihr ab, verließ hastig die wippende Gondel, um das automatische Schließen der Tür nicht zu verpassen, und rannte zu den technischen Einrichtungen. Dort brachte er mit einem einzigen Knopfdruck die gesamte Anlage zum Stillstand. Augenblicklich verstummte das dumpfe Brummen der Elektromotoren und hörten die großen Seilführungsräder auf, sich zu drehen. Der Mann drückte weitere Tasten und löste damit einen Notfall-Alarm aus. Dann eilte er die paar Meter zu der Gondel zurück, um die herum sich inzwischen eine mehrköpfige Wandergruppe geschart hatte und neugierige Blicke auf die zusammengesunkene Frau warf. »Ist ein Arzt hier?«, fragte der Seilbahn-Angestellte aufgeregt in die Runde, ohne allerdings eine Antwort zu erhalten. Er hastete wieder in die Gondel, um am schlaffen Handgelenk der Frau den Puls zu fühlen. Doch da war nichts mehr. Ihr Oberkörper kippte zur Seite, ihre Augen waren weit geöffnet und starr.

16

Es war Dirk Jensen, der da des Wegs kam. Josefina erkannte ihn an seinem federnden Gang und der schlanken Figur. Vielleicht lag dies daran, dass Dirk für seine 54 Jahre überaus sportlich war und sich in jeder freien Minute aufs Fahrrad schwang oder durch die Wälder joggte. Vermutlich hatte er auch diesmal nicht die Seilbahn genommen, sondern war bereits vor Sonnenaufgang im Tal losgewandert.

Josefina ging zum Vorplatz der Hütte hinaus und winkte ihm zu. Dirk beschleunigte daraufhin seine Schritte und war wenig später bei ihr. »Bin ich womöglich heute der Erste?«, fragte er, während er sie herzlich umarmte.

»Bist du, ja«, sagte Josefina und bemühte sich, ihren Tiroler Dialekt nicht allzu heftig durchklingen zu lassen. »Obwohl du raufg'laufen bist, stimmt's?«

Er grinste stolz und nickte. »Ein toller Morgen. Und außerdem hab ich die elf Euro für die Seilbahn gespart.« Er grinste. Als Inhaber einer Investmentgesellschaft, als der er sich ausgab, wirkte es geradezu grotesk, wenn er den knausernden Schnäppchenjäger mimte. Doch er spielte diese Rolle gern – vor allem, wenn er inkognito oder im Freundeskreis unterwegs war.

»Ich freu mich auf diese Tage«, strahlte die Hüttenbesitzerin, während Jensen seinen Rucksack an die Holzwand lehnte. Josefina wurde aber sofort ernst »Was mich wundert, ist, dass Karin noch nicht da ist.« Ihre Stimme klang seltsam verändert.

»Karin?« Jensen kratzte sich im licht gewordenen, leicht verschwitzten Haar. »Ach so, ja«, gab er sich desinteressiert. »Ich weiß, sie hatte bisher den Ehrgeiz, möglichst mit der ersten Gondel raufzukommen.«

Josefina drehte sich wieder in Richtung des Pfades, als ob sie die Frau mit hypnotischen Kräften herbeizaubern könnte. »Normalerweise ruft sie an, wenn ihr was dazwisch'n kommen isch.« Nach kurzer Pause wandte sie sich dem Mann zu, der sich die schweißnasse Stirn mit einem Papiertaschentuch abwischte. »Habt ihr denn nicht mehr miteinander telefoniert?«

Jensen schüttelte langsam den Kopf. »Machen wir uns mal keine Sorgen«, beruhigte er. »Ich verstau' schon mal mein Zeug.« Er verschwand in der Hütte und stieg die Treppe ins Dachgeschoss hoch, wo er mit dem Rucksack eine der Matratzenliegen an der Stirnseite des Männerraumes reservierte. »Sag' mal, Josy«, rief er nach unten und benutzte dabei jene Kurzform ihres Namens, die gleich beim ersten Treffen entstanden war, »Uwe will erst später kommen. Stimmt das?«

»Ja, erst am Sonntag. Er hat geschäftlich noch einiges zu erledigen. Ist wie immer im Stress.«

»Erstaunlich, dass der das alles vom Wohnwagen aus erledigen kann«, kommentierte Jensen, während er die Treppe herabstieg.

»Ist doch toll, wenn man seine Geschäfte vom Campingplatz aus machen kann.«

»Und man niemandem Rechenschaft abzulegen braucht«, ergänzte Jensen. »Meine Frau rümpft bereits die Nase, wenn ich zu euch komme.« Er seufzte und legte einen Arm um Josefinas Schulter.

Beide sahen sie jetzt zu dem Bergpfad hinauf.

»Da kommt jemand«, sagte Josefina. Es klang für einen Moment hoffnungsfroh, doch Augenblicke später spürte sie wieder die bleierne Enttäuschung. »Es ist zwar eine Frau, aber nicht Karin.«

Jonas Mullinger war nach dem Schwimmen noch joggen gewesen. Knapp fünf Kilometer vom Campingplatz bis zur Talstation der Seilbahn und wieder zurück. Jetzt war er noch einmal unter die Dusche gegangen und hatte sich im engen VW-Bus in die Wanderklamotten gezwängt. Eigentlich, so musste er sich eingestehen, hätte er auf die morgendliche Joggingtour verzichten und stattdessen aufs Neunerköpfle hinaufwandern können. So aber musste er nun zum Parkplatz der Talstation fahren, dort Parkgebühr entrichten und viel Geld für die Gondelfahrt ausgeben.

Und jetzt deutete alles darauf hin, dass es mit der Seilbahn einen Unfall gegeben hatte. Denn beim Näherkommen sah er zuckende Blaulichter und stillstehende Gondeln. Einsatzkräfte von Polizei und Rotem Kreuz schienen sich auf das Gebäude der Talstation zu konzentrieren.

Mullinger bog am Ortsrand von Tannheim links zum Kreisverkehr ab und steuerte den ausgewiesenen Parkplatz an, auf dem zwei Dutzend Autos standen. Dann ließ er sich am Automaten gegen bare Münze einen Schein ausdrucken und legte ihn, wie gefordert, aufs Armaturenbrett.

Er nahm den Rucksack vom Beifahrersitz, verriegelte den gelben Kleinbus und ging zur nahen Talstation, wo gerade eine Krankentrage in einen weißen Kastenwagen des Roten Kreuzes geschoben wurde. Mehrere Dutzend Personen in Wanderkleidung scharten sich um das Geschehen und nahmen ihm die Sicht. Sekunden später fuhr das Rettungsfahrzeug mit Blaulicht und Sirene in Richtung Haldensee davon. Vermutlich nach Reutte, dachte Mullinger.

Er sah sich um und entdeckte abseits der Treppen, die zum einzigen, heute Früh geöffneten Ticketschalter hinaufführten, einen Mann, dessen charakteristischer Schnauzbart ihm sofort ins Auge stach.

Mullinger zögerte. Er überlegte, ob er an ihm vorbeigehen oder lieber einen weiten, unauffälligen Bogen um ihn herum machen sollte. Dann entschied er, sich nicht beirren zu lassen und den direkten Weg zu nehmen. Der Mann mit dem Schnauzer bemerkte ihn sofort und sah ihn mit finsterer Miene an: »Ihnen jetzt noch einen schönen Tag zu wünschen, wäre wohl fehl am Platze.«

Mullinger blieb verunsichert stehen. Er blickte dem Fremden ins gebräunte Gesicht, ohne etwas zu sagen.

»Ich befürchte«, erklärte der Mann mit gedämpfter Stimme, während er sich bereits wieder langsam abwandte, »Ihr Tag dort oben wird anders verlaufen, als Sie es sich gedacht haben.«

Mullinger stand wie angewurzelt, fühlte sich schockiert und überrumpelt gleichermaßen. Bevor er etwas erwidern konnte, hatte der Mann seine Schritte beschleunigt und sich in Richtung Parkplatz entfernt.

Mullinger sah ihm ein paar Sekunden lang hinterher, stieg dann aber die Treppen der Talstation hinauf, während unterhalb von ihm die restlichen Einsatzkräfte mit ihren Fahrzeugen davonfuhren. Das Mädchen hinter dem verglasten Schalter verkaufte wieder Tickets. Augenblicke später hörte Mullinger, wie die Motoren der Seilbahn zu brummen begannen. Die gelben Gondeln schwebten wie an einer Perlenkette durch die Schneise, die den bewaldeten Steilhang nahezu gradlinig von unten nach oben durchschnitt. Als Mullinger am Schalter angelangt war und mit einem 20-Euro-Schein bezahlte, konnte er seine Neugier nicht zurückhalten. »Was ist denn passiert?«, fragte er und spürte, dass sein Mund trocken geworden war.

»Nix Aufregendes«, erwiderte das Tannheimer Mädel, das ihm Wechselgeld und Ticket hinschob, »einer Frau isch es wohl schlecht geword'n.«

»In der Seilbahn?« Mullinger steckte das Geld ein, während er hinter sich die Ungeduld eines drängelnden Rentners bemerkte.

»Sie war schon ob'n, isch aber gleich wieder runterg'fahr'n. Wahrscheinlich was mit'm Kreislauf.« Die junge Frau wandte sich leicht genervt dem nächsten Kunden zu. Mullinger trat zur Seite und holte tief Luft. In seinem Kopf hallten die Worte des Unbekannten nach: Der Tag werde anders verlaufen, als er es gedacht habe.

Mullinger ging wie in Trance die paar Schritte auf dem gummibelegten Boden zur Plattform hinüber, entlang derer die ausgeklinkten Gondeln zum Ein- und Aussteigen vorbeizuckelten.

Noch während er auf die nächste wartete, spürte er plötzlich einen Druck in der Magengegend. Die Aufregung der vergangenen Minuten hatte ihm zugesetzt. Er kämpfte gegen aufkommende Übelkeit und gegen die Angst, sich in der Gondel erbrechen zu müssen. Nein, wehrte er sich innerlich, es war doch nur die Nervosität – nichts weiter.

Weshalb sollte es ihm denn genau so ergehen, wie dieser Frau? Er musste jetzt stark bleiben und den Tatsachen ins Auge blicken – egal, was da oben geschehen würde.

Die Begrüßung von Aleen Dobler-Maifeld fiel nicht wie gewohnt aus. »Entschuldigt, dass ich mich etwas verspätet hab«, sagte sie, leicht außer Atem, und stellte ihren kleinen Rucksack in den Flur. »Ist denn was passiert?«

Jensen und Josefina umarmten sie zwar, aber die übliche Herzlichkeit blieb aus.

»Karin ist noch nicht da«, erklärte Jensen knapp.

»Eigentlich wollte sie schon vor über einer Stunde hier sein«, ergänzte Josefina und stützte sich mit den Händen an der Holzbegrenzung des Vorplatzes ab.

»Stau hat's auf der Autobahn keinen gehabt«, sagte Aleen ziemlich teilnahmslos, wie Josefina es empfand. »Wir kommen ja aus derselben Richtung. Aber du weißt ja, Karin will immer allein fahren, weil sie meist noch ihre Tochter im ›Hochsteinhof‹ besucht und ein paar Tage länger bleibt.«

»Ach ja«, bemerkte Jensen beiläufig. »Die Larissa, so heißt sie doch wohl? Ja, die hat ziemlich vermögend geheiratet.«

Keine der beiden Frauen wollte darauf eingehen. Sie mochten es nicht, wenn Jensen immer nur ans Geld dachte.

»Ruft sie doch einfach an«, schlug er vor, »oder hat niemand ein Handy dabei?«

Josefina, die im strahlenden Sonnenschein ins tief eingeschnittene Tal des Strindenbachs hinabblickte, schüttelte den Kopf. »Hier geht's doch nicht. Wir müssten ein Stück weit da drüben hochsteigen. Aber ich möchte vermeiden, dass Karin den Eindruck hat, wir wollten sie drängen. Ihr wisst selbst, wie sensibel sie ist.«

Aleen fühlte sich bemüßigt, Josefina zu beruhigen. »Vielleicht ist sie schon gestern gefahren und hat sich heut früh bei ihrer Tochter im Hotel noch ein bisschen verplaudert.«

Jensen wollte die Besorgnis nicht auch noch anheizen und verschwieg deshalb, dass er die vergangene Nacht im ›Hochsteinhof‹ verbracht und weder Karin noch ihre Tochter gesehen hatte. Er versuchte deshalb, das Thema zu wechseln und fragte sachlich: »Was ist mit diesem Studenten, den du uns avisiert hast?« Seine sonore Stimme hatte immer den Klang, als erkundige er sich nach den aktuellen Börsenkursen.

Josefina drehte sich langsam um. »Wie Studenten halt so sind! Irgendwann zwischen zehn und zwölf will er da sein, hat er g'mailt.«

»Und Fischer – mein alter Freund Robert? Der kneift wohl auch?«

Josefina nervten diese überflüssigen Fragen. »Er mag diesmal nicht«, erwiderte sie leise. »Will lieber auf dem Campingplatz faulenzen.«

»Schwächelt der, oder was?« Jensens Stimme verriet Unsicherheit. »Jetzt isser noch nicht mal 70 und fit wie ein Turnschuh, aber hängt nur mit seiner Renate im Wohnwagen rum. Lässt sie ihn nicht gehen?«

Die beiden Frauen ignorierten diese Bemerkung. Ihr Interesse galt einer Person, die sich in der Ferne auf dem schmalen Pfad abzeichnete.

»Guck mal, ein junger Mann«, sagte Aleen. »Ob das unser Student ist?« Sie blickte ihm mit verschränkten Armen entgegen. »Weißt du denn, wie alt er ist?«, wandte sie sich an Josefina.

»Student halt«, kam es gereizt zurück. »Zwischen 20 und 25, denk ich.«

Jensen räusperte sich im Hintergrund. »Ein bisschen zu jung für dich, würd ich sagen.«

Aleen konnte nicht sehen, dass er hämisch grinste. Sie hatte seine Bemerkung als völlig unpassend empfunden. »Was Männer wie selbstverständlich für sich in Anspruch nehmen, gilt bei uns Frauen als völlig unschicklich.« Sie drehte sich genervt zu ihm um. »Mein lieber Dirk, falls da irgendwelche Unklarheiten über den Zweck unseres Aufenthalts hier bestehen sollten, möchte ich dich an die Themen erinnern, die uns Josefina vorgeschlagen hat.«

»Entschuldige bitte«, hob Jensen beschwichtigend die Arme, »das war doch nur eine alberne Bemerkung. Ich kann doch nicht ahnen, dass du so gereizt bist.« Er verzog sein Gesicht zu einem gequälten Lächeln, entschied aber, keine weitere Bemerkung zu machen.

Die beiden Damen konzentrierten sich ohnehin auf den

Ankömmling, der sich mit einem sympathischen Lächeln und einem schüchternen »Hallo« näherte. »So wie's aussieht, bin ich hier richtig.«

»Du bist der Jonas, stimmt's?« Josefina schüttelte ihm die Hand und stellte sich und die beiden anderen vor. Er entsprach genau dem Foto, das er allen per E-Mail geschickt hatte. »Entschuldigt, wenn ich ein bisschen später komm', aber es hat mit der Seilbahn ein Problem gegeben.« Während Mullinger seinen Rucksack ablegte, war für ein paar Sekunden nur noch das Zwitschern einiger Vögel zu hören.

Josefina und Aleen sahen sich erschrocken an. Auch Jensen hielt es für angebracht, auf weitere ironische Bemerkungen zu verzichten.

»Problem?«, griff Josefina den Hinweis des Studenten auf. »Was denn für ein Problem?«

»Einer Frau ist es wohl in der Gondel schlecht geworden. Deshalb hat man die Anlage abgeschaltet.«

»Einer Frau?«, hakte Josefina nach und sah sich erneut Hilfe suchend um. »Hast du sie gesehen?«

»Nicht wirklich.« Er bemerkte, dass seine Worte einen merkwürdigen Stimmungswandel ausgelöst hatten. »Man hat sie gerade in den Rettungswagen gebracht, als ich gekommen bin.« Er sah die drei anderen nacheinander fragend an. »Ist denn was passiert?«

Es vergingen wieder einige Sekunden, bis Josefina schilderte, was sie inzwischen alle bedrückte: »Karin Waghäusl ist längst überfällig. Du weißt, wer das ist?« Josefina wartete die Antwort nicht ab, sondern erklärte: »Ich hab's dir im E-Mail g'schrieb'n. Die Witwe von diesem Flugzeugabsturz.«

Schweigen. Mullinger war verunsichert. Seine erste Begegnung mit den Menschen, die er zwar duzte, aber nur durch E-Mails und einige Telefongespräche kannte, hatte er sich anders vorgestellt. Er fühlte sich plötzlich völlig deplatziert, was Jensen bemerkte und deshalb die Initiative ergriff, ihm die Hütte zu zeigen. »Das wird sich alles klären«, beruhigte er den jungen Mann mit gedämpfter Stimme, als sie im dunklen Vorraum standen, wo die Treppe zu den Schlafräumen hinaufführte. »Frauen neigen manchmal dazu, gleich mit dem Schlimmsten zu rechnen und alles zu dramatisieren.«

Mullinger blieb vor der Treppe stehen. Ihm kamen einige E-Mails in den Sinn, die Karin ihm geschrieben hatte. »Aber Frau Waghäusl – ich mein': Karin, die glaubt doch wirklich, von bösen Ahnungen getrieben zu werden.«

»So? Tut sie das?«, erwiderte Jensen distanziert. »Dann weißt du mehr als ich.«

Mullinger sah im Halbdunkel des kleinen Vorraumes nur die Umrisse seines Gegenübers. Er wusste nicht so recht, was er in dieser Situation sagen sollte. »Wie gesagt, ich kenn' Karin genau so wenig, wie euch alle«, sagte er und ärgerte sich, dass es wie eine Entschuldigung klang.

»Du kannst deinen Rucksack da oben ablegen«, wechselte Jensen das Thema und deutete die Treppe hinauf. »Rechts die Männer, links die Damen. Stell ihn einfach auf ein freies Matratzenlager drauf.«

Mullinger schnappte sich seinen Rucksack und stieg die knarrenden Stufen hoch. »Was hat Karin denn über ihre Vorahnung geschrieben?«, hörte er hinter sich die Stimme Jensens, der ihm nach oben gefolgt war.

Mullinger verlangsamte seine Tritte. »Naja«, sagte er und überlegte, wie viel er offenbaren durfte. »Karin hat seit dem Tod ihres Mannes tiefe Ängste und auch tiefes Misstrauen.«

»Misstrauen?«, kam es von hinten dumpf zurück, während er den Dachboden erklommen hatte, wo ein schmaler Sonnenstrahl durch ein kleines Giebelfenster fiel und ihm

Orientierung bot. Er stand in einem kleinen Vorraum, in dem es zu beiden Seiten jeweils eine angelehnte Tür gab. Dem Hinweis Jensens folgend, wandte er sich nach rechts und musste beim Betreten des dunklen Raumes darauf achten, den Kopf nicht gegen die Dachschräge zu stoßen. Die vorderste Matratze hatte offenbar bereits Jensen mit einem Rucksack in Beschlag genommen. Mullinger legte seinen auf die hinterste Liege und kehrte zur Treppe zurück, wo Jensen gewartet hatte. »Alles klar bei dir?« Jensens Stimme klang streng. »Alles okay, danke«, gab Mullinger zurück und folgte Jensen nach unten. »Du sagtest, Karin sei misstrauisch«, knüpfte Jensen an ihr unterbrochenes Gespräch wieder an. »Gegen wen und was?«

»Keine Ahnung«, blieb der Student wortkarg. Er musste schlagartig an den Typen mit dem Goldkettchen denken, der ihm heute schon zweimal aufgefallen war. Er beschloss, sich vorläufig zurückzuhalten.

17

Bereits als die Rettungssanitäter die Frau in der Seilbahn-Gondel reanimieren wollten, hatte so gut wie keine Hoffnung mehr bestanden. Jetzt, im Bezirkskrankenhaus Reutte, drunten im Lechtal, wurde es zur traurigen Gewissheit: Die Unbekannte, die keinerlei persönlichen Papiere, auch keinen Rucksack und keine Handtasche bei sich getragen hatte, war tot. Vorläufig sah es nach einem Herzstillstand aus.

»Merkwürdig ist, dass sie nicht mal ein Seilbahn-Ticket in den Jacken- oder Hosentaschen hatte«, stellte ein Arzt fest, nachdem routinemäßig die Polizei gerufen worden war, um die Identität der Toten ermitteln lassen zu können.

»Kann man was zu ihrem Alter sagen?«, wollte der Oberstleutnant des Bezirkspolizeikommandos Reutte wissen.

»Um die 50, vielleicht auch ein bisschen jünger«, erklärte der Mediziner, der an seinem Schreibtisch saß und die Ruhe des Beamten bewunderte, der sich am Besuchertisch Notizen machte.

»Schmuck?«

»Kein Ring, nein. Auch sonst nichts. Keine Tätowierung, keine Piercings.«

»Dann wird uns der Zahnbefund weiterhelfen müssen«, brummte der Beamte missmutig, um dann noch nachzuhaken: »Medizinisch auch nix? Einwandfrei Herzversagen?«

Der Arzt runzelte die Stirn. »So ganz sicher sind wir uns da noch nicht. Zuerst sah es nach einer Lungenembolie aus.«

Zum ersten Mal ließ der altgediente Beamte Interesse erkennen. Er hob den Kopf, der bisher über seine Vordrucke gebeugt war, und sah den Doktor mit schmalen Augen an. »Wie darf ich das versteh'n, Herr Doktor?«

»Uns ist eine winzige Einstichstelle an der Außenseite des linken Schenkels aufgefallen, die ziemlich frisch zu sein scheint.« Der Arzt wusste um die Wirkung dieser Worte und beobachtete mit gewisser Genugtuung, wie der Beamte darauf reagierte.

»Einstichstelle?« Die behäbige Ruhe war schlagartig gewichen. »Eine Spritze? Drogen?«

Der Mediziner zuckte mit den Schultern. »Wir sind uns nicht sicher. Die Laborergebnisse sind uns erst für den Nachmittag avisiert. Nach Lage der Dinge und ohne dem Herrn Staatsanwalt vorgreifen zu wollen, halte ich eine Autopsie für geboten.«

Der Oberstleutnant schluckte. Vermutlich hatte der Mediziner recht. Denn auch die äußeren Umstände deuteten darauf hin, dass einiges nicht stimmte. Falls die Frau tatsächlich eine Wanderung unternehmen wollte – worauf zumindest ihre Kleidung hindeutete –, hätte sie einen Rucksack und Geld, aber auch irgendwelche Dokumente, wie etwa Führerschein und Liftticket dabei haben müssen.

»Und da gibt es noch etwas, das merkwürdig ist.« Der Arzt griff zu einem kleinen Objekt, das er auf dem Schreibtisch liegen hatte. »Es gab zwar, wie ich bereits sagte, keinen Körperschmuck, aber in der Kleidung der Toten fanden wir dies.«

Er hielt etwas zwischen Daumen und Zeigefinger, das metallisch glänzte.

»Was ist das?«, fragte der Beamte, stand auf und ging die paar Schritte auf den Schreibtisch des Arztes zu.

»Es hat eine Öse und müsste an einer Kette gehangen sein«, erklärte der Doktor. »Und es könnte eine Posaune sein.«

18

Sie hatten sich in die Hütte zurückgezogen. Doch das zünftige Tiroler Frühstück, das es heute verspätet gab und das normalerweise Josefinas ganzer Stolz war, wollte diesmal nicht so recht munden. Obwohl sie sich gegenseitig zu beruhigen versuchten, dass es gewiss auch eine ganz einfache Erklärung für Karins Fernbleiben geben würde, drehte sich das Gespräch nur um sie. »Ich glaube«, unternahm Jensen einen neuerlichen Anlauf, die finsteren Szenarien einzudämmen, »es wäre ganz gut, wenn unser Freund Christoph auch schon da wäre.«

»Christoph kommt morgen«, erklärte Josefina schnell, als sei ihr dieser Hinweis lästig. »Willst du damit sagen, dass wir geistlichen Beistand brauchen?«

»Oh nein, Josy, versteh' mich bitte nicht falsch.« Jensen spürte, dass seine Bemerkung das Gegenteil dessen ausgelöst hatte, was beabsichtigt war. »Aber Christoph könnte uns als erfahrener Theologe in einer solchen Situation vielleicht aufmuntern.«

Mullinger, dem Speck, Spiegelei und Bratkartoffeln besonders gut schmeckten, hatte beschlossen, sich in dieser angespannten Atmosphäre vorläufig zurückzuhalten, wagte jetzt aber trotzdem einen Vorstoß: »Und wie wär's, wenn wir den Versuch unternähmen, Karin doch mal auf ihrem Handy anzurufen?« Er hatte in den vergangenen Minuten den Eindruck gewonnen, als scheuten sie alle diesen Schritt, weil damit möglicherweise das Unumkehrbare zur Realität wurde.

»Das hielte ich auch für geboten«, unterstützte ihn Jensen, der sich Bratkartoffeln aus der Pfanne auf seinen Teller streifte. »Karin wird's uns nicht übel nehmen, wenn wir uns jetzt, um die Mittagszeit, mal nach ihr erkundigen.«

»Denke ich auch«, meinte Aleen und warf Jensen einen nervösen Seitenblick zu. Sie zögerte kurz, um dann Josefina direkt anzusprechen: »Wieso zögerst du eigentlich? Was hält dich davon ab, sie anzurufen? Du brauchst doch nur ein Stück den Hang raufzugehen, da gibt's ein Funknetz.« Josefina legte beinahe theatralisch ihr Essbesteck weg. »Wir haben doch irgendwann mal g'sagt, dass sich keiner in die Angelegenheiten der andern einmischt.« Immer, wenn sie sich aufregte, wurde ihr Tiroler Dialekt besonders hörbar. »Und dass die Karin sensibel ist, wiss' mr doch alle. Sie fühlt sich beobachtet und getrieb'n. Und sie sieht in allem, was g'schieht, ein Zeich'n des Himmels. Das ist zwar net schlecht, aber wenn's krankhaft wird – das wiss'n wir alle –, dann kann das auch g'fährlich werd'n. Gerade deshalb wollte ich mit ihr und euch drüber red'n.«

Jensen holte tief Luft. Obwohl sie sich bei gewissen Themen in Harmonie vereint fühlten, gab es genügend Reibungspunkte. Einer davon war die Frage, wie mit persönlichen Problemen umgegangen werden sollte. Einige Male hatte es deshalb bei solchen Bergwochenenden schon Spannungen gegeben, die aber von allen als normal und sogar als erfrischend empfunden worden waren. Schließlich berührten ihre Interessensgebiete auch die zwischenmenschlichen Beziehungen – wenn es beispielsweise darum ging, ob emotionale Bindungen auch über Zeit und Raum hinweg zu spüren seien. Gerade Jensen vertrat dabei stets die Meinung, dass es Orte mit positiver und negativer Ausstrahlung gab. Dort, wo sich immer Menschen mit guten Gedanken träfen, bleibe die entstandene Energie erhalten. Wohingegen schlechte Gedanken eine unangenehme Atmosphäre hinterließen. Bei vielen Konferenzen habe er dies überall auf der Welt festgestellt. Er behauptete, bereits beim Betreten eines leeren Saales diese positiven oder negativen Energien spüren zu können.

Josefinas Weltbild jedoch orientierte sich streng am christlichen Glauben. Natürlich gab es für sie heilige Orte, aber sie tat sich mit der Vorstellung schwer, allein Gedanken könnten Räumlichkeiten positiv oder negativ ›aufladen‹.

»Sollen wir abstimmen, ob wir anrufen?«, fragte Jensen ungeachtet dessen, was Josefina gesagt hatte. Der Art, wie er seine Worte betonte, war zu entnehmen, dass er eine Entscheidung verlangte. »Ich bin dafür.«

Die anderen zögerten. Aleen warf einen schüchternen

Blick auf Josefina, nickte dann aber langsam. Mullinger, der den Vorschlag unterbreitet hatte, signalisierte ebenfalls seine Zustimmung. Nur Josefina zeigte keinerlei Regung. Sie starrte auf ihren leer gegessenen Teller.

»Okay«, zeigte sich Jensen angesichts der Mehrheitsverhältnisse zufrieden. »Hat jemand ihre Handynummer?«

Josefina stand wortlos auf, holte von einer hölzernen Ablage ihr kleines Handy und gab sich offenbar geschlagen. Sie verließ wortlos die Hütte und stieg den steilen Wiesenhang hinauf wo es eine Stelle mit Funknetz gab. Sie drückte einige Tasten und nach Sekunden des Wartens, während derer sie angespannt zur Krinnenspitze hinüberblickte, war eine automatische Ansage zu vernehmen. Josefina nahm das Gerät vom Ohr und hörte noch die Stimme, die auf englisch wiederholte, was soeben gesagt worden war: »The person you called is temporarily not …« Josefina eilte zur Hütte zurück, wo die anderen bereits befürchtet hatten, dass niemand zu erreichen gewesen war.

»Und nun?«, fragte Josefina gereizt in die Runde.

Jensen blieb gelassen: »Das kann vielerlei bedeuten: Dass ihr Akku leer ist, dass sie sich ebenfalls in einem Funkloch befindet oder dass ihr Handy beschädigt ist.«

»Beschädigt?«, wiederholte Aleen zaghaft, als zweifle sie an diesen Mutmaßungen.

»Wie ich sagte: beschädigt«, erwiderte er barsch. »Vielleicht ist das Gerät auf den Boden gefallen oder es wurde bei einem Unfall zerstört.«

»Seht ihr«, keifte Josefina dazwischen, »was hat's uns jetzt gebracht? Doch nur weitere Ungewissheit.«

»Dann rufen wir jetzt eben im Hotel ihrer Tochter an«, bestimmte Jensen. Noch während er sein Smartphone aus der dünnen Wanderjacke herauszog, sah er durch die Fensterscheibe eine Bewegung vor der Hütte. Er drehte sich näher zur Scheibe und bemerkte eine Frau, die in roter Wanderkleidung und mit Rucksack über die Terrasse ging. »Wer ist das denn?« Auch die anderen drehten ihre Köpfe zum Fenster, wo die Frau inzwischen außer Sichtweite geraten war. Sekunden später klopfte es deutlich hörbar an der Eingangstür, die sogleich geöffnet wurde. »Entschuldigung«, drang eine laut rufende Frauenstimme herein. Josefina sprang auf und schob die nur angelehnte Tür zum Flur vollends auf.

Dort stand bereits eine Mittvierzigerin, die einen verschwitzten Eindruck machte. Ihre dunklen, lockigen Haare hingen ihr ins Gesicht und ließen eine randlose Brille nur erahnen. »Entschuldigen Sie«, wiederholte sie. Es klang verunsichert. »Ist dies hier noch nicht die Landsberger Hütte?«

Josefina sah die Frau verständnislos an. »Die Landsberger Hütte?«, echote sie. »Da müssen's noch gut zwei Stund'n weitergeh'n. Haben Sie denn keine Karten?«

»Nein, hab ich leider nicht«, antwortete die Frau schuldbewusst. »Ich muss mich wohl völlig verlaufen haben.« Jensen erhob sich und eilte in den Flur. »Das hier ist eine private Almhütte«, kam er Josefina energisch zu Hilfe. Die Fremde sah an ihm vorbei in den Wohnraum, als interessiere sie sich weniger für die Hütte, als viel mehr für die Gäste, die sich darin aufhielten. Jensen bemerkte dies, griff nach der Tür und zog sie zu. Zuvor noch hatte Mullinger für den Bruchteil einer Sekunde das Gesicht der Frau sehen können. Es kam ihm seltsam bekannt vor. Doch irgendetwas hinderte ihn daran, aufzustehen und ebenfalls zu ihr hinauszugehen.

Jensens Stimme klang dumpf durch die geschlossene Tür: »Einfach wieder zum Weg dort oben zurückgehen. Dann geht's links zur Landsberger Hütte. Immer dem Weg folgen. Ist aber auch gut beschildert.«

»Vielen Dank«, sagte die Frau, »und entschuldigen Sie bitte die Störung.«

Die Schritte auf dem Holzboden entfernten sich, die Haustür wurde geöffnet und wieder ins Schloss gezogen.

»Komischer Vogel«, meinte Jensen, als er wieder mit Josefina in den Wohnraum zurückkehrte. »Ist ausgerüstet, als wolle sie den Mount Everest bezwingen, hat aber keine Ahnung, wie weit es zur Landsberger Hütte ist.«

Die beiden setzten sich wieder, während Josefina empört anmerkte: »Verrückt, wer heutzutage alles hier oben rumläuft!«

Beinahe hätte auch Mullinger etwas gesagt, doch Jensen ließ ihn gar nicht erst zu Wort kommen. Der Ex-Banker griff wieder zu seinem Smartphone, um fortzusetzen, wobei er unterbrochen worden war.

»Hochsteinhof«, sagte er zu sich selbst. Er wollte sich die Nummer aus dem Internet holen, weshalb er das gesperrte weil teure Auslands-Datenroaming aktivierte. Dann jedoch wurde ihm bewusst, dass dies ohne Funknetz nicht ging. »Ich geh auch mal da hoch«, sagte er und verließ den Raum, um über den sonnenbeschienenen Wiesenhang jene Stelle zu erklimmen, die sie alle kannten.

Wortlos tippte er auf dem kleinen Display den Namen in die automatische Telefonauskunft des Internets, um sogleich per Fingerklick auf das Touchscreen-Display die Rufnummer anwählen zu lassen. Augenblicke später wurde er von einer freundlichen Dame der Hotel-Zentrale wunschgemäß zu Larissa weiterverbunden, die mit Nachnamen Pladler hieß.

Jensen stellte sich als Bekannter ihrer Mutter vor, erwähnte das traditionelle Berghüttentreffen und stellte behutsam die Frage, ob ihre Mutter auch heraufkommen wolle.

»Ja, aber natürlich«, antwortete die Frau hörbar verunsichert. »Ist sie denn nicht oben?«

Jensen hielt kurz inne. »Bis jetzt noch nicht.« Dann fügte er rasch an, als wolle er Larissa nicht beunruhigen: »Aber dann wird sie sicher noch kommen.«

»Mutti ist nicht da?«, vergewisserte sich die Stimme im Telefon jetzt aber deutlich aufgeregter. »Sie hat mich heut' früh angerufen, dass sie angekommen sei. Vom Parkplatz bei der Seilbahn aus. Sie wollte zu euch hochfahren und ...« Die Frau brach ab.

Jensen zögerte. »Hallo, sind Sie noch da?«

Ein Klicken in der Leitung verriet ihm, dass Larissa aufgelegt hatte.

19

Robert Fischer hatte sich eine leichte Joggingjacke übers dünne T-Shirt gestreift, um dann aus dem Wohnwagen zu steigen. In der Nachrichtensendung von ›Radio Tirol‹ war die Meldung verbreitet worden, dass am Vormittag in einer Gondel der Neunerköpfle-Bahn eine unbekannte Tote aufgefunden worden sei. Es hatte ihn wie ein Donnerschlag getroffen. Tot, klang es in seinem Kopf unablässig nach. Tot. Seine Frau Renate hatte die Schreckensvision ausgesprochen: Eine unbekannte Tote – das würde nichts Gutes bedeuten. Es ließ darauf schließen, dass sie allein unterwegs war. Doch er wollte nichts dazu sagen. Er spürte ein beklemmendes Gefühl in der Magengegend. Die Begegnung, die er am Vormittag an der Talstation hatte, war plötzlich wie ein Albtraum in ihm aufgeflammt.

Er spürte das Bedürfnis, mit seinem an Jahren jüngeren Freund Uwe Astor darüber reden zu müssen. Mit ein paar Schritten hatte er dessen großen luxuriösen Wohnwagen erreicht, in dem Astor meist während der Sommermonate lebte – bisweilen auch gemeinsam mit einer Freundin. Fischer klopfte neben dem ausgebleichten Vorzelt an die Wand des weiß-gelb-gestreiften Wohnwagens, worauf sich im Innern sofort etwas rührte. Gleich darauf wurde der Reißverschluss des Vorzeltes aufgezogen und Astor, ein kräftiger Mittfünfziger mit fülligem blondem Haar und einer gesunden Gesichtsfarbe stand strahlend vor ihm. Er schlug seinem Freund kumpelhaft auf die Schulter. »Mittagsschlaf vorbei?«

Doch als keine Reaktion kam, wurde Astor ernst. »Ist was?« Aus seinem Gesicht wich die Farbe.

»Hast du Nachrichten gehört?«, fragte Fischer betroffen.

Astor kniff die Augen zusammen, weil ihn die Sonne blendete. »Ne, warum? Ich sitz hier drin und arbeite.«

»Man hat eine Frau tot in der Seilbahn gefunden.«

»Wie?« Astor wischte sich durchs Haar und bat seinen Freund durchs unaufgeräumte Vorzelt in den Wagen. Im Innern sah es nicht viel besser aus – eben genauso, wie Fischer es seit Langem kannte: auf dem Tisch zwei Laptops, jede Menge Akten und einige Kabel, die sich irgendwo unterm Tisch verloren. Aus dem Papierstapel ragte eine große Tasse Kaffee heraus, deren restlicher Inhalt eingetrocknet war. Das Doppelbett am Heck des Wagens erweckte den Eindruck, als sei Astor gerade erst aus den Federn gekrochen.

»Hier sieht's ziemlich chaotisch aus«, sagte Astor, als könne er die Gedanken seines Freundes lesen. »Setz dich hin. Willst du was?«

»Nein, danke.« Fischer ließ sich gegenüber Astor nieder, der die Monitore der Laptops nach unten klappte, um über den Tisch hinweg ungestörten Blickkontakt zu haben.

»Jetzt mal langsam«, sagte Astor, der kreidebleich geworden war. »Eine Tote, sagst du?«

»Ja, eine Tote, heute Vormittag – ohne Papiere. Weißt du, was das bedeuten kann?«

Astor lehnte sich zurück und verschränkte die Arme vor seinem blauen Strickpullover.

»Ich war heut Morgen dort«, fuhr Fischer fort, »ganz zufällig. Ich war mit dem Fahrrad unterwegs, um im Supermarkt drunten einzukaufen, und bin dann noch bis zur Talstation gefahren.« Er zögerte. »Einen kurzen Moment hab ich gehofft, Karin treffen zu können. Die kommt doch normalerweise immer so bald.«

Astor hörte seinem Freund aufmerksam zu, ohne ihn zu unterbrechen.

»Doch wie ich auf dem Parkplatz ankomme, bemerke ich plötzlich viel Blaulicht. Jede Menge Einsatzfahrzeuge.« Er musste gegen seine innere Unruhe ankämpfen. »Sie haben dann jemanden die Treppen der Seilbahn runtergetragen.« Er sah Astor fest in die Augen.

»Du meinst …« Astor ließ sich von der Aufregung nicht anstecken. »Du meinst doch nicht im Ernst, dass Karin das war?«

Fischer spielte nervös mit einem Blatt Papier, das vor ihm ein Stück weit aus einem Aktenstapel herausragte. Er wusste nicht so recht, wie er seine Ängste formulieren sollte. »Ich hab die Frau nicht genau sehen können, aber sie hat mich an Karin erinnert. Und als Renate und ich die Nachricht gehört haben, haben wir gleich an sie gedacht.«

»Das wär furchtbar, Robert. Dann wär' an dem, was sie

euch an Silvester gesagt hat, doch was dran?« Astor spielte auf eine Bemerkung Karins an, die ihm Robert damals einige Tage später zugetragen hatte. Es war dabei um den Inhalt eines Gesprächs gegangen, das die Fischers als Gäste der Silvesterparty im Hotel von Karins Tochter noch zu später Stunde geführt hatten. Inwieweit das damals Gesagte auf Fakten beruhte oder eher der Fantasie eines leicht beschwipsten und ohnehin vom Schicksal gebeutelten Gehirns entsprang, blieb allerdings ungeklärt. Karin jedenfalls hatte die Berghütten-Wochenenden angesprochen und dann mit jedem Glas Sekt, das sie trank, ihr Herz noch heftiger ausgeschüttet.

»Und du meinst, ihre Ängste waren begründet?«, hakte Astor nach einer kurzen Pause nach.

Fischer nickte und lehnte sich zurück, sodass die offene Joggingjacke den Blick auf sein viel zu enges, buntes T-Shirt freigab, in dessen weitem Halsausschnitt ein Goldkettchen glitzerte. »Renate und ich fragen uns nur, wen sie damals gemeint haben könnte.«

Astor kratzte sich an den Augenbrauen. »Aber sie hat nichts Genaues darüber gesagt, keine Andeutungen? Keine Namen? Nichts?«

»Nichts, nur halt diese eine seltsame Bemerkung, von der ich dir ja damals berichtet habe – dass sie gesagt hat, die Welt ist voller Verräter.«

Astor nickte. »Mit Verlaub gesagt, Robert, diese Bemerkung kannst du heutzutage auf alle Lebensbereiche beziehen.« Er überlegte kurz. »Und wenn es im Radio heißt, sie hätten eine unbekannte Tote gefunden, dann muss dies auch nicht zwangsläufig auf ein Verbrechen hindeuten.«

»Nein, muss es natürlich nicht. Aber überleg doch: ›Unbekannte Tote‹. Sie hatte also nichts dabei, womit sie zu identifizieren gewesen wäre. Es wäre doch ein ziemlicher Zufall, wenn so jemand, der allein in den Bergen unterwegs ist, plötzlich tot umfällt.«

»Ist sie tot umgefallen?«, fragte Astor schnell.

»Nein, das heißt – ich weiß es nicht. Hab ich jetzt nur so dahingeredet.«

»Und gesehen hat in der Seilbahn niemand etwas?«

»Mensch, Uwe, ich hab's nur aus den Nachrichten. Aber ich befürchte, wenn mehr dahinter steckt, dann werden wir noch mehr als uns lieb ist mit dieser Sache konfrontiert.«

Astor atmete schwer. »Ich denke, dass Karins Hinweise an Silvester eher mit dem Flugzeugabsturz zu tun hatten. Man hat ja, soweit ich weiß, die Ursache nie richtig herausfinden können. Rauch im Cockpit, hat's zwar geheißen, aber vielleicht steckte ja was ganz anderes dahinter. Ihr Mann zählte zu den ganz Großen im globalen Finanzgeschäft, das damals noch weitgehend unter Ausschluss der Öffentlichkeit vonstattengegangen ist.«

»Du denkst an Sabotage, einen Terroranschlag?«

»Weiß man's?« Astor verspürte jetzt keine Lust mehr, mit seinem Freund darüber zu diskutieren. Nicht mal, mit ihm ein Bier zu trinken.

20

Larissa hatte Gewissheit bekommen. Nach dem kurzen Telefonat mit Jensen war ihr sofort klar gewesen, dass mit der unbekannten Toten, von der sie im Radio gehört hatte, nur ihre Mutter gemeint sein konnte. Sie hatte das Bezirkspolizeikommando in Reutte angerufen und war so schnell sie konnte in das Bezirkskrankenhaus gefahren, wo die angeblich unbekannte Tote inzwischen auf Anweisung der Innsbrucker Staatsanwaltschaft auf die Obduktion vorbereitet wurde. Ein einziger Blick auf das blasse Gesicht der mit einem weißen Tuch verhüllten Leiche genügte, und in Larissa brach eine Welt zusammen. Sie schluchzte hemmungslos und ließ sich von einem Polizeibeamten und einem Arzt in einen Besprechungsraum bringen. Eine Krankenschwester brachte ihr eine Tasse Kaffee und versuchte, sie zu trösten.

Larissa saß zusammengesunken am Tisch, den Kopf auf die Hände gestützt. Ihre langen schwarzen Haare hingen in Strähnen nach unten und bedeckten das blasse Gesicht.

Der Arzt bedeutete dem Beamten mit einem Kopfnicken, er solle noch für ein paar Minuten mit weiteren Fragen warten und bat ihn nach draußen. Dort ließ er die Tür einrasten und deutete auf ein Blatt Papier. »Wir haben das Ergebnis aus dem Labor. Sauerstoffmangel war die Ursache. Ausgelöst durch ein Opiat namens Remifentanil. Bereits eine winzige Menge genügt, um die Atmung im Gehirn auf Null zu stellen. Die Injektion erfolgte durch die dünne Wanderhose.«

»Oh Gott«, entfuhr es dem Beamten, der sofort zu seinem Handy griff und seinen Chef anrief. Wenn die Personalien stimmten, die die junge Frau bereits am Telefon von ihrer Mutter genannt hatte, dann musste jetzt nicht nur das Landespolizeikommando Innsbruck verständigt werden, sondern auch die zuständige Behörde in Deutschland. Irgendwo zwischen Ulm und Stuttgart, hatte es geheißen.

21

Kriminalhauptkommissar August Häberle war an diesem Freitagnachmittag ein paar Stunden früher vom Dienst weggegangen und auf der Terrasse der Vereinsgaststätte seiner geliebten Turnerschaft Göppingen gewesen. Nach zwei Weizenbieren, die er sich zu einem deftigen Wurstsalat geleistet hatte, ließ er seine Frau Susanne ans Steuer. Sie waren noch keine hundert Meter gefahren, als das Handy anschlug, das Häberle in seiner Jeansjacke stecken hatte. Er fingerte danach und erkannte auf dem Display sofort die Nummer der Dienststelle. Es war sein junger Kollege Mike Linkohr, der an diesem Abend Bereitschaftsdienst hatte. »Sorry, Chef«, sagte er, wohl wissend, dass Häberle solche Anglizismen nicht mochte. »Wir haben da einen Anruf aus Österreich gekriegt. Vom Landeskriminalamt in Innsbruck. Es geht um eine Sache im Tannheimer Tal – kennen Sie das?«

»Warum soll ich das nicht kennen?«, brummte Häberle, der immer wieder aufs Neue überrascht war, wie wenig sich junge Kollegen im Umkreis von 200 Kilometern auskannten.

»Sie haben dort in einer Seilbahn eine Frau tot aufgefunden. Sie soll aus Drackenstein stammen.«

»Aus Drackenstein«, wiederholte Häberle verwundert. Nie zuvor hatte er in diesem kleinen Nest zwischen Albhochfläche und einer tief eingeschnittenen Schlucht einen Fall zu klären gehabt. Dort schien bisher die Welt in Ordnung zu sein. »Und was geht uns das an?«, wollte er wissen.

»Sie befürchten, dass sie ermordet wurde. Irgendeine Injektion. Die Frau heißt Waghäusl, Karin Waghäusl. Wohnt allein. Ihre Tochter ist mit einem Hotelier in Tannheim verheiratet.«

Vor Häberles geistigem Auge formierte sich diese Landschaft, die er und Susanne ins Herz geschlossen hatten. »Hm«, machte er und sah auf die Uhr. 18.30 Uhr. »Haben Sie die Staatsanwaltschaft schon verständigt?«

»Noch nicht ...«

»Dann tun Sie's. Wir brauchen einen richterlichen Durchsuchungsbeschluss für die Wohnung. Die Adresse haben Sie?«

»Ja, Am Hummelberg.«

»Okay, ich komme.« Häberle beendete das Gespräch und steckte das Handy ein. Seine Frau sah ihn von der Seite an. Auch ohne Worte wusste sie, dass der restliche Abend anders verlaufen würde als gedacht. Sie hatte bereits den Weg zur Polizeidirektion eingeschlagen.

»Ich lass mich dann später heimfahren«, sagte er knapp, als er vor dem eisernen Tor ausstieg und Susanne einen Kuss auf die Wange drückte. Er war ihr unendlich dankbar, dass sie seit über 30 Jahren seinen Job ertrug – auch dann, wenn plötzlich ein Fall die Zweisamkeit störte.

Er tippte den Zahlencode in das automatische Öffnungssystem der stabilen Tür, durch die er den asphaltierten Hof der Direktion betreten konnte.

Wenig später saß er mit Linkohr zusammen, seinem jungen Kollegen, der einen gestressten Eindruck machte und zwei Tassen starken Kaffee bereitgestellt hatte. »Es geht heut' Nachmittag am Stück«, seufzte er. »Ein Suizid in Uhingen, eine Messerstecherei in Geislingen. Aber das hier«, er deutete auf seine handschriftlichen Notizen, »das hat eine andere Qualität.«

Er habe inzwischen die Staatsanwaltschaft erreicht, erklärte er. Man versuche momentan, einen Richter zu kriegen, was jedoch abends bekanntermaßen nicht einfach sei. Der diensthabende Jurist gehe nicht an sein Handy.

Häberle enthielt sich eines Kommentars. Er musste jedoch

an einen länger zurückliegenden Fall denken, bei dem einigen Polizeibeamten vorgeworfen worden war, einen Randalierer ohne richterliche Anordnung in Gewahrsam genommen zu haben. Ihr Argument, es sei zu diesem Zeitpunkt gar kein Richter zu erreichen gewesen, war damals als infame Schutzbehauptung abgetan worden – mit entsprechenden Folgen für ihre weitere polizeiliche Karriere.

»Wir brauchen auch ein paar Kollegen von der Spurensicherung – vor allem einen EDV-Spezialisten. Wegen der Computer«, gab Häberle zu bedenken.

»Schon erledigt«, erklärte Linkohr, in den sein alter Tatendrang wieder zurückgekehrt zu sein schien. »Auch einen Schlüsseldienst hab' ich erreicht.« Endlich mal wieder ein gemeinsamer Fall mit Häberle, dachte er. Der 13., soweit er sich entsann.

»Haben denn die Kollegen in Tannheim …«, wollte der Chefermittler nachhaken, wurde jedoch von Linkohr verbessert: »… in Innsbruck.«

»Okay«, grinste Häberle, »in Innsbruck – haben die Näheres über Motiv und Ähnliches gesagt?«

»Gar nichts. Sie erhoffen sich aber von der Tochter und den Seilbahn-Mitarbeitern ein paar Anhaltspunkte.« Linkohr drehte sein Notizblatt um. »Bis auf eines«, fuhr er langsam fort, »sie haben das Auto der Toten inzwischen gefunden. Ein silberfarbener VW-Golf mit Göppinger Kennzeichen. Es sei auf dem Seilbahn-Parkplatz an der Talstation abgestellt gewesen.«

»Am Neunerköpfle?«, wollte Häberle wissen. Schon einige Male war er mit Susanne den Waldpfad an der Seilbahn entlang hochgestiegen und auf dem Höhenzug zur Landsberger Hütte weitergewandert.

Linkohr drehte sein Blatt wieder auf die Vorderseite. »Ja, Neunerköpfle, so heißt das wohl.«

»Ganz sicher heißt das so, wenn die Bahn von Tannheim raufgeht«, erklärte Häberle, der sich nach den beiden Weizenbieren noch ein bisschen beschwingt fühlte. »Schräg gegenüber, auf der anderen Talseite, liegt Grän. Da hat's auch eine Seilbahn – aber die geht rauf zum Füssener Jöchle.«

Linkohr nahm's zur Kenntnis. Seine Urlaubstage hatte er meist am Meer oder an Seen verbracht. Und keine seiner verflossenen Freundinnen war Bergwanderin gewesen. Er musste an Nena denken, die er vor wenigen Wochen bei einer Privatparty im Remstal kennengelernt hatte. Sie wohnte in Schorndorf, war von Beruf Reiseverkehrskauffrau und hatte bereits große Urlaubspläne geschmiedet. Sie wollte im Herbst nach Mexiko zu den Mayastädten. Linkohr war hin- und hergerissen, ob er sich eine solche Reise würde leisten können. Ganz abgesehen davon, war es ein gewisses Risiko, Monate im Voraus zu buchen, ohne abschätzen zu können, ob die Beziehung bis dahin noch hielt. Außerdem spielte Nena mit dem Gedanken, sich beruflich zu verändern, nachdem ihr Chef in Stuttgart ein Choleriker war, der nichts weiter im Sinne zu haben schien, als die Mitarbeiter zu triezen und das Betriebsklima zu versauen.

»Und der Golf?«, brachte Häberle das aufgefundene Auto ins Spiel, nachdem der junge Kollege ein paar Sekunden in Gedanken verweilt hatte.

»Golf? Ach so, ja. Die Kollegen dort haben ihn geöffnet.« Linkohr drehte verlegen sein Blatt wieder um. »Kein Gepäck drin, nichts. Nur in der Mittelkonsole gab's einen Notizzettel, mit dem sie nichts anfangen können.«

»Lassen Sie hören.«

Linkohr las vor, was er am Telefon notiert hatte: »Die. 20 Uhr, Waldsee, chin« – oder so ähnlich.«

»Das hört sich nach einem Termin an.« Häberle unterdrückte ein Gähnen.

»Und ›Die‹ könnte Dienstag heißen. Aber Waldsee. Kennen Sie einen Waldsee?«

Der Chefermittler stützte den Kopf auf dem linken Arm ab, dessen Ellbogen auf der Armlehne Halt fand. »Der See im Tannheimer Tal heißt ›Haldensee‹ – und der andere ›Vilsalpsee‹. Der ist zwar von Wald umgeben, aber ich denke, sie meint etwas anderes.«

Linkohr sah seinen Chef fragend an, doch statt eine Erklärung zu geben, hakte er nach: »Und wie hieß das letzte Wort?«

»›Chin‹ – mit ›c‹ vorn«, erwiderte Linkohr.

»Chin mit ›c‹ – da fällt mir auf Anhieb nur China ein. Aber mit dem boomenden China und den verrückten Wirtschaftsheinis, die sich aus lauter Gier den Alt-Kommunisten an den Hals werfen, wird's ja wohl nichts zu tun haben.«

»Oder die Geschichte spielt in der großen weiten Finanzwelt«, frotzelte Linkohr. Es wäre schließlich nicht das erste Mal, dass sie es mit einem Fall zu tun hätten, der geradezu globale Ausmaße annahm.

22

Josefina hatte inzwischen ihren Mann angerufen und erfahren, dass in den Nachrichten tatsächlich eine Tote in der Neunerköpfle-Seilbahn erwähnt worden war. Wie in Trance kam sie in die Hütte zurück und legte das Gerät auf die Ablage, faltete die Hände und richtete ihren Blick andächtig auf das Kruzifix.

»Ich glaube, wir sollten für Karin beten«, sagte sie. Keiner in der Hütte wagte, etwas zu sagen. Alle verharrten ein paar Minuten in stillem Gedenken, in das sich der geringe Funke Hoffnung mischte, Karin habe sich nur verspätet und sie sei doch nicht die Tote.

Erst Aleen Dobler-Maifeld durchbrach mit zaghafter Stimme die Stille: »Dann hat sie jetzt ihr Mario zu sich geholt.«

Jensen, der am Fenstersims lehnte, mochte solche Bemerkungen nicht. »Noch wissen wir nicht, ob es Karin ist«, warf er ein und räusperte sich. »Und wenn sie es ist, dann gilt es abzuwarten, was in der Seilbahn tatsächlich passiert ist.«

Mullinger, der sich als Neuling in der Runde keine vorschnellen Bemerkungen erlauben wollte, war einen Schritt zurückgewichen und hatte sich an den Rahmen der offenen Tür gelehnt. »Und was soll denn in der Seilbahn passiert sein?«, fragte er vorsichtig.

Erst jetzt wandte Josefina ihren Blick vom Kruzifix und ließ sich auf einen Stuhl sinken. »Der Herr wird's wissen. Seine Wege sind unergründlich.«

Jensen zuckte mit einer Wange. »Immer, wenn wir mit unserer Logik nicht weiterkommen, schieben wir's auf Gott. So einfach ist das.«

Josefina sah ihn strafend von der Seite an und begann zu schluchzen.

Aleen zog einen Stuhl zu ihr her und setzte sich neben sie. »Egal, was geschehen ist, Josefina, wir müssen es akzeptieren. Für nichts auf dieser Welt gibt es eine Wiederkehr.«

Jensen musste unweigerlich an die Rede eines Physikers denken, deren eine Passage er noch gut in Erinnerung hatte: »Der Zeitpfeil geht nur in eine Richtung.« Er versuchte, diesen nüchternen Gedanken zu verdrängen. Was Aleen jetzt sagte, erweckte ohnehin seine ganze Aufmerksamkeit: »Sie hat bei unserem letzten Telefongespräch erwähnt, sie werde Mario eines nicht allzufernen Tages in Harmagedon treffen.«

»Was hat sie gesagt?«, flüsterte Josefina tränenerstickt.

Aleen wiederholte zaghaft: »Sie werde ihren Mario schon bald in Harmagedon treffen. Und – so hat sie hinzugefügt – sie fühle sich jetzt, als würden die sieben Siegel bereits geöffnet.«

Mullinger verstand kein Wort.

Jensen hingegen war sofort klar, worauf angespielt wurde. Vergangenes Jahr hatten sie sich schon einmal mit dem Ende des Maya-Kalenders auseinandergesetzt und Parallelen zu anderen Kulturen und Religionen gesucht. Karin war nach allem, was sie durchgemacht hatte, sehr zugänglich für mystische Themen geworden.

»Ich denke«, sagte Jensen, wohl wissend, dass die beiden Frauen seine sachlichen Bemerkungen nicht sonderlich schätzten, »wir sollten vorläufig die Kirche im Dorf lassen. Wenn jemand stirbt, erscheint manches, was er zuvor eher beiläufig oder flapsig gesagt hat, plötzlich in einem ganz anderen Licht. Wir Menschen sind geneigt, immer etwas hineininterpretieren zu wollen.«

Josefina schluchzte immer heftiger. Aleen strich ihr sanft über die Haare. »Wir brauchen jetzt Kraft. Außerdem sollten wir nicht vom Schlimmsten ausgehen. Aber«, sie zögerte, weil sie mit sich rang, ob sie es sagen sollte, »wenn es wirklich so geschehen ist, wie wir befürchten, dann müssen wir damit rechnen, dass wir gefragt werden, wie wir zu Karin gestanden sind.«

Jensens Gesichtszüge verhärteten sich. Obwohl Aleen geflüstert hatte, war jedes Wort zu ihm herüber gedrungen.

Auch Mullinger stand regungslos und beobachtete die Szenerie.

Jensen schluckte und entgegnete gereizt: »Was willst du damit sagen? Dass wir ein Alibi brauchen, oder was?«

Aleen erhob sich und genoss es jetzt sichtlich, die beiden Männer, insbesondere Jensen, in Verlegenheit gebracht zu haben. »Naja«, sagte sie und sah den beiden nacheinander fest in die Augen. »Wenn da in der Seilbahn etwas Schlimmes geschehen ist, wird sich sehr schnell die Frage stellen, wo wir zu diesem Zeitpunkt waren.« Ihre lebhaften Pupillen verrieten innere Unruhe.

Jensens Blutdruck schoss in die Höhe. Doch etwas in ihm rief ihn zur Ordnung. Sie hatten einander fest versprochen, sich bei diesen Hütten-Wochenenden gegenseitig alles sagen zu dürfen, ohne dass sich daraus persönliche Animositäten entwickelten. Es war für sie eisernes Gesetz, sich zu achten und die Meinung des jeweils anderen zu respektieren. Nur so war es bisher möglich gewesen, über alles zu reden und zu philosophieren – insbesondere über die Themen, deretwegen sie sich hier trafen: über alles, was sich im Grauzonenbereich von Wissenschaft und kultureller Weltanschauung bewegte und wozu es keine konkreten Antworten geben konnte, weil greifbare Beweise dafür fehlten.

Josefina war jetzt mit dem Oberkörper ganz auf die Tischplatte gesunken und vergrub das Gesicht auf den Unterarmen.

Nach einigen weiteren Sekunden des Schweigens erfüllten schnell anschwellende Hubschrauber-Geräusche die Luft. Jensen eilte sofort zur Tür, sodass Mullinger zur Seite wich, ihm dann aber ins Freie hinaus folgte. Das Knattern war inzwischen bedrohlich laut geworden, und kaum hatten sie auf der Terrasse die Hauskante erreicht, flog in niedriger Höhe ein Polizei-Helikopter an ihnen vorbei. Die Uniformierten an Bord schienen aber keine Notiz von ihnen zu nehmen.

»Die suchen was«, rief Jensen dem jungen Mann zu, der sich nur ein paar Meter von ihm entfernt am Holzgeländer festhielt und dem Hubschrauber nachblickte.

Mullinger nickte. Er musste wieder an den Mann mit dem Goldkettchen denken.

23

Mike Linkohr hatte schnell seine neue Freundin Nena angerufen und ihr gesagt, dass er nicht – wie geplant – in der Nacht noch kommen werde. Obwohl sie seinen Beruf spannend fand und Verständnis für plötzliche Einsätze aufbrachte, war ihr die tiefe Enttäuschung jetzt anzuhören. Der junge Kriminalist, der seit Jahr und Tag im Umgang mit dem weiblichen Geschlecht glücklos war, versprach, gleich morgen früh wieder anzurufen.

Als der diensthabende Ulmer Staatsanwalt einen Richter erreicht hatte, war auch der Schlüsseldienst informiert worden, auf dessen Hilfe die Polizeidirektion Göppingen schon oft zurückgegriffen hatte.

Zwei Beamte der Spurensicherung und ein Experte aus dem Bereich der Informatik trafen mit ihrem weißen Kastenwagen als Erste in dem beschaulichen Drackensteiner Wohngebiet auf der Albhochfläche ein. Spätestens, als sie ihre weiße Schutzkleidung überstreiften, sorgten sie an diesem hellen Sommerabend für Aufsehen. Unterdessen parkte Linkohr den Dienst-Mercedes des Chefs ein Stück weiter.

Das kleine Einfamilienhäuschen, das Karin Waghäusl allein bewohnte, schmückte sich mit einem Garten voller Frühlingsblumen und zwitschernder Vögel. Nachdem die Beamten vorsorglich geklingelt hatten, sich im Gebäude aber nichts rührte, begann der Mann vom Schlüsseldienst mit seiner Arbeit. »Zwar richtig abgeschlossen, aber kein allzu großes Problem«, stellte er fest und und machte sich mit seinen filigran wirkenden Instrumenten ans Werk. Ein paar Minuten später schwenkte die Tür auf. Obwohl die Sonne erst vor zehn Minuten untergegangen war, knipsten die Beamten der Spurensicherung die Lichter in der Wohnung an. Häberle gab seinem jungen Kollegen zu verstehen, ihm ums Haus zu folgen. »Wir schau'n mal, ob alles in Ordnung ist«, sagte er und ließ sich vom Duft eines weißen Strauches betören. Ein paar Schritte weiter, im halbschattigen Bereich des Gartens, fanden sich Nelken. »Warum nur sind diese Düfte so anregend?«, brummte Häberle und fügte an: »Schade, dass Flieder und Maiglöckchen schon verblüht sind.« Linkohr sah seinen Chef grinsend an: »Flieder und Maiglöckchen erinnern einen vielleicht an die früheste Jugend – weil man damals zu dieser Jahreszeit draußen die tollsten Abenteuer erlebt hat. Ich hab mal gehört, dass uns Düfte ein Leben lang an bestimmte Situationen erinnern, mit denen sie verbunden waren.«

Häberle nickte. Er stellte unterdessen zufrieden fest, dass Fenster und Lichtschächte keine Einbruchspuren aufwiesen. Inzwischen war er – gefolgt von Linkohr – ums ganze Haus gegangen und näherte sich wieder dem schmalen Zugangsweg. Dort wartete ein Mann, der offenbar nicht so recht wusste, wie er seine Anwesenheit erklären sollte. »Entschuldigen Sie«, sagte er gleich, »ich bin der Nachbar von da drüben.« Er deutete mit dem Kopf zum nächsten Haus auf derselben Straßenseite. »Ist was passiert?«

Häberle und Linkohr blieben vor ihm stehen. »Sie kennen die Frau Waghäusl?«, fragte der Chefermittler zurück und stellte sich und seinen Kollegen vor.

Der Nachbar, der seinen Namen mit ›Mack‹ angab und kein Einheimischer zu sein schien, fühlte sich durch Häberles Interesse geschmeichelt. »Seit sie hier wohnt, kennen wir uns, ja.«

»Und seit wann ist das?« Häberle musterte sein Gegenüber. Er schätzte ihn auf Mitte 40. Vom Körperbau her war er jedenfalls kein Alb-Bauer, der bei Wind und Wetter auf einem alten Traktor hockte, sondern eher ein Verwaltungsmensch. Finanzamt, durchzuckte es Häberle. Seltsamerweise musste er immer ans Finanzamt denken, wenn er Personen dem Moloch Bürokratismus zuordnete. Und davon gab es sehr viele.

Er vertrieb diesen Gedanken, weil es nicht um Mack ging, sondern um das, was er zu berichten wusste.

»Sie wohnt seit der Fußballweltmeisterschaft hier. 2006 – deshalb weiß ich das genau«, ereiferte sich der Mann. »Sie hat damals das Haus gekauft, nachdem es lange Zeit leer gestanden hat. Vor den Fußballübertragungen hab ich ihr meist noch ein bisschen geholfen, den völlig verwilderten Garten zu pflegen.«

»Woher kam Frau Waghäusl denn?«

»Aus der Schweiz. Traurige Geschichte, kann ich Ihnen sagen.« Er verstummte, weil er die Reaktion der beiden Kriminalisten abwarten wollte.

»Traurige Geschichte?«, wiederholte Linkohr fragend.

»Ja«, fuhr Mack zufrieden fort, »ihr Mann ist damals in Halifax abgestürzt. Er war irgend so ein Bank-Manager. Und dann ist sie, seine Frau, hierher gezogen, weil sie doch aus der Gegend von Göppingen stammt.«

Die Kriminalisten versuchten, sich aus den aufgeregten Schilderungen ein Bild zu verschaffen. »Absturz in Halifax?«, fragte Häberle nach.

»Eine Swissair-Maschine. Auf dem Heimflug ist er damals gewesen. Und dann Rauch im Cockpit – und das tragische Ende. Halifax, das muss irgendwo in Kanada sein.«

Linkohr prägte sich den Ortsnamen ein, um später im Internet recherchieren zu können.

»Was wissen Sie sonst noch von ihr?« Häberle verschränkte die Arme vor der Brust.

»Es gibt eine Tochter, deren Namen etwas komisch klingt.« Noch bevor er weiterreden konnte, übertönte ihn eine Männerstimme vom Haus her: »Chef!« Es war ein Beamter der Spurensicherung, der unter der offenen Tür stand. »Wir haben da was. Könntet ihr mal kommen.«

Häberle winkte ihm zu. »Okay, noch eine Sekunde.«

»Diese Tochter«, fuhr Mack eifrig fort, »hat einen reichen Hotelier in Österreich geheiratet.«

Häberle nickte und drängte auf Eile. Er bat Linkohr, die Personalien Macks aufzunehmen und stellte noch eine letzte Frage: »Hat Frau Waghäusl gelegentlich Besuch?«

Macks Redseligkeit schlug in Misstrauen um. »Was geht hier eigentlich vor?« Er zögerte. »Was ist mit Frau Waghäusl? Ist ihr etwas zugestoßen?« Er sah die beiden Kriminalisten verunsichert an, als erwarte er das Schlimmste.

»Das herauszufinden, sind wir hier«, antwortete Häberle schnell, um hartnäckig zu bleiben: »Hat sie gelegentlich Besuch?« Er musste sich konzentrieren, nicht in der Vergangenheitsform zu reden.

Mack schüttelte seinen stoppelhaarigen Kopf. »Da gibt es niemanden, der regelmäßig gekommen wäre – zumindest nicht so, dass es mir aufgefallen wäre.« Er überlegte, während Häberle sich bereits entfernte. »Sie hat sich aber«, begann er wieder, »für Dinge interessiert, die nicht jedermanns Geschmack sind.«

Häberle blieb stehen. »Wie darf man das verstehen?«

»Man muss das verstehen«, Mack war es sichtlich unangenehm, es überhaupt anzusprechen, »aber der Flugzeugabsturz ihres Mannes – das war nicht einfach für sie. Da hat sie ... ja es ist schließlich nichts Unrechtes, wenn man das sagt ... da hat sie sich mit so übersinnlichen Sachen befasst.«

Häberle hob eine Augenbraue, ohne etwas zu sagen.

»War diesen Dingen gegenüber aber auch kritisch eingestellt«, beeilte sich Mack anzufügen, um Frau Waghäusl nicht ins Zwielicht geraten zu lassen. »Besonders das Geistheilen war ihr suspekt.«

»Geistheilen?«, staunte Linkohr, worauf sich Häberle endgültig von den beiden löste und ins Haus ging.

»Spirituelles Heilen. Beten. Hand auflegen und so«, erklärte Mack. »Da gebe es viele Scharlatane und Geschäftemacher, hat sie erst kürzlich noch geschimpft. Ich hatte den Eindruck, dass sie sich einerseits ernsthaft mit solchen Sachen befasst, andererseits aber auch Betrüger aufspüren will. Solche, wie sie bei diesen Kaffeefahrten den alten Leuten sündhaft teure Isolationsmatten gegen angebliche Magnetfelder, Erdstrahlung und Elektrosmog andrehen.« Mack wurde emotional. »Für mich ohnehin unverständlich, dass man diesen Burschen nicht das Handwerk legen kann. Aber da scheint der Staat offenbar machtlos zu sein.« Mack schluckte. »Oder er will gar nicht eingreifen.«

Linkohr zog es vor, sich auf keine weitere Diskussion einzulassen. Insgeheim bedauerte er es, dass Häberle weggegangen war. Der, so dachte Linkohr, hätte bei diesem Thema gewiss Macks Einschätzung geteilt. Oft schon hatten sie darüber diskutiert, wie scheinheilig und verlogen der Staat sein konnte, wenn das Interesse von Lobbyisten berührt wurde. Warum gelang es denn beispielsweise nicht, diese Büros für Sportwetten zu schließen, obwohl sie doch in Deutschland gar nicht zulässig waren? Linkohr vermochte diese Schizophrenie nicht nachzuvollziehen, wenn örtliche Ordnungsämter trotzdem die Gewerbeanmeldungen dafür entgegennehmen mussten.

Häberle war mittlerweile durch das moderne, aber geschmackvolle Ambiente des Flurs in ein kleines Büro gekommen. Vermutlich hatte man es nachträglich in einer ehemaligen Speisekammer eingerichtet. Der Computer-Experte verpackte bereits einen Laptop und mehrere Datenträger, wie USB-Sticks, eine externe Festplatte und eine Schachtel voller DVDs und CDs in einen großen Karton. Dies alles zu durchforsten, Passwörter zu knacken und versteckte Dateien aufzuspüren, empfand Häberle als Sklavenarbeit. Je länger er darüber nachdachte, desto dankbarer war er, dass es tatsächlich Kriminalisten gab, die sich damit auseinandersetzten. Für einen Moment musste er aber auch daran denken, dass vieles längst gar nicht mehr daheim oder im Büro gespeichert wurde, sondern irgendwo auf der Welt in irgendeiner ›Wolke‹ – einer ›Cloud‹, wie all diejenigen, die etwas davon verstanden, seit einem Jahr schwärmten. Wo, um Himmels willen, musste man da suchen?

Wie einfach hatte es derweil die Romanfigur Sherlock Holmes gehabt, durchfuhr es Häberle. Nur Fingerabdrücke, ein bisschen Lippenstift an Gläsern und dazu eine beneidenswerte Kombinationsgabe. Und heute? Elektronische Spuren, die das Handy hinterlässt. Verbindungsdaten in den Kommunikationsnetzen. Gespeichertes, das sich auf den Servern in karibischen Geldparadiesen verliert oder Daten, die sich –

einer Wolke gleich – auf irgendwelche Speichermedien verflüchtigen, die überall sein konnten. Viele davon offenbar in den Tiefen der Schweizer Berge, hatte Häberle erst kürzlich gelesen. Denn nachdem die unzähligen Luftschutzbunker, mit denen die Eidgenossen zur Zeit des Kalten Krieges ihre Alpen zu Schweizer Käse gemacht haben, nicht mehr gebraucht werden, wurden viele dieser Anlagen zu gigantischen elektronischen Speicherzentralen – mit direktem Anschluss an die Nutzer.

Ein unübersichtlicher Wirrwarr. So gut wie kein Kriminalfall kam heute mehr ohne Informatik-Spezialisten aus. Nur gab es leider bei der Polizei viel zu wenige, musste Häberle beim Anblick des jungen Computer-Experten denken, der auf die Frage, ob er denn etwas Brauchbares gefunden habe, nur milde lächelte.

Der Chefermittler klopfte ihm anerkennend auf die Schulter und wandte sich den beiden Spurensicherern zu, die nebenan im Wohnzimmer einige Bücher und Akten aus der Schrankwand geräumt und auf den gläsernen Couchtisch gelegt hatten.

»Schau dir das an«, sagte der Ältere von ihnen. Es war »Specki«, der sich noch kurz vor der Pensionierung zur Spurensicherung hatte versetzen lassen. Er deutete auf einige der Bücher. »Die Dame scheint ziemlich spiritistisch und esoterisch veranlagt gewesen zu sein. Von Nostradamus bis zu Engelskontakten. Dazwischen auch Wissenschaftliches zur Parapsychologie. Hier …« Er nahm ein Taschenbuch zur Hand. »Von diesem Hans Bender. Der hat mal das Institut für Grenzwissenschaften in Freiburg geleitet.«

Häberle nickte. »Man hört leider nur noch wenig davon«, meinte er.

Specki hielt beim Durchsuchen der Schubladen kurz inne

und sah Häberle an, als überlege er, wie ernst diese Bemerkung gemeint war.

»Und hier gibt es einen ganzen Aktenordner mit der Aufschrift Absturz.« Specki hatte ihn in einen der weißen Ledersessel gelegt. »Dokumente zu einer Flugzeugkatastrophe 1998. Eine Zeitung ist auch dabei. Aus der Schweiz. Und was ganz Seltsames ...« Er kam einen Schritt zu dem Sessel her, öffnete den grauen Aktendeckel und zog aus einer Klarsichthülle ein Magazinheft heraus, dessen erste drei Seiten nach hinten geschlagen waren. »Ein merkwürdiges Inserat. Musst du mal lesen. « Specki hielt es Häberle hin.

Der Chefermittler erkannte sofort, dass formatfüllend ein Gebetbuch abgebildet war, in dem ein rotes Lesezeichen steckte. Aufschrift: »Empfohlene Reiselektüre für alle, die noch billiger fliegen wollen.«

»Das Ding ist zwei Tage nach dem Absturz im Züricher Tagesanzeiger und in der Berner Zeitung erschienen – in der Wochenendbeilage, diesem Magazin hier«, erklärte Specki und klappte das Heft zur Titelseite um. Dort prangte formatfüllend das von Wind und Wetter gegerbte Gesicht eines Mannes, der eine Zigarette rauchte. »Mario Birchner arbeitslos« stand zu lesen. »Hier«, Specki deutete oben links auf das Kleingedruckte. »Nummer 36 für die Woche vom 5. bis 11. September. Für Tagesanzeiger und Berner Zeitung.« Er schob das Magazin wieder so wie es war in die Hülle zurück.

Häberle sah bereits, dass auch der Tagesanzeiger in einer Klarsichthülle archiviert war. Specki zog die leicht vergilbte Zeitung heraus, die an jenem 5. September, einem Samstag, getitelt hatte: *SR 111 wich vom direkten Anflug ab*. Im kursiven Vorspanntext hieß es: *Statt direkt den Flughafen von*

Halifax anzusteuern, flog die verunglückte MD-11 der Swissair noch eine Schlaufe über das Meer.

»Die Dame hat ihren Mann dabei verloren«, erklärte Häberle leise, was jetzt auch den zweiten Kollegen der Spurensicherung hellhörig werden ließ. Er war gerade kniend dabei, ein Schranktürchen zu öffnen. »Wenn du Pech hast, darfst du dich noch mit diesem Absturz beschäftigen«, sagte er und wandte sich wieder seiner Arbeit zu.

Häberle schwieg. Ihm war es jetzt nicht danach, eine alte, bereits leicht angegilbte Zeitung zu lesen. Schon gar nicht nach zwei Weizenbier und an einem Tag, an dem er sich einen längeren Feierabend hatte gönnen wollen. Specki sortierte die Zeitung wieder ein. »Dann gibt es da einen Schnellhefter mit einem Sammelsurium über seltsame Zufälle«, fuhr er fort und hob die entsprechende Akte hoch. »Aber das hier«, er zeigte auf einen anderen Ordner, den er auf die Couch gelegt hatte. »Da gehts um all das Zeug, das bei diesen unseligen Kaffeefahrten verkauft wird. Sie hat wohl Einladungen zu diesen dubiosen Ausflugsfahrten gesammelt. Einiges sieht so aus, als sei sie selbst dabei gewesen. Sie hat sich nämlich Notizen gemacht.« Specki ließ die Seiten durch seine behandschuhten Finger gleiten und hielt inne, wenn handschriftliche Anmerkungen auftauchten. »Sogar Adressen hat sie notiert. Hier beispielsweise in Bregenz, Ehingen, Esslingen, Ulm und Innsbruck.«

Linkohr, der jetzt dazu kam, zeigte großes Interesse, zumal sich dies alles mit den Schilderungen Macks deckte. »Es sieht so aus, als ob sich unsere Frau Waghäusl nicht nur mit Spuk und bösen Geistern befasst hat – sondern mit ziemlich realen.«

»… bösen Geistern, meinen Sie«, ergänzte Häberle Linkohrs Feststellung. »Und einer davon hat sie jetzt womöglich ins Reich der Geister geholt.«

»Oder zu den verblichenen Ahnen«, meinte Specki, der einen weiteren Aktenordner vorlegte: »Da« – er blätterte schnell durch – »da hat einer wohl einen kleinen Stammbaum angelegt. Hier die Waghäusls bis zurück zu einem Georg, geboren 1919 in Kernen im Remstal, Winzer von Beruf.« Specki fand eine weitere skizzierte Aufstellung, die allerdings nicht abgeschlossen zu sein schien: »Und hier geht's oben mit einem Alfred Platterstein los, geboren 1919 in Bad Waldsee. Der hatte wohl eine Schwester, die noch leben müsste – so, wie dies hier dokumentiert ist.« Specki fügte an: »Zumindest hat sie wohl noch gelebt, als diese Ahnengalerie angefangen wurde.«

Häberle seufzte. »Ich will weder was mit Spuk und bösen Geistern zu tun haben noch mit Verbrechen, die längst verjährt sind.«

»Ich kann's dir nicht ersparen«, entgegnete Specki. »Ich werd die Ahnenliste durchgehen und sie dir mailen.«

24

Der junge Mann mit dem Vollbart wirkte nervös. Immerhin hatte er einen langen Arbeitstag an der Seilbahn-Talstation hinter sich – und nun saß er im Büro des Betriebsgebäudes zwei Beamten des Landeskriminalamts Innsbruck gegenüber. Zum dritten Mal schon schilderte Sepp Obermoser, wie er am Vormittag die Gondel mit der leblosen Frau hatte heranschweben sehen. Er habe noch beim Eintreffen der Rettungsdienste geglaubt, sie sei lediglich ohnmächtig geworden.

»Können Sie sich denn entsinnen, dass sie etwa 20 Minuten zuvor hochgefahren ist?«, hakte der Beamte nach, der sich als Chefinspektor Paul Grantner vorgestellt hatte und seinen Wiener Dialekt nicht verheimlichen konnte.

»Ich habs Ihnen doch schon g'sagt«, wurde Obermoser etwas ärgerlich. »Ich kann mich nicht erinnern. Wir haben um halb neun ang'fangen, und da sind gleich einige Leute hoch g'fahr'n. Wenn die Gäste gut zu Fuß sind, brauch'n die keine Einstiegshilfe. Sie hocken sich rein und ich schau nicht nach.« Er kratzte sich im schwarzen Vollbart. »'s geht doch alles automatisch. Sie kaufen ihr Ticket und geh'n damit durch das Drehkreuz. Fertig.«

»Die Gondeln sind zwölf Minuten unterwegs bis nach oben«, konstatierte Grantner, während sein deutlich jüngerer Kollege, ein Abteilungsinspektor, Notizen machte. »Dann brauchen s' auch zwölf Minuten, bis sie wieder unten san.«

»So ist es. Allerdings müssen Sie bedenken, dass das Auskuppeln für den Aus- und Einsteigevorgang auch etwa eine Minute dauert.«

»Okay, also 25 Minuten, bis die Gondeln wieder hier sind«, sagte Grantner, um noch einmal anzusprechen, was auch schon erläutert worden war: »Leider ist Ihre Kollegin, die die Tickets verkauft, ebenfalls nicht in der Lage, etwas über die Frau zu sagen.«

Obermoser sah sich bemüßigt, das Mädel am Schalter in Schutz zu nehmen: »Da hocken S' doch nur hinter der Glasscheib'n und schau'n nach'm Geld. Gesichter sind unwichtig.« Er grinste. »Es sei denn, denk ich mal, es kommt ein knackiger Bursch daher.«

Grantner fand das gar nicht komisch. Er bedankte sich mürrisch für das Gespräch und ließ keinen Zweifel daran aufkommen, dass die Konversation beendet war. Obermoser verließ den stickigen Raum, worauf Grantner ihm folgte und die nächste Person hereinbat.

Ein Mann im frühen Rentenalter, schnauzbärtig und mit faltigem Gesicht und blauer Schildmütze, bewegte seinen fülligen Körper zu einem Bürostuhl, der unter seinem Gewicht knarzte. Er nannte artig seine Personalien, wodurch die Kriminalisten erfuhren, dass er Willi Motatsch hieß.

»Sie sind derjenige, der die Fahrgäste oben aus der Gondel holt«, kam Grantner gleich zur Sache.

»Ich?«, staunte Motatsch und lehnte sich kräftig gegen die Stuhllehne. »Geholf'n wird nur, wenn die Leut' gebrechlich sind. Ich sitz in meinem Büro und überwach' den Betrieb. Der normale Touri«, er grinste ob dieser Formulierung, »kommt ohne fremde Hilfe aus der Gondel raus. Wenn jemand nicht mal das schafft, sollte er lieber unten bleib'n.«

Grantner ignorierte diese Bemerkung. »Aber Sie steh'n doch da ob'n hinter Ihrer Glasscheib'n und schau'n, ob alles läuft.«

»Ja, aber ich kann nicht jeden Fahrgast anschau'n und prüf'n, ob er gut drauf ist. Ich hab auch noch andres zu tun.«

Der Chefinspektor betrachtete sein Gegenüber streng. »Sie brauch'n Ihre Antworten nicht zu kommentier'n.«

Auch der junge Kriminalist sah jetzt streng auf, als wolle er die Autorität seines Chefs bekräftigen.

»Sie merken also nicht, wenn ein Fahrgast sitzen bleibt und sozusagen im Kreis rum fährt«, fasste Grantner verärgert zusammen. »Die Gondeln klinken sich doch aus und werden ganz langsam zum Startpunkt transportiert …« Er kannte solche Anlagen aus eigener Erfahrung, zumal er bereits viele Male auch zum Neunerköpfle hochgefahren war.

»Wenn, wie heut' früh, nicht viel los ist, hock ich doch nicht immer da und schau, ob da jemand wieder runterfährt. Um diese Zeit ist sowieso keiner da, der runterfahr'n will.«

»Umso mehr müsste Ihnen doch auffallen …«, warf Grantner ein.

»Ist es mir aber nicht«, unterbrach ihn Motatsch ebenso verärgert. »Ich hab doch schon alles Ihren Kollegen von Grän g'sagt. Ich bin erst aufmerksam g'word'n, als mir dieser Mann, der mit in der Gondel war, beim Aussteigen zug'ruf'n hat, der Dame sei's schlecht g'word'n und sie würd wieder runterfahr'n.«

Die beiden Kriminalisten sahen sich verwundert an. »Oh, Sie haben also doch was g'seh'n? Das hat uns noch niemand g'sagt«, meckerte Grantner, während sein Kollege verlegen mit den Schultern zuckte. Motatsch schwieg.

»Gut«, gewann Grantner wieder seine Fassung, »da gab es also einen Mann, der mit ihr hochgefahren ist.«

»So will ich das nicht gesagt haben«, blieb Motatsch standhaft. »Er hat mir das zwar zugerufen, aber die Frau hab' ich nur ganz schwach g'seh'n, sozusagen schemenhaft. Die Scheibe der Gondel hat gespiegelt.«

»Wie?« Der Chefinspektor war nahe dran, seine Ungeduld hinauszuschreien. »Der Mann hat Sie auf etwas aufmerksam gemacht, das Sie nicht gesehen haben und das Sie auch nicht sonderlich interessiert hat?«

»Ich hab das nur so zur Kenntnis genommen. Es hat nicht bedrohlich geklungen – und dass es mal jemandem in der Seilbahn schlecht wird, mein Gott, das kann passier'n. Nicht jeder verträgt so was.«

Grantner stieß einen Seufzer aus. »Und wie der Mann ausg'seh'n hat, wissen S' natürlich auch net.«

»Wandermäßig hat er ausg'schaut. Ich glaub, er hat 'nen Hut auf.« Er dachte nach. »Oder auch nicht. Aber einen Rucksack hatte er, grün oder blau. Vielleicht auch noch was unterm Arm. Und eventuell eine Sonnenbrille und Bart. Vielleicht ist er aber auch gar nicht aus der Gondel gestiegen, sondern von irgendwo herg'lauf'n.«

Grantner überlegte für einen Moment, ob Motatsch sie veräppeln wollte. »Und vielleicht könnte es auch eine Frau gewesen sein«, ahmte er den Zeugen nach.

Motatsch zögerte. »Um ehrlich zu sein: Ob da noch eine Frau dabei war, könnte ich nicht beschwören.«

»Aber wenigstens kein G'spenst«, frotzelte Grantner verärgert und wandte sich mit einem Kopfschütteln ab.

25

Die beiden Ehepaare kannten sich seit Langem. Robert und Renate Fischer, bis vor drei Jahren noch Inhaber einer gut gehenden Apotheke in Aalen gewesen, jetzt aber in Neresheim wohnhaft, hatten ihren Wohnwagen bereits während ihres aktiven Berufslebens nach Grän gestellt. Etwa zur selben Zeit waren auch Christoph und Annemarie Falkenstein Dauercamper geworden. Er hatte damals gerade aus Altersgründen seine Laufbahn als evangelischer Pfarrer in Stuttgart beendet.

Auf diesem Campingplatz im Tannheimer Tal waren sie sich schnell näher gekommen, sodass sich bald eine Freundschaft entwickelte. Oft saßen sie nächtelang in ihren Vorzelten zusammen, um bei einem guten Tropfen italienischen Weins im wahrsten Sinne des Wortes über Gott und die Welt zu diskutieren. Zwar war jeder von ihnen durch seinen jeweiligen Beruf geprägt, doch verband sie ihre christliche Weltanschauung.

Als Apotheker hatte sich Fischer mehr den ganzheitlichen Behandlungsmethoden verpflichtet gefühlt als der Schulmedizin. Allein schon die Homöopathie, die mit ihren winzigsten Potenzen, also praktisch dem Nichts, das außerdem noch in Wasser aufgelöst wurde, dem Körper genügend Stoffe zuführte, um entsprechende Linderung zu verschaffen, ließ vermuten, dass Organe und Seele eine Einheit bildeten. Vielleicht war's auch nur der Glaube an diese Substanzen, der die Heilungserfolge erbrachte. Aber wen interessierte es schon, was die Genesung herbeigeführt hatte, wenn die Krankheit überwunden war?

Christoph Falkenstein, dessen kahlen Kopf nur noch ein schmaler Haarkranz zierte, hatte sich in seiner Gemeinde großer Beliebtheit erfreut. Er war stets bemüht gewesen, die christliche Botschaft ins Alltagsleben zu übertragen, sie anhand praktischer Beispiele und den tagesaktuellen Geschehnissen den Menschen nahezubringen und ihnen Trost und Zuversicht zu spenden. Von theologischen Klimmzügen und Verrenkungen hielt er nichts. Ja, er hasste es sogar, krampfhaft unverständliche Schlüsse aus Bibelzitaten zu ziehen, die ohnehin für Laien so schwer verdaulich waren, dass sie keinen praktischen Nutzen für ihr Alltagsleben daraus ziehen konnten. Falkenstein war mehrfach für seine zwei- oder dreiminütigen ›Abendgedanken‹ gelobt worden, die er einige Male für die gleichnamige Radiosendung des SWR 4 hatte sprechen dürfen, die allabendlich kurz vor den 19-Uhr-Nachrichten ausgestrahlt wurden. »Glaube darf nichts Theoretisches sein, sondern muss im Alltagsleben anzuwenden sein«, pflegte er zu sagen. Er wehrte sich vehement gegen die Behauptung, die angeblich so ›modernen‹ Menschen glaubten nichts mehr. Das Gegenteil sei der Fall, versicherte er und verwies dabei auf die Erfahrung, die er im Umgang mit vielen Nicht-Kirchgängern gemacht hatte. Ihnen allen sei die Kirche nur zu weltfremd und abstrakt geworden. Dabei gäbe es viele Themen, die einer theologischen Betrachtungsweise bedürften, sagte er in solchen Momenten. Wie sonst wäre der enorm gestiegene Engelsglaube zu erklären? Die Menschen suchten Schutz und Hilfe und hätten mehr denn je den Eindruck, dies bei den geistigen, spirituellen, eben den göttlichen Wesen zu finden.

Es gab inzwischen unzählige Berichte über Engelskontakte. Und dies hatte nichts mit spiritistischen Sitzungen zu tun, bei denen Poltergeister angerufen wurden.

Nie zuvor, so Falkensteins Eindruck, seien die Menschen in dieser zivilisierten Gesellschaft derart empfänglich für Übersinnliches gewesen wie jetzt. Nur wage es kaum jemand, darüber zu reden, weil die allgegenwärtigen Medien solche Dinge in seltener Eintracht gebetsmühlenartig verächtlich machten. Doch Falkenstein vertrat die Meinung, dass die Situation in der Religion nicht anders war als in der Politik: Was totgeschwiegen wurde, gärte eben im Untergrund. Und es bedurfte nur eines winzigen Funkens, und eine Lunte begann zu brennen, die keiner hatte anzünden wollen.

»Es beten mehr Menschen, als wir für möglich halten«, behauptete Falkenstein in solchen Diskussionsrunden. Die Gläubigkeit sei nicht an der Zahl der jeweiligen Konfessionsmitglieder abzulesen. »Wieso sollte ich nur ein guter Christ sein, wenn ich fürstliche Kirchensteuer abdrücke?«, hatte er einmal öffentlich gesagt und sich damit beim Oberkirchenrat und der Synode tief in die Nesseln gesetzt.

Nein, konnte Falkenstein wettern, Glaube an eine größere Macht und Kraft war weder an Geld, noch an eine Organisation, sprich: Konfession, gebunden. Denn wenn es das gab, was man Gott nannte, dann war nur ein einziger vorhanden. Kein katholischer, kein evangelischer, kein islamischer, kein sonst wie gearteter – sondern nur einer, der sich vermutlich heftig wunderte über das Brimborium, das inszeniert wurde, vor allem aber über die ideologischen Kriege, die seinetwegen alljährlich Zehntausenden das Leben kosteten.

Solche Themen diskutierten sie oft, wenn sie, wie heute, zu viert im Gasthaus Told saßen, das nur einen Steinwurf vom Campingplatz entfernt war. Sie liebten das Ambiente dieses Tiroler Lokals, das viele Holz und die Wärme, vor allem aber auch das bodenständige Essen. Jetzt allerdings galt ihre Sorge dem Schicksal Karins.

»Wenn sie es tatsächlich war, ist das eine schlimme Sache«, sagte Apothekers-Gattin Renate Fischer, nachdem sie mit Bier und Wein zaghaft angestoßen hatten. Sie bedauerten, dass es keine Möglichkeit gab, auf der Hütte anzurufen, um sich Gewissheit zu verschaffen.

»Der Herr sei ihr gnädig, falls sie es war«, sagte Falkenstein ruhig. »Noch haben wir keine Gewissheit. Aber ihr habt ja gesagt, dass sie in einer gewissen Vorahnung gelebt hat …«

»Sie hat von Verrätern gesprochen«, griff Fischer noch mal auf, was er um die Mittagszeit bereits mit Astor besprochen hatte. »Und sie ist im Grunde ihres Herzens ein tief gläubiger Mensch.«

»Und auch auf der Suche nach einem theologischen Halt«, erklärte Falkenstein. »Bei ihr hab ich immer den Eindruck, dass sie ankerlos dahingleitet und vergeblich sucht, was sie nie findet.«

Seine Frau bekräftigte: »Sensibel und empfänglich für Signale, die mancher nicht wahrnimmt. Oft schon hab' ich gedacht: Signale aus einer anderen Welt.«

»Ich bin davon überzeugt«, gab Apotheker Fischer zu bedenken und tastete instinktiv nach seinem Halskettchen, das sich unter dem T-Shirt verbarg, »sie durchlebt gerade eine Phase des Frustes, der sie dazu führt, die Blender und Geschäftemacher zu verfolgen, die aus der Existenzangst anderer Kapital schlagen wollen. Vielleicht weil ihr Mann auch ein bisschen zu denen gehört hat. Obwohl er natürlich in einer viel höheren Liga gespielt hat.«

»Karin ist stark«, gab sich Frau Falkenstein überzeugt. »Sehr stark. Sie ist der lebende Beweis für das, was Udo Jürgens in irgendeinem seiner Lieder mal gesungen hat: ›Was uns nicht umbringt, macht uns stark‹.«

Fischer, ein ausgesprochener Fan dieses begnadeten Sängers und Komponisten, knüpfte daran an: »Oder für mein absolutes Lieblingslied von ihm, das bloß kaum jemand kennt: ›Wer nie verliert, hat den Sieg nicht verdient‹.«

»Karin ist schon immer ihren Weg gegangen«, meinte Annemarie Falkenstein. »Da lässt sie sich nicht beirren.«

Die Bedienung brachte das Essen, für das sich alle vier entschieden hatten: Eine üppige Grillplatte.

»Das sieht ja lecker aus«, entfuhr es Renate beim Anblick der fein zubereiteten Speise.

Sie wünschten sich einen guten Appetit und beschlossen, nicht mehr das Schlimmste zu denken. Fischer fiel es schwer, die Bilder des Vormittags zu verdrängen.

»Lassen wir die Nacht vergehen«, sagte Falkenstein schließlich. »Morgen früh fahr ich wie besprochen hoch, dann werden wir sehen, was geschehen ist. Ich bleibe aber diesmal nur bis Sonntagfrüh. « Er sah zu seiner Frau. »Länger möchte ich Annemarie nicht allein lassen.«

Fischer hingegen winkte ab: »Ist mir diesmal zu anstrengend. Außerdem möchte ich die Herz-Jesu-Feuer von hier unten aus sehen und vielleicht mal bis Schattwald vorfahren, wo sie besonders schön sind.« Dass er insgeheim beschlossen hatte, sich von allem zu distanzieren, was sich womöglich auf der Hütte zusammenbraute, brauchte jetzt noch niemand zu wissen. Auch seine Frau nicht.

»Aber Astor ist dabei, hast du gesagt?«, holte ihn Falkenstein aus den Gedanken zurück.

»Erst ab Sonntag. Deshalb werdet ihr beide euch dort oben vermutlich nur kurz treffen«, erklärte Fischer und lenkte ab: »Uwe schafft übrigens wie verrückt in seinem Wohnwagen.«

»Naja«, meinte Annemarie Falkenstein, »ist doch genial, wenn man seine Geschäfte vom Urlaubsort aus erledigen kann.«

Ihr Mann sah süffisant in die Runde: »Auch wenn wohl keiner von uns so genau weiß, womit er sein Geld verdient.«

»Ich denke, mit Versicherungen«, wandte Renate Fischer ein.

Falkenstein hielt sich vornehm zurück, meinte jedoch: »Wohl nicht nur – mit Versicherungen.«

26

Sie hatten Gewissheit. Es war Karin. Larissa hatte es in einem kurzen Telefongespräch mit Josefina bestätigt – und erklärt, dass es mit hoher Wahrscheinlichkeit kein natürlicher Tod gewesen sei.

In der Hütte, die von der tiefer stehenden Sonne in ein sanftes Licht gehüllt wurde, herrschte betretenes Schweigen.

Mullinger saß wie versteinert an der Stirnseite des rustikalen Tisches, während Jensen am Fenster stand und hinauf zum Vogelberg starrte. Josefina hielt die Hände gefaltet und betete still zum leidenden Heiland am Kruzifix.

Nur Aleen wirkte nervös und unruhig. »Ich glaube, gerade heute wäre der richtige Augenblick, sich mit Tod und Vergehen zu befassen«, sagte sie plötzlich, irgendwie zusammenhanglos.

Jensen drehte sich um und war dankbar, dass nicht er es war, der solche Worte aussprach. »Karin gibt uns die Chance, über das Vergehen alles Irdischen nachzudenken.«

Mullinger nickte stumm und schüchtern. Er hätte sich gewünscht, augenblicklich verschwinden zu können. Irgendetwas in dieser Gesellschaft bereitete ihm Unbehagen.

Josefina kämpfte erneut mit den Tränen und ließ sich auf die Eckbank sinken. »Karin hat es geahnt«, heulte sie.

Aleen, die spürte, dass solche Szenen ihrem psychischen Zustand nicht zuträglich waren, sah sich erneut bemüßigt, tröstend auf Josefina einzuwirken. »Lass uns doch in Ruhe drüber reden. Was geschehen ist, ist geschehen. Es ist genau dieses Schicksal, das uns immer wieder beschäftigt hat. Wie hast auch du immer gesagt? Wenn du zum falschen Zeitpunkt am falschen Ort bist, hast du Pech gehabt.«

Jensen stimmte ihr zu: »Und Karin war einfach zum falschen Zeitpunkt am falschen Ort.«

Aleen versuchte weiter zu trösten: »Wenn morgen Christoph kommt, wird er als Theologe die richtigen Worte finden.« Sie hoffte dies auch für sich.

»Du … du hast mir erzählt, sie habe dir gesagt, sie werde Mario in Harmagedon treffen«, griff Josefina ihre Gedanken vom Mittag wieder auf.

Aleen nickte. »Ja, hat sie gesagt. Denk an unser letztes Treffen, als wir die biblische Offenbarung durchgegangen sind.« Sie überlegte. »Da heißt es doch: Die Geister führten die Könige an dem Ort zusammen, der auf Hebräisch Harmagedon heißt.«

Jensen fühlte sich zu einer nüchternen Erklärung berufen. »Vergesst bitte nicht, dass es sich dabei laut Bibel-Kommentar um keine geografische Bezeichnung, sondern vermutlich um einen apokalyptischen Symbol- oder Geheimnamen handelt. So hat es uns Christoph erklärt. Also bleibt bitte auf dem Boden der Realität.«

Mullinger sah die Gelegenheit gekommen, endlich auch etwas zu sagen: »Das zeigt doch, dass man vieles, was in der Bibel steht, nicht wortwörtlich nehmen sollte.«

Niemand ging auf seine Bemerkung ein.

Josefina schluchzte wieder. »Karin war so sensibel. Erinnert ihr euch denn nicht mehr, wie sehr sie davon überzeugt war, dass die Endzeit begonnen hat. Dass alles, was in der Offenbarung steht, bereits am Laufen ist.« Ihre Worte kamen tränenerstickt – wie Fragmente, die sie in den Raum warf.

Jensen lehnte sich mit dem Gesäß an den Fenstersims und verschränkte lässig die Arme. »Wir sollten vielleicht mal alles strukturieren, was uns jetzt beschäftigt. Eine apokalyptische Stimmung halte ich für völlig unangebracht.«

»Womöglich«, so gab Aleen mit einem Anflug von Panik zu bedenken, »sind wir das beste Beispiel dafür, dass man mit der Macht und Kraft seiner Gedanken auch alles Schreckliche zur Realität werden lassen kann.«

»Du meinst, wir schaffen uns mit der Macht unserer Gedanken die eigene Gegenwart?«, überlegte Jensen. »Wenn sich Gedanken materialisieren, ist alles möglich.« Er sah in die Runde. »Nicht nur Böses, sondern auch Gutes. Damit ließen sich sogar Spontanheilungen erklären, nicht wahr?« Aleen warf ihm einen schnellen Blick zu, doch er wich ihm aus.

»Alles ließe sich damit erklären«, mischte sich jetzt Mullinger ein. »Wenn wir es unserer Fantasie erlauben, alles für möglich zu halten, wo uns die Realität Grenzen setzt, dann ist in der Tat alles möglich. Wir müssen nur fest dran glauben.«

Josefina wischte sich Tränen von den Wangen. »Das ist doch genau das, was uns die Bibel sagen will: Glaubt und vertraut auf euch.«

»Glaube versetzt eben Berge«, ergänzte Mullinger, der erleichtert zur Kenntnis nahm, dass man ihn offenbar akzeptierte.

Josefina fingerte nach ihrem Halskettchen, dessen winzigen Schmuckanhänger sie unter der Wanderbluse spürte. »Soll ich euch mal sagen, was ich nach unserem letzten Hüttentreffen bekommen habe?« Sie holte tief Luft und richtete sich auf, als sei sie von einer neuen Energie getrieben. »Es ist ein winziges Symbol, über das wir uns damals ausgiebig unterhalten haben.«

Alle drei blickten auf Josefina, die jetzt ihr goldenes Halskettchen aus der Bluse zog und stolz den glitzernden Anhänger präsentierte. »Wisst ihr, was das ist?« Sie hob ihn so weit hoch, wie die Halskette es zuließ.

Jensen bückte sich und besah es aus der Nähe. »Das ist doch …« Er stockte.

Aleen, die am nächsten dran war, schwieg. Erst Mullinger, der sich als Neuling der Bedeutung des Gesehenen nicht bewusst war, sprach es aus: »Das ist doch eine Posaune. Oder sehe ich das falsch?«

»Das siehst du nicht falsch«, entgegnete Josefina stolz.

»Und woher hast du sie?«, wollte Jensen ungeduldig wissen.

»Wenn ich das wüsste. Man hat sie mir mit der Post zugeschickt. Ohne Absender, ohne Kommentar.«

»Posaune«, wiederholte Aleen kühl. »Ich hoffe, ihr habt

von unserem letzten Treffen noch in Erinnerung, was dies bedeutet.«

Josefina flüsterte. »Die Endzeit … wir können uns ihr nicht entziehen.« Sie schluchzte wieder. »Und Karin hat es gewusst.«

27

Chefinspektor Paul Grantner und sein junger Bezirksinspektor Ferdinand Platzko waren im geländegängigen Dienstwagen des Kollegen aus Grän unterwegs. Das Fahrzeug rumpelte über geschotterte Forstwege, in denen tiefe Querrinnen fürs ablaufende Wasser eingebracht waren, zum Steilhang des Neunerköpfles hinauf. Ohne den ortskundigen Beamten wäre es den Kriminalisten aus Innsbruck unmöglich gewesen, durch das enge Seitental vom Haldensee aus den Fahrweg zur Oberen Strindenalpe zu finden, wo es irgendwo, weit oben, nach vielen Serpentinen und ohne Beschilderung zu Josefinas Hütte abging.

Larissa, die Tochter der Ermordeten, hatte bei ihrer Vernehmung erklärt, wohin ihre Mutter unterwegs gewesen war. Deshalb nahm Grantner die Gelegenheit wahr, die Hütte noch an diesem Abend aufzusuchen. Jetzt, um 21.45 Uhr, erschien ihm dies nicht zu spät zu sein. Immerhin waren diese Sommerabende hell. Richtig dunkel wurde es erst in einer halben Stunde. Die Kotflügel streiften an Stauden und frischem Grün entlang. In den steilen Spitzkehren schleuderten die Reifen Schottersteine gegen das Bodenblech.

»Das ist aber keine öffentliche Hütte?«, erkundigte sich

Grantner, der auf dem Beifahrersitz saß und sich angesichts der wilden Fahrweise des Gräner Kollegen krampfhaft an allem festhielt, was sich dazu eignete.

»Nein«, antwortete Gustav Niedermaier, der als Gräner Abteilungsinspektor jetzt den Chauffeur spielte. »Die Hütte gehört einer alteingesessenen Bauernfamilie in Reutte. Sie haben sie vor geraumer Zeit umgebaut und sich damit Ärger mit den Naturschützern eingehandelt.«

»Und was sind das für Leute, die sich dort oben treffen?«, kam eine Stimme aus dem Fond des Wagens. Es war Platzko, der gegen Übelkeit kämpfte, weil ihm die Fahrweise des Gräner Kollegen auf den Magen geschlagen war.

»Da wird viel drüber g'redet«, sagte der Abteilungsinspektor hinterm Steuer. »Von Esoterik bis wissenschaftlichem Blabla.« Er lachte kurz auf. »Manche in Tannheim nennen es sogar das ›Hexentreffen‹.«

»Ach«, staunte Grantner, »abergläubisch san's hier auch ein bisserl.«

Der Kollege zuckte mit den Schultern und jagte den Geländewagen erneut durch eine Spitzkehre. »Sehr religiös und manchmal ein bisschen abergläubisch – ja.«

»Außer dieser Hüttenbesitzerin …« Dem Chefinspektor fiel der Name nicht ein.

»Josefina Hallmoser«, half ihm Niedermaier auf die Sprünge.

»Ja – außer der sind keine Einheimischen bei diesem Hüttentreffen dabei?«

»Soweit ich weiß, nicht. Sie kommen wohl eher aus Deutschland und haben sich – wie man so hört – meist übers Internet kennengelernt.«

Grantner seufzte in sich hinein. Inzwischen gab es so gut wie keine Fälle mehr, in denen es ohne die elektronischen Medien abging. Er selbst hatte schon Mühe, dienstliche E-Mails zu schreiben. Von Chatrooms und Blogs, von Facebook und was es in der virtuellen Welt sonst noch gab, hatte er nicht die geringste Ahnung. Da konnte sich sein Sohn, ein Physiklehrer, noch so große Mühe geben, ihn dafür zu begeistern.

Der Geländewagen hatte jetzt den Wald verlassen. Sie trafen auf eine ansteigende Wiese, wo ein abzweigender Schotterweg weiter zum Höhenrücken hinaufführte, hinter dem sich der dunkel gewordene sommerliche Abendhimmel erhob. Nächste Woche stand immerhin die kürzeste Nacht des Jahres bevor.

»Jetzt ham'r's gleich g'schafft«, sagte Niedermaier. »Die Herrschaften werden sich freu'n, noch so späten Besuch zu kriegen. Das ist man hier oben, sobald die Seilbahn Feierabend macht, nicht gewohnt.«

»Es wird ja auch Gott sei Dank nicht alle Tage jemand in der Seilbahn um'bracht«, knurrte Grantner und fügte an: »Was weiß man denn im Tal drunten von dieser Larissa Waghäusl?«

»Dass sie eigentlich aus der Schweiz kommt, aber Deutsche ist und hier den Hinterbauer Peter geheiratet hat. Die Hinterbauers – also seine Eltern, die in Wirklichkeit Pladler heißen –, haben vor etwa 15 Jahren den Hochsteinhof gebaut. Ein stattliches Hotel – müssen S'mal anschau'n.«

»Wird sich nicht vermeiden lassen«, sagte Grantner, dem solche Nobelkästen zuwider waren. Er mochte entweder kleine urige Pensionen oder Campingplätze, auf denen er sein uraltes Wohnmobil abstellen konnte. Deswegen war ihm auch Grän ein Begriff gewesen, aber auch der Alpenwelt-Campingplatz abseits von Tannheim.

»Aber sonst ist sie eine standesgemäße Schwiegertochter für die Hinterbauers?«, fragte er.

»Ich hab' nichts Gegenteiliges gehört«, erwiderte der Fahrer, während der Wagen jetzt auf einem ebenen Stück Weg rollte. »Aber ich verkehr' schließlich auch nicht im Hochsteinhof. Ich denk mir, dass die Alten mit der Larissa schon zufrieden waren, denn wie man so hört, kommt sie auch nicht grad' von armen Leuten. Ihr Vater ist zwar bei einem Flugzeugabsturz ums Leben gekommen, aber das Mädel hat sicher auch dazu beitragen können, die Schulden für den Hotelneubau zu tilgen.«

Vor ihnen tauchte eine Hütte auf, die sich an den leicht abschüssigen Hang schmiegte. Ein Stück weit davon entfernt parkte, versteckt in einer Heckennische, ein älterer Geländewagen.

Zum Berg hin war eine ebene Fläche abgegraben worden, die als Terrasse diente.

»Das Auto von Josefina«, erklärte Niedermaier und deutete beim Vorbeifahren auf den abseits geparkten Geländewagen. Er ließ das Polizeifahrzeug noch etwa 30 Meter weiter rollen und stellte es direkt bei der Hütte ab, hinter deren Fenstern bunte Vorhänge ein schwaches Licht erahnen ließen.

Inzwischen war die Dämmerung weit fortgeschritten. Die Männer, die aus dem Polizeiwagen stiegen, gingen die paar Schritte zur Hütte und waren überrascht, dass sich die Haustür bereits zögernd öffnete und sich ein kräftiger Mann vor ihnen aufbaute.

Grantner ging zügig auf ihn zu und rief ihm ein »Guten Abend, wir kommen von der Polizei« entgegen.

Der Mann an der Haustür schien ziemlich überrumpelt zu sein. »Polizei? Um diese Zeit – hier oben?« Inzwischen waren auch die beiden anderen Polizisten nähergekommen, deren Gesichter er im schwachen Licht nur undeutlich erkennen konnte.

»Ich bin Chefinspektor Grantner vom Landeskriminalamt Innsbruck«, stellte sich der Ermittler vor. »Und das sind meine Kollegen Platzko – und dieser Herr«, er deutete auf den einheimischen Beamten, »ist Gustav Niedermaier, der Abteilungsinspektor von der Polizeiinspektion Grän.«

Nachdem der offenbar irritierte Mann an der Tür keine Anstalten machte, sie in die Hütte zu lassen, wurde Grantner deutlicher: »Entschuldigen Sie den späten Besuch. Aber ich denke, Sie wissen, warum wir hier sind.«

»Ja«, kämpfte der Mann gegen einen Kloß in der Kehle. »Ja, natürlich. Wahrscheinlich geht's um Frau Waghäusl.«

»Absolut richtig, mein Herr«, wurde Grantner formell. »Jetzt möchte ich Sie bitten, uns den anderen Herrschaften vorzustellen und ein paar Fragen zu beantworten.«

Der Mann an der Tür schluckte, weshalb Grantner nachlegte: »Geht's vielleicht auch ein bisschen gemütlicher? Hier draußen ist es abends um diese Jahreszeit noch a bisserl kalt.«

Er hielt dem Mann seine Dienstmarke entgegen, doch hätte es dies angesichts des Polizeiautos, mit dem sie gekommen waren, nicht auch noch bedurft.

Der Mann schien langsam zu begreifen, was da geschah. »Ja, natürlich, kommen Sie rein. Mein Name ist Jensen, Dirk Jensen. Ich mache Sie mit der Hüttenbesitzerin bekannt.«

Josefina war inzwischen aus dem Wohnraum gekommen und hatte hinter Jensen das Gespräch verfolgen können. »Das bin ich«, sagte sie, während die Männer in den Flur traten. Dabei erkannte sie den Beamten aus Grän. »Ja, das ist ja der Niedermaier-Guschtl.« Sie schüttelte ihm als Einzigem die Hand, was ihm sichtlich peinlich war. »Hast du die hohen Herren chauffier'n müss'n?«

Er nickte nur zaghaft. Denn er mochte dieses kumpelhafte Getue nicht, wenn er dienstlich unterwegs war. Das machte keinen guten Eindruck vor dem Chefinspektor aus Innsbruck.

»Da haben wir aber hohen Besuch gekriegt«, staunte Josefina.

»Ich bin da der Kleinste«, nahm sich Niedermaier aus der Schusslinie. »Der Herr Chefinspektor ist der Wichtigste.« Er deutete auf Grantner. »Wenn die Herrschaften aus Innsbruck anreisen, geht's nicht nur um Hasendiebstähle.«

Sie betraten den behaglich warmen Wohnraum, wo Mullinger und Aleen sofort aufstanden, um sich ebenfalls vorzustellen. Auch sie hatten gehört, was im Flur gesprochen worden war. Jensen fühlte sich trotzdem bemüßigt, die Lage zu erklären: »Die Herren von der Polizei wollen vermutlich wissen, wohin Karin gehen wollte – und ich denke, wir sollten ihnen alle Auskünfte geben, die sie brauchen. Wir haben ja nichts zu verheimlichen.«

Grantner war für einen Moment verwundert und ergriff dann das Wort: »Schön, dass Sie das auch so sehen. Das macht uns die Arbeit einfacher.« Er knöpfte seinen Mantel auf, um anzudeuten, dass ihr Besuch nicht von kurzer Dauer sein würde.

Josefina erkannte dies und gab sich diplomatisch: »Legen Sie ab, setzen Sie sich. Wir müssen aber ein bisschen zusammenrücken. Hier ist es eng.«

»Danke«, sagte Grantner und machte sich auf der Eckbank so dünn wie möglich – obwohl er dann trotzdem eineinhalb Plätze brauchte, wie er selbstkritisch feststellte. »Es ist wie immer in solchen Fällen«, begann er, nachdem sich auch die anderen an den Tisch gezwängt hatten. »Wir sind auf die Hilfe des engeren Bekanntenkreises angewiesen. Frau Waghäusl hat zwar eine Tochter, die in Tannheim wohnt und verheiratet ist – aber über die Lebensumstände ihrer Mutter weiß sie offenbar recht wenig. Frau Waghäusl ist nach dem Flugzeugabsturz ihres Mannes von der Schweiz wieder nach Deutschland gezogen und wohnte irgendwo auf der Schwäbischen Alb. Großraum Ulm, soweit ich weiß.« Grantner, der sich Mühe gab, seinen Wiener Dialekt zu unterdrücken, überlegte kurz, inwieweit er seine Erkenntnisse jetzt schon preisgeben durfte. »Das Einzige, was wir über sie wissen, ist, dass sie sich wohl mit esoterischen Dingen beschäftigt hat.«

»Nicht esoterische«, unterbrach ihn Josefina. »So was wird nur druntn im Tal g'redet. Wir diskutier'n über alles, was der Menschheit Rätsel aufgibt. Und wie vieles davon in der Öffentlichkeit verschwiegen wird. Über alles halt, wofür man in bestimmten Kreisen als Spinner abgetan wird. Und bevor Sie's von jemandem anderen hören: Manche im Tal bezeichnen unsere Zusammenkünfte auch als ›Hexentreffen‹. Und die Hütte als ›Teufelsküche‹.«

Jensen mischte sich ein: »Was natürlich reiner Unfug ist. Schwachsinn. Wir sind auch keine Sekte, falls Sie so etwas Ähnliches meinen. Nein, weder eine Sekte noch ein Geheimbund. Und hier gibt es keine spiritistischen Sitzungen oder Tischerücken.«

»Ich verstehe«, sagte Grantner, während sein junger Kollege Notizen machte und Niedermaier nur aufmerksam zuhörte.

»Und Sie alle«, Grantner sah vorsichtig in die Runde der Hüttengäste, »Sie alle sind heute im Laufe des Vormittags hier raufgekommen?«

»Seht ihr, ich hab's doch gesagt«, brach es jetzt aus Aleen heraus. Es klang hysterisch und ängstlich gleichermaßen. »Wir brauchen ein Alibi. Jeder von uns kann's gewesen sein. Jeder. Und sogar die, die noch nicht da sind.«

»Bitte, Aleen«, fuhr ihr Jensen unwirsch über den Mund. »Reiß dich jetzt zusammen.«

Mullinger, der in der Ecke unterm Kruzifix Platz genommen hatte, saß als Einziger schweigend da. Grantner nahm es beiläufig zur Kenntnis.

»Wenn Sie die Sorge nach einem Alibi umtreibt«, wandte er sich an Aleen und fuhr ruhig fort, »dann machen wir's doch ganz einfach der Reihe nach und beginnen gleich bei Ihnen mit der Alibi-Frage.«

Sein Kollege notierte Personalien und Anschrift der Frau, worauf Aleen nervös damit begann, das Etikett der vor ihr stehenden Apfelsaftflasche abzureißen. »Ich bin mit dem Auto gekommen, mit dem Lift hochgefahren und hier rübergegangen«, sagte sie kurz und knapp.

»Wissen Sie noch, wann das war?«

»Keine Ahnung. Es muss aber kurz vor neun gewesen sein, denn die Bahn hat wohl gerade erst den Betrieb aufgenommen.«

Niedermaier, der die Gepflogenheiten im Tannheimer Tal bestens kannte, hakte nach: »Aber auf der Liftkarte müsste doch die Uhrzeit stehen.«

»Das mag sein, aber ich hab sie oben sofort in einen Papierkorb gesteckt«, entgegnete Aleen zaghaft.

»Keine Berg- und Talfahrt?«, wollte Grantner wissen.

»Nein, nehm' ich nie, weil ich immer runterlaufe und nicht die Bahn nehme.«

»Sie sagten, Sie kämen aus Göppingen«, rekapitulierte Grantner. »Der Ort ist mir geläufig. Die haben nämlich eine Städtepartnerschaft mit Klosterneuburg bei Wien, von wo ich komme.« Über sein Gesicht huschte erstmals ein sympathisches Lächeln. »Wenn also die Frau Waghäusl auch aus der Region Göppingen kommt wie Sie, dann hätten Sie doch auch gemeinsam fahren können.«

Aleen riss das Etikett vollends ab und zerknüllte es mit der

Faust. »Genau so geht das. Genau so hab' ich mir das vorgestellt«, brach es wütend aus ihr heraus. »Und irgendwann hat einer von uns kein passendes Alibi und Sie sperren uns ein.«

Grantner winkte ab. Er mimte den Gelassenen und wartete ein paar Sekunden, um nicht noch mehr Öl ins Feuer zu gießen. »Es ist nur eine Frage, Frau Dobler und …«

Er konnte nicht weiterreden, weil sie ihn bockig unterbrach: »Dobler-Maifeld, bitte.« Sie legte großen Wert auf diesen Doppelnamen.

»Verzeihung, gnädige Frau«, wurde Grantner charmant, doch es klang gekünstelt und beinahe zynisch, »also, ich wollte sagen, dass meine Fragen reine Routine sind. Mit einer einzigen logischen Antwort können wir beide sie schon wieder vergessen.«

»Ich fahr immer allein«, erwiderte sie trotzig, um zu erklären, weshalb sie Karin Waghäusl nicht mitgenommen hatte. »Ich mag es nicht, auf andere angewiesen zu sein. Und außerdem – das kommt ja in diesem Fall dazu – wollte Karin anschließend noch einige Tage bei Larissa im Hotel bleiben. Ich aber nicht.«

»Na sehen Sie«, gab sich Grantner zufrieden. »Alles schon erledigt.« Er wandte sich an Mullinger, der ihn wegen seines Schweigens am meisten interessierte. Der junge Mann bemerkte dies und erschrak.

28

Es war ein Abend mit netten Gesprächen gewesen. Gemeinsam waren die Ehepaare Fischer und Falkenstein jetzt die knapp 100 Meter von dem Gasthaus hinüber zum Campingplatz gegangen. Eine kühle Luftströmung schlug ihnen entgegen. Der Weg verlief entlang der Straße, die vom Tannheimer Tal durch einen Bergeinschnitt nach Pfronten hinab führte. Sie war zu dieser späten Abendstunde nur noch wenig befahren.

Vor dem stattlichen Rezeptionsgebäude des Campingplatzes gingen sie links zur abschüssigen Einfahrt. Wie jede Nacht, war bereits die Schranke geschlossen, so dass nur Fußgänger das Areal betreten konnten.

Hinter den Fenstern des Lokals, das der Rezeption angegliedert war, brannten keine Lichter. Es hatte in diesen Wochen geschlossen, weil ein neuer Pächter gesucht wurde.

Fischer ließ seinen Blick noch kurz über die Autos streifen, die auf dem beleuchteten Parkplatz vor dem Gebäude standen. »Unser Freund Uwe ist wohl auch wieder unterwegs«, stellte er fest, denn Astors auffälliger Mercedes-Geländewagen war nicht zu sehen. Er parkte das Fahrzeug stets außerhalb des Campingplatzes, um jederzeit mobil zu sein. Denn als Versicherungsvertreter musste er seine Kundschaft im Allgäu überwiegend abends aufsuchen.

»Ein super Job«, meinte Renate Fischer, während sie nacheinander die Schranke umgingen. »Das Campingleben genießen, von hier aus die Kunden betreuen und kräftig Provision einstecken.«

»Und clever ist er obendrein auch noch«, bemerkte Fischer spitz. »Die meisten von uns haben doch ihre Autos und Caravans bei ihm versichert.«

»Manchmal staune ich über diese Versicherungstarife«, sagte Falkenstein mit gedämpfter Stimme, weil sie gerade zwei Personen begegneten, die aus dem beleuchteten Sanitärgebäude kamen. »Da muss doch viel Spielraum in der Preisgestaltung drin sein. Früher war eine Kfz-Versicherung eine klare Sache. Heute kannst du handeln und feilschen, fast wie auf dem Basar. Hast du eine Garage oder keine, fährst nur du oder auch deine Frau und welchen Job hast du?«, begann er, leicht angesäuselt, einen Versicherungsagenten zu mimen. »Hast du Haus und Hof auch mitversichert? Und dann spielt noch die Schadenshäufigkeit an deinem Wohnort eine Rolle. Das ist grotesk, finde ich. Wenn du in der Nähe eines unfallträchtigen Autobahnkreuzes wohnst, kannst du selbst noch so wenig Schäden verursachen – du wirst allein wegen deines Wohnorts in eine höhere Regionalklasse eingestuft.«

»Mein lieber Robert«, versuchte ihn Falkenstein mit schwerer Zunge zu besänftigen, »du wirst doch nicht den Glauben an die Gerechtigkeit verloren haben?«

»Gerechtigkeit!«, wurde Fischer wieder lauter, »im Geschäftsleben gibt es keine Gerechtigkeit. Da zählt nur die Pillepalle, die Knete – oder die Bimbes, wie unser Altkanzler Kohl die Kohle mal bezeichnet hat. Knallharter Konkurrenzkampf um jeden Kunden. Vergiss das nicht. Ich weiß, wovon ich rede.«

Sie waren jetzt an der Wegegabelung angekommen, an der das geschnitzte Kruzifix stand, auf das der schwache Lichtschein einer Lampe fiel.

Hier trennten sich ihre Wege. Fischers Wohnwagen stand im linken, dem Ort zugewandten Teil des Areals, während die Falkensteins noch ein Stück weiter nach rechts gehen mussten, vorbei am hell erleuchteten Sanitärgebäude.

Vor ihnen zeichnete sich in der sternenklaren Nacht der mächtige Aggenstein als ein schwarzer, hoch aufragender Koloss in der Landschaft ab. Nur ein paar Lichtpunkte deuteten dort oben den Standort der Bad Kissinger Hütte an.

Eine halbe Minute später hatte das Ehepaar Falkenstein das Vorzelt ihres Wohnwagens erreicht. Er stand dicht an der von Hecken umsäumten Platzgrenze. Das diffuse Licht einiger Lampen ließ den weißen Caravan grau-matt erscheinen. Falkenstein wollte gerade den Reißverschluss des Vorzeltes aufziehen, als er am Verriegelungsmechanismus etwas baumeln sah, was dort offensichtlich festgebunden war. Er hielt inne und griff nach diesem Objekt.

»Ist was?«, hörte er hinter sich die Stimme seiner Frau Annemarie.

Er bückte sich, um im Halbdunkel genauer erkennen zu können, worum es sich handelte. »Da hat jemand was hingehängt«, sagte er verwundert und spürte beim Anfassen, dass es eine Schnur war, deren Länge er auf etwa zehn Zentimeter schätzte. Am unteren Ende baumelte ein kleiner Gegenstand. Er fühlte sich hart und kalt an, wie ein Kieselstein. Falkenstein nahm das Objekt in die Hand, um es in gebückter Haltung dicht an die Augen heranführen zu können, ohne die Schnur von der Tür lösen zu müssen.

»Was ist das?« Annemarie sah ihm über die Schulter.

Falkenstein zögerte. »Sieht aus wie ein Schmuckstück.« Er hatte es jetzt in der offenen Handfläche liegen und drehte sich zum Lichtschein der nahen Lampe, um es identifizieren zu können. Das Objekt glitzerte und war vermutlich aus Metall.

»Hast du eine Ahnung was das ist?« Annemaries Atem kondensierte und verflüchtigte sich. Sie fröstelte.

»Ich vermute mal, dass es eine Posaune darstellen soll«, erwiderte Falkenstein.

29

Mullinger schwitzte plötzlich. Dabei hatte er gerade mal erst seine Personalien angegeben und sich bei der Nennung seiner Adresse verhaspelt. Ihm war der Straßenname nicht eingefallen, in dem sich seine Studentenbude in der schwäbischen Kleinstadt Geislingen an der Steige befand. Die dortige Hochschule Nürtingen-Geislingen war mit mehreren Wohnheimen ausgestattet. Mullinger, dessen Eltern einen Abenteuer- und Wellnesshof im Schwarzwald besaßen, hatte sich für den Studiengang Gesundheits- und Tourismusmanagement entschieden, weil er im Tourismus ein großes Zukunftspotenzial sah. Mit Interesse verfolgte er deshalb auch die hitzig geführte Diskussion um einen Waldwipfelpfad, der nach den Wünschen der auf Fremdenverkehr bedachten Landkreispolitiker im nahen Wiesensteig entstehen sollte. Dort jedoch standen die Enthusiasten, die sich eine touristische Attraktion versprachen, den erbitterten Gegnern gegenüber, die eine Verrummelung der beschaulichen Alblandschaft befürchteten. Steilhänge und Felsplateaus, so argumentierten sie, böten auch ohne Hängebrücken und Stege einen natürlichen Blick über die Baumwipfel hinweg.

Mullinger hatte während der Vernehmung von Aleen genügend Zeit gehabt, sich auf die Fragen des Chefinspektors vorzubereiten. Doch das konzentrierte Nachdenken war nicht zuträglich gewesen. Inzwischen fiel es ihm schwer, die Chronologie seines Vormittags auf die Reihe zu bringen. Es war ihm auch sichtlich unangenehm, dies alles vor den anderen offenbaren zu müssen.

»Sie sagen also, Sie seien schon gestern angereist – mit Ihrem Campingbus«, fasste Grantner die ersten Angaben zusammen. »Ich nehme an, allein.«

»Ja, allein, natürlich«, bestätigte Mullinger. »Ich bin immer allein unterwegs.«

»Und dann haben Sie auf dem Campingplatz in Grän genächtigt«, fuhr Grantner geduldig fort. »Ihr VW-Bus hat auch eine Kochgelegenheit?«

»Eine kleine, aber für mich ausreichend.« »Jetzt erzählen S' doch mal, was heute früh war. Sie san aufg'stand'n«, wieder kam Grantners Wiener Dialekt durch, »und dann?«

»Ich bin ins Hallenbad, gleich, nachdem es offen war. Um halb acht.« Mullinger stockte.

»Da san S'dann g'schwommen – versteh ich. Allein oder war'n noch andere da?«

»Es waren noch andere da. Vier, fünf Personen vielleicht. Ältere Herrschaften, soweit ich mich entsinne.«

»Die Sie aber nicht kennen?«

»Nein. Ich kenne sie nicht.«

»Besonderheiten? Ist Ihnen was aufg'fall'n?«

Mullinger überlegte, was Grantner damit meinen konnte. »Was soll mir aufgefallen sein?«

Der Chefinspektor lehnte sich zurück, während die anderen am Tisch das Gespräch gespannt verfolgten. »Das frage ich Sie. Es war also ein Morgen wie jeder andere.«

»Was heißt ›wie jeder andere‹? Ich kann das nicht beurteilen, ich war nie zuvor da.« Mullinger hatte sein Selbstbewusstsein wieder gefunden.

»Und dann? Sie haben das Bad wieder verlassen«, stellte Grantner fest, um den jungen Mann zu weiteren Schilderungen zu ermuntern.

Mullinger schossen tausend Gedanken durch den Kopf. Vor seinem geistigen Auge sah er den Mann mit dem Goldkettchen, an dem dieses seltsame Schmuckstück hing, und dem er später noch einmal begegnet war. Und er musste an den anderen denken, der ihn im Wasser gefragt hatte, ob er auch zu denen gehöre, die sich auf den Weltuntergang vorbereiteten. Außerdem war da noch diese Frau, die ihn von der Galerie aus angestarrt hatte. Nein, das tat jetzt nichts zur Sache, beschloss er. Obwohl ihm diese Frau nicht mehr aus dem Kopf ging.

»Ich hab' das Bad wieder verlassen«, knüpfte er an Grantners Feststellung an.

Grantner zog eine seiner buschigen Augenbrauen hoch und beobachtete seinen jungen Kollegen, der eifrig Notizen machte. »Und dann?«

»Bin ich joggen gegangen. Frühsport. Mach ich immer, jeden Tag.«

»Wie?«, staunte der Chefinspektor. »Sie gehen zuerst baden und dann joggen? Ist das nicht eine ungewöhnliche Abfolge der Dinge?«

Mullinger hatte auf diese Frage gewartet. »Hinterher seh' ich's auch so. Aber ich hatte plötzlich Lust dazu.«

»Und wohin sind Sie gejoggt?«

Der Student runzelte die Stirn. »Vom Campingplatz aus so ein paar Feldwege runter Richtung Tannheim und wieder zurück.«

»So, nach Tannheim«, wiederholte Grantner bedächtig. »Wie weit runter?«

Mullinger schluckte. »Bis zur Seilbahn und wieder zurück.«

Josefina, Jensen und Aleen sahen sich nacheinander an.

»Bis zur Seilbahn san S' joggt«, nickte Grantner gelassen. »War die Bahn da schon in Betrieb?«

Mullinger zuckte mit den Schultern. »Das kann ich Ihnen nicht sagen, Herr Kommissar.«

»Chefinspektor«, korrigierte ihn Grantner. »In Österreich gibt's keine Kommissare.«

»Entschuldigen Sie, aber ich kenn mich in Ihren Dienstgraden nicht aus.«

»Macht nichts. Ist nur eine Formsache. Also«, kam er wieder auf den Ablauf des Geschehens zurück, »Sie joggen wieder zum Campingplatz zurück – und dann?«

»Dann hab' ich geduscht.«

»Klar, jetzt war'n S' wieder verschwitzt. Aber dann haben S' g'frühstückt?!«

»Ganz schnell nur. Wenn man allein ist, nimmt man's damit nicht so genau.«

»Kann ich mir vorstell'n«, zeigte Grantner Verständnis. »Und dann?«

»Dann bin ich mit meinem VW-Bus zur Seilbahn runtergefahren – zum Parkplatz dort, um mit der Bahn hochzufahren.«

»Zu diesem Zeitpunkt war die Bahn schon in Betrieb – oder haben Sie warten müss'n?«

»Sie wäre in Betrieb gewesen, aber als ich eingetroffen bin, waren schon die Rettungsfahrzeuge da. Es muss also kurz vorher passiert sein.«

»Was, bitt' schön, versteh'n S' unter ›es‹? Was muss kurz vorher passiert sein?«

»Naja«, Mullinger fühlte sich unwohl, »die Sache mit Frau Waghäusl, nehm' ich an.«

»Sie nehmen das an«, griff Grantner seine Bemerkung auf. »Aber zu diesem Zeitpunkt haben Sie nicht gewusst, was passiert ist?«

»Nein, natürlich nicht. Woher denn auch?«

»Sie mussten also warten, bis die Bahn wieder g'laufen ist?«

»Ja, das hat aber nicht lang gedauert«, erklärte Mullinger. Er fühlte sich erleichtert, dass die kritischen Momente des Geschehens damit abgehakt waren.

»Sie haben dann Ihr Ticket gekauft und sind hochgefahren«, schlussfolgerte Grantner.

»Ja, ich bin hochgefahren und hierher zur Hütte gegangen. So war's.«

»Wann Sie hochgefahren sind, wissen Sie natürlich nicht.«

»Nein, ich hab' nicht auf die Uhr geschaut.«

»Aber«, Grantner sah den jungen Mann durchdringend an, »das Ticket dürften Sie noch haben. Auf ihm ist, wie wir wissen, die Uhrzeit festgehalten.«

Mullinger zuckte innerlich zusammen. Er hatte diese Frage befürchtet. »Sie wollen es sehen?«

»Ich bitte darum«, erwiderte der Chefinspektor bestimmend. »Oder haben Sie auch nur eine Bergfahrt gebucht?«

Der junge Mann sah in die Runde und erbleichte. »Ich hab mit so etwas gerechnet und heut' Abend schon das Ticket gesucht.« Er spürte, wie sein Puls zu rasen begann. »Ich find es nicht mehr. Ich hab alles durchsucht. Rucksack, Jacke – alles. Es ist spurlos verschwunden.«

Grantner zog ein misstrauisches Gesicht. »Ach? Einfach weg. Das teure Ticket.« Es klang spöttisch. »Und Sie haben es gleich vorsorglich gesucht, weil Sie befürchteten, ein Alibi zu brauchen.«

Für einen Augenblick herrschte beklemmende Stille. Mullinger sah Hilfe suchend zu den anderen Dreien aus der Runde. Doch Josefina, Aleen und Jensen blickten mit versteinerten Mienen zurück. Er fühlte sich hilflos und verlassen.

»Was schaut ihr mich denn so an?«, verlor er die Fassung, »was denkt ihr denn jetzt? Ihr wisst doch genau, dass ich ganz normal hier angekommen bin. Ganz normal. Ich hab doch nichts zu verheimlichen. Oder glaubt ihr das etwa?« Er war kreidebleich geworden.

Keine Antwort. Der junge Kriminalist aus Innsbruck schrieb weiter – und Abteilungsinspektor Gustav Niedermaier aus Grän hörte distanziert zu.

»Hier geht es nicht um Glauben«, zeigte sich der Ermittler aus Innsbruck gelassen. »Wir sammeln nur Fakten und Eindrücke. Weiter nichts. Wissen S' …«, versuchte er zu beruhigen, »das Leben spielt oftmals seltsame G'schichten, die sich trotzdem rückblickend zu einem logischen Bild formen, wenn Sie versteh'n, was ich meine. Wir alle tun manchmal Sachen, die völlig irrational erscheinen, wenn man sie für sich allein betrachtet. Doch im Gefüge des großen Ganzen ergibt es doch einen Sinn. Haben Sie also keine Scheu, uns alles zu erzähl'n. Lieber jetzt, als später, wenn Sie der Richter fragt. Verschweigen macht alles nur schlimmer.«

Auf Mullingers Stirn bildeten sich Schweißperlen. »Wieso … ich meine – wieso sollte uns ein Richter danach fragen?«

Grantner hatte Mullingers Ängste längst bemerkt, weshalb er einen weiteren Trumpf ausspielen wollte. »Jeder Fall landet irgendwann bei einem Richter. Der eine früher, der andere später. Denken S' doch an die unglaublichen Möglichkeiten dieser DNA-Analysen, mit denen sich Mordfälle noch nach Jahrzehnten aufklären lassen, wenn sich zum sichergestellten Erbgut irgendwann ein vergleichbarer genetischer Fingerabdruck findet. Oft erst durch einen Zufall.« Der Chefinspektor sah einen nach dem anderen an. »Sie dürfen mir glauben, es ist alles nur eine Frage der Zeit, bis ein Mord aufgeklärt wird. Ich jedenfalls möchte heutzutage nicht in der Haut eines Mörders stecken. Weil es nervtötend sein muss, in der Gewissheit zu leben, irgendwann entlarvt zu werden. Allein das muss schon die Hölle auf Erden sein.«

Aus Mullingers Gesicht war inzwischen das letzte Stück Farbe gewichen.

30

Häberle war hundemüde. Er hatte zwar nicht bis zuletzt bei der Hausdurchsuchung in Oberdrackenstein ausgeharrt, aber jetzt, gegen 23.30 Uhr, fühlte er sich ausgelaugt und gestresst. Sein Kollege Mike Linkohr blätterte am Besuchertisch in einigen Akten, die ihm in Karin Waghäusls Wohnung besonders aufgefallen waren.

»Haben Sie jemals was von ›Erdställen‹ gehört?«, fragte er, während Häberle einen kräftigen Schluck heißen Kaffees nahm.

»Erdställe?«, wiederholte der Chefermittler. »Ställe unter der Erde – oder was?«

»Nein, der Name kommt wohl von ›Stelle‹ und ist eher geografisch zu sehen. ›Erdställe‹ gehören zu den großen Geheimnissen Mitteleuropas.« Linkohr blätterte in einem Ordner. »Die Frau Waghäusl hat sich offenbar mit allem befasst, was mysteriös, mystisch und merkwürdig erscheint.« Er sah zu Häberle hinüber, um zu prüfen, ob er noch aufnahmefähig war. »›Erdställe‹ sind unerklärliche, künstlich angelegte unterirdische Gänge, die keinerlei Sinn zu ergeben scheinen. Man kann das hier nachlesen.« Er deutete auf die dicke Akte. »Meist sind die Gänge und Durchschlupfe so eng, dass nur ein einziger Mensch durchkommt. Das ganze System, so steht hier, sei weder als Fluchtgänge, noch als Aufenthaltsort bei einem etwaigen Angriff von Fremden zu erklären. Sowohl der Platz als auch die Sauerstoffversorgung hätten dazu niemals ausgereicht. Mehr als 800 solcher unterirdischer Labyrinthe gibt es angeblich allein im Bereich des Bayrischen Waldes«, berichtete Linkohr aus den Akten. »Frau Waghäusl hat dies akribisch aufgelistet«, ergänzte Linkohr. »Aber es gibt noch viel mehr Interessantes.« Er deutete auf einen anderen Aktenordner, den er gleich in Häberles Büro hatte bringen lassen. »Sie hat tatsächlich Jagd auf die Schwindler bei diesen Kaffeefahrten gemacht«, berichtete er weiter. »Sie hat diese dubiosen Einladungskarten gesammelt, mit denen überwiegend ältere Menschen zu Verkaufsveranstaltungen gelockt werden. Mit angeblichen Gewinnen bei Preisausschreiben, an denen sie gar nie teilgenommen haben. Hier«, er zeigte auf den Inhalt einer Klarsichthülle, »eine Kaffeefahrt mit angeblich üppigem Essen ins Remstal.«

»Vermutlich in eine Spelunke in einem öden Industriegebiet, wo die Teilnehmer nicht abhauen können. Und von wegen üppiges Essen! Alles Schwachsinn«, ärgerte sich Häberle. Er entsann sich noch einer Reportage, die der örtliche Lokaljournalist Georg Sander einmal darüber geschrieben hatte.

»Frau Waghäusl hat in ihrem Terminkalender …«, Linkohr zeigte auf ein schwarzes Buch, das für jeden Tag eine komplette Seite bereithielt, »… für die nächste Zeit einige Namen, Adressen und Telefonnummern notiert. Für kommenden Dienstag steht auch diese ominöse Sache mit ›Waldsee‹ und ›chin‹ drin. Sie erinnern sich …«

»Der Zettel aus ihrem Auto, ja. Gibt's dazu Genaueres?«

»Ich denke, wir haben da eine Spur. Sie hat in ihrem Terminbuch eine Telefonnummer stehen. Vorwahl 07524. Das ist Bad Waldsee im Oberschwäbischen.«

»Und der Anschluss?« Häberles Neugier war geweckt.

»Ein Chinese – oder genauer gesagt: ein ziemlich angesehenes chinesisches Restaurant, wie uns die Kollegen in Bad Waldsee gesagt haben. Im ehemaligen Gasthaus Linde drin.«

»Ach. Chinesen. Also doch die große Finanzwelt. Wann wollte Frau Waghäusl dort sein?«

»Dienstag, 20 Uhr.«

»Das wär doch ein Termin für Sie«, sagte Häberle grinsend. »Sie mögen's doch exotisch, oder?«

Linkohr überlegte für einen kurzen Moment, ob er dort inkognito ermitteln und Nena mitnehmen konnte. »Ich werd mir den Termin notieren.«

»Und was gibt dies hier sonst noch her?« Häberle deutete auf die Papiere, die sein junger Kollege hergeschleppt hatte.

»Diese seltsame Ahnengalerie. Aber ich glaube nicht, dass uns das weiterbringt. Die Waghäusls haben ihre Verwandtschaftsverhältnisse klären wollen, denke ich.«

»Und die andere Linie, die angefangen wurde? Wie heißt die noch mal schnell?«

»Rattinger. Vielleicht die Seite von Frau Waghäusl«, mutmaßte Linkohr.

»Die ist aber keine geborene Rattinger, wie ich den Akten entnehme.«

Der junge Kriminalist seufzte in sich hinein. »Da muss noch jede Menge Material gesichtet werden. Was auffällt: Frau Waghäusl hat auch die Namen einiger Kliniken aufgelistet. Und zwar von Stuttgart bis zum Bodensee und ins südliche Bayern hinein.«

»Spezielle oder ganz allgemeine?«, zeigte sich Häberle interessiert.

»Krankenhäuser halt«, gab sich Linkohr einsilbig. »Jedenfalls keine Fachkliniken, wie man auf den ersten Blick sagen kann.«

»Vielleicht sollten wir ihre Tochter dazu befragen.«

»In Tannheim? Das ist Österreich.« Linkohr ließ damit anklingen, dass länderübergreifende Ermittlungen anstanden, die meist nicht ohne größeren Bürokratismus vonstattengingen.

»Niemand wird uns daran hindern, die Kollegen dort zu unterstützen. Denn nach Lage der Dinge ist davon auszugehen, dass die Fäden wohl hier bei uns gesponnen wurden.«

Als ob dies ein Stichwort gewesen wäre, tauchte in diesem Moment ihr Kollege Specki in der offenen Bürotür auf. »Entschuldigt«, unterbrach er die Konversation, »aber das Landeskriminalamt Innsbruck bittet uns um die Überprüfung zweier Personen, die gerade vernommen wurden.« Er hielt einen Zettel in der Hand. »Sie wohnen beide bei uns.«

»Ach«, staunte Häberle. »Hast du schon eine Abfrage gemacht?«

»Ja, liegt aber nichts gegen sie vor. Der eine ist ein Student, 22 Jahre alt, wohnt in einem Studentenwohnheim in Geislingen, Kaiser-Wilhelm-Straße. Und die andere Person heißt Aleen Dobler-Maifeld und ist seit gut einem Jahr in Göppingen gemeldet. Vornehme Wohngegend, in der Großstraße.« Linkohr nahm ein anderes Blatt zur Hand. »Und dann ist da noch was. Frau Waghäusl hat in ihrem Notizbuch auch die Adresse einer Bank notiert.«

»Einer Bank? Wo?«

»In Jungholz. Das liegt wohl auch im Tannheimer Tal.«

»Leicht abseits«, äußerte Häberle ortskundig. »Eine österreichische Enklave – umgeben von deutschem Gebiet.«

Linkohr nickte, obwohl er dies geografisch nicht so recht einzuordnen vermochte.

Häberle erklärte grinsend: »Eines der größten Gebäude in diesem kleinen Kaff dort ist eine Volksbank.«

»Das dürfte dann ja wohl seine Gründe haben«, meinte Linkohr.

Häberles Kommentar fiel knapp aus: »Ich befürchte, da kommt einiges auf uns zu.«

31

Grantners junger Kollege Ferdinand Platzko hatte sich in der Dunkelheit jene Stelle zeigen lassen, an der es ein Funknetz gab, um einige Telefonate zu führen. Nach den ersten beiden Vernehmungen hatte er das Landeskriminalamt in Innsbruck gebeten, bei den deutschen Behörden zwei Personendaten überprüfen zu lassen.

Jetzt war er wieder zurück und verfolgte gespannt, was der zweite Mann aus der Runde der Hüttengäste zu sagen hatte. Dirk Jensen bezeichnete sich großspurig als Inhaber einer Investment-Fondsgesellschaft mit Sitz in Frankfurt, wohnte jedoch in Aichschieß auf den sonnigen Höhen des Schurwaldes, der das Neckar- vom Remstal trennt, und war verheiratet. Er erklärte emotionslos, bereits am gestrigen Abend angereist zu sein und im Hochsteinhof übernachtet zu haben. Heute früh sei er kurz vor Sonnenaufgang auf dem üblichen Wanderweg zum Neunerköpfle hochgestiegen und von dort, nach kurzer Rast, zur Hütte herüber gekommen.

»Sie sind demnach gar nicht an der Talstation der Seilbahn gewesen«, konstatierte der Chefinspektor, denn ihm war der Ausgangspunkt für die Tour zum Neunerköpfle geläufig. »Nein, warum sollte ich?«, Jensen schüttelte den Kopf. »Der Weg führt durchs Dorf hoch und zweigt irgendwo nach dem Ortsende links ab – durch die Senke und drüben über die Forstwege hoch.«

Grantner nickte. Genauso hatte er es auch in Erinnerung.

»Dann zu Ihnen, Frau Hallmoser«, wandte er sich nun an Josefina, die die ganze Zeit über nervös mit einem Flaschenöffner gespielt hatte. Ihre Finger zitterten. Noch immer waren ihre Augen vom Weinen gerötet.

»Sie haben das Treffen hier organisiert«, stellte Grantner fest. »Mein Kollege, der Herr Abteilungsinspektor aus Grän«, er deutete auf Gustav Niedermaier, »hat mir berichtet, dass Sie regelmäßig Gäste hier oben haben.«

»Regelmäßig kann man nicht sag'n«, entgegnete Josefina leise, »nur einmal im Jahr, höchstens zweimal. Je nachdem. Es kommen auch nicht immer alle.«

»Es handelt sich also um einen besonderen Kreis ...?«, versuchte sich Grantner ein Bild zu verschaffen.

»Wir sind momentan acht Leute ...« Sie rang nach Worten, weshalb sich Jensen einschaltete: »Wie bereits gesagt, alles Menschen, die sich mit Grenzwissenschaften beschäftigen, wenn Sie verstehen, was ich meine.«

Grantner sah ihn mit gerunzelter Stirn an: »Meinen S', i bin a bisserl blöd?«

Jensen wollte spontan etwas antworten, biss sich aber auf die Unterlippe. Es geziemte sich nicht, im Ausland gegenüber der Polizei aufmüpfig zu werden. »Entschuldigen Sie«, sagte er deshalb ruhig. »Ich wollte nur noch mal betonen, dass es nicht um Hexen- oder Satanskult geht.« Er sah in die Runde seiner schweigenden Freunde. »Uns ist im Übrigen jeder willkommen, der ernsthaft über das Unerklärliche im Leben reden möchte.«

»Und wie hab'n Sie sich zusammeng'fund'n?«

»Das ist eine lange Geschichte. Begonnen hat's mit dem Tod von Mario Waghäusl, dem Ehemann von Karin Waghäusl. Wir haben uns schon geraume Zeit gekannt. Dazu muss man wissen, dass Mario ein weltweit hoch angesehener Finanz- und Währungsexperte war, und ich damals in Zürich mit ihm zusammengearbeitet habe.«

Josefina nickte heftig und war froh, dass Jensen ihr diese Schilderungen abgenommen hatte.

»Karin, also Frau Waghäusl, hat im Zusammenhang mit dem Tod ihres Mannes – es war ein Flugzeugabsturz – eine Beobachtung gemacht, durch die sie sich in ihrer Lebenseinstellung bestätigt fühlte. Dass es – nennen wir's mal – Signale gibt, die wir modernen Menschen nicht mehr wahrnehmen, weil uns die Zivilisation dieser Instinkte beraubt hat. Oder weil es nicht ins vorgefertigte Weltbild der Medien passt. Wer will sich denn heute noch öffentlich dazu bekennen, an Wunder zu glauben oder an Engel? «

Grantner nickte interessiert. »Da mag was dran sein.«

Josefina fühlte sich zu einer Erklärung berufen: »Die Menschen früherer Zeiten haben noch solche Signale zu deuten g'wusst, die ihnen der Herrgott g'schickt hat.«

»Herrgott oder nicht Herrgott«, griff Jensen ihre Anmerkung gereizt auf, »jedenfalls gibt es etwas, das über Raum und Zeit hinweg alles in diesem Universum verbindet.«

Grantner wollte das Gespräch jetzt nicht ins Philosophische abgleiten lassen. »Frau Waghäusl hat sich also mit so etwas befasst«, lenkte er wieder aufs eigentliche Thema. »Und wie kam's dann zu diesen Treffen hier?«

»Ich hab damals, vor zwölf Jahren, die Frau Hallmoser kennengelernt«, Jensen deutete auf Josefina, »als ich mit meiner Frau und Karin Waghäusl beim Skifahren hier war. Schon bei den ersten Gesprächen hat sich rausgestellt, dass wir dieselben Interessen haben.«

»Wunder und Engel und so«, brummte Grantner.

»Wissen S', Herr Oberinspektor …«, meldete sich Josefina zu Wort.

»Chefinspektor«, korrigierte Grantner mit charmantem Lächeln.

»Entschuldigen Sie, Herr Chefinspektor. Unsere Familie, also wir Hallmosers, sind noch gottesfürchtig. Wir haben sogar auf unserer Alm ob'n eine kleine Kapelle baut, weil bei uns im Stall mal ein Blitz eing'schlag'n hat, es aber kein Feuer gegeben hat.«

Jensen ließ ein paar Sekunden verstreichen, ehe er fortfuhr: »Wir haben damals vor zwölf Jahren beschlossen, Gleichgesinnte zu suchen. Übers Internet. Das alles hat sich aber erst im Lauf der Zeit entwickelt, als es mit der elektronischen Kommunikation so richtig losging. Nur einen haben wir noch während unseres Skiurlaubs kennengelernt, der bis heute dazugehört.«

»Ach?«, Grantner blickte die beiden anderen Personen an. Auch Mullinger und Aleen hatten während der kurzen Vernehmung angegeben, übers Internet auf die Gruppe gestoßen zu sein. »Wer war diese Person?«

Wieder fühlte sich Jensen angesprochen. »Uwe Astor. Ein Versicherungsagent, der die meiste Zeit des Jahres in seinem Wohnwagen auf dem Campingplatz in Grän verbringt. Er hat dort sein Büro eingerichtet.«

»Und …« Grantner behielt Josefina im Auge, der er nicht zutraute, eine Internet-Homepage betreuen zu können. »Wer pflegt die Kontakte im Internet?«

»Das macht meist Astor«, antwortete Jensen schnell. »Der hat die meiste Zeit und auch das technische Know-how.«

»Verraten Sie uns auch noch, wer die anderen Herrschaften sind? Jetzt haben wir sechs, wenn ich richtig mitgezählt habe.« Er blickte zu seinem Protokoll führenden Kollegen Ferdinand Platzko, der sofort in seinen Notizen zu blättern begann. »Wir haben Herrn Mullinger, Frau Dobler-Maifeld, Herrn Jensen, Frau Hallmoser, Herrn Astor und natürlich die verstorbene Frau Waghäusl. Sechs, ja.«

»Sie haben vorhin von acht gesprochen«, warf Grantner ein und nickte Josefina zu. Doch bevor sie antworten konnte, kam ihr Jensen zuvor: »Acht, ja. Josefina hat recht. Morgen will noch der Theologe Christoph Falkenstein zu uns stoßen. Ein Pensionär aus Stuttgart. Nur Robert Fischer bleibt diesmal fern. Er fühlt sich gesundheitlich etwas angeschlagen, ist aber sozusagen im Lande – drunten auf dem Campingplatz, als Dauercamper mit seiner Frau. Die beiden kommen aus Neresheim und haben bis vor drei Jahren, als sie in den Ruhestand gingen, eine Apotheke in Aalen gehabt.«

»Wie?«, Grantner staunte. »Dieser Fischer ist Apotheker?«

»Ja. Wieso erstaunt Sie das?«, fragte Jensen schnell zurück, worauf sich alle Blicke dem Chefinspektor zuwandten. Doch der sagte nichts.

Ihn interessierte etwas anderes: »Dieser Herr Astor – der kommt auch nicht?«

»Doch, übermorgen«, antwortete Jensen knapp.

»Und es waren immer acht Leute?«, hakte Grantner nach.

Jensen überlegte und sah seine Freunde nacheinander an. Er rang mit sich, ob er es sagen sollte, entschied sich dann aber, eine ehrliche Antwort zu geben: »Nein, nicht immer – und auch nicht immer dieselben. Unser Herr Mullinger, der junge Mann hier, ist ganz neu in der Runde. Anfangs waren wir mal zehn Leute. Aber drei sind bereits von uns gegangen.« Er hatte die Stimme gesenkt.

»Ausgestiegen oder gestorben?«, verlangte Grantner Klarheit.

»Gestorb'n«, antwortete Josefina unerwartet schnell.

»Wann war das?«

»In den letzten Jahren«, sagte Jensen. »So ganz genau können wir Ihnen das nicht sagen.«

»Aber die Namen können S' mir doch geb'n, oder?«

»Wozu denn das?«, fragte Jensen für Grantners Begriffe ein bisschen zu schnell nach.

»Das müssen S' schon mir überlass'n, Herr Jensen«, konterte der Chefinspektor, um damit erneut deutlich zu machen, wer bei diesem Gespräch das Sagen hatte.

»Das waren Menschen, die in ganz Deutschland verstreut gewohnt haben. Crailsheim, Fulda, Flensburg.«

»Die Namen geben S' meinem Kollegen zu Protokoll. Wenn's geht, auch noch ein paar Einzelheiten, vielleicht sogar Adressen, falls Sie diese noch haben«, zeigte sich Grantner energisch und prägte sich in Gedanken die Ortschaften ein. Wenn ihn seine geografischen Kenntnisse von Deutschland nicht trogen, lagen diese Städte alle an der A 7 – der längsten Autobahn der Bundesrepublik. Sie führte ziemlich gradlinig vom Norden in den Süden. Von Flensburg bis Füssen.

32

Nena war eine groß gewachsene Frau, schlank, schwarzhaarig und gerade 24 Jahre alt geworden. Seit Linkohr sie bei einer privaten Geburtstagsfeier kennengelernt hatte, verging kein Tag, an dem sie nicht miteinander telefonierten. Als Reiseverkehrskauffrau konnte sie ihm so herrlich von ihren Urlaubswünschen vorschwärmen. Doch nach all seinen Enttäuschungen, die er mit dem weiblichen Geschlecht schon erlitten hatte, war es ihm gar nicht danach, jetzt bereits eine Reise zu planen. Andererseits aber erschien ihm ihr Vorschlag, zu den Mayastädten nach Mexiko zu fliegen, gerade in diesem Jahr ziemlich reizvoll. Immerhin waren es die Mayas, die mit ihrem Kalender, der im Dezember 2012 endete, in manchen Kreisen für Weltuntergangsstimmung sorgten.

Von Linkohrs Göppinger Dienststelle bis nach Schorndorf, dem Wohnort Nenas, war es nur ein Katzensprung. Er hatte sie gegen Mitternacht angerufen und sein unerwartetes Kommen angekündigt, was sie freudig erregt zur Kenntnis nahm. Eine halbe Stunde später bereits saß er ihr in der kleinen Einliegerwohnung am Stadtrand gegenüber. Sie stießen mit Prosecco an, den sie bereits eingegossen hatte. »Auf uns«, lächelte sie charmant. Ihre dunklen Augen glänzten.

Linkohr musste ihr von den Ereignissen des Abends berichten. Er empfand es als wohltuend, dass sie sich für seinen Job interessierte und seine unregelmäßigen Arbeitszeiten sogar akzeptierte. Oft genug schon waren seine Beziehungen gescheitert, weil es im entscheidenden Moment einen Einsatz gegeben hatte.

»Glaubst du denn an so was?«, fragte sie und legte ihre Beine, die wie immer in langen Lederhosen steckten, abgewinkelt auf die Couch, um sich in eine Ecke kuscheln zu können. Linkohr nahm sein Glas und setzte sich zu ihr, worauf sie ihm übers Haar strich. »Ob ich was?« Er war irritiert.

»Ob du an das glaubst, womit sich diese Frau Waghäusl befasst hat«, wiederholte sie ihre Frage zu all dem, was ihr Linkohr soeben erzählt hatte. »Das mit den Grenzwissenschaften und so.«

Linkohr zuckte mit den Schultern und kam ihr ein Stück näher. Er wollte eigentlich nicht darüber reden. »Glauben heißt nichts wissen«, sagte er. »Und wir dürfen uns nicht anmaßen, etwas für unmöglich zu halten, bloß weil wir nichts darüber wissen.«

»Och«, lächelte sie ihn an, »das hast du jetzt aber schön

gesagt.« Sie umarmte ihn und drückte ihm einen Kuss auf die Wange. Sein Oberlippenbart kitzelte so herrlich erotisch, wie sie es empfand. »Du bleibst doch heut' Nacht hier?«, hauchte sie, und es klang nicht wie eine Frage, sondern wie eine Bitte.

Linkohrs Herz begann zu rasen. Hatte sie das wirklich gesagt? Oder war es nur Einbildung gewesen?

Er nickte und kam ihr noch ein Stück näher, um ihren warmen Atem zu spüren. »Weißt du«, flüsterte sie, um es besonders zärtlich klingen zu lassen, »ich brauch dich.« Sie prosteten sich zu, wonach sie hinzufügte: »Und ich will dich. Aber nicht nur so, wie du jetzt denkst.«

Solche Worte hatte Linkohr in so einer Atmosphäre noch nie gesagt bekommen. Wie ein Blitz schossen ihm böse Erinnerungen durch den Kopf – und eine innere Stimme, die ihn warnend fragte: Meint Nena es wirklich ernst?

33

Es war längst still geworden im Tannheimer Tal, das der sternenklare Himmel in ein sanftes und friedliches Grauschwarz hüllte. Auf dem Campingplatz brannten nur einige wenige Lampen, die Fenster der Wohnwagen und Wohnmobile waren mit Rollos verdunkelt.

Das Apotheker-Ehepaar Robert und Renate Fischer hatte nach der Rückkehr aus der Gaststätte noch im geräumigen Caravan »Waldis Club« im Fernsehen gesehen. Nach dem Fußballeuropameisterschaftsspiel England gegen Spanien, das an diesem Abend übertragen worden war, sangen Waldis Plaudergäste gleich zu Beginn der Sendung lautstark und optimistisch das Stimmungslied »Wir sind die Besten von Europa.« Robert Fischer bemerkte, wie seine Gedanken abschweiften und er sich überhaupt nicht auf die Gespräche konzentrieren konnte. Seine Frau war inzwischen auf dem Bett eingeschlafen, so dass er gegen halb eins entschied, den Fernseher auszuschalten und sich ebenfalls hinzulegen.

Zwei Stunden später war er schweißgebadet aufgeschreckt. Gerade hatte er geträumt, ihm sei in seinem Labor ein Reagenzglas mit giftiger Flüssigkeit zu Boden gefallen. Doch jetzt, noch im Halbschlaf, schien es ihm, als habe sich dieses Geräusch in seinen Traum hineingeschlichen. Vermutlich war es ganz real gewesen. Kein Traum. Sondern von draußen. Er kam langsam zu sich und blieb regungslos liegen, um seine Frau nicht zu wecken, die auch in der Geborgenheit eines Campingplatzes nachts dazu neigte, auf jedes merkwürdige Geräusch ängstlich zu reagieren.

Fischer spürte, wie sich sein Puls beschleunigte. Spielte ihm jetzt sein Gehör in dieser Totenstille der Nacht einen Streich – oder knirschten draußen auf dem groben Kies des Weges tatsächlich vorsichtige Schritte?

Vielleicht ein Camper, der ins Sanitärhaus hinüber ging, versuchte er sich zu beruhigen. Zwar hatte jeder Wohnwagen und jedes Wohnmobil eine Toilette an Bord, doch benutzten nicht alle Camper sie fürs ›große Geschäft‹.

Aber jetzt in der Nacht? Fischer drehte seinen Kopf vorsichtig zur roten Digitalanzeige des kleinen Weckers. 3.05 Uhr.

Er hielt den Atem an. Wenn dieses leise Knirschen, das ganz schwach an seine Ohren drang, wirklich Schritte waren, dann hatten sie sich in den vergangenen Sekunden nicht entfernt. Nicht zum Sanitärhaus hinüber – und auch nicht von dort her. Dieses Geräusch kam aus unmittelbarer Nähe. Vielleicht trennte ihn nur die dünne Wand des Wohnwagens von jemandem, der draußen durch die Nacht schlich.

Einfach aufspringen, Tür aufreißen und nach dem Rechten sehen, hämmerte es in Fischers Kopf. Was konnte schon passieren – hier, umgeben von Dutzenden anderer Camper?

Doch gleichzeitig würde seine Frau panisch erschreckt aufwachen. Und falls da draußen ein Unbekannter sein Unwesen trieb, konnte man nie wissen, wie solche Täter reagierten. Messer, Dolch, Pistole – alles, was zum Töten geeignet war, jagte ihm rasend schnell durch den Kopf.

Er entschied, nicht den Helden spielen zu wollen.

Was aber, wenn da jemand einen Brandanschlag vorbereitete? Benzin ausgoss und eine Lunte legte? Instinktiv sog Fischer mit dem nächsten Atemzug die Luft tief ein. Roch es nach Benzin? Nach Rauch? Noch einmal atmete er tief ein, während die vermeintlichen Schritte kurz verstummten. Nein, es roch nach gar nichts, stellte Fischer fest. Sein Herz raste, während neben ihm Renate zwei Atemzüge lang schnarchte, sich im Schlaf bewegte und dann wieder zur Ruhe fand.

Waren die Luken alle geschlossen, überlegte er. Nein, natürlich nicht. Die oberen hatten sie halb geöffnet, wie jede Nacht. Er musste an Berichte denken, wonach Narkosegas in Wohnwagen geleitet worden war. Aber dies, so verdrängte er seine finsteren Gedanken, geschah nie auf Campingplätzen – und wenn, dann allenfalls in südlichen Ländern.

Er hob vorsichtig seinen Kopf aus dem Kissen, um noch besser in die Nacht lauschen zu können. Da war es wieder, dieses Geräusch, das nicht in die nächtliche Stille passte. Für ein, zwei Sekunden hatte es sich jetzt anders angehört. Als ob ein leichter Gegenstand über den harten Sandboden geschoben worden wäre. Vielleicht etwas aus Plastik, dachte Fischer und starrte mit weit aufgerissenen Augen an die dunkle Decke des Wohnwagens, aus der sich das nicht abgedunkelte Dachlukenfenster mit einer leichten Graufärbung abhob.

Für ein paar Atemzüge kehrte wieder diese Stille ein, in der jedes noch so unbedeutende Geräusch als Störung empfunden wird. Fischer wollte seinen Kopf gerade wieder ins Kissen sinken lassen, als dieses Knirschen, das er eindeutig als Schritte zu erkennen glaubte, wieder einsetzte, sich nun aber entfernte und nach wenigen Sekunden verstummte. Vermutlich war die Person in Richtung Sanitärgebäude gegangen, überlegte er und entschied, einen schnellen Blick nach draußen zu riskieren. Vom Fenster auf seiner Bettseite konnte er diesen Bereich des Campingplatzes einsehen. Ungeachtet dessen, dass seine Frau wach werden würde, setzte er sich auf, fingerte nach dem Griff des Rollos und schob es ein kleines Stück weit nach oben. Dieses kaum vernehmbare Aufrollen der Verdunkelung genügte, um Renate aus dem Schlaf zu reißen.

»Was ist denn los?«, hörte er ihre Stimme hinter sich. »Ist was passiert?«

»Psst«, machte er und war bereits ganz dicht an den unteren, jetzt freiliegenden Teil des Fensters herangerückt.

»Was ist denn, Robert?« Seine Frau war zu ihm herüber gekrochen, um auch durch den schmalen Spalt nach draußen sehen zu können. Doch mehr als das schwache Licht einer Lampe gab es nicht zu sehen. Es blendete trotzdem.

Fischer schwieg und beugte sich so weit er konnte nach links, um den dürftig beleuchteten Weg zum Sanitärgebäude überschauen zu können. Dort ging tatsächlich eine Person. Die schwarzen Konturen ließen auf eine längere Jacke schließen. Fischer versuchte angestrengt, mehr Details zu erkennen. Doch dazu war es zu spät. Zwischen dem Heckenbewuchs war die Silhouette mit der Dunkelheit verschmolzen. Er zog das Rollo wieder nach unten.

»Was war da?«, flüsterte seine Frau.

»Keine Ahnung«, erwiderte Fischer gekünstelt ruhig. Er war innerlich aufgewühlt, wollte sich dies aber nicht anmerken lassen. »Wahrscheinlich ist jemand zur Toilette gegangen.«

»Und das regt dich derart auf?« Sie war misstrauisch geworden.

»Vermutlich hab ich auch schlecht geträumt«, sagte er, während sie sich wieder in ihre Betthälfte zurückzog. »Aber wir sind ja auf einem sicheren Campingplatz.«

Obwohl sein Herz wie wild raste, wollte er sich gelassen geben und zumindest so tun, als könne er gleich wieder schlafen.

Doch nach einer halben Minute fragte Renate in die Nacht: »Weißt du, was ich glaube?«

Er gab keine Antwort, weshalb sie mit ängstlicher Stimme fortfuhr: »Robert, ich glaube, hier ist etwas im Gange. Vielleicht ist es besser, wenn wir schon morgen fahren.«

Er schwieg. Einschlafen konnte er jetzt nicht mehr.

34

Linkohr war gleich von Schorndorf zum Dienst gefahren. Auch Nena hatte an diesem Samstagvormittag arbeiten müssen. Allerdings fiel es ihr zunehmend schwer. Zwar arbeitete sie gern, aber ihr cholerischer Chef setzte alles daran, den

Angestellten mit geradezu sadistischer Freude das Leben schwer zu machen. Es schien so, als ersinne er stets neue Gemeinheiten, um sie zu schikanieren. Seine Lieblingsmethode war das Versenden von Abmahnungen im Doppelpack, meist freilich dilettantisch und fehlerhaft verfasst, sodass die Empfänger trotz allem noch darüber schmunzeln konnten. Auch Nena war jüngst mit zwei Abmahnungen in einer einzigen Briefsendung konfrontiert worden – wegen Lappalien. Wenn sich der Kriminalist derlei systematisches Mobbing vor Augen führte, wunderte er sich, dass die Betroffenen stillhielten und diese ›Sklavenhalterei‹, wie er es den Schilderungen Nenas zufolge empfand, geduldig ertrugen. Aber was blieb den meisten auch anderes übrig? Das System war so aufgebaut, dass vielen nur die Wahl zwischen Duckmäusertum und dem Ausstieg aus allen sozialen Netzen blieb. Irgendwann, da war sich Linkohr ganz sicher, würden sich die Arbeitnehmer in diesem Lande das nicht mehr gefallen lassen. Wenn schon die Gewerkschaften nicht mehr in der Lage waren, Abhilfe zu schaffen, würde das Pulverfass eines Tages explodieren und die Herrschenden, bestehend aus Wirtschaftsbossen und Politikern, wegfegen.

Zwar gab es auch innerhalb der sehr hierarchisch, bisweilen sogar nach militärischem Drill geführten Polizei Vorgesetzte, die ihre krankhafte Eitelkeit ähnlich auslebten und ihre Positionen nur dazu missbrauchten, andere zu triezen oder ihre pervers-sadistischen Triebe auszuleben. Aber was er schon oft aus der privaten Wirtschaft gehört hatte, schien dies alles bei Weitem zu übertreffen, dachte Linkohr bei der Fahrt über den Schurwald zurück nach Göppingen.

Häberle empfing ihn grinsend, zumal ihm Linkohr am Vorabend angekündigt hatte, wo er den Rest der Nacht verbringen würde. »Na, ausgeschlafen?«

»Jaja – schon …«, murmelte Linkohr einsilbig, während ihm Häberle einen Platz am abgerundeten Teil des Schreibtisches anbot. »Ein Kollege aus Österreich hat schon angerufen.« Häberle lächelte und strich sich über die voluminöse Brust, die wieder einmal in einem viel zu engen Jeanshemd steckte. »Ein Chefinspektor. Das sind Titel, was? Klingt jedenfalls besser als so ein popeliger Hauptkommissar.«

Linkohr korrigierte seinen Chef frotzelnd: »Erster Kriminalhauptkommissar sind Sie – vergessen Sie das nicht.«

»Okay«, gab sich Häberle geschlagen. »Aber vielleicht werden wir schon bald den Herrn Chefinspektor kennenlernen. Spricht übrigens ein bisschen Wienerisch.«

»Sie meinen, wir machen eine Dienstreise?« Linkohr war begeistert, musste aber sofort an Nena denken, die er dann gewiss für mehrere Tage nicht sehen würde.

Der Chefermittler verkniff sich eine Antwort. Bis sie nach Österreich fahren konnten, mussten zuerst bürokratische Hürden überwunden werden. Mittlerweile jedoch waren Ermittlungsreisen in andere EU-Staaten durchaus gang und gäbe.

»Wir sollten uns zunächst die Personen genauer ansehen, die wir in diesem Terminbuch entdeckt haben. Außerdem versuch' ich, den Rektor der Hochschule zu erreichen. Wegen dieses Studenten, den der Kollege aus Innsbruck besonders im Visier hat. Diesen …« – Häberle wollte der Name nicht einfallen.

»Mullinger«, ergänzte Linkohr.

»Ja, diesen Mullinger. Und auch dieser Dame mit dem unaussprechlichen Doppelnamen sollten wir uns annehmen. Vielleicht schaffen Sie es, ihr Umfeld zu beleuchten. Aber bitte dezent. Sie wissen ja, wie empfindlich man in gewissen Kreisen reagiert.«

»Und was machen wir mit diesen Krankenhäusern, dem Apotheker und dem pensionierten Pfarrer? Und diesem Investment-Heini und dem Versicherungsfritzen?« Die Personendaten zu Jensen und Astor hatte das Landeskriminalamt Innsbruck noch in der Nacht per E-Mail nachgereicht. »Apotheker und Pfarrer sollen die Kollegen von Aalen und Stuttgart übernehmen. Dieser Jensen wohnt in Aichschieß, wenn ich das richtig in Erinnerung habe. Das ist Sache der Kollegen in Esslingen. Und dieser Versicherungsfritze?«

»Wohnt, wenn er hier ist, in Uhingen«, erklärte Linkohr. »Seit Langem geschieden. Die Kollegen vom dortigen Revier schildern ihn als völlig unauffällig.«

»Hm«, gab sich Häberle einsilbig. »Unauffällig ist schon mal verdächtig.«

Linkohr wusste mit dieser Bemerkung nichts anzufangen und verwies auf eine weitere E-Mail: »Das Ergebnis der Obduktion liegt inzwischen auch vor. Es hat sich bestätigt, dass Frau Waghäusl an einer Injektion gestorben ist. Remifentanil. Ein Opioid. Bereits eine winzige Menge genügt, um die Atmungssteuerung einzustellen, heißt es in dem Bericht.«

Häberle glättete mit den Handflächen das Jeanshemd, das am voluminösen Bauch wie immer spannte. »Ach«, staunte er. »Eine Art Nervengift, wenn ich das richtig verstehe.« Er runzelte die Stirn. »Ist doch verrückt, oder? Da sticht jemand während der Gondelfahrt zu – und keiner merkt was. Und dieses Mittel, dieses Remifen-dingsda, dürfte ja vermutlich kaum so ohne Weiteres frei erhältlich sein.«

Linkohr pflichtete dem Chef bei, gab aber zu bedenken: »Für Geld, würd' ich sagen, kriegen Sie heute doch alles. Ich wette, dass auch angereichertes Plutonium zu haben ist.«

Häberle stellte zufrieden fest, dass seine eigenen Einschätzungen auf den jungen Kollegen abgefärbt hatten. Der Staat konnte noch so viel verbieten, gemacht wurde, was machbar war. Verbote waren nur dazu da, das Volk zu beruhigen. Die meisten Sauereien liefen ohnehin im Verborgenen ab – ob bei den Gen-Manipulationen oder bei der Kernkraft-Lobby, die es meisterlich verstand, Störfälle kleinzureden oder gar ganz zu verschweigen. Da durfte es für jemanden, der über entsprechende Beziehungen und Geld verfügte, doch nur eine Kleinigkeit sein, sich so ein Mittel, um Atemstillstand herbeizuführen, zu besorgen. Erst recht, wenn ein Apotheker mit im Spiel war.

Jedenfalls musste es jemand gewesen sein, der genau wusste, dass Karin Waghäusl zu einer bestimmten Zeit mit dieser Gondel hochfahren würde. Der Täter war mit ihr entweder gemeinsam gekommen – dann wären sie beide befreundet oder bekannt gewesen –, oder er hatte sie abgepasst. Häberle bemerkte, dass er sich viel zu sehr auf einen männlichen Täter konzentrierte. Natürlich konnte diese Art von Mord auch eine Frau bewerkstelligen. Und danach sah es sogar eher aus, dachte er. »Wenn man die Protokollauszüge der Innsbrucker so liest, könnte man meinen, das sei eine ziemlich illustre Gesellschaft, die sich dort auf dieser Hütte trifft«, fasste er seine bisherigen Eindrücke zusammen.

»Und wenn Sie diese ganzen Buchtitel bei der Waghäusl hinzunehmen, wird es noch verrückter«, ergänzte Linkohr. »Der drohende Weltuntergang scheint sie ziemlich beschäftigt zu haben.«

»Wer weiß, vielleicht hatten die Mayas ja doch recht«, ging Häberle darauf ein. »Haben Sie jemals gesehen, wozu die in der Lage waren? Die gewaltigen Bauten, die später der Urwald verschlungen hat? Auf der Yucatán-Halbinsel in Mexiko?«

Linkohr überlegte, warum ihn dies sein Chef ausgerechnet jetzt fragte.

35

Christoph Falkenstein war an diesem traumhaft schönen Samstagvormittag gleich nach Betriebsbeginn mit der Seilbahn hochgefahren. Auf dem schmalen Pfad, der zu Josefinas Hütte hinüberführte, blies ihm noch ein kühler Wind entgegen, in dem die taunassen Gräser wogten. Die Sonne schien knapp über die Berggipfel hinweg, die im Osten aufragten.

Falkenstein hatte zwar insgeheim noch einen Funken Hoffnung gehabt, auch Karin dort zu treffen. Aber nach allem, was in den Radionachrichten verbreitet worden war, bestand eigentlich keinerlei Zweifel mehr, dass sie die Tote aus der Seilbahn war. Er hatte sich deshalb auf eine triste Stimmungslage eingerichtet und ein paar einfühlsame Worte überlegt, um sie alle über Karins Tod hinwegzutrösten. Bereits beim Näherkommen sah er einen jungen Mann auf der Terrasse stehen. Allein schon wie er sich am Geländer festhielt und gedankenversunken zur südlichen Bergkette hinüber schaute, verhieß nichts Gutes. Die Szenerie hatte etwas tief Trauriges an sich – trotz des strahlenden Sonnenscheins.

Nach den Fotos, die ihnen der junge Student von sich per E-Mail geschickt hatte, konnte es nur Mullinger sein. Als der Theologe die Hütte beinahe erreicht hatte, rief er dem Mann ein freundliches »Grüß Gott« zu. Doch der Angesprochene drehte sich nicht einmal um.

»Sind Sie der Student, der so interessante E-Mails geschrieben hat – über die Bedeutung mystischer Orte für den Tourismus?«, fragte Falkenstein, nachdem er die Terrasse betreten hatte. Die Frage hatte gereicht, um endlich die Aufmerksamkeit des jungen Mannes zu erregen.

Mullinger drehte sich langsam um und erschrak. Dieses Gesicht hatte er schon einmal gesehen – auch wenn jetzt tief in die Stirn eine Wollmütze gezogen war.

»Wir kennen uns«, grinste Falkenstein. »Gestern Vormittag hab ich Sie gleich erkannt – und vielleicht ein bisschen erschreckt.«

»Sie …«, Mullinger wusste nicht, was er sagen sollte. Dieser Mann, der vor ihm stand, hatte ihn gestern tatsächlich schockiert.

»Ich war der, der Sie im Bad gestern gefragt hat, ob Sie auch zum Weltuntergang kommen.« Er reichte dem jungen Mann die Hand zur Begrüßung.

»Dann sind Sie … vermutlich der Pfarrer«, kombinierte Mullinger.

»Bin ich. Sag einfach Christoph zu mir«, lächelte ihn Falkenstein aufmunternd an. »Ich hab nur sehen wollen, wie du reagierst. Nix für ungut.«

Mullinger lachte verlegen und wusste nicht, was er antworten sollte.

»Und ich kann dir auch gleich noch ein Geheimnis verraten: Der andere, der dich ebenfalls angesprochen hat, gehört auch zu uns.«

Mullinger musste kurz überlegen. Dann fiel es ihm ein: der Typ mit dem Goldkettchen. »Der andere?« Er vermochte nicht mehr dazu zu sagen.

»Das ist unser Freund Robert Fischer. Seinen Namen kennst du auch aus unseren E-Mails. Ein Apotheker im Ruhestand.«

Falkenstein stand einem völlig überraschten Mullinger gegenüber. Um das Eis zu brechen, versuchte er, ihn aufzumuntern: »Ich hab übrigens deine Abhandlung mit großem Interesse gelesen. Wir werden darüber sicher noch ausgiebig diskutieren.« Er wandte sich zum Eingang und schnallte seinen Rucksack ab. »Wo sind denn die anderen?«

Mullinger zuckte mit den Schultern und lehnte sich mit dem Gesäß an das Holzgeländer. »Als ich heut früh aufgestanden bin, war keiner mehr da.«

»Wie?«, entfuhr es dem Theologen. »Da ist außer dir keiner da?«

Mullinger drehte sich wieder zu den Bergen. »Wie ich sage – keiner da.«

Falkenstein überlegte, ob er jetzt gleich die Frage stellen sollte, deren Beantwortung etwas Endgültiges, Unumkehrbares nach sich ziehen würde. Aber es nutzte nichts, sie zu verschieben. »Und Karin …? Karin ist …?«

Mullingers ohnehin blasses Gesicht verlor auch noch die letzte Farbe. »Du weißt es noch gar nicht?«

Falkenstein nickte langsam und schloss für einen Moment die Augen. »Die endgültige Gewissheit fehlt mir noch.«

Der junge Mann schien mit der Situation überfordert zu sein. »Sie ist tot«, flüsterte er. Der Pfarrer verzichtete darauf, weitere Details zu erfragen, und deutete mit dem Kopf in Richtung Tür. »Da ist wirklich keiner drin?«

»Nein«, antwortete Mullinger und drehte sich wieder zu den Bergen. »Sie sind weg.«

»Was heißt das – weg?«

»Als ich heut früh aufgestanden bin, waren sie weg. Hab ich doch schon gesagt«

»Und wohin?«

»Keine Ahnung. Josefinas Geländewagen ist auch weg. Vermutlich sind sie ziemlich früh – oder vielleicht heut Nacht noch – ins Tal runtergefahren.«

»Ohne dich?« Falkenstein konnte seine Überraschung

nicht verbergen. »Wieso verschwinden die Hals über Kopf, ohne dich mitzunehmen?«

»Es hat gestern Abend einige Differenzen gegeben, wenn ich das so sagen darf. Wegen der Polizei, die hier war.«

»Die Polizei war da? Hier oben? Polizei?« Falkenstein trat näher zu ihm und lehnte sich an das Geländer.

»Sogar ein Chefinspektor aus Innsbruck«, erklärte Mullinger. »Er hat uns alle nach einem Alibi gefragt.«

»Alibi?«

»Ja, so hat es Aleen empfunden.« Mullinger drehte den Kopf zu Falkenstein. »Er wollte halt wissen, wie wir gestern hochgekommen sind und wie wir zu Frau Waghäusl gestanden haben.«

»Das ist doch legitim«, beruhigte ihn der Theologe. »Man darf nicht erwarten, dass die Polizei so einen Todesfall einfach hinnimmt und stillhält.«

»Aber …« Mullinger vergrub seine Hände jetzt tief in den Taschen seiner Windjacke. »Ich weiß nicht, wie ich es sagen soll.«

»Ist da etwas passiert, was mit Karins Tod zusammenhängen könnte?« Falkensteins Instinkt schlug Alarm.

»Ich kann das nicht sagen. Jedenfalls gab es hinterher, als die Polizei wieder weg war, gegenseitige Vorwürfe, jeder habe etwas verschwiegen.«

»Verschwiegen?« Falkenstein sah zwei Bergdohlen hinterher, die im Tiefflug an ihnen vorbeigeflogen waren. »Was soll denn verschwiegen worden sein?«

»Genau hab ich das nicht mitgekriegt. Aber es ging wohl um gewisse Ängste, die Frau Waghäusl in letzter Zeit angedeutet haben soll. Da hat's wohl in den letzten Wochen mächtige Spannungen gegeben. «

»Konkret?«

»Nein, nichts Konkretes. Mir schien so, als wollten sie es alle vor mir nicht ansprechen. Es waren eher so diffuse Ängste, wie ich vermute. Aber …«

»Ja?«

»Um ehrlich zu sein, Herr Falkenstein … ich meine, Christoph, auch ich hab mir dann nicht alles zu sagen getraut.« Er sah dem Pfarrer Hilfe suchend in die Augen. »Was hätte ich denn tun sollen? Ich bin der Jüngste hier. Soll ich gleich am ersten Tag auspacken und zu Protokoll geben, was mir aufgefallen ist? Hätte ich das tun sollen?«

»Beruhige dich«, klopfte ihm Falkenstein freundschaftlich auf die schmale Schulter. »Wenn du einen Fehler korrigieren willst, ist die Zeit dafür sicher noch nicht zu spät. Ihr habt gestern alle unter Schock gestanden.«

Mullingers Gesichtszüge entspannten sich. Die beiden Männer blieben eine halbe Minute lang schweigend beieinanderstehen. Dann wagte der Student, eine Frage zu stellen, die ihm auf den Nägeln brannte: »Was für ein Symbol ist eigentlich die Posaune?«

Falkenstein zuckte zusammen.

36

Professor Dr. Walter Siegler war ein gemütlicher Mensch, der charmant und mit herzlicher Ausstrahlung auf seine Gesprächspartner zugehen konnte. Häberle hatte schon viel von dem Rektor der Hochschule Nürtingen-Geislingen gehört, ihn aber nie zuvor getroffen. Besonders legendär galten Sieglers jährliche Auftritte zur Faschingszeit, wenn er bei einer örtlichen Prunksitzung über banale, bisweilen aber auch höchst komplizierte kommunale Themen mit hochwissenschaftlichen Formulierungen dozierte und dabei auch seinen eigenen Berufsstand trefflich auf die Schippe nahm.

»Wenn ein Kommissar ins Haus kommt, wird die Hochschule schnell zum Tatort«, meinte er mit einer Mischung aus Hochdeutsch und Fränkisch, während die Sekretärin Kaffee brachte. »Aber ich kann Ihnen versichern, wir haben keine Leiche im Keller.«

Häberle gefiel die legere Art, mit der dieser Hochschul-Rektor an ein ernstes Thema heranging. »Die Leiche lag – wie ich Ihnen am Telefon gesagt habe – in einer Seilbahn im Tannheimer Tal.« Der Chefermittler erläuterte noch einmal, weshalb der Student Jonas Mullinger in die Ermittlungen der österreichischen Kriminalpolizei geraten war.

»Sie werden verstehen, dass ich nicht jeden einzelnen meiner 1800 Geislinger Studierenden kenne.« Häberle nahm zur Kenntnis, dass er geschlechtsneutral von ›Studierenden‹ sprach – einem dieser unsinnigen Wortungetüme, die ein Zugeständnis an die militanten Frauenrechtlerinnen waren, die dem Irrtum unterlagen, allein mit schönen Formulierungen die vermeintlich maskuline Welt femininer gestalten zu können. Wahrscheinlich, so vermutete Häberle, wurden hochschulintern alle Personenbezeichnungen, die nicht geschlechtsneutral umzuwandeln waren, in der weiblichen Form mit dem grässlichen großen I in der Mitte geschrieben.

Siegler war inzwischen fortgefahren: »Ich hab mich deshalb bei meinen ›Profs‹ über den Herrn Mullinger kundig gemacht.« Er nahm zwei bedruckte Blätter zur Hand. »Ziemlich intelligentes Bürschchen, heißt es. Studiert Gesundheits- und Tourismusmanagement und hat im Wintersemester eine sehr gute Arbeit über mystische Orte und ihre Bedeutung für den Tourismus geschrieben, aufgehängt an den Maya-Stätten und an Stonehenge in England.«

»Interessant«, brummte Häberle.

Siegler verzog sein Gesicht zu einem süffisant-verschmitzten Lächeln. »Einer meiner ›Profs‹, dem man nachsagt, sich im Klatsch und Tratsch im ›Hohen Haus‹ auszukennen, hat mir hinter vorgehaltener Hand und unter dem strengsten Siegel der Verschwiegenheit ausgeplaudert, dass eine unserer Kolleginnen ein – na, sagen wir mal – lustvolles Auge auf ihn wirft.«

Der Chefermittler staunte. »Ach? Eine Beziehung – zwischen ihm und ihr?«

»Nein, um Gottes Willen«, wehrte Siegler ab. »Nicht gleich so, wie Sie es in Ihren Beziehungsmorden gewohnt sind. Nein. Dem Kollegen, der mir das zugeflüstert hat, ist das nur bei einer dieser Partys aufgefallen, die unsere Studenten hier in der Stadt regelmäßig organisieren.«

»Was denn für Partys?« Häberle nahm einen Schluck Kaffee.

»Sie müssen wissen, dass es in dieser Kleinstadt seit geraumer Zeit keine richtigen Discotheken mehr gibt, in denen sich die jungen Leute austoben könnten. Deshalb sind sie ständig auf der Suche nach ›Locations‹, wie das ja heutzutage heißt, in denen sie dann selbst solche Veranstaltungen organisieren – Partys genannt. In alten Lagerhallen oder leeren Fabrikgebäuden zum Beispiel.«

»Und da gehen auch Professoren hin?«

»Hin und wieder schon. Warum auch nicht? Das hält jung. Und man erfährt, womit und worüber sich die jungen Leute unterhalten. Und was gerade cool ist. Oder hip, wie man heutzutage sagt.« Er hob wieder lehrmeisterlich seinen rechten Zeigefinger kerzengerade nach oben. »Damit mir da aber kein falscher Zungenschlag reinkommt: Herr Mullinger besucht in seinem Studiengang keine Vorlesung dieser Dame. Sie ist im Institut für Automobilwirtschaft tätig und sowieso gerade auf eigenen Wunsch hin beurlaubt.«

»Und wie hat er auf ihre Annäherungsversuche reagiert?«

»Abweisend. Sehr abweisend, wird mir berichtet.« Siegler grinste und schien sich in seinem eigenen Wissen zu sonnen. »Er steht wahrscheinlich auf Jüngere. Besagte Kollegin ist 48.«

»Aber der Vorfall, wenn ich es mal so sagen darf, war für Ihren Informanten immerhin so markant, dass er Ihnen davon erzählt hat.«

»Nur weil ich ihn – nachdem Sie mir am Telefon den Grund ihres Kommens genannt haben – über Herrn Mullinger ausgefragt habe. Außerdem liegt dieser Vorfall, wie Sie das nennen, erst sechs Tage zurück. Es war vorigen Samstag.«

»Sie waren aber nicht bei der Party?«

»Nein.« Wieder hob er seinen Zeigefinger. »Man sollte ab einem bestimmten Alter sein Gehörorgan nicht mehr Geräuschen aussetzen, von denen andere irrtümlich meinen, dieses Sammelsurium von Disharmonien, Schlaginstrumenten und unartikulierten Schreien sei Musik.«

Häberle verstand.

»Ich«, fuhr der Hochschulchef selbstironisch fort, »hab mich an diesem Samstagabend ganz anderen, weil global orientierten, ja existenziellen Dingen hingegeben.«

»So?«

Sieglers rundes Gesicht strahlte. »Dem Weltuntergang.« Er wartete auf Häberles Erstaunen und fügte dann breit grinsend an: »Bei diesem Thema brauchts einen, der das nicht so ernst nimmt.« Er räusperte sich. »Außerdem war Frau Platterstein, so heißt die besagte Kollegin, auch noch kurz bei mir gewesen.« Es klang stolz. »Bei meinem Vortrag. Erst danach ist sie zu dieser Party gegangen.« Siegler zögerte. »Frau Platterstein ist sozusagen schuld daran, dass ich die Ehre hatte, in diesem Kellergewölbe über das Ende der Welt zu philosophieren.«

»So?«, wunderte sich Häberle. »Wie darf ich das verstehen?«

»Frau Platterstein ist dafür bekannt, dass sie sich kulturell engagiert. Und irgendwie – ich weiß nicht, über welche Ecken herum – wollten die neuen Besitzer dieses Gewölbekellers zur Eröffnung ihres Blumenladens einen adäquaten Vortrag haben. Passend zu diesem finsteren Loch dort.« Er verzog sein Gesicht wieder zu einem spitzbübischen Lächeln. »Wahrscheinlich pass ich am besten dazu. Sie haben mich über Frau Platterstein gebeten, den Mayakalender und den Weltuntergang zu thematisieren.«

»Aber dass dieser Student Mullinger solchen Dingen auch aufgeschlossen gegenübersteht, wussten Sie nicht?«

Siegler wurde augenblicklich ernst. »Ich glaube, Sie sollten jetzt nicht damit beginnen, eine Verschwörungstheorie zu entwickeln. Die Veranstaltung in diesem Keller hatte auch nichts mit der Hochschule zu tun.« Er sah den Kommissar strafend an. »Darauf muss ich allergrößten Wert legen.«

37

Linkohr hatte mit sich gerungen, ob er nach dem Wochenende den Personalchef des Göppinger Großkonzerns ›Gruber-Group‹ anrufen sollte. Doch nachdem er herausgefunden hatte, dass Aleen Dobler-Maifeld, um die es ging, dort der Financial-Executive-Chief war, hielt er ein solches Vorgehen für zwecklos. Zwar ließ er sich dank Häberles langjähriger Schule von derlei wahnwitzigen Fantasie-Titeln nicht mehr beeindrucken oder gar abschrecken. Aber vermutlich wäre niemand in diesem Unternehmen bereit gewesen, über eine Dame in dieser gehobenen Stellung Auskunft zu geben. In der Regel stand auf das Ausplaudern betriebsinterner Angelegenheiten in hierarchisch straff organisierten Betrieben ohnehin die Todesstrafe, hatte Häberle einmal ironisch bemerkt.

Dabei gab es in solchen Großkonzernen mehr Gerüchte, Intrigen und Hahnenkämpfe als anderswo. Jeder setzte alle Mittel ein, um zum Alpha-Tier aufzusteigen – koste es, was es wolle. Da wurde alles geopfert, was dem eigenen Vorankommen hinderlich war: Menschlichkeit, Anstand, soziales Benehmen, ein gutes Betriebsklima und Ehrlichkeit. Fachwissen spielte ohnehin nur noch eine untergeordnete Rolle – und die Erfahrung älterer Mitarbeiter erst recht nicht.

Linkohr wusste aus mehreren Gesprächen, die er bei anderen vergleichbaren Firmen geführt hatte, wie in den unsäglichen Konferenzen, mit denen überall in der Republik täglich Zeit verplempert wurde, ein riesiges Schachspiel ablief, bei dem die vermeintlichen Könige am Tisch nur ein Ziel kannten: Bauern zu opfern und den Gegner mattzusetzen, um selbst das Feld zu beherrschen. Linkohr musste an Worte Häberles denken: »Wenn ein Mensch zu viel Macht hat, wird er zur Bestie.« Glücklicherweise gelang es in der demokratischen Politik meist noch rechtzeitig, solche Typen zu bändigen. In der freien Wirtschaft jedoch, so hatte Häberle schon oft geklagt, wimmle es hingegen von frei laufenden Bestien, die alles zerfleischten, was sich ihnen in den Weg stellte.

Und ausgerechnet die Wirtschaft hatte in diesem Lande das Regieren übernommen.

Daran musste der junge Kriminalist denken, als er jetzt in das sonnenbegünstigte Wohngebiet am leichten Südhang des Göppinger Oberholzes fuhr. Er wollte sich selbst ein Bild vom Wohnumfeld dieser Dame verschaffen, für die sich die österreichischen Kollegen interessierten.

Das flache Gebäude aus grauem Sichtbeton entsprach dem Stil der späten 60er Jahre. Es duckte sich in den Hang und war von Buchen und Nadelbäumen umgeben, die ihrer Größe entsprechend so alt wie das Haus sein mussten.

Linkohr parkte seinen VW-Polo auf der engen Straße und war beim Aussteigen sofort von Blumenduft umgeben. Er ging zum schmiedeeisernen Gartentor, das in eine torbogenförmige Aussparung der hohen Umfassungsmauer eingelassen war. Es gab nur eine Hausnummer, aber kein Namensschild. Weder auf der Türsprechanlage, in die eine Videokamera integriert war, noch am Briefkasten.

Linkohr klingelte mehrmals – doch es tat sich nichts. Er hatte dies auch nicht erwartet, denn sein Versuch, jemanden telefonisch zu erreichen, war ebenfalls vergeblich gewesen.

Der Kriminalist ging deshalb links an der Mauer entlang weiter, bis deren Ende auch die Grenze zum Nachbargrundstück markierte, wo sich hinter dem frischen Grün eines Strauches ein Mann mit einer Heckenschere abmühte.

Linkohr grüßte ihn freundlich und fragte, ob er ihn kurz stören dürfe. Der Mann, offenbar ein Rentner, dem der Schweiß auf der kahlen Stirn stand, legte die Schere auf den Boden und wischte sich die Hände an seinem blauen Arbeitsanzug ab.

»Wie kann ich Ihnen helfen?«, fragte er und zwängte sich durch das Gebüsch zum Zaun vor. Linkohr stellte sich ordnungsgemäß als Kriminalbeamter vor und erklärte, dass Frau

Dobler-Maifeld für auswärtige Kollegen wichtige Angaben zu einer Straftat machen könne. Es gehe hier um eine reine Amtshilfe und lediglich um die Frage, in welchem Umfeld sie sich bewege.

»Das sehen Sie ja selbst«, grinste der Mann, der sich mit einem Handrücken den Schweiß von der Stirn wischte. »Sie hat die Villa gemietet, vor etwa einem Jahr. Aber da erkennt man halt: Wenn jemand einen anständigen Job hat, findet er auch sofort das passende Häusle. Ich könnte mir das alles hier oben auch nicht leisten, wenn's nicht meine Eltern schon gleich nach dem Krieg gebaut hätten.«

Linkohr sah durch die belaubten Sträucher auf ein architektonisch gelungenes Einfamilienhaus, das von einem gepflegten, geradezu parkähnlichen Garten umgeben war.

»Die Frau Dobler-Maifeld wohnt da drüben allein?«, hakte Linkohr nach.

»Soweit ich das überblicke, ja. Zweimal die Woche kommt eine Putzfrau.« Er kratzte sich verlegen an einer Augenbraue. »Einen Herrn, dem sie den Doppelnamen zu verdanken hat, hab ich jedenfalls bisher nicht gesehen. Außerdem ist sie oft tagelang gar nicht da. Wir grüßen uns, wenn wir uns sehen, reden aber kaum mehr als mal übers Wetter.«

Linkohr stutzte. »Kaum mehr als mal übers Wetter«, wiederholte er. »Aber manchmal auch ein bisschen mehr?«

Der Mann kam einen Schritt durchs Gebüsch näher. »Naja, manchmal haben wir ein bisschen länger geredet. Hier – wie wir jetzt, übern Gartenzaun hinweg. Da ist mir aufgefallen, dass sie ziemlich nervös war. Gestresst und irgendwie sogar geistig abwesend. Und dabei hat sie etwas angesprochen, das mir ziemlich obskur vorgekommen ist.« Er sah Linkohr fragend an, als wolle er sich die Erlaubnis holen, ein Geheimnis ausplaudern zu dürfen.

»Und das war?«, fragte der junge Kriminalist zurückhaltend, um seine Neugier nicht zu deutlich zu zeigen.

»Sie hat gesagt, sie glaube, in ihrem Haus gäbe es böse Geister.«

38

Der Morgen versprach bereits einen schwül-heißen Tag. Gerade erst hatten die ersten Sonnenstrahlen den Campingplatz erreicht, als sich Chefinspektor Grantner an der Rezeption vorstellte und nach den Stellplätzen der drei Personen fragte, die ihn seit vergangener Nacht beschäftigten. Er warf beim Verlassen des Gebäudes einen sehnsuchtsvollen Blick zum Aggenstein hoch, wo sich der Pfad zum Gipfel im Steilhang abzeichnete, und ging dann die asphaltierte Einfahrt am Haus entlang abwärts. Dort orientierte er sich an der kleinen Skizze, die er erhalten hatte.

Der Wohnwagen des Apotheker-Ehepaars Fischer befand sich links der Weggabelung, an der ein von Blumen geschmücktes Holzkreuz stand. Ein paar Schritte vor dem Caravan, der sich in eine Reihe luxuriöser Wohnwagen einfügte, stutzte Grantner. Sein Blick fiel auf einen kleinen matt glänzenden Gegenstand, der unter Fischers Wagen lag – wie achtlos weggeworfen. Dies wollte, wie Grantner es empfand, nicht so recht zu diesem gepflegten Platz passen. Es war ein rundes, längliches Plastikbehältnis, dessen Bedeutung der erfahrene Kriminalist sofort zuzuordnen vermochte. Er nahm es zur Kenntnis und ging ohne zu zögern die paar Schritte vollends zum Wohnwagen, dessen Vorzelt weit geöffnet war, weiter.

Vorbei an den darin abgestellten Gartenmöbeln, zwei Fahrrädern und einem Wasserkanister gelangte er zur Tür des Caravans. Kaum hatte er geklopft, öffnete ein ungekämmter Mann, dessen Oberkörper in ein T-Shirt gezwängt war. Dass ein leibhaftiger österreichischer Chefinspektor vor ihm stand, schien den Camper keinesfalls zu überraschen. Grantner war darüber nicht verwundert, zumal sich die gestrigen Ereignisse sicher längst in den einschlägigen Kreisen herumgesprochen hatten.

Fischer entschuldigte sich für sein ›rustikales Aussehen‹, wie er sagte, und bat den Kriminalisten in das Innere des behaglich beheizten Wohnwagens. Renate Fischer begrüßte den Gast und beseitigte rasch das benutzte Frühstücksgeschirr.

Grantner nahm gegenüber dem Ehepaar auf der gepolsterten Sitzgruppe Platz und lehnte den angebotenen Kaffee dankend ab. »Ich nehme an, Sie sind über den Grund meines Kommens informiert«, knüpfte er an sein kurzes Begrüßungsgespräch. Ohne eine Antwort abzuwarten, kam er gleich zur Sache und erklärte, dass es sich nicht vermeiden lasse, mit allen Freunden und Bekannten von Frau Waghäusl zu sprechen. Er vermied bewusst das Wort ›Vernehmung‹.

»Sie gehören auch zu der … nennen wir es mal … ›Hüttengruppe‹?«

Fischer strich mit dem rechten Zeigefinger kurz über seinen Oberlippenbart. »So kann man es sagen, ja. Und wir beide – Renate und ich – sind tief betroffen über Karins Tod.« Gewissheit darüber hatte ihnen vor einer halben Stunde ein Anruf Falkensteins erbracht.

»Darf ich fragen, weshalb Sie zwar hierher gereist sind, aber nicht auch an diesem Treffen teilnehmen wollen?« Grantner bemerkte, wie Frau Fischer ihren Mann kritisch von der Seite beäugte.

»Wir sind nicht wegen des Treffens hergekommen«, sagte Fischer ruhig und lehnte sich in das Rückenpolster zurück. »Unser Wohnwagen steht immer hier. Seit wir im Ruhestand sind, verbringen wir viel Zeit auf diesem Platz. Um ehrlich zu sein, ich fühl mich derzeit nicht so gut. Kreislauf, müssen Sie wissen. Da empfiehlt es sich nicht, auf die Berge zu klettern.« Er sah zu Renate. »Normalerweise gehen wir beide hoch, meine Frau und ich. Weil wir von dort oben Wandertouren machen können. Aber, wie gesagt, diesmal ist's mir gesundheitlich nicht danach. Außerdem …«, wieder ging sein Blick zu Renate, »… spricht uns das Thema nicht an, das Frau Waghäusl und Frau Hallmoser – das ist die Organisatorin und Hüttenbesitzerin – ausgewählt haben.« Er verzog sein Gesicht zu einem ironischen Lächeln. »Weltuntergang. Die Sache mit dem Mayakalender.«

Grantner nickte.

»Sie hatten also kein Interesse daran, Ihre Freunde zu treffen?«

»Oh doch, natürlich – zu treffen schon«, erwiderte Fischer. »Ich nehme an, Sie kennen die anderen zumindest namentlich. Herr Falkenstein, der übrigens heute schon hochgefahren ist, hat mit seiner Frau den Wohnwagen ebenfalls hier stehen – nur ein Stück weiter oben. Und Uwe Astor steht gleich da drüben. Gelegenheit zum Treffen gibt's also auch hier unten.«

Renate schaltete sich ein: »Wir hätten uns an diesem Wochenende sicher noch zusammentelefoniert, um uns in Larissas Hotel – also bei der Tochter von Frau Waghäusl – zu treffen.«

»Mmh«, machte Grantner, während sein Blick auf das Goldkettchen fiel, das an Fischers Hals unterm T-Shirt verschwand. »Sie haben Frau Waghäusl also gestern gar nicht gesehen?«

»Nein, wo denn auch?« Fischer war für einen kurzen Moment irritiert.

»Hätte doch sein können, oder?« Grantner hatte die Verunsicherung wahrgenommen.

»Und den Neuen – diesen Studenten, der das erste Mal dabei ist?«

»Diesen Mullinger?«, fragte Fischer rhetorisch nach. »Den hab ich gestern früh im Hallenbad getroffen und ein bisschen erschreckt.« Er runzelte die Stirn. »Ich weiß nicht, ob er Ihnen davon erzählt hat.«

»Hat er nicht«, äußerte sich Grantner interessiert. »Wie hab'n S' ihn denn erschreckt?«

»Er hat mich natürlich nicht gekannt – aber ich ihn. Durch ein paar Fotos, die er uns per E-Mail geschickt hat. Ich hab' ihm sogar den Campingplatz empfohlen, nachdem er geschrieben hat, er sei mit einem alten VW-Bus unterwegs. Ja – und gestern früh im Bad hab ich ihn dann sofort erkannt und ihm ein bisschen Angst eingejagt.«

»Sie haben ihm Angst eingejagt? Wieso das denn?«

»Nur so zum Spaß, wirklich. Nur so«, wiegelte Fischer ab und grinste verlegen. »Ich hab ihm halt gesagt, er solle auf sich aufpassen – und so.«

»Was heißt ›und so‹?«

»Naja, ich hab an das anknüpfen wollen, was in unseren E-Mails und Internet Chats so alles besprochen wurde.«

Wieder fühlte sich Renate bemüßigt, etwas deutlicher zu werden: »Wir machen uns halt Gedanken, weshalb drei aus unserer Gruppe jeweils bei der Rückfahrt von solchen Treffen bei Verkehrsunfällen ums Leben gekommen sind.«

Grantner fiel sofort die Bemerkung Jensens ein, der diese Unfälle auf der A7 angesprochen hatte. »Gab's bei diesen Unfällen irgendwelche Zweifel über den Hergang?«

Fischer schüttelte schnell den Kopf. »Ich glaube nicht. Aber wenn man sich mit Dingen beschäftigt, die sich im Grauzonenbereich zwischen Realität und Unerklärlichem bewegen, neigt man gelegentlich dazu, nicht mehr an Zufälle zu glauben. Zumindest tun dies einige von uns.«

Grantner seufzte unhörbar in sich hinein. Vermutlich wurden seine Geduld und sein logisches Denkvermögen in diesem Fall noch arg strapaziert. Er entschied sich deshalb, einen Angriff zu starten: »Sie sind Apotheker«, stellte er ruhig fest. »Sagt Ihnen Remifentanil etwas?«

»Remifentanil?« Es hörte sich an, als habe er davon nie etwas gehört, was für einen Apotheker höchst ungewöhnlich gewesen wäre. Er schien sich dessen bewusst zu sein, weshalb er sofort den vollständigen Namen aussprach: »Remifentanil. Ja, natürlich sagt mir das was. Warum fragen Sie?«

Grantner ging nicht darauf ein.

»Hatte Karin – ich meine: Frau Waghäusl – etwas mit Drogen zu tun?«, fragte Fischer vorsichtig nach. »Möglich«, der Chefinspektor wiegte seinen Kopf. »Aber …«, er konzentrierte sich jetzt auf die Reaktion seines Gegenübers, »… vielleicht haben auch Sie eine Erklärung dafür, weshalb unter Ihrem Wohnwagen eine Einwegspritze liegt.« Grantner wartete eine Sekunde und bemerkte, wie aus den Gesichtern des Ehepaars Fischer die Farbe entwich. »So'n Ding, mit dem in gewissen Kreisen das Teufelszeug gespritzt wird.«

39

Falkenstein war zum Funknetz am Hang hochgestiegen, um Josefina anrufen zu können. Er erfuhr, dass sie, Jensen und Aleen im Hochsteinhof bei Larissa gewesen waren und sich inzwischen wieder auf der Rückfahrt befanden.

Leicht verstimmt beendete Falkenstein das Handygespräch. Er ärgerte sich, dass er über diesen Besuch nicht informiert worden war. Denn dann hätte er vom Campingplatz direkt zum Hotel fahren können.

»Und du hast gar nicht mitgekriegt, dass die alle weggefahren sind?«, wandte er sich, zurück in der Hütte, noch einmal ungläubig an Mullinger, der ihm am Hüttentisch gegenüber saß.

»Ich bin zwar irgendwann mal kurz wach gewesen, aber frag' mich nicht, wann das war. Wir haben am späten Abend, als die Kripoleute weg waren, noch ziemlich viel Wein getrunken. Dann muss ich tief und fest eingeschlafen sein. Und als ich heut früh allein aufgewacht bin, hab ich mir gedacht, dass sie mich wegen der Differenzen, die's noch gegeben hat, nicht mitnehmen wollten«, erwiderte der junge Mann. »Aber ich wusste ja, dass du irgendwann hier auftauchst.«

Falkenstein ging in die kleine Küche, um nach etwas Trinkbarem zu sehen. Er sah drei leere Weinflaschen und mehrere ungespülte Gläser, entdeckte dann aber auch eine Flasche Apfelsaft und kam mit zwei gefüllten Gläsern zurück.

»Es tut mir leid, dass du gerade an diesem Wochenende zu uns gestoßen bist«, sagte der Theologe bedächtig und trank einen Schluck. »Du wirst nicht gerade den besten Eindruck mit nach Hause nehmen.«

»Ihr könnt doch nichts dafür, wenn Karin tot ist«, sagte Mullinger emotionslos.

»Nein, das können wir sicher nicht«, bekräftigte Falkenstein, um hinzuzufügen: »Ich hoffe es jedenfalls.« Er räusperte sich. »Du hast vorhin gesagt, es habe Differenzen gegeben, weil man diesem Kommissar nicht alles gesagt hat. Du weißt nicht, worum es genau gegangen ist?«

»Glaubst du jetzt auch, dass einer von uns …?«

»Quatsch, mein Junge. Aber wir sollten durchaus eine gemeinsame Linie vertreten.«

Mullinger nickte. »Das finde ich auch. Deshalb hab ich mich gewundert, dass Aleen gegenüber diesem Inspektor keinen Ton davon gesagt hat, wie sehr Karin offenbar unter gewissen Dingen gelitten hat, mit denen sie beschäftigt war.«

Falkenstein musste an das gestrige Gespräch mit den Fischers denken, als die Rede davon war, dass Karin einmal von Verrätern gesprochen habe, die es überall gebe. Und von Scharlatanen, die mit Tricks angebliche übersinnliche Fähigkeiten vorgaukelten oder mit den Zukunftsängsten der Menschen Geschäfte machten. Er hakte aber nicht nach, was Mullinger gemeint haben könnte, denn er spürte, dass der junge Mann noch mehr erzählen wollte.

»Weißt du, Christoph, irgendwie hab ich das Gefühl, als ob über euch ein Schatten liege«, fuhr Mullinger langsam fort und sah durch das Fenster zu der sonnenbeschienenen Bergkette hinüber. »Entschuldige, wenn ich das so sage, aber es gibt einige Merkwürdigkeiten, die ich nicht verstehe.«

»Wir können uns in Ruhe drüber unterhalten.«

»Gestern früh im Hallenbad«, rang sich Mullinger zu einer Erklärung durch, »da habt nicht nur ihr beide mich erschreckt, also du und Fischer, sondern eine Frau, die uns beobachtet hat. Oben von dieser Balustrade aus.«

»Ach?«, staunte Falkenstein. »Da war noch jemand?«

»Hast du gar nicht gesehen? Eine Frau. Sie stand da oben, wo es diesen Ruheraum gibt, vorn am Geländer und hat runtergeschaut.«

»Hast du sie gekannt?«

»Das überleg ich mir seither ständig. Aber ich war viel zu irritiert. Alles, was da auf mich hereingestürzt ist, war völlig verrückt.« Er beschloss, wieder nicht alles zu schildern, was ihn seit gestern beschäftigte. Denn die junge Frau, die er vom Wasser aus draußen über den Campingplatz hatte gehen sehen, war sicher dort rein zufällig unterwegs gewesen.

»Und wie hat die Frau an der Balustrade ausgesehen?«, wollte Falkenstein wissen, ohne zu ahnen, dass Mullinger inzwischen an eine andere dachte.

»Wie? Ach so«, fühlte sich der junge Mann ertappt, »sie war vielleicht so Mitte 40 und trug einen auffallend orangefarbenen Bademantel.«

»Und sonst? Gesicht, Haarfarbe?«

Mullinger zuckte mit den Schultern. »Keine Ahnung. Groß war sie. Ihr Gesicht hab ich nicht genau gesehen. Aber sie hat eine Brille getragen. Ja, daran entsinne ich mich. Aber mehr kann ich wirklich nicht sagen.«

Falkenstein zuckte unzufrieden mit einer Wange. Er hatte den Eindruck, dass sich Mullinger noch mehr von der Seele reden wollte, weshalb er ihm aufmunternd zunickte.

»Was ich auch nicht verstehe«, machte der Student daraufhin weiter, »da hat uns Frau Dobler-Maifeld, also die Aleen, ganz aufgeregt davon erzählt, dass sie auf der Herfahrt eine SMS mit einem dubiosen Text gekriegt habe – doch gegenüber dem Kripomann hat sie es nicht erwähnt.«

»Dubioser Text?«

»Ganz genau weiß ich es nicht mehr, aber sinngemäß hat es wohl geheißen, sie solle aufpassen, denn es habe auf der

Autobahn schon genügend Tote gegeben. Und dann das Datum 21.12.12.«

Falkensteins Blick hatte sich verfinstert. Er musterte den jungen Mann mit zusammengekniffenen Augen. »Das hat sie tatsächlich gekriegt? Hat sie gesagt, von wem?«

»Nein, es sei anonym gewesen, hat sie behauptet.« Mullinger nahm einen Schluck Apfelsaft. »Sag mir bitte, was es mit den Toten auf der Autobahn auf sich hat«, forderte er danach.

Falkenstein zögerte. »Es sind innerhalb weniger Jahre drei Menschen ums Leben gekommen – alle aus unserem Kreis.«

»Wie? Drei Verkehrstote? Aber an verschiedenen Stellen?«

»Ja, natürlich. Aber Karin hat nie an einen Zufall geglaubt. Und wenn man's genau nimmt, ist die Wahrscheinlichkeit, dass im engen Bekanntenkreis gleich drei Menschen innerhalb kürzester Zeit bei Verkehrsunfällen sterben, tatsächlich gering.« Falkenstein bemerkte Mullingers Unbehagen, worauf er das Thema vertiefte: »Andererseits kenne ich Fälle, bei denen das Schicksal innerhalb einer einzigen Familie gnadenlos zugeschlagen hat. Zwei Kinder bei unterschiedlichen Unfällen getötet, dann noch das Haus abgebrannt. Manchmal fragt man sich in der Tat, ob dies alles Zufall ist. Dass die Hinterbliebenen und Betroffenen an Gott zweifeln, dafür kann ich sogar Verständnis aufbringen.«

Mullinger sah wieder zu den Bergen hinüber. Zu gern hätte Falkenstein jetzt gewusst, was er dachte. Es dauerte ein paar Sekunden, bis der junge Mann, ohne den Blick von den Steilhängen zu wenden, langsam anmerkte: »Die Menschen in dieser Gegend hier, die so tief gläubig und gottesfürchtig sind, sehen in solchen Schicksalsschlägen einen

Fluch, der auf gewissen Orten lastet.« Er hatte sich bei seiner Dokumentation über vorchristliche Kultstätten damit auseinandergesetzt.

Falkenstein stand auf und trat zum Fenster, um die Sonnenstrahlen zu sehen, die jetzt diese Seite der Hütte trafen. »Wenn es heilige Orte gibt, gibt es vielleicht auch das Gegenteil davon.« Er überlegte, ob er mit seinen Gedanken noch weitergehen durfte. »Weißt du, Jonas, wenn wir bereit sind zu glauben, müssen wir auch das Undenkbare für möglich halten – sowohl im Guten wie auch im Bösen.« Er wollte nicht allzu pastoral klingen. »Als sich einmal auf einem bestimmten Straßenstück unglaublich viele schwere Unfälle gehäuft haben, obwohl es keine Kreuzung gab und auch am Fahrbahnverlauf nichts verändert worden war, da hat mir mal jemand geschrieben, man solle bedenken, dass sich dort in der Nähe im Mittelalter eine Hinrichtungsstätte befunden habe. Er hat mir vorgeschlagen, diesen Abschnitt zu segnen und an die armen Seelen zu denken, die unschuldig gehängt worden seien.«

Mullinger drehte sich zu ihm um, ohne etwas zu sagen.

»Du willst jetzt wissen, ob ich's getan habe«, blieb Falkenstein ernst. »Was glaubst du, was die Leute von mir gedacht hätten, wenn ich das öffentlich getan hätte?«

Der junge Mann nickte langsam und sah wieder zu den Bergen hinüber.

»Siehst du«, fuhr Falkenstein fort, »uns allen fehlt der Mut, uns zum Unmöglichen zu bekennen. Wir nennen das die sogenannte aufgeklärte Zeit. Die Frage ist doch nur: Aufgeklärt – worüber?« Er zögerte. »Hast du schon von den Elfen auf Island gehört?« Ohne auf eine Antwort zu warten, fuhr er fort: »Niemand wird daran zweifeln, dass Island ein zivilisiertes Land ist. Aber Elfen gelten dort als so etwas wie die personifizierten Naturkräfte. Sie spielen eine ganz große Rolle. Sogar beim Straßen- und Hausbau wird darauf geachtet, dass keine Grundstücke benutzt werden, auf denen angeblich Elfen leben.«

»Dir ist aber klar, dass du dich als Theologe auf kritischem Terrain bewegst«, gab der Student unerwartet sachlich zu bedenken.

»Jetzt als Pensionär weniger als früher«, lächelte Falkenstein. »Außerdem geht man als evangelischer Geistlicher lockerer damit um als die Katholiken – die haben ja noch diese Sache mit dem Teufelsaustreiben in ihrem Repertoire.«

»Exorzismus«, nickte Mullinger. »Wie hast du gerade gesagt? Wer an das Gute glaubt, darf das Böse nicht aus dem Auge verlieren.«

»Das sind Themen, mein Freund, die am Image unserer sogenannten aufgeklärten Welt kratzen. Dabei ist die Geistwelt allgegenwärtig auf unserem Planeten – in allen Kulturen und in nahezu jeder Gesellschaft. Ganz abgesehen davon, was die schweigende Mehrheit glaubt. Ich bin davon überzeugt, dass sich mancher hartgesottene Manager, für den Euro und Dollar die Religionen sind, sehr schnell eine höhere Macht herbeisehnt, wenn er in eine bedrohliche Situation gerät.«

»Flugzeugabsturz«, gab Mullinger das Stichwort.

»Zum Beispiel, ja.«

»Karin hat viel darüber in den E-Mails geschrieben. Sie sieht den Absturz als eine Strafe des Himmels für dieses Werbeinserat. Was meinst du? Kann es so was geben?«

»Du erwartest jetzt aber nicht wirklich eine Antwort von mir?«, konterte Falkenstein. »Wenn das so einfach wäre, könnten wir die Welt erklären.«

Mullinger drehte sich wieder um. »Die Grenzen zwischen

Aberglaube und dem wissenschaftlich nicht Erklärbaren sind doch fließend.«

»Das kommt auf den Standpunkt an, Jonas. Rein materiell eingestellte Menschen neigen dazu, das Meiste als Aberglaube abzutun. Doch je spiritueller und sensibler du bist, desto mehr bist zu bereit, dem Aberglauben ein Stück Realität abzugewinnen.«

»Im Umkehrschluss kann man also sagen: je religiöser, desto abergläubischer.«

»So hart würde ich's nicht ausdrücken wollen. Vor allem deswegen nicht, weil das Wort ›Aberglaube‹ negativ besetzt ist und sofort suggeriert, das sei absoluter Schwachsinn.«

»Und wie sieht's mit der Zahlenmagie aus?« Mullinger schien sich für dieses Thema zu interessieren.

»Du meinst die 13 und so?« Falkenstein lehnte sich mit dem Gesäß an den Fenstersims und verschränkte die Arme vor der Brust. »Wenn man den Ereignissen aus jüngster Zeit folgt, ist die 13 in der Tat negativ besetzt: Am 13. Januar die Costa Concordia verunglückt, am 13. März in einem Schweizer Tunnel der Omnibus mit belgischen Schülern. Oder denk an Apollo 13. Aber vermutlich ließe sich für jedes andere Datum und jede andere Nummerierung eine ähnliche Häufung finden – es nimmt nur keiner zur Kenntnis, weil alle auf die 13 fixiert sind.« Falkenstein lächelte. »Interessanterweise allerdings scheint sogar das Lotto-Glücksspiel die 13 nicht zu mögen. Dies ist die seit Bestehen des Lottos am seltensten gezogene Zahl.«

Mullinger stand jetzt auch auf und ging zum anderen Fenster, durch das der Fußpfad zu sehen war. Er schaute hinaus, als erwarte er jemanden. »Als ich dich vorhin nach dieser Posaune gefragt habe, hast du spontan gesagt, sie spiele in der Apokalypse eine Rolle. Von sieben Posaunen hast du gesprochen …«

»Dazu muss man wissen, dass die sogenannte Offenbarung, also sozusagen das letzte Buch der Bibel, die Endzeit beschreibt – und zwar nach einem nicht näher bekannten Verfasser. Wir wissen nur so viel von ihm, dass er sich ›Knecht Johannes‹ nennt.« Falkenstein überlegte, wie er diese komplexe Materie laienhaft verständlich darstellen konnte. »Man schließt aus der Art und Weise seiner Texte, dass er eine gebildete Persönlichkeit des Judentums gewesen sein muss. Er hat jedenfalls nichts mit dem gleichnamigen Evangelisten zu tun. Außerdem ist er der Erste, der eine selbstständige christliche Schilderung des Weltendes verfasst hat.«

»Als Prophet also?«

»Er behauptet, den Auftrag dazu durch Visionen von Jesus und den Engeln erhalten zu haben.«

Mullinger öffnete das Fenster und sog die feucht-frische Luft in sich hinein. »Heute würde man vielleicht Spinner sagen.«

Falkenstein spürte, dass die Diskussion immer weitere Kreise zog. »Ich geb dir recht, Jonas. Stell dir vor, wir beide hätten jetzt eine Vision, eine Eingebung – und wir würden eine neue Offenbarung schreiben. Zum 21. Dezember. Man würde uns entweder für komplett bescheuert halten oder in den Medien überhaupt nicht wahrnehmen. Okay, spätestens in sechs Monaten würde sich bereits zeigen, ob wir recht hatten. Aber jetzt stell dir vor, wir prophezeien etwas, das irgendwann stattfinden soll – in ferner Zeit! Auch dann würde uns heutzutage niemand für voll nehmen.«

»Aber das Christentum nimmt es für bare Münze, was dieser Johannes vor rund 2000 Jahren niedergeschrieben hat?«

»Niemand nimmt das wörtlich«, beschwichtigte Falkenstein den jungen Mann, ohne jedoch selbst voll und ganz hinter den biblischen Deutungen zu stehen. »Das ist keine sehr verständliche Sprache. Da werden Bilder, Symbole und allegorische Szenen verwendet, sagen die Bibelexperten. Sie sind davon überzeugt, dass die Offenbarung des Johannes nicht die Welt- und Kirchengeschichte voraussagt, sondern nur das Schicksal der Kirche verkündet und ein Trostbuch für verfolgte Christen darstellt. Im Übrigen ist diese Offenbarung, auch Apokalypse genannt, die einzige prophetische Schrift des Neuen Testaments.«

»Und was fangen wir damit an?« Mullinger erschien dies jetzt allzu theoretisch. Diese theologischen Salti waren ihm zuwider. Wahrscheinlich gäbe es noch tausend andere Deutungen. Warum musste dann ausgerechnet diese die richtige sein?

»Erinnere dich an die Posaunen«, holte ihn Falkenstein zurück. »Die kommen ins Spiel, nachdem von einer Buchrolle die Rede ist, die mit sieben Siegeln verschlossen ist. Das alles mag für unsere Ohren ziemlich fremd und unverständlich klingen. Man muss aber wissen, dass es dieser Johannes aus seiner Vorstellungswelt heraus geschrieben hat.« Falkenstein lächelte. »Wir würden heute sicher von keiner Buchrolle mit sieben Siegeln reden, sondern von einer Computer-Datei, die mit sieben Passwörtern gesichert ist.«

Mullingers Interesse stieg wieder. »Und die Posaunen?«

»Das wären vielleicht MP3-Player oder so was«, grinste Falkenstein. »Jedenfalls kommen die Engel mit ihren Posaunen ins Spiel, nachdem die sieben Siegel dieser Buchrolle geöffnet sind.«

»Und …« Mullinger zögerte, »wenn man dem so folgt und an den Weltuntergang glaubt – wo sind wir dann angelangt? Bei welchem Siegel oder bei welcher Posaune?«

Falkenstein griff zu seinem Glas und trank. »Auch das ist eine Frage der Deutung, Jonas. Manche meinen, wir stünden kurz vor dem Ende. Weißt du, man kann in jeden Text alles reininterpretieren. So heißt es beim sechsten Siegel, die Sonne werde schwarz wie ein Trauergewand. Manche haben geglaubt, dies sei am 11. August 1999 schon passiert – damals bei der totalen Sonnenfinsternis. Nur wird bei solchen Ereignissen immer übersehen, dass sie nicht überall auf der Erde zu sehen sind, sondern nur in einem eng begrenzten Bereich.« Falkenstein sah jetzt aus seinem Fenster. »Jedenfalls werden beim Öffnen des siebten Siegels die sieben Engel mit ihren Posaunen losgelassen. Nacheinander verkünden sie schreckliche Dinge. Wenn der fünfte Engel seine Posaune bläst, ist zum Beispiel von Heuschrecken die Rede, die über die Erde kämen und alles zerstörten. Du weißt, was wir heute als Heuschrecken bezeichnen? Diese elenden Finanzinvestoren.«

»Und der sechste Engel – wenn der bläst …?«

»Dann werden vier andere Engel losgebunden, die ›am großen Strom, am Euphrat, gefesselt‹ sind, heißt es. Und die seien bereit, ein Drittel der Menschheit zu töten.«

Die Männer schwiegen sich an. »Eine Atombombenkatastrophe?«, flüsterte Mullinger betroffen. »Oder eine Kernkraftkatastrophe?«

»Du siehst, Jonas, die Geschichten lassen mancherlei Interpretationen zu. Du musst dir mal die Mühe machen, die Offenbarung zu lesen – auch wenn du sie ohne theologische Unterstützung nicht verstehst. Du wirst aber feststellen, dass du als Laie jede Menge Passagen findest, die sogar auf aktuelle Ereignisse hindeuten – wie etwa auf den 11. September in New York.« Falkenstein lehnte sich an den Sims des offenen Fensters. »Nachdem alle sieben Posaunen erklungen sind, wird da nämlich ein Engel so zitiert: ›Gefallen, gefallen ist Babylon, die Große, die alle Völker betrunken gemacht hat mit dem Zornwein ihrer Hurerei‹.«

»Dass damit New York gemeint sein könnte, hab ich auch schon mal irgendwo gelesen«, sagte Mullinger, worauf Falkenstein wortlos in den Nebenraum ging und mit einer Bibel zurückkam. Josefina hatte sie dort stets parat, falls theologische Themen zur Sprache kamen.

»Was so schön auf den Terroranschlag zutreffen könnte, bezieht sich aber eindeutig auf das damalige Rom, das mit ›Babylon‹ gemeint war«, erklärte Falkenstein und setzte sich mit dem dicken Buch an den Tisch. Er schlug den größten Teil des gewaltigen Papierbergs nach links, um sehr schnell fündig zu werden. Auf den letzten der knapp 1500 Seiten entdeckte er zielsicher, was er suchte. »Es ist ein Paradebeispiel dafür, wie etwas in die Offenbarung hineininterpretiert werden kann.« Er räusperte sich. »Ich zitiere: ›Die Könige der Erde, die mit ihr gehurt und in Luxus gelebt haben, werden über sie weinen und klagen, wenn sie den Rauch der brennenden Stadt sehen. Sie bleiben in der Ferne stehen aus Angst vor ihrer Qual und sagen: Wehe! Wehe, du große Stadt Babylon, du mächtige Stadt! In einer einzigen Stunde ist das Gericht über dich gekommen. Auch die Kaufleute der Erde weinen und klagen um sie, weil niemand mehr ihre Ware kauft. Gold und Silber, Edelsteine und Perlen, feines Leinen, Purpur, Seide und Scharlach, wohlriechende Hölzer aller Art und alle möglichen Geräte aus Elfenbein‹ und so weiter, und so weiter ...« Falkenstein überflog die nächsten Zeilen, um dann wieder zu zitieren: »› Und alles, was prächtig und glänzend war, hast du verloren; nie mehr wird man es finden. Die Kaufleute, die durch den Handel mit dieser Stadt reich geworden sind, werden aus Angst vor ihrer Qual in der Ferne stehen und sie werden weinen und klagen: Wehe! Wehe, du große Stadt, bekleidet mit feinem Leinen, mit Purpur‹ – und so weiter. Dann hier«, fuhr Falkenstein fort: »›In einer einzigen Stunde ist dieser ganze Reichtum dahin‹. Und jetzt könnte man wirklich meinen, es sei die Beschreibung vom East River aus: ›Alle Kapitäne und Schiffreisenden, die Matrosen und alle, die ihren Unterhalt auf See verdienen, machten schon in der Ferne halt, als sie den Rauch der brennenden Stadt sahen und sie riefen: Wer konnte sich mit der großen Stadt messen?‹ Und so weiter.«

Mullinger nickte betroffen. Er hätte jetzt gern mit Falkenstein darüber diskutiert. Doch unbemerkt von ihnen war der Geländewagen über den Fahrweg herauf gekommen, den sie von ihren Fenstern nicht einsehen konnten. Erst am metallischen Klang der Türklinke wurden sie auf das Eintreffen der anderen aufmerksam.

Josefina betrat als Erste mit einem knappen »Hallo« den Raum und reichte Falkenstein die Hand. »Es tut mir leid, dass wir dich nicht verständigt haben.« Während Jensen und Aleen den Theologen mit einer herzlichen Umarmung begrüßten, ging Josefina auf Mullinger zu. »Wir haben dich einfach pennen lassen. Du bist wie ohnmächtig dagelegen. Dir hat wohl der Wein zugesetzt.«

»Schon gut«, erwiderte er zerknirscht. »Hab mich nur gewundert, wie ich plötzlich allein war.« Er hatte noch etwas sagen wollen, doch sah er plötzlich hinter den anderen noch eine weitere Person. Eine junge Frau, die bisher nicht hier gewesen war. Groß, schlank, schulterlange schwarze Haare. Es verschlug ihm den Atem.

Josefina bemerkte seine Verwunderung. »Ach ja, das ist Larissa. Karins Tochter.«

Mullinger ging ihr entgegen. Er spürte seinen Herzschlag bis zum Hals.

40

»Er hat tatsächlich gesagt, diese Aleen habe behauptet, es gäbe böse Geister in ihrem Haus«, gab Linkohr wider, was er bei seiner Recherche erfahren hatte.

Häberle, der sich die Schilderungen seines jungen Kollegen mit Interesse anhörte, wollte dies nicht kommentieren, schlug jedoch augenzwinkernd vor: »Vielleicht sollten Sie mal eine Nacht darin probewohnen – nicht allein natürlich, mein ich.«

Linkohr musste an Nena denken, die vielleicht sogar für so ein Abenteuer zu begeistern wäre. Häberle berichtete von seinem Gespräch mit dem Hochschul-Rektor. »Ein sehr sympathischer Typ«, stellte er fest. »Ansonsten aber war's unergiebig. Allerdings gibt's wohl auch an einer Hochschule Klatsch und Tratsch – wie überall halt. Es soll irgendeine Professorin geben, die sich für diesen Mullinger interessiert hat – aber nur mal bei einer dieser wilden Partys.«

»Wilde Partys?«, echote Linkohr interessiert.

»Nicht das, woran Sie denken, Herr Linkohr«, grinste Häberle, um sogleich zu relativieren: »Obwohl ich natürlich nicht weiß, was da tatsächlich abgeht. Jedenfalls hab ich versucht, diese Dame zu erreichen, aber sie hat sich gerade eine Auszeit genommen und scheint übers Wochenende weggefahren zu sein.«

»Samstag, klar. Da schaffen doch nur noch ein paar Dumme wie wir«, ergänzte Linkohr. »Wie heißt die Dame denn?«

Der Chefermittler blätterte in seinen Unterlagen. »Platterstein, Hildtraud. Doktortitel. Am Institut für Automobilwirtschaft. Das ist der Hochschule angegliedert. Chef des Ganzen ist dort dieser Professor Willi Diez, bundesweit angesehene Koryphäe auf seinem Gebiet.«

Linkohr nickte. Er hatte den Namen schon einige Male in der ADAC-Monatszeitschrift gelesen.

»Nicht sehr ergiebig ist auch, was die Kollegen in Stuttgart, Aalen und Esslingen rausgekriegt haben«, berichtete Häberle weiter, während ihm sein junger Kollege gegenüber saß. »Dieser Theologe – Falkenstein heißt er – ist ein unbeschriebenes Blatt. War jahrelang in einer Stuttgarter Gemeinde tätig. Evangelischer Pfarrer, aber schon seit geraumer Zeit Pensionär. Sehr engagiert. Hat sich gegen den Bahnhofsumbau in Stuttgart starkgemacht. Aber nur bis zur Volksbefragung. Danach war die Sache für ihn demokratisch entschieden und erledigt.«

»Also keiner dieser Dauerdemonstranten, die sich nicht um demokratische Spielregeln scheren«, meinte Linkohr.

»Kein solcher, nein«, bestätigte der Chef. »Und der Apotheker aus Aalen, der jetzt in Neresheim wohnt, hat ebenfalls eine blütenweiße Weste. Auch in Neresheim ist den dortigen Kollegen nichts Negatives zu Ohren gekommen. Und auch über den Jensen ist den Esslinger Kollegen nichts Nachteiliges bekannt. Außer, dass er sich viel im Ausland aufhält.«

»Das wird unsere Jungs in Österreich nicht sonderlich weiterbringen.«

»Ich bin noch nicht fertig«, erwiderte Häberle, der sich die spannendsten Nachrichten stets bis zum Schluss aufhob. »Da gibt es doch diese Unfälle, über die uns die Österreicher informiert haben. Eine dieser vernommenen Personen soll ausgesagt haben, es seien drei aus ihrer Gruppe auf der A7 ums Leben gekommen – und zwar immer auf der Heimfahrt in Richtung Norden.«

Linkohr hatte die Mail des Innsbrucker Landeskriminalamts auch gelesen.

Häberle nahm wieder seine Unterlagen zur Hand. »Es geht

um drei Männer, die allein mit ihren Autos unterwegs waren. Zwei sogar mit Wohnwagen. Der jüngste Unfall datiert vom 4. Juli letzten Jahres um 12.20 Uhr und hat sich im Agnesburg-Tunnel bei Westhausen ereignet, Ostalb-Kreis, östlich von Aalen. Der Mercedes eines 59-jährigen Mannes aus Crailsheim stieß mit hoher Geschwindigkeit aus ungeklärten Gründen rechts gegen den Bordstein, drehte und überschlug sich. Kein Fremdverschulden erkennbar. Ursache bis heute ungeklärt. Die Kollegen gehen davon aus, dass der Mann entweder eingeschlafen ist oder kurz abgelenkt war.«

Linkohr überlegte. »4. Juli. Also Rückfahrt vom Hüttentreffen.«

Häberle nickte. »Genau das hab ich auch schon gecheckt. An diesem Wochenende fanden im Tannheimer Tal diese Herz-Jesu-Feuer statt, nach denen sie sich richten. Der 4. Juli war der Montag danach.« Er blätterte weiter. »Der Unfall vor zwei Jahren hat sich am 14. Juni ereignet, ebenfalls der Montag nach dem Herz-Jesu-Feuer. Damals hat's einen 64-Jährigen aus Flensburg erwischt, der mit seinem Ford samt Wohnwagen zwischen dem Autobahndreieck Fulda und Bad Brückenau von der Grenzwaldbrücke gestürzt ist. 96 Meter tief. Gegen 15.40 Uhr. Auch tot. Es gibt da einen Zeugen, einen nachfolgenden Lkw-Fahrer, der ausgesagt hat, ein dunkles Auto habe das Wohnwagengespann überholt, scharf geschnitten und abgebremst. Daraufhin seien Pkw und Caravan ins Schleudern gekommen und hätten das Brückengeländer durchschlagen. Zu diesem unbekannten Fahrzeug kann der Zeuge aber keine Angaben machen. Weder zu Typ noch zum Kennzeichen. Er sei mindestens 200 Meter davon entfernt gewesen und habe sich nur noch auf den Unfall konzentriert.«

»Klingt zumindest merkwürdig, wenn sich's so abgespielt hat«, meinte Linkohr.

Häberle machte weiter: »Fall Nummer drei aus dem Jahr 2009 hat sich damals am 22. Juni ereignet, natürlich auch ein Montag und ebenfalls nach dem Herz-Jesu-Feuer. Zwischen den Anschlussstellen Marktbreit und Kitzingen. Sturz von der Mainbrücke, 60 Meter tief. Ein 69-Jähriger aus der Gegend von Fulda stirbt. Er war allein mit seinem Wohnwagengespann unterwegs. Gegen 15.35 Uhr hat er die Schutzwände durchbrochen und ist mitsamt seinem Gefährt in die Tiefe gestürzt. Auch damals soll eine dunkle Limousine eine Rolle gespielt haben, die dem Gespann zu nahe gekommen sei, berichten zwei nachfolgende Zeugen. Keiner der beiden ist diesem Unbekannten gefolgt. Sie haben beide am Unfallort angehalten.« »Zufall, oder was?«, fragte Linkohr.

»Wenn's das nicht ist«, brummte Häberle, »dann muss jemand großes Interesse daran gehabt haben, die drei Männer zu beseitigen. Und dies mit ziemlichem Aufwand und viel Raffinesse.«

»Vor allem muss er sehr viel Talent haben, die Autos von der Straße zu drängen, ohne selbst in den Unfall verwickelt zu werden.«

»Und er muss davon überzeugt sein, dass keines seiner Opfer überlebt.«

»Gibt es denn Hinterbliebene, die etwas über diese Männer sagen können?«, überlegte Linkohr.

»Die Kollegen von den zuständigen Autobahnpolizeirevieren wollen das für uns herausfinden.« Häberle deutete auf seine ungeordneten Zettel. »Diese Unfälle wären doch was für Sie.« Er sah Linkohr augenzwinkernd an. »Oder erscheint Ihnen die Professorin von diesem Automobilinstitut mit ihren 48 Jahren schon zu alt?«

Der junge Kriminalist musste an Nena und alle seine Verflossenen denken, aber auch an seine riskanten lustvollen

Abenteuer, die ihm nur dank Häberles väterlichen Zuspruchs nicht den Job gekostet hatten.

»Allerdings«, wurde Häberle wieder ernst, »ist diese Professorin wohl eher für die betriebswirtschaftliche Seite des Automobils zuständig. Aber an der Geislinger Hochschule findet sich auch noch ein weiterer Experte – einer, der sich in der forensischen Unfallforschung einen Namen gemacht hat wie kaum ein anderer. Beier heißt der Leiter dieses Instituts, Dr. Joachim Beier. Ich schlage vor, dass wir auch den zurate ziehen.«

Linkohr notierte sich den Namen. »Ich will mich ja nicht dem Spott der Kollegen aussetzen«, wagte er einen Vorstoß, »aber wenn sich diese Hüttengesellschaft dort im Tannheimer Tal mit Grenzwissenschaften befasst – sollten wir da nicht auch einen neutralen Experten hinzuziehen?« Schon immer hatte sich Linkohr gewünscht, zu diesem – wie er es empfand – spannenden Themenfeld ein seriöses Gespräch führen zu können.

»Sie meinen, weil's im Haus dieser Managerin spukt und die Autofahrer womöglich durch mysteriöse Kornkreise abgelenkt waren oder durch Teleportation sozusagen ferngesteuert wurden?« Häberle grinste, zeigte aber Verständnis für Linkohrs Interesse: »Wenn Sie jemanden auftreiben – gern! Aber bitte keinen, der über der Landkarte den Aufenthaltsort des Täters auspendeln will.« Häberle hatte tatsächlich einmal während seiner langen Berufslaufbahn ein solches Angebot akzeptiert, nachdem die Aufklärung eines Mordfalls ziemlich aussichtslos erschienen war. Doch den erhofften Hinweis hatte das Pendel nicht gebracht. Häberle war froh gewesen, dass die Presse damals von dieser ungewöhnlichen Ermittlungsarbeit nicht Wind bekommen hatte.

Im vorliegenden Fall, daran musste Häberle schlagartig

denken, würde es vermutlich nicht mehr lang dauern, bis die Heimatzeitung auf den Tod der Frau aus Drackenstein aufmerksam wurde. Normalerweise hörte der örtliche Polizei- und Gerichtsreporter Georg Sander das Gras wachsen. Doch weil bislang noch eine ausländische Dienststelle zuständig war, hatte der Pressesprecher der Polizeidirektion Göppingen keinen Anlass gesehen, einen Medienbericht herauszugeben.

»Und noch etwas«, Häberle klang ungewöhnlich bestimmend. »Sie müssen auch an diesen Kliniken dran bleiben. Unsere Computerexperten haben im Rechner dieser Frau Waghäusl eingescannte Dokumente gefunden, die so etwas wie Honorarabrechnungen für irgendwelche privaten Dienstleistungen sein sollen. Ohne genaue Absenderangabe, dafür aber mit einem Konto bei der Western Union Bank.«

An Linkohrs Gesichtsausdruck war abzulesen, dass er nachvollziehen konnte, was der Chef meinte.

»Wenn ich diese Dokumente richtig deute«, Häberle zog mehrere Computerausdrucke aus seinem Papierstapel heraus, »dann gibt es wohl eine Dame, die sich möglicherweise – wie auch immer – das Vertrauen schwer kranker älterer Menschen erschleicht und sogenanntes Geistheilen anwendet. Handauflegen und so. Und dann horrende Honorarrechnungen verschickt. Auch noch an die Hinterbliebenen derer, die nicht mehr zu retten waren.«

Linkohr wartete vergeblich darauf, dass Häberle dies als ironisch gemeinte Bemerkung verstanden haben wollte. »Was glauben Sie«, sagte er stattdessen mit einem selten gehörten dienstlichen Tonfall, »wie viel die Menschen bereit sind, in bestimmten Notlagen zu bezahlen – wenn die Schulmedizin am Ende ist und nur noch der Glaube weiterhelfen kann. Und dabei meine ich mit ›Glaube‹ nicht mal die Religion, sondern den Glauben an natürliche Kräfte.«

Linkohr wusste, dass Häberle zwar ein Realist mit klarem und scharfem Verstand war, es gleichzeitig aber gerade deshalb für möglich hielt, dass es jenseits des heutigen Kenntnisstandes der Wissenschaft noch viel Unentdecktes gab. Wäre dies nicht so, hatte er einmal zu bedenken gegeben, müsste man nicht Unsummen in die Forschung stecken.

»Wenn man die Datensammlung der Frau Waghäusl genau liest, muss es jemanden geben, der die Aufträge in den Kliniken koordiniert, beziehungsweise es dieser Geistheilerin ermöglicht, mit den Schwerkranken Kontakt aufzunehmen – bis hin zu den Intensivstationen. Das Honorar wird über ein Konto bei der Western Union Bank abgewickelt – was nicht gerade einem üblichen Geschäftsgebaren entspricht.«

Häberle schob einen Teil der Papiere über den Schreibtisch zu Linkohr hinüber, der sich über diese plötzliche Arbeitsüberschüttung wunderte.

»Noch etwas ist spannend«, fuhr Häberle fort und hob den Ausdruck einer E-Mail hoch. »Schriftverkehr der Frau Waghäusl. Demzufolge muss es am vergangenen Samstag – also heute vor einer Woche – bei diesem Weltuntergangsvortrag im Gewölbekeller des Blumenhändlers eine interessante Begegnung gegeben haben. Denn auch Frau Waghäusl müsste dort gewesen sein.« Häberle hatte wieder einmal das Interessanteste bis zum Schluss aufgehoben. »Sie hat ihr Kommen nämlich der Professorin angekündigt. Einer Duzfreundin im Übrigen.«

»Da haut's dir 's Blech weg.« Linkohr reagierte mit seinem Lieblingsspruch, wie immer im Zustand allerhöchsten Erstaunens.

»Lassen Sie's noch dran – das Blech«, konterte Häberle. »Ich weiß, Sie wundern sich, dass ich die Akten zu Ihnen rübergeschoben habe.« Er grinste. »Aber die nächsten Tage werden Sie mich hier vertreten.«

Linkohr wusste nicht, ob er sich freuen oder ärgern sollte. Dieses Wochenende hatte er eigentlich bei Nena im Remstal verbringen wollen. Andererseits war es natürlich eine Ehre, den Chef vertreten zu dürfen.

»Ich gönn mir auch mal ein paar Tage in den Bergen«, sagte Häberle grinsend. »Mit dem Wohnmobil. Inkognito auf dem Campingplatz in Grän.«

»Ach? Mit Ihrem eigenen?« Linkohr wusste, dass Häberle vor einigen Jahren ein gebrauchtes Wohnmobil gekauft hatte, nachdem ihm das Mieten eines solchen Fahrzeugs auf die Dauer zu umständlich gewesen war.

»Mit dem eigenen, ja«, erwiderte er. »Ich spiel ein paar Tage den Pensionär und versuch, mit ein paar Herrschaften dort ins Gespräch zu kommen.« Mit diesen Worten schob er seinen ganzen Papierstapel vollends zu Linkohr hinüber. »Ach ja«, riet er ihm frotzelnd, »nicht alles, was wie Spuk aussieht, ist es auch. Unsere Sinne lassen sich täuschen. Und wer das beherrscht, kann jedem von uns Zauberei vorgaukeln. Denken Sie an den Copperfield, den angeblich größten Magier aller Zeiten. So irrational auch alles sein mag, was er macht – es hat garantiert nichts mit übernatürlichen Kräften zu tun, sondern nur mit der geschickten Täuschung unserer Wahrnehmung.«

Häberle stand auf und klopfte seinem Kollegen aufmunternd auf die Schulter. »Glauben Sie mir, auch leibhaftige Frauen können viel gefährlicher sein als eine Gestalt aus Irrlichtern.«

41

Das Ehepaar Fischer war erschrocken und entsetzt dem Chefinspektor aus Wohnwagen und Vorzelt gefolgt und hatte sich die Einwegspritze zeigen lassen, die seitlich bei der Deichsel etwa einen halben Meter unter dem Caravan lag – als ob sie jemand verloren hätte.

Grantner fingerte aus seiner legeren Freizeitjacke dünne, folienartige Handschuhe und einen zusammengefalteten Plastikbeutel. Diese Utensilien trug er stets bei sich, um jederzeit ein Beweismittel sicherstellen zu können. Im vorliegenden Fall erschien es ihm angebracht, das Objekt sofort mitzunehmen. Ansonsten hätte er bis zum Eintreffen seiner Kollegen warten müssen, um zu vermeiden, dass die Fischers heimlich etwaige Spuren beseitigten. Vorläufig jedoch waren sie sprachlos. »Das hat einer da runtergeworfen«, stellte Fischer schließlich schmallippig fest, während Grantner sich bückte, nach der Spritze griff und sie in den Beutel steckte.

»Oder das Ding ist versehentlich irgendjemandem herausg'fall'n«, meinte Grantner, der sich wieder erhob und den Beutel mit dem daran befestigten Gummizug verschloss. »Kennen S' diese Spritz'n?« Er hielt Fischer den durchsichtigen Beutel vor die Augen.

»Ich kenne zwar solche Spritzen, natürlich, aber die hier ist nicht von uns.«

»So?« Grantner zeigte sie der Frau. »Und auch Sie haben dieses Ding noch nie gesehen?«

Renate Fischer schüttelte den Kopf.

»Dann werden unsere Chemiker jetzt mal feststellen, ob es irgendwelche Rückstände von einer Substanz gibt, die darin aufgezogen war«, erklärte der Chefinspektor.

»Rückstände?«, echote Fischer verständnislos. Seine Stimme klang ungewöhnlich hoch.

»Warten wir's ab, Herr Fischer.« Grantner runzelte die Stirn. Seine gespielte Gelassenheit war eine Mischung aus Wiener Charme und der zurückhaltenden Taktik eines altgedienten Kriminalisten, dessen Menschenkenntnis ihn selten trog. »Sie hören wieder von mir«, sagte er ruhig und musterte die Eheleute. Während er die Hand zum Abschied reichen wollte, fügte er eher beiläufig an: »Oder haben S' mir noch was zu sag'n?«

Fischer schluckte. »Ja, da wäre etwas, dem ich keine allzu große Bedeutung beigemessen habe.« Er sah zu seiner Frau, die ihm zu verstehen gab, dass er die Ereignisse der vergangenen Nacht schildern sollte. Dazu brauchte er nur wenige Sätze, die jedoch eher an das Gestammel eines Kindes erinnerten, das sich noch nicht richtig artikulieren konnte. Grantner nahm das sehr wohl zur Kenntnis.

»Aber mehr, als dass die Person eine Jacke getragen hat, wissen S' nicht?«, griff er Fischers Angaben auf.

»Nein. Die Beleuchtung auf dem Platz hier ist nicht sonderlich gut. Aber ich hatte ein komisches Gefühl, so als ob jemand sich unserem Wohnwagen nähern würde und nach kurzer Zeit wieder weg ging. Dabei könnte er ja die Spritze unter die Deichsel geworfen haben.« »Aber heut Morgen haben S' dann nicht unter Ihren Wagen g'schaut?« Grantners Skepsis war nicht zu überhören.

»Nein – ich denk doch nicht dran, dass uns jemand was untern Wagen legt. Außerdem ...« Er schien sich erst jetzt der Tragweite des Fundes bewusst zu werden. »... was soll das alles bedeuten? Woran denken Sie jetzt?«

Über Grantners Gesicht huschte ein überlegenes Lächeln. »Das Gehirn eines Kriminalisten ist wie ein Computer:

Zunächst werden Daten gesammelt und verglichen. Am Ende kommt dann ein Ergebnis heraus.« Er reichte dem blass gewordenen Fischer endgültig die Hand zum Abschied. »Es sei denn, auf dem Monitor taucht das allseits bekannte und äußerst beliebte Fenster auf – mit dem Text: ›Microsoft hat einen Fehler festgestellt‹.« Er schüttelte Renate die Hand. »Ich wünsche Ihnen einen schönen Tag. Lassen S' sich die Ferienlaune nicht verderb'n. Fahr'n Sie doch auch auf den Berg hoch.« Grantner deutete zur anderen Talseite zum Neunerköpfle hinüber, über dem sich ein paar Quellwolken gebildet hatten. »Ein super Bergwetter. Sollten Sie ausnütz'n. Vielleicht kommen mal Tage, wo Sie das nicht mehr können.«

Fischer zuckte zusammen. Er musste an Gefängnisse und enge Zellen denken.

42

Rosa Pallatin war eine rüstige Rentnerin, knapp 70 und verwitwet. Linkohr hatte sich zwar telefonisch angekündigt, hielt der Dame an der Haustür aber trotzdem artig seinen Dienstausweis entgegen. Das kleine Häuschen, in das er geführt wurde, fügte sich harmonisch in das sonnige Wohngebiet am Südhang des Schurwaldes ein. Hier in dem beschaulichen Örtchen Baiereck gab es für Kriminalisten äußerst selten einen Anlass, dienstlich tätig zu werden. Dass Linkohr an diesem frühen Samstagnachmittag dorthin gefahren war, lag an den Daten, die die EDV-Experten in Karin Waghäusls Computer entdeckt hatten. Demnach zählte Frau Pallatin zu den Opfern dubioser Werbefahrten, für die es auf der Festplatte des Rechners eine Auflistung gab.

Linkohr sank in einen ziemlich durchgesessenen Sessel, während der Kuckuck einer aufwendig geschnitzten Pendeluhr lautstark die erste Nachmittagsstunde verkündete.

»Das ist aber schön, dass Sie sich als junger Mann um uns Alte kümmern. Sogar noch am Wochenende.« Die Dame hatte sich offenbar ihr feinstes Sonntagskleid angezogen, dachte Linkohr und musste unweigerlich an seine verstorbene Oma denken, deren Wohnung ebenfalls mit Möbeln längst vergangener Stilrichtungen eingerichtet war. Die Tapete wies kräftige Ornamente auf, überm Couchtisch hingen drei kristallene Lampengläser.

Der Kriminalist beschloss, die Frau in dem Glauben zu belassen, es ginge ihm einzig und allein um die Machenschaften der Anbieter von dubiosen Kaffeefahrten. Vermutlich würde sich die Rentnerin erschrecken, wüsste sie, dass die Ermittlungen im Zusammenhang mit einem Mordfall standen. Am Telefon hatte er lediglich erklärt, eine andere Dame habe sie als geschädigte Teilnehmerin genannt.

»Erzählen Sie doch einfach mal, wie das mit dieser Werbefahrt war und wohin's gegangen ist«, kam Linkohr gleich zur Sache.

»Naja, es war so ein Gewinnspiel, müssen Sie wissen. Ich bekam da einen Brief, in dem es hieß, ich hätte Gutscheine und Reiseschecks gewonnen, die ich einlösen müsse.« Sie zögerte, weil es ihr offenbar peinlich war, auf solche Tricks hereingefallen zu sein. »Es ging um 193,40 Euro. Und um das angebliche Konto auflösen zu können, würde ich zu einer interessanten Info-Show – ja, so sagt man doch wohl – eingeladen, bei der mir die Firma das Guthaben aushändigen wolle.« Sie hatte den Brief aufgehoben. Er lag auf dem

Couchtisch. »Da steht es: ›Das Guthaben wird Ihnen in voller Höhe übergeben‹«, las sie vor und zeigte sich noch immer empört darüber, dass alle anderen 34 Teilnehmer angeblich auch gewonnen hatten.

Immerhin, so erfuhr Linkohr weiter, war das Ziel ein renommiertes Hotel in Geislingen gewesen; normalerweise ging's eher in eine drittklassige Gaststätte weitab der Zivilisation, wo die Teilnehmer nicht ›flüchten‹ konnten.

Noch immer konnte Frau Pallatin es nicht fassen, dass 34 weitere Personen unter demselben Vorwand zu der angeblichen Gewinnübergabe gelockt worden waren. Jedenfalls habe sich dies im Omnibus rasch herumgesprochen, sodass nach der dreiviertelstündigen Fahrt zum Ziel bereits erster Unmut laut geworden sei. Aber der rhetorisch bestens geschulte Groß- und Schnellschwätzer, der sich als Martin vorgestellt habe, sei auf solche lächerlichen Einwände gar nicht eingegangen. »Eine Unverschämtheit war das in der Einladung versprochene ›leckere Frühstück‹«, erboste sich die Rentnerin, »und dies, obwohl wir in einem Hotel waren.« Martin habe pro Person nur eine einzige Tasse Kaffee und ein belegtes Brötchen servieren lassen. Außerdem seien danach zwei Euro Eintritt kassiert worden.

Dann, so berichtete die Frau weiter, während sich Linkohr Notizen machte, habe besagter Martin auch erklärt, was es mit dem angeblich gewonnenen Reisescheck auf sich habe: Es sei ein ›Fernreisescheck‹, dessen Guthaben auf einem ›Travel-Konto‹ liege. »Und das hat er uns so hochnäsig erklärt, als seien wir Deppen, die dies doch hätten wissen müssen.« Einzulösen wäre der Scheck beim Buchen einer Türkeireise gewesen, wobei eine zweite Person kostenlos hätte mitreisen dürfen. »Aber«, schilderte die Dame weiter, »Fragen über Reiseveranstalter und Details hat er einfach übergangen. Und auch einen Reisekatalog gab's nicht. Der werde nach Hause geschickt, hat er behauptet.«

Rosa Pallatin schien nicht gerade auf den Mund gefallen zu sein, dachte Linkohr, weil die Worte aus ihr geradezu heraussprudelten. Anschließend habe Martin ein Dampfbügeleisen und ein Reinigungsgerät wie auf einem Basar angepriesen und die Preise immer weiter gesenkt. »Man könnte es als Kasperltheater bezeichnen, wenn einige Leute den Unsinn nicht mitgemacht hätten«, zeigte sich Frau Pallatin bestürzt, als habe sich dies alles erst gestern und nicht schon vor knapp einem Jahr zugetragen. Wie ein Oberlehrer habe Martin seine kritiklos gewordene Zuhörerschar im Griff gehabt: »Sie haben ihm wie Kinder die letzte Silbe im Chor nachgesprochen, wenn er ein Wort nicht beendet hat.«

Dass sich auch die 20 Euro, die im Einladungsschreiben für jeden ›mitgebrachten Kunden‹ versprochen worden waren, als Schwindel entpuppten, darüber konnte Frau Pallatin noch immer entrüstet den Kopf schütteln: »Dieser Bursche hat kaltschnäuzig erklärt, wir sollten den Text richtig lesen. Da sei von ›Kunden‹ die Rede und nicht von Gästen. Und Kunde sei halt nur, wer was kaufe.« Das weitere Sortiment, so berichtete die Rentnerin, sei ziemlich umfangreich gewesen: Kräutersalben und Flüssigseifen, aber auch eine Unterlage fürs Bett, die gegen Elektrosmog schützen solle. »Über eine Stunde lang hat der Kerl alle Register gezogen«, bemerkte die Dame im gepflegten Hochdeutsch. Linkohr wusste aus vielen derartigen Schilderungen, dass solche Typen ihr Horrorszenario mit sämtlichen diffusen und theoretischen Gefahren von Strom- und Handystrahlung anreicherten.

»Wissen Sie«, fuhr die Dame fort, »es war im Einladungsschreiben auch noch ein großes Lebensmittelpaket versprochen.«

Linkohr nickte. »Das hat es dann aber auch nicht gegeben?«

»Natürlich nicht. Und wissen Sie, was der Kerl gesagt hat?« Sie gab sich die Antwort selbst: »Die Kunden hätten immer gesagt, sie wollten nichts Essbares, das tagelang im Kombi herumgefahren worden sei. Deshalb verschenke man jetzt etwas anderes – und das waren so Mini-Teddys, ein Make-up-Set oder ein Geldbeutel.«

Der Kriminalist seufzte. Vermutlich wurden tagein, tagaus jede Menge Menschen Opfer solcher Geschäftemacher, die sich in einem Grauzonenbereich bewegten, den der Gesetzgeber ganz offensichtlich nicht aufhellen wollte – warum auch immer. Linkohr griff zu dem Einladungsschreiben. Doch da gab es keinen konkreten Absender, auch keine Telefonnummer. Meist, das wusste er, waren Briefkastenanschriften im Ausland angegeben. Die Dame konnte sich nicht mehr entsinnen, wohin die Anmeldekarte adressiert war.

»Wie muss man sich diesen Martin vorstellen?«, hakte Linkohr nach.

»Das ist jetzt fast ein Jahr her«, gab die leicht übergewichtige Dame mit kräftiger Stimme zu bedenken. »Er war aber ein Süddeutscher – wobei ich den Dialekt nicht zuordnen kann. Ich bin, wie Sie unschwer hören, nicht von hier.«

»Bayer oder Schwabe?«, fuhr Linkohr fort.

»Schwabe, da bin ich mir ganz sicher.« Sie verzog ihr Gesicht zu einem Lächeln. »Ich hab mich noch gewundert, dass Schwaben so gewandt auftreten und reden können.«

»Einer aus Stuttgart oder eher von der Alb?«

»Verzeihen Sie, junger Mann, aber als Norddeutsche kann ich diese Dialekte nicht auch noch einer bestimmten Region zuordnen.«

»Können Sie sich entsinnen, wie der Mann ausgesehen hat?«

»Braun gebrannt war er, das ist mir sofort aufgefallen. Sportlich. Ja, wie halt diese Typen so aussehen, die erfolgreich auftreten und ihr Geld wahrscheinlich erschwindelt haben.«

»Alter, ungefähr?«

»Vielleicht um die 50. Aber da dürfen Sie mich nicht festlegen.«

»Sein Auto oder sein Autokennzeichen haben Sie nicht gesehen?«

»Wie denn? Es war in diesem Hotel. Wir sind aus dem Bus gestiegen – und rein.«

Linkohr hatte nichts anderes erwartet. »Und sonst eine Besonderheit? Trug er eine Brille? Erinnern Sie sich an seine Haare?«

Sie schüttelte den Kopf. »Das Einzige«, antwortete sie langsam und sah ihr Gegenüber aus dicken Brillengläsern an, »das Einzige, was mir aufgefallen ist, war so ein Schmuckstück, das er an einer goldenen Kette um den Hals hängen hatte.«

»Ein Schmuckstück?«, staunte Linkohr. »Ist für einen Mann doch ein bisschen ungewöhnlich, oder?«

»Ach – protzige Armbanduhr und Goldkettchen, junger Mann, das ist in manchen Schicki-Micki-Kreisen nichts Ungewöhnliches.«

Linkohr musste sich eingestehen, dass er als Kriminalist so etwas vermutlich in München, Frankfurt und Berlin häufiger gesehen hätte. »Was war das für ein Schmuckstück?«

»Es hatte eine ungewöhnliche Form. Mehr kann ich nicht dazu sagen. Hat ausgesehen wie eine Posaune.«

Linkohr war nach dem Besuch in Baiereck in die Göppinger Klinik gefahren, die als eine von mehreren Krankenhäusern in Waghäusls Aufstellung genannt war. Bereits am Telefon hatte er gemerkt, dass sein Besuch an diesem Samstag keine allzu große Begeisterung auslösen würde. Der Geschäftsführer war alles andere als erfreut gewesen, als er den Grund der kriminalpolizeilichen Ermittlungen erfuhr. Linkohr jedoch ließ sich nicht davon abschrecken, zumal er Häberles Schule durchlaufen und dabei gelernt hatte, dass sich ein Kriminalist niemals von vermeintlich einflussreichen Personen einschüchtern lassen durfte.

Nachdem er sich bei der Dame am Empfang gemeldet hatte, führte sie ihn in einen feudalen Besprechungsraum, in dem ein großer Tisch und gepolsterte Stühle standen. Kaffee, Gebäck und Getränke waren hergerichtet, während Geschäftsführer Volker Marbold noch auf sich warten ließ. Reine Taktik, wusste Linkohr.

Zwei Minuten später tauchte Marbold, ein grimmig dreinschauender Endvierziger, mit seinem drahtigen Stellvertreter Rainer Müller auf. Sie begrüßten den Kriminalisten unterkühlt und schüttelten ihm die Hand.

»Es muss sehr wichtig sein, wenn Sie uns am Wochenende beehren«, knurrte Marbold. »Und wenn ich Sie richtig verstehe, gehen Sie einem ziemlich vagen Hinweis nach, der dazu geeignet wäre, die Klinik in Misskredit zu bringen«, fuhr er mit finsterer Miene fort. »Sie sollten wissen, dass sich kranke Menschen an jede Hoffnung klammern. Und wenn sich jemand dazu entscheidet, nicht nur der Schulmedizin Vertrauen zu schenken, dann ist dies die Entscheidung jedes einzelnen Patienten.«

Linkohr wollte sich nicht ablenken lassen, auch wenn er den geballten Widerstand der beiden Klinik-Manager ihm gegenüber spürte. »Verzeihen Sie«, fiel er Marbold ins Wort, »es geht uns nur darum, herauszufinden, ob jemand versucht, mit den Ängsten schwerkranker Menschen Geschäfte zu machen.«

»Wer schwer krank ist, mit dem können Sie keine Geschäfte machen«, fuhr Rainer Müller dazwischen. Es klang giftig und misstrauisch.

»Aber vielleicht wäre es denkbar«, erwiderte Linkohr schlagfertig, »dass es jemandem von außerhalb gelingt, sich das Vertrauen einer Person aus dem familiären Umkreis des Patienten zu erschleichen.« Der Kriminalist vermied es, auch einen möglichen Helfershelfer innerhalb der Klinik anzudeuten.

»Ich weiß nicht, wie Sie sich das vorstellen«, entgegnete Marbold. »In die Intensivstation kommt außer den Angehörigen niemand rein.«

»Aber, entschuldigen Sie, wenn ich Sie unterbreche«, sagte Linkohr, »es gibt doch immer mehr ältere Menschen, die keine Angehörigen haben. Da könnten es genauso gut Fremde sein.«

»Nein, keine Fremden. Wenn, dann sind es gute Freunde und Bekannte.«

»Und wenn ich Ihnen sage, dass man nach dem Tod einer Patientin in deren Nachlass Honorarrechnungen gefunden hat? Abrechnungen, die darauf hindeuten, dass die Behandlung – wenn man das so nennen darf – hier in der Klinik stattgefunden hat.«

»Ich kann Ihnen versichern, dass hier nichts Honorarpflichtiges stattfindet, was nicht ausdrücklich von uns gebilligt würde«, entgegnete Müller.

»Dann nennen Sie uns doch mal Namen und Fakten«, forderte Marbold.

Linkohr nahm einen Schluck Kaffee und spürte, dass er hier auf keine allzu große Hilfe hoffen konnte.

»Bei allem Respekt für Ihre Ermittlungsarbeit«, fuhr der Klinik-Chef fort, »aber vielleicht sollten auch Sie mit offenen Karten spielen und uns beispielsweise sagen, um welche Patientin es sich denn gehandelt haben soll.«

Linkohr zögerte. Er überlegte, inwieweit diese Information dem weiteren Fortgang des Verfahrens hinderlich sein könnte. Er wollte den beiden zwar nichts unterstellen, aber falls es tatsächlich in der Klinik Helfershelfer geben sollte, bestand die Gefahr, dass mögliche Beweismittel verschwanden. Um Zeit zu gewinnen, griff er noch einmal zur Kaffeetasse. Während er trank, gelangte er zu der Auffassung, dass die Nennung des Namens vermutlich nicht schadete. »Irene Rattinger«, sagte er.

»Wann soll sie gestorben sein?«, hakte Marbold sofort nach.

Linkohr holte seinen Notizblock aus seiner Freizeitjacke, blätterte darin und fand die Daten: »24. August, vorigen Jahres. 2011.«

Marbold gab seinem Stellvertreter ein Zeichen, der daraufhin den Raum verließ.

»Wir können in der Krankenakte prüfen, ob es Besonderheiten gegeben hat.«

Linkohr fühlte sich unbehaglich, versuchte aber, sich dies nicht anmerken zu lassen. »Eine ganz allgemeine Frage«, durchbrach er die entstandene Stille, »kommt es eigentlich oft vor, dass sogenannte Geistheiler zurate gezogen werden?«

Marbold lächelte abschätzig und brachte damit zum Ausdruck, wie laienhaft er diese Frage empfand. »Von uns sicher nicht. Aber wie ich schon erwähnte, wir können den Patienten nur raten, auf die Schulmedizin und den Stand der Wissenschaft zu vertrauen. Aber Sie wissen sicher selbst, dass der Glaube an vermeintliche oder möglicherweise auch echte Heilsbringer weite Verbreitung gefunden hat. Inwieweit der Placebo-Effekt eine Rolle spielt, kann und will ich nicht beurteilen. Ein alter Spruch lautet: Wer heilt, hat recht. Manches mag Zufall sein, anderes auch den Selbstheilungskräften des Körpers geschuldet sein – wodurch diese dann auch immer aktiviert wurden. Vielleicht durch festen Willen, Glaube oder was auch immer.«

Linkohr nickte aufmerksam. Eine solche Aussage hatte er diesem Schulmediziner gar nicht zugetraut.

»All dies kann man dem weiten Feld der Geistheilung zuordnen – bis hin übrigens zu der Quantenheilung, womit sich neuerdings Heilpraktiker befassen.«

Der Kriminalist wunderte sich, dass Marbold ausgerechnet dies ansprach. Linkohr hatte erst vor Kurzem von einem Bekannten erfahren, dass es so etwas gab. Dessen entzündete Achillessehne war nach dem Besuch einer Heilpraktikerin, die sich mit dieser Methode beschäftigte, schlagartig schmerzfrei.

»Aber erwarten Sie keine Wunder«, hörte er Marbolds Stimme, der vermutlich bemerkt hatte, dass der Kriminalist kurz ins Grübeln geraten war. »Ich würde keinem raten, auf die Schulmedizin zu verzichten. Vor allem dann nicht, wenn schwerwiegende Erkrankungen vorliegen. Außerdem haben Sie natürlich recht, Herr Linkohr, dass sich auf diesem Feld viele Scharlatane bewegen, die Ihnen mit schönen Worten und großspurigen Erklärungen immer neue Behandlungsvarianten verkaufen, beziehungsweise durch horrende Honorare in Rechnung stellen.« Marbold nahm einen Schluck aus der Tasse und fuhr anschließend bedächtig fort: »So gesehen, möchte ich Ihnen gar nicht widersprechen, dass es Versuche gibt, insbesondere ältere Menschen auf diese Weise um ihr Vermögen zu bringen. Aber glauben Sie mir, nicht über eine Klinik. Wenn, dann nur über einen Besucher, den der jeweilige Patient oder – falls dieser nicht mehr in der Lage ist, selbst darüber zu bestimmen – ein Angehöriger zulässt.«

»Aber mal angenommen«, hakte Linkohr nach, obwohl er den unerwarteten Redeschwall seines Gegenübers nicht unterbrechen wollte, »es könnte sein, dass irgendein Geistheiler Kontakt zu einem Klinikbediensteten hat, der ihm den Zugang zu einem Intensivpatienten ermöglicht.«

»Herr Linkohr, das ist ziemlich hypothetisch. Erstens ist nicht immer ein und dasselbe Team im Haus – und zum anderen müsste jeder sogenannte Geistheiler, der illegal vorgelassen würde, stets damit rechnen, dass noch andere Klinikmitarbeiter kämen und sich über seine Anwesenheit wundern würden.«

»Aber wenn es gar keine Angehörigen gäbe?«

»Entschuldigen Sie, aber ich glaube, jetzt dreht sich unser Gespräch im Kreis.«

Linkohr war froh, dass in diesem Augenblick die Tür aufging und Müller wieder hereinkam. Er hatte einen Aktenordner dabei und legte ihn auf den Tisch. »Was Sie jetzt sehen und zu hören bekommen«, sagte Müller, »das unterliegt strenger Geheimhaltung und ist vertraulich. Und darf erst nach staatsanwaltschaftlicher Anordnung in das Verfahren eingeführt werden.«

Marbold zog die Akte zu sich herüber und blätterte darin. »Sie haben recht, es handelt sich um Irene Rattinger, geboren am 19. August 1921, geborene Platterstein.«

Linkohr war sofort ganz aufmerksam, versuchte aber, sich sein gesteigertes Interesse nicht anmerken zu lassen. Er lauschte weiter den Ausführungen Marbolds: »Verstorben am 24. August 2011, akutes Herzversagen. Keine besonderen Hinweise, weder während ihres dreitägigen Aufenthalts in unserer Klinik, noch bei der Abwicklung des Todesfalls.«

Eigentlich war Linkohr bereits zufrieden, tat jedoch so, als habe er noch eine beiläufige Nachfrage: »Wie war noch mal ihr Geburtsname? Der fehlt uns nämlich in unseren Akten.«

Der Klinik-Chef sah nach und rückte seine Lesebrille zurecht. »Platterstein, geboren in Bad Waldsee – und zuletzt wohnhaft – aber das dürften Sie ja wohl wissen – in Wernau bei Plochingen.«

43

Chefinspektor Grantner hatte den Plastikbeutel in den Kofferraum seines Fahrzeugs gelegt, das vor dem Campingplatz stand, und war zum Wohnwagen Astors gegangen. An der Deichsel des Anhängers lehnte ein verstaubtes Fahrrad, daneben standen eine graue Gasflasche und eine Bierkiste mit leeren Flaschen. Grantner ging durchs weit geöffnete Vorzelt und klopfte an die Tür, worauf sofort ein braun gebrannter Mann erschien. Er beäugte den unerwarteten Besucher kritisch und besah sich den vorgehaltenen Dienstausweis. Für einen Moment schien es, als versteinerte sich seine Miene, doch dann setzte er ein gekünsteltes Lächeln auf. »Ein Chefinspektor besucht mich – welche Ehre. Ich kann mir denken, worum es geht. Kommen Sie rein.«

Grantner stieg in den Wagen, wo Astor eifrig damit begann, auf dem Tisch mehrere Akten, den Laptop und eine Kaffeetasse beiseitezuschieben. Die Luft war abgestanden, es roch nach kaltem Fett. Das Bett im Heck des Wagens machte einen ziemlich unordentlichen Eindruck.

»Sie kommen wegen Frau Waghäusl«, begann Astor selbstbewusst. »Ziemlich schlimme Sache. Hat uns alle, die wir sie kennen, ziemlich betroffen gemacht.«

Grantner hatte seine gesamte Leibesfülle zwischen Rückenpolster und Tischkante der kleinen Sitzecke gezwängt und überlegte, wie lang dieser Mann wohl schon in seinem Caravan hauste. »Sie sind längere Zeit hier?«, fragte er deshalb.

»Ich hab meinen Wagen hier fest abgestellt, falls Sie das meinen. Die meiste Zeit des Jahres verbringe ich hier. Als Versicherungsagent und Anlageberater. Heutzutage ist es doch egal, wo man sein Büro hat – Hauptsache, es gibt eine Internetverbindung.«

Schon wieder einer, der am Computer hing, seufzte Grantner in sich hinein. Die Welt musste völlig verrückt geworden sein. »Und Ihr Beruf macht dies möglich?«, fragte er.

Astor hob beschwichtigend die Unterarme. »Ich weiß, was Sie jetzt denken. Ein Versicherungsmensch, der die Leute abzockt. Stimmt's?«

»Von Vorurteilen halte ich nicht viel«, erwiderte Grantner kurz. »Für mich zählt nur der Mensch und das, was er tut. Und wenn ich Ihnen jetzt ein paar Fragen stelle, dann auch nur, weil wir das Umfeld der Frau Waghäusl kennen müssen, um einordnen zu können, ob es Anhaltspunkte geben könnte, die auf das, was geschehen ist, schließen lassen.«

»Ich verstehe Sie voll und ganz, Herr Chefinspektor. Möchten Sie einen Kaffee?«

Grantner lehnte angesichts des vielen ungespülten Geschirrs, das sich auf dem Küchenblock stapelte, dankend ab.

»Ich weiß inzwischen, womit sich Frau Waghäusl beschäftigt hat, und dass sie einer Gruppe angehörte, die sich regelmäßig hier in den Bergen trifft. Es geht um …«, er rang nach Worten, »um grenzwissenschaftliche Themen.«

»Das haben Sie jetzt aber fein ausgedrückt«, lobte Astor. »Manche hier reden von Satans- oder Hexenkult und halten uns für ein bisschen plemplem.«

Grantner zog eine Augenbraue hoch und meinte süffisant: »Solang Frau Waghäusl in der Seilbahngondel keinen Dämon getroffen hat oder einen Engel der Finsternis, oder wie man das auch bezeichnen mag – so lang können S' da ob'n mach'n, was Sie woll'n.«

»Nichts von alledem geschieht da oben. Das kann ich Ihnen versichern – auch wenn ich zugeben muss …«, er lehnte sich zurück und verschränkte die Arme vor seinem bunten T-Shirt, »… ja, auch wenn ich zugeben muss«, wiederholte er, »dass wir tatsächlich schon mal versucht haben, mit Verstorbenen in Kontakt zu treten.«

»Ach?«, staunte Grantner jetzt ehrlich überrascht. »Und darf man fragen, mit welchem Erfolg?«

Astor zuckte vielsagend mit den Schultern. »Das ist schwer zu sagen. Wissen Sie, früher hat man das mit Tische rücken oder irgendwelchen Karten versucht. Heutzutage nimmt man technische Hilfsmittel, wie etwa ein elektronisches Aufzeichnungsgerät, das man in der Stille der Nacht laufen lässt, um irgendwelche Geräusche oder sogar Stimmen zu hören.«

»Und das ist Ihnen gelungen?«

Astor atmete ein paar Mal schwer durch. »Wie soll ich das sagen? Es gibt immer irgendwelche Interferenzen oder wie man das nennen möchte, dass man irgendetwas Knurrendes oder Räusperndes oder wie auch immer Gelagertes zu hören glaubt. Aber wenn Sie mich konkret nach einer Stimme oder einer Aussage eines Verstorbenen fragen, muss ich sagen: nein.«

Grantner entschied, nichts dazu zu sagen, weshalb Astor fortfuhr: »Es gibt unglaublich viele Experimente, was beispielsweise die Kraft der Gedanken auszulösen vermag. Im Klartext gesprochen, ob es so etwas wie Gedankenübertragung gibt – also eine Kommunikation auf einer anderen Ebene, als unsere elektromagnetischen Wellen, wie wir sie kennen.«

»Telepathie«, warf Grantner ein.

»Ist es Ihnen noch nie so ergangen, dass Sie an jemand gedacht haben, der gerade in diesem Moment anruft, oder den Sie an der nächsten Ecke treffen?«

Grantner überlegte kurz und musste sich eingestehen, dass es solche Ereignisse in der Tat auch in seinem Leben schon gab. Er wollte dazu jetzt nichts sagen und ließ Astor in seinen Erzählungen fortfahren: »Auch Sie haben sicher schon mal Begegnungen gehabt, bei denen man nicht mehr an Zufall glauben mag, sondern eher an ein vorbestimmtes Schicksal, das sich niemals wissenschaftlich erklären lässt. Ich selbst kann Ihnen aus eigener Anschauung davon berichteten, falls es Sie interessiert.« Er wartete kurz, und nachdem Grantner geduldig nickte, berichtete er weiter: »Stellen Sie sich vor, ich hab 1982 in Amerika ein junges Ehepaar kennengelernt. Aus der Nähe von Calw, im Schwarzwald. Wir haben ein paar nette Tage miteinander verlebt und uns dann später völlig aus den Augen verloren. Keinen Kontakt mehr. Und 18 Jahre später – das müssen Sie sich vorstellen, 2000 im April – bin ich in Dresden unterwegs, dort in dem Bereich, wo damals die Frauenkirche wieder aufgebaut wurde –, gehe ich um eine Straßenecke und stoße beinahe mit einer Frau zusammen, die mich sofort anspricht und sagt: ›Uwe‹. Und das war die Frau von diesem Ehepaar in Amerika.«

Grantner ließ sich nicht anmerken, dass ihn solche Schilderungen beeindruckten. Aber wenn er dienstlich unterwegs war, wollte er sich jedes Kommentars dazu enthalten. Er kam wieder zur Sache: »Und Frau Waghäusl hat sich mit solchen Dingen auch beschäftigt?«

»Ja sehr.« Astor kam auf den Flugzeugabsturz von Karins Mann zu sprechen. Und er erwähnte das Zeitungsinserat, das Karins Lebenseinstellung völlig verändert habe.

»Dieses Inserat«, griff Grantner das Geschilderte auf, »war also das Ausschlaggebende dafür, dass sich dieser Kreis hier zusammengefunden hat?«

»So kann man das sagen. Karin – also Frau Waghäusl – hat mithilfe eines ehemaligen Geschäftsfreundes ihres Mannes – ich nehme an, Sie kennen Dirk Jensen bereits – diese Gruppe aufgebaut. Es gibt Chats und Blogs im Internet.«

Grantner tat so, als ob er sich darin auskenne.

»Ja«, fuhr Astor fort, »so hat man sich zusammengefunden – und immer kommt mal ein Neuer hinzu, wie dieser Student, von dem Sie sicher auch schon gehört haben.«

»Und a paar san schon tot«, stellte der Chefinspektor stirnrunzelnd fest.

»Tot?« Die Gegenfrage kam für ihn eine Spur zu schnell.

»Ja, es soll doch auf der Heimfahrt schon einige schreckliche Verkehrsunfälle gegeben haben«, erklärte Grantner.

»Ach so – auf diese spielen Sie an.« Astor begann, nervös seinen Kugelschreiber zwischen den Fingern zu drehen. »Sehen Sie, da stellt sich die Frage wieder: War das Zufall oder was war es sonst?«

»Ja, oder was sonst?«, wiederholte Grantner provokant.

»Sie meinen doch nicht etwa …?«

»… ob da ein Zusammenhang besteht?«, beendete der Inspektor die Frage. Er zuckte mit den Schultern. »Da haben wir wieder so einen Fall, wie Sie vorhin sagten – ob sich so etwas wissenschaftlich nachweisen lässt, bleibt fraglich.« Er wartete ein paar Sekunden und fügte dann an: »Aber dank der heutigen Kriminaltechnik kann man auch noch nach Jahren etwaige Ungereimtheiten nachvollziehen.«

»Und welcher Art könnten diese Ungereimtheiten sein?«, zeigte sich Astor interessiert, wartete aber gar keine Antwort ab, sondern verstieg sich gleich in Zweifel: »Ich meine, wenn es technische Manipulationen an den Fahrzeugen gegeben hat und dies damals nicht aufgefallen ist, wird man dies heute kaum noch nachvollziehen können. Die Unfallautos dürften längst verschrottet sein.«

»Es müssen ja nicht nur technische Manipulationen gewesen sein«, sagte Grantner leise.

Astors Gesichtszüge formten ein sanftes Lächeln. »Aber mit der Kraft der Gedanken dürfte das wohl niemand geschafft haben.«

Grantner ging auf diesen Einwand ebenso süffisant ein: »Einer hat schon mal übers Fernsehen in halb Europa Löffel verbogen.« Er spielte auf Uri Geller an, der in den 70er Jahren mit einem solchen Effekt für Furore gesorgt hatte – auch wenn manche Medien in der Folgezeit versucht hatten, ihm alle möglichen und unmöglichen Tricks anzudichten – oder angebliche wissenschaftliche Beweise gegen ihn gefunden zu haben behaupteten, so blieb es doch rätselhaft, wie sich die Löffel in den Wohnzimmern der Fernsehzuschauer verbogen hatten. Vielleicht war's ja tatsächlich Massensuggestion gewesen.

»Ich denke aber, wir sollten uns auf dem Boden der Realität bewegen«, wurde Grantner wieder ernst und sah Astor streng an. »Sie wollen erst morgen zur Hütte rauf?«

»Ja, das werd ich tun. Auch wenn die Stimmung anders sein wird als gewohnt.«

»Ich muss Sie jetzt fragen, was ich alle gefragt habe: Wie war das gestern Vormittag? Sie waren hier auf dem Campingplatz?« Astor zeigte sich auskunftsbereit. »Fragen Sie ruhig, das ist Ihr Job. Außerdem gibt's zu gestern Morgen nicht viel zu berichten. Ich war hier, hab vor dem Frühstück noch ein paar E-Mails beantwortet – was sich im Übrigen alles nachvollziehen lässt. Und später kam dann Herr Fischer rüber, um mir zu sagen, was er in den Radionachrichten gehört hatte. Dass in der Seilbahn eine unbekannte Tote gefunden worden war.«

»Wann war das?«

»Ich denke, um die Mittagszeit.«

»Und Sie waren die gesamte Zeit hier auf dem Campingplatz?«

»Ja, hier in diesem Wohnwagen. Ganz sicher.«

»Im Wohnwagen«, wiederholte Grantner.

»Ja«, betonte Astor nun doch leicht genervt. »Dazu gibt es leider keine Zeugen. Nur, dass mein Computer die gesamte Zeit eingeschaltet war.«

»Sie waren nicht einmal im Toilettenhaus?«

»Nicht einmal das. Wissen Sie, wenn ich am Arbeiten bin, muss ich viel lesen – neue Versicherungsbedingungen, neue gesetzliche Bestimmungen. Da will ich ungestört sein. Selbst wenn man bei diesem Wetter im Freien sitzen könnte, würde ich das nicht tun, weil immer jemand vorbeikommt und mich anquatscht.«

»Und die Nacht haben Sie auch hier verbracht, denke ich.«

»Ja, selbstverständlich. Tut das eigentlich was zur Sache?«

Grantner überhörte die Frage. »Sie sind alleinstehend?«

»Ja, seit der Scheidung von meiner Frau.«

»Keine Bekannten, keine Freunde … keine Freundin?«

Astor grinste. »Finden Sie nicht, dass dies jetzt ein bisschen zu weit geht? Aber ich kann Sie beruhigen. Ich bin viel unterwegs. Mal hier, mal dort. Mein beruflicher Zuständigkeitsbereich reicht von Ulm bis ins Allgäu und vom Bodensee bis nach Garmisch.«

»Da kommen Sie aber nicht jedes Mal, wenn Sie geschäftlich unterwegs sind, hierher zurück?«, wollte Grantner wissen.

»Nein, natürlich nicht. Dann wohn ich mal ein paar Tage in Hotels. Ein bisschen Abwechslung zum Camperleben braucht man schon.«

Grantners Blick war bereits beim Betrachten des Geschirrberges auf ein Farbfoto gefallen, das über dem Küchenblock in einer kleinen Metallhalterung steckte. »Aber Sie haben ja sicher noch Angehörige«, bemerkte Grantner deshalb eher beiläufig und sah wie zufällig zu dem Bild, das das Porträt einer schwarzhaarigen jungen Frau zeigte.

Astor schien Grantners Beobachtung nicht registriert zu haben. »Nein, ich habe keinen Kontakt mehr zu meiner geschiedenen Frau. Und der Sohn wohnt irgendwo in der Nähe von Berlin. Der Kontakt zu ihm ist längst abgebrochen.«

»Also niemand, der Ihnen besonders nahestehen würde?«, konstatierte Grantner.

Astor wirkte plötzlich verunsichert. »Ist das so außergewöhnlich, dass man keine nahen Angehörigen hat? Ist das verdächtig?« Seine anfängliche Gelassenheit war geschwunden.

Doch Grantner hatte Verständnis dafür, denn schließlich hatten Astors ureigenste Privatangelegenheiten nichts mit dem Fall zu tun. Zumindest sah es nicht danach aus.

44

Nachdem Linkohr seine Erkenntnisse geschildert hatte, legte ihm Häberle einen Computerausdruck vor. »So ein Rechner kann eine wahre Fundgrube sein«, sagte er und ließ sich neben dem jungen Kriminalisten am Besuchertisch nieder. »Unsere Kollegen haben in den Daten dieser Waghäusl einige Kontakte herausgefischt. Einer davon dürfte Sie nach Ihrem Gespräch mit den Herren in der Klinik besonders interessieren.« Häberle machte es mal wieder spannend. »Gleich dürfen Sie Ihren Lieblingssatz von sich geben.« Linkohr war überrascht, dass sein Chef ausgerechnet jetzt diesen Ausspruch von ihm hören wollte.

»Was steht hier?«, fuhr Häberle fort und deutete mit dem Kugelschreiber auf den Computerausdruck. »Diesen Namen haben Sie soeben selbst genannt.«

Linkohr zog das Blatt näher zu sich her. »Platterstein«, las er ungläubig. »Ich …« Er schluckte und musste sich zunächst vergegenwärtigen, was dies bedeutete. »Das heißt«, begann er langsam zu begreifen, »die Waghäusl hat mit der Professorin per E-Mail Kontakt gehabt. Und zwar ziemlich intensiv.« Er musste noch einmal nachdenken. »Und diese Professorin Platterstein wiederum ist mit einer Patientin verwandt, die in der Klinik von einer Geistheilerin aufgesucht wurde.«

»So sieht es aus, Herr Kollege«, lobte Häberle. »Die Verstorbene war entweder eine Tante der Professorin oder eine angeheiratete Verwandte, falls die Professorin verheiratet ist und den Namen ihres Mannes angenommen hat.«

»Wenn sie und Waghäusl sich gekannt haben, dann ist möglicherweise auch dieser Vortrag mit dem Hochschulrektor nicht ganz so zufällig zustande gekommen«, überlegte Linkohr. »Jedenfalls nicht nur den Besitzern dieses alten

Weinkellers zuliebe, und weil die Professorin kulturell engagiert ist. Da spielen sicher die gemeinsamen Interessen mit Karin Waghäusl eine Rolle.«

»Mmh«, machte Häberle und lobte seinen Kollegen. »Sehr gut kombiniert. Frau Waghäusl und Frau Professor haben dieselben Ziele verfolgt.«

»Da haut's dir 's Blech weg«, konnte sich Linkohr jetzt nicht mehr zurückhalten. »Einerseits ein bisschen Spuk und Übersinnliches – und andererseits der Kampf gegen Schwindler und Betrüger, die sich auf diesem Gebiet tummeln.«

»Vielleicht«, überlegte Häberle, »sollten Sie in den nächsten Tagen mit diesen Blumenhändlern, in deren finsterem Keller der Weltuntergang diskutiert wurde, auch mal ein paar Takte reden.«

»Sie meinen aber nicht, dass der Professor Siegler …?«

»Was ich zum gegenwärtigen Zeitpunkt meine, tut nichts zur Sache«, grinste Häberle.

Linkohr wusste aus Erfahrung, dass sein Chef oftmals wie ein Schachspieler bereits drei oder vier Züge im Voraus denken konnte.

»Auch Professoren sind nur Menschen«, lächelte Häberle, »sowohl die männlichen als auch die weiblichen.«

Linkohr nickte. Ihm fiel jedoch etwas anderes ein: »Ist das nicht seltsam, dass sich in der Ahnengalerie von Frau Waghäusl auch ein Winzer befindet?«

Häberle staunte über die Kombinationsgabe seines jungen Mitarbeiters. »Sie haben recht. Zufall oder nicht. In der Tat stellt sich die Frage: Welche Spur aus der Vergangenheit führt in die ehemalige Weinhandlung?«

45

Josefina hatte Kaffee gebrüht, während die drei Männer auf der sonnigen Terrasse der Berghütte eine Biertischgarnitur aufbauten. Ein sanfter Sommerwind strich über sie hinweg, als sie unter dem tiefblauen Himmel Platz nahmen. Larissa, die nach dem nächtlichen Treffen im Hochsteinhof mit ihrem eigenen Geländewagen der Gruppe hinterher gefahren war, um sich in diesen Stunden der tiefen Trauer abzulenken, setzte sich neben Mullinger. Sie kämpfte noch immer mit den Tränen. Mullinger sah sie von der Seite an und wünschte sich insgeheim, mit ihr allein sein zu können. Sie hatte ihn mit ihren großen geröteten Augen angeschaut, ohne dass er diesen Blick deuten konnte. Die weichen Züge ihres Gesichts, die schulterlangen schwarzen Haare und die Art, wie sie sich bewegte, faszinierten ihn. Aleen, die neben ihr Platz genommen hatte, legte ihr freundschaftlich eine Hand auf die Schulter und sagte: »Deine Mutter hat den Tod deines Vaters nie überwunden. Vielleicht ist es für uns alle ein Trost, wenn wir daran denken, dass sie jetzt in einer anderen Welt mit ihm zusammen sein kann.«

Während eine Bergdohle im Tiefflug über ihre Köpfe hinwegschwirrte, nippte Jensen an seiner Tasse und meinte anschließend: »Weißt du, Larissa, du hast ja deine Familie. Du musst nach vorn schauen und du sollst wissen, es wird nie einen Stillstand geben. Es geht immer weiter. Und glaube mir: Mit dem Abstand von ein paar Monaten wird das, was jetzt geschehen ist, auch wieder in einem milderen Licht erscheinen. Du solltest einfach loslassen und vergessen, was deine Mutter so verbittert hat.«

Josefina, die ihr gegenüber saß, streckte ihren rechten Arm zu ihr aus, um ihre Hände berühren zu können. »Die Zeit heilt alle Wunden. Sogar die tiefsten.«

Falkenstein hatte den Dialog aufmerksam verfolgt und ließ ein paar Sekunden verstreichen, bis er sagte: »Die Wege des Herrn sind unergründlich. Er hat uns auf wundersame Weise zusammengebracht und er wird uns auch künftig gemeinsam den Weg weisen.«

Jensen, dessen Realitätsnähe in dieser Gruppe gefürchtet war, bemerkte sachlich: »Ich geb zu, es fällt schwer, den Sinn von jetzt vier Toten zu erkennen.«

Aleen sah ihm strafend in die Augen. »Vielleicht haben wir alle, wie wir hier sitzen, mit dem, womit wir uns beschäftigen, die Strafe Gottes auf uns gezogen.« Er wich ihren Blicken aus.

Josefina nickte eifrig. »Es heißt, man könne sich mit der Macht seiner Gedanken die eigene Zukunft schaffen.«

Falkenstein räusperte sich. »Manchmal scheint es in der Tat so, als ob dies so sei. Wir haben uns für dieses Wochenende die Offenbarung vorgenommen. Und nun haben wir alle den Eindruck, als sei uns daraus ein Zeichen erwachsen.«

Über Larissas Wangen rollten Tränen.

»Ich weiß ja nicht, wer von euch die Offenbarung gelesen hat«, versuchte Josefina an das Gesagte anzuknüpfen, um nicht zufällig das Thema zu wechseln. »Darin ist ganz oft die Rede von Zeichen des Himmels, die auf das Ende hindeuten sollen.«

Falkenstein sah zu Mullinger. Der junge Mann musste an das denken, worüber sie beide erst vor kurzem gesprochen hatten.

»Ich weiß jetzt nicht, ob dies der richtige Augenblick ist, über so etwas zu reden«, schaltete sich Falkenstein wieder ein, doch nachdem Larissa zustimmend nickte, beschloss er, weiterzureden: »Karin hat an solche Zeichen fest geglaubt.

Für sie war das Zeitungsinserat nach dem Flugzeugabsturz ein Beweis dafür. Und wenn man die Offenbarung liest, könnte man tatsächlich meinen, das darin genannte Buch mit sieben Siegeln und den darin erwähnten sieben Engeln mit ihren Posaunen sei schon aufgeschlagen worden. Selbst die apokalyptischen Reiter, von denen jeder einzelne entsetzliches Grauen mit sich bringen soll, scheinen bereits entfesselt zu sein.« Er sprach leise, als halte er einen theologischen Vortrag.

Aleen stimmte zu. »Ich hab mir die Mühe gemacht, das zu lesen – auch wenn ich nicht alles so richtig verstehe oder zuordnen kann. Aber wenn ich an die Katastrophen aus jüngster Zeit denke, trifft vieles davon zu. Der Tsunami 2004, die vielen anderen Erdbeben, Vulkanausbrüche, das japanische Erdbeben mit seiner Kernkraftkatastrophe und die Epidemien, die Angst vor Pandemien, und jetzt in Kombination zu dem, was uns angeblich die Mayas hinterlassen haben, könnte man meinen, wir stehen vor dem Ende.«

Mullinger hatte noch immer kein Wort gesprochen. Er verfolgte nur gespannt die Dialoge, vor allem aber, wie Falkenstein als Theologe darauf reagierte: »Gemessen an dem, was uns Johannes in seiner Offenbarung geschildert hat, erscheinen die bisherigen Katastrophen eher harmloser Natur zu sein.« Er trank zwischendurch einen Schluck Kaffee. »Wie bei allen Aufzeichnungen und Prophezeiungen von irgendwelchen angeblichen Sehern und Propheten, ist es äußerst schwierig, das Überlieferte, das mit den Worten der damaligen Zeit geschrieben ist, richtig zu deuten. Deshalb muss man mit äußerster Sorgfalt und Distanz an dieses Thema herangehen, um nicht mit jenen in einen Topf geworfen zu werden, die schon viele Male den Weltuntergang heraufbeschworen oder ausgerechnet haben.«

»Und wie ist das mit dem Antichrist, von dem unter anderem bei Nostradamus die Rede ist?«, wollte Aleen wissen.

»Ich weiß, worauf du hinaus willst«, entgegnete Falkenstein, »manche mutmaßen, damit könnte Hitler gemeint gewesen sein. In der Tat könnte vieles dafür sprechen – aber, wie gesagt, wir neigen dazu, jedes schlimme Ereignis gleich einer der prophezeiten Katastrophen zuzuordnen, ohne zu wissen, ob es nicht noch Schlimmeres gibt, was auf die Menschheit zukommen könnte. Manches in der Offenbarung könnte einen dritten Weltkrieg beschreiben, bei dem mit Atomwaffen der Planet zerstört wird.«

Betroffenes Schweigen machte sich breit, bis Josefina etwas aussprach, was ihr schon seit einem halben Jahr sogar schlaflose Nächte bereitete: »Diese sieben Engel mit ihren Posaunen«, sagte sie, »die gehören doch auch irgendwie zu diesem Buch mit den sieben Siegeln.«

Falkenstein zuckte innerlich zusammen. Er musste an den gestrigen Abend denken, als er mit seiner Frau zum Wohnwagen zurückgekehrt war. Josefina rückte näher an den Tisch heran. »Ich hab ja bereits gesagt, man hat mir so ein Ding nach dem letzten Treffen zugeschickt.«

Larissa, die in sich versunken war, zeigte plötzlich wieder Interesse. Sie sah einen nach dem anderen an und flüsterte: »Mutti hat auch eine gehabt. So eine kleine, ein Schmuckstück. Bei der Obduktion hat man's gefunden. Vati«, sie stockte, »Vati hat's ihr geschenkt, bevor er zum letzten Mal nach Amerika geflogen ist.«

Mullinger spürte, wie sein Puls zu rasen begann. Er überlegte, ob er etwas sagen sollte, entschied aber, es nicht zu tun.

Dafür wollte Falkenstein sein Erlebnis nicht länger für sich behalten. »Ich hab auch so ein Ding gekriegt.«

»Was hast du gekriegt?«, fragte Josefina erschrocken.

»So eine kleine Posaune.«

»Du hast was?«, staunte Jensen.

»... eine Posaune gekriegt«, erklärte Falkenstein, griff in seine Jackentasche und hob das glitzernde Schmuckstück hoch. »Sie hing gestern Abend an unserem Wohnwagen, als wir vom Abendessen aus der Gaststätte zurückgekommen sind.«

Sie nahmen die winzige Posaune nacheinander in die Hände. »Die sieht der, die mein Vater meiner Mutter geschenkt hat, ziemlich ähnlich«, stellte Larissa fest und gab das Schmuckstück an Falkenstein zurück. »Nur war die nicht ganz so groß.«

Wieder machte sich Stille breit, die nur von Stimmen unterbrochen wurde, die von dem oberhalb der Terrasse vorbeiführenden Wanderpfad herunterschallten.

»Dann«, so überlegte Josefina, »dann haben wir jetzt also drei Posaunen. Du«, sie zeigte auf Falkenstein, »Karin und ich.«

Jetzt fühlte sich endlich auch Mullinger dazu veranlasst, einen Beitrag zu leisten: »Wenn ich was sagen darf«, sagte er, »ich glaube, es sind schon vier.«

»Vier?«, drehte sich Jensen zu ihm.

Mullinger wusste nicht so recht, ob er nun etwas Falsches gesagt hatte. Er sah Hilfe suchend zu Falkenstein, dem ebenfalls die Irritation ins Gesicht geschrieben stand. »Gestern Vormittag im Hallenbad vom Campingplatz«, erklärte Mullinger, »da ist es mir schon aufgefallen.« Er wandte sich an Falkenstein: »Ich meine den anderen Mann, der mich dort angesprochen hat. Christoph sagt, das sei Robert Fischer gewesen. Der hat auch so ein Ding getragen.«

Während sich unter den sechs Personen wieder Schweigen breitmachte, stand Josefina auf, griff sich ein dickes Buch aus dem Regal und setzte sich wieder. Es war eine Einheitsübersetzung der Bibel, in deren letzten Seiten ein Lesezeichen steckte. Josefina schlug die entsprechende Passage auf und deutete mit dem Zeigefinger auf eine fett gedruckte Überschrift: »Die ersten vier Posaunen.«

»Ich kann euch sagen, was das bedeutet«, sagte sie, während sie einen unentschlossenen Blick auf Falkenstein warf, der jedoch nichts anmerken wollte.

»Die erste Posaune«, begann Josefina zu lesen, »sie bedeutet Hagel und Feuer und verbranntes Land. Die zweite kündet von einem brennenden Berg, der ins Meer stürzt, das daraufhin zu Blut wird.« Sie sah ihren interessierten Zuhörern nacheinander in die Augen. »Vielleicht ein Vulkan.« Dann las sie weiter: »Der Engel mit der dritten Posaune kündet von einem großen Stern, der wie eine Fackel lodert und auf die Erde stürzt.« Josefina deutete es als den Einschlag eines Himmelskörpers und kam auf die vierte Posaune zu sprechen: »Damit wird ein Drittel von Sonne, Mond und Sternen verdunkelt. Ich hab davon gelesen, dass ein Kometen- oder Asteroideneinschlag die Atmosphäre über Jahrhunderte hinweg mit Staubpartikeln verfinstern kann.«

Jensen nickte bedächtig und sinnierte: »Keiner, der so eine Posaune hat, sollte deshalb leichtfertig darüber hinweggehen. Die Botschaft, die uns vermittelt wird, ist eine deutliche Warnung vor einer Gefahr aus dem All. Wissenschaftler gehen davon aus, dass sich nach einem Kometen-Einschlag tatsächlich schon einige Male das Klima und das Leben auf der Erde dramatisch verändert hat.«

Aleen ignorierte diesen Einwand und wollte von Josefina wissen, was eine fünfte Posaune bedeuten würde. »Dann wird sich ein Schacht in den Abgrund öffnen«, fuhr Josefina fort. »Rauch steigt auf und verfinstert die Sonne. Und dann kommen Heuschrecken, heißt es hier. Sie sollen die Menschen aber nicht töten, sondern nur quälen.«

Jensen kannte diese Textstelle. Er musste in sich hinein grinsen. Heuschrecken. Aber er wollte nicht aussprechen, was er dachte. Er hätte diese Heuschrecken am liebsten auf die allgemeine wirtschaftliche Lage bezogen. Schließlich waren diese gefräßigen Tierchen seit geraumer Zeit das Synonym für potenzielle Investoren, die Unternehmen aufkauften, um sie finanziell auszusaugen und dabei zugrunde zu richten.

»Ich sag euch«, klappte Josefina die Bibel wieder zu. »Da will uns jemand auf etwas Schreckliches vorbereiten. Jemand, der genau weiß, was uns bewegt.« Sie sah mit misstrauisch glänzenden Augen in die Runde. »Jemand, der sich auch in der Bibel auskennt.«

Falkenstein schluckte. Er wollte jetzt nichts dazu sagen.

46

Peter Pladler, den alle im Ort nur den jungen Hinterbauern nannten, war der Junior-Chef des Hochsteinhofs. Er tupfte sich mit einem Papiertaschentuch den Schweiß von der hohen Stirn und führte den jungen Innsbrucker Inspektor Ferdinand Platzko in ein kleines Besprechungszimmer, das sich zwischen Küche und den Aufzügen befand.

»Entschuldigen Sie bitte«, sagte er, »aber mich hat das alles sehr mitgenommen. Larissa ist völlig durch den Wind.«

Der Kriminalist vermochte dies nachzuvollziehen. Der Betrieb eines solchen Hotels erforderte sicherlich einen großen Arbeitseinsatz. Dass Pladlers Schwiegermutter auf dramatische Weise ums Leben gekommen war, hatte die gesamte

Belegschaft in tiefe Trauer gestürzt. »Ich hab' Larissa gesagt, sie soll hochgehen zu den anderen. Es macht keinen Sinn, wenn sie sich heute hier unten über die Runden quält.«

Platzko nahm's zur Kenntnis. »Seit wann ist sie oben?«

Pladler zögerte. »Schon seit vergangener Nacht. Die haben von ob'n ang'ruf'n – der Dirk Jensen, die Frau Dobler-Maifeld und die Josefina. So gegen Mitternacht. Sie wollten wissen, wie's Larissa geht.« Er überlegte. »Ja und dann sind sie noch runtergekommen, haben lang mit ihr gesprochen und sie dazu überredet, mit hochzufahren.«

»Sie ist noch in der Nacht mit raufgefahren?«

»Ja, mit ihrem eigenen Wagen. Ich hab ihr geraten, dies zu tun. Es war ja schon heut Früh. Sie will heute Abend wieder kommen.«

»Heut Früh schon? Darf ich fragen, worüber man sich dann stundenlang unterhalten hat?«

»Na, worüber wohl?«, seufzte Pladler. »Über Larissas Mutter und eben alles, womit sich die Gruppe befasst. Ich hab mich gegen halb vier Uhr ausgeklinkt. Ich kann nicht die ganze Nacht diskutieren, wenn ich hier den Laden am Laufen halten muss.«

Platzko nickte verständnisvoll. »Und die Herrschaften waren die ganze Zeit hier im Haus?«

»Ich kann nur bis halb vier etwas dazu sagen.« Er spielte nervös mit einem Kugelschreiber. »Soweit ich weiß, ist nur Dirk Jensen mal frische Luft schnappen gegangen. Er sei müde, hat er gesagt. Nach einer halben oder dreiviertel Stunde ungefähr war er wieder da.«

»Ihre Schwiegermutter«, wechselte Platzko das Thema, nachdem er einen Schluck Mineralwasser getrunken hatte, »die wollte nach diesem Wochenende noch ein paar Tage im Hotel bleiben?«

»Ja, so war es vorgesehen. Das hat sie immer getan, wenn sie zu diesen Freunden auf die Hütte gekommen ist. Larissa hat noch gestern Vormittag mit ihrer Mutter telefoniert, als sie an der Seilbahn eingetroffen ist.«

»Frau Waghäusl hat ihr Auto an der Seilbahn abgestellt, obwohl sie dort Parkgebühr bezahlen muss?«

Pladler zuckte mit den kräftigen Schultern. »Wenn wir hier volles Haus haben, sind unsere Plätze durch die Gäste komplett belegt. Das war aber für meine Schwiegermutter nie ein Problem.« Er verkniff sich ein Lächeln.

»Aber Larissa hat ihre Mutter gestern Vormittag nicht treffen wollen?«, stellte Platzko fragend fest.

»Nein«, entgegnete Pladler und schüttete ein halbes Glas Cola in sich hinein. »Das hat sie nie gemacht. Wissen Sie, Larissa hatte zwar ein sehr inniges Verhältnis zu ihrer Mutter, trotzdem gab es nicht viele Begegnungen. Sie haben oft miteinander telefoniert, aber die gegenseitigen Besuche beschränkten sich auf die üblichen Familienfeste oder auf einen kurzen Winterurlaub, den ihre Mutter meist um Silvester bei uns hier verbracht hat.«

»Und für Sie beide – ich meine für Sie und Ihre Ehefrau – bleibt wahrscheinlich wenig Zeit, um nach Deutschland zu einem Besuch zu fahren?«

Pladler zögerte einen kurzen Moment. »Genau so ist es. Wir haben zwar im November nach Abschluss der Wandersaison und vor Beginn der Wintersaison ein paar Ruhetage, aber die sind meist nur dazu da, um im Haus einige Dinge zu sanieren und zu reparieren. Sie glauben gar nicht, was hier ständig anfällt.«

»Wird da nicht …«, Platzko überlegte, wie er seinen Gedankengang ausdrücken sollte, ohne seinen Gesprächspartner zu verärgern, »ja, sagen wir mal so, wird da nicht das

Eheleben auf eine harte Zerreißprobe gestellt, wenn man so einen Großbetrieb am Laufen halten muss?«

Für Platzkos Begriff brauchte Pladler ein paar Augenblicke zu lang. »Ich weiß jetzt nicht so recht, worauf Sie hinaus wollen – aber es liegt wohl in der Natur der Sache, dass nicht jeder Tag harmonisch ablaufen kann. Das ist anders, wenn jeder in sein Geschäft geht und nachmittags um vier heimkommt. Hier sind Sie ständig im Geschäft. Tag und Nacht. Und Sie müssen ständig schaun, dass die Betten ausgelastet sind.«

»Dann können Sie wohl nur von Glück sagen, dass sich zwei gefunden haben, die das auf sich nehmen.« Platzkos kriminalistischer Spürsinn signalisierte ihm, dass dieses Thema seinem Gegenüber einiges Unbehagen bereitete. Das waren jene Momente, die sehr viel Einfühlungsvermögen und diplomatisches Geschick verlangten.

»Natürlich braucht jeder irgendwann seine Freiräume«, kam ihm jetzt Pladler sogar entgegen. Er wischte sich seine Hände am weißen Arbeitskittel ab, woraus Platzko schloss, dass sie schweißnass geworden waren. »Larissa und ich haben uns deshalb darauf verständigt, die knapp bemessene Freizeit so sinnvoll wie möglich zu gestalten.«

Platzko half ihm auf die Sprünge: »Auch wenn diese Freizeit vermutlich nie oder höchst selten gemeinsam stattfindet.«

»Das haben Sie richtig erkannt, Herr Platzko. Vermutlich müssen auch Sie in Ihrem Job mit unregelmäßigen Arbeitszeiten kämpfen und haben sich dieses Wochenende anders vorgestellt.«

Der Kriminalist nickte. »Wenn ich Sie also richtig verstehe – und korrigieren Sie mich bitte, wenn ich da falsch liege –, dann haben Sie also beschlossen, mehr oder weniger getrennte Wege zu gehen?«

Pladler seufzte. Es fiel ihm sichtlich schwer, eine klare Antwort zu geben. »Getrennte Wege«, wiederholte er, als müsse er sich erst noch die Worte zurechtlegen. »Larissa ist jünger als ich. Da will man auch noch ein bisschen raus. Auch mal abends in eine Disco. Runter nach Reutte oder rüber nach Füssen. Ich bin da nicht sonderlich scharf drauf.«

»Aber Larissa macht das gelegentlich?«, hakte der Kriminalist nach.

»Ich weiß jetzt nicht, was dies alles mit dem Tod ihrer Mutter zu tun hat«, wurde Pladler jetzt doch misstrauisch. »Aber das ist kein Geheimnis. Das hat auch hier im Hause beim Personal schon zu einigem Tratsch geführt. Aber was soll ich machen? Ich kann Larissa nicht einsperren.« Er lehnte sich auf dem harten Holzstuhl zurück und legte die ausgestreckten Arme seitlich auf die Lehnen der beiden neben ihm stehenden Stühle.

»Larissa ist eine liebe Frau«, versuchte er das Gesagte zu relativieren. »Ihr Herzblut hängt ganz sicher an diesem Hotel hier. Aber sie braucht auch ihre Freiheit. Wenn man ihr die nimmt, würde sie die Lust an allem hier verlieren. Davon bin ich felsenfest überzeugt.«

»Das heißt – wenn ich Sie richtig verstehe, ist es nicht ungewöhnlich, dass Ihre Frau mal nachts weg ist.«

»Ja, das kommt vor. Wenn hier das Abendessen serviert ist, geht sie schon mal mit der einen oder anderen Freundin noch weg.«

»Mmh«, machte der Kriminalist. »Darf ich fragen, wie oft das vorkommt? Ich meine – wöchentlich, monatlich?«

»Zwei-, dreimal im Monat. Manchmal auch öfter. Und jetzt werden Sie mich sicher gleich fragen, ob da andere Männer eine Rolle spielen.« Er zuckte mit den Schultern. »Was soll ich dazu sagen? Ich weiß es nicht. Ich hoffe es nicht. Um ehrlich zu sein – ich kann's mir auch nicht so recht vorstellen. Auch wenn sie jetzt da oben ist, hat dies nichts mit irgendwelchen Liebschaften zu tun.«

Platzko wollte nicht konkret darauf eingehen. Er enthielt sich jeglichen Kommentars, zumal er aus beruflicher Erfahrung wusste, wie sehr man sich in anderen Menschen täuschen konnte.

»Dazu nur noch eine einzige Frage«, versprach er. »Wann war denn Ihre Frau zuletzt in Discos unterwegs?«

Über Pladlers Gesicht huschte ein erzwungenes Lächeln. »Ich wusste, dass diese Frage früher oder später kommen würde. Deshalb die klare Antwort: In der Nacht zu gestern. Sie geht meistens mittwochs oder donnerstags aus – weil dies geschäftsmäßig bei uns die schwächsten Tage sind.«

Platzko ließ ein paar Sekunden verstreichen. »Und wann kommt sie dann heim – nach solchen Nächten?«

»Ganz unterschiedlich. Je nachdem, wo sie mit ihren Freundinnen hingefahren ist. Die waren auch schon mal nachts in München oder in Innsbruck. Gestern früh ist sie so gegen acht gekommen.« Er versuchte, seine Frau in Schutz zu nehmen: »Wissen Sie, die Discotheken haben heutzutage bis in die frühen Morgenstunden geöffnet.«

Platzko staunte: »Und dann kann sie gleich wieder hier im Hotel arbeiten?«

»Nein, meist legt sie sich noch zwei, drei Stunden hin«, erklärte Pladler und wunderte sich über Platzkos Interesse am Verhalten seiner Frau.

47

Der Gewölbekeller war beeindruckend. Linkohr hatte seinen Wagen vor dem schmucken Blumengeschäft geparkt, an dessen Fassade noch immer der historische Firmenname prangte. Das Gebäude schmiegte sich an einen der innerstädtischen Steilhänge Geislingens. Während das Ladengeschäft ebenerdig zu betreten war, ragte das Haus auf der gegenüberliegenden, zum Tal hin abfallenden Seite zwei Stockwerke aus dem Erdreich heraus. Linkohr waren beim Betreten des Geschäfts betörende Gerüche entgegen gekommen, die ihn den Sommer ganz intensiv erleben ließen. Als ihn die Inhaberin Birgit Landau zur Kellertreppe geführt hatte, war ihm das geschmackvolle Ambiente zweier weiterer Räume aufgefallen, wo Orchideen und Kamelien in voller Blüte standen, drapiert mit Vasen, knorrigen Ästen, Moosen und Kerzen. Nichts erinnerte hier oben an die frühere Weinhandlung. Erst, als sie über Steinstufen, die mit Ornamenten verziert waren, im ehemaligen Weinkeller ankamen, zwei Etagen tiefer, hatte sich der Blumenduft verflüchtigt und die behagliche Wärme in die feuchte Kühle eines Weinkellers verwandelt.

»Hier hat's stattgefunden«, sagte die junge Frau, die eine musische Ader zu besitzen schien, wie Linkohr vermutete. Sicher konnte sie die prachtvollsten Sträuße zusammenstellen. Und alles deutete darauf hin, dass sie jetzt nicht nur ihr floristisches Talent nutzen wollte, sondern auch ihre Begeisterung für kulturelle Veranstaltungen.

Linkohr bestaunte die beiden separaten Räume, die nur teilweise durch eine hochgezogene Mauer getrennt waren. Im linken hing ein schmiedeeiserner Leuchter, dessen Kerzen halb abgebrannt waren, im Hintergrund zierten alte Holzfässer das rau verputzte Gewölbe. Linkohr betrachtete staunend diese Relikte längst vergangener Zeiten, während Birgit Landau mit gewissem Stolz ihr unterirdisches Kleinod präsentierte. »Den Raum hier drüben können wir mit Holz beheizen«, erklärte sie und deutete in das zweite Gewölbe, in dem ein gusseiserner Ofen stand. Hier wie dort reihten sich hölzerne Klappstühle aneinander, die aus einer alten Gartenwirtschaft zu stammen schienen, wie Linkohr dachte. Neben ihm ragte wie ein Ungetüm eine Eisenkonstruktion hoch, mit der offenbar Fässer noch in weitere finstere Tiefen hinabgelassen werden konnten. Ein Gitterrost bedeckte jedenfalls einen schwarzen Schlund – einen brusthoch ummauerten Schacht, neben dem eine Treppe abwärts führte.

»Ich weiß nicht, ob Sie den Professor Siegler kennen«, sagte die Blumenhändlerin unerwartet, »aber in dieser Umgebung hat er das ganz klasse gemacht. Für uns war es eine große Ehre, mit Siegler unsere kulturelle Veranstaltungsreihe hier unten eröffnen zu können. Irgendwann soll's auch mal eine Krimilesung geben. Wie so oft, sind es Zufälle im Leben, die einen zusammenführen.« Die Frau lächelte, was Linkohr als äußerst sympathisch empfand.

Sie fuhr fort: »Frau Professor Dr. Platterstein hat sich nämlich, als wir hier umgebaut haben, für die Geschichte des Hauses interessiert – vor allem aber für diesen Keller. Denn das, was wir hier sehen, ist nur ein kleiner Teil davon.« Sie deutete in den rechten Nebenraum, wo Linkohr eine finstre Wandöffnung entdeckte und sich außerdem diese Treppe im pechschwarzen Untergrund verlor.

»Während des Zweiten Weltkriegs«, erklärte die Frau, »haben hier die Menschen bei Bombenangriffen Zuflucht gesucht. Und die Frau Platterstein, die sich mit technischen Dingen ziemlich gut auskennt – sie ist immerhin bei diesem

Institut für Automobilwirtschaft tätig – hat sogar noch ein paar Zeitzeugen ausfindig gemacht.«

Linkohr lehnte sich an ein verrostetes Eisenteil und lauschte gespannt den Erzählungen. »Ein alter Mann hier aus der Nachbarschaft ist jetzt nach 68 Jahren wieder dort drüben runtergestiegen. Ob Sie's glauben oder nicht, der Mann hat beinahe ein Trauma erlitten. Als er dort unten in dieser Totenstille stand und oben auf der Straße ein Lkw vorbeigefahren ist, hat er geglaubt, Panzer rollen zu hören.«

Linkohr konnte dies durchaus nachvollziehen. Die Kriegsgeneration hatte viel Schreckliches erlebt, das tief in die Psyche eingebrannt war. »Und diese Frau Platterstein, die hatte wissenschaftliches Interesse an diesem Bunker?«

»Nicht wirklich Bunker«, widersprach Frau Landau. »Es war immer als Weinkeller gedacht und wurde nur während der Kriegszeit als Bunker genutzt. Zum Glück ist aber diese Stadt hier von großen Luftangriffen verschont geblieben.«

»Und welches besondere Interesse hat nun die Frau Platterstein an diesem Keller?«, ließ Linkohr nicht locker.

»Nun«, überlegte Frau Landau, »da scheint es möglicherweise etwas zu geben, worüber niemand so genau reden möchte. Auch der Zeitzeuge will nur andeutungsweise davon gehört haben.« Sie schritt zur Treppe. »Kommen Sie, ich zeig's Ihnen.«

Er folgte ihr im Schein einer Stabtaschenlampe zu der weiter abwärts führenden Treppe, wo es offenbar keine elektrische Beleuchtung mehr gab. »Passen Sie auf Ihren Kopf auf. Es kann eng werden«, sagte sie und ließ den Lampenstrahl über Decke, Wände und Stufen streichen. Linkohr folgte ihr nach. Die Luft wurde modriger und kälter.

»Sie brauchen keine Angst zu haben«, hallte die Frauenstimme zu Linkohr zurück. »Ich kenne hier jeden Winkel.«

Linkohr zählte die Stufen und konzentrierte sich auf den Lichtschein, der ihm hinter Frau Landaus Silhouette Orientierung bot. Nach 35 Stufen, was nach Linkohrs überschlägiger Berechnung etwa zweieinhalb normalen Etagen entsprach, erreichten sie ein weiteres Gewölbe, das noch im Originalzustand zu sein schien. Es gab keinen durchgängigen Verputz, sodass sich im Schein der Taschenlampe die einzelnen Natursteine ganz deutlich abzeichneten. Linkohr sah sich um und bemerkte einen fahlen, von oben hereinfallenden Lichtschein. Offenbar waren sie jetzt unter jenem Schacht angelangt, durch den einstmals die Weinfässer hinaufgehievt und herabgelassen werden konnten.

Linkohr stellte sich vor, wie grausam es gewesen sein musste, hier bei einem möglichen Bombenangriff dicht gedrängt zu sitzen und nicht zu wissen, ob man jemals wieder heil aus diesem grabähnlichen Verlies herauskommen würde.

»Hier unten«, hallte Frau Landaus Stimme merkwürdig dumpf und raumfüllend von den Gewölbewänden, »soll in den letzten Kriegstagen, bevor die Amerikaner von Göppingen her vorgedrungen sind, etwas eingemauert worden sein, worüber niemand sprechen will.«

Linkohr überlegte blitzartig, was gemeint sein konnte. Akten über Naziverbrechen oder Waffen?

»Manche sagen, es seien Gewehre«, erklärte Frau Landau und ließ den Strahl ihrer Lampe an einer Reihe von Natursteinen entlang hüpfen, deren Verfugungen vermuten ließen, dass sie jüngeren Datums waren – also nicht aus dem vorletzten Jahrhundert stammten, in dem diese Grundmauern vermutlich errichtet worden waren. »Aber wenn's Gewehre wären, müsste dort ein relativ großer Hohlraum sein, was wir uns aber nicht vorstellen können.« Sie trat näher an die

Wand heran, worauf Linkohr mit den Fingern über die rauen Fugen strich.

»Wir haben schon mit dem Gedanken gespielt, es aufbrechen zu lassen«, erklärte die Blumenhändlerin weiter, »aber wir sind nicht sicher, ob die Statik es zulässt.« Sie richtete den Lichtstrahl an die Gewölbedecke hinauf. »Wir wollen ja nicht riskieren, dass das ganze Ding zusammenbricht.«

»Und wenn keine Waffen, was dann?«, kam Linkohr auf das Gesagte zurück.

Der Lichtstrahl tanzte wieder über das Mauerwerk. »Ich weiß nicht, ob ich es Ihnen sagen darf. Vielleicht halten Sie dann mich und die Professorin für komplett durchgeknallt. Aber Frau Platterstein schließt nicht aus, dass dort etwas ganz anderes vor den Alliierten in Sicherheit gebracht worden sei.«

Frau Landau schien auf eine Reaktion Linkohrs zu warten, doch der vergrub seine Hände tief in seiner Freizeitjacke und schwieg.

»Man muss wissen, dass die Professorin sich ein bisschen mit Dingen befasst, die nicht gerade jedermanns Sache sind.«

»Keine Sorge, was wir hier reden, bleibt unter uns«, beruhigte Linkohr.

»Wie gesagt, ich kann das nur alles vom Hörensagen berichten. Aber es hat damals während des Krieges in dieser Stadt mehrere Stollen gegeben. So hat beispielsweise die WMF dort drüben auch eine Produktionsstätte in den Berg reingetrieben. Und draußen, im Eybacher Tal, soll es noch bis vor wenigen Jahren bei den Sportplätzen Stollen gegeben haben, deren Eingang man inzwischen zugeschüttet hat.«

Linkohr verstand nicht so recht, was dies mit dem Gewölbekeller zu tun hatte. Er wollte die Erzählungen Frau Landaus aber nicht unterbrechen.

»Was dort in den Stollen alles produziert oder ausgebrütet wurde, darüber schweigt man sich aus. Sie wissen ja selbst: Die Kriegsgeneration hat später nicht gern darüber gesprochen.«

Linkohr nickte, obwohl dies in der Dunkelheit nicht zu sehen war. »Sie wissen, den Nazis hat man allerlei nachgesagt. Da war ja immer auch von einer Superwaffe die Rede.«

Sie zögerte und richtete den Lichtstrahl noch einmal auf die besagte Steinreihe. Nachdem ihre Worte verhallt waren und es für ein paar Sekunden totenstill war, erzählte sie langsam weiter: »Es soll hier in dieser Stadt eine Gruppe gegeben haben, die sich mit sogenannten PSI-Phänomenen befasst hat.«

Linkohr versuchte sich krampfhaft daran zu entsinnen, wo er diese Bezeichnung schon einmal gehört hatte.

Frau Landau bemerkte seine Ratlosigkeit. »*PSI* – diese drei Buchstaben *P-S-I* stehen für paranormale Ereignisse. Muss man nicht wissen, hat mir alles diese Professorin erklärt.«

Linkohr kam sofort ein Fall in den Sinn, den er vor Jahr und Tag mit Häberle bearbeitet hatte, als sie sich ganz intensiv mit der Relativitätstheorie hatten auseinandersetzen müssen – ein Fall, der bis heute rätselhaft geblieben war und sich über weite Strecken als Trugschluss erwiesen hatte. Ihn fröstelte plötzlich, als sei ein undefinierbarer kalter Luftzug aufgekommen.

Frau Landau fuhr fort: »Aus dieser Zeit, so wird offenbar gemunkelt, soll es ein Gerät oder eine Maschine geben, mit der der Nachweis für Gedankenübertragung zu erbringen ist.« Um gleich gar nicht den Verdacht aufkommen zu lassen, sie glaube an Hokuspokus, fügte sie rasch an: »Solche Gerüchte jedenfalls will die Frau Professor herausgefunden haben, ohne natürlich behaupten zu wollen, dass es so was gibt. Ihr Interesse gilt nur der Frage, ob tatsächlich an so einer Vorrichtung herumexperimentiert wurde. Und wenn ja, wie sie ausgesehen hat.«

Linkohr war für einen Moment sprachlos. Mit allem hatte er gerechnet, nur mit so etwas nicht. »Aber wer diese Gruppe war, die sich damit beschäftigt haben soll – das weiß niemand mehr?«

»Frau Platterstein hat versucht, auch dies herauszufinden. Aber wie das so ist bei solchen Dingen: Jeder kennt irgendetwas vom Hörensagen, verweist wieder auf einen anderen, der es wiederum von einem anderen weiß. Auch die vorherigen Besitzer dieses Hauses haben keinerlei konkrete Hinweise. Sie sagen allerdings, dass sie in diesen chaotischen Wochen und Monaten nach dem Kriegsende nie hier runtergekommen seien, weil dieser Teil des Kellers schon seit den 20er Jahren nicht mehr genutzt wurde.« Die Blumenhändlerin ließ den Lichtstrahl auf den Boden sinken, um den Raum indirekt zu beleuchten, ohne Linkohr zu blenden. »Ich befürchte nur«, erklärte sie weiter, »dass so ein Gerücht schnell zu wilden Spekulationen ausufern kann, wenn erst einmal etwas davon an die Öffentlichkeit dringt.«

»Und vorletzten Samstag, als diese Veranstaltung im oberen Keller war, hat man aber nicht darüber geredet?«, bohrte Linkohr weiter.

»Ich hab nichts davon gehört. Außer, dass sich Frau Platterstein ganz intensiv mit einer Dame darüber unterhalten hat, die wohl eine gute Bekannte von ihr war.«

»So?«, zeigte sich Linkohr interessiert.

»Fragen Sie mich aber bitte nicht, wie sie heißt. Ich könnte sie Ihnen nicht einmal beschreiben. Ich hab nur mal im Vorbeigehen gehört, dass sie einen leichten Schweizer Akzent hatte.«

»Eine Schweizerin?«

»Wahrscheinlich nicht wirklich – aber vielleicht jemand, der schon lange Zeit in der Schweiz wohnt.«

»Sagt Ihnen der Name Waghäusl etwas?«

»Waghäusl? Nein, nie gehört.«

48

Häberle hatte schon viel von diesem Mann gehört. Er galt nicht nur als ein weithin anerkannter Unfallforscher, sondern war auch ein begnadeter Jazzmusiker, der sich mit seiner Band im ganzen süddeutschen Raum einen Namen gemacht hatte. Dr. Joachim Beier hatte sich als Schwabe in München niedergelassen und sogar den dortigen Dialekt angenommen, der bekanntermaßen bundesweit einen besseren Klang hatte als das Schwäbische. Beier war seiner Heimatstadt Geislingen trotzdem treu geblieben und leitete an der Hochschule das Institut für forensisches Sachverständigenwesen. Häberle hatte mit Erleichterung festgestellt, dass er sich an diesem Wochenende in seiner Geislinger Wohnung aufhielt.

»Es is natürlich a bisserl schwierig zu sag'n, was bei einem Unfall passiert ist, wenn man keinerlei Spuren hat.« Nach allem, was ihm Häberle von den drei Autobahntoten berichtet hatte, fanden sich in den gemailten Akten der jeweiligen Polizeireviere keinerlei Untersuchungsberichte zu den Autowracks. Außer dem Hinweis, dass es in allen Fällen Totalschaden gegeben hatte, war den Dokumenten nur das Übliche zu entnehmen: Bremsen, Lenkung und Reifen seien in Ordnung gewesen.

Häberle hatte sogar die Fahrgestellnummern überprüfen

lassen – jedoch ohne Ergebnis, weil die Autos längst als verschrottet registriert waren.

»Sie stell'n mich vor ein schier unlösbares Rätsel«, sagte der jugendlich wirkende Beier, nachdem Häberle sein Anliegen vorgebracht hatte. In allen Fällen waren zwar Sachverständige eingeschaltet worden, deren Protokolle vorlagen, doch war entweder von Fahrfehlern die Rede oder von einer möglichen Nötigung durch einen unbekannten Verkehrsteilnehmer, wodurch die Opfer zu verhängnisvollen Ausweichmanövern gezwungen wurden. Einen technischen Defekt hatten alle Sachverständigen ausgeschlossen.

»Wissen Sie«, sagte Häberle, »mir geht es nicht darum, einen Ihrer Kollegen in Misskredit zu bringen, weil er vielleicht was übersehen hat. Es ist sicher niemandem ein Vorwurf zu machen, weil keinerlei Verdacht für Sabotage bestand. Mir geht es jetzt nur darum, zu erfahren, inwieweit es möglich ist, gewisse Systeme eines Fahrzeugs elektronisch außer Kraft zu setzen – und zwar von außerhalb.«

Häberle jedenfalls hatte von derlei Dingen schon gelesen. Immerhin konnten ja bereits eingeschaltete Handys an Bord von Flugzeugen die Elektronik stören. Selbst die Bordtechnik von modernen Reiseomnibussen war angeblich anfällig dafür. »Das ist für jemanden, der sich auskennt, kein Problem«, erwiderte Beier so schnell, wie es Häberle nicht erwartet hätte. »Natürlich brauchen S' dazu kluge Köpfe, aber um Gas, Lenkung und Bremsen zu beeinfluss'n, bedarf's nur einer elektronischen Einrichtung, die kaum größer ist als eine Zigarettenschachtel.«

Häberle hatte Berichte darüber bisher ins Reich der Science-Fiction verbannt. »Und damit lässt sich die ganze Bordelektronik beeinflussen?«

»Ganz genau. Überall san doch elektrische und elektronische Bauteile drin. Servolenkung, Bremsen und Gas – alles wird praktisch mit elektrischen Motoren gesteuert. Die Pedale und das Lenkrad san nur noch ›Stellpotis‹ – also Potenziometer, mit denen diese Elektromotoren gesteuert werden.«

»Das Ganze muss aber an die Bordtechnik angeschlossen werden«, konstatierte Häberle. »Wie lang braucht man dazu?«

»Geschickte Bastler schaffen das in einer Stunde. Und sie montieren das Ding irgendwo im Motorraum so unauffällig, dass auch gewiefte Sachverständige nicht dahinter kommen.« Beier grinste. »Außer uns natürlich. Und wissen S' was? Um ganz sicher zu geh'n, wird das Kastl noch mit dem Firmenemblem des jeweiligen Fahrzeugherstellers verseh'n. Wenn Sie dann beispielsweise einen Volkswagen nach einem Totalschaden begutachten soll'n, wird so ein Bauteil mit dem VW-Zeichen drauf keinen Argwohn erwecken – falls es bei dem Crash nicht ohnehin vollständig zerstört worden ist.«

»Und mit so was lässt sich ein Auto fernsteuern? Über Funk – oder wie muss ich mir das vorstellen?«

»Klar«, sagte Beier, dem es sichtlich Freude bereitete, zu solchen Themen befragt zu werden. Die Antworten sprudelten geradezu aus ihm heraus. »Theoretisch können S' per Handy von jedem Punkt der Welt aus ein Auto auf deutschen Autobahnen aus der Spur bringen. Besser wäre allerdings, Sichtkontakt zu dem Fahrzeug zu haben, weil Sie sonst nicht wissen, wann das Auto zum Beispiel von einem Viadukt stürzen soll.« Er sprach so lässig, als gehe es um das Drehbuch für einen Krimi.

»Das heißt, der Täter müsste dem Opfer hinterher fahren oder am geplanten Unfallort versteckt warten«, resümierte Häberle.

»Exakt. Und sobald die ferngesteuerte Beeinflussung der

Bordelektronik eingeschaltet ist, hat der Fahrer keine Chance mehr, sich sinnvoll dagegen zu wehren, weil Pedale und Lenkung nicht mehr reagieren.«

»Wie? Alles reagiert nicht mehr? Auch die Lenkung?«

Beiers Gesicht verzog sich zu einem breiten Grinsen. »Mit gewissen Einschränkungen. Derzeit ist es noch nicht zulässig, dass Lenkungen nur auf Potis und Stellmotoren reagieren, wie dies bei landwirtschaftlichen Maschinen schon geht.« Begeistert fasste er sein umfassendes Fachwissen zusammen. »Zwar wird die Lenkung prinzipiell elektronisch unterstützt, kann aber ebenso noch manuell erfolgen – und zwar auch dann, wenn alle Elemente ausfallen. Die Problematik liegt allerdings ganz woanders, nämlich darin, dass der Fahrer sinnesphysiologisch nicht mit einem derartigen Ausfall rechnet.« Beier war jetzt nicht mehr zu stoppen. »Sie müssen sich vorstell'n, dass der Fahrer, wenn er realisiert, dass ein Problem aufgetreten ist, wenigstens 0,5 bis 0,8 Sekunden braucht, um dann in weiteren 0,5 Sekunden darauf reagiern zu können. Diese Zahlen entsprechen den neuesten Untersuchungen an unserem Institut. Insgesamt dauert es also rund eine Sekunde, bis der Fahrer dem Problem entgegenwirken kann.«

Häberle nickte, kam aber nicht zu Wort.

»Jetzt stellen S' sich mal vor, da merkt jemand, dass irgendwer elektronisch in die Lenkung eingreift, dann wird sie zu diesem Zeitpunkt bereits derart fehljustiert sein, dass bei hoher Geschwindigkeit ein Unfall nicht mehr zu vermeiden sein wird. Um es klar zu sagen: Bevor der Fahrer reagiert, ist der Unfall gescheh'n.« Häberle hatte die Ausführungen fasziniert verfolgt. »Wie viele solcher Fälle haben Sie in Ihrer Laufbahn schon gehabt?«

»Keinen einzigen, um ehrlich zu sein.« Beier zog ein spitzbübisches Gesicht. »Das spricht aber doch eher für als gegen diese Methode. Denn nur wenn Sie als Kriminalist den Verdacht hätten, dass auf diese Weise manipuliert wurde, würde ein Autowrack vollständig zerlegt und konkret nach so einem Steuergerät gesucht.« Beiers Interesse stieg: »Sie dürfen sich jederzeit an mich wenden, wenn Sie einen begründeten Verdacht hab'n. Wir sind auf solche Dinge spezialisiert.«

»Wie gesagt, von den Unfällen, um die es mir geht, sind die Fahrzeuge inzwischen verschrottet.« Häberle überlegte und schob eine Frage nach: »Alles, was Sie mir jetzt erzählt haben, ließe sich auch auf andere Fahrzeuge mit Bordelektronik anwenden?«

»Natürlich. Auf Schiffe, auf Flugzeuge – auf alles.«

Häberle bedankte sich und fügte im Gehen an: »Vielleicht gibt's tatsächlich noch Arbeit für Sie.« Noch unter der Tür stehend, drehte er sich um: »Wie oft werden Sie eigentlich nach all dem gefragt, was Sie mir jetzt erzählt haben?«

»Selten«, kam Beier näher, »die Bavaria-Filmstudios brauchen solche Fernsteuerungen gelegentlich, wenn's um Action-Szenen im Film geht. Allerdings hat erst vor ein paar Tagen eine Frau angerufen. Angeblich eine Journalistin, die wissen wollte, ob's solche Geräte tatsächlich gibt.«

»Wie sie heißt, wissen Sie aber nicht mehr?«

Beier schüttelte bedauernd den Kopf.

49

Das Nebenzimmer des Gasthofes in Pfronten war gut gefüllt. Annähernd 50 Personen waren gekommen, um sich über neue finanzielle Beteiligungen an regenerativen Energieanlagen wie Fotovoltaik sowie Wind- und Wasserkraft zu informieren. Ein Beamer warf die bunte Power-Point-Präsentation mit animierten Skizzen und Bildern an die Wand. Darauf drehten sich Rotoren und Wasserturbinen.

Der Mann, der seitlich der Leinwand stand und mit einem roten Laser-Pointer markierte, worüber er gerade sprach, war an diesem Samstagabend erst so richtig in Fahrt gekommen.

»In Zeiten, in denen alles, was mit Geldanlage zu tun hat, von dubiosen Bankern ins Zwielicht gerückt wurde, tut man sich als seriöser Anbieter schwer. Ich weiß das. Weil ich aber nichts mit derlei Geschäften zu tun habe – mit Aktien, Termingeschäften, Optionen oder gar Heuschrecken – freue ich mich, wenn Sie alles kritisch hinterfragen, woran Sie zweifeln. Aber Sie dürfen versichert sein, meine Damen und Herren«, er sah in die Gesichter im abgedunkelten Saal, »ich bin nicht verbandelt mit der Stromlobby, nicht mit den Banken, nicht mit Politikern, nicht mit Großkonzernen. Meine Angebote sind so seriös wie die Energie, um die es geht. Sauber, nachhaltig, gefahrlos und nur an dem ausgerichtet, was wir uns alle, die wir hier sitzen, wünschen. Saubere Energie, faire Preise und eine Beteiligung des Volkes an dem, wovon unsere ganze Zivilisation und unser Leben abhängen – nämlich an dieser Energie.« Beifall brandete auf, nachdem einige Claqueure den zustimmenden Applaus in Gang gesetzt hatten.

Uwe Astor liebte solche Abende, obwohl er wusste, dass er hier in Bayern mit den regenerativen Energien bei Weitem noch nicht so punkten konnte wie im benachbarten Baden-Württemberg, wo die neue Landesregierung kräftig auf Windstrom setzte.

Eine dreiviertel Stunde lang spulte er sein vorbereitetes Programm ab, ohne dass er unterbrochen wurde. Dann kam er auf sein Beteiligungsmodell zu sprechen, das er mit den

Produzenten regenerativer Energieerzeugungsanlagen ausgearbeitet hatte. Es sah entweder Genossenschaften oder andere private Betreibermodelle vor. Zwar orientierten sich die errechneten Renditen stets an durchschnittlichen Erträgen aus Sonne, Wasser und Wind, doch musste selbstverständlich damit gerechnet werden, dass einigen fetten Jahren wieder viele negative Rechnungsergebnisse gegenüberstanden. Aber so deutlich brauchte er dies auch nicht zu sagen.

Astor verstand es, die Zuhörer zu begeistern. Immerhin war er lang genug im Versicherungs- und Finanzgeschäft tätig, um zu wissen, wie Menschen tickten, wenn's um lukrative Angebote ging. Man musste zunächst die Neugier für ein bestimmtes Produkt wecken, dann dezent und häppchenweise dessen Vorzüge einfließen lassen und ebenso zurückhaltend den Eindruck erwecken, als könne man mit minimalem Kapitaleinsatz eine maximale Rendite erzielen. Allmählich, das wusste Astor, entfalteten sich in den Köpfen der Zuhörer gewisse Gelüste, die mit dem Streben nach Glückseligkeit zu tun hatten, die meist mit finanzieller Unabhängigkeit in Verbindung gebracht wurde.

Nach seinen technischen Ausführungen über Windgeschwindigkeiten, Sonnenstunden oder den Pegelständen verschiedener Flüsse standen erfahrungsgemäß nur die betriebswirtschaftlichen Berechnungen und die steuerliche Bewertung solcher Anlagen im Mittelpunkt der Diskussionen. Auch an diesem Abend gab es jede Menge Wortmeldungen zur Frage, wie etwaige Verluste beim Finanzamt geltend gemacht werden könnten.

Astor reagierte routiniert, hatte auch dazu eine PowerPoint-Präsentation parat und schien damit auch den letzten Zweifler im Saal von den phänomenalen Ertragsmöglichkeiten zu überzeugen.

Nach zweieinhalb Stunden stand ihm der Schweiß auf der Stirn. Seine stapelweise mitgebrachten Broschüren waren blitzschnell vergriffen. Astor stellte dies zufrieden fest und ging davon aus, dass er in den nächsten Tagen jede Menge Anfragen bekommen würde. Auch wenn es in Bayern noch nicht genügend Standorte für Windkrafträder gab, so würden sie im nahen Baden-Württemberg bald wie Pilze aus dem Boden schießen.

Nachdem er seinen Beamer abgeschaltet hatte und das gedämpfte Licht im Saal wieder den grellen Leuchtstoffröhren gewichen war, wischte sich Astor mit einem Papiertaschentuch über die Stirn. »Und jetzt, werte Gäste«, sagte er dabei in einem völlig anderen Tonfall, »jetzt möchte ich Ihnen noch ein paar Gedanken mit auf den Nachhauseweg geben.« Augenblicklich verstummten die Gespräche an den Tischen wieder. »Geld und was wir damit machen, ist die eine Sache – aber unser aller Leben besteht aus mehr. Denn Geld allein macht nicht wirklich glücklich. Um sich wohlzufühlen, bedarf es auch eines behaglichen Zuhauses. Mehr möchte ich dazu nicht sagen. Ich habe Ihnen dazu einige Broschüren mitgebracht.« Er bückte sich zu einem Karton, aus dem er einen Stapel bunter Faltblätter zum Vorschein brachte und sie demonstrativ in die Höhe hielt. »Nehmen Sie sie mit. Ich leg sie vorn an der Garderobe aus.« Während er die Broschüren auf seinen Tisch sinken ließ, erhob er noch einmal die Stimme: »Ich weiß ja nicht, wie sehr Sie sich auch mit Dingen befassen, die außerhalb unseres menschlichen Vorstellungsvermögens liegen.« Er wusste um die Wirkung eines solchen Satzes. Wann immer er ihn benutzte, war ihm die Aufmerksamkeit der Zuhörer sicher. Nach einigen Stunden angestrengten Rechnens und Kalkulierens schien es so, als bräuchten die Gehirne ein bisschen Balsam, der in Form von sanften Themen verabreicht werden konnte, die keiner komplizierten Mathematik bedurften. »Vielleicht haben Sie gelesen, dass der 21. Dezember 2012 ein ganz besonderer Tag sein wird.«

»Weltuntergang«, schallte ihm eine Männerstimme aus dem Publikum entgegen. »Wenn d' Welt untergeht, brauch'n wir uns keine Gedanken mehr übers Geld zu machen.« Gelächter brandete auf. Astor überkamen plötzlich Zweifel, ob es strategisch klug gewesen war, dieses Thema anzusprechen. Möglicherweise hatten einige Zuhörer bereits zu viel Alkohol konsumiert.

»Das kann man so oder so sehen«, griff er den Einwand des Zwischenrufers mit äußerer Gelassenheit auf. »So ein Endzeit-Datum, wie es schon viele Male prophezeit wurde, hat zumindest ein Gutes: Wir werden uns unserer Endlichkeit bewusst – und damit der Tatsache, dass wir, egal, wofür oder wogegen wir uns entscheiden, niemals etwas für die Ewigkeit schaffen können. Schon deshalb sollten wir nicht jedem Risiko aus dem Weg gehen, wenn wir davon überzeugt sind, dass es uns hier und heute Freude bereitet. Wenn's am 21. Dezember den großen Knall gibt, ist ohnehin alles weg. Und dann merkt's auch keiner mehr. Weil keiner mehr da sein wird.«

Das hatte gesessen. Im Saal war es mäuschenstill geworden. Nur das Klappern von Geschirr und Gläsern erfüllte noch den Raum.

»Ich danke Ihnen«, sagte Astor und war zufrieden. Den Menschen mussten seine letzten Sätze vorgekommen sein wie das Wort zum Sonntag.

Er war gerade dabei, die Leinwand abzubauen und den Beamer wieder einzupacken, als eine ältere Dame an ihm vorbeiging und etwas murmelte, was ihm zunächst unverständlich erschien. »Wie bitte?«, drehte er sich zu ihr um.

Die Frau, die er auf Mitte 60 schätzte, blieb einen Moment stehen, sah ihn abschätzig an und wiederholte mit ihrem bayrischen Dialekt: »Des haben S'gut g'macht, Herr Martin. So wie Sie kann das keiner hinausposaunen.« Sie wartete auf keine Erwiderung, sondern eilte mit den anderen Besuchern dem Ausgang entgegen. Astor sah ihr noch kurz nach, wandte sich dann aber kopfschüttelnd wieder seinen Utensilien zu.

50

Larissa fühlte sich einem Wechselbad der Gefühle ausgesetzt. Ihre Hoffnung, bei den Freunden in der Hütte Trost und Ablenkung zu finden, hatte sich nicht erfüllt. Die Geschichte mit den Posaunen war alles andere als beruhigend gewesen. Sie war noch eine Zeit lang in ihrem Auto sitzen geblieben, hatte den Sternenhimmel betrachtet und in der Stille der Nacht über die Ereignisse nachgedacht. Wie lang sie durch die schräge Windschutzscheibe in die Schwärze des Weltalls hinaufgeblickt hatte, war ihr nicht bewusst geworden. Einmal war ihr sogar der winzige Lichtpunkt eines Satelliten aufgefallen, der an den Sternen vorbeizog. Drüben an der Krinnenspitze war dic lange Lichterreihe, die sich mit Entzünden der Herz-Jesu-Feuer über den ganzen Berggrat hinweggezogen hatte, schon wieder erloschen. Ein bisschen wehmütig musste sie feststellen, dass sie das Symbol, das sicher auch wieder an den Aggenstein gezaubert worden war, nicht hatte sehen können. Aber morgen Abend würde sich dieses Lichterschauspiel von Tannheim bis Schattwald fortsetzen. Während sie schließlich mit ihrem Geländewagen über die holprigen Forstwege abwärts fuhr und das Scheinwerferlicht an den Stauden und Hecken entlangstreifte, versuchte sie, ihre Gedanken zu ordnen. Doch es gelang ihr nicht, sie im Zaum zu halten. Sie hüpften von einem Ereignis zum anderen, fuhren in ihrem Kopf geradezu Karussell und verursachten damit ein heilloses Chaos. Sie hatte Mühe, sich auf den kurvigen Weg zu konzentrieren, auf die Querrinnen und ausgeschwemmten Engstellen. Plötzlich schien es ihr, als fahre sie durch einen unbeleuchteten Tunnel, als sei der dichte Heckenbewuchs eine schwarze, unbeleuchtete Wand. Der Wagen rollte viel zu schnell abwärts – schaukelte, holperte, quietschte und klapperte. Sie trat instinktiv auf die Bremse, jedoch viel zu heftig, sodass sie das Kribbeln des ABS-Systems im Fuß spürte, und die kurzfristig blockierten Räder den Schotter vor sich herschoben. Für einen Moment war es ihr, als säße jemand im Fond schräg hinter ihr. So ein Quatsch, mahnte sie eine innere Stimme. Und doch musste sie an Geschichten aus ihrer Jugendzeit denken, als unter Führerschein-Neulingen das Gerücht die Runde gemacht hatte, sie hätten nachts auf dem Rücksitz des Autos eine schwarze Frau gesehen. Larissa fröstelte bei dem Gedanken daran. Sie sah in den Innenspiegel, doch da war nur Dunkelheit, in der lediglich die roten Rücklichter des Autos schemenhaft die vorbeiziehenden Sträucher erhellten. Aber da war niemand auf dem Rücksitz – soweit sie dies im Innenspiegel überblicken konnte.

Alles nur Einbildung, versuchte sie sich zu beruhigen. Doch so sehr sie dagegen ankämpfte, umso mehr spielte ihr Unterbewusstsein verrückt. Obwohl sie es auf dieser steilen Gefällestrecke eigentlich nicht riskieren konnte, den Blick von dem Weg zu wenden, drehte sie den Kopf kurz nach rechts, um im Augenwinkel den Platz hinten rechts wahrnehmen zu können. Welcher Unsinn, dachte sie. Da war niemand. Außerdem hätte sie in der Finsternis ohnehin nichts wahrnehmen können. Als der Wagen in eine Querrinne holperte und Schottersteine gegen das Bodenblech klapperten, wurde sie wieder in die Realität zurückgeholt. Dennoch wollte sie sichergehen. Sie fingerte mit der eiskalten rechten Hand nach dem Schalter für die Innenbeleuchtung, bekam ihn endlich zu fassen und knipste das Licht an. Gleichzeitig stellte sie fest, dass das Auto wieder viel zu schnell geworden war. Erneut ein Tritt auf die Bremse, wieder wurden Schottersteine weggeschleudert. Larissa sah in den Rückspiegel, um den jetzt erleuchteten rückwärtigen Teil des Geländewagens zu überblicken. Nichts. Oder hatte sich jemand weggeduckt? War da nicht ein heißer Atem, den sie im Nacken spürte? Unfug. Sie knipste das Innenlicht wieder aus.

Oder war es ganz einfach ihre Mutter, die beschützend mit ihr fuhr? Als Schutzengel sozusagen. Beinahe hätte die junge Frau die nächste Spitzkehre nach rechts übersehen. Sie musste scharf abbremsen und das Steuer blitzartig nach rechts drehen, um dem abwärts führenden Weg zu folgen. Wenn Mutti dies alles wüsste, meldete sich eine innere Stimme. Schon lang war die Welt in ihrer Beziehung mit Peter nicht mehr so heil, wie es nach außen schien, und wie sie beide es ihren Angehörigen vorspielten, streng darauf bedacht, dass es im Tal keine Gerüchte gab. Allerdings hatten die vielen Angestellten im Hotel sicher längst bemerkt, dass es zwischen ihr und Peter nicht mehr klappte.

Larissas Zweifel vermengten sich von Tag zu Tag stärker mit der Angst vor einer folgenschweren Entscheidung. Würde sie diese triste Enge hinter sich lassen, einfach aussteigen und alles hinwerfen, was sie gemeinsam aufgebaut hatten, insbesondere auch mit dem Geld ihres verunglückten Vaters, dann würde dies zum finanziellen Desaster des Hochsteinhofes führen. Auch Peter war sich dessen längst bewusst, weshalb er ihr jegliche Freiheiten einräumte. Inzwischen kam sie sich nur noch wie eine Angestellte vor. Wäre es nicht besser, allem ein Ende zu bereiten? Mit dem Geländewagen geradeaus …? Nein, mahnte sie die innere Stimme. Nein. So nicht. Sie war schließlich schon auf der Suche nach einer neuen Perspektive. Und alles deutete darauf hin, dass sie eine fand. Auch wenn der schreckliche Tod ihrer Mutter eine neue Wunde aufgerissen hatte. Ein neuer Tiefpunkt. Doch auch den würde sie überwinden.

Jetzt aber war es ein kurzes Aufblitzen, das sie erschreckte. Nach einer scharfen Linkskurve hatten die Scheinwerfer für den Bruchteil einer Sekunde weit vorn einen Gegenstand getroffen, der stark reflektierte. Etwas, das nicht in diesen bewaldeten Steilhang passte. Larissa trat sanft auf die Bremse und blendete die Scheinwerfer mehrmals auf und ab. Doch ihr Strahlungswinkel schien nicht mehr für eine neuerliche Reflexion zu passen. Sie drosselte das Tempo weiter und behielt jenen Punkt im Auge, von dem das kurze Aufblitzen ausgegangen war – noch schätzungsweise knapp 200 Meter auf diesem geraden Wegstück entfernt. Sie versuchte, sich den weiteren Verlauf der Strecke in Erinnerung zu rufen. Möglicherweise gab es da vorn eine Ausweichstelle. Oder zweigte dort ein anderer Weg ab? Wie weit war sie eigentlich schon unten? Tausend Fragen, tausend Gedanken. Allzu weit konnte es nicht mehr sein, bis der steile Weg den Talgrund erreichte.

Sekunden später war das Reflektieren wieder da. Metall glänzte, ein ausgeschalteter Scheinwerfer zeichnete sich ab. Einer. Nur einer.

Larissas Herz begann wie wild zu pochen. Da stand ein Motorrad. In einem abzweigenden Weg geparkt. Um diese Zeit? Hier? Sie sah auf die Uhr im Armaturenbrett. 23.50 Uhr. Hier durften doch nur Anrainer fahren.

Larissa nahm erleichtert zur Kenntnis, dass ihr das Motorrad den Weg nicht versperrte. Sie konnte also daran vorbeifahren. Also Gas geben und flüchten?

Noch zögerte sie, blendete beim langsamen Näherkommen die Scheinwerfer auf – und erschrak erneut: Auf der kleinen Maschine saß eine Person. Mit dunklem Schutzhelm.

51

Der Tag war ziemlich anstrengend gewesen. Kaum war Larissa gegangen, hatten Josefina, Aleen, Jensen, Falkenstein und Mullinger noch kurz über die Zeichen der Offenbarung gesprochen – vor allem aber, was diese Posaunen bedeuten sollten. Falkenstein war als Theologe zu der Überzeugung gelangt, dass man es vermutlich mit einem religiös besessenen Menschen zu tun hatte, der mit den Zukunftsängsten spielte oder sich selbst als einen Messias betrachtete.

»Aber keiner außer dir«, hatte Jensen provokant entgegen gehalten, »kennt sich doch in unseren Kreisen mit diesen apokalyptischen Prophezeiungen der Bibel so gut aus.«

Falkenstein war leicht verstimmt gewesen und nicht mehr bereit, über dieses Thema zu reden. Er beschloss, die Diskussion auch nicht unnötig anzuheizen. Er wollte ohnehin bereits am morgigen Sonntag wieder ins Tal zurück gehen. Auch Aleen, die sich normalerweise sehr stark an theologischen Themen und Theorien interessiert zeigte, hatte ihre Begeisterung dafür verloren.

Josefina stieß mit ihrem zaghaften Vorschlag, mit dem Geist der verstorbenen Karin Kontakt aufzunehmen, auf keinerlei Gegenliebe. »Dazu wäre gewiss unsere Konzentration heute zu schwach«, wandte Falkenstein ein, der ohnehin von derlei Experimenten nichts hielt. Und wenn er sich gelegentlich schon daran beteiligt hatte, dann war es nur die Neugier gewesen, die ihn dazu bewog. Schließlich war das menschliche Gehirn so komplex und wundersam, dass es sich allemal lohnte, etwaigen suggestiven Kräften auf die Spur zu kommen. Niemand konnte jedenfalls bestreiten, dass Sympathie und Antipathie, wie man sie innerhalb eines Sekundenbruchteils empfand, auch auf mögliche Energiefelder zurückzuführen waren, über die eine geistige Kommunikation denkbar wäre. Vielleicht sogar eine, für die die Grenzen, wie sie die Lichtgeschwindigkeit der elektronischen Telekommunikation setzte, gar nicht galten. Falkenstein war davon überzeugt, dass zumindest in militärischen Laboratorien längst an dieser Frage herumexperimentiert wurde. Doch darüber wollten sie zu später Stunde nicht mehr diskutieren und entschieden, sich in die Schlafräume zurückzuziehen.

Während Jensen und Falkenstein sehr schnell in einen tiefen Schlummer fielen, lag Mullinger ein paar Meter von ihnen entfernt noch wach. Er sah in die Finsternis hinein, in der sich lediglich das Dachfenster mit dem sternenklaren Himmel abzeichnete. Der junge Mann bemühte sich, regungslos dazuliegen, um die anderen nicht zu stören. Er war von den Gesprächen und Ereignissen viel zu sehr aufgewühlt, als dass er jetzt hätte schlafen können. In welche Gesellschaft war er da geraten? So viele unterschiedliche Charaktere, überlegte er: Josefina, die als gottesfürchtige Frau vom Leben in dieser Landschaft geprägt war; Aleen, die ihren Job satthatte und sich eher den elementaren Fragen des Lebens widmen wollte; Jensen, der so etwas wie das ›realistische Gewissen‹ dieser Gruppe war und die esoterisch angehauchten Gedankengänge ausbremste; Falkenstein, der eine Art theologischer Berater war, mit dem man sich über Gott und die Welt unterhalten konnte. Und dann war da noch dieser Fischer, rief sich Mullinger ins Gedächtnis – dieser Apotheker, der es vorgezogen hatte, ihn zwar im Hallenbad und an der Seilbahn zu erschrecken, aber nicht zur Hütte hochzufahren. Außerdem gab es noch Uwe Astor, der offenbar auf dem Campingplatz hauste und erst am morgigen Sonntag kommen würde.

Wie erfrischend war dagegen diese Larissa gewesen. Er hatte allergrößte Mühe gehabt, sie nicht den halben Tag über anzuhimmeln. Dass sein Traum, sie möglichst schnell kennenzulernen, so schnell in Erfüllung gehen würde, hätte er gestern Vormittag, als er sie vom Hallenbad aus über den Campingplatz hatte gehen sehen, nicht zu hoffen gewagt. Doch nun war sie so plötzlich vor ihm gestanden – und dies in einer Umgebung, in der er ihr seine Gefühle nicht offenbaren konnte. Larissa. Ein Traum von einer Frau. Und doch so unendlich traurig. Natürlich wäre es in dieser Situation völlig unpassend gewesen, einen Annäherungsversuch zu starten. Aber immerhin hatten sich ihre Blicke einige Male vielsagend getroffen. Ob er sie jedoch so deuten durfte, wie es seinen Wunschträumen entsprochen hätte, blieb ihm vorläufig rätselhaft. Larissa war jedenfalls schuld daran, dass er nicht schlafen konnte. Vor Mullingers Augen begannen grauschwarze Ornamente zu tanzen, wie immer, wenn er mit weit offenen Augen in die Finsternis starrte. Manchmal formten sich diese Schleier sogar zu Gesichtern – und sie blieben hartnäckig erhalten, selbst dann, wenn er die Augen schloss.

Einbildung, Fantasie – die Eigendynamik einiger aufgewühlter Synapsen im Gehirn? Oft schon hatte sich Mullinger auf diese Gesichter konzentriert, die seltsamerweise meist Brillen trugen. Einmal glaubte er sogar, seine verstorbene Oma erkannt zu haben. Doch alle anderen Gesichter, die ihm in solchen wachen Nächten oder wenn er tagsüber zu schlafen versuchte, ins Unterbewusstsein projiziert wurden, kannte er nicht. Sie tauchten auf und verschwammen, während sich neue formten und wie bei einer Computer-Animation seitlich oder nach oben entschwanden. Wenn dieser Film ablief, konnte er sich auch nicht dagegen wehren. Andererseits war dieses Phänomen aber nicht bewusst herbeizuführen.

Mullinger hätte nicht sagen können, wie lang er schon so da lag, an Larissa dachte, zum Dachfenster sah und dann wieder die Augen schloss, um sich von den grau-schwarzen Schlieren neue Gesichter vorführen zu lassen. Doch dann war da plötzlich ein Geräusch. Dumpf, kurz, nicht sonderlich laut. Aber es passte nicht in die Nacht. Mullinger hielt den Atem an. All seine Sinne waren in Alarmbereitschaft versetzt, denn seinem Körper war ein gewaltiger Adrenalinstoß verpasst worden. Schritte? Eine Holzdiele knarrte. Nur ein einziges Mal. Aber vernehmbar.

Mullinger atmete flach. Stille. Totenstille. Nicht ganz. Das gleichmäßige Atmen von Jensen und Falkenstein war zu hören. Die beiden schliefen tief und fest. Vermutlich war der Rotwein daran schuld, dem sie nach Larissas Weggang wieder reichlich zugesprochen hatten.

Mullinger lauschte angestrengt. Die Stille, wie er sie in dieser Nacht bisher nicht bewusst wahrgenommen hatte, wirkte plötzlich bedrohend. War es wirklich still? Mullinger glaubte, ein sanftes Rauschen zu hören. Ohrengeräusche? Der Blutdruck? Sein Schädel brummte. Hatte er doch schon geschlafen und dieses dumpfe kurze Poltern nur geträumt? Doch da war wieder etwas. Ein kaum vernehmbares Klicken, ganz weit entfernt. Von unten. Vielleicht war eine der beiden Frauen von nebenan zur Toilette gegangen, suchte er nach einer beruhigenden Erklärung. Josefina oder Aleen.

Aber warum schlich sie dann durch die Hütte? Außerdem gab es hier oben auch eine Toilette. Mullinger war nach diesem Klicken davon überzeugt, dass es von unten gekommen war. Verursacht durchs Öffnen der Haustür.

Er beschloss, der Sache auf den Grund zu gehen, schlug die Wolldecke vorsichtig zur Seite und tastete nach seiner winzigen LED-Taschenlampe, die er neben die Matratze gelegt hatte. Der dünne Lichtschein reichte aus, um ihm Orientierung zu verschaffen. Er schlüpfte in Jogginghose, Pullover und Hüttenschuhe, kämpfte dabei gegen die Auswirkungen des Alkohols und schlich mit wenigen Schritten zur Tür, die einen Spalt weit offen stand. Dass die Dielen zweimal knarzten, war nicht zu vermeiden, doch Falkenstein und Jensen schliefen weiter.

Mullinger ließ den Strahl seiner Lampe durch den schmalen Flur zucken, sah, dass auch die Tür zum Schlafraum der Frauen nur angelehnt war, und wandte sich der nach unten führenden Holztreppe zu. Dort war es stockfinster. Er knipste trotzdem die Lampe aus, griff zum Geländer und folgte ihm Schritt für Schritt langsam abwärts – sanft mit den weichen Hüttenschuhen auftretend, um möglichst kein Geräusch zu verursachen.

Der untere Flur zeichnete sich in der Dunkelheit ab, weil durch ein Fenster das sanfte Dunkelgrau der Sternennacht hereindringen konnte. Die Haustür, so erkannte Mullinger beim weiteren Herabkommen, stand jedenfalls nicht offen. Er hatte inzwischen die letzte Stufe verlassen und entschied, in den Wohnraum hinüber zu schleichen, dessen Tür halb offen war. Jetzt hatten sich seine Augen an die Dunkelheit gewöhnt, sodass er die Umrisse des Mobiliars erkennen konnte. Er achtete darauf, weder an den Stühlen noch am Tisch anzustoßen und tastete sich zu jenem Fenster, von dem er wusste, dass von dort aus die Terrasse und der Steilhang vor der Haustür zu überblicken war.

Für einen Augenblick kam er sich schäbig vor. Er schlich hier als Gast durch die Hütte und maßte sich an, die anderen zu überwachen. Vielleicht waren Josefina oder Aleen nur rausgegangen, um eine Zigarette zu rauchen. Aber keine von beiden hatte er den Tag über mit einem Glimmstängel gesehen.

Möglich aber auch, dass eine der beiden Frauen genau wie er nicht einschlafen konnte, und nur frische Luft schnappen wollte. Allerdings war es in dieser Höhe viel zu kalt, um mitten in der Nacht im Freien zu stehen. Dass sich diese Person entsprechend angezogen hatte, erschien Mullinger ziemlich unwahrscheinlich, denn dies hätte im Schlafraum gewiss Lärm verursacht. Gerade das aber hatte sie wohl vermeiden wollen – zumindest deutete ihr Verhalten darauf hin, das Mullinger wie ein vorsichtiges Schleichen vorgekommen war. Er versuchte, mit solchen Gedanken sein schlechtes Gewissen zu beruhigen und seine nächtliche Observation zu rechtfertigen. Ihn hatte ohnehin den Tag über das Gefühl beschlichen, dass nach Karins Tod jeder dem anderen ein gewisses Maß an Misstrauen entgegen brachte. Auch ihm selbst, das hatte er bereits gestern nach seiner Ankunft zu spüren bekommen, waren sie alle mit Skepsis begegnet. Kein Wunder natürlich, schließlich war er der Neuling in diesem elitären Kreis.

Während dieser Gedanken hatte er das Fenster erreicht und den durchsichtigen Vorhang an einer Ecke leicht von der Wand abgehoben. Er musste den Kopf dicht an den rechten Fensterrahmen heranbringen, um einen günstigen Sichtwinkel nach links zu erhalten. Die Schwärze der Nacht schien jedoch alles einzuhüllen. Erst als sich Mullingers Augen an diese Verhältnisse gewöhnt hatten, hoben sich die Bergriesen tiefschwarz vom Himmel ab. Dann erkannte er die Konturen des Geländers, das die Terrasse umgab, und sah im schemenhaften Sternenlicht, beinahe schon außerhalb seines Sichtwinkels, am Steilhang eine Person stehen. Genau an jener Stelle, an der es ein Mobilfunknetz gab.

Mullingers Pulsschlag beschleunigte sich noch mehr. Er hatte also recht gehabt. Es konnte nur eine der beiden Frauen sein. Die Lichtverhältnisse waren aber viel zu schlecht, um mehr als eine undeutliche Silhouette erkennen zu können. Trotzdem war er sich ziemlich sicher, um wen es sich handelte. Nur hatte er keine Erklärung dafür. Bei genauerem Betrachten schien es ihm, als deuteten Haltung und Gestik darauf hin, dass diese Person tatsächlich telefonierte.

52

Larissa hatte gerade Vollgas geben wollen, als das Motorrad wie ein aufgeschrecktes, dunkles Ungeheuer vor ihr in den Forstweg einbog, dabei den Scheinwerfer aufflammen ließ und talabwärts fuhr. Es war tatsächlich nur eine kleine Maschine. Und jetzt war auch das Kennzeichen zu sehen. Ein deutsches. GP für Göppingen. Das Motorrad schien für einen Moment ins Schleudern zu geraten, Schottersteine spritzten rechts in blühende Stauden. Larissa war zutiefst erschrocken und ein paar Sekunden gar nicht in der Lage, die Situation zu erfassen. Sie ließ ihren Geländewagen einfach dahinrollen, ohne Gas zu geben oder zu bremsen. Erst als an dem Motorrad das rote Bremslicht aufleuchtete und sich der Abstand zu ihm verringerte, trat sie apathisch auf die Bremse. Das Zweirad verlangsamte immer mehr und schien sie ausbremsen zu wollen. An ein Überholen war auf diesem schmalen Weg nicht zu denken. Larissas Herz schlug in Panik. Ihr wurde bewusst, dass sie in eine Falle gelockt worden war. Würde sie anhalten, hätte sie erst recht keine Chance, zu flüchten. Soweit sie sich entsinnen konnte, gab es auf diesen letzten paar hundert Metern bis ins Tal keine einzige Möglichkeit mehr zum Wenden. Allenfalls noch in einer dieser Serpentinen, doch bis sie auf diesem steinigen Untergrund umgedreht hätte – was trotz ihres Vierradantriebs einiges Geschicks bedürfte –, wäre diese Person bei ihr gewesen, um sich ihr in den Weg zu stellen. Und dann? Sollte sie jemanden überfahren? Vielleicht jemanden, den sie kannte?

Sie prägte sich das Kennzeichen ein. Mehr würde sie zu dem Motorrad nicht sagen können. Sie kannte sich mit solchen Fahrzeugen nicht aus.

Noch rollten sie dicht hintereinander langsam bergabwärts, und es gab die Chance, der Ortschaft Haldensee möglichst nah zu kommen. Larissa schickte ein Stoßgebet zum Himmel, es möge alles nur ein Zufall sein, dass das Motorrad vor ihr in den Weg eingebogen war. Doch dass so ein Zusammentreffen um diese Zeit auf einem gesperrten Wirtschaftsweg, noch dazu mit einem deutschen GP-Motorrad, ungeplant erfolgte, konnte natürlich kein Zufall sein. Niemals. Und das Verhalten des Fahrers ließ keinen Zweifel daran aufkommen, dass er es auf sie abgesehen hatte. Er? Wie kam sie darauf, dass es ein Mann sein musste?

Larissa zitterte am ganzen Körper. Vergeblich griff sie mit einem Arm auf den Rücksitz, wo irgendwo die Handtasche mit dem Handy liegen musste. Doch so sehr sie sich auch verrenkte, sie bekam sie nicht zu fassen. Im selben Augenblick leuchtete der Weg vor ihr wieder blutrot. Bremslichter. Das Motorrad wurde noch langsamer. Larissa hielt Abstand und bremste. Verdammt noch mal, durchzuckte es sie, wo war der Knopf für die Zentralverriegelung? Über der Mittelkonsole oder links beim Türöffner? Sie überflog die glimmenden Diodenleuchten, die Kontrollen für ABS und EPS, die Anzeige für den Tempomaten und die Symbole für die elektrischen Fensterheber, die Heckheizung, die Klimaanlage. Aber wo war die Zentralverriegelung? Oder verriegelte sich der Wagen während der Fahrt automatisch?

Larissas rechter Fuß presste wie verkrampft das Bremspedal des Automatik-Wagens nieder, um ihn vollends zum Stillstand zu bringen. Denn das Motorrad hatte einen knappen Linksbogen beschrieben und angehalten. Die Beine des Fahrers berührten den Boden. Jetzt war der Weg versperrt.

Die Person schwang sich mit ihrer Schutzkleidung elegant vom Sitz und bockte die Maschine mit einem kräftigen Ruck auf. Larissa starrte auf die gespenstische Szenerie vor ihr. Gleich würde die Person auf sie zukommen. Noch trug sie den Schutzhelm, in dem die Lichter des Geländewagens reflektierten. Es war wie eine Maskierung, durchzuckte es Larissa. Womöglich blitzte gleich eine Waffe auf.

Larissas panischer Blick erfasste endlich die gelbe Glimmleuchte für die Zentralverriegelung. Mit zitterndem Finger drückte sie auf den Knopf und nahm das satte Einrasten der Schließmechanismen wie eine Erlösung wahr.

Aber was half ihr dies? Ein Schuss durch die Windschutzscheibe, und sie hätte keine Chance mehr. Sie musste an ihre Mutter denken, die gestern kaltblütig ermordet worden war. Wer so etwas tat, schreckte vor weiteren Morden nicht zurück. Im Bruchteil einer einzigen Sekunde jagten Tausende Gedanken durch ihren Kopf. Hatte dies alles mit dem Flugzeugabsturz ihres Vaters zu tun? War dieses Unglück gar kein Zufall gewesen? Aber warum richtete sich der Hass irgendwelcher Verbrecher auch gegen ihre Mutter – und jetzt sogar gegen sie?

Larissa umklammerte das Lenkrad, spürte, wie ihr Fuß auf dem Bremspedal zu schmerzen begann und starrte nach vorn, wo die abgeblendeten Scheinwerfer ihres Autos eine Szenerie erhellte, als würde sie für einen Kriminalfilm ausgeleuchtet. Die Person, die in schwarze Motorradkleidung gehüllt war, kam wie in Zeitlupe auf sie zu. Bewegung und Gestalt ließen keinen Zweifel daran, dass es eine Frau war. Larissa nahm's erleichtert zur Kenntnis. Obwohl sie das Gesicht unterm Schutzvisier des Helms nicht erkennen konnte, erschien es ihr, als sei das Allerschlimmste noch einmal an ihr vorübergegangen. Aber, so meldete sich eine innere Stimme, warum sollte diese Frau nicht minder grausam und kaltblütig sein wie ein Mann?

Nur schätzungsweise 20 Schritte trennten sie voneinander. Larissa stockte der Atem, in ihrem Kopf dröhnten dumpfe Schmerzen. Sie fühlte sich einer Ohnmacht nahe. Noch 15 Schritte. Die Frau hob die Arme und machte Bewegungen, die Larissa nicht einzuordnen vermochte. War es ein freundliches Winken? Waren es Zeichen, die nach Hilfe verlangten?

Als sie noch wenige Schritte von der linken Fahrzeugseite entfernt war, griff die Frau zu ihrem Helm, löste die Schnallen und nahm ihn ab. Ihr Gesicht war zu einem Lächeln verzogen. Larissa schwankte zwischen Erleichterung, ungläubigem Staunen und panischer Angst. War es ein überhebliches, ein triumphierendes Lächeln, das sie sah? Oder ein sympathisches? Larissas Kehle war trocken, ihr ganzer Körper bebte. Sie fror.

53

Die Frau da draußen telefonierte tatsächlich. Es war eindeutig Aleen. Mullinger stand seit fünf Minuten dicht an den Fensterrahmen gedrückt und seine Augen hatten sich inzwischen erstaunlich gut an die Dunkelheit gewöhnt. Er sah, wie die Frau immer mal wieder gestikulierte, als wolle sie ihrem Gesprächspartner zum wiederholten Mal etwas ganz Wichtiges schildern. Was hatte Aleen zu dieser späten Stunde so Bedeutsames zu besprechen? Geschäftlich konnte es wohl kaum sein, überlegte der junge Mann. Okay, dachte er, vielleicht gab es irgendeinen Liebhaber, mit dem sie nach den stressigen Stunden des Tages noch einige erotische Worte wechseln wollte. Aber ganz so gemütlich war es da draußen bestimmt nicht. Mullinger schätzte die Temperatur in dieser Höhe auf maximal sieben Grad.

Plötzlich wurde ihm bewusst, dass er sich wieder unbemerkt davon schleichen musste. Zumindest bis zum oberen Flur sollte ihm dies gelingen. Würde er dann von den anderen ertappt, konnte er sich schnell in die Toilette retten, um einen Grund für sein Wachsein vorzutäuschen.

Er ließ den leicht angehobenen Vorhang langsam in seine natürliche Position zurückgleiten und schlich vorsichtig zur halb offenen Zimmertür zurück, um im Flur kurz zu verharren und in die Stille zu lauschen. Mit ein paar vorsichtigen Tritten würde er in wenigen Sekunden wieder das Obergeschoss erreichen.

Gerade dabei, den ersten Schritt zu den tiefschwarzen Konturen der Treppe zu wagen, versetzte ihn das kurze Klicken der Haustür augenblicklich in eine Schockstarre. Mullinger war das Entsetzen in alle Teile seines Körpers gefahren. Vorwärts, zurück, weg, verschwinden, unsichtbar werden.

Tausend Befehle in einem einzigen Moment. Weder Geist noch Körper waren in der Lage, auf diese panischen Widersprüche vernünftig zu reagieren. Wertvolle Sekundenbruchteile verstrichen, während derer sich die Eingangstür langsam nach innen aufschob. Erst jetzt hatte Mullingers Instinkt die Gewalt über alle Systeme des Körpers an sich gerissen. Flucht. Flucht. Nichts wie weg. Der junge Mann drehte sich blitzartig um und hechtete mit zwei Sprüngen in den Wohnraum zurück.

Zu spät aber, um nicht wahrgenommen zu werden. Er drückte sich zwar im Schutz der nach innen geschwenkten Tür an die Wand. Doch mehr als ein unbedachtes, geradezu lächerlich anmutendes Versteckspiel war das nicht.

»Hallo, ist da jemand?« Aleens schrille Stimme ließ darauf schließen, dass auch sie überrascht worden war. Sie stand im Flur, gleich ums Eck.

Sekunden verstrichen wie halbe Ewigkeiten. Mullingers Verstand begann langsam wieder zu arbeiten.

»Hier ist doch jemand.« Aleen klang verunsichert. Sie hatte aber den Mut, sich dem Wohnraum zu nähern und die Tür, die sich im Dunkeln abzeichnete, zaghaft ganz nach innen aufzudrücken.

Es hatte keinen Zweck mehr, sich zu verstecken, beschloss Mullinger. »Entschuldige«, murmelte er und versuchte, so ruhig wie möglich zu wirken, obwohl ihn die innere Panik übermannt hatte. Er wusste nicht mehr, wohin er seine Taschenlampe gesteckt hatte. »Ich bin's ich, ich, der Jonas, Jonas Mullinger«, stammelte er und kam um die offene Tür herum.

Die beiden Personen standen sich als schwarze Schatten gegenüber.

»Was treibst du dich hier unten rum?«, fragte Aleen jetzt schon wieder gefasster und energisch. »Ich …« Mullinger schluckte. »Ich hab Durst. Ich hab was Trinkbares gesucht.«

»Hier?« Aleens Zweifel waren unüberhörbar. »Weißt du nicht, dass der Kühlschrank da drüben in der Küche steht?«

»Doch, doch. Jetzt, wo du's sagst, schon, ja.« Er wusste, dass er jetzt selbstbewusst auftreten musste, obwohl ihm dies angesichts des rasenden Pulses schwerfiel. »Ich bin zu Tode erschrocken, als die Haustür aufgegangen ist.«

»Entschuldige«, sagte sie überlegen, »aber in einer Berghütte musst du immer damit rechnen, dass nachts mal einer rausgeht.«

»Okay«, zeigte sich Mullinger über ihre Gelassenheit erleichtert, »aber ich hab hier unten mit niemandem gerechnet«, log er. »Denn die Toiletten sind doch oben.«

»Wenn man nicht schlafen kann, wirken ein paar Atemzüge frische Bergluft manchmal Wunder«, erwiderte sie. »Solltest du auch mal probieren, wenn's dir da oben zu stickig ist.«

»Du bist da draußen gewesen?«, täuschte er Verwunderung vor. »Ganz allein? In dieser stockfinsteren Nacht. Hast du keine Angst?«

»Angst?« Sie sprach das Wort so aus, als sei es für sie völlig fremd. »Angst vor wem denn? Hier oben? Hier gibt es keine Verbrecher.« Sie wirkte jetzt entspannt. »Jonas, du solltest dich freimachen von den Bürden, die dir der Alltag auferlegt. Entspann dich. Hier oben brauchst du keine Angst zu haben. Auch nicht, wenn dich des Nachts mal seltsame Geräusche umgeben.«

Mullinger roch ihr herbes Parfüm, das ihm bereits am Nachmittag so angenehm in die Nase gestiegen war.

»Und jetzt komm einfach wieder mit hoch.« Es klang

wie eine Aufforderung, geradezu erotisch. Dass er ihr in der Finsternis folgte, ohne zuvor noch den angeblichen Durst zu löschen, hatte er völlig übersehen. Aleen hingegen nahm es durchaus zur Kenntnis.

54

Wieder ein Wochenende, an dem Häberles Ehefrau Susanne auf die traute Zweisamkeit verzichten musste. Zwar hatte er ihr vorgeschlagen, ihn zu dieser dienstlich genehmigten Reise im privaten Wohnmobil zu begleiten. Doch so gern Susanne in ihr geliebtes Tannheimer Tal gekommen wäre, hatte sie es dennoch vorgezogen, ihn bei seinen Ermittlungen allein zu lassen. Sie wusste, dass solche Einsätze sehr zeitaufwendig waren und August dann gern von einer Vernehmung zur nächsten hetzte, um vor Ort möglichst viele Erkenntnisse zu gewinnen. Er hatte sich vorgenommen, auf dem Campingplatz in Grän als alleinstehender Rentner aufzutreten, der gern große Wandertouren unternahm. Die Personen, die er dabei genauer unter die Lupe nehmen wollte, waren ihm von Grantner geschildert worden.

Häberle war in Urlaubslaune, als er mit dem kleinen weißen Wohnmobil, das inzwischen schon zwölf Jahre auf dem Buckel hatte, über die A7 dem Alpenpanorama entgegen fuhr. An diesem Sonntag war wenig Verkehr, sodass er mit dem 130-PS-Motor zügig vorankam, obwohl der Alkoven über der Fahrerkabine aerodynamisch wie ein Kleiderschrank im Wind stand.

Jedes Mal, wenn er in die Berge fuhr, beflügelte ihn der

Anblick der Alpenkette, die sich bei einigermaßen klarer Witterung schon ab dem Rasthaus ›Allgäuer Tor‹ im dunstigen Blau des Horizonts abhob. Allerdings lagen heute bereits dicke Quellwolken über ihr.

Susanne hatte ihm das Notwendigste in den Wagen gepackt. Wenn es sein musste, konnte sich Häberle einige Tage aus Dosenvorräten versorgen. Außerdem hatte er 110 Liter Frischwasser dabei und auch genügend Wasser für die Toilettenspülung. Häberle liebte es, auf diese Weise autark zu sein. Allerdings hatten es die Politiker wieder einmal geschafft, den Menschen auch diese kleine Freude zu vergällen. Seit diese Umweltzonen eingerichtet waren, mit denen Deutschland im Alleingang glaubte, die Welt vor dem klimatischen Untergang zu retten, waren Wohnmobile wie das seine von vielen Städten ausgesperrt worden. Die Dieselmotoren, noch vor zwölf Jahren so gepriesen, als käme astreines Kölnisch Wasser aus den Auspuffrohren, galten inzwischen als ›Stinker‹, die – wenn überhaupt – allenfalls eine rote Umweltplakette erhielten. Falls nachgerüstet werden konnte, um einen grünen Aufkleber zu erhalten, war dies sündhaft teuer, hatte Häberle festgestellt. Auch jetzt, als er an diesen deutschen ›Aktionismus‹ denken musste, wie er es jedes Mal bezeichnete, überkam ihn der blanke Zorn über diese hirnrissige Umweltaktion, die nichts weiter war, als eine gigantische Vernichtung von Volksvermögen: Anstatt die Altfahrzeuge zu dulden, wurden beispielsweise auch kleine Handwerker gezwungen, sich neue Klein-Lkws anzuschaffen, um überhaupt noch zur Kundschaft in den Umweltzonen gelangen zu können. Gleichermaßen davon betroffen waren die Besitzer von Wohnmobilen, deren Basisfahrzeuge aus solchen Klein-Lkws bestanden. Aber wer konnte es sich schon leisten, alle paar Jahre ein neues Wohnmobil zu kaufen? Die meisten wurden über Jahrzehnte hinweg genutzt und stellten gewiss mit ihrer vergleichsweise geringen Kilometerleistung keine Gefahr fürs globale Klima dar. Zumindest nicht gemessen an dem, was aus Industrieschornsteinen schlotete, was der millionenfache Schwerlastverkehr in die Luft blies oder gar Ozeanriesen in die Atmosphäre jagten. Im Übrigen hatte Häberle erst jüngst gelesen, dass sogenannte Umweltzonen die Luft in den Städten nicht wirklich verbesserten. Und als er neulich einen Franzosen gefragt hatte, wie er's denn mit diesen Plaketten halte, war er nur auf ein mitleidiges Lächeln gestoßen. Das gesamte EU-Ausland, so Häberles Eindruck, belächelte die Deutschen ob ihres bürokratischen Aktionismus mal wieder.

Häberle wollte sich aber die Urlaubslaune nicht verderben lassen, auch wenn er dienstlich unterwegs war. Häberle verließ die A7 bei Oy und folgte auf der Landstraße der Beschilderung in Richtung Schattwald. Die Ausläufer der Alpen ragten jetzt vor ihm majestätisch in die Höhe. Vorbei am Oberjoch-Pass, von dem aus es nach Hindelang und Oberstdorf hinabging, steuerte Häberle in weiten Bögen auf die österreichische Staatsgrenze zu, die heute nur noch an den Hinweisschildern zu erkennen ist. Wenig später tat sich das beschauliche Tannheimer Tal auf, das sich vielen Touristen zunächst mit einer Esso-Tankstelle präsentierte, vor deren Zapfsäulen ob der bisweilen günstigeren Spritpreise manchmal Dutzende Autofahrer geduldig warteten. Dass es diesmal nicht so war, lag an den österreichischen Kraftstoffpreisen, die sich jenen in Deutschland angeglichen hatten, wo das Kartellamt für die regelmäßigen Preissprünge der vier großen Ölmultis allergrößtes Verständnis aufbrachte. Angeblich, so hatte es gerade erst in den Radionachrichten geheißen, sei sehr wohl nachvollziehbar, weshalb sie alle gleichzeitig zu demselben, natürlich knapp und scharf errechnetem betriebswirtschaftlich kalkulierten Literpreis gelangten. Einige Politiker hatten sich zwar dafür starkgemacht, den Mineralölmultis bürokratische Bürden aufzuerlegen – aber mehr als ein lächerlicher Aktionismus war auch die Forderung nicht, die Preise nur einmal täglich verändern zu dürfen.

Häberle ärgerte sich, schon wieder über Politik nachgedacht zu haben. Schließlich hatte er das große Glück, heute das Hobby mit dem Dienstlichen verknüpfen zu können. Die Sonne, die im Osten schon deutlich über die hohen Berge geklettert war, blendete ihn, als er den Kreisverkehr am Ortsausgang von Schattwald verließ und sich Zöblen näherte, das seit einigen Jahren weiträumig umfahren werden konnte. Vor ihm war bereits der charakteristische Zwiebelturm der Tannheimer Kirche zu erkennen, dahinter die Seilbahn zum Neunerköpfle, wo an diesem herrlichen Sonntag sicher wieder jede Menge Gleitschirmflieger starten würden. Allerdings braute sich links drüben am Aggenstein eine Nebelschwade zusammen.

Vorbei an der Talstation des Neunerköpfles, die bereits mehrfach in den Akten dieses Falles genannt worden war, rollte das Wohnmobil noch knapp einen Kilometer weiter, ehe Häberle den Blinker nach links setzte und nach Grän abbog. Beim Vorbeifahren an der Polizeiinspektion überlegte er für einen kurzen Moment, ob er den Kollegen gleich einen Besuch abstatten sollte. Dann jedoch entschied er, sich zunächst auf dem Campingplatz anzumelden. Dieser lag außerhalb des Orts, an der Straße Richtung Pfronten und ein paar Höhenmeter über dem Zentrum.

Häberle parkte auf der Zufahrtsspur und stellte zufrieden fest, dass es auf dem Campingplatz noch genügend freie Stellplätze gab. Er betrat die geräumige Rezeption, die ihm von früheren Aufenthalten her vertraut war, und erklärte der Dame hinterm Tresen, dass er allein sei und ein paar Tage bleiben wolle – je nach Wetterlage.

Die Formalitäten waren rasch erledigt, und er durfte sich einen Stellplatz frei wählen. Allerdings ärgerte ihn, dass er fürs Wlan-Netz, das ihm per Laptop den Zugang zum Internet ermöglichte, eine extra Gebühr entrichten musste. Wenn er privat hierher kam, brauchte er einen solchen Anschluss nicht, doch heute erschien es ihm sinnvoll, auf diese Weise Kontakt zu seiner Dienststelle halten zu können – obwohl ihn allein schon die Mitnahme des Laptops Überwindung gekostet hatte.

»Ach ja«, sagte er im Hinausgehen, als fiele ihm die Frage jetzt erst ein, »ich suche ein paar Bekannte hier. Können Sie mir sagen, ob sie schon hier sind und wo ich sie finde?«

Die wortkarge Dame hinterm Tresen wandte sich ihrem Computer zu. »Wie heiß'n denn die Herrschaft'n?«

»Fischer, Falkenstein und Astor«, erwiderte Häberle so schnell, dass keinerlei Zweifel an der Freundschaft zu ihnen bestehen konnte.

»Ach, der Herr Astor«, nickte die Frau, »ein Dauergast bei uns. Gleich vorn, wenn Sie reinfahren links, hinterm Kreuz.« Sie klickte ein paar Mal mit der Computermaus. »Die Fischers stehen dort nur drei Plätze weiter. Und …«, wieder das Mausklicken, »… die Falkensteins habe ich im oberen Teil. Wenn Sie reinfahren rechts am Sanitärgebäude entlang und dann links zum Zaun hin.«

»Herzlichen Dank«, bedankte sich Häberle ebenso freundlich und ging zu seinem Fahrzeug zurück. Er ließ das Wohnmobil mit dem Göppinger Kennzeichen MM 600 den asphaltierten Weg in den Platz hinabrollen und sah links vor sich das beschriebene Holzkreuz. Ein kurzer Blick zum Himmel genügte, um abschätzen zu können, wo es zu dieser Jahreszeit nicht allzu schattig war. Häberle entschied sich für die linke Reihe, in der nur zwei Wohnmobile standen. Er parkte rückwärts in die ausgewiesene Parzelle ein, schloss sein Stromkabel an den Steckdosenverteiler an und genoss die frische Bergluft. Wer ihn so sah, wie er in Jeanshemd und Freizeithose um das Wohnmobil ging, aus einer schmalen Klappe Campingstuhl und –tisch herausholte und vor dem Wagen aufstellte, der konnte ihn tatsächlich für einen abenteuerlustigen Rentner halten, der sich ein paar Ferientage im Tannheimer Tal gönnte.

Er brühte sich einen Kaffee, aß eine Butterbrezel, die er noch schnell unterwegs gekauft hatte, und legte sich einen Plan für die weitere Vorgangsweise zurecht. Dass in diesem Moment sein Handy läutete, empfand er als ziemlich störend. Auf dem Display war die Nummer der Göppinger Dienststelle zu sehen.

»Ja, Häberle im Tannheimer Tal«, brummte er.

Es war Linkohrs Stimme, die sich meldete und ziemlich aufgeregt klang. »Sind Sie schon angekommen?«

»Gerade eben, ja. Sogar schon ins Internet eingeloggt – da staunen Sie, was? Und sagen Sie mir jetzt bloß nicht, ich soll dringend zurückkommen.«

»Nein, das nicht.« Linkohr wollte seine Nachricht offenbar schnell los werden. »Wir haben einen Anruf gekriegt. Von diesem Mullinger. Sie erinnern sich: der Student aus Geislingen.«

»Ja, natürlich.« Häberles Interesse stieg. »Der treibt sich doch auch hier rum, oder?«

»Er war bis heut' früh auf dieser Berghütte, an der die Kollegen aus Innsbruck dran sind.«

»Und zu der ich heut rauf will«, unterbrach ihn Häberle.

»Sollten Sie unbedingt tun«, kam Linkohrs Stimme zurück. »Dieser Mullinger fühlt sich anscheinend nicht mehr sicher. Er hat vergangene Nacht diese Aleen Maier-Dingsbums – Sie wissen schon, die mit dem Doppelnamen, die behauptet hat, in ihrem Haus würd's spuken – diese Dame aus Göppingen halt«, sprudelte es aus Linkohr heraus, »die soll ziemlich lang vor der Hütte gestanden sein und telefoniert haben. Mit wem und worüber, weiß er aber nicht.«

»Und wo ist dieser Mullinger jetzt?«

»Er will sich heut von der Gruppe trennen und auf dem Höhenweg zur Landsberger Hütte weitergehen. Liegt wohl irgendwo überm Vilsalpsee.«

»Kenn ich«, gab Häberle rasch zurück. »Haben Sie seine Handynummer?«

»Die Nummer war unterdrückt, und er will auch nicht zurückgerufen werden. Er will sich aber melden, sobald er wieder im Tal ist. Das dürfte heute Abend sein. Ich hab ihm Ihre Handynummer gegeben.«

»Warum will der nicht angerufen werden?«, fragte Häberle ungeduldig zurück.

»Er hat gesagt, es sei sinnlos, weil es da oben sowieso kein Funknetz gebe. Nachdem ich ihm gesagt habe, dass jemand von uns vor Ort ist, hat er versprochen, sich mit Ihnen in Verbindung zu setzen.«

»Wieso eigentlich mit uns? Bisher hat er's doch nur mit den österreichischen Kollegen zu tun gehabt.«

»Das müssen Sie ihn schon selbst fragen«, kam es zurück.

»Hat der Schiss?«

»Möglicherweise – aber weniger vor uns, als vielmehr vor dieser Hüttengesellschaft. Und vielleicht auch vor den österreichischen Kollegen.«

55

»Und das fällt ihm jetzt erst ein?« Chefinspektor Grantner sah vom Büro des Reuttener Bezirkspolizeikommandos zu den Berggipfeln hinauf, während ihm Platzko eröffnete, was sich an diesem Samstagvormittag bereits getan hatte. Sepp Obermoser, der Seilbahn-Angestellte von der Talstation, war am frühen Morgen gekommen, um seine Aussage vom Freitagnachmittag zu ergänzen. Ihm sei schlagartig eingefallen, dass er am Vormittags kurz vor Betriebsbeginn beim Parkplatz der Seilbahn einen Radfahrer gesehen habe. »Der sei wie ein Wanderer gekleidet gewesen – mit Rucksack. Also eher nicht wie ein Radfahrer«, fasste Platzko Obermosers Angaben zusammen. »Obermoser ist das jetzt wieder eingefallen, weil er ein solches Rad – es sei blitzblank und rot gewesen – gestern Abend im Gebüsch am Seilbahn-Parkplatz beim Skischulbüro gesehen hat. Heute früh war es aber verschwunden.«

»Und den Radler selbst, den kann er natürlich nicht beschreiben«, stellte Grantner leicht verstimmt fest.

»Nein, natürlich nicht. Dem Obermoser ist das alles erst hinterher auffällig erschienen. Wie halt Zeug'n so sind.«

Wie halt Zeugen so sind, echote es in Grantners Kopf verärgert nach. »Mein Gott, Platzko, jetzt sind zwei Tage vergangen. Da können S' einen solchen Hinweis glattweg vergess'n. Rote Fahrräder gibt's wahrscheinlich Hunderte in diesem Tal.«

Der junge Kollege nickte resignierend. »Die Göppinger haben angerufen. Mullinger soll sich telefonisch bei ihnen gemeldet haben – von der Hütte aus.«

»Mullinger?« Grantner wandte seinen nachdenklichen Blick von den Bergen. »Wie? Der ruft in Göppingen an?«

»Ja, hat wohl vergangene Nacht beobachtet, wie die Frau Dobler-Maifeld vor der Hütte telefoniert hat.«

»So? Beobachtet? Hat er denn auch was gehört?«

»Nein. Keinen Ton.«

»Und was ist daran so sensationell, dass er es gleich nach Deutschland meldet, wenn er sieht, dass eine Dame nächtens telefoniert?«

Platzko zuckte mit den Schultern. »Keine Ahnung. Er hat nur hinterlassen, dass er jetzt zur Landsberger Hütte weitergeht.« Der junge Kriminalist aus Innsbruck griff zu einem Notizzettel. »Vielleicht kann ich Sie mit was anderem aufmuntern.«

Grantner gähnte. Am liebsten hätte er die ganze Hüttenclique eingesperrt. Rein vorsorglich. »Sagen S' mal, Platzko, hab'n die da ob'n net olle a klaane Mack'n? Oder kommt mir das nur so vor?«

Platzko verkniff sich eine Bemerkung, um zwei weitere Neuigkeiten loszuwerden. »Das Labor hat das Ergebnis zu der Zwanzig-Milliliter-Einwegspritze geschickt. Leichte Antragungen von Remifentanil.« Er sah von seinen Notizen auf. »Das Zeug, mit dem Frau Waghäusl totgespritzt wurde.«

Grantner stützte seinen Kopf mit dem Unterarm auf der Schreibtischplatte ab und nickte nachdenklich. »Glaub'n S', dass einer so blöd ist, die Tatwaffe untern eigenen Wohnwagen zu legen?«

»Wohl kaum«, entgegnete Platzko. »Außerdem muss es nicht unbedingt die Tatwaffe sein. Denn an der Nadelspitze fanden sich keine Haut- oder Blutpartikel, die auf einen Einstich schließen lassen könnten.«

»Naja«, zweifelte Grantner, »die Nadel kann ja schnell und leicht abgewischt worden sein.«

»Ich seh schon«, seufzte Platzko, »Sie sind heute mit nichts zu begeistern.« Er griff zu einem weiteren Notizzettel. »Aber wie wär's mit dieser Nachricht: Ein Waldbauer hat gestern Nachmittag den Rucksack von Frau Waghäusl gefunden. Im Steilhang, abseits des Wanderwegs, der an der Seilbahn entlang zum Neunerköpfle rauffführt.«

»Und?« Grantners Interesse war geweckt.

»Alles da, was reingehört. Auto- und Hausschlüssel, Geldbeutel samt aller Dokumente, wie Ausweis, Führerschein, Kreditkarten – auch mit Bargeld. Und sogar ihr iPhone ist noch heil. Allerdings mit leerem Akku.«

»Der Täter hat den Rucksack also in der Seilbahn mitgenommen«, konstatierte Grantner.

»Ja. Vermutlich, damit man die Leiche nicht gleich identifizieren konnte. Nur so gibt es Sinn.«

»Er steigt dann aber droben mit zwei Rucksäcken aus der Bahn. Das müsste doch dem Menschen an der Bergstation der Seilbahn aufg'fall'n sein.«

»Naja, dieser Motatsch – so heißt der Angestellte – hat doch immerhin gemeint, der Mann, der mit der Frau hochgefahren sei, habe irgendetwas unterm Arm gehabt. Erinnern Sie sich nicht?«

Grantner nickte. »Natürlich erinner ich mich. Mein Eindruck war aber eher, dass der Seilbahn-Angestellte gepennt hat.«

»Was der Täter aber nicht einkalkulieren konnte.«

Der Chefinspektor musste sich eingestehen, dass Platzko recht hatte und wandte sich einem anderen Thema zu. »Wir müssen unbedingt dieses iPhone wieder in Gang setzen.«

»Ist schon in die Wege geleitet. Unsere Spezialisten werden den Pin-Code knacken.«

Platzko hob ein Blatt mit Computerausdrucken hoch. »Auch die Deutsche Telekom hat inzwischen reagiert.«

»Oh, welch ein Wunder. Am Wochenende?«, brummte Grantner. Immerhin hatten sie bereits am Freitagabend über die Staatsanwaltschaft die Verbindungsdaten von Waghäusls Handy-Vertrag angefordert. Grantner wusste nicht so genau, wie gerade in Deutschland die aktuellen Bestimmungen zur Speicherung solcher Daten lauteten. Seinem Kenntnisstand zufolge, konnten sie zwar im Fall einer Straftat abgerufen werden, aber nur noch für einen kurzen Zeitraum. Denn mit der jeweils nächsten Mobilfunk-Abrechnung wurden sie gelöscht. Die Deutschen und ihr Affentheater beim Datenschutz, dachte er. Die schützten doch nicht die Bürger, sondern die Straftäter.

»Eine erste Auswertung hat gezeigt, dass Frau Waghäusl jede Menge interessante Kontakte gepflegt hat«, deutete Platzko auf handschriftliche Anmerkungen, die ein Kollege am Rande der Zahlenkolonnen angebracht hatte. »Daraus ergibt sich übrigens auch, dass ihre Tochter Larissa noch ein in der Schweiz angemeldetes Handy hat.«

»Oh? Was für einen Sinn macht so was denn?«

»Keine Ahnung. Vielleicht hat sie's nach ihrem Umzug nach Tannheim nie umgemeldet.«

»Und bezahlt dann immer Auslandstarif, wenn sie hier telefoniert?«

Platzko ging nicht darauf ein. »Die letzten Tage bis Freitag hat Frau Waghäusl sehr häufig mit dem Anschluss einer Frau Dr. Hildtraud Platterstein telefoniert. Wohnhaft in Deutschland, in 73312 Geislingen. Liegt im Kreis Göppingen.« Der Kriminalist nahm einen weiteren Ausdruck zur Hand. »Wenn man die Geodaten der Mobilfunker hinzuzieht, hat sich diese Platterstein während der Gespräche, die zwischen Sonntag und Donnerstagabend stattgefunden haben, auch im Tannheimer Tal aufgehalten. In der Funkzelle Tannheim.«

»Interessant«, kommentierte Grantner. »Diese Dame ist uns aber bisher noch nicht übern Weg g'lauf'n?«

»Soweit ich das seh, nicht. Nein. Aber wir sollten dies unseren Göppinger Kollegen melden.«

»Und mit wem hat die Waghäusl sonst noch Umgang gepflegt?«

»Mit den anderen halt, die wir kennen«, erwiderte Platzko emotionslos. »Sehr viel mit Josefina Hallmoser, der die Hütte g'hört. Aber auch mit diesem Dirk Jensen und mit Fischer und Falkenstein. Mit Mullinger offenbar gar nicht und auch mit Astor nicht. Zumindest nicht in den vergang'nen zwei Woch'n. Soweit reichen die Verbindungsdaten zurück.« Er fügte an: »Es gibt natürlich noch jede Menge andere Verbindungen zu Personen, die wir bisher nicht kennen. Auch ein Blumengeschäft in Geislingen taucht einige Male auf.«»Hört sich alles nicht gerade aufregend an.«

»Ich bin ja auch noch nicht fertig«, trumpfte Platzko auf. »Da gibt es auch einige Krankenhäuser, die sie mehrfach angewählt hat. Und ein unfallforensisches Institut in Geislingen.«

»Ach«, staunte Grantner, »und was schließen wir da draus?«

Sein Kollege runzelte die Stirn. »Das mit den Krankenhäusern versteh ich nicht. Aber die Sache mit diesem Institut könnte einen Sinn machen, wenn man an diese Unfälle auf der A7 denkt.«

»Sie meinen, da ist irgendeine Sauerei g'lauf'n?«

»Soll ich Ihnen sagen, was ich ganz persönlich denke?«

»Sie dürf'n alles sag'n, Herr Kollege. Nur raus mit der Sprach'«, ermunterte Grantner den jungen Kriminalisten.

»Vielleicht hatte jemand Interesse daran, die drei Männer aus der Gruppe im Laufe der letzten Jahre aus dem Weg zu räumen und es nach Unfällen aussehen zu lassen.«

»Und bei der Waghäusl hat man's dann kurz und schmerzlos machen müss'n, weil's schnell hat geh'n soll'n?«, griff Grantner den Gedankengang seines Kollegen auf.

»Stellt sich nur die Frage, was die verblichenen Herrschaften alle g'wusst hab'n, das irgendjemandem hätte gefährlich werden können.«

»Sicher nicht der Hokuspokus auf der Hütt'n da ob'n«, meinte Grantner gereizt. Er hatte Kopfweh und fühlte sich ziemlich erschöpft. Es wurde höchste Zeit, dass sich die Kripo aus Deutschland ernsthaft um die Sache kümmerte. »Wann taucht eigentlich der Kollege aus Göppingen auf?«

»Er hat schon ang'ruf'n. Er hat sich als Tourist auf dem Campingplatz in Grän niedergelassen. Inkognito sozusagen. Keine schlechte Idee von ihm.«

Grantner grinste. »Feine Sache für den Herrn Kollegen. Campingurlaub im Tannheimer Tal und nebenher ein bisserl ermitteln.«

»Er will heute Vormittag zur Hütte rauffahren und hat gefragt, ob Sie ihn begleiten wollen.«

»Kann ich machen. Wie heißt der noch mal?«

Platzko blätterte wieder in seinen Papieren. »Häberle heißt er, August Häberle.«

»Hat er gesagt, wann er sich bei mir meldet?«

»Sobald er sich auf dem Campingplatz eingerichtet hat.« Platzko sah auf seine Papiere, auf denen er das Wichtigste aus dem Gespräch mit Häberle notiert hatte. »Ach ja – dann hat er noch gefragt, ob in unserem Fall schon eine Posaune eine Rolle gespielt habe.«

»Eine Posaune?« Grantner musste kurz nachdenken. »Natürlich. Das hat er doch aus dem Obduktionsbericht rauslesen können. Dieses Schmuckstück, das bei der Waghäusl gefunden wurde.« Der Chefinspektor war irritiert. »Wieso hat er danach gefragt?«

Platzko zuckte ratlos mit den Schultern.

56

Als Uwe Astor allein in einer Gondel saß und auf den Berg hinauf fuhr, stand die Sonne bereits hoch über dem Horizont. Ihre Strahlen reichten schon tief in die schattigen Hänge hinein. Astor fühlte sich müde und ausgelaugt und hätte sich gewünscht, sein Kommen nicht angekündigt zu haben. Aber in der jetzigen Situation wäre es ungeschickt gewesen, kurzfristig abzusagen. Spätestens dann hätte es wilde Spekulationen und Gerüchte gegeben. Während knapp unterhalb der gelben Gondel die frischen Wipfelspitzen der Nadelbäume vorbeizogen, schloss er die Augen und malte sich aus, in welchem Gemütszustand seine Hüttenfreunde sein würden. Sicher in keinem sehr guten. Und vermutlich musste mit weiteren Polizeibesuchen gerechnet werden. In solchen Fällen war Gelassenheit geboten. Und dies musste er den anderen nahebringen.

Astor war so tief in Gedanken versunken, dass er das Annähern an die Bergstation erst im letzten Moment zur Kenntnis nahm. Er schnappte sich seinen Rucksack und verließ die Gondel gleich, nachdem sich die Schiebetür automatisch geöffnet hatte. Der Seilbahn-Angestellte, der den Aus- und Einstieg beobachten sollte, interessierte sich nicht für ihn, sondern war mit dem Säubern eines Geländers im Eingangsbereich beschäftigt.

Astor schulterte seinen Rucksack und entfernte sich von der Bergstation, um zum Gipfelkreuz des Neunerköpfles hochzusteigen, wo der Höhenweg weiterführte. Mehrere Gleitschirmflieger hatten abseits des Pfades bereits ihre Fluggeräte ausgebreitet.

Astor war dies alles vertraut. Oft genug schon war er diesen Weg gegangen – nicht nur, wenn er diese Hüttentreffen besuchte, sondern auch bei einsamen Wanderungen.

Die Begrüßung bei der nahen Hütte fiel weitaus weniger herzlich aus als normalerweise üblich. Statt Umarmungen gab es auf der Terrasse nur ein Händeschütteln, das die depressive Stimmung nach Karins Tod spüren ließ. Nur bei Aleen schien er eine herzliche Zuneigung zu spüren. Astor lehnte seinen Rucksack an die Holzfassade der Hütte, während Josefina die entstandene Stille durchbrach: »Schön, dass du noch hochgekommen bist.« Sie ging voraus in den Wohnraum. »Wir haben gerade beschlossen, dass jeder den Sonntag so verbringen soll, wie er will«, sagte sie und deutete den anderen an, am Holztisch Platz zu nehmen. »Obwohl es so vieles gäbe, worüber wir reden müssten.« Sie schenkte Astor ein Glas Apfelsaft ein.

»Ich weiß«, erwiderte er, »dieser Inspektor war schon bei mir. Der tut zwar nur seine Pflicht, aber ich werde das Gefühl nicht los, als würde er uns nicht so recht trauen.«

»Wie meinst du denn das?«, fuhr Aleen kreidebleich dazwischen.

Jensen versuchte, sie zu beruhigen: »Reg dich doch nicht schon wieder auf. Wir haben ihm alles gesagt, was wir wissen.«

Mullinger schluckte, zog es aber erneut vor, zu schweigen.

»Liebe Freunde«, begann Falkenstein, als wolle er eine Predigt halten, während ihm Astors Goldkettchen auffiel, das zwischen Hals und T-Shirt-Ausschnitt aufblitzte. »Wir sollten uns jetzt nicht unnötig beunruhigen. Karin hatte sicher einen sehr großen Bekanntenkreis, und sie war sehr attraktiv. Wir dürfen nicht annehmen, dass sie nur zu Hause gesessen ist. Sicher gibt es noch viele freundschaftliche Beziehungen aus ihrer Zeit, als sie mit Mario in der Schweiz gewohnt hat. Vielleicht …«, er überlegte kurz, »gibt es auch irgendwelche Dinge, die sie aus Finanz- und Bankerkreisen weiß, was jetzt in diesen Krisenzeiten dem einen oder anderen unangenehm sein könnte.«

»Entschuldige bitte, Christoph«, empörte sich Jensen, als fühle er sich selbst angegriffen, »das ist jetzt 14 Jahre her. Ich glaube, es wäre völlig unangebracht, sich in Verschwörungstheorien zu verstricken.«

»Ich wollte ja nur sagen, dass es keinen Grund gibt, einen etwaigen Täter nur in unseren Kreisen zu suchen. Oder siehst du das anders?«

Jensen winkte kommentarlos ab, worauf Astor sich gelassen zurücklehnte: »Wir müssen uns damit abfinden, dass jeder von uns durchleuchtet wird. Alibi und so weiter.«

»Alibi!«, griff Aleen wieder ihr Reizwort auf. »Ich hab's doch gesagt: Wir sind alle dran.«

Astor ließ sich davon nicht beirren. »Je mehr wir uns dagegen wehren würden, desto stärker geraten wir in Verdacht. Und ich sage euch: Bei jedem – ich wiederhole – bei jedem von uns wird es etwas geben, das einem Außenstehenden unlogisch oder merkwürdig erscheint.«

»Das verstehe ich jetzt aber nicht«, meinte Josefina, »wer stets gottesfürchtig lebt und keine unanständigen Dinge macht, hat nichts zu befürchten.«

»Du vielleicht«, entgegnete ihr Aleen nervös. »Aber es gibt genügend Leute, die nicht das Glück hatten, so behütet und friedlich in dieser Idylle aufgewachsen zu sein, wie du.«

»Ich bitte euch«, mahnte Falkenstein zur Mäßigung. »Wir sollten mit der Kraft unserer derzeit negativen Gedanken nichts heraufbeschwören, was nicht so ist. Vor allen Dingen sollten wir uns nicht selbst zerfleischen. «

Mullinger trank sein Glas leer und nutzte die kurze Gesprächspause, um sich zu erheben. »Entschuldigt bitte, aber ich glaube, ich bin hier heute fehl am Platz. Was in der Vergangenheit passiert ist, dazu kann ich nichts beitragen. Ich möchte das schöne Wetter nutzen und eine Tour über die Berge machen. Drüben am Aggenstein sitzen die Wolken schon auf. Es wird von Norden her etwas auf uns zukommen. Wir können ja wieder miteinander telefonieren.«

Die anderen fünf sahen ihn verwundert an. »Wie, du willst abhauen?«, fragte Jensen scharf.

»Was heißt abhauen?« Mullinger war bereits zur Tür gegangen und drehte sich jetzt abrupt um. »Ich hab dem Inspektor gesagt, was zu sagen war. Und aus allem anderen möchte ich mich raushalten.«

»Du bist aber nicht etwa feige?«, stichelte Astor. »Wir beide haben noch kein einziges Wort miteinander gewechselt. Ich hätte dich gern persönlich kennengelernt.«

»Tut mir leid, ich Sie auch.« Er wagte es nicht, ihn zu duzen. »Wir haben dazu sicher ein anderes Mal Gelegenheit. Ich mach mich jetzt auf den Weg zur Landsberger Hütte, solange das Wetter noch hält. Es könnte Gewitter geben. Entschuldigt mich also bitte.«

Mullinger ließ sich nicht zurückhalten, nickte den anderen zu und verließ den Raum, um seinen Rucksack von oben zu holen. Eine Minute später sah ihn Jensen, der von seinem Platz aus durchs Fenster die Terrasse überblicken konnte, zum Wanderpfad hochsteigen.

»Komischer Kauz«, meinte Astor.

»Sehe ich nicht so«, widersprach Falkenstein. »Man kann sich sehr gut mit ihm unterhalten.«

Nach einigen Sekunden der Stille, während der nur das Kreischen der Bergdohlen zu hören war, holte Josefina tief Luft und sagte: »Also, wie besprochen: Jeder macht heute, was er will. Genießt den herrlichen Tag!« Sie sah aus dem Fenster hinüber aufs Bergpanorama. »Es macht wirklich keinen Sinn, hier rumzuhängen. Wenn ihr Lust habt, sehen wir uns später wieder. Ich bleibe bis morgen Abend hier. Die Hütte steht euch offen.«

Sie brauchte jetzt ihre Ruhe. Zum Nachdenken und Beten. Außerdem wollte sie sich das freie Wochenende nicht völlig verderben lassen. Ginge sie ins Tal zurück, wäre sie sofort wieder in die Tretmühle ihrer Landwirtschaft eingespannt.

»Sag mal«, ignorierte Astor ihren Vorschlag und wandte sich an Jensen: »Wie war das damals mit dem Flug? Du wolltest doch auch mit dieser Maschine fliegen, oder?«

»Was soll jetzt diese alte Geschichte?« Jensen war es sichtlich unangenehm, dass dieses Thema angesprochen wurde. »Der Herrgott hat mich davor bewahrt, dass ich mit Mario zurückgeflogen bin. Das war ein geschäftlicher Termin, der mich in New York aufgehalten hat. Das weißt du ganz genau. Ich halte es für völlig deplatziert, ausgerechnet jetzt darüber zu sprechen.«

»Ich mein ja nur«, bemerkte Astor gelassen. »Aber auch das könnte dem Inspektor irgendwann aufstoßen – und dann solltest du eine Antwort parat haben.«

»Jetzt hör doch auf«, unterbrach in Jensen verärgert. »Willst du hier jetzt Unruhe stiften, oder was?«

»Liebe Freunde«, Falkenstein fuhr mit sonorer Stimme dazwischen, »wir sind alle etwas aufgeregt, um nicht zu sagen, in einer Ausnahmesituation.« Im Augenwinkel hatte er durchs Fenster eine Bewegung bemerkt. Er drehte sich um und stieß erstaunt hervor: »Schaut mal, wer da kommt.«

57

Häberle hatte seinen österreichischen Kollegen auf Anhieb sehr sympathisch gefunden. Sie waren gleich auf derselben Wellenlänge gewesen: Beide etwa im gleichen Alter, beide bodenständig und mit der Mentalität der Menschen in ihrem jeweiligen Zuständigkeitsgebiet vertraut.

Grantner hatte ihn am Campingplatz abgeholt. Während der Gondelfahrt ließ sich Häberle die Situation am Tatort schildern und mit allen bisherigen Ermittlungsergebnissen vertraut machen. Oben angekommen, führte Grantner seinen Kollegen zielstrebig zur Hütte, wo sie offenbar bereits bemerkt worden waren. Zwei Frauen und drei Männer kamen auf die Terrasse heraus, um den herannahenden Besuch zu empfangen. Ein paar Schritte vor ihnen rief ihnen Grantner sein wienerisches »Grüß Gott« entgegen und stellte ihnen seinen deutschen Kollegen Häberle vor. Der Chefermittler aus Göppingen schüttelte jedem die Hand und ließ sich den jeweiligen Namen nennen.

»Jetzt habt's einen aus Deutschland vor euch«, knurrte Grantner triumphierend.

Häberle ging zunächst nicht darauf ein, sondern bewunderte die Aussicht – die steilen Wiesen- und Geröllhänge der umliegenden Berge. Allerdings zog der Himmel langsam zu. Schade um die Herz-Jesu-Feuer, dachte Häberle.

Aber vielleicht würde die Bewölkung bis zum Abend nicht noch weiter absinken.

Josefina führte die beiden Besucher in die Hütte und bot auch ihnen Apfelsaft an, während sie sich alle wieder am Holztisch niederließen.

»Ich hab dem Herrn Kollegen aus Deutschland bereits berichtet, was Sie ausgesagt haben. Er will sich jetzt selbst ein Bild verschaffen und hat noch ein paar Fragen mitgebracht.«

»Sie widmen sich interessanten Themen«, stellte Häberle anerkennend fest, um die Lage zu sondieren. Er nahm einen kräftigen Schluck.

»Betrachten Sie es als Hobby.« Jensen trat als gewandter Wortführer auf. »Ein Hobby, das auch in die Abgeschiedenheit der Bergwelt passt.«

Josefina fügte hinzu: »Wo man mit Gott und der Welt allein ist und über alles reden kann.«

Häberle beschloss, gleich zur Sache zu kommen und Linkohrs Erkenntnisse aus dem Besuch des alten Weinkellers anzuwenden. »Über alles, was mit PSI zu tun hat«, ergänzte er deshalb leise und sachlich.

Die Hüttenbewohner sahen einander verwundert an. »Sie scheinen sich damit auszukennen«, stellte Jensen anerkennend fest. »Manche nennen es Hokuspokus, andere verwenden den wissenschaftlichen Begriff.«

Häberle grinste. »Deshalb geh ich davon aus, dass Sie den wissenschaftlichen Begriff bevorzugen.«

»Wir geben uns jedenfalls Mühe«, beeilte sich Aleen zu sagen. Ihre Augenlider zuckten nervös.

»Und wir gehen alles sehr distanziert und emotionslos an«, fügte Astor hinzu.

Grantner griff die Bemerkung auf: »So lang man etwas

distanziert und wissenschaftlich angeht, kann man sich mit allem beschäftigen. Sogar mit UFOs und Kornkreisen.« Er lächelte sympathisch.

Häberle spürte, dass er den Nerv der angesprochenen Gesellschaft getroffen hatte. »Es soll sogar Militärs geben, die mit solchen Dingen experimentieren.«

Mit allem schienen sie gerechnet zu haben, nur nicht mit einer derartigen Bemerkung. Keiner wagte etwas anzumerken, sodass Häberle seinen Gedankengang fortsetzen konnte: »Ich weiß nicht, ob Ihnen der Name Platterstein was sagt. Professorin Dr. Hildtraud Platterstein.«

Das Schweigen setzte sich fort. Grantner achtete auf die Reaktion eines jeden Einzelnen von ihnen. Aleens Pupillen waren unruhig und ließen eine angeschlagene Psyche vermuten, dachte Häberle. Er wiederholte seine Frage. »Platterstein sagt Ihnen also nichts?«

Er erntete zögerndes Kopfschütteln oder Schulterzucken. Vielleicht auch eisiges Schweigen, wie er es empfand.

»Darf ich Ihr Schweigen so deuten, dass Ihnen die Dame gänzlich unbekannt ist?«

Jensen sah sich zu den anderen um, als wolle er sich überzeugen, dass sie so dachten wie er: »Ja, das können Sie wohl so deuten«, sagte er mit fester Stimme.

Häberle gab sich damit zufrieden. »Jedenfalls scheint sich diese Dame, die Sie nicht kennen, auch mit PSI auseinanderzusetzen.« Häberle trank sein Glas leer und genoss die Irritation, die er offenbar verbreitet hatte. »Zu dem weiten Feld der Grenzwissenschaften zählt ja auch die Geistheilung.« Häberle hatte mit Grantner abgesprochen, dass er hier alle Register seines Wissens ziehen wolle, um seine Zuhörer zu möglicherweise interessanten Bemerkungen herauszufordern, zumindest aber zu verunsichern. Aleen wich seinen Blicken aus.

Josefina nickte eifrig. »Sie meinen wundersame Heilungen mit Gottes Kräften und Gnade?«

»Das auch, ja«, erwiderte Häberle vorsichtig, weil er spürte, dass er diese Frau in ihrem Glauben nicht verletzen durfte.

Falkenstein ergriff das Wort: »Ich weiß, dass es Ihnen schwerfällt, Herr Kommissar, an Kräfte zu glauben, die jenseits der Schulmedizin wirken – aber so lang ein Kranker daran glaubt, ist manchmal Unglaubliches möglich.«

»Das will ich gar nicht bestreiten, Herr Falkenstein«, erwiderte Häberle, »Glaube versetzt bekanntlich Berge. Und wie arm wäre die Menschheit, wenn sie nicht im Glauben Halt fände.«

Grantner sah seinen Kollegen geradezu respektvoll an. Deutsche Kriminalisten waren ihm bisher eher bürokratisch, sachlich und knochentrocken vorgekommen. Häberle jedoch schien auch noch ein gewisses spirituelles Gespür zu haben. Zumindest aber verstand er es, auf die Mentalität seiner Gesprächspartner einzugehen.

»Selbstverständlich beschäftigen wir uns auch mit der Macht des menschlichen Geistes«, sagte Aleen plötzlich ziemlich emotional. »Vieles davon ist heutzutage tief verschüttet. Oder diese Macht wird missbraucht, um andere zu beherrschen. Sie brauchen sich doch nur mal in den Betrieben umzusehen.« Sie konnte ihre innere Unruhe nicht verbergen. »Was zählen denn heutzutage noch Menschen? Es geht nur um Profit. Gerade in diesen Wochen verlieren Tausende von Frauen in diesem Land ihre Jobs, weil sich nach der Insolvenz von Schlecker die Finanzjongleure nicht einig werden. Es geht nur ums Geld – nicht um menschliche Schicksale.«

Häberle nickte zustimmend und überlegte, weshalb die Frau plötzlich so emotional reagierte. Für Falkenstein war es der richtige Moment, mit beruhigenden Worten einzugreifen: »Sie wissen, ich bin Theologe«, erklärte er, »protestantischer übrigens. Da sollte man sich heutzutage mit allem auseinandersetzen, was die Menschen bewegt. Leider predigen wir in den Kirchen oft nur nach einem stereotypen Schema und haben viel zu lang nicht bemerkt, dass wir damit die Menschen nicht mehr bei ihren Problemen abholen. Die Menschen sind doch nicht atheistischer geworden, bloß weil sie nicht mehr in die Kirche kommen. Sie haben weiterhin ihren Glauben, ihre Hoffnungen und Wünsche an eine übergeordnete Macht. Mag diese irgendwo im Himmel, im Universum oder in der Natur um uns herum stecken. Was fehlt, ist die Begeisterung, die Motivation, dies öffentlich zu bekennen.«

»Da mögen S' recht hab'n«, nickte Grantner.

»Die Kirchen sollten versuchen, das aktuelle Geschehen – das, was die Menschen direkt berührt, was in den vergangenen Tagen geschehen ist, im Land und im Ort für Laien verständlich aufzuarbeiten und nicht theologisch verkrampft irgendwelche Bibelstellen zu verbiegen versuchen.«

»Außerdem«, unterbrach ihn Jensen sachlich, »wird die Höhe der jeweiligen Kirchensteuer wohl kaum automatisch zu einem Logenplatz im Himmel führen.«

Häberle wünschte sich insgeheim ein längeres Gespräch mit Falkenstein. Vielleicht würde sich eine Chance dazu bieten, wenn der Fall abgeschlossen war. Vorausgesetzt, Falkenstein war nicht selbst in den Mordfall verstrickt.

»Was mich noch interessieren würde«, fuhr Häberle fort. »Meine hiesigen Kollegen haben erfahren, dass einige von Ihnen in der Nacht zum gestrigen Samstag ins Tal runter sind.« Er sah in die Runde und musterte nacheinander Jensen, Aleen und Josefina. »Gab es dafür einen konkreten Anlass?«

»Anlass?«, entfuhr es Jensen. »Wenn der Tod von Larissas Mutter kein Anlass ist, sie zu trösten! Wir haben angerufen und uns nach ihr erkundigt. Und weil sie einen ziemlich mitgenommenen Eindruck gemacht hat, sind wir runter.«

Aleen wurde noch nervöser. »Wir haben uns Sorgen gemacht.«

»Und dann haben S' stundenlang diskutiert«, warf Grantner ein, worauf Josefina energisch wurde: »Wenn man jemanden tröstet, muss man nicht diskutieren.«

»Sie waren die ganze Zeit im Hochsteinhof beisammen?«, fragte Häberle ruhig, um die Wogen gleich gar nicht hochgehen zu lassen.

»Natürlich«, antwortete Jensen schnell. Wie die beiden Kriminalisten schweigend nickten, fügte er an: »Bis auf ein paar Minuten, während derer ich draußen frische Luft geschnappt hab und mal durch ein paar Gassen gegangen bin.«

Häberle nahm's zur Kenntnis und gab dem Gespräch eine andere Zielrichtung. »Mein Kollege, der Herr Chefinspektor«, er sah ihn an, »hat mir auch noch von einem jungen Mann berichtet – von einem Herrn …«

»… Mullinger, Jonas Mullinger«, kam ihm der Chefinspektor zu Hilfe.

»Ja, Mullinger. Der war wohl nicht mit im Tal. Wo hält der sich derzeit auf?«

»Er ist erst ganz neu zu uns gestoßen und will mit der Sache nichts zu tun haben«, erklärte Josefina. »Er ist deshalb schon weitergegangen.«

Grantner gab sich überrascht. »Wie? Er ist weg? Und wohin, bitt'schön?«

»Er will zur Landsberger Hütte rüber. Entweder übernachtet er dort oder er geht übern Vilsalpsee zurück nach

Tannheim. Vielleicht kommt er aber auch wieder zu uns. Kann auch sein.«

»Haben Sie zufällig seine Handynummer?«, fragte Häberle.

Wieder schweigendes Schulterzucken und Kopfschütteln.

»Und Sie – wie lang wollen Sie alle hier bleiben?«, fragte Häberle in die Runde.

»Wir werden diesen Ort ebenfalls verlassen«, erklärte Jensen bestimmt und deutete auf Josefina: »Nur sie will bis morgen bleiben.«

»Ihre Adressen haben wir alle«, stellte Grantner fest.

Astor, der sich bisher ziemlich wortkarg gezeigt hatte, betonte: »Mich erreichen Sie die nächste Zeit noch auf dem Campingplatz. Wobei Sie aber bedenken müssen, dass ich oft für einen Tag geschäftlich unterwegs bin. Ihr Kollege weiß Bescheid. Mein Wohnsitz ist Uhingen im Landkreis Göppingen.« Er grinste Häberle an: »Wir sind Landsleute.«

Der Kriminalist nickte freundlich. »Und die anderen Herrschaften?«

Falkenstein erklärte, dass er beabsichtige, bereits am Dienstag an den Lago Maggiore weiterzufahren, während Jensen ankündigte, bis zur Abwicklung der Beerdigungsformalitäten bei Larissa im Hotel wohnen zu wollen. Dies hatte auch Aleen vor, zumal sie noch einige Bergtouren plante – wie sie dies immer nach diesen Hüttentreffen getan hatte. »Ich werd vielleicht morgen, wenn das Wetter hält, zum Aggenstein raufgehen«, erklärte sie.

Häberle bedankte sich höflich, worauf sich er und sein Kollege Grantner erhoben. »Eine letzte Frage«, brummte der Göppinger Chefermittler, als interessiere ihn dies nur am Rande. »Wo verbringt man denn in Ihren Kreisen den 21. Dezember?«

Jensen verzog als Erster sein Gesicht zu einem verkrampften Lächeln. »Ist das jetzt ernst gemeint oder wollen Sie uns auf den Arm nehmen?«

»Fassen Sie es einfach als eine informatorische Frage auf. Wertneutral, ohne jeglichen Hintergedanken.«

»Wissen Sie«, entgegnete Jensen ruhig, »falls ein irgendwie gearteter Weltuntergang ansteht, ist es völlig egal, wo Sie sich aufhalten. Es wird danach nichts mehr geben – niemanden, der sich Gedanken darüber machen kann, wo wer zu diesem Zeitpunkt gewesen ist. Realistisch gesehen, wird vermutlich an diesem 21. Dezember aber gar nichts passieren. Jedenfalls scheint kein Komet oder Asteroid im Anflug zu sein. Noch nicht. Das mag in 17 Jahren anders aussehen, wenn wirklich ein größerer Himmelskörper unserer Erde ziemlich nahe kommt, wie die Astronomen berechnet haben. Aber dass es gewisse Zeichen gibt, die uns alle nachdenklich stimmen müssen, kann nicht bestritten werden. «

Falkenstein sah sich erneut zu einer Erklärung genötigt: »Er meint die Offenbarung, die Apokalypse in der Bibel. Das Buch mit den sieben Siegeln, die Engel mit den sieben Posaunen und die sieben Schalen der Tränen. «

58

Linkohr hatte sich gedanklich bereits auf einen Abend mit Nena eingestellt, weshalb ihm ein Anruf von Professor Dr. Walter Siegler nicht gerade gelegen gekommen war. Aber der Hinweis, um den es ging, duldete keinen Aufschub. Nach Häberles gestrigem Besuch hatte Siegler einige Professoren angerufen und sich diskret nach Professorin Platterstein erkundigt, die am Institut für Automobilwirtschaft tätig war. Allerdings war selbst jenen, die am engsten mit ihr zusammenarbeiteten, über ihr Privatleben so gut wie gar nichts bekannt. Allgemein wusste man nur, dass sie gern ausgedehnte Gebirgswanderungen unternahm. Lediglich ein Kollege konnte mehr dazu beitragen. Sie beschäftige sich mit ›dubiosen Heilsbringern und Verschwörungstheoretikern‹, habe sie einmal gesagt und ihm sogar die Kopien einiger Schreiben vorgelegt. Der Kollege war bereit gewesen, trotz sonntäglicher Freizeit in die Hochschule zu fahren, und besagte Papiere aus seinem Büro zu holen. Siegler hielt sie im Gespräch mit Linkohr in den Händen. »Der Kollege«, meinte er süffisant, »ist Gott sei Dank ein Sammler. Manche würden es auch als mangelnde Fähigkeit bezeichnen, Ordnung auf dem Schreibtisch zu halten. Aber der Herr Kollege hat aus seinen Papierbergen mit einem einzigen gezielten Griff herausgezogen, was er gesucht hat.« Sein gerolltes fränkisches »R« und seine betont ausgesprochenen Worte verstärkten noch die Ironie dieser Feststellung.

Linkohr war in das helle Wohnzimmer des Hochschul-Chefs gebeten worden und hatte sich in einen weißen Ledersessel gesetzt, während Siegler ihm die angesprochenen Dokumente auf die Glasplatte des Couchtisches legte. »Ich glaube, wenn es Ihnen gelänge, die Frau Platterstein aufzutreiben, wäre sie eine gute Informationsquelle.« Er setzte sich und hob dabei seinen rechten Zeigefinger, um dem Gesagten noch mehr Bedeutung zu verschaffen. »Vorausgesetzt, sie will überhaupt mit Ihnen reden. Denn wenn sie gewollt hätte, dass die Polizei eingeschaltet wird, wären Sie vermutlich längst damit konfrontiert worden.«

Linkohr überflog die beiden Kopien. Die erste war mit

einem kitschigen Briefkopf verziert, der einen Engel darstellte, der sich an ein Kreuz lehnte. Im Anschriften-Feld las Linkohr den Namen Irene Rattinger und ihren Wohnort Wernau. Linkohr erinnerte sich an sein gestriges Gespräch mit den Göppinger Klinik-Chefs. Rattinger war der Name jener betagten Dame, die offenbar am Krankenbett die teuren Dienste einer Geistheilerin in Anspruch genommen hatte.

»Sehr geehrte Frau Rattinger«, las Linkohr, *»die Engel des Herrn sind allezeit bei uns. Sie behüten und beschützen uns auf all unseren Wegen und sie lassen uns auch in schweren Zeiten nicht im Stich. Sie können Wunder bewirken, wenn wir bereit sind, ihre Hilfe anzunehmen. Doch manchmal fällt es uns schwer, unser Herz und unsere Seele für sie zu öffnen. Zum Glück gibt es aber spirituelle Menschen, die den Kontakt zwischen der Geistwelt und uns Menschen vermitteln. Nehmen auch Sie diese einzigartige Chance wahr, mit Ihren Schutzengeln direkt in Kontakt zu treten. Wir vermitteln Ihnen gerne Menschen, die dazu in der Lage sind. Rufen Sie uns einfach an.«* Es folgte eine dieser teuren 0900-Service-Nummern.

»Ganz schön dreist, gell«, kommentierte Siegler, nachdem Linkohr den Text gelesen hatte. Als Absender war eine Postbox-Nummer in Luxemburg angegeben, über die angeblich ein ›Schutzengel-Notdienst‹ zu erreichen war.

»Frau Platterstein hat anscheinend nachgeforscht, wer dahinter steckt«, berichtete Siegler aus seinen Recherchen bei den Kollegen. »Dieser Schutzengel-Notdienst, der diese Postbox angemietet hat, sitzt wohl in Brüssel.« Während sich Linkohr bereits dem zweiten Blatt zuwandte, fragte der Hochschul-Chef: »Sie wissen, wer Irene Rattinger ist?«

Linkohr nickte. »Der Name ist uns bereits bekannt, ja.«

Die zweite Kopie war nicht minder seltsam. Dass sie vom

selben Verfasser stammte, ergab sich aus der Absender-Adresse, die auf die gleiche Postbox-Nummer in Luxemburg lautete. Nur die Firma nannte sich anders: ›SOS-Seelenrettung‹. So stand's auch im Briefkopf, der eine brennende Weltkugel mit der Aufschrift ›21. Dezember 2012 – Apokalypse‹ zeigte. Adressiert ebenfalls an Irene Rattinger in Wernau.

»Sehr geehrte Frau Rattinger«, las Linkohr, *»die Offenbarung aus dem Neuen Testament geht ihrer Erfüllung entgegen. Am 21. Dezember 2012 endet unsere Zeit. Diese Erkenntnis verdanken wir dem klugen Volk der Mayas, das in Mittelamerika (heute Mexiko) vor Hunderten von Jahren prophetische Kenntnisse über Himmel und Erde hatte und zu Ehren der Götter prachtvolle Bauten errichtete. Diese Mayas haben uns einen verlässlichen Kalender hinterlassen, der am 21. Dezember 2012 endet. Danach gibt es nichts mehr.*

Wir, die wir in dieser Endzeit leben, haben also das Glück, uns auf das Kommende einzustellen und unsere Seelen von all dem zu reinigen, was des Teufels ist: Von Macht und Gier, von dem Streben nach Reichtum, Besitztümern und Bargeld. Jesus Christus hat uns bereits gelehrt, in Armut und Demut anderen zu dienen. Tun auch Sie dies in den letzten Tagen der Welt. Trennen Sie sich von allem, was Ihre Seele an diesem Jüngsten Tag belastet. Die ›SOS-Seelenrettung‹ wurde von christlich denkenden Menschen eingerichtet und möchte dazu beitragen, Sie spirituell auf den großen Tag des Übergangs in das ewige Leben vorzubereiten. Sie können all das, was Sie an Irdischem angehäuft haben – vor allem, wenn es unehrlich oder halb legal erworben wurde und deshalb mit schmutzigem Tun behaftet ist – an unsere Einrichtung abführen. Der ewige Gott wird Sie dafür beschützen und belohnen. Sie brauchen keine Angst zu haben, dass Ihr Geld in falsche Hände gerät. Es wird Ihnen lediglich die Seelenlast genommen, damit Sie in Gottes Frieden dem Erlöser entgegen treten können. Nach dem 21. Dezember braucht niemand mehr Geld.

Damit Ihr fester Wille zum Ausdruck kommt, sich von allem zu lösen, was Sie ans Irdische bindet, dürfen Sie keine Überweisung vornehmen. Bezahlen Sie das, wovon Sie sich befreien möchten, bar an die SOS-Seelenrettung bei der Western Union Bank, Konto Nummer ….« Linkohr legte das Papier fassungslos beiseite. »Man könnte meinen, es handle sich um einen üblen Aprilscherz.«

»Ich hab natürlich mein Schärflein schon einbezahlt«, grinste Siegler. »So eine Art Ablass-Zahlung, über die sich schon Luther aufgeregt hat: Gib mir Geld, und ich erlass dir die Sünden.«

»Und ich wette mit Ihnen«, entgegnete Linkohr, »da fallen jede Menge ältere Leute drauf rein.«

»Die Ganoven haben das doch hunderttausendfach verschickt. Wenn nur ein Bruchteil der Angeschriebenen was zahlt, schwimmen diese Banditen im Geld.«

»Und natürlich Western Union«, zeigte sich Linkohr informiert. »Anonymes Geldversenden auf die ganze Welt. Der Empfänger kann mit einem Kennwort für sein Konto ›Seelenrettung‹ bei jeder Western Union das Geld cash holen. Auch in Zentralsibirien, wenn's sein muss.«

Siegler zog seine Stirn in tiefe Falten. »Sie sollten das jetzt aber vertraulich behandeln, denn ich möchte der Frau Platterstein keinesfalls vorgreifen. Aber nachdem sie übers Wochenende wohl nicht erreichbar ist – auch ich hab versucht, sie über einige Ecken ausfindig zu machen – hab ich gedacht, es könnte Ihnen vielleicht weiterhelfen. Ihr Chef interessiert sich doch augenscheinlich sehr für die Frau Platterstein.«

»Gibt's denn ein Bild von ihr?«

»Bild? Wozu brauchen Sie denn ein Bild von ihr?« Sieglers lockere Art bekam einen Dämpfer.

»Nun«, gab sich der Kriminalist zurückhaltend, »vielleicht hält sie sich auch gerade im Tannheimer Tal auf. Da wäre es für meinen Chef hilfreich, sie zu kennen.«

»Ein Fahndungsfoto also – oder wie muss ich das verstehen?«

»Kein Fahndungsfoto. Wir dürfen es natürlich auch nicht veröffentlichen. Nur zum internen Gebrauch.«

Siegler überlegte. »Ein offizielles darf ich Ihnen nicht geben. Die Datenschützer würden mich lynchen. Aber ich glaube, ich kann Ihnen trotzdem helfen.« Er stand auf, ging schnellen Schrittes in einen Nebenraum und kam mit einer Broschüre zurück. »Das Ding hier ist öffentlich. Da haben wir mal unser Institut für Automobilwirtschaft vorgestellt. Da ist sie abgebildet.« Er schlug das Hochglanzheft auf und schob es Linkohr über den Tisch. »Attraktiv anzuschauen«, meinte Linkohr. Sympathische Gesichtszüge, dunkle, lockige Haare, Brillenträgerin. »Da fällt mir ein: Gibt es zwischen dem Institut für Automobilwirtschaft und diesem forensischen Institut Berührungspunkte?«

Siegler stutzte erneut und hob wieder seinen schulmeisterlichen Zeigefinger. »Wir sollten die Hochschule aus dieser Mordgeschichte heraushalten, Herr Linkohr. Ich möchte vermeiden, dass wir wegen dieser privaten Angelegenheiten einzelner Personen in ein schlechtes Licht gerückt werden.«

Linkohr gab sich verständnisvoll. »Was wir hier besprechen, bleibt unter uns.«

»Ihr Wort in Gottes Ohr«, entgegnete Siegler schon wieder versöhnlicher. »Natürlich kennen sich die Kollegen untereinander. Aber Sie müssen wissen: Das Institut für Automobilwirtschaft richtet seinen Fokus auf die Betriebswirtschaft, während die Forensiker allesamt gewiefte Techniker sind. Unfallforschung auf sehr hohem Niveau. Die machen Versuche und experimentieren mit ferngesteuerten Autos, um Unfallfolgen bis zur letzten Delle zu dokumentieren. Außerdem …«, er hob den Kopf, um größer zu erscheinen, »… basteln die Jungs und Mädels sogar Stunts für James-Bond-Filme zusammen. Wenn bei Verfolgungsjagden Autos durch die Luft wirbeln müssen.«

Linkohr empfand diese Bemerkung als äußerst hilfreichen Hinweis.

59

Während der Seilbahnfahrt ins Tal hatte Häberle mit Linkohr telefoniert und sich über dessen Gespräch mit Rektor Siegler informieren lassen. »Ich sag Ihnen, Chef, da läuft irgendein Riesending. Ich finde, wir sollten uns um die Telekommunikationsverbindungen dieser Professorin bemühen.«

»Wie denn?«, gab Häberle zurück, während die Gondel nach einem Pfeiler zu schwanken begann. »Sie glauben doch nicht im Ernst, dass wir dazu den richterlichen Segen kriegen. Wir haben nicht mal einen Anfangsverdacht gegen sie – und dass sie übers Wochenende abgetaucht ist, muss bei Gott nichts bedeuten.«

»Aber sie könnte in Gefahr geraten«, ließ Linkohr nicht locker. »Mal angenommen, sie hat mit ihren Recherchen nach dem Tod ihrer Großtante – oder was immer diese Frau für sie war – in ein Wespennest gestochen, dann wird auch sie für jemanden unangenehm sein.«

»Nun mal langsam, Herr Kollege«, blieb Häberle ruhig und sah stehend zu den Baumwipfeln hinaus, die an ihnen vorbeistrichen, »wenn die Frau Professor seit Längerem in etwas rumstochert – und danach sieht es zweifelsohne aus –, dann wird sie auch selbst in der Lage sein, die Situation zu beurteilen. Für Ermittlungsmaßnahmen gegen sie haben wir keinerlei handfeste Gründe.«

Linkohr schwieg. Er hatte gehofft, Häberles Beziehungen zur Justiz könnten bürokratische Hindernisse überwinden helfen.

»Hinweise auf ihren Aufenthaltsort haben wir nicht?«, fragte Häberle nach.

»Nein, aber ein Foto von ihr.«

»Sie haben ein Foto von ihr?«

»Ja, aus einer Broschüre. Ich könnte Ihnen das Bild mailen, falls Ihr Internet-Anschluss funktioniert.«

»Warum soll er das nicht?« Häberles Gegenfrage klang ironisch. Natürlich wusste er, dass ihm Linkohr nicht ohne Weiteres zutraute, den Laptop in ein fremdes Wlan-Netz einloggen zu können.

»Dann scann' ich das Bild ein und mail es Ihnen zu. Vielleicht treffen Sie die Dame ja zufällig irgendwo.«

Häberle bedankte sich und beendete das Gespräch, kurz bevor die Gondel an der Talstation ausgeklinkt wurde und gemächlich zum Aus- und Einstiegsbereich transportiert wurde.

Die beiden Männer verließen das Seilbahn-Areal, das an diesem Sonntagnachmittag stark von Ausflüglern frequentiert war. Auf dem nahezu voll belegten Parkplatz öffnete Grantner per Fernsteuerung die Türen seines Opels Zafira und ließ den deutschen Kollegen auf dem Beifahrersitz Platz nehmen. Wenig später bereits hatten sie den Hochsteinhof erreicht, einen stattlichen Hotelkomplex, dessen wuchtige

Holzkonstruktion sich an den Baustil des Tales anlehnte. Auf dem gepflasterten Parkplatz abseits des Gebäudes gab es nur noch wenige Lücken, ein Carport diente als Abstellmöglichkeit für ein halbes Dutzend roter Fahrräder.

Larissa und Peter Pladler, die Junior-Chefs, waren durch einen kurzen Telefonanruf Häberles auf den Besuch der Kriminalisten vorbereitet worden. Grantner hatte den Göppinger Chefermittler über die bisherigen Vernehmungen der Eheleute informiert – auch über die nicht gerade harmonische familiäre Situation.

»Ich dachte, wir hätten Ihnen schon alles gesagt«, begann deshalb Peter Pladler verunsichert das Gespräch, als sie im Besprechungsraum angekommen waren.

Häberle bestätigte, dass er unterrichtet sei, sich aber gern selbst ein Bild von den Menschen und ihrer Umgebung machen wolle. Er sprach Larissa sein Beileid zum Tod ihrer Mutter aus und zeigte sich dann an etwas anderem interessiert: »Darf ich Sie fragen, ob sich in Ihrem Hotel noch weitere Personen eingemietet haben, die zu dieser – nennen wir es einfach mal – ›Hüttengesellschaft‹ dort oben gehören?«

Larissa zögerte. »Ich verstehe nicht ganz, wie Sie das meinen.«

»Wie ich es sage«, konterte Häberle schnell. »Wir wissen, dass einige auf dem Campingplatz wohnen – und dass wohl Herr Jensen bei Ihnen hier im Hotel nächtigt. Wie steht es mit Frau Dobler-Maifeld?«

Peter Pladler räusperte sich und wischte mit den flachen Händen über den Latz seiner weißen Kochschürze. »Für sie ist ab morgen ein Zimmer reserviert – für drei oder vier Tage. Sie will morgen runterkommen und hier noch bis Mitte der Woche bleiben. Ob das angesichts der Vorkommnisse nun so bleibt, wissen wir nicht.«

»Und sonst noch jemand?«, sah Häberle die Eheleute gespannt an.

»Wer soll denn sonst noch hier sein?«, fragte Larissa verschüchtert. Ihre Gesichtsfarbe hatte sich verändert. »Mutti hat nicht gesagt, dass noch jemand kommen soll.«

Häberle riskierte einen Vorstoß: »Eine Frau Platterstein vielleicht? Eine Professorin aus Geislingen.«

»Platterstein?«, wiederholte Larissa irritiert, um dann schnell anzumerken: »Nein. Ist nicht hier.«

Häberle sah sie durchdringend an und überlegte, wie glaubwürdig die Antwort war. Seinen Blicken jedenfalls hielt sie stand.

Er entschied, vorläufig nicht nachzuhaken. Manchmal war es besser, das Gegenüber im Ungewissen zu lassen. Deshalb wechselte er das Thema: »Hat Ihre Mutter zufällig mal was von einem Gewölbekeller erzählt, der sich für kulturelle Ereignisse eigne?«

»Entschuldigen Sie, aber ich kann nicht so recht nachvollziehen, was diese Fragen sollen.«

»Das kann schon mal vorkommen, wenn Kriminalisten neugierig sind«, konterte Häberle, um hartnäckig zu bleiben: »Hat sie von so einem Keller gesprochen?«

»Nein, keine Ahnung, was Sie damit meinen.«

Häberle behielt die junge Frau fest im Auge. »Hat Ihre Frau Mutter mal davon gesprochen, dass es Differenzen innerhalb dieser Hüttengruppe gegeben hat?«

»Differenzen? Nein, nie. Wissen Sie, wir haben nie viel über das gesprochen, was sie dort oben auf der Hütte machte. Sie hat sich vielleicht in etwas verrannt – damals, nach dem Flugzeugabsturz.«

»Sie meinen diese Phänomene, mit denen sich die Gruppe beschäftigt …?«

»Ja. Ich glaube, das sind alles sehr unterschiedliche Typen, die sie kennengelernt hat. Soweit ich weiß, ging das über den Herrn Jensen, einen Kollegen meines Vaters, der sich als Einziger noch um Mutti gekümmert hat.«

Peter Pladler hielt sich auffällig zurück. Ihm war angesichts dessen, was er Grantners Kollegen Platzko erzählt hatte, offenbar nicht sehr wohl in seiner Haut. »Könnte es sein«, fuhr Häberle fort, »dass sich unter dem Deckmantel dieser …«, er suchte nach einer passenden Formulierung – »dieser grenzwissenschaftlichen Aktivitäten auch andere Interessensgruppen zusammengefunden haben?«

Larissa sah Hilfe suchend zu Grantner, doch der hörte nur aufmerksam zu. »Ich verstehe Ihre Frage nicht«, sagte sie unterkühlt.

Häberle versuchte es anders: »Was glauben Sie denn – wer könnte Interesse daran gehabt haben, Ihre Mutter zu töten?«

Larissas Augen wurden feucht. »Seit vorgestern denk ich an nichts anderes. Seit vorgestern dreht sich in mir alles. Ich hab Ihren Kollegen hier schon am Freitagnachmittag gesagt, dass ich mich im Bekanntenkreis von Mutti viel zu wenig auskenne, als dass ich mir einen Verdacht erlauben könnte. Vielleicht …«, sie wischte sich eine Träne aus dem Gesicht, »vielleicht gibt es da in Vatis Vergangenheit etwas …«

Jetzt wurde Grantner hellhörig: »Das haben Sie bisher nicht erwähnt.«

»Da gibt es auch nichts zu erwähnen, Herr Inspektor. Wirklich nicht. Ich denk halt nach – aber daraus ergibt sich nichts Konkretes.«

»Sie selbst – Sie fühlen sich aber nicht bedroht?«

Larissas Blick verfinsterte sich. Sie schluckte und fragte zurück: »Weshalb sollte ich mich bedroht fühlen?«

»Und Sie, Herr Pladler«, wandte sich Häberle an ihren Mann, »gibt es aus Ihrer Sicht irgendetwas, dem wir nachgehen sollten?«

»Nein«, schüttelte er schnell den Kopf. »Nichts. Ich glaub auch nicht, dass Sie den Täter hier bei uns such'n müss'n. Das hat alles nichts mit uns zu tun. Und schon gar nicht mit dem Hochsteinhof.«

»Das haben wir auch nicht gesagt«, stellte Grantner klar. »Wir wissen ja, dass Sie selbst mit sich und Ihrer Arbeit beschäftigt sind.« Er lächelte ihm zu und gab damit zu verstehen, dass er Pladlers Angaben zu seiner Ehe mit Larissa durchaus kannte, sie jetzt aber nicht ansprechen wollte. Der Mann schien beruhigt zu sein.

»Sag'n S' mal«, fuhr der Inspektor fort, »Ihre Mutter hat so einen Halsschmuck getragen. Diese Posaune, die man bei der Obduktion bei ihr gefunden hat – hat es damit eigentlich irgendeine Bewandtnis?«

Larissa zuckte innerlich zusammen. Sie wusste nicht, inwieweit die Kriminalisten bereits über die Existenz weiterer Schmuckstücke dieser Art informiert waren. »Wieso fragen Sie mich das?«

»Mein Kollege, der Herr Hauptkommissar Häberle, ist bei seinen Ermittlungen inzwischen auch auf so ein Ding gestoßen«, erklärte Grantner ebenso ruhig, wie auch Häberle bisher gesprochen hatte.

»Wo?« Larissas Interesse stieg. »Wo haben Sie es gesehen?«, sprach sie Häberle direkt an.

»Es heißt«, erwiderte dieser, »irgend so ein Moderator bei diesen Kaffeefahrten – Sie wissen, was ich meine: diese Werbefahrten in irgendwelche abgelegenen Hotels – ja, da habe so ein marktschreierischer Moderator eines getragen.«

»Wer war das?«, fragte Larissa plötzlich aufgeschreckt zurück.

»Keine Ahnung. Er soll sich Martin genannt haben.«

Larissa sank wieder in sich zusammen. »Posaunen«, wiederholte sie, als wolle sie das Wort nicht mehr hören. »Beinahe jeder hat eine …«

»Jeder?« Grantner setzte sich aufrechter, während auch Peter Pladler wieder aufmerksamer wurde. Larissa hatte ihm offenbar nichts davon erzählt.

»Jeder, ja«, sagte sie mit bebender Stimmen. »Die Josefina hat schon nach dem letztjährigen Treffen eine zugeschickt bekommen. Anonym. Dieser Apotheker Fischer soll eine haben – und der Pfarrer, der Falkenstein – dem wurde in der Nacht zum Samstag angeblich auch eine an das Vorzelt des Wohnwagens gehängt. Das wären mit Muttis Posaune jetzt vier. Und wenn der deutsche Kommissar auch schon auf eine gestoßen ist, sind es schon fünf.« Larissa sah die beiden Kriminalisten verängstigt an.

»Wieso sag'n S' ›schon‹?«, hakte Grantner nach.

»Naja«, Larissa war sich im Zweifel, ob sie es ansprechen durfte. »Die Offenbarung erwähnt sieben Engel mit Posaunen. Und jede einzelne kündet von Katastrophen.«

Grantner nickte. Als guter Christ war ihm dies geläufig. »Dann fehlen uns noch zwei«, stellte er fest. »Aber zum Glück ist nicht jeder Posaunenträger gestorben.«

»Noch nicht«, brummte Häberle. »Aber malen wir den Teufel nicht an die Wand.«

»Sie meinen doch nicht etwa …?« Larissa wollte es nicht aussprechen.

»Irgendetwas muss es ja zu bedeuten hab'n«, meinte Grantner stoisch. »Wenn sich die Gruppe Ihrer Mutter schon mit Übersinnlichem und solchen Dingen befasst, gibt es vielleicht einen, der diese Zeichen aus der Apokalypse bewusst verwendet.«

»Aber nicht alle sehen gleich aus«, entgegnete Larissa vorsichtig. »Muttis Schmuckstück war kleiner und filigraner als die, die jetzt offenbar aufgetaucht sind. Zumindest als das von Josefina. «

Die beiden Kriminalisten gewährten eine Pause zum Nachdenken, ehe Häberle einen weiteren Punkt ansprach: »Sie werden verstehen, Frau Pladler, dass wir auch technische Mittel anwenden, um das Umfeld Ihrer Mutter beleuchten zu können. Handy-Verbindungsdaten gehören zu dem Repertoire, das uns in gewissem Maße zur Verfügung steht.«

Larissas Nervosität schien sich zu steigern. Sie begann, einige Finger der rechten Hand abwechselnd durch die ovale Öffnung eines Flaschenöffners zu stecken.

»Wir hätten gern gewusst, welchen Grund es gibt, dass Sie immer noch ein Handy benutzen, das in der Schweiz registriert ist.«

Jetzt war es raus. Klar, direkt und unverblümt. Larissas Gesicht wurde noch blasser, als es schon war. Sie fühlte sich ertappt. Denn auch ihr Ehemann sah sie jetzt verwundert von der Seite an. »Du hast ein Schweizer Handy?«, brach es aus ihm heraus.

Larissa schwieg.

»Um das klarzustellen«, versuchte Häberle die Situation zu entschärfen, »das ist natürlich nichts Verbotenes. Aber es ist uns halt bei der Auswertung der Handy-Daten Ihrer Mutter aufgefallen.«

»Ich hab's noch von früher«, sagte Larissa schließlich wieder gefasst, »es ist nämlich praktisch, wenn man mal wieder in die Schweiz rüberfährt, dann kann man dort günstiger telefonieren.«

Häberle wollte es bei dieser Antwort bewenden lassen, obwohl er kein Wort davon glaubte. Vermutlich hatte sich Larissa dieses Handy geleistet, um mit ihren eventuellen Liebschaften heimlich telefonieren zu können – und sie glauben zu machen, sie lebe in der Schweiz. Vielleicht gab es aber auch andere Gründe, sich telekommunikationsmäßig bei den Eidgenossen registriert zu haben.

»Jetzt haben wir Sie lang genug aufgehalten«, schaltete sich Grantner ein und tat so, als wolle er Larissa von dieser Vernehmung erlösen. In Wirklichkeit jedoch war dieses Vorgehen mit Häberle abgesprochen. Es schadete bei solchen Gesprächen nichts, wenn einer den forschen Fragesteller mimte, während der andere gemäßigt im Hintergrund blieb und damit eher das Vertrauen der vernommenen Person gewann. »Aber eine Frage hätte ich noch«, sagte Grantner, während er bereits aufstand. Er wandte sich direkt an Larissa: »Kann es sein, dass ich dieser Tage ein Bildchen von Ihnen irgendwo g'seh'n hab? So ein Porträtfoto?«

Larissa stand aus Verlegenheit ebenfalls auf. Die letzte Farbe war vollends aus ihrem Gesicht gewichen. »Ich wüsste nicht, wo das gewesen sein könnte«, sagte sie tonlos – aber ihre Stimme bebte wieder.

»Ich auch nicht«, lächelte Grantner väterlich, »aber mir wird's schon wieder einfall'n.«

Er wusste aber genau, wo er ihr Gesicht schon einmal gesehen hatte.

60

Linkohr hatte die Sache mit dem Gewölbekeller keine Ruhe gelassen. Es war ihm zwar unangenehm gewesen, noch am Sonntagabend die Vorbesitzer des Gebäudes zu behelligen. Aber nachdem das Ehepaar am Telefon sehr freundlich gewesen war, folgte er der Einladung, zu einem Gespräch vorbeizukommen. Eigentlich hatte er früh abends schon in Schorndorf bei Nena sein wollen, doch erachtete er jetzt die Geschichte des Gewölbekellers unter der Blumenhandlung für wichtiger.

Andreas und Sabine Harscher, beide um die 80, wie Linkohr schätzte, waren über den Besuch des jungen Kriminalisten erfreut. Es schien ihm, als sei er eine willkommene Abwechslung im eher eintönigen Rentner-Dasein. Die Harschers bewohnten ein kleines Einfamilienhaus auf halber Höhe des Geislinger Talkessels. Dass sie jahrzehntelang eine alt eingesessene Weinhandlung betrieben hatten, wusste Linkohr aus den Schilderungen der Floristin Birgit Landau.

»Auch uns hat die Zeit überrollt«, sagte Andreas Harscher bitter, nachdem sie zu dritt auf der ziemlich durchgesessenen Sitzgruppe im Wohnzimmer Platz genommen hatten. Das Mobiliar ordnete Linkohr dem Stil der späten 50er Jahre zu. »Die Supermärkte haben uns letztlich den Garaus gemacht«, fuhr Harscher fort und erhob sein Rotweinglas, um mit seiner Frau und Linkohr anzustoßen. »Wir haben zwar erlesene Tröpfchen gehabt, aber der Markt dafür ist in so einer Kleinstadt nicht groß genug, um finanziell davon leben zu können.«

Linkohr brachte sein Bedauern darüber zum Ausdruck, dass es die schnuckeligen, kleinen Geschäfte, von denen die ältere Generation schwärmte, nicht mehr gab. »Die Folge sind doch gesichtslose Großmärkte, die nach Belieben überall stehen könnten«, sagte er. »Die Alten sagen zu Recht, dass die

Städte ihr Gesicht, ihren Charakter und den ihnen eigenen Flair verloren haben.«

»Und kleine Weinläden finden Sie so gut wie gar nicht mehr«, schwärmte Frau Harscher, die genauso fit erschien wie ihr Mann. »Die Qualität, die wir hatten, finden Sie in keinem Supermarkt.«

Linkohr nickte anerkennend, obwohl er nicht gerade ein Weinkenner war. »Ihre Weinhandlung bot reichlich Platz für die Lagerung solch edler Tropfen«, kam er zur Sache – wohl wissend, dass sich Gespräche mit älteren Menschen, die in Vergangenem schwelgten, über Stunden hinziehen konnten. Dazu war er heute nicht aufgelegt. Denn Nena wartete eine dreiviertel Autostunde entfernt in Schorndorf.

»Das waren ideale Bedingungen«, knüpfte Harscher an Linkohrs Feststellung an. »Uralte Eichenfässer, noch vom Großvater des Vorbesitzers, dem Mollenkopf. Und eine konstante Temperatur von etwa 8 Grad. Sommers wie winters.«

»Ich hab Ihnen ja bereits am Telefon angedeutet, dass uns der unterste Gewölbekeller interessiert.«

Frau Harscher unterbrach ihn: »Es geht um einen Mord, haben Sie gesagt. Aber das hat doch nichts mit unserem Haus zu tun?«

»Nein, ganz bestimmt nicht«, beruhigte Linkohr. »Wir gehen nur einem Gerücht nach.«

»Sie haben's angedeutet – die Sache mit der eingemauerten Maschine«, unterbrach ihn Harscher. Er strich sich übers unrasierte Gesicht, das von tiefen Falten durchzogen war. »Eine Geschichte, die sich hartnäckig hält.« Er trank einen Schluck Rotwein.

»Seit über 65 Jahren schon«, ergänzte Frau Harscher. »Wir waren damals 17, müssen Sie wissen.«

»Das können Sie sich heute gar nicht mehr vorstellen, junger Mann«, fuhr Harscher fort. »17 Jahre alt, ein junges Leben, das bis dahin nur aus Not und Krieg bestanden hat. Der Vater an der Front gefallen, die Mutter mit mir und den zwei Geschwistern allein.«

»Wir beide, Andreas und ich, waren Nachbarskinder und haben uns in diesen Monaten nach dem Krieg in der Weinhandlung von diesem Mollenkopf nützlich gemacht«, sagte Frau Harscher und lächelte ihren Mann liebevoll von der Seite an. »Und acht Jahre später haben wir die Weinhandlung übernommen – und hatten das Glück, dass uns das sogenannte Wirtschaftswunder eine große Nachfrage nach guten Weinen beschert hat.«

Linkohr befürchtete, dass das Gespräch wieder eine Wende nahm, die viel Zeit und Geduld, vor allem aber auch Einfühlungsvermögen erforderte. »Aber während des Krieges wurden die Gewölbekeller auch als Bunker genutzt«, versuchte er, wieder zur Sache zu kommen.

»Notgedrungen, junger Mann«, erklärte Harscher. »Dort, in dieser Gegend, wo die Bahnhofstraße steil abwärts führt, gab es praktisch keine Luftschutzkeller. Was hätte man auch machen sollen, wenn bei einem Fliegeralarm die Sirenen heulten, und die Nachbarn dort unten Zuflucht gesucht haben? Man konnte sie ja nicht abweisen. Auch wir sind damals in das Geschäft gestürmt und runter in diese Keller, die sich mehrgeschossig in den Berg reinziehen.«

»Bunker waren das keine«, erklärte seine Frau. »Bei einem Volltreffer wäre das ganze Haus zerstört worden. Aber zum Glück wurde Geislingen weitgehend verschont – trotz der WMF, die damals wohl weniger Bestecke als vielmehr Rüstungsgüter produziert hat.«

»Sie kennen das Gerücht«, blieb Linkohr am Thema dran,

»da soll in den letzten Kriegstagen etwas eingemauert worden sein.«

Harscher nickte und trank wieder. »Dass jetzt, mit dem Abstand von über 65 Jahren, erstmals offen darüber gesprochen wird, zeigt doch, dass man langsam anfängt, ein unverkrampftes Verhältnis zur Zeitgeschichte zu kriegen.«

»Leider wird es aber immer schwieriger, Dichtung und Wahrheit strikt auseinanderzuhalten«, gab seine Frau zu bedenken.

»Ich persönlich glaube nicht, dass da etwas eingemauert wurde«, erklärte Harscher im Brustton der Überzeugung. »Das wäre uns damals aufgefallen. Klar, in den Nachkriegswochen sind wir vermutlich nie ganz runtergekommen. Aber auch noch drei, vier Monate später wäre uns da etwas aufgefallen.«

»Aber es sieht doch so aus, als sei eine Steinreihe dieser Mauer neu verfugt worden«, warf Linkohr ein.

»Ich weiß, was Sie meinen, Herr Linkohr«, erwiderte Harscher, »das sieht so aus. In der Tat. Aber ich glaube, das hat auch schon vor dem Krieg so ausgesehen.«

»Sie waren nie neugierig und haben ein paar Steine rausgestemmt?«, wollte Linkohr wissen.

Harscher grinste. »Nie, nein. Warum auch? Wenn da ein paar Gewehre drin gewesen wären, hätte mir das nur Ärger eingebracht. Oder – was auch schon behauptet wurde – es seien Nazi-Akten oder Dokumente über das KZ, das es am Stadtrand gegeben hat. In den 50er Jahren«, er sah finster drein, »hätte vermutlich nicht mal die Kommune selbst Interesse daran gehabt, so etwas publik werden zu lassen.«

»Mal angenommen«, rekapitulierte Linkohr, »da wäre tatsächlich etwas eingemauert worden – was könnte es gewesen sein, wenn nicht Nazi-Akten und irgendwelche belastenden Dokumente?«

Harscher lächelte verlegen. »Jedenfalls nicht das, was wir in den letzten Jahren, als wir die Weinhandlung noch hatten, öfters zu hören bekommen haben. Wissen Sie, Herr Linkohr, das sind Ammenmärchen. Sie wollen doch nicht auch etwa so einen Unsinn glauben? Da könnten Sie ja gleich die Story von den grünen Männchen erzählen. Oder vom Ungeheuer von Loch Ness.«

»Oder von den Riesen von Woronesch«, warf Frau Harscher unerwartet ein. »Das war 1989, als wir den Laden renoviert haben. Ende September, Anfang Oktober. Deshalb weiß ich's so genau. Kennen Sie die Geschichte von Woronesch?«

Linkohr schüttelte den Kopf. Und eigentlich wollte er die Geschichte auch gar nicht hören. Aber Sabine Harscher überschüttete ihn mit einem Redeschwall: »Woronesch, irgendeine Stadt in Russland. Da sollen riesige Menschen mit seltsamen Maschinen gelandet sein und die Bevölkerung in Atem gehalten haben. Die Presseagenturen haben sich damals geradezu mit Berichten überschlagen, in denen von der Landung von Riesen im städtischen Park die Rede war. Können Sie übrigens alles bei Wikipedia im Internet nachlesen. So richtig zur Kenntnis genommen hat man das damals nicht. Die Medien haben's dann totgeschwiegen oder lächerlich gemacht.«

»Weil nicht sein kann, was nicht sein darf«, ergänzte Harscher.

»1989«, wiederholte Linkohr, um Interesse vorzutäuschen. »Das war Woronesch. Aber die Einmauerung hier muss früher geschehen sein …«

»… natürlich, wie ich sagte«, beeilte sich Harscher zu sagen. »Und zwar schon lang vorher. Falls überhaupt etwas eingemauert wurde. Was ich stark bezweifle.«

»Und worüber wurde denn geredet, wenn's nach dem Krieg um dieses angebliche Versteck gegangen ist?« Linkohr wollte so schnell wie möglich von den Vorkommnissen in Woronesch ablenken. Frau Harscher ging darauf ein und erklärte: »Es ging … na ja, sagen wir es mal so – um ein angebliches Experiment, das aus vielen Vorrichtungen besteht und das mit jedem einzelnen Gehirn – also menschlichen Gehirn – Verbindung aufnehmen kann.« Sie wartete vergeblich auf eine Reaktion Linkohrs, weshalb sie fortfuhr: »Gedankenübertragung, Telepathie, Telekinese – das sind die Schlagworte für Dinge, die fürs Militär von großer Bedeutung waren.«

»Nachrichten auf biodigitalen Frequenzmodulationen, womöglich schneller als das Licht«, schwärmte Harscher und grinste ironisch: »Selbst wenn die Nazis – oder wer auch immer vor ihnen – an so einer Versuchseinrichtung gebastelt haben, ist's nicht bis zur Serienreife gediehen.«

»Oder die Amis haben's mitgenommen«, gab Linkohr zu bedenken. Immerhin hatte er schon mehrfach Dokumentationen gesehen, wonach die US-Amerikaner deutschen Wissenschaftlern beste Forschungsmöglichkeiten angeboten hatten, um sie nach dem Krieg über den großen Teich zu locken. Einer der prominentesten aus dieser Gilde war Wernher von Braun gewesen, ohne den die Mondlandung 1969 vermutlich bis heute nicht stattgefunden hätte.

»Da war nichts, was die Amis hätten mitnehmen können«, betonte Harscher – für Linkohrs Begriff ein bisschen zu forsch und zu bestimmend. »Sie finden in keiner Chronik oder wo immer Sie nachschlagen wollen auch nur den geringsten Hinweis auf solche Aktivitäten. Auch der Gruber – unser Stadtarchivar – hat nirgendwo Anhaltspunkte dafür entdeckt, dass ausgerechnet in Geislingen eine solche

›Supermaschine‹ gebaut worden sein soll, mit der die Wissenschaft geradezu revolutioniert worden wäre.« Harscher sah Linkohr beinahe mitleidig an: »Immerhin vermuten Sie jetzt nicht auch noch, es sei ein Perpetuum mobile gewesen.«

»Mein Mann meint, dass alles nur reine Spekulation ist«, bekräftigte Frau Harscher. »Aber wenn es für Sie in Ihrem Fall von so großer Bedeutung ist – warum lassen Sie die Wand nicht einfach aufbrechen?«

Linkohr befürchtete, dass ihn der Staatsanwalt für verrückt erklären würde, käme er mit so einer Idee daher.

»Bin ich eigentlich der Erste, der sich für diesen Keller interessiert?«, hakte der Kriminalist nach und stieß zunächst auf eine Mauer des Schweigens, wie es ihm erschien.

Frau Harscher rang sich jedoch nach einem kurzen Blickwechsel mit ihrem Mann zu einer Antwort durch: »Als das Haus zum Verkauf stand, haben sich viele Interessenten alles angeschaut. Ist ja auch klar. Erst kürzlich ist noch eine Dame aufgetaucht. Die hatte aber gar nicht mitgekriegt, dass es schon verkauft war.«

»Eine Dame?«

»Ja, sie hatte historisches Interesse an dem Gebäude.«

Andreas Harscher fuhr sich durchs dünne, graue Haar und richtete seinen Oberkörper auf, als sei er noch heute stolz auf das Haus. »Sie hatte es in ein Museum verwandeln wollen. ›Wein- und Getränkemuseum‹ oder so was Ähnliches. Aber wir sind jetzt trotzdem froh, diese Blumenhändler gefunden zu haben, die das Haus mit sehr viel Liebe erhalten wollen.«

Seine Frau ergänzte: »Wir hätten es nie zugelassen, dass es abgebrochen wird. So, wie dies in Geislingen normalerweise üblich ist: wegreißen und eine hässliche Betonkiste hinstellen.«

Linkohr vermied es, sich auf eine Diskussion einzulassen. Immerhin war der historische Stadtkern noch weitestgehend von der damaligen, falsch verstandenen Sanierungswut verschont geblieben.

»Die Dame, die sich da interessiert hat«, griff Linkohr das Angesprochene noch einmal auf, »erinnern Sie sich an ihren Namen?«

»Oje, Herr Linkohr«, erwiderte Harscher, »keine Ahnung. Sie war aber ziemlich gebildet und vornehm.« Er lächelte vielsagend.

Seine Frau sah ihn fragend an: »Hat sie nicht gesagt, sie sei an der Hochschule beschäftigt?«

Harscher zuckte mit den Schultern. »Ich kann mich nur noch entsinnen, dass sie mit so einem kleinen Motorrad unterwegs war. Das hat uns doch ziemlich verwundert.«

61

Jonas Mullinger hatte sich viel Zeit gelassen. Er war dem schmalen Bergpfad in südwestliche Richtung gefolgt und immer mal wieder auf einem großen Stein gesessen, um in der Sonne nachzudenken und die geradezu atemberaubende Aussicht auf die Lechtaler Alpen zu genießen. Sie waren noch weitgehend wolkenfrei, während sich jenseits des Tannheimer Tales der Aggenstein immer stärker in Nebel hüllte.

An so einem Wochenende wie dem jetzigen zog es die Wanderer zuhauf in diese Landschaft, deren gewaltiger Höhenrücken zwischen Neunerköpfle und der Landsberger Hütte zwar alpine Ausblicke bot, aber keinerlei wirklich schwindelerregende Passagen aufwies. Der junge Mann war unterwegs sogar noch auf zwei über 2000 Meter hohe Gipfel gestiegen, die rechts des Wegs kahl und steinig in die Höhe ragten – die Sulz- und die Schochenspitze. Von dort oben ging der Blick weit ins Alpenvorland hinaus, das sich heute jedoch im tiefen Gewölk verlor, das von Nordwesten aufzog.

Mullinger hatte einen Teil seines Proviants verzehrt, den er mit zur Hütte heraufgebracht hatte. Denn auch wenn es diese unliebsamen Ereignisse nicht gegeben hätte, wäre er spätestens am morgigen Montag weitergewandert. Er nahm noch einen kräftigen Schluck aus seiner Mineralwasserflasche und setzte den Weg zu seinem Ziel fort, das er am Spätnachmittag von einem dieser Berggipfel aus bereits sehen konnte: Die Landsberger Hütte thronte links unter ihm auf einem schmalen Grat, der eine wassergefüllte Mulde zum Abhang hin begrenzte. Dieser Teich, der auf der Wanderkarte als ›Lache‹ ausgewiesen wurde, lag zu Füßen der steil aufragenden Berghänge, die von drei Seiten zu der Wasserfläche herabreichten. Mullinger verfolgte aus der Vogelperspektive den Pfad, den er gehen würde: Im weiten Bogen links um diesen Tümpel herum, an dessen gegenüberliegender Seite sich im Geröll und dichten Bewuchs ein kurzer Anstieg zur Hütte abzeichnete, auf deren Terrasse Sonnenschirme leuchteten. Von dort aus folgte der Pfad dem Grat, um sich im Steilhang eine Höhenstufe abwärts zu einem weiteren See zu winden. Vermutlich, so überlegte Linkohr, handelte es sich um einen künstlich angelegten Stausee für die Stromproduktion. Er verfolgte den weiteren Weg, der rechts dieses Wasserspeichers zur nächsten Höhenstufe führte, bis zu der der Hochwald heraufragte. Ganz weit unten, eingezwängt in die bewaldeten Gebirgshänge, glitzerte der Vilsalpsee.

Mullinger beschloss, sich diesen ganzen Abstieg und den schätzungsweise vier Kilometer weiten Rückweg nach Tannheim heute nicht mehr anzutun. Er hatte sich viel Zeit genommen, auch mal am Wegrand ein Weilchen geschlafen, und bei seinen langen Pausen über Gott und die Welt nachgedacht. Jetzt war es bereits 19 Uhr, sodass er auch an einem Tag wie heute, wenn die Sonne fast schon am längsten am Himmel stand, beim Abstieg in die Nachtstunden hineinkäme. Er hatte nur seine kleine Taschenlampe dabei und wollte nicht das Risiko eingehen, sich im unwegsamen Gelände zu verirren.

Es dauerte noch über eine halbe Stunde, bis er die bewirtschaftete Hütte erreicht hatte, die mittlerweile im Schatten der Steilhänge lag. Niemand saß mehr auf der Terrasse. Die Temperatur war mit den verschwindenden Sonnenstrahlen deutlich gesunken.

Mullinger betrat den schlecht beleuchteten Innenraum, in dem ihm der Duft von Fett und Bratkartoffeln entgegenschlug. Er grüßte die Bedienung, die ihn freundlich anlächelte, und fragte nach einer Übernachtungsmöglichkeit. Ohne große Formalitäten bekam er diese geboten und landete in einem der rustikal eingerichteten Zimmer unterm Dach. So wie es aussah, brauchte er es mit niemandem zu teilen. In modern ausgestatteten Hütten gehörten Matratzenlager ohnehin der Vergangenheit an. Das mochte zwar komfortabel sein, war jedoch nichts weiter als ein Zugeständnis an die gestiegenen Ansprüche der zunehmenden Zahl von Bergtouristen. Die meisten hatten mit den Gebirgswanderern alter Prägung nichts mehr gemein. Denen war jeglicher Luxus ein Graus gewesen, weil sie befürchteten, die Alpenlandschaft werde eines Tages verrummelt.

Mullinger hatte sich seine Schlafstätte mit dem Rucksack reserviert, sich am Waschbecken frisch gemacht und war dann in die Hüttenstube gegangen, in der ihm feuchtwarme Luft entgegenschlug. Zwei Tische weiter spielten drei zünftige Bergburschen Skat, wobei offenbar reichlich Bier floss.

Mullinger bestellte Leberkäs mit Spiegelei und Bratkartoffeln und gönnte sich ebenfalls ein Bier. Nun war es das erste Mal, dass er auf einer öffentlichen Berghütte nächtigte.

Keinen einzigen seiner Studienkollegen hatte er zu einer Gebirgswanderung überreden können. Manchmal schien es ihm, als seien alle seine Altersgenossen nur noch an ›Events‹ und großen, vor allem lautstarken Veranstaltungen interessiert, ohne ein Auge für die Natur zu haben. Er jedoch hatte sich schon von frühester Jugend an für Tiere und Pflanzen interessiert, für das Wetter und die vielen, noch unerforschten Geheimnisse, die das Leben bereithielt. Eigentlich wäre er gern Naturwissenschaftler geworden, doch weil es zu einem Uni-Studium nicht gereicht hatte, war er auf die Tourismus-Branche gekommen, die ebenfalls Interesse an einer intakten Umwelt haben musste. Eines Tages, da war er sich ganz sicher, würde er in irgendeinem Fremdenverkehrsbüro eine leitende Position einnehmen und für ›sanften‹ Tourismus werben. Jedenfalls würde es mit ihm keine weiteren Seilbahn-Erschließungen mehr geben, weder für Gondeln noch für Skilifte, und schon gar keine Einrichtungen, mit denen Massen in unberührte Landschaften gelockt wurden.

Gerade, als er in solche Gedanken versunken war und, vom Alkohol des halben Glases Bier in sanfte Hochstimmung gebracht, über seine Zukunft philosophierte, wurde die Klinke der Eingangstür niedergedrückt. Nur im Augenwinkel nahm er eine Person wahr, die kurz stehen blieb und sich zu orientieren schien.

Mullinger sah auf und wusste für eine Sekunde lang nicht, was dies zu bedeuten hatte.

62

Häberle war zu müde gewesen, um sich noch mit Grantner in einer Kneipe zusammenzusetzen. Sie verabredeten sich für den morgigen Montag, um im Gebäude der Polizeiinspektion Grän die bisherigen Erkenntnisse zusammenzustellen. Auch Platzko und der örtliche Abteilungsinspektor Gustav Niedermaier sollten dabei sein.

Häberle ließ sich von Grantner zum Campingplatz fahren, verabschiedete sich dort und ging zu Fuß auf das Gelände. Es war 19.30 Uhr und an diesen Tagen rund um die Sommersonnenwende noch lang hell. Er schlenderte die asphaltierte Einfahrt hinab und sah sich um. Bereits nach seinem Eintreffen am späten Vormittag hatte er sich nach den Fahrzeugen von Fischer, Falkenstein und Astor umgesehen, deren Kennzeichen ihm Linkohr besorgt hatte.

Häberle hatte daraufhin die Autos von Fischer und Falkenstein entdeckt, nicht jedoch den Geländewagen von Astor. Auch jetzt waren nur diese beiden Fahrzeuge zu sehen, die neben ihren jeweiligen Wohnwagen standen. Bei Fischers Caravan war gerade eine Frau damit beschäftigt, Wäsche zum Trocknen auf eine Leine zu hängen.

Häberle entschied, es trotz seiner Müdigkeit auf einen kleinen Plausch ankommen zu lassen. Er schlenderte an der Reihe der abgestellten Wohnwagen entlang, als wolle er noch einen Abendspaziergang machen.

»Einen wunderschönen guten Abend«, lächelte er der Frau zu, die ihn beim Näherkommen bereits neugierig beäugt hatte.

»Guten Abend«, erwiderte sie seinen Gruß und schien sogar darauf zu warten, dass er sich Zeit für ein Gespräch nahm. »Das richtige Wetter, um Wäsche zu trocknen«, sagte er und blieb stehen. »Wir haben ja richtig Glück an diesem Wochenende. Die Wolkenwand hat sich zum Abend hin doch noch verzogen.« Er sah zum Aggenstein hinauf, der in ungetrübter Schönheit in die Höhe ragte. »Da wird man die Herz-Jesu-Feuer heute Abend gut sehen können.«

»Ja, geradezu genial«, sagte Renate Fischer. »War gestern Abend schon traumhaft. Aber heute gibt's die Feuer drüben in Tannheim und besonders schön in Schattwald.« Sie deutete zur anderen Talseite. »Sind Sie erst heute angekommen?« Es war eine der typischen Fragen, mit denen Camper meist ihre Konversationen begannen.

»Heut' Vormittag, ja«, erklärte Häberle und trat einen Schritt näher an Fischers Parzelle heran. »Und sogar schon auf dem Berg gewesen.«

»Neunerköpfle oder Füssener Jöchle?« Die Frau ging davon aus, dass er eine Seilbahn benutzt hatte.

»Neunerköpfle. Aber nicht weit gewandert. Nur ein bisschen da oben rum halt.«

»Traumhaft da oben, gell? Normalerweise gehen wir um diese Jahreszeit auch hoch, aber diesmal will mein Mann nicht so recht.« Sie lächelte. »Er will's gemütlich angehen und lieber im Tal wandern. Aber wir haben ja Zeit. Als Rentner ist man nicht mehr an diese schrecklichen Arbeitszwänge gebunden.« Sie sah Häberle an. »Sind Sie auch schon Ruheständler?«

Er zögerte. »Nicht ganz«, wich er aus. »So ein bisschen muss ich noch.« Er sehnte diese herrlich freie Zeit herbei, ohne Zwänge, ohne jemandem Rechenschaft schuldig zu sein, ohne diese elenden Verwaltungshengste, die jetzt mit der Polizeistrukturreform in Baden-Württemberg hoffentlich auf ein Mindestmaß zurechtgestutzt wurden, auch wenn Göppingen damit seine Direktion verlor und einem neuen

Polizeipräsidium mit Sitz in Ulm untergeordnet wurde. Dort würde künftig auch Häberles neuer Dienstsitz sein.

Er ging auf die Frage der Frau ein. »Sie können also hier bleiben, so lang es Ihnen beliebt«, stellte er fest.

»Genau so ist es. Und wenn's mal regnet, stört's uns auch nicht.«

»Es sieht hier so aus, als seien viele Dauercamper da.« Häberle versuchte, das Gespräch in eine entsprechende Richtung zu lenken.

»Ja, die ganze Reihe hier.« Sie deutete die Gasse entlang. »Alles nette Leute, meist auch schon Rentner.«

»Aber heut ist wohl keiner hier?« Häberle sah sich demonstrativ um, ohne jemanden wahrzunehmen.

»Doch, doch. Viele sitzen um diese Zeit schon vor ihrem Fernseher. Und mein Mann ist noch nach Tannheim rüber. Er hat einen Bekannten an der Seilbahn abgeholt und wollte mit ihm noch in eine Wirtschaft gehen und später die Herz-Jesu-Feuer anschauen.« Sie lächelte. »Das brauch ich nicht unbedingt.«

»An der Seilbahn«, nahm Häberle die Gelegenheit wahr, sein anvisiertes Thema aufzugreifen, »da soll etwas Schlimmes passiert sein, hab ich gehört.«

Renate Fischer kam nun auch einen Schritt näher, nachdem sie ihr letztes Wäschestück an die Leine geklammert hatte. »Ja, ziemlich schreckliche Sache. Jemand hat vorgestern Morgen eine Frau umgebracht. In einer Gondel. Genaues weiß man nicht.«

»Weiß man denn, wer die Frau war?«

Renate Fischer zögerte. Sie war sich offenbar unschlüssig, ob sie ihr Wissen kundtun sollte. »Sie ist ... sie war sogar eine gute Bekannte von uns«, sagte sie schließlich unsicher, ohne zu ahnen, dass Häberle diese Antwort erwartet hatte.

»Ach Gott«, zeigte er sich betroffen. »Sie haben sie gekannt?« Er kam noch näher zu ihr heran, um dem Gespräch einen vertraulichen Anschein zu geben. Aus Erfahrung wusste er, dass Frauen wie Renate Fischer geradezu dankbar dafür waren, wenn sich jemand für ihre Klatschgeschichten interessierte.

»Man muss wissen«, fuhr sie ungefragt fort, »dass wir zwei Ehepaare sind, die regelmäßig hierher kommen, um mit einigen anderen Leuten hier tolle Wochenenden zu verbringen. Karin – so heißt die Frau – gehörte auch dazu.«

Frau Fischer begann, nahezu ohne Punkt und Komma zu erzählen, dass sie sich auf einer privaten Almhütte zusammenfänden, um über Gott und die Welt zu reden. Diesmal aber, so wiederholte sie das bereits anfangs Gesagte, hätten sie und ihr Mann es vorgezogen, nicht mit hochzugehen.

»Und was glauben Sie: Wer hat diese Frau umgebracht?«, fragte Häberle direkt. Er riskierte diese Neugier, nachdem die Frau derart geschwätzig war, dass sie vermutlich nicht misstrauisch werden würde.

»Die Karin? Nun ja, sie war Witwe, müssen Sie wissen. Seit 14 Jahren schon. Da kann man annehmen, dass sie nicht nur daheimgesessen ist – wenn Sie verstehen, was ich meine. Außerdem …«, sie kam noch näher an Häberle heran, »… außerdem hat sie erst an Silvester gesagt – wir haben gemeinsam gefeiert, müssen Sie wissen –, dass sie sich fürchte, weil die Welt voller Verräter sei.«

Häberle wurde hellhörig. »Verräter? Wie ist denn das zu verstehen?«

»Wir haben uns auch gewundert, mein Mann und ich. Aber irgendwie, so schien es uns, hat sie wohl gemeint, jemand aus unserem gemeinsamen Freundeskreis würde etwas, das wir vertraulich bereden, schamlos ausnutzen.«

»Hm«, machte Häberle. »Und was bereden Sie denn so vertraulich, wenn ich fragen darf?«

»Wie ich schon sagte – wir reden über Gott und die Welt.« Sie wollte offensichtlich keine Details preisgeben, was Häberle angesichts eigener Erkenntnisse auch nicht für erforderlich hielt.

»Und diese Frau hat auch hier auf dem Campingplatz gewohnt?«, fragte er überflüssigerweise, um den Unwissenden zu spielen.

»Nein, wo denken Sie hin! Karin hat sich immer im Hochsteinhof einquartiert, in dem ihre Tochter die Juniorchefin ist. Die hat dort eingeheiratet.«

»Schön für sie«, brummte Häberle. »Aber andere wohnen hier auf dem Platz?«

»Ja, wie ich schon sagte. Ein weiteres Ehepaar, die Falkensteins. Er ist übrigens Pfarrer, ein ziemlich angesehener, in Stuttgart. Aber jetzt ist er auch pensioniert. Und dann noch unser Uwe Astor, der sich hier fest einquartiert hat. Gleich da drüben.« Sie zeigte auf einen der nächsten Wohnwagen. »Der ist aber oft unterwegs. Heute wohl auch.«

Häberle vergrub seine Hände in den Jackentaschen. »Der hat sich fest einquartiert?«

»Ein Lebenskünstler, ja. Er macht von hier aus seinen Job. So hätte man sich das Arbeitsleben auch immer gewünscht.«

Häberle suchte krampfhaft nach weiteren Themen, um das Gespräch nicht abbrechen zu lassen. »Da hat er ja alle Freiheiten, die man sich so vorstellt.« Er grinste süffisant. »Wie geht das denn – hier leben und trotzdem arbeiten? Ist er freischaffender Künstler?«

»Ne, Uwe macht auf Versicherung und so. Betreut seine Kundschaft per Internet. Manchmal ist er aber auch ein paar Tage unterwegs.« Sie sah an Häberle vorbei, um dessen Wohnmobil im Blickfeld zu haben. »Er kommt übrigens aus derselben Gegend wie Sie. ›GP‹ – Göppingen.«

Häberle wollte nicht darauf eingehen. Insgeheim hatte er bereits ein schlechtes Gewissen, dass seine wahre Identität sicher bald bekannt sein würde – spätestens, wenn sich Christoph Falkenstein und dieser Fischer trafen.

»GP ist hier stark vertreten«, fuhr Frau Fischer fort. »Da vorn steht noch ein Wohnmobil. Sogar ein ziemlich großes.« Sie deutete den Weg abwärts. Häberle erschien dies nicht ungewöhnlich, schließlich hatte er selbst oft genug gesehen, dass das Tannheimer Tal viele Bergfreunde aus dem Bereich zwischen Ulm und Stuttgart anlockte. Die Autobahn A7 bot dafür die allerbeste Verkehrsverbindung.

Hellhörig wurde der Ermittler jedoch, als Renate Fischer ergänzte: »Kommt nicht gerade oft vor, dass eine Frau allein mit einem so großen Wohnmobil unterwegs ist. Und sogar ein kleines Motorrad dabei hat. Hinten auf so einem Ständer drauf.«

Das ist tatsächlich ungewöhnlich, dachte Häberle. Er würde sich die Frau genauer anschauen müssen.

63

Josefina Hallmoser atmete tief durch, lehnte sich auf dem Holzstuhl zurück und trank Kamillentee. Dass sie jetzt allein war – allein mit sich und der Stille der Berge – das empfand sie als ein Geschenk Gottes. Die beiden vergangenen Tage waren stressig genug gewesen. Der Tod Karins, die Gespräche darüber und die tiefe Betroffenheit hatten an ihren Nerven gezehrt.

Zwar hatte sie sich auf ein turbulentes Wochenende mit ihren Gästen eingestellt, aber all diese unerwarteten Ereignisse waren über sie hereingestürzt wie ein Erdrutsch, der alles unter sich begräbt. Die Freude am Treffen war ebenso verschüttet wie die Begeisterung für die Themen, die sie sich vorgenommen hatten.

Dass die anderen im Lauf des Nachmittags zu Wandertouren aufgebrochen waren, um entweder ins Tal zu steigen oder zur Landsberger Hütte rüberzugehen, hatte sie keinem von ihnen übel genommen. Sie alle brauchten Ablenkung, vor allem aber innere Einkehr. Sie genoss deshalb diese abendliche Stille, von der sie umgeben war. Im Holzofen knisterte das Feuer, die Öllampe verbreitete ein diffuses Licht, das überallhin tanzende Schatten projizierte – so, als sei der Raum voll geheimnisvollen Lebens. Josefina war um halb elf noch kurz vor der Hütte gewesen, um in der Kühle der Nacht den funkelnden Zauber der Sterne in sich aufzunehmen, diese Botschaften, die das Universum aus unendlich weiter Ferne und damit aus der Vergangenheit zur Erde sandte. Sie bedauerte es, keines der Herz-Jesu-Feuer von hier aus sehen zu können.

Zurückgekehrt in die behagliche Wärme der Hütte, hatte sie die Tür verriegelt, die Fensterläden von innen zugeklappt und sich einen Tee aufgebrüht, dessen Aroma sich jetzt mit dem Duft des brennenden Holzes vermischte.

Diese wenigen Tage der Einsamkeit, ohne ihren Mann, ohne die Zwänge, die ihr die Landwirtschaft aufbürdete, waren Balsam für ihre Seele. Dies empfand sie nicht einmal bei den sonntäglichen Gottesdienstbesuchen so intensiv wie in diesem Augenblick. Hier oben fühlte sie sich dem

Himmel so nah wie nirgendwo sonst. Und das Fehlen jeglichen Geräusches erschien ihr wie die sakrale Stille eines Kirchenraumes.

Während sie Tee trank, ging ihr Blick zum Kruzifix, das sich im schwachen Lampenlicht nur schemenhaft aus der Dunkelheit hervorhob. Weil es schräg in der Zimmerecke abgehängt war, warf es einen unruhigen Schatten zur Decke hinauf. Im Knistern und Knacken des Feuers hatte Josefina den Eindruck, dem leidenden Herrgott an seinem Kreuz ganz nahe zu sein.

Ein paar Atemzüge später griff sie hinter sich zu einem Schränkchen, auf dem ein dickes Buch an die Wand gelehnt war. Sie legte es vor sich auf den Tisch, nahm anschließend die Öllampe vom Deckenhaken, um ihr Licht direkt vor sich zu haben. Dann schlug sie die vielen Hundert Seiten des dicken Buches so weit auf, bis nur noch wenige Blätter auf der rechten Seite verblieben. Sie setzte ihre Lesebrille auf, die sie aus einem Etui genommen hatte, und befeuchtete sich Daumen und Zeigefinger, um einige der Seiten weiterblättern zu können, bis am oberen Rand das Wort ›Offenbarung‹ auftauchte.

Genau damit, so war beim letzten Treffen im Oktober beschlossen worden, hätten sie sich in den nächsten Tagen auseinandersetzen wollen. Besonders gespannt war sie auf die Worte des Theologen Christoph Falkenstein gewesen. Denn wenn es tatsächlich zu dem kommen würde, was die Verschwörungstheoretiker aus dem Ende des Maya-Kalenders folgerten, dann musste es auf den letzten Seiten der Bibel Hinweise dafür geben.

Doch wann immer in der Kirche die Sprache auf die Offenbarung kam, hatte Josefina den Eindruck gehabt, dass die Theologen dieses Thema mieden – so tief religiös sie auch waren. Sie konnte sich ohnehin des Gefühls nicht erwehren, dass nur ein Teil des klein und eng gedruckten Inhalts der Bibel dem Laien wirklich nahegebracht werden sollte. Immerhin wimmelte es im Alten Testament geradezu von blutrünstigen, gewalttätigen Szenen, von Mord und Totschlag, Machtkämpfen und Intrigen.

Natürlich, das wusste sie, war das Alte Testament weitgehend ein Geschichtsbuch, dessen einzelne Episoden erst Jahrhunderte später niedergeschrieben worden waren, nachdem man dies alles über Generationen hinweg nur mündlich überliefert hatte.

Wenn Josefina darüber nachdachte, versuchte sie, sich diese Art von Geschichtsschreibung vorzustellen. Das wäre, wie wenn ein Ereignis aus der Jetztzeit über Hunderte von Jahren hinweg nur mündlich weitererzählt werden würde, bis es endlich jemand niederschreiben könnte. Wie sollten da noch wörtliche Zitate und Details wahrheitsgetreu wiedergegeben werden?

Josefina kämpfte gegen solche Zweifel an und tröstete sich damit, dass beim Neuen Testament, also den Ereignissen ab Jesu Geburt, die Protokollierungen etwas zeitnaher erfolgt waren – nur im Abstand einiger Jahrzehnte. Was dann freilich wiederum Hunderte Jahre später in der Bibel zusammengefasst wurde, war auch nur eine Auswahl dieser vielen Dokumente, erinnerte sich Josefina an die Erklärungen, die Falkenstein beim letzten Treffen gegeben hatte.

Neben den Aufzeichnungen der vier sogenannten Evangelisten, die in ihren Berichten unterschiedliche Schwerpunkte setzten, gab es auch Zitate aus Briefen, die später Missionare an ihre Gemeinden geschrieben hatten.

Immer wieder drehten sich Josefinas Zweifel um die Auferstehung, dem zentralen Punkt des Christentums. Falkenstein hatte jedoch als Beweis für die Glaubwürdigkeit der Schilderungen darauf hingewiesen, dass der Leichnam verschwunden gewesen und Jesus in den folgenden 40 Tagen bis zur Himmelfahrt mehreren Personen erschienen sei. Dass es sich um keine »Geister-Erscheinung« gehandelt habe, sondern um eine Person aus Fleisch und Blut, werde zumindest in einem Fall deutlich, in dem Jesus den Jünger Thomas aufgefordert habe, seine Kreuzigungswunden zu fühlen.

Josefina sah in das flackernde Lampenlicht und musste an die langen Darstellungen Falkensteins im vergangenen Herbst denken. Beeindruckt hatte sie damals der Theologe auch mit dem Hinweis, dass es viele Dokumente gebe, die keinen Eingang in die Bibel gefunden hätten. Zuletzt seien noch 1945 in versiegelten Tongefäßen, die man in Ägypten entdeckt habe, Schriftrollen aufgetaucht, die Wissenschaftler in die Zeit kurz nach Jesu Leben datiert hatten. Daraus stamme das sogenannte Thomasevangelium.

In ihrer anerzogenen Gottesfürchtigkeit, so holte sich Josefina selbst wieder in die Realität zurück, dürfte sie eigentlich keine zweifelnden Gedanken am Glauben zulassen. Andererseits war natürlich auch das Neue Testament keine Protokollierung der Geschehnisse, wie dies heutzutage schriftlich oder gar mit elektronischen Medien möglich wäre.

Josefina hörte auf ihre innere Stimme, die ihr zwar gewisse Zweifel zugestand, ihr aber gleichzeitig sagte, dass es vor rund 2000 Jahren in Bethlehem und Umgebung irgendetwas Außergewöhnliches gegeben haben musste, das die Menschen tief beeindruckt hatte. Sie beschrieben mit den Worten ihrer damaligen Vorstellungswelt, wofür sie keine Erklärung fanden.

Josefina war tief in mystische Gedanken versunken, als ein ungewöhnliches Knacken den Raum erfüllte. Gleichzeitig tanzten die Schatten wild, als habe sie ein kalter Luftzug erschreckt. Josefina hielt für einen Moment den Atem an, wagte sich nicht zu bewegen und starrte auf die Bibelseite vor ihr. War es das Knistern des Feuers gewesen, das sich gerade über feuchtes Holz hermachte? Ein Luftzug im Kamin? Im Augenwinkel formten sich die Schatten des Lampenlichts zu grau-schwarzen Ornamenten, zu Schleiern und Figuren. Josefina überkam das finstere Gefühl, nicht mehr allein, sondern umgeben von etwas zu sein, das nicht zu greifen war. War da nicht doch ein Luftzug? Noch immer saß sie wie erstarrt und lauschte. Aber wenn es irgendein Geräusch gab, wurde es von dem Knacken und Knistern im Ofen geschluckt.

Einbildung. Alles nur Einbildung, versuchte sie sich einzureden. Doch das Gefühl, von etwas Körperlosem umgeben zu sein, wurde sie damit nicht los. Langsam erhob sie ihren Blick zum Kruzifix. War er es, der ihr in dieser Einsamkeit ein Zeichen senden wollte? Oder Engel? Vielleicht würde sich aus den Schatten eine Gestalt formen. Josefina spürte einen kalten Schauer, der ihr Gänsehaut über den Rücken jagte. Wen würde sie sehen? Den Herrgott oder die Gottesmutter Maria, die nach Josefinas Überzeugung an verschiedenen Orten erschienen war und die Menschen zur Umkehr mahnte. Auch wenn sich die katholische Kirche oftmals mit solchen Erscheinungen schwer tat. Josefina aber las stets die monatlichen Botschaften, die von Medjugorje ausgingen, jenem Ort in Bosnien-Herzegowina, an dem angeblich Maria regelmäßig zu den Menschen sprach, die sie als »Kinder« bezeichnete. Oder waren es gefallene Engel, die sich jetzt, nach all dem Schrecklichen, was in den vergangenen Tagen geschehen war, hier in der Hütte bemerkbar machten? Denn wo es das Gute gab, das hatte Josefina schon oft gelesen, gab es auch das Böse. Den Satan. Hatten sie sich mit ihren Gedanken und ihren gelegentlichen paranormalen Experimenten zu weit ins Verbotene hinausgewagt? So weit, dass sie gar nicht mehr wussten, wo die Grenze zwischen gut und böse verlief?

Josefina sandte ein Stoßgebet zum Herrgott am Kruzifix und löste sich aus der inneren Verkrampfung. Langsam drehte sie sich zur Seite – in panischer Erwartung auf ein Zeichen aus dem Nichts. Ihre Augen trafen jetzt die geschlossene Wohnraumtür. An deren rauem Holz tanzte aber nur ihr eigener Schatten.

Josefina erhob sich wie in Zeitlupe, um kein Geräusch zu verursachen. Sie nahm den Griff der Petroleumlampe und ging langsam mit diesem Licht zur Tür. Für einen Moment zögerte sie, die Klinke niederzudrücken. Im Bruchteil einer Sekunde jagten tausend Gedanken durch ihren Kopf. War die Haustür offen? War durch sie ein Luftzug in die Hütte gelangt? Oder durch ein Fenster in der Küche? Hatte sie es geschlossen und auch dort die Fensterläden zugeklappt?

Natürlich konnte man auch an der Fassade hochsteigen und durch ein Dachfenster eindringen. Aber wer sollte denn so etwas tun? Und warum?

Viele Nächte hatte sie schon hier oben allein verbracht. Aber nie zuvor hatte es etwas gegeben, das ihr Furcht eingejagt hätte. Auch jetzt, so mahnte sie sich zur Ruhe, gab es keinerlei Grund dafür. Da war niemand. Ihre Sinne spielten ihr einfach einen Streich. Mehr nicht. Und wenn doch jemand eingedrungen war, jemand aus Fleisch und Blut? Von außen hätte er nicht feststellen können, ob in der Hütte noch eine Lampe brannte. Die Fensterläden des Wohnraums schlossen so dicht, dass kein einziger Lichtschein nach draußen dringen konnte. Falls also jemand ins Gebäude gelangt war, hätte er erst im dunklen Flur durch die Ritzen der Wohnraumtür Helligkeit bemerkt.

Josefinas Rücken erschauerte erneut. Was aber, wenn da draußen tatsächlich nichts war, obwohl sie irgendeine Anwesenheit spürte? War es Karin, die gekommen war, ihr ein Zeichen auf ihren Mörder zu geben?

Schließlich gab es genügend Berichte über Botschaften, die gerade sterbende oder vor Kurzem verstorbene Personen an enge Angehörige gesandt hatten. Während des Krieges sollen sich gefallene Soldaten dadurch bemerkbar gemacht haben, dass daheim ihre gerahmten Bilder von der Wand fielen. Doch ihr waren auch Fälle geläufig, bei denen sich längst Verstorbene viel später noch gemeldet hatten. Sie musste an Aleen denken, die so etwas einmal von einem alten Gasthaus bei Geislingen berichtet hatte: Als dieses Lokal an einem Oktoberabend 2004 nach längerem Leerstand wieder eröffnet wurde, löste sich um Mitternacht ein uralter Nagel aus der Wand, worauf das Bild der früheren Wirtin, die man liebevoll Mutter Franzl nannte, zum Entsetzen aller Anwesenden plötzlich zu Boden fiel. Die Frau, die mit bürgerlichem Namen Franziska Wagenblast hieß und als schwäbisches »Original« galt, war 1920 verstorben.

Josefina war sich dieser Schilderungen und Erinnerungen innerhalb eines Wimpernschlages bewusst geworden. Grauen und Angst hatte sich mit der Zuversicht verbunden, dass es positive Mächte und Kräfte gab, die ihr in dieser Nacht zur Seite standen. Sie rief ihren Schutzengel zu Hilfe, griff jetzt zur Klinke, drückte sie nieder und riss die Tür mit einem Ruck auf. Stille. Kühle Luft aus dem Flur und dem Treppenbereich schlug ihr entgegen. Das flackernde Licht der Petroleumlampe, die sie in der Hand hielt, traf auf die holzvertäfelten Wände und auf die Haustür, an der der Schlüssel steckte. Auch die Treppe, die zu den Schlafräumen hinaufführte, wurde in ein schaurig-flackerndes Licht gehüllt, das nach wenigen Stufen von der Finsternis geschluckt wurde.

Josefina ging die paar Schritte zur Tür, um sich zu vergewissern, dass sie tatsächlich verriegelt war, machte zufrieden wieder kehrt und wandte sich der kleinen Küche zu, wo der Lichtschein die Gegenstände und das Mobiliar nur schemenhaft erhellte.

Beruhigt stellte Josefina fest, dass Fenster und Fensterläden geschlossen waren.

Die Bewegung hatte ihr gut getan. Sie fühlte sich irgendwie befreit und beschloss, auch die oberen Räume zu inspizieren. Gerade als sie die drei ersten Stufen genommen hatte, funkelte ihr von einer der nächsten etwas entgegen, das dort nicht hingehörte. Sie blieb stehen, hielt die Lampe näher an das winzige Objekt, das auf der ausgetretenen Holzstufe lag, und zuckte zusammen. Doch ein Zeichen?

64

Häberle war noch an dem großen Wohnmobil mit dem GP-Kennzeichen vorbeigegangen, ohne jedoch jemanden zu bemerken. Der Heckständer, der sich zum Transportieren eines kleinen Zweirades eignete, war leer. Dass Wohnmobilisten einen Roller oder ein kleines Motorrad mit sich führten, war nichts Ungewöhnliches. Mit großen, sperrigen Fahrzeugen war es oftmals schwierig, durch enge Gassen zu kutschieren oder einen Parkplatz zu finden. Und Parkhäuser kamen allein schon wegen der geringen Durchfahrtshöhe nicht infrage. Da bot sich ein kleines wendiges Zweitfahrzeug natürlich an.

Vielleicht, so überlegte Häberle, war die Dame momentan in Schattwald, wo mit Einbruch der Dunkelheit an den Steilhängen beidseits des Tales die großen Herz-Jesu-Feuer entzündet wurden und sich dann auf der engen Ortsdurchfahrt Hunderte von Menschen drängen würden. Häberle hätte diese Feuer auch gerne gesehen, doch erschien es ihm heute viel zu umständlich, das Wohnmobil nochmal »fahrbereit« zu machen. Er zog sich in den Wagen zurück, machte ein Paar Saitenwürste warm und aß sie mit Brot und Senf. Dazu gönnte er sich ein Weizenbier und ließ bei sanfter Schlagermusik von Bayern 1 die Gespräche der vergangenen Stunden noch einmal Revue passieren.

Zuvor hatte er noch Susanne angerufen und ihr eine gute Nacht gewünscht – nicht ohne sie an einige besonders schöne Erlebnisse zu erinnern, die sie bei gemeinsamen Urlaubstagen im Tannheimer Tal gehabt hatten.

Als er jetzt sein zweites Weizenbier öffnete und den Inhalt der Flasche stillos in einen Plastiktrinkbecher goss, verdunkelte er das Wohnmobil mithilfe der Jalousien und des leichten Rollos, das die Fahrerkabine vom Wohnraum abgrenzte. Jetzt würde kein Licht mehr nach außen dringen.

Zwar hätte er gern gewusst, wie lang Falkenstein, Fischer und Astor noch fortblieben, aber es machte natürlich keinen Sinn, am dunklen Fenster zu sitzen und die halbe Nacht zu warten. Außerdem konnte er von seinem Standort aus den Eingangsbereich des Campingplatzes ohnehin nicht überblicken. Und weil die Schranke irgendwann geschlossen wurde und die Männer deshalb draußen würden parken müssen, konnten sie ziemlich unbemerkt zu ihren Wohnwagen gehen. Erschwerend kam hinzu, dass es für Fußgänger nicht nur diesen einen Zugang bei der Schranke gab. Häberle machte sich Notizen und beschloss, gleich am Vormittag Kontakt mit der Dame aus dem GP-Wohnmobil aufzunehmen. Bis dahin würde Frau Fischer von ihrem Mann erfahren haben, dass bereits ein Kommissar aus Göppingen angereist war. Spätestens dann, wenn auch Falkenstein und Astor hier auftauchten, war es mit seinem konspirativen Camperleben vorbei.

Während er sich bereits der Müdigkeit hingab, fiel ihm Linkohrs Ankündigung ein, ihm ein Foto von dieser Professorin zu mailen. Häberle holte den Laptop, der auf dem Schränkchen im Heck stand und brachte ihn zum Tisch, wo er die Monitorklappe öffnete und das Gerät zum Leben erweckte. Das Einloggen ins E-Mail-Programm war so ziemlich das Einzige, was er am Computer problemlos beherrschte.

Ein paar Minuten später hatte er die Auflistung der eingegangenen E-Mails vor Augen. Neben viel Schwachsinn und Werbung stach Linkohrs dienstlicher Absender hervor. Nach einigen Mausklicks hatte er die angehängte Bilddatei geöffnet. Das Foto zeigte drei miteinander redende Personen, von denen eine mit Rotstift umrahmt war. Es handelte sich um eine streng dreinschauende Brillenträgerin. Mitte 40 vermutlich, kurze, braun gelockte Haare. Auf Anhieb sympathisch, stellte Häberle fest. Dass ihre Gesichtszüge so hart erschienen, lag gewiss an diesem Schnappschuss und am grobkörnigen Bildoriginal. Häberle versuchte, sich das Gesicht einzuprägen. Dann klickte er das Foto weg und wollte bereits das E-Mail-Programm wieder schließen, als er ein zweites Mail von Linkohr auf der Liste sah – mit einem vielversprechenden Hinweis: »Achtung, Chef, es gibt was Neues.«

Häberle öffnete die Mail und las hastig: »Hallo Chef, die Blumenhändlerin hat mich auf einen alten Herrn verwiesen, der etwas Interessantes zu berichten weiß. Während des Krieges, vermutlich 1944, soll ein Mitarbeiter der damaligen Weinhandlung spurlos verschwunden sein. Bitte erlauben Sie mir zu sagen, dass der Name dieses Mannes mir das Blech weghaut: Er hieß Alfred Platterstein.«

Die Mail endete grußlos. Offenbar war Linkohr tatsächlich maßlos überrascht, auf den Nachnamen einer Person zu stoßen, die der Ahnengalerie von Plattersteins verstorbenem Ehemann angehörte. Vermutlich war dieser verschwundene Alfred Platterstein ein Bruder von Irene gewesen, die einen Mann namens Rattinger geheiratet hatte und vor ihrem Tod im vergangenen August in die Fänge einer Geistheilerin geraten war.

Häberles Müdigkeit war wie weggefegt. War diese Namensgleichheit Zufall? Er beschloss, Linkohr gleich morgen früh anzurufen.

Noch während er den Plastikbecher, den er zum Weizenbierglas umfunktioniert hatte, leer trank, vernahm er knirschende Schritte. Er hatte zwar die Jalousien geschlossen, eines der Fenster aber gekippt gelassen, sodass Sicht-, aber kein Geräuschschutz bestand. Häberle erhob sich aus dem Polster der Sitzbank, um die halogene Leselampe am Hängeschrank zu löschen. Nachdem es im Innenraum stockfinstere Nacht geworden war, zog er die Jalousie an seinem Platz einen halben Zentimeter hoch, um hinausspähen zu können. Er kniff ein Auge zu und sah, dass sich etwa 50 Meter entfernt zwei erwachsene Personen als dunkle Silhouetten von der schwach beleuchteten Umgebung abhoben.

Häberle drückte sein Gesicht ganz nah an den schmalen Sichtspalt. Die beiden Personen kamen eng umschlungen zur Reihe der Caravans, die in der Gasse neben ihm standen – dort, wo sich auch die Fischers und jene Frau mit dem GP-Wohnmobil niedergelassen hatten. Häberle musste sich ganz weit in die Ecke zwängen, um noch einen günstigen Sichtwinkel auf die nächtlichen Spaziergänger zu haben. So wie es aussah, handelte es sich um einen Mann und eine Frau. Aber so sehr er sich auch anstrengte, es gelang ihm nicht, die

Gesichter zu erkennen. Schließlich verschwanden sie aus seinem Blickwinkel.

Häberle sprang auf, um die Jalousie des Heckfensters ebenfalls einen Spalt weit zu öffnen. Doch so sehr er sich auch anstrengte – er hatte die beiden Personen aus den Augen verloren. Allerdings war dieser Bereich des Campingplatzes noch wesentlich schlechter ausgeleuchtet als der vordere. Häberle rief sich die Lage der einzelnen Parzellen in Erinnerung und prägte sich die Gehrichtung des Paares ein. Bei Helligkeit würde es ihm vielleicht gelingen, ihr Ziel ausfindig zu machen.

Dann zog er die Jalousien wieder zu und kletterte über die Holzleiter in den Alkoven hinauf, nach dessen gemütlichem Bett er sich seit Stunden gesehnt hatte.

65

Linkohr war, nachdem er die E-Mail an Häberle geschickt hatte, so schnell wie möglich nach Schorndorf gefahren. Nena begrüßte ihn wie immer mit einer herzlichen Umarmung und einem zärtlichen Kuss und zog ihn in ihre kleine Einliegerwohnung. »Oh, mein liebes Mikilein. Das war aber ein anstrengender Sonntag heute«, lächelte sie, während Linkohr überlegte, ob sie es ernst meinte oder ob sie ihn veräppeln wollte. Sie stolzierte in ihrer langen, hautengen schwarzen Lederhose vor ihm her in den Wohnraum, wo sie zwei Sektgläser bereitgestellt hatte. »Du solltest erst mal entspannen«, hauchte sie, setzte sich auf die Couch und zog Linkohr auf den Platz neben sich.

Wenn sie ihn mit ihren großen dunklen Augen ansah und dabei spitzbübisch eine Augenbraue hochzog, dann begann sein Herz zu rasen. Zwar war es ihm schwergefallen, nach der Vielzahl seiner verflossenen Freundinnen wieder Vertrauen zu einer Frau zu fassen. Aber Nena war so ganz anders. Ihr ging es nicht nur vordergründig darum, ihn mit weiblichen Reizen verrückt zu machen. Sie wollte verstanden werden, Gehör finden und war bereit, Gleiches auch ihm zu schenken.

Er streichelte ihr zärtlich über ihre samtschwarzen Haare, die bis auf die Schultern reichten, und erfreute sich an ihrer eng anliegenden Bluse, die alles betonte, was ihn auch im verpackten Zustand atemlos machen konnte.

»Ich hab uns eine Pizza reingeschoben«, sagte sie, befreite sich von seinem Arm, den er um ihre Schulter gelegt hatte, und kam mit einer Flasche gekühlten Sekts zurück, die Linkohr sanft öffnete. »Auf uns«, sagte sie, als das Getränk in den Gläsern perlte. Sie stießen an und genossen den ersten Schluck.

Linkohr spürte, wie nach dem stressigen Tag all seine Lebensgeister wieder erwachten.

»Ich war mit Suzanne und Philipp heute Nachmittag Rad fahren«, sagte sie. »Es wäre schön gewesen, wenn du auch hättest mitkommen können.«

Er nickte. »Hab bitte Verständnis dafür, aber wenn ich schon mal den Chef vertreten darf, kann ich nicht Nein sagen.«

»Das war doch kein Vorwurf, Mike. Überhaupt nicht.« Sie strich über den schlanken Oberschenkeln das Leder glatt.

Ihm gefiel es, wie sie sich kleidete, auch wenn sie alles, was Männer gern sahen, meist dezent verpackte. Im Kreis ihrer Freunde, das hatte Linkohr bereits erfahren, wurde sie deshalb ›Leder-Nena‹ genannt. Noch aber war es ihm rätselhaft, ob sich dahinter auch andere Vorlieben verbargen. Sie erzählte ihm, dass sie von Schorndorf nach Schwäbisch Gmünd geradelt seien und dort ein Eis gegessen hätten. »Und du?«, fragte sie ihn plötzlich. »Du jagst immer noch den Mörder einer attraktiven Witwe?«

»Ich hab sie noch nicht mal als Leiche gesehen«, erwiderte er und nahm einen Schluck Sekt. »Dass doch immer die Falschen umgebracht werden«, kommentierte sie seinen Einwand. »Ich könnte dir auf Anhieb einen benennen, dem ich die ganze russische Killer-Mafia auf den Leib hetzen möchte.«

Er nickte. »Dein Chef. Hat er wieder einen Anfall gehabt?«

Sie griff in die Ablage unterm Couchtisch und brachte einen bläulich eingefärbten Brief zum Vorschein. »Die neunte Abmahnung. Ist gestern mit der Post gekommen. Der Mann muss eine Macke haben. Ich hätte seine E-Mails nicht rechtzeitig beantwortet, behauptet er jetzt. Du musst das mal lesen. Allein schon diese Formulierungen! Wie ein Schulbub.«

»Vernünftig reden kann er mit dir wohl nicht«.

»Nee, kann er nicht. Dazu ist er viel zu gehemmt.« Sie lachte laut auf. »Der steht sich selbst im Weg.«

»Sag mal, springt der mit allen so um wie mit dir?«

»Sieht so aus. Aber nicht alle nehmen's so gelassen wie ich. Die meisten hauen spätestens nach einem Jahr wieder ab.« Sie seufzte. »Oder sie landen im Irrenhaus.«

»In der Psychiatrie«, berichtigte Linkohr, »man sagt heute Psychiatrie.«

»Okay, auch egal. Jedenfalls produziert unser System solche Typen wie den. Du sollst ihnen auf den Knien danken, dass sie dir einen schlecht bezahlten Job geben, meist in Teilzeit oder mit befristeten Verträgen. Dafür dürfen sie dich behandeln wie den letzten Dreck. Und sie kriegen noch Lobpreisungen von Politik und Industrie- und Handelskammer, weil sie angeblich so tolle Arbeitsplätze schaffen und sogar noch Lehrlinge ausbilden – auch wenn die Ausbildung nur Ausbeutung bedeutet.« Nena wollte sich trotzdem die Laune nicht verderben lassen. Sie hob das Glas. »Auf dass dieser Knabe auch noch eines Tages seiner gerechten Strafe zugeführt wird – wie immer diese dann aussehen mag.«

»Solche Typen«, wusste Linkohr aus der Erfahrung zu berichten, die er mit Häberle in Gesprächen über derlei Chefs gemacht hatte, »fahren ihren Betrieb früher oder später an die Wand. Wo erst mal ein Ungeist herrscht, ist der Nährboden für Böses vorbereitet. Und dann schreit man nach dem Staat und will einen Rettungsschirm haben.«

»Schön, wie du das sagst«, himmelte ihn Nena an, während in der Küche die Zeituhr des Herdes piepste. Das Zeichen, dass die Pizzen fertig waren. Nena sprang auf und kam wenig später mit zwei Pizzen zurück, die den wohltuenden Geruch eines italienischen Restaurants verbreiteten.

Nena und Linkohr setzten sich an den kleinen Tisch in der Essecke, wo bereits Rotwein in Gläser gefüllt war. Sie wünschten sich einen guten Appetit, und Linkohr fügte an: »Lass uns von so Cholerikern wie deinem Chef nicht die Stimmung verderben.«

»Ne, keinesfalls«, sagte Nena selbstbewusst. »Ich such mir sowieso einen anderen Job. Und außerdem hab ich ihm schon x-mal geschrieben, was ich von ihm halte. Aber ich glaube, er ist viel zu einfach gestrickt, als dass er begreift, was ich ihm mit wohlgesetzten Worten untergejubelt habe. Einer dieser Nachkömmlinge halt, die sich ins gemachte Nest gesetzt haben.«

Linkohr wollte es dabei belassen, interessierte sich dann

aber doch für den Hinweis, dass sie einen anderen Job suche. »Du willst dich verändern?« In der Frage schwang bereits die Sorge mit, sie würde wegziehen. Auf solche Weise waren schon viele seiner Beziehungen in die Brüche gegangen.

»Keine Sorge, Mike«, sie streichelte ihm über die rechte Hand. »Beruflich verändern heißt ja nicht gleich, nach Berlin oder Hamburg zu gehen. Stuttgart oder Ulm bieten einer Reiseverkehrskauffrau genügend Möglichkeiten.« Sie lächelte ihn unwiderstehlich an. »Und selbst wenn ich Reiseleiterin werde, bin ich nicht für immer weg. Genauso, wie eine Stewardess ja auch ihr Zuhause hat.«

Sie wartete ein paar Sekunden, dann ließen sie die Gläser klingen und genossen den Württemberger Trollinger. »Ich hab einen einheimischen Wein gekauft«, erklärte sie, als müsse sie sich dafür rechtfertigen, keinen Italiener oder Franzosen besorgt zu haben, wie es heutzutage unter jungen Leuten üblich war. »Weingut der Stadt Stuttgart.« Sie deutete auf das Etikett. »Die haben dort die vielen kleinen Weinberge, die's am Stadtrand früher gegeben hat, alle zusammengefasst und betreiben jetzt ein kommunales Weingut. Das hab ich früher auch nicht gewusst.«

Linkohr drehte die Flasche zu sich her, um das Etikett sehen zu können.

»Es gibt immer wieder spannende Dinge, Mike. Man muss sie nur erkennen und bereit sein, sie auszuprobieren.« Sie betonte die Worte, als wolle sie mehr damit ausdrücken, als sie sagte.

Er sah ihr tief in die Augen und lächelte liebevoll. »Schön, dass wir uns in so vielen Dingen so gut verstehen.«

Sie ließ sich die Pizza sichtlich munden und meinte: »Dann könnten wir doch auch mal gemeinsam was Großes unternehmen – und ausprobieren?«

Linkohrs Blutdruck begann in die Höhe zu schießen. »Etwas Großes?« Ihm war völlig unklar, was sie meinte.

»Na ja«, sie strich ihm wieder über die Hand. »Keine Aufregung, Mikilein. Guck mal, was da drüben liegt.« Sie deutete auf eine Ablage, die mit einem Stapel bunter Prospekte bedeckt war.

Linkohr verstand. »Sag nur, du hast dich schon mit Prospekten eingedeckt.«

»Dürfte ja für mich wohl kein Problem sein«, gab sie gespielt schnippisch zurück. »Unser Reisebüro ist voll davon.«

Linkohr lächelte, um jetzt nichts sagen zu müssen.

Sie spürte, dass er noch immer nicht auf ihre gemeinsamen Urlaubswünsche eingehen wollte. »Wir können ja nachher in Ruhe darüber reden.«

Es gefiel ihm, dass sie ihm Zeit ließ.

»Du hast jetzt auch den Kopf nicht frei«, zeigte sie Verständnis. »Erzähl doch mal, wie weit ihr gekommen seid.«

»Die Sache ist verzwickter, als ich dachte.« Er wischte sich den Mund mit einer Serviette ab und nahm wieder einen Schluck Rotwein. »Nein, es sieht nicht danach aus, als sei eine reiche Witwe auf Männersuche gewesen und dann beim ersten Date womöglich von einem sexuellen Lustmolch gekillt worden.«

Wieder Nenas erotischer Blick. »Stell dir mal die Schlagzeile vor, wie das in deinem Fall wäre: Junger Kriminalist auf Partnersuche«, ahmte sie ihn schelmisch nach, um dann ungewöhnlich ernst anzufügen: »Und dann von sexbesessener Liebhaberin ans Bett gefesselt und zu Tode gefoltert.«

Sie bemerkte, dass er darüber nicht lachen konnte, und verzog deshalb das Gesicht zu einem Grinsen. »Was wär das für eine Schlagzeile in der Bildzeitung?«

Linkohr musste blitzartig an einen Vorfall in Neu-Ulm denken, als ihn eine Frau solchen Kalibers in arge Bedrängnis gebracht hatte. Aber Nena war doch ganz anders, daran hatte er keinen Zweifel.

»Hast du eigentlich Handschellen dabei?«, fragte Nena plötzlich mit erhobener Augenbraue.

»Handschellen?« Er schluckte. Beinahe wäre ihm ein Bissen Pizza im Hals stecken geblieben.

»Ja, Handschellen. Du bist doch Bulle – Verzeihung: Kriminalist, oder?« Ihr gefiel es offenbar, ihn in Verlegenheit gebracht zu haben.

»Nein, hab ich nicht. Also – nicht dabei, mein ich«, stammelte er.

Sie prostete ihm zu. »Aber du hast doch schon mal einer Frau Handschellen angelegt, oder?« Wieder dieser Blick.

Linkohr aß weiter. »Nein, hab ich nicht«, gestand er. »Weibliche Täter gibt's sowieso eher selten. Und wenn, dann sind bei der Festnahme meist Kolleginnen dabei.«

Nena lächelte wieder. »Und selbst hast du sicher auch noch nie welche getragen?«

Er schüttelte den Kopf.

»Siehst du, Mikilein«, lächelte sie, »dann wär's doch mal höchste Zeit, dies auszuprobieren.«

Er sah gleichermaßen irritiert und fasziniert in ihre großen Augen, die jetzt nur darauf warteten, ein zustimmendes Nicken zu sehen.

Ihm kamen Zeitungsmeldungen in den Sinn, wonach sich bei Fesselspielen Handschellen nicht mehr öffnen ließen und die aneinander geketteten Paare reumütig bei der Polizei Hilfe suchen mussten. Nicht auszudenken, wenn sie morgen früh ebenso beim Schorndorfer Polizeirevier ankämen.

Linkohrs Herz pochte wie wild.

66

Häberle hatte sein Handy als Wecker genutzt. Es war 7.30 Uhr, und die Sonne hatte schon den Weg über die Berge ins Tannheimer Tal geschafft. Er rief Susanne an, erkundigte sich nach ihrem Befinden und wünschte ihr einen schönen Montag. Wann er wieder zurück sein würde, konnte er nicht sagen. »Manchmal kann das ganz schnell gehen, das weißt du.« Er schickte ihr einen Kuss durchs Telefon und beendete das Gespräch. Dann zog er seinen Jogging-Anzug an, öffnete die Jalousien und stieg aus dem Wohnmobil in den frischen Morgen hinaus. Er tat so, als interessiere er sich fürs Wetter und die Umgebung seiner Parzelle, doch in Wirklichkeit wollte er den Blickwinkel nachvollziehen, den er vergangene Nacht von seinem Sitzplatz im Wohnmobil aus gehabt hatte.

Das Paar, das er beobachtet hatte, war demnach eindeutig in den zweiten oder dritten Wohnwagen nach Fischers Caravan gegangen. Sonst hätte er die beiden Personen durch die Heckscheibe seines Wohnmobils weitergehen sehen müssen.

Er würde nachher, wenn er sich freizeitmäßig angezogen hatte, dort vorbeigehen, zumal in derselben Reihe auch das GP-Wohnmobil dieser offenbar alleinstehenden Camperin stand.

Häberle stieg wieder in seinen Wagen, zwängte sich in die Nasszelle und rasierte sich. Dabei unterbrach ihn der schrille Ton des Handys, das in Reichweite auf der Küchenzeile lag. Er schaltete den Rasierer ab und griff zu dem Gerät. Auf dem Display wurde eine Telefonnummer angezeigt, die mit der österreichischen Vorwahl begann.

»Ja, Häberle«, meldete er sich.

»Grantner, guten Morgen, Herr Kollege. San S'schon wach?«, hörte er die Stimme.

»Gerade so, ich bin ja schließlich nicht im Urlaub.«

»Schlechte Nachricht«, kam es knapp zurück.

Häberle ließ sich auf die Sitzgruppe sinken. »Und?«, fragte er so sachlich, wie es nur einer tun konnte, den der jahrelange berufliche Umgang mit Hiobsbotschaften abgehärtet hatte.

»Dieser Mullinger ist tot.«

»Was?« Häberles Müdigkeit war wie weggeblasen. Mit allem hatte er jetzt gerechnet, nicht aber mit so einer Nachricht. »Mullinger?«

»Ja, der junge Mann«, erklärte Grantner ebenso emotionslos. »Sie haben ihn vor einer Viertelstunde beim Abstieg von der Landsberger Hütte zum Vilsalpsee tot aufgefunden. Er ist dort abgestürzt.«

»Abgestürzt?«

»Ja, so heißt es. Zwei Frühwanderer haben ihn im Geröll liegen sehen und die Rettung gerufen. Die Bergwacht hat ihn mit dem Hubschrauber geborgen. War aber schon tot.«

»Und wann – ich meine: Wann ist das passiert? Heute schon oder gestern?«

»Fragen S' mich net, Herr Kollege. Die auf der Hütt'n wiss'n's auch net. Allerdings ist etwas ganz außergewöhnlich an der Sache.«

»So?«

»Mullinger ist ohne seinen Rucksack abgestürzt. Der befindet sich nämlich noch in der Hütte.«

»Ach.« Noch ehe Häberle etwas erwidern konnte, wurde Grantner deutlich: »Jetzt passen S'auf, Herr Kollege. Wir flieg'n mit dem Hubschrauber rauf. Kommen S' in 20 Minuten zur Talstation der Seilbahn. Wir starten gegenüber. Auf dem neuen Parkplatz direkt an der Straße. Dort ist auch der

Landeplatz der Paraglider. Da holt uns die ›Libelle‹ ab. Schaffen S' das in 20 Minuten?«

Häberle wusste, dass mit Libelle der Polizeihubschrauber gemeint war. Er sah auf die Armbanduhr. »Natürlich schaff ich das.«

67

Als Linkohrs Handy den schrillen Alarmton verbreitete, steckte es in seiner Jacke. Und diese lag auf der Couch, auf der sich auch seine restlichen Kleider unordentlich türmten. Er nahm dieses Geräusch nebenan in Nenas Schlafzimmer nur im Unterbewusstsein wahr. Auch dass Nena halb auf ihm lag und sie sich Haut an Haut so heftig nahe gekommen waren wie nie zuvor, hatte er noch nicht realisiert. Es dauerte noch einige Sekunden, bis der Signalton von nebenan seinen tiefen Schlaf durchdringen konnte.

Nena hingegen atmete noch gleichmäßig. Ihr heißer Atem traf seine Brust. Er spürte einen Schmerz in seinen Schultergelenken, und erst, als er seine Arme, die beide zum Kopfende des Bettes gestreckt waren, herunternehmen wollte, wurde ihm bewusst, dass Nena ihn in eine hilflose Situation gebracht hatte.

Mit einem Schlag war die Erinnerung an den vergangenen Abend wieder da. An Nenas wilde Begeisterung, ihn an die Metallverzierung am Kopfende des Bettes zu fesseln. Dazu hatte sie zwei Handschellen hervorgezaubert, die sie als angebliches Dekomaterial im Ambientebereich eines Möbelhauses erworben hatte.

Sie hatte sich tatsächlich wie wild gebärdet, als er nackt und hilflos vor ihr auf dem Bett gelegen war. Dass er sich mit den Beinen zur Wehr setzte, wenn sie allzu heftig wurde, hatte sie nur noch mehr erotisiert und in Ekstase versetzt.

Und nun lag er da mit Schmerzen an Schulter- und Handgelenken und überlegte, ob er sie wecken sollte. Außerdem müsste er ganz dringend seine Blase entleeren.

Der Signalton des Handys war jener, den er Häberles Anrufen zugeordnet hatte. Inzwischen war es wieder still, und Nena schien mit einem tiefen Seufzer in die Wirklichkeit zurückzukehren.

»Nena, Mäuschen«, brummte Linkohr.

»Hm«, machte sie, ohne die Augen zu öffnen. »Mein Gefangener ist ja noch da.«

»Der hat auch nicht entwischen können, mein Mausilein«, erwiderte Linkohr.

»Ob ich ihn noch den ganzen Tag hier schmoren lassen soll?«, flüsterte sie und kitzelte ihn an einer Brustwarze.

»Das solltest du nicht. Auch Gefangene haben das Recht, aufs Klo zu gehen.«

»Was mit dem Gefangenen geschieht, bestimme ich«, hauchte Nena.

Linkohr war bereit, das Spielchen noch eine Weile weiterzutreiben. »Eine gestrenge Aufseherin darf sich aber nicht an einem Gefangenen vergreifen.« Er spürte, dass sie genau dies wieder beabsichtigte. Genau wie gestern Abend. Und eigentlich sollte er sich dagegen sträuben. Er musste schließlich zum Dienst, während sie an diesem Montag frei hatte.

»Wenn der Gefangene widerspenstig wird, wird er auch noch mit den Füßen ans Bett gefesselt«, sagte Nena mit strengem Unterton.

Linkohr sah instinktiv ans Fußende des Bettes. Auch dort

war eine Verzierung aus stabilem Metall vorhanden, an der sich Handschellen befestigen ließen. Vermutlich hatte sie das Bett auch nur aus diesem einen Grund gekauft.

»Und wie lang soll der Gefangene noch gefoltert werden?«, stöhnte er.

»Hm«, machte sie und hatte mit einer Hand das Ziel ihrer Begierde erreicht. »Ich plädiere für lebenslänglich.«

Dass in diesem Moment erneut der schrille Alarmton des Handys herüberdrang, war ihm jetzt egal. Nena ließ sich ohnehin nicht von dem abhalten, wogegen er sich eigentlich nicht wirklich sträuben wollte.

68

Häberle war eine Runde über den taunassen Campingplatz gegangen, den bereits einige Sonnenstrahlen trafen. Vereinzelt regte sich Leben. Einige wenige Camper waren auf dem Weg zum Sanitärgebäude und grüßten freundlich. Doch Häberles Hoffnung, die Dame aus dem GP-Wohnmobil sei auch schon aus ihrem Wagen gestiegen, erfüllte sich nicht. Entweder hatte sie ihr Motorrad draußen auf dem Parkplatz stehen lassen, oder sie war noch immer nicht da. Er merkte sich das Kennzeichen, schlenderte zu seiner Parzelle zurück und atmete die Morgenfrische tief ein. Dann dockte er den Elektroanschluss ab, legte das Kabel beiseite und verstaute im Inneren des Fahrzeugs alles, was nicht niet- und nagelfest war, in den Halterungen und Schränken. Dass dies jedes Mal vor dem Wegfahren notwendig war, erschien ihm als großer Nachteil eines Wohnmobils. Wer hingegen mit

Wohnanhänger unterwegs war, konnte diesen während des gesamten Aufenthalts stehen lassen und sich mit dem Auto fortbewegen.

Häberle hatte rasch alle Utensilien weggeräumt und fuhr aus dem Campingplatz hinaus. Knapp fünf Minuten später war er bei der Talstation angekommen. Er achtete darauf, nicht auf dem Hubschrauberlandeplatz zu parken. Dann fütterte er den Parkschein-Automaten und legte die Quittung hinter die Windschutzscheibe. Mit wenigen Schritten überquerte er die Straße zu dem erst voriges Jahr angelegten Parkplatz, wo Grantner bereits auf ihn wartete. Kaum hatten sie sich begrüßt und die jüngsten Erkenntnisse ausgetauscht, war bereits näherkommendes Hubschraubergeräusch zu vernehmen. »Unser Lufttaxi«, witzelte Grantner.

Der Helikopter kam durch das Tal aus Richtung Reutte herangeflogen, verlor rasch an Höhe und setzte sich unter ohrenbetäubendem Lärm und orkanartigen Luftböen auf die Wiese, die normalerweise den Gleitschirmfliegern als Landeplatz diente.

Der Copilot sprang aus dem gläsernen Cockpit und lotste die beiden Kriminalisten unter dem knatternden Rotor zur Maschine. Dort winkten sie freundschaftlich dem Piloten zu, zwängten sich auf die beiden rückwärtigen Sitze und stülpten sich die Helme über, an denen Kopfhörer und Mikrofone angebracht waren. Sie ließen die Gurte einrasten und gaben dem Copiloten, der inzwischen wieder links vorn Platz genommen hatte, per Handzeichen zu verstehen, dass alles okay sei. Augenblicke später nahm das Dröhnen und Heulen der Aggregate zu, und der Helikopter hob, leicht nach vorn geneigt, ab. Der Pilot begrüßte unterdessen seine Passagiere über die Bordsprechanlage und erklärte, dass er auf dem direkten Weg zum Vilsalpsee fliegen werde, um unterwegs Höhe zu gewinnen.

Häberle, der auf dem linken Rücksitz saß, genoss diesen morgendlichen Flug, der an den schattigen Steilhängen entlang führte. Er sah den Forstweg, der sich in Spitzkehren zum Neunerköpfle hinaufschlängelte. Links unter ihm zogen die bewaldeten Schutt- und Geröllhalden vorbei, die jetzt, noch ohne Sonnenstrahl, finster und leblos erschienen. Zwischen den dunklen Nadelbäumen schimmerte gelegentlich frisches Laubgrün herauf.

Wenig später sah Häberle durch die Cockpitscheibe die ruhige Wasserfläche des Vilsalpsees, der mit seiner schwarzblauen Farbe das Talende ausfüllte und bis direkt an die steil aufragenden Berghänge heranreichte. Das Ausflugslokal, bei dem die Zufahrtsstraße in den Parkplatz mündet, lag noch verlassen da. Häberle sah nur ein einziges Auto. Diese Stille würde sich in den nächsten Stunden vermutlich ändern.

Der Helikopter drehte nach links, um nun kräftig an Höhe zu gewinnen. Häberle verfolgte den Wanderpfad, der sich im lichten Baumbestand abzeichnete und hier die erste abgeflachte Höhenstufe erklomm. An sie schloss sich ein steiles Geröllfeld an, über das der Pfad den nächsthöheren Geländeabschnitt erreichte.

Irgendwo dort unten, zwischen Steinblöcken und Geröll, magerem Bewuchs und verkrüppelten Bäumen, entdeckte der Chefermittler zwei rot gekleidete Wanderer, die abwärts stiegen.

Beim Blick nach vorn hatte Häberle dann plötzlich den Eindruck, als käme der Helikopter dem Steilhang viel zu nahe. Doch der Pilot zog seine Maschine routiniert am Berg entlang höher – ein Gefühl, wie in einem schnell fahrenden Aufzug, dachte Häberle. Er spürte einen kräftigen Druck auf den Ohren, den er mit einem erzwungenen Gähnen loszuwerden versuchte. Unterdessen näherten sie sich der nächsten Geländekante. Dort wich der Geröllhang zurück und ließ vor ihnen die spiegelglatte Oberfläche eines Stausees auftauchen. Häberle wusste, dass es der Traualpsee war, den er von seinen Wanderungen mit Susanne kannte. Links an der Wasserfläche schlängelte sich der Pfad der nächsten Höhenstufe entgegen, an der einige steile und felsige Passagen mit Drahtseilen gesichert waren, damit sie jeder halbwegs geübte Bergwanderer problemlos bewältigen konnte.

Als der Stausee unter ihnen vorbeigezogen war, legte der Pilot die Maschine in eine scharfe Rechtskurve und deutete nach links oben, sodass Häberle den senkrechten Abhang sehen konnte. »Dort ist es passiert. Dort hat die Rettung den Mann rausgeholt«, hörte er die Stimme des Piloten im Kopfhörer.

Die Maschine beschrieb eine steile 360-Grad-Kurve, damit auch Grantner von seiner Seite aus die Unfallstelle überblicken konnte. Etwa auf halber Höhe zwischen Stausee und der nächsten Geländekante, auf der die Landsberger Hütte thronte, war in dem schroff abfallenden Bereich eine Stelle mit rot-weißen Absperrbändern markiert.

Nachdem sich der Helikopter einmal im Kreis gedreht hatte, zog ihn der Pilot weiter nach oben und steuerte ihn, knapp über dem Bewuchs der Hangkante, in die trichterförmige Hochebene hinein, die von kahlen, jetzt teilweise sonnenbeschienenen Felsenhängen umgeben war. Am tiefsten Punkt dieser Mulde hatte sich ein Tümpel gebildet, den man ›Lache‹ nannte. Neben ihm, auf einem Bergausläufer, der sich zur steil abfallenden Unglücksstelle hinüber erstreckte, schmiegte sich die Landsberger Hütte an den Berg.

Der Hubschrauber schwebte in geringer Höhe bis zur Mitte der kleinen Wasserfläche, drehte scharf nach rechts, sodass durch die Cockpitscheibe die Hütte ins Blickfeld geriet. Häberle sah auf der Terrasse mehrere Personen, darunter einige uniformierte.

Der Pilot ließ seine Maschine sanft auf ein bewachsenes und mit Steinen markiertes Landefeld sinken. Kaum hatte sie den Boden berührt, ebbte das Dröhnen und Pfeifen des Motors ab. Während der Pilot die Landung vorschriftsmäßig abschloss, sprang der Copilot bereits aus der Maschine und half den beiden Kriminalisten, sich von Gurt und Helm zu befreien. »Wir sollten in einer Stunde wieder weg«, sagte er. »Ist das okay?«

Grantner nickte. Dann folgten ihm die beiden Kriminalisten unter dem Rotor, der bereits langsamer geworden war, zur Hüttenterrasse, um sich mit den dortigen Einsatzkräften bekannt zu machen. Dort befand sich auch schon Grantners junger Kollege Platzko. Er war gleich nach Bekanntwerden des Unglücks mit einem Helikopter hochgebracht worden.

Es war noch kühl, und auf den Tischen standen mehrere Kaffeekannen und Tassen.

Grantner ließ sich von Platzko noch einmal den Sachverhalt schildern. Zwei Wanderer, die ziemlich früh ins Tal abgestiegen seien, hätten den Verunglückten im Steilhang liegen sehen und sofort per Handy die Rettung alarmieren wollen. Doch weil es für ihren Netz-Provider hier oben keinen Empfang gebe, hätten sie zur Hütte zurück gehen müssen, um von dort aus das Unglück zu melden. Für den Abgestürzten sei aber jede Hilfe zu spät gekommen. »Es ist völlig unklar, warum er ohne seinen Rucksack unterwegs war«, erklärte Platzko.

Grantner kommentierte dies nicht. Er schlug Häberle vor, den Hüttenwirt zu befragen, weshalb sie beide den warmen, aber dunklen Innenraum betraten, in dem ihnen der Geruch von kaltem Fett entgegenschlug. Hinterm Tresen kam ein kräftiger Mann mit blauer Schürze hervor, den sie auf Mitte 40 schätzten. Sein jetzt schon braun gebranntes Gesicht konnte darauf hindeuten, dass er zu jenen Hüttenwirten zählte, die im Winterhalbjahr als Skilehrer ihr Brot verdienten.

Er stellte sich als Friedl vor und führte die Kriminalisten an einen Tisch am Fenster. »Wollen S' was?«, fragte er mit jenem herben Charme, der vielen Hüttenwirten eigen zu sein schien.

Die Ermittler lehnten dankend ab.

»Wenn Sie uns bitte kurz schildern, wie das heut früh war – mit diesem Unglück«, begann Grantner.

»Ich hab das ja alles schon Ihren Kollegen erzählt. Zwei Wanderer, die kurz nach sechs los sind, haben ihn gefunden. Doch wegen des Funklochs haben s' net telefonier'n können. Sie sind dann wieder rauf, und ich hab die Rettung g'ruf'n.«

»Okay, das wissen wir«, unterbrach ihn Grantner ungeduldig. »Aber wie haben Sie den Verunglückten mit dem Rucksack in Verbindung bringen können?«

»Ganz einfach, Herr Chefinspektor. Wir haben vergangene Nacht nur sechs Übernachtungsgäste g'habt. Zwei waren diese Wanderer, und drei andere waren zu diesem Zeitpunkt auch schon weg. Deshalb ist uns dieser herrenlose Rucksack drob'n aufg'fall'n. Und da drin haben wir eine alte Brieftasche g'fund'n – mit seinem Führerschein und einem Fahrzeugschein für einen alten VW-Bus. Aber das haben alles Ihre Kollegen jetzt mitg'nommen.«

So hatte es sich Grantner bereits von Platzko am Telefon berichten lassen. Er wollte es jetzt nur noch einmal bestätigt wissen und Häberle die Gelegenheit geben, es direkt geschildert zu bekommen.

»Das sieht doch danach aus, als habe der Mann gar nicht hier geschlafen«, fasste der Chefinspektor aus Innsbruck zusammen.

»Das könnte man meinen, ja. Er hat den Rucksack oben im Zimmerlager abg'legt und das Bett gar nicht benutzt.«

»Wann ist er denn gekommen?«, mischte sich Häberle ein.

»Um ehrlich zu sein – wir können es nicht sagen. Meine Bedienung – ich hab' sie vorhin g'fragt – weiß es auch nicht. Sie müssen wissen, gestern Nachmittag war hier ziemlich viel los. Sie hat nur seinen Namen notiert.«

»Dürfen wir das mal sehen?«, fragte Grantner und ließ es wie eine Aufforderung klingen.

Friedl sprang auf, holte vom Tresen ein abgegriffenes Notizbuch, von dem bereits viele Seiten handschriftlich beschrieben waren. »Hier. Da steht ›Mullinger‹.« Er deutete auf den viertletzten Namen. »Später sind noch drei weitere gekommen.«

Grantner nahm das Buch zur Hand. »Sie notieren keine weiteren Personalien?«

Friedl zögerte und wurde verlegen. »Naja – wenn viel los ist … Wir sind hier auf einer Berghütte und nicht in einem Hotel, Herr Chefinspektor.«

Die beiden Kriminalisten machten sich über die letzten Einträge her. »Gerber, Schwentner und Fink«, las Grantner. »Aber mehr wissen S' über die nicht?«

Der Wirt schüttelte den Kopf. »Tut mir wirklich sehr leid.«

»Dass die Herrschaften alle so früh aufbrochen san, ist normal hier?«

»Wenn gutes Bergwetter ist, ja. Viele wollen zeitig weiter.«

»Auch jetzt schon, in dieser Jahreszeit?«, fragte Häberle.

»Was heißt ›diese Jahreszeit‹? Es ist Mitte Juni. Bei uns können S' schon wandern, wenn im Hochgebirge, drüben im Lechtal, die Saison noch gar nicht so richtig begonnen hat.«

»Nur mal rein hypothetisch«, machte Grantner weiter. »Es könnte doch sein, dieser Herr Mullinger ist gestern Abend noch rausgegangen und hat frische Luft schnapp'n woll'n. Dabei ist er zu dicht an den Abgrund gekommen, weil's vielleicht schon dämmrig oder sogar dunkel war, und abgestürzt. Dies würde erklären, weshalb er ohne Rucksack unterwegs war.«

»Das dürfen S' mich nicht fragen, Herr Chefinspektor. Es war gestern wirklich sehr viel los. Und wenn die Tagesgäste weg sind, müssen wir uns um Haus und Küche kümmern. Da fällt uns nicht auf, wer rauf zum Schlafen geht oder wer noch rausgeht.«

Häberle schaltete sich wieder ein: »Aber auf Berghütten sitzt man doch noch gemütlich zusammen.«

»Hüttenzauber meinen S'«, erwiderte Friedl vorsichtig grinsend, »in der Hauptsaison ja, wenn hier alles g'rammelt voll ist. Aber nicht, wenn nur Einzelne zum Übernachten hier sind. Die trinken nach Einbruch der Dunkelheit noch zwei, drei Absacker und geh'n dann ins Bett.«

»Nur eine Frage noch«, sagte Häberle. »Frauen waren gar keine hier?«

»Frauen?« Es hörte sich so an, als sei diese Frage völlig absurd. »Nein, zum Übernachten nicht. Nein.«

»Da san Sie sich ganz sicher?«, staunte Grantner. »Die Namen, die wir hier gelesen haben, sind Nachnamen. Das könnten doch auch Frauen gewesen sein.«

»Waren ’s aber nicht. Meine Bedienung hat g’sagt, es seien nur Männer gewesen.«

Die beiden Kriminalisten bedankten sich und gingen zu den Einsatzkräften auf die Terrasse zurück. Platzko hatte sie bereits sehnlichst erwartet. »Die Kollegen wollen jetzt rekonstruieren, wo genau Mullinger abgestürzt ist. Es gibt einige Rutsch- und Aufprallspuren.« Er ging voraus, verließ die Terrasse und folgte dem Wanderpfad ein gutes Stück weit entlang der steil abfallenden Felskante bis zu einer Gruppe Männer, die in Overalls gekleidet waren und Kletterausrüstung trugen. Platzko stellte ihnen die beiden Kriminalisten vor.

»Gab’s schon was Auffälliges, meine Herrn?«, fragte Grantner in die Runde.

Einer der Männer deutete auf einen silbernen Metallkoffer, der am Boden stand. »Wir haben das Gelände hier an der Hangkante großflächig abgesucht.« Der Mann bückte sich, ließ die Verschlussklappen des Koffers aufspringen und öffnete den Deckel, worauf neben Akten und einem Smartphone auch ein durchsichtiger Plastikbeutel zum Vorschein kam. »Wenn man sucht, findet man, was die Leute so alles verlieren. Aber wir wissen ja nie genau, ob es nicht doch eine Bedeutung hat.« Er hob den Plastikbeutel hoch, damit die beiden Kriminalisten den Inhalt sehen konnten. »Irgend so ein Schmuckstück«, erklärte der Mann im Overall. »An einem Kettchen. Könnte dem Verunglückten gehört haben.« Während Grantner und Häberle den winzigen Anhänger genauer betrachteten, meinte ihr Gesprächspartner: »Ist aber eher unwahrscheinlich.«

Die beiden Ermittler schwiegen.

69

Nena musste völlig verrückt sein. Sie hatte sich noch einmal wie wild gebärdet und Linkohrs Hilflosigkeit ausgekostet. So aufregend diese lustvollen und erotischen Attacken in den vergangenen Stunden auch gewesen waren – jetzt versuchte er, Nena mit sanften Worten zu bewegen, ihn wieder von den Handfesseln zu befreien. Zunächst schien es so, als steigere sein Bitten sogar noch ihre Lust. Doch als erneut von nebenan der Alarmton des Handys die erotisch aufgeladene Atmosphäre zerriss, ließ sie sich davon überzeugen, dass Linkohr möglicherweise dienstlich gebraucht wurde. Sie sprang auf und rannte in ihrer ganzen nackten Schönheit ins Wohnzimmer, um das Gerät aus Linkohrs Jacke zu fingern.

»Ich halt's dir ans Ohr«, grinste sie, zog eine Schnute und sah mitleidig auf den hilflos daliegenden Linkohr, der noch immer mit ausgestreckten Armen an den Handgelenken an die Metallverzierung des Bettes gefesselt war.

»Nena, mach keinen Quatsch«, bettelte er. »Ich kann so nicht mit der Dienststelle telefonieren.«

»Warum denn nicht?« Sie stupste ihn mit einem Zeigefinger auf die Nase. »Ein guter Kriminalist kann das in jeder Situation. Nie einen James Bond gesehen?«

»Nena«, versuchte er, sie weiterhin sanft wieder ins reale Leben zurückzuholen. »Bitte ...«

Sie hatte bereits die grüne Taste gedrückt, um das Gespräch anzunehmen, und hielt Linkohr das Gerät ans Ohr.

»Ja?«, meldete er sich atemlos.

»Häberle hier«, hörte er die Stimme seines Chefs. »Na endlich. Ich versuch, Sie seit Stunden zu erreichen.«

Häberle klang aufgeregt. So hatte ihn Linkohr selten gehört.

»Tut mir leid. Ich …«

Linkohr war froh, dass Häberle ihn gleich unterbrach: »Mullinger ist tot. Abgestürzt. Wir müssen dringend ein paar Dinge miteinander bereden.«

Linkohr konnte nichts erwidern. Nena, die mit einer Hand das Smartphone hielt, hatte sich mit der anderen zwischen seinen Oberschenkeln zu schaffen gemacht. Er unterdrückte ein lustvolles Stöhnen.

»Sind Sie noch da?«, kam Häberles Stimme aus dem Lautsprecher.

»Ja ja«, beeilte sich Linkohr zu sagen.

»Können wir uns kurz unterhalten?«

»Ich bin gerade unter der Dusche«, log Linkohr spontan, worauf Nena ein Lachen unterdrückte und ihre Hand noch ein paar Zentimeter weiter nach oben wandern ließ.

»Okay«, gab sich Häberle zufrieden. »Rufen Sie mich so schnell wie möglich zurück.«

Er wartete nicht mal auf eine Antwort Linkohrs, sondern unterbrach die Verbindung.

»Und? War's wichtig?«, grinste Nena, die Häberles Worte nicht hatte verstehen können.

»Ja, sehr. Und jetzt bitte, Nena, beenden wir dieses Spiel.« Seine Stimme klang nicht mehr sanft, sondern fordernd.

»Och«, machte sie. »Ich dachte, es ist ein blauer Montag. Und weil der Gefangene nicht gehorsam war, kriegt er keinen Ausgang.« Sie ließ von ihm ab und stand energisch auf. »Stubenarrest nennt man das doch.«

Linkohr bekam es langsam mit der Angst zu tun. Außerdem plagte ihn seine Blase. Lang würde er das nicht mehr aushalten.

Hatte er Nena vielleicht falsch eingeschätzt?

70

Aleen Dobler-Maifeld hatte schlecht geschlafen, wie immer. Was derzeit auf sie einstürzte, war nicht dazu angetan, ihren psychischen Zustand zu verbessern. Außerdem empfand sie es als belastend, dass man ihr dies ansah, denn Jensen hatte sie im Frühstücksraum des Hochsteinhofs entsprechend begrüßt: »Du siehst ziemlich geschafft aus.«

»Das brauchst du mir nicht auch noch zu sagen«, giftete sie gekünstelt und ließ sich von einem Kellner Kaffee servieren. »Mir schlägt das alles auf den Magen.«

»Bist du gestern tatsächlich runtergelaufen?«, interessierte sich Jensen, der sich Speck und Eier munden ließ und dazu Orangensaft trank.

»Ja natürlich. Was dachtest du denn?«, entgegnete sie leicht verstimmt.

»Direkt oder über den Vilsalpsee?«

»Sag mal, was interessierst du dich plötzlich für meine Bergtouren?« Sie wollte trinken, doch der Kaffee war ihr zu heiß.

»Entschuldige. Ich konnte ja nicht ahnen, dass du nicht drüber reden willst.«

»Was heißt ›nicht drüber reden‹? Du hättest ja mitgehen können.«

Er grinste. »Ich hab's vorgezogen, mit der Bahn runterzufahren. So sehr ich die Natur und alles hier liebe, aber, um ehrlich zu sein, ich brauch jetzt auch etwas Abstand.«

Aleen wollte etwas sagen, doch Larissa kam ihr zuvor. Die Junior-Chefin des Hotels, die blass und übermüdet wirkte, setzte sich zu den beiden an den Tisch. »Ich weiß nicht, ob ihr's schon gehört habt …«

Jensen und Aleen sahen sie fragend an.

»... aber in den Bergen hat's einen Toten gegeben.«

Jensen schluckte. »In den Bergen? Waren deswegen heut schon diese Hubschrauber unterwegs?«

Larissa nickte. »Unterhalb der Landsberger Hütte haben sie einen jungen Mann tot geborgen. Vermutlich abgestürzt.«

Aleen wurde noch blasser, als sie es schon gewesen war. »Einen jungen Mann? Weiß man denn, wo er herkam?«

»Aus Deutschland, hat's im Radio geheißen. Mehr nicht.«

»Um Gottes willen«, entfuhr es Aleen.

»Was hast du denn?«, fragte Jensen überrascht.

»Ein junger Mann«, wiederholte sie. »Aus Deutschland. Weißt du denn, was das bedeuten kann?«

Jensen hielt sich zurück. »Ich bitt euch. Wir sollten nicht schon wieder ans Schlimmste denken.«

»Ich fürchte mich«, sagte Larissa leise, um einige andere Gäste nicht hellhörig zu machen, die drei Tische weiter saßen. »Vorhin hat ein Gast, der die Nacht in seinem Auto am Vilsalpsee verbracht hat, davon erzählt, dass er ein Irrlicht gesehen hat.«

»Irrlicht?«, fragte Jensen zögernd und ungläubig. »Komm mir jetzt bloß nicht mit Gespenstergeschichten.«

»Er hat es aber so gesagt«, beharrte Larissa. »So um Mitternacht sei's gewesen. Sein Auto war so geparkt, dass er über den See sehen konnte. Und da sei von links oben ein Licht heruntergekommen.«

»Schwebende Lichter, oder was?«, spottete Jensen.

»Nicht schwebend, sondern im Wald, im Steilhang«, flüsterte Larissa. »Erst unten am See sei es erloschen.«

Aleen trank hastig einen Schluck Kaffee. Ihre Hände zitterten.

»Wie soll das Irrlicht gewesen sein?«, wollte Jensen wissen, um sich gleich selbst die Antwort zu geben: »Das waren sicher Nachtwanderer, die von der Landsberger Hütte runtergekommen sind.«

»Um die Zeit steigt da niemand ab«, beharrte Larissa auf ihrer Version. »Das wär doch lebensgefährlich.«

»Nachtwanderungen können sehr romantisch sein«, behauptete Jensen hartnäckig. »Man glaubt nicht, was manche Leute so alles tun.«

»Aber doch nicht da hinten«, beharrte Larissa und sah Aleen an. »Was meinst du?«

»Ich?« Aleen holte tief Luft. »Ich bin noch am helllichten Tag runtergestiegen und denke, dass es ziemlich beschwerlich ist, dies bei Nacht zu tun.«

»Beschwerlich schon«, pflichtete ihr Jensen bei, »aber mit ein paar Halogen- oder diesen modernen LED-Lampen sicher kein allzu großes Problem.«

»Wisst ihr, was ich denke?«, sagte Larissa leise. »Vielleicht haben wir Geister gerufen, die wir nicht mehr loswerden.«

Jensen runzelte die Stirn. »Frei nach dem Zauberlehrling, von Goethe, stimmt's?« Er wollte nicht schon wieder als trockener Realist dastehen.

71

Häberle war nach dem Rückflug ziemlich sauer. Jetzt hatte er Linkohr zwar erreicht, aber der Kollege rief nicht wie versprochen zurück.

Nachdem der Helikopter wieder Richtung Reutte davongerattert war, lud Häberle den österreichischen Chefinspektor zu einer Tasse Kaffee ins Wohnmobil ein. »Wenn ich schon für einen Tag Parkgebühr zahl', dann soll sich's auch lohnen«, brummte er und bat den Kollegen ins Innere. Die Federung des Wagens ließ angesichts der vielen Kilos, die beide Männer auf die Waage brachten, ein leises Ächzen vernehmen.

»Zwar ein bisschen eng«, entschuldigte sich Häberle, setzte den Wasserkessel auf den Herd, entzündete die Gasflamme und klappte das Fenster nach außen, damit genügend Sauerstoff hereinströmen konnte. »Aber gemütlich ist's hier«, meinte Grantner, der den Vorhang beiseiteschob, um zum Neunerköpfle hinaufschauen zu können. »Dort oben wird sogar an einem Montag wie heute wieder einiges los sein.«

»Ein Kommen und Gehen. Das macht es uns nicht leicht. Und Spurensuche im Gebirge – mein Gott, das ist schlimmer, als die Stecknadel im Heuhaufen finden wollen.« Häberle setzte den Kaffeefilter auf die Kaffeekanne und schaufelte drei Löffel Kaffeepulver in den Filter.

Dann ließ er sich gegenüber seinem Kollegen nieder. »Ich glaub, wir können uns auch duzen«, schlug er vor und reichte ihm die Hand über den Tisch. »Ich bin der August.«

»Und ich der Paul«, nahm Grantner das Angebot an.

»Wir können das bei einem Weizenbier irgendwann richtig besiegeln«, meinte Häberle grinsend.

»Ich hoffe, bald – wenn diese Geschichte hier abgeschlossen ist. Viel haben wir aber noch nicht, das uns weiterbringen könnte.«

Häberle war es wichtig gewesen, die Situation in Ruhe zu besprechen. Normalerweise tat er dies mit Linkohr. Doch der war erstens nicht da und zweitens offenbar außer Gefecht gesetzt. Wodurch und vom wem auch immer, überlegte der Ermittler.

»Wir haben die Tote Nummer eins: Karin Waghäusl, die auf dem Weg zu diesem Hüttentreffen auf ungewöhnliche Weise getötet wird«, zählte Häberle auf.

»Und wir haben diese Gruppe, die an Spuk und böse Geister glaubt, um es mal unter uns so auszudrücken. Eine illustre Gesellschaft. Darunter ein Apotheker, der sich dieses Nervengift von allen am leichtesten besorgen könnte.«

»... aber wohl nicht so dumm wäre, eine Spritze mit Rückständen daran so zu verlieren, dass sie just unter seinem Wohnwagen liegt. Weit rollen kann diese Spritze nämlich auf dem Schottergrund nicht.«

»Eben«, bekräftigte Grantner diese Feststellung. »Wir können aber davon ausgehn, dass es sich um keine Beziehungstat im herkömmlichen Sinn handelt. Diese Frau Waghäusl wurde mit hoher Wahrscheinlichkeit nicht von einem verschmähten Liebhaber umgebracht, sondern von jemandem, dem sie gefährlich zu werden drohte.«

»Mit ihren Recherchen über allerlei dubiose Machenschaften auf dem Gebiet der Parapsychologie, der Weltuntergangstheoretiker und sonstiger zwielichtiger Geschäftemacher«, stellte Häberle fest, während er den Deckel des Wasserkessels leicht zur Seite schob. Gleich würde das Wasser kochen.

»Folgt man dieser Theorie, haben in den vergangenen Jahren auch schon ein paar andere Herrschaften ähnliches versucht wie die Frau Waghäusl«, konstatierte der Chefinspektor. »Auf eurer Autobahn, dieser A7.«

»Und ein bisschen kann ich mir auch schon denken, wie das mit den Unfällen war«, meinte Häberle, stand auf, drehte den Gashahn zu und leerte das kochende Wasser langsam in den Kaffeefilter.

»Du hast da schon eine Theorie?«, staunte Grantner.

»Manches mag verrückt klingen«, sagte Häberle und ließ

sich nicht vom Aufbrühen des Kaffees ablenken. Das Wasser sickerte nur langsam durch das Pulver und tröpfelte in die Kanne. »Aber was ist bei einem Verbrechen schon normal? Wenn alles normal wäre, gäbe es gar kein Verbrechen.«

»Du hast recht. Wenn man so ein Ding geklärt hat, wundert man sich manchmal, welche Zufälligkeiten oft eine Rolle gespielt haben.«

»Zufälle«, griff Häberle seinen Gedanken auf, »ich frag mich auch manchmal, ob das so vorausbestimmt war, oder ob manche Dinge einfach passieren, weil sie passieren können.«

»Alles, was möglich ist, passiert«, meinte Grantner.

Der Kaffee war jetzt durch. Häberle drehte sich mit der Kanne vom Küchenblock zum Tisch und füllte zwei Tassen.

»Ihr habt doch diese komischen Betrugsschreiben«, erinnerte sich Grantner nach dem ersten Schluck. »Die dieser Hochschulrektor von der Professorin erhalten haben will.«

»Nicht von ihr, sondern über einen Kollegen, um korrekt zu bleiben«, stellte Häberle klar. Der Kaffee munterte ihn auf und setzte neue Energien frei.

»Du kennst aber diese Professorin immer noch nicht?« Paul Grantner sah seinen Kollegen an und erntete ein Kopfschütteln. »Also nicht«, konstatierte er. »Aber sie heißt wohl Platterstein. Ja, wenn man weiß, dass Frau Waghäusl und diese Dame regen E-Mail-Verkehr gepflegt haben, dann liegt der Verdacht nahe, dass sie beide dasselbe Ziel verfolgt haben. Sehe ich das richtig, August?«

»Das siehst du richtig, Paul. Außerdem hat Frau Waghäusl, wie wir auch wissen, gegenüber anderen geäußert, sie fühle sich verfolgt.«

»Möglicherweise hat ja der junge Mullinger auch schon von etwas Wind bekommen und musste daher schnell beseitigt werden.«

»Nach Eile sieht's aus, da hast du recht«, meinte Häberle, »sonst wäre das Beseitigen auf andere Weise geschehen.«

»Wie meinst du das?«

»Wart's ab, lieber Paul. Ich befürchte, dass der Dreh- und Angelpunkt dieser Sache nicht bei dir hier zu finden ist, sondern bei mir daheim in der schwäbischen Provinz.«

Grantner zog ein leicht enttäuschtes Gesicht. »Okay, August, ich lass dir die Spannung.«

»Ich will nur sicher geh'n, ehe ich was verbreite«, entgegnete Häberle. »Denn ob die bisherige Methode auch bei Mullinger mit seinem uralten VW-Bus geklappt hätte, wage ich zu bezweifeln.«

»Wir nehmen die Kiste bereits auseinander«, ereiferte sich Grantner. »Sie ist hier auf diesem Parkplatz g'stand'n. Bisher haben meine Leute von der Spurensicherung aber nichts Außergewöhnliches entdeckt.«

Häberle war mit der Schilderung des chronologischen Ablaufs zufrieden. »Nicht außer Acht lassen dürfen wir aber auch die Angebote zur Geistheilung in den Kliniken«, fuhr er fort. »Wir haben euch ja die Akten gemailt.«

Grantner nickte, obwohl er sie nur überflogen hatte. »Das ist doch eher so ein Abfallprodukt dieser Geschichte«, merkte er deshalb kleinlaut an.

»Hat sich aber auch in Waghäusls Rechner gefunden«, betonte Häberle. »Von einem Abfallprodukt würde ich nicht unbedingt sprechen, wenn wir bedenken, dass eine angeheiratete Verwandte unserer dubiosen Professorin eindeutig von einer solchen angeblichen Geistheilerin aufgesucht worden ist.«

»Das kann auch andersrum sein, August. Nachdem Professorin Platterstein die Schwindeleien mit ihrer verblichenen Verwandten bemerkt hat, hat sie sich Hilfe suchend an die Waghäusl gewandt, weil die doch solchen Betrügereien auf die Spur kommen wollte.« »Mag sein«, räumte Häberle ein. »Aber leider kann ich's dabei nicht bewenden lassen. Da gibt es nämlich eine seltsame Spur, die Frau Waghäusl verfolgt hat.«

»Ich weiß«, musste Grantner zugeben, »eine ziemlich verzwickte Sache.« Er legte seine Stirn in Falten. »Da könnt ihr noch eine Weile dran rummach'n.«

»So verzwickt auch wieder nicht, Paul. Diese Ahnentafel, die wir in Waghäusls Wohnung sichergestellt haben, wurde möglicherweise nur angelegt, um die Verwandtschaftsverhältnisse zu dieser Klinikpatientin herauszufinden.« Häberle griff zu seinen Unterlagen, die er im engen Kleiderschrank deponiert hatte. »Pass mal auf, Paul, ich hab mir das genau von einem Kollegen aufschreiben lassen. Diese Professorin«, er blätterte in dem handlichen Aktenordner, den er von Specki erhalten hatte, »deren Geburtsnamen wir allerdings noch nicht kennen – was aber über die Hochschule zu erfahren sein wird – diese Dame hat also laut der Ahnentafel 1986 den wesentlich älteren Karl-Heinz Platterstein geheiratet. Und so, wie das mein Kollege nun interpretiert, hatte dessen Vater Eugen zwei Geschwister – den Alfred und die Irene. Allesamt in den frühen 20ern in Bad Waldsee geboren und ziemlich bald nach Geislingen gekommen. Vermutlich, weil der Vater in der WMF Arbeit gefunden hat.«

Häberle griff zur Kaffeetasse. »Kannst du mir folgen?«, er hob seinen Kopf und sah, dass Grantner einen gelangweilten Eindruck machte. »Schau her.« Er deutete auf eine Skizze und nahm einen Schluck. »Mein Kollege hat hier aufgezeichnet, wie's geht. Das Mädel, diese Irene Platterstein, hat damals einen Rattinger geheiratet, und bis August vorigen Jahres war sie die Einzige noch Lebende von diesen drei Geschwistern. Und war möglicherweise das Opfer einer geldgierigen Geistheilerin.«

»Und Nachkommen?«, brummte Grantner.

»Gibt's von der Irene keine.«

»Und von diesem dritten Burschen, dem Alfred?«

»Mein lieber Kollege, vielleicht vertreibt das deine Müdigkeit: Dieser Alfred gilt seit 1944 als vermisst.«

»Gefallen im Krieg?«

»Eben nicht. Verschwunden. Spurlos weg. In Geislingen. Dieser Kleinstadt.«

»Na, na, Herr Kollege, jetzt malen S'mal net den Teufel an d' Wand. 1944«, er sprach es im Wiener Dialekt aus, »1944, da san öfters mol Menschen verschwunden. Auch in Kleinstädten.«

»Aber wieso macht sich jemand die Mühe, eine Ahnenreihe zu erforschen, wenn er schon in den 20er Jahren damit aufhört«, ließ Häberle nicht locker. »Heutzutage kommt man mühelos bis ins 18. Jahrhundert zurück.«

Grantner trank seine Tasse leer. »Ich weiß nicht so recht, August, ob du dich da nicht in etwas verrennst.«

»Moment noch, Paul. Guck hier …«, Häberle blätterte weiter, »auch für die Waghäusls gibt's hier einen Stammbaum – und der endet ebenfalls kurz vor den 20ern. Genauer gesagt, 1919 mit einem Georg Waghäusl aus Kernen im Remstal.«

»Und was will uns das sagen?« Grantner wurde ungeduldig.

»Noch nichts, lieber Kollege. Aber ein Mosaiksteinchen ist's allemal.« Häberle schlug die Akte zu und verstaute sie wieder im Kleiderschrank.

»Und was hältst du von diesen Posaunen?« Grantner schien diese Frage viel mehr auf den Nägeln zu brennen als Häberles Ahnentafel.

»Zeichen des Himmels«, gab der Göppinger Chefermittler ungerührt zurück. »Sie künden vom nahen Ende. So wie du das schilderst, scheint es ein Original und vier Kopien zu geben. Genauer gesagt: seit heute wohl fünf.«

»Ich hoffe nur, dass sie alle nicht vom Ende der Welt, sondern von der baldigen Lösung unserer Fälle künden«, seufzte Grantner. »Oder bist du auch einer von denen, die nur noch bis kurz vor Weihnachten leben wollen?«

»Verschon mich davon«, grinste Häberle. »Alle die, die jetzt ihr Vermögen verprassen, werden dumm aus der Wäsche schau'n, wenn am 22. Dezember morgens ihr Konto leer ist und es den Planeten doch noch gibt.«

Grantner sah auf die Uhr. »Ich schlage vor, du suchst jetzt deine Professorin«, meinte er. »Und ich nehm mir deine Landsleute hier vor, sofern sie noch nicht das Weite gesucht haben, während wir uns hier über alte G'schichten unterhalten.«

»Ich schau mich auf dem Campingplatz um, und du übernimmst den Hochsteinhof, okay?«

Grantner stellte seine leere Tasse auf den Küchenblock ging die zwei Schritte bis zur Tür. Dort drehte er sich noch mal um: »Ach ja, August. Auch ich hab so meine Theorie. Ich hab nämlich was gesehen, was du noch nicht gesehen hast.«

»So?« Häberle wartete auf eine Antwort.

»Ich hab ein Bildchen gesehen. Das Bild einer jungen Frau. Und zwar dort, wo man es nicht vermuten würde.«

72

Linkohr hatte Zweifel, ob er seine Rückenschmerzen, die ihn jetzt plagten, allein mit der Erinnerung an das stundenlange Lustgefühl dämpfen konnte. Nena war wirklich verrückt gewesen. Verrückt und sogar besessen, wie er es empfand. Dafür bot sie ihm jetzt, nachdem sie sich angezogen hatte, ein üppiges Frühstück.

Linkohr hatte geduscht, seine Armgelenke massiert und sich im Spiegel betrachtet. Er sah aus, als habe er die ganze Nacht Schwerstarbeit geleistet. Ein Glück, dass Häberle im Tannheimer Tal war und ihn nicht sehen konnte.

Noch bevor er sich an den Tisch setzte, drückte er Häberles Nummer und hatte ihn sofort am Apparat.

»Tut mir leid, dass ich mich verspäte«, sagte er und bekam ein eher väterliches »ist schon okay« zu hören. »Ist ja schließlich Montag und Sie hatten ein langes Wochenende. Aber ich kann Ihnen ein bisschen Arbeit nicht ersparen.« Linkohr griff instinktiv nach einem Kugelschreiber, worauf ihm Nena ein Blatt Papier vorlegte. »Finden Sie raus, wie diese Professorin Platterstein mit Mädchennamen hieß. Falls sie geschieden war und zweimal geheiratet hat, bitte auch dies. Dann hab ich noch ein Autokennzeichen, das Sie checken müssen.« Er gab es durch und buchstabierte es. »Ich geh mal davon aus, dass das Auto auf die Platterstein zugelassen ist.« In der Leitung raschelte es, woraus Linkohr schloss, dass Häberle in seinen Aufzeichnungen blätterte. »Noch was«, kam es gleich zurück. »Versuchen Sie rauszukriegen, ob die anderen Kliniken – Sie wissen, da geht's um die Geistheilerin – wirklich nichts Konkretes vorlegen können. Wenn's sein muss, machen Sie kräftig Dampf. Die dortigen Dienststellen sollen uns unterstützen. Und dann sollten Sie noch genauer diesen

Uwe Astor durchleuchten. Sie wissen, der wohnt in Uhingen. Und ob wir nähere Erkenntnisse über Dirk Jensen haben – diesen Finanzheini aus Aichschieß.«

Nach einer kurzen Pause ging Häberles Redefluss weiter: »Und lassen Sie prüfen, wo die drei Autos versichert waren – Sie wissen, was ich meine: die mit den Toten auf der A7.«

»Okay. Das wird nicht ganz so schnell gehen.«

»Weiß ich doch. Specki soll Sie unterstützen. Und rufen Sie den Chef an, sagen Sie ihm einen Gruß von mir, und wir bräuchten dringend ein paar Leute. Die Sache ist heiß, Kollege, denn dieser Student, der Mullinger, ist tot«, sagte Häberle und beendete grußlos das Gespräch.

Linkohr war von Häberles letztem Satz wie elektrisiert – obwohl ihn das Wort ›heiß‹ sofort wieder an die Ereignisse der vergangenen Stunden erinnerte. Heißer konnte nichts mehr werden.

Außerdem hatte er in einer Stunde einen wichtigen Termin in Geislingen.

73

Falkenstein und Fischer hatten sich in Astors Wohnwagen zusammengefunden. »Wenn das Mullinger ist, wovon den ganzen Morgen in den Radionachrichten geredet wird, dann könnten wir mächtig Ärger kriegen«, blaffte Astor, der den beiden anderen am Tisch Platz angeboten hatte.

»Ich befürchte, dass es Mullinger ist«, meinte Falkenstein ruhig. »Sein VW-Bus, der ganz da hinten abgestellt war, ist nicht mehr da.«

»Vielleicht ist er abgereist«, gab Fischer kleinlaut zu bedenken.

»Das glaub' ich nicht. Mullinger hat gestern gesagt, er wolle zur Landsberger Hütte rübergehen«, blieb Falkenstein hartnäckig. »Er muss es sein.«

»Und wir?«, fragte Astor rhetorisch. »Wir geraten immer tiefer in die Scheiße, wenn ich das richtig sehe.« Er wurde energisch und sah die beiden anderen mit stechenden Augen an. »Ihr wisst doch, wie die Kripomenschen gestern rumgestochert haben.«

»Entschuldige Uwe«, unterbrach ihn Fischer, »ich verstehe deine Aufregung nicht ganz. Was soll ich erst sagen? Mir hat jemand diese verdammte Spritze unter den Wohnwagen gelegt. Ein Glück, dass die Bullen nicht auf die Idee gekommen sind, dass ich womöglich Karin totgespritzt hab. Wahrscheinlich war ihnen das dann doch zu durchsichtig.«

»Stellt sich natürlich die Frage, wer's dann war«, gab Falkenstein zu bedenken. »Immerhin muss es jemand gewesen sein, der dich kennt und der weiß, dass du als Apotheker an so'n Zeug rankommst.«

»Natürlich war's ein gezielter Versuch, mich da reinzuziehen«, zischte Fischer verärgert und spielte nervös an seinem Halsketten-Anhänger. »Und ich sag euch, wenn ich den erwische, der das versucht hat …« Er wollte es lieber nicht aussprechen.

Falkenstein hatte bemerkt, wie sein Gegenüber das winzige Schmuckstück in den Fingern drehte. »Sag mal, Robert, eine ganz indiskrete Frage.«

Fischer ließ den Anhänger los, als ahne er, worum es ging. »Ja?«

»Dieses Ding da, diese Posaune«, Falkenstein deutete auf

die Halskette, die sich aus Fischers T-Shirt-Ausschnitt auf seine Brust legte, »woher hast du das Ding eigentlich?«

»Diese …« Fischer griff instinktiv wieder danach. »Ach, diese Posaune.« Er versuchte, seine kurze Verlegenheit zu überspielen. »Das ist so eine Art Talisman geworden. Ihr erinnert euch …«, er sah die beiden anderen an, »… wir haben doch das letzte Mal ausführlich über diese Posaunen gesprochen, diese Sache mit der Apokalypse. Ob ihr's glaubt oder nicht, ein paar Tage später hab ich so ein Ding zugeschickt gekriegt. Mit einem netten Begleitschreiben, dass mir jemand damit Glück schenken möchte.«

»Ach«, staunte Falkenstein, während Astor keine Regung zeigte. »Du hast das einfach so zugeschickt gekriegt, anonym?«

»Anonym eigentlich nicht. Es war wohl irgendwas Christliches, soweit ich mich entsinnen kann. Ich hab mir noch gedacht, dass es vielleicht Josefina oder Karin veranlasst haben …« Er zögerte. »… ihr wisst doch, Karin hat so ein Schmuckstück schon gehabt. Von ihrem Mann, der ihr's vor dem Abflug zu seiner letzten Reise geschenkt hat.«

»Hast du sie mal gefragt, ob sie es dir hat zuschicken lassen?«

»Nein. Ich hab mir gedacht, wenn sie gewollt hätte, dass ich's wissen sollte, hätt' sie ihren Absender draufschreiben lassen. Ich hab's aber jetzt mitgenommen, weil ich dachte, wir sehen Karin …«

Falkenstein überlegte, ob er sein Erlebnis auch schildern sollte, beschränkte sich dann aber auf eine andere Bemerkung: »Ähnlich ist es wohl auch Josefina ergangen. Die hat nach dem letzten Hüttentreffen auch so eine Posaune zugeschickt bekommen und geglaubt, sie käme von einem von uns. Das hat sie jedenfalls vorgestern erzählt.«

Astor räusperte sich, kam aber nicht mehr zu Wort, weil es in diesem Augenblick an der Tür klopfte. Die drei Männer sahen sich für einen Moment schweigend an. Astor stand auf und blickte durch das Fenster überm Küchenblock vorsichtig nach draußen.

Seine Kehle wurde trocken: »Ich glaube, jetzt wird's ernst.«

74

Linkohr hatte Häberles Aufträge an Specki weitergegeben. Inzwischen waren weitere Kollegen herbeordert worden, um all diese Details überprüfen zu können.

Der junge Kriminalist hingegen musste einen Termin wahrnehmen, den Blumenhändlerin Landau auf 13 Uhr für ihn in ihren Geschäftsräumen anberaumt hatte. Es war ihr gelungen, den älteren Herrn aus der Nachbarschaft zu einem Gespräch mit Linkohr zu bewegen.

Der betagte Rentner, der seine Erinnerungen an das Gebäude der altehrwürdigen Weinhandlung und die damit zusammenhängenden Gerüchte schildern sollte, hieß Johannes Mareck.

Er stützte sich beim Gehen auf einen Stock, und durch seine graue Gesichtsfarbe, seinen kahlen Kopf und seine dicke Brille machte er auf Linkohr einen kränklichen Eindruck. Dennoch war der Mann offenbar zu Fuß aus der Nachbarschaft in das Blumengeschäft gekommen, in dem er jetzt in einem mit blühenden Pflanzen geschmückten Raum saß. Frau Landau hatte Tee zubereitet, dessen Duft sich mit jenem der Blumen angenehm vermischte.

»Ich will da aber in nichts reingezogen werden«, sagte der Mann mit leiser, heller Stimme und sah den Kriminalisten aus wässrigen Augen an.

»Keine Sorge, was wir hier besprechen, bleibt unter uns«, beruhigte Linkohr und genoss den anregenden Tee.

»Ich bin jetzt 85«, sagte der Mann, dessen Hände leicht zitterten, »und Sie müssen wissen, ich hab noch nie mit der Polizei was zu tun gehabt. Aber Frau Landau wollte unbedingt, dass ich Ihnen das von damals erzähle.«

»Das von damals«, griff Linkohr die Bemerkung auf.

»Ja, Sie interessieren sich doch für die Geschichte des Hauses hier. Wissen Sie, ich wohne seit meiner Kindheit gleich hier drüben«, er deutete mit dem Kopf in eine Richtung, »als Kinder haben wir sogar manchmal da unten in diesem Keller Verstecken gespielt.« Ein wehmütiges Lächeln huschte über sein faltiges Gesicht. »Obwohl das dem Herrn Mollenkopf nicht so gefallen hat. Das können Sie sich denken.«

»Herr Mollenkopf war der Besitzer, nehme ich an?«

»Jaja, ein guter Geschäftsmann war das. Er soll viele Kontakte zu den Winzern im Remstal gehabt haben. Das war damals noch nicht so mit diesen Genossenschaften wie heute.« Der Rentner schnäuzte sich in ein Stofftaschentuch und nippte an der Tasse. »Teure Weine hat er auch gehabt. Teuer für die damalige Zeit. Aber ganz besondere sollen's gewesen sein. Ich hab sie aber selbst nie probiert.«

»Und während des Krieges war immer noch Herr Mollenkopf der Eigentümer?«

»Nein. Das war dann schon sein Sohn Jakob, der Junior, wie man sagte. Das war damals so üblich, Herr Kriminalrat. Es war üblich, dass die Jungen die Geschäfte der Väter übernommen haben. Heute hat sich dies ja geändert.« Er stockte kurz. »Oder die jungen Leute machen kaputt, was die Väter aufgebaut haben. Weil sie immer mehr und mehr und mehr wollen.«

Linkohr nickte verständnisvoll, denn die Worte kannte er sehr wohl. Sein Chef vertrat bei jeder passenden Gelegenheit dieselbe Auffassung.

»So etwa 1944«, kam Linkohr wieder auf das eigentliche Thema zurück, »da wurde dieser Keller auch als Luftschutzbunker genutzt?«

»Ja ja ja«, sagte Herr Mareck schnell, »auch schon früher, und zwar für die ganze Nachbarschaft. Wenn die Sirene geheult hat, sind wir da runtergestürmt. Nebenan gab's noch so einen Keller im sogenannten Steinhäusle. Aber das haben sie vor einigen Jahren leider abgerissen.« Er musste nachdenken. »Als wir in diesen Weinkeller runter sind, 1944, da war ich damals gerade 17 und hatte furchtbare Angst, auch noch eingezogen zu werden.« Sein Gesicht nahm bittere Züge an. »Der Adolf hat doch Kanonenfutter gebraucht. Menschenmaterial, das an der Front erschossen werden konnte.« Es klang zynisch, und seine Augen wurden noch wässriger. »In diesem unsinnigen Krieg.«

»Und in dieser Zeit, 1944«, Linkohr unterbrach kurz, um Tee zu trinken, »in dieser Zeit soll es in diesem Keller etwas gegeben haben, über das niemand so gern redet.«

Mareck räusperte sich kräftig. »Was heißt ›niemand gern darüber redet‹? Herr Kriminalrat, da sind Dinge passiert, auch in einer Kleinstadt, an die niemand erinnert werden wollte. Auch noch in den 50er Jahren nicht, als unsere Kinder in die Schule gekommen sind und es dort noch Lehrer gab, die ihre alten autoritären Vorstellungen von Erziehung auslebten. Das war nur möglich, weil wir – ihre Eltern – noch als Duckmäuser unter Adolf aufgewachsen waren. Wissen Sie, Herr Kriminalrat, das können Sie sich gar nicht vorstellen. Wir haben gelernt, der Obrigkeit zu glauben und Befehle auszuführen. Das haben die, die nach uns kamen, nicht mehr getan. Sie erinnern sich: 1968, da hat sich alles verändert.«

Linkohr erinnerte sich natürlich nicht. Dazu war er viel zu jung. Aber er hatte viel über diese Zeit gelesen und Dokumentarfilme gesehen.

»Und was war das nun, über das niemand gesprochen hat?«, versuchte er vorsichtig, wieder zum eigentlichen Thema zu kommen.

Mareck trank noch mal Tee und legte die runzlige Stirn in noch tiefere Falten. »Jakob Mollenkopf, der Sohn vom alten Mollenkopf, hatte damals trotz der Kriegszeit einige Arbeiter. Fässerputzer, Flaschenabfüller, was weiß ich. Und eines Tages – es war im Juni – das weiß ich noch genau, weil damals gerade die Alliierten in der Normandie gelandet sind, am D-Day, das werden Sie noch aus den Geschichtsbüchern wissen – kurz danach ist einer seiner Arbeiter spurlos verschwunden. Nun«, er hustete kräftig, »das war in diesen Kriegszeiten nichts Außergewöhnliches. Man hat sich ohnehin gewundert, dass er nicht zum Barras eingezogen wurde.« Linkohr wusste, dass der alte Herr das Militär meinte. »Er war jedenfalls weg«, sprach Mareck weiter, »meine Eltern haben sich gewundert. Alle haben sich gewundert. Und auch sein Chef konnte angeblich nicht sagen, was mit ihm geschehen war.«

»Und bis heute weiß man das nicht?«, hakte Linkohr nach.

»Ich hab nie mehr was davon gehört. Vielleicht gibt es ja Polizeiakten. Das müssten Sie doch herauskriegen.« Es klang vorwurfsvoll.

»Und um welche Gerüchte handelt es sich nun?« Linkohr wollte endlich auf den Kernpunkt zu sprechen kommen, auch wenn man solchen Gesprächspartnern viel Zeit lassen musste. Das hatte er in all den Jahren von Häberle gelernt.

»Wochen später – vielleicht auch ein Vierteljahr später – waren wir wieder bei einem Bombenalarm im Keller. Und da fiel uns auf, dass ganz unten, vielleicht haben Sie's ja schon gesehen, man kann es heute noch erkennen, zwei oder drei Mauerstein-Reihen neu gesetzt oder verfugt worden waren. Wir haben es nicht genau gesehen, wir hatten ja nur Kerzenlicht. Aber es ist aufgefallen, und wir haben darüber gesprochen. Aber das war's auch schon.«

»Der Weinhändler wurde nicht darauf angesprochen?«

»Doch, ich glaube, meine Eltern haben das getan. Auch er soll ziemlich überrascht gewesen sein und hatte aber damals wohl nicht die alleinige Verfügungsgewalt über seinen Keller.«

»Wie darf ich das verstehen?«

»Die Nazis«, er schnäuzte noch einmal, »haben damals vieles beschlagnahmt.« Wieder neue Falten im Gesicht. »Gerüchteweise hat man gehört, der Wein sei nach Berchtesgaden abtransportiert worden. Zum Obersalzberg.« Er wartete ein paar Sekunden. »Während die Menschen an der Front das Kanonenfutter waren, haben diese Herrschaften da oben ihren verrückten Führer bei Laune halten müssen.«

»Es hatten also Fremde Zutritt zu dem Keller«, fasste Linkohr zusammen.

»Ja, so sieht's wohl aus. Es gibt ja nicht nur diesen Zugang hier von den Geschäftsräumen aus, sondern auch drunten am Hang, seitlich, wie das bei solchen Kellern, die in den Hang hineingebaut sind, damals üblich war.«

»Und was hat man dann vermutet, was da unten geschehen ist?«

»Herr Kriminalrat«, der Mann holte tief Luft, als falle es

ihm schwer, darüber zu reden, »Sie müssen sich in diese Zeit hineindenken. Man hat hier überall Stollen in die Berge reingetrieben, um für die Rüstung produzieren zu können. Alles, was unter Tage war, wurde genutzt, um in irgendeiner Weise Hitlers Wahn unterstützen zu können. Sie werden wissen, er hat immer von einer Wunderwaffe gesprochen. Weiß der Teufel, was er sich in seinem kranken Gehirn zurechtgelegt hat. Manche sind davon überzeugt, er habe die Atombombe gemeint. Aber es soll damals auch andere Experimente gegeben haben. Skrupellose, das wissen wir alle. So medizinische Versuche. Schrecklich.« Er nippte wieder an seiner Tasse, als müsse er sich erst wieder beruhigen. »Das Schlimme ist, dass sich kluge Köpfe für so etwas hergegeben haben.«

Mareck atmete schwer. Langsam verließen ihn seine Kräfte.

»Irgendwann – ich weiß nicht mehr, wann das war – aber ich denke, erst nach dem Krieg, da kam dann das Gerücht auf, die Nazis hätten im Keller eine geheimnisvolle technische Einrichtung eingemauert.« Er verzog den Mund zu einem erzwungenen Lächeln. »Es mag ja auch hier in dieser Stadt einige gescheite Leute gegeben haben. Immerhin hat die WMF damals als Weltunternehmen die Intelligenz angezogen. Aber ob an dieser Geschichte was dran ist, das bezweifle ich stark.«

»Um welche Art von Gerät soll es sich gehandelt haben?«

Linkohr bemerkte, dass sich auf der Stirn des Mannes kleine Schweißperlen bildeten.

»Das ist so verrückt, Herr Kriminalrat, man mag gar nicht darüber reden. Aber Sie müssen sich in diese Nachkriegszeit hineindenken. Da gab es diese Atombombenabwürfe – Hiroshima und so. Es gab viele Neuerungen – schlimme und auch gute. Und da braucht man sich nicht zu wundern, dass es jede Menge Geschichten gab.«

Linkohr war gespannt und wollte den Mann nicht unterbrechen.

»Das war auch die Zeit«, fuhr Mareck fort, »als man sogar an die kleinen grünen Männchen vom Mars geglaubt hat. Fliegende Untertassen wurden damals angeblich überall gesichtet.« Er nippte wieder an seiner Tasse. »Wahrscheinlich waren's Flugmaschinen, mit denen die Amis experimentiert haben.« Er wartete wieder einige schwere Atemzüge lang ab. »Später konnte man von diesem Philadelphia-Experiment lesen. Ich weiß nicht, ob Sie jemals was davon gehört haben, Herr Kriminalrat. Philadelphia ist ein Kriegshafen in den USA am Atlantik. Dort soll sich ein Kriegsschiff der Amerikaner 1943 in Nichts aufgelöst haben. Und Augenblicke später ein paar Hundert Kilometer südlich davon in Norfolk aufgetaucht sein. ›Dematerialisiert‹ nennt man das wohl.«

Linkohr wollte sich dazu nicht äußern. Er glaubte aber, sich entsinnen zu können, von dieser Geschichte schon mal gehört zu haben. Er wollte nachher das Thema googeln.

»Wenn man all dies so bedenkt«, fuhr Mareck fort, »dann kann man sich vielleicht vorstellen, dass auch alte Nazis daran interessiert waren, ihrem Hitlerregime im Nachhinein geheimnisvolle technische Entwicklungen anzudichten.« Er wischte sich jetzt den Schweiß mit dem Handrücken von der Stirn. Für ihn war offensichtlich das feucht-warme Raumklima, das Linkohr als angenehm empfand, nicht gerade zuträglich.

»Deshalb wohl die Geschichte mit dem Gerät«, fuhr der Rentner fort. »Und je häufiger sie weitererzählt wurde, umso spannender wurde sie. Wie das so ist. Aber das werden Sie auch kennen, Herr Kriminalrat.«

»Und was bedeutet das nun?«

Mareck holte erneut tief Luft. »Hier soll es um eine Vorrichtung gegangen sein, mit der man Gedanken lesen kann.« Er zuckte mit den Schultern. »Was weiß ich. Vielleicht irgend so etwas, das wie ein EEG funktioniert. Gehirnströme elektrisch messen oder übertragen, oder so was Ähnliches.«

Linkohr nickte und ergänzte interessiert: »Nachrichtenübermittlung ohne Funk sozusagen.«

»So etwa. Aus U-Booten und so, denk ich mal.«

Linkohr war nach dem vorausgegangenen Gespräch, das er mit Frau Landau im Keller geführt hatte, darauf vorbereitet gewesen, dass es auf so etwas hinauslaufen würde. Jetzt aber wurden ihm die Zusammenhänge bewusst. »Und wenn ich Sie direkt frage, Herr Mareck, an welche Version glauben Sie?«

Der Mann blickte verängstigt zur Tür und vergewisserte sich, dass sie eingerastet war, und somit niemand mithören konnte. »Junger Mann, was ich denke, ist etwas ganz anderes. Es muss aber unter uns bleiben. Nur unter uns beiden.« Seine helle Stimme wurde noch schwächer und ging in ein Flüstern über. »Dieser Keller, der hat sein eigenes Geheimnis.« Er dachte kurz nach. »Anfang oder Mitte der 50er Jahre hat dann Mollenkopf junior an das junge Harscher-Ehepaar aus der Nachbarschaft verkauft. Warum auch immer.«

75

Specki hatte es befürchtet: Das GP-Wohnmobil, dessen Kennzeichen Häberle durchgegeben hatte, war auf eine Caravan-Vermietung in Göppingen zugelassen, und dort meldete sich nur ein Anrufbeantworter und verwies auf den heutigen Ruhetag. Es ließ sich also heute nicht mehr feststellen, an wen das Fahrzeug vermietet worden war.

An bürokratischen Hürden scheiterte auch der Versuch, den Mädchennamen von Professorin Platterstein ausfindig zu machen. Die Einwohnermeldebehörde der Stadt Geislingen hatte gerade ein EDV-Problem und auch die Hochschule konnte nicht weiterhelfen: Der Verwaltungsleiter hatte Urlaub und Rektor Siegler war zu einem Kongress gefahren und nicht erreichbar.

Specki lehnte sich in seinem knarrenden Bürosessel zurück und sah einige Blätter durch, die ihm die Kollegen gebracht hatten. Nicht sehr ergiebig, stellte er fest. Sowohl Uwe Astor als auch Dirk Jensen schienen nach gründlichen Recherchen aus polizeilicher Sicht eine blütenweiße Weste zu haben. Falls man dies, wie Specki im Hinblick auf Jensen dachte, von einem global tätigen Finanzmanager heutzutage überhaupt noch sagen konnte. Er verdrängte derlei Gedanken und ließ sich von einer handschriftlichen Notiz aufmuntern, die auf eine E-Mail des Landeskriminalamts in Innsbruck zurückging. Demnach schienen die dortigen Kollegen in jener Innsbrucker Privatklinik fündig geworden zu sein, deren Adresse in Karin Waghäusls Aufzeichnungen zu der dubiosen Geistheilerin eine Rolle gespielt hatte. Dabei handelte es sich um eine Honorarabrechnung vom vergangenen Januar für angeblich ›geistiges Heilen‹, sogar die Uhrzeit war vermerkt. »Klinikverwaltung teilt mit, dass Videobilder von Überwachungskamera am Eingang noch gespeichert sein könnten.« Specki las die Notiz noch einmal. Allerdings wurde seine freudige Erwartung gleich wieder von einer inneren Stimme gedämpft, die ihn daran erinnerte, dass nahezu 90 Prozent solcher Aufnahmen unbrauchbar waren: unscharf, unterbelichtet, oft noch schwarz-weiß und mit viel zu großem Weitwinkel-Objektiv. Specki fragte sich immer wieder, welchen Sinn es machte, solche veralteten Anlagen noch zu betreiben.

Er legte die Papiere beiseite und rückte näher an den Schreibtisch heran, als eine junge Kollegin erschien, die ebenfalls einige Notizzettel in den Händen hielt und ihn mit großen Augen anstrahlte. Ihre positive Art stand in keinem Verhältnis zu der Mitteilung, die sie überbrachte: »Die Sache mit den Kfz-Versicherungen gestaltet sich ziemlich zäh. Die zuständigen Autobahndienststellen verweisen an ihre vorgesetzten Dienststellen, doch dort kann ich keinen Sachbearbeiter erreichen.«

»Keiner hätt's gedacht«, kommentierte Specki ironisch und musterte die junge Frau, die sich sportlich gekleidet hatte und mit ihren weiblichen Reizen nicht geizte.

Noch während sie sich einen Moment lang zulächelten, kam ein anderer Kollege in Speckis Büro gestürmt: »Wenigstens reagieren die Mobilfunker.« Er hob einige Computerausdrucke in die Höhe und legte sie auf den Schreibtisch. »Da gibt es einige interessante Dinge. Allerdings haben wir es bisher nur oberflächlich ausgewertet. Ich möchte dir aber gleich mal was zeigen.« Er zog einen Holzstuhl an Speckis Schreibtisch heran. Die junge Frau mit dem offenen Lächeln stand mit verschränkten Armen lässig daneben, um die Neuigkeit ebenfalls zu erfahren.

»Wir haben die Verbindungsdaten von all diesen Herrschaften, die uns der Chef genannt hat. Sie halten sich alle seit mindestens Freitag in Österreich auf – genauer gesagt: in Tannheim in Tirol«, erklärte der Kollege und deutete mit dem Kugelschreiber auf eine Zahlenreihe, der Specki allerdings nichts entnehmen konnte. »Also Uwe Astor, Robert Fischer, Christoph Falkenstein, Dirk Jensen und Aleen Dobler-Maifeld. Von diesem Jonas Mullinger hatten wir keine Handy-Nummer, aber sie hat sich rausfinden lassen, weil er wiederum einige Male Karin Waghäusl angerufen hat, deren Daten wir bereits vorliegen haben.«

»Mmh«, machte Specki, denn all dies war nicht wirklich das, was ihn interessierte.

Der Kollege kam zur Sache: »Nummer eins«, begann er sachlich, »dieses Telefonat, das der junge Mullinger in der Nacht zu gestern vor der Hütte beobachtet hat, geführt von dieser Aleen Dobler-nochwas, wurde mit Uwe Astor geführt und hat siebeneinhalb Minuten gedauert.«

»Muss nichts bedeuten«, blieb Specki ungerührt. »Die Gruppenmitglieder werden untereinander öfter telefoniert haben.«

»Auffällig ist auch, dass Larissa, die Junior-Chefin von diesem Hotel, von ihrem Schweizer Handy aus x-mal Uwe Astor angerufen hat.«

»Hm«, machte Specki. »Die kennen sich doch alle untereinander. Was soll daran auffällig sein?«

»Die Zeiten. Hier …« Er zeigte auf eine Zeile, die er gelb markiert hatte. »1.14 Uhr am vergangenen Donnerstag.«

»Nach Geschäftsschluss eben …«

Der Kollege gab sich zerknirscht. »Vielleicht interessiert dich dies hier mehr: Am Freitagvormittag erhielt diese Dobler eine SMS – und zwar auch von diesem in der Schweiz angemeldeten, aber in Tannheim eingeloggten Handy Larissa Pladlers.«

»Da wir den Inhalt der SMS nicht kennen, reißt mich auch das nicht vom Hocker.« Specki unterdrückte demonstrativ ein Gähnen.

»Aber vielleicht das hier.« Der Beamte wies mit seinem Kugelschreiber auf eine andere Zahlenkolonne. »Die Verbindung hier passt nicht zu deiner Idee: Die Dobler hatte auch

Kontakt mit dieser Nummer hier. Und jetzt darfst du raten, wem die gehört.«

Specki stand der Kopf an diesem herrlich sommerlichen Montagnachmittag nicht nach einem Rätselspiel im Büro. »Du wirst es mir sagen.« Er grinste dabei der jungen Kollegin zu.

»Mit Hildtraud Platterstein. Ihres Zeichens Professorin an der Geislinger Hochschule.«

Specki zeigte keinen Anflug von Begeisterung. »Mal sehen, was der Chef dazu meint.«

»Okay«, gab sich der Beamte geschlagen. »Vielleicht interessiert dich dann wenigstens das: Die meisten dieser Herrschaften, also Astor, Fischer, Jensen und die Dobler haben am Donnerstag und Freitag mehrfach mit der Volksbank in Jungholz telefoniert.«

Speckis Gesicht verzog sich zu einem Lächeln. Ihm war sehr wohl klar, dass es dort steuerbegünstigte Anlagemöglichkeiten gab, auch wenn er nicht so recht wusste, wie man in dieser österreichischen Exklave noch Geld vor den Gelüsten des deutschen Finanzministers in Sicherheit bringen konnte. »Das zeigt uns doch nur eines, lieber Kollege«, sagte Specki schließlich, »möglicherweise lockt all diese Personen nicht nur das Wanderparadies ins Tannheimer Tal.«

76

Grantner hatte all diese Erkenntnisse telefonisch von Häberle übermittelt bekommen. Dass der Innsbrucker Chefinspektor schon wieder im Hochsteinhof auftauchte, schien Larissa nervös zu machen. Grantner zeigte dafür Verständnis, zumal das Lokal ziemlich gut besetzt war und die Junior-Chefin an allen Ecken und Enden gebraucht wurde.

Genervt hatte sie den Ermittler in das kleine Besprechungszimmer geführt und die Tür ins Schloss fallen lassen. »Ich mach's kurz«, versprach Grantner. »Aber ich denke, auch Ihnen ist der Ernst der Lage inzwischen bewusst geworden.«

Sie nickte.

»Zwei Tote in drei Tagen. Das ist a bisserl viel für dieses beschauliche Tal – finden S' net auch?« Er ließ auch in solchen Momenten seinen Wiener Charme spielen. »Ich kann Ihnen versichern, dass inzwischen zwei Dutzend meiner Kollegen dabei sind, in dieser schönen Gegend so ziemlich jeden Stein umzudrehen – bildlich gesprochen natürlich. Und auch die Deutschen san net untätig, das dürfen S' mir glaub'n.« Er sah die junge Frau streng an und bemerkte zufrieden, dass dies die gewünschte Wirkung nicht verfehlte. Larissa wurde zunehmend unsicherer.

»Ich werd Ihnen jetzt sagen, was ich glaube«, sprach er langsam weiter und sah ihr fest in die Augen. »Sie könnten uns, wenn Sie nur woll'n, a bisserl mehr erzähl'n, als Sie bisher getan hab'n.«

Larissa blickte zur Seite. Es war ihr sichtlich unangenehm, ihm in die Augen sehen zu müssen. »Ich hab' doch schon alles gesagt.«

«Da habe ich einen anderen Eindruck.«

»Was soll das heißen?«

»Dass ich jetzt von Ihnen wiss'n will, wie die persönlichen Verhältnisse Ihrer Mutter war'n. Wir geh'n nämlich davon aus, dass sie kein Zufallsopfer war, sondern ganz gezielt getötet wurde.« Grantner gab sich selbstbewusst und entschlossen, und so, wie er dasaß, machte er den Eindruck, als wolle er ohne konkretes Ergebnis hier nicht mehr weichen.

»Meine Mutter ... sie hat unter dem Tod meines Vaters sehr gelitten ...«

»Verzeihen S', aber soweit war'n ma schon.«

Larissa erschrak. Sie spürte, dass der Inspektor jetzt eine härtere Gangart anschlug.

»Aber als wir gestern Nachmittag bei Ihnen waren, haben S' erwähnt, dass es vielleicht in der Vergangenheit Ihres Vaters etwas geben könnte ...«

»... das glaub ich nicht«, unterbrach sie ihn. »Vati hat damit nichts zu tun.«

»Womit?«, wurde Grantner energisch. »Natürlich hat er nichts mit dem Tod Ihrer Mutter zu tun, das ist klar. Aber *womit* hat er dann nichts zu tun?«

Larissa fühlte sich in die Enge getrieben. Sie schwieg und strich die Tischdecke vor ihr glatt.

»Frau Pladler«, zeigte sich der Inspektor unnachgiebig, »ich weiß ganz genau, dass Sie uns helfen könnten. Und ich kann Ihnen nur raten, dies zu tun. Denn glauben Sie mir«, er warf ihr jetzt einen provokanten Seitenblick zu, »wir wissen mehr von Ihnen, als Ihnen lieb sein kann.«

Larissas Gesicht verlor die Farbe. »Was wollen Sie damit sagen?«

»Genau das, was ich gesagt habe«, entgegnete Grantner forsch und behielt die Zielrichtung bei: »Zum Beispiel gab es da am Freitagvormittag eine SMS, die Sie an Frau Dobler-Maifeld geschickt haben.«

»Was hab ich?« Larissas Stimme wurde schwach.

»Eine SMS geschickt«, wiederholte Grantner und hoffte, dass Larissa glaubte, sie hätten nicht nur die Verbindung, sondern auch den Text ermitteln können. »Ich sagte doch, gnädige Frau, das Landeskriminalamt aus Innsbruck ist stark in dem schönen Tal hier vertreten. Es wird nichts geben, was uns verborgen bleibt. Aber auch rein gar nix.«

Larissas Lippen bebten. »Ich … ich hab Angst gehabt um Aleen.«

Grantner war davon überzeugt, dass sein Vorgehen geklappt hatte.

»Angst um Frau Dobler-Maifeld?«, gab er sich wieder gemäßigter. »Welchen Grund gab es dafür?«

Larissa schob die glatt gestrichene Tischdecke jetzt an einer Ecke nervös zu kleinen Falten zusammen, ohne aufzusehen. »Da waren doch diese schweren Unfälle auf der Autobahn«, sprach sie leise weiter. Als sie bemerkte, dass Grantner nickte, fühlte sie sich zu weiteren Erklärungen ermuntert: »Es war so, dass meine Mutti das Gefühl hatte, bei all dem, was sie über diese Schwindeleien zusammengetragen hatte, in ein Wespennest gestochen zu haben.«

»Schwindeleien mit grenzwissenschaftlichen Dingen?«, wollte Grantner Klarheit.

»Ja. Seit Vatis Tod hat sie sich ernsthaft damit befasst, aber gleichzeitig ist ihr klar geworden, wie viel Schindluder damit getrieben wird.«

»Sie hat sich also nicht nur selbst bedroht gefühlt, sondern sich auch um andere gesorgt?«

»Ja, so war es.«

»Hat sie sich um alle gesorgt oder nur um einige?«

Larissa blickte wieder auf und zuckte mit ihren schmalen Schultern. »Konkretes weiß ich nicht. Ehrlich nicht. Aber über Aleen hat sie schon das letzte Mal gesagt, sie befürchte, dass sie in was verwickelt sein könnte.«

»Verwickelt?« Grantner vermied es, allzu überrascht zu klingen.

»Ja, verwickelt. Ich hab Mutti gefragt, was sie damit sagen will, doch sie hat nur gemeint, es sei momentan besser, wenn ich nicht alles wisse.«

»Ach. Und deshalb haben Sie Frau Dobler-Maifeld eine SMS geschickt und sie gewarnt?«

»Es war nicht wirklich ernst gemeint. Ich wusste ja, dass sie ins Hotel kommen würde, und wollte ihr damit nur auf witzige Weise sagen, dass ich sie erwarte.« Sie hob ihre Augenbrauen. »Deshalb auch der Hinweis auf den 21. Dezember.«

Grantner ließ sich nicht anmerken, dass er den Inhalt der SMS gar nicht kannte. »Weltuntergang«, murmelte er. »Ja, das ominöse Datum. Das hätte zu dem Thema gepasst, das sie sich alle für dieses Wochenende vorgenommen hatten.«

Grantner wartete einen Moment, um dann mit seinem Wiener Charme väterlich auf sie einzuwirken: »Schau'n S', gnädige Frau, so kommen wir schon ein Stück weiter – und Ihr Gewissen wird auch leichter.«

Larissa sah wieder irritiert auf: »Ich habe kein schlechtes Gewissen.«

»Das hab ich auch nicht behauptet. Aber vielleicht können Sie Ihr Gewissen erleichtern, wenn Sie mir jetzt helfen und sagen, was Ihren Vater bedrückt hat.«

Sie begann, die Ecke des Tischtuches noch kräftiger zu falten. Ihre innere Anspannung suchte eindeutig ein Ventil.

Weil sie hartnäckig schwieg, entschied sich Grantner, seinen Joker zu ziehen. »Schaun' S', gnädige Frau«, begann er noch einmal vorsichtig, »es nützt nix, etwas zu verschweigen. Denken Sie an die beiden Toten. Meine Kollegen und ich werden dieses Tal nicht verlassen, ehe wir nicht wissen, was hier geschehen ist.«

Larissas Lippen bebten wieder. »Warum können Sie mich nicht einfach in Ruhe lassen?«

»Das werde ich tun, sobald Sie mir gesagt haben, was Ihren Vater bedrückt hat.«

»Das … es war …« Sie knüllte die Ecke des Tischtuchs kräftig zusammen, als wolle sie es auswringen. »Es war nichts … nichts, was hier eine Rolle spielen könnte.«

Grantner blieb gelassen. »Es wäre schön, wenn Sie die Entscheidung, ob es eine Rolle spielt, mir überlassen könnt'n.« Nachdem sie wieder schweigend vor sich auf das zerknüllte Tischtuch starrte, sollten Grantners Worte sie mit voller Wucht treffen, obwohl er nur leise sprach: »Ich möchte Sie auch gar nicht mal fragen, wie Ihr Porträtfoto in den Wohnwagen von Herrn Astor kommt.«

Das saß. Larissa ließ das Tischtuch los, starrte ihn mit großen entsetzten Augen an, in denen sich Zorn, Angst und Hass widerspiegelten. Ihr Schock über das Gehörte war so groß, dass ihr die Worte fehlten.

»Ich wollte Sie jetzt nicht erschrecken, gnädige Frau«, blieb Grantner ruhig und deutete ein verständnisvolles Lächeln an. Er ließ ihr eine halbe Minute Zeit, während der ihre Stimmung zwischen Empörung und blankem Entsetzen schwankte.

»Was soll das?«, brachte sie schließlich im Flüsterton hervor, als habe sie Angst, jemand außer Grantner könnte es hören.

»Keine Sorge«, beruhigte Grantner. »Das alles geht uns vermutlich nichts an.« Er beschloss, noch eins draufzusetzen: »Auch nicht Ihre Disco-Besuche.«

»Woher wissen Sie das? Wer hat Ihnen das gesagt?« Jetzt hatte er sie aus der Reserve gelockt.

»Wie gesagt, all das ist für uns nicht von Belang«, fuhr Grantner unbeirrt fort. »Es interessiert uns nur, was Ihren Vater bedrückt hat.«

»Sie erpressen mich«, setzte Larissa zum Gegenangriff an. Er hatte sie tatsächlich an einem wunden Punkt getroffen.

Grantner war zufrieden, ließ sich seinen Triumph aber nicht anmerken. »Von Erpressung kann keine Rede sein, gnädige Frau. Ich offenbare Ihnen nur unsere Ermittlungsergebnisse, mehr nicht. Ich halte dies sogar für ein Gebot der Fairness.«

»Fairness?«, kam es zornig zurück. »Ist Ihnen eigentlich bewusst, was Sie damit anrichten können? Wer gibt Ihnen das Recht, auf diese Weise in die Privatsphäre meiner Familie einzudringen?«

»Das Recht gibt mir das Recht, gnädige Frau«, konterte Grantner. »Das Recht verpflichtet mich aber auch zum Stillschweigen. Haben Sie also keine Sorge. Das Prinzip von Ermittlungen besteht darin, nur so lang zu bohren, wie Unklarheiten bestehen. Sobald wir feststellen, dass unsere Neugierde befriedigt ist, hat sich die Sache erledigt.«

»Glauben Sie denn, dass das so einfach ist – Sache erledigt?« Sie flüsterte wieder. »Wenn von dem, was Sie hier gesagt haben, auch nur ein einziges Wort an die Öffentlichkeit gerät, kann ich mich auch in die Schlucht stürzen.«

»Da wird nichts an die Öffentlichkeit geraten. Sobald ich hier aufstehe und gehe und davon überzeugt bin, dass ich alles weiß, was für die beiden Todesfälle wichtig ist, habe ich unser Gespräch vergessen.«

Larissa holte tief Luft und schwenkte um. »Die Sache mit meinem Vater … okay … die Sache ist's eigentlich gar nicht wert, so hochgespielt zu werden.«

»Dann bereden wir sie auch so, wie sie ist«, wurde Grantner wieder verständnisvoll.

Larissa lehnte sich zurück, schloss für einen Moment die Augen und legte ihre Arme auf die Seitenlehnen ihres Stuhles. »Mutti hat mir erst nach dem Tod meines Vaters erzählt, dass ihn Albträume geplagt haben. Diffuse Schuldgefühle, völlig irrational.«

Grantner ließ sie reden, ohne eine Zwischenfrage zu stellen. Ihr ganzer Körper zitterte.

»Ganz genau kann ich es Ihnen auch nicht erklären, wirklich nicht.«

»Lassen Sie sich Zeit.«

»Es hat mit seiner Familie zu tun. Mit seinem Vater.« Larissas Augen wurden feucht. »Das wäre mein Großvater gewesen. Georg hat er geheißen. Georg Waghäusl.«

Grantner entsann sich sofort der Ahnentafel, die ihm Häberle heute schon vorgelegt hatte. Da war ein Georg Waghäusl drauf gewesen. 1919 geboren. Soweit er sich entsinnen konnte, war der Stammbaum nur bis zu ihm zurückverfolgt worden.

»Dieser Georg Waghäusl«, fuhr Larissa fort, »soll ein schreckliches Verbrechen verübt haben.« Sie begann zu schluchzen. Tränen rannen über ihre Wangen. »Das hat aber erst Mutti rausgefunden. Nach dem Absturz damals. Vati hatte das irgendwo aufgeschrieben und selbst Nachforschungen angestellt.«

Grantner brachte aus seiner Jacke eine Packung Papiertaschentücher zum Vorschein und legte sie vor Larissa auf den Tisch. Sie nahm eines davon und wischte sich die Tränen aus dem Gesicht. »Es ist alles so schrecklich. So furchtbar schlimm.«

Der Chefinspektor räusperte sich verlegen. »Das muss aber schon ziemlich lang zurückliegen. Es wird niemanden mehr geben, dem man einen Vorwurf machen kann.«

Sie weinte jetzt hemmungslos. »Natürlich nicht mehr«, sagte sie mit tränenerstickter Stimme. »Natürlich nicht. Aber meinen Vater muss das sehr beschäftigt haben. Er war doch Georgs Sohn.«

»Was …«, Grantner wartete noch einen Moment, »was ist denn damals Schreckliches passiert?«

Larissa brauchte ein, zwei Minuten, bis sie sich wieder gefangen hatte. »Er hat einen Menschen umgebracht.«

Grantner saß wie versteinert. Er hatte soeben von einem Mord erfahren, der schätzungsweise mindestens 60 Jahre zurückliegen musste. Das Opfer war längst zu Staub zerfallen, sofern man es ordnungsgemäß beerdigt hatte.

»Hat man«, wieder zögerte er, um Larissa nicht unnötig zu belasten, »wurde er jemals zur Rechenschaft gezogen?«

Larissa wurde von einem Weinkrampf geschüttelt. »Mutti meint – nein. Es ist wohl nie aufgekommen. Vati war 24, als sein Vater gestorben ist. 1980 war das.« Wieder wurde Larissa von einem Weinkrampf übermannt. »Georg hat sein Geheimnis mit ins Grab genommen.«

Nach einigen weiteren Minuten, während derer Grantner wortlos der Frau gegenüber saß, hatte sie sich wieder im Griff. »Aber was uns alle sehr betroffen macht, Herr Chefinspektor, das sind die Umstände, die nach Vatis Tod über uns hereingebrochen sind.«

Grantner wartete geduldig auf das, was sie sagen wollte.

»Dass Mutti angefangen hat, sich für unerklärliche Dinge zu interessieren, hängt nicht nur mit diesem Inserat nach dem Flugzeugabsturz zusammen, das Sie inzwischen auch kennen.« Sie wischte sich wieder Tränen aus dem Gesicht. »Nein, so richtig los ging das, nachdem sie davon überzeugt war, Vati versuche, die Schuld von seiner Familie zu nehmen, um dem Opfer von damals Ruhe zu verschaffen und der Gerechtigkeit Genüge zu tun.«

Grantner lauschte gespannt.

Larissa atmete schwer. »Es tut mir leid, Herr Chefinspektor, aber ich habe gestern gelogen«, sagte sie plötzlich, und es schien so, als sei sie froh, dass es endlich raus war.

Der Kriminalist bemühte sich, keine Regung zu zeigen. »Das ist nicht schlimm, wenn man noch rechtzeitig sein Gewissen erleichtert«, zeigte er sich verständnisvoll.

»Sie haben mich gefragt, ob ich diese Professorin kennen würde – und ich habe Nein gesagt. Das stimmt nicht.«

Grantners Interesse stieg. Er war inzwischen davon überzeugt, dass Larissa beschlossen hatte, endgültig reinen Tisch zu machen.

»Frau Platterstein«, fuhr sie entschieden fort, »ist eigentlich schuld daran, dass wir alle nicht mehr an einen Zufall glauben.«

Grantner ließ in einer einzigen Sekunde all das Gehörte der vergangenen Stunden durch sein Gehirn jagen. Doch da gab es nichts, was er mit Larissas Andeutung in Verbindung bringen konnte.

»Frau Platterstein«, erklärte die junge Frau und schnäuzte sich, »hat herausgefunden, wen mein Großvater damals umgebracht hat.«

Grantner konnte dies alles noch nicht einordnen. »Verzeihen Sie, wenn ich Sie unterbreche. Aber wie, bittschön, ist Frau Platterstein in dies alles eingebunden?«

Larissa schien erst jetzt bewusst zu werden, dass Grantner dies nicht wissen konnte. »Frau Platterstein ist meine Tante.«

»Ach«, entfuhr es Grantner, der bisher keinen Moment an solche Zusammenhänge gedacht hatte. »Ihre Tante?«, wiederholte er ungläubig. »Die Professorin ist Ihre Tante?«

Er musste schlagartig an deren weitläufige Verwandte denken, die angeblich von einer Geistheilerin aufgesucht worden war.

»Ja. Hildtraud ist Vatis Schwester. Ihr Mann ist früh verstorben.«

»Aber wieso haben Sie uns das verschwiegen?« Grantner hatte Mühe, seine Verärgerung zu verbergen. »Ich hab Sie doch gestern konkret nach ihr gefragt.«

Larissa sah verschämt zu Boden. »Sie hat mir's verboten. Sie wollte nicht, dass bekannt wurde, dass sie hier ist.«

»Hier im Hotel?«

»Nein, nicht hier. Sie wollte nicht, dass man sie in der Gegend sieht.« Larissa sah ihn treuherzig an. »Sie hat sich ein Wohnmobil gemietet, welches auf dem Campingplatz steht – drüben in Grän.«

Grantner spürte, dass er wieder sachlicher werden konnte. »Wann hat sie Ihnen verboten, uns etwas über sie zu sagen?«

»Gestern. Das heißt gestern Nacht. Als ich von der Hütte runtergefahren bin, hat sie unterwegs auf mich gewartet.« Auf ihrem Gesicht war die Andeutung eines Lächelns zu erkennen. »Was glauben Sie, wie ich mich erschreckt hab. Mitten in der Nacht, irgendwo da oben im Wald. Sie wollte unbedingt vermeiden, dass man uns zusammen sieht oder dass man feststellen konnte, dass wir miteinander telefoniert hatten.«

Häberle war nach seiner Rückkehr zum Campingplatz gleich die paar Schritte zur Parzelle des GP-Wohnmobils gegangen. Doch der Stellplatz war leer. Und nichts deutete mehr darauf hin, dass die Camperin noch mal zurückkehren würde.

Leicht verstimmt dockte er das Elektrokabel wieder an sein eigenes Wohnmobil an, damit der Kühlschrank mit Strom versorgt wurde.

Auch er brauchte jetzt erst mal Energie, stellte Häberle

fest. Er holte sich zwei Landjäger und ein Stück Brot aus den Vorräten, die ihm Susanne eingepackt hatte, und schenkte sich Mineralwasser ein. Doch der Ton des Handys hinderte ihn daran, einen kräftigen Biss von den harten Würsten zu nehmen. Es war Grantner, der ihn über das Gespräch mit Larissa informierte, insbesondere aber darüber, dass die Professorin ihre Tante war. »Unglaublich«, entfuhr es Häberle. Er nahm einen kräftigen Schluck Mineralwasser, während Grantner in knappen Worten die Ahnengeschichte und den angeblichen Mord schilderte. »Larissas Mutter muss davon überzeugt gewesen sein, dass ihr Mann nach seinem Tod keine Ruhe fand«, resümierte Grantner. »Nur so hat sich Frau Waghäusl erklären können, dass seine Schwester Hildtraud – also die Professorin – zufällig mit dieser Geistheilerin konfrontiert wurde.« Grantner stockte. »Du hast mir diese Ahnenreihe ja geschildert – bis hin zu Georg Waghäusl. Alles soweit okay. Aber jetzt kommt's, mein lieber Herr Kollege, dieser eine Platterstein, von dem du mir erzählt hast, dass er verscholl'n sei während der Kriegswirren, der soll umgebracht worden sein.«

»Was, bitte?«

»Und jetzt darfst du raten, von wem – nein, ich sag' s dir: von diesem Georg Waghäusl. Stell dir das mal vor, August: Die Professorin Platterstein aus der Dynastie der Waghäusls stößt über die Familie ihres verstorbenen Ehemannes auf einen Mord, der sich 1944 zugetragen hat. Und dies alles wird bekannt durch die Machenschaften einer Geistheilerin, die sich an der Schwester des Ermordeten offenbar hat bereichern woll'n.«

»Unglaublich. Da wundert es einen nicht, wenn Frau Waghäusl höhere Mächte dahinter vermutet.«

»Naja, ein klein's bisserl muss ich die Fantasie allerdings

einbremsen, mein Lieber. Ganz so fremd waren sich die Familien Waghäusl und Platterstein in früheren Zeiten dann doch nicht. Die Spur beider Familien führt …«, er musste offenbar in seinen Akten blättern, »nach Kernen im Remstal. Das wirst du sicher kennen. Die Waghäusls sollen dort erfolgreiche Winzer gewesen sein, während die Plattersteins ihre Wurzeln in Bad Waldsee haben. Irgendwann in den 20er Jahren sollen sie dann in dieses Geislingen bei dir umgezogen sein.«

»Weil wohl der Vater in der WMF Arbeit gefunden hat«, zeigte sich Häberle informiert.

Grantner ließ sich nicht unterbrechen: »Von dort aus sind dann aber die Kinder im frühen Jugendalter ins Remstal gegangen – vermutlich ebenfalls, um Arbeit zu suchen. Alle drei sollen bei Winzern beschäftigt gewesen sein, hat mir Larissa erzählt. Alfred, der später verschollen ist, hat eine Zeit lang bei den Waghäusls gearbeitet, bevor er dann in dieser Weinhandlung in Geislingen eine Anstellung gekriegt hat und wieder zurückgekehrt ist.«

»Klingt alles sehr logisch«, lobte Häberle.

»Die Kontakte zwischen den Waghäusls und den Plattersteins seien über Generationen hinweg erhalten geblieb'n, sagt Larissa. Und ihre Tante habe sich schließlich sogar in einen Platterstein-Nachkommen verliebt.«

»Zufall, oder was?«, kommentierte Häberle trocken und bedankte sich bei Grantner für die schnelle Information.

Er aß hastig ein paar Bissen, wohl wissend, dass dies seinem bisweilen nervösen Magen nicht zuträglich sein würde. Aber es gab jetzt Wichtigeres zu tun, als im Wohnmobil zu sitzen. Er legte die angebissene Wurst wieder in den Kühlschrank zurück, wischte sich den Mund ab und stieg aus, um die drei Männer aufzusuchen, die möglicherweise mehr wussten, als sie zu sagen bereit waren. Weil er mit Astor bereits Bekanntschaft gemacht hatte, entschied er, mit ihm zu beginnen.

Häberle ging zum Wohnwagen, wo bereits nach einmaligem Klopfen geöffnet wurde. Als die Tür aufschwenkte und Astor vor ihm stand, fiel sein Blick auf zwei weitere Männer, die im Inneren um den Tisch saßen. Einer davon war Falkenstein.

Astor bat den Kommissar herein, doch Häberle spürte, dass er bei den Dreien nicht besonders willkommen war. Eisige Kälte schlug ihm bei der Begrüßung entgegen. Zum ersten Mal traf er Robert Fischer, der ihm beim Händeschütteln fest in die Augen sah und süffisant anmerkte: »Sie sind also jener alleinreisende Rentner, mit dem meine Frau bereits gestern das Vergnügen hatte.«

»Ob's ein Vergnügen war, kann ich nicht beurteilen«, konterte Häberle schlagfertig und zwängte sich neben Astor auf die Polsterbank. Akten und Laptop waren auf die Heckablage verbannt worden.

»Ich nehme an, es hat sich bereits bis zu Ihnen durchgesprochen, was vergangene Nacht passiert ist«, wurde der Chefermittler ernst. Die drei Männer machten betretene Gesichter. Astor sah sich als ›Hausherr‹ bemüßigt, etwas zu sagen: »Der Abgestürzte am Vilsalpsee – ist es wirklich … Jonas? Wir haben es befürchtet.«

»Und nun trifft man sich hier zum Frühschoppen?«, staunte Häberle, obwohl weit und breit nichts Trinkbares bereitstand.

»Astor hat die Meldung im Radio gehört«, erklärte Fischer. »Von dem Absturz am Vilsalpsee. Nachdem's geheißen hat, es sei ein junger Mann aus Deutschland, hat uns das beunruhigt.« Falkenstein ergänzte: »Jonas hat schon mittags gesagt, er wolle zur Landsberger Hütte weiter.«

»Entschuldigen Sie, wenn ich so hartnäckig bin«, unterbrach ihn Häberle, »aber wie war das gestern Nachmittag? Sie beide«, er deutete auf Astor und Falkenstein, »waren doch noch geraume Zeit in der Hütte da oben?«

»Das ist richtig«, erklärte der Theologe sanft, »ich bin so gegen 16.30 Uhr weg – als Letzter, weil ich mich noch ein bisschen um Josefina gekümmert hab. Dann bin ich wohl 15 Minuten später mit der Seilbahn runtergefahren.« »Gibt es da ein Ticket?«

»Was soll jetzt diese Frage?«, wurde er plötzlich ungehalten. »Sie glauben uns wohl allen nicht? Brauchen wir denn schon wieder ein Alibi? Wollen Sie uns Jonas' Tod auch anhängen, oder wie muss ich das verstehen?«

»Es gibt also kein Ticket«, stellte Häberle ruhig fest.

»Nein, es gibt keines mehr. Ich hab's weggeworfen. Wozu hätte ich es auch aufbewahren sollen? Hätte ich ahnen sollen, dass ich in Mordverdacht gerate?«

»Ich hab ihn abgeholt, an der Seilbahn«, mischte sich Fischer ein.

Häberle hob beschwichtigend die Hände. »Nun mal langsam, meine Herren. Was hier geschieht, ist nur ein informelles Gespräch. Allerdings haben wir – und das darf ich Ihnen sagen – erhebliche Zweifel, dass es sich beim Tod von Herrn Mullinger um einen Unfall gehandelt hat.«

»Also doch. Und deswegen kommen Sie sofort zu uns?«, empörte sich Astor.

Falkenstein riet zur Ruhe: »Lass ihn, Uwe. Lass ihn erst mal ausreden.«

»Kein Grund zur Panik, meine Herrn«, besänftigte Häberle erneut, »es gilt dasselbe wie im Falle der Frau Waghäusl: Wir müssen das persönliche Umfeld …«

»Ja, das wissen wir schon«, unterbrach ihn Fischer, an

dessen Brust das Goldkettchen mit der Posaune baumelte, das Grantner gegenüber Häberle erwähnt hatte. Außerdem, so durchzuckte es den Göppinger Kommissar, war eine solche Posaune auch bei einer von Linkohr vorgenommenen Vernehmung eines Kaffeefahrten-Opfers ein Thema gewesen. Fischers kräftige Stimme holte den Chefermittler wieder in die Realität zurück: »Kommen wir doch zur Sache. Ihre Frage, die Sie jetzt gleich stellen werden, lässt sich, was mich und Christoph, also Herrn Falkenstein, anbelangt, kurz und bündig beantworten.« Er sah zu Falkenstein. »So ist es doch?« Der Theologe nickte, als hätten sie's einstudiert. »Wir sind gegen 20 Uhr nach Tannheim rübergefahren, um uns mal ein bisschen abzulenken und noch mal über alles in Ruhe zu unterhalten.«

»In Ruhe«, wiederholte Häberle. »Ohne Frauen also. Darf ich fragen, wo?«

»In dieser Brauereigaststätte. ›Höf‹ oder so ähnlich«, kam es prompt von Fischer zurück. »War aber ziemlich viel los dort.«

»Und wie lang …«, machte der Kriminalist weiter, wurde jedoch von Falkenstein unterbrochen: »Sie sollten jetzt bitte nicht damit anfangen, uns in etwas reinzuziehen, bloß weil wir uns einen Männerabend gegönnt haben.«

»Männerabend?«

»Natürlich nicht so, wie Sie jetzt denken«, empörte sich der Theologe und war bemüht, das zuvor Gesagte zu relativieren.

»Wir verstehn uns schon richtig«, wurde er beruhigt. »Darf ich aber trotzdem erfahren, wie lang Sie in diesem Lokal waren?«

»Bis kurz vor eins. Dann sind wir hierher zurückgefahren –

mit Herrn Fischers Auto. Das können übrigens unsere Frauen bestätigen, falls das nötig werden sollte.« Während Falkenstein sprach, hatte Fischer bemerkt, dass sein Schmuckstück ins Visier des Kommissars geraten war. »Ich weiß, Sie wundern sich, dass ich dieses Ding hier trage.« Er nahm die Posaune in die Hand und hob sie demonstrativ hoch. »Das Ding ist zum Talisman unserer Gruppe geworden. Fast jeder hat eines gekriegt – und keiner weiß, von wem. Ziemlich eigenartig, aber wir sind stolz drauf.« Er ließ es wieder auf seine Brust zurückfallen. »Jedenfalls ist es kein Geheimzeichen, falls Sie das meinen.« Fischer schielte zu Astor hinüber, der sich seltsam ruhig verhielt. »Auch Uwe hat eines gekriegt.«

Astor nickte und zog es aus dem Ausschnitt seines T-Shirts. »Haben wir alle von einem christlich angehauchten Versandhaus zugeschickt bekommen. Kostenlos, aber angeblich auf Empfehlung von jemandem, der uns kennt. Dass es fast alle von uns an diesem Wochenende tragen, ist eher ein Gag und nichts Geheimnisvolles.«

Häberle blieb gelassen. »Sie haben also keine Ahnung, von wem Sie's bekommen haben?«

»Wir haben zunächst an Josefina gedacht. Sie ist sehr gläubig, müssen Sie wissen«, erklärte Falkenstein. »Außerdem hat Karin von ihrem Mann kurz vor seinem Tod so eine ähnliche Posaune als Talisman bekommen. Und weil wir uns beim letzten Treffen auf der Hütte intensiv über die Apokalypse und die Engel mit den sieben Posaunen unterhalten hatten, war's irgendwie witzig, dass einige von uns nacheinander auch so was gekriegt haben. Zuletzt übrigens ich.«

»Sie also auch?«

»Ja. Erst am späten Freitagabend. Hier auf dem Campingplatz. Das Ding hing am Vorzelt, als ich abends mit meiner Frau von der Gaststätte nebenan zurückgekommen bin.«

»Kommentarlos – einfach so?«

»Ja, einfach so.« Er wurde verlegen. »Aber inzwischen hab ich das Ding wieder verloren. Jedenfalls ist es spurlos verschwunden. Auf der Hütte hab' ich's noch gehabt.«

»Sie haben Ihre Posaune verloren?«, staunte Häberle.

»Ja, sieht ganz so aus. Ist nicht schlimm. Es war nur billiger Modeschmuck, wie man ihn im Internet bestellen kann. Karins Stück war filigraner und ganz sicher sehr wertvoll.«

»Hm«, machte Häberle. »Hat Sie das nicht nachdenklich gestimmt, als Sie dieses Schmuckstück an Ihrem Vorzelt hängen sahen?«

»Nur für einen ganz kurzen Moment. Natürlich hab ich mich gewundert. Aber ich denke, es ist ein netter Gag.« Er grinste. »Vielleicht waren's Astor oder Robert – wer weiß?«

Die beiden Angesprochenen schüttelten die Köpfe.

Falkenstein ließ sich nicht beirren: »Aber ihr habt ja auch alle eine. Und die Josefina ebenfalls. Nur bei Aleen und Dirk bin ich mir nicht sicher.«

Häberle gab sich damit zufrieden. Während er das Thema wechselte und sich Astor zuwandte, ließ er seinen Blick kurz über den Küchenblock wandern, wo er nicht entdecken konnte, was er zu sehen gehofft hatte. Er nahm es schweigend zur Kenntnis und sah seinem Gegenüber fest in die Augen: »Darf ich fragen, wo Sie die vergangene Nacht beziehungsweise den Abend verbracht haben?«

Astor war jedoch auf diese Frage längst gefasst. »Hier. Einfach hier in meinem Wohnwagen.«

»Allein?«

»Allein«, kam es entschieden zurück. »Auch wenn Sie jetzt vielleicht eine andere Antwort erwartet haben.«

Der Kriminalist ignorierte diese Bemerkung. »Und welchen Weg von der Hütte zurück haben Sie gewählt?«

»Zu Fuß. Direkt vom Neunerköpfle runter. Ich bin so gegen 15 Uhr los. Mullinger, Aleen und Jensen waren schon weg. Sie sind nacheinander aufgebrochen – soweit ich weiß, wollten sie zur Landsberger Hütte rüber. Aber allein, einzeln und nacheinander. Wissen Sie, wir hatten alle ein bisschen die Nase voll voneinander. Ich bin gegen 18 Uhr am Parkplatz unten angekommen.«

»Das sind drei Stunden für den direkten Abstieg«, konstatierte Häberle misstrauisch.

»Sind es, ja. Ich hab oben am Neunerköpfle noch eine Zeit lang den Gleitschirmfliegern zugeschaut und auf der Terrasse dieses Lokals, das schräg unterhalb der Bergstation steht, noch was getrunken.«

»Einen Quittungsbeleg haben Sie aber nicht zufällig?«

Astors Blick wurde finster. »Müssen wir uns eigentlich für jeden Schritt rechtfertigen, den wir getan haben?«

»Alles nur Routine, Herr Astor, mehr nicht. Sie haben also keinen Beleg?«

»Nein, hab ich nicht.«

Häberle blieb weiterhin gelassen. »Wo Herr Jensen und Frau Dobler-Maifeld den Nachmittag und den Abend verbracht haben, wissen Sie nicht?«

Die drei Männer sahen sich an. »Ne«, erklärte Fischer schließlich, »keine Ahnung. Wir haben auch nicht darüber gesprochen. Die Stimmung auf der Hütte war nicht danach. Vielleicht kann Ihnen Frau Hallmoser – also Josefina – etwas dazu sagen.«

Häberle räusperte sich. »Jetzt noch eine ganz andere Frage. Ist jemandem von Ihnen der Name Rattinger ein Begriff?«

Falkenstein und Fischer sahen sich verdutzt an, Astor verzog keine Miene. Keiner der drei fühlte sich dazu berufen, eine Antwort zu geben.

»Irene Rattinger«, wurde Häberle deshalb deutlicher. »Nie gehört?«

»Wer soll das denn sein?«, fragte Falkenstein schließlich.

»Eine ältere Dame, die vergangenen Sommer in Göppingen verstorben ist«, er legte eine kurze Pause ein, »nachdem sowohl die Schulmedizin als auch andere, etwas unkonventionelle Methoden versagt haben.«

»Unkonventionelle Methoden?«, griff Astor nervös den Hinweis auf.

»Ja – also Dinge, mit denen sich Ihre Gruppe im weitesten Sinne wohl auch befasst.«

»Und was ist mit dieser Dame passiert?«, wollte Fischer wissen.

»Nichts weiter«, stellte Häberle klar, »sie ist halt gestorben.«

Häberle glaubte, eine Mauer des Schweigens vor sich zu haben. Er stand deshalb auf, um sich zu verabschieden, drehte sich aber beim Hinausgehen nochmals um. »Sind Sie eigentlich alle Wanderer oder sind Sie auch radelnd unterwegs?«, überraschte er die Männer.

Für einen Augenblick waren sie erneut irritiert. »Radfahren?«, stutzte Falkenstein.

Astor quälte sich ein Lächeln ab. »Radfahren ja. Ich hab' eins, um mal schnell was im Supermarkt drunten einkaufen zu können. Man kann ja nicht ständig mit dem Geländewagen rumkurven. Das kommt heutzutage nicht mehr so gut an.«

Fischer zögerte. »Auch wir haben ein Rad dabei – aus demselben Grund wie Uwe. Man kann mal schnell zum Einkaufen nach Grän oder Tannheim fahren.«

»Okay, danke«, sagte Häberle und verließ den Wohnwagen, drehte sich aber in der offenen Tür noch einmal um.

»Und was sind nun Ihre nächsten Ziele? Mit dem Wohnwagen, meine ich?«

Wieder sahen sich die Drei verwundert an. »Meine Frau und ich fahren morgen zeitig weiter – nach Südtirol«, begann Fischer, worauf sich auch Falkenstein auskunftsbereit zeigte: »Bei uns gehts ins Tessin. Cannobio am Lago Maggiore.«

Astor kniff die Augen zusammen. »So schön hab ichs leider nicht. Ich bin ab morgen wieder ein paar Tage beruflich unterwegs. Muss bis nach Fulda rauf. Aber ich bin immer erreichbar. Wenn nicht per Handy, so doch über meine E-Mail-Adresse. Ich kann sie Ihnen geben.« Er reichte Häberle eine Visitenkarte.

Fulda, hallte es in dem Kriminalisten nach, als er die Tür hinter sich einrasten ließ. Fulda lag an der A7.

77

Dirk Jensen, den Grantner nach seinem ausführlichen Gespräch mit Larissa im Hotel ausfindig machen konnte, zeigte sich nicht allzu begeistert davon, dass ihn der Kriminalist schon wieder belästigte. Sie saßen sich in einer Sitzgruppe abseits des Eingangsbereichs gegenüber. »San S' froh, dass wir Sie nicht zum Bezirkspolizeikommando nach Reutte vorlad'n«, begegnete Grantner dem Missmut Jensens.

»Ich komm mir langsam wie ein Verdächtiger vor«, beklagte sich der Banker aus Deutschland.

»Das sollen S' aber nicht«, erwiderte Grantner charmant. »Wir tun auch nur unsere Pflicht. Außerdem sind zwei Tote ziemlich heftig, finden S' net auch? Haben S' denn keine Angst, auch in die Schusslinie des Mörders zu geraten?«

»Sie dürfen mir glauben, dass an uns allen dies keinesfalls spurlos vorübergeht. Auch wenn's nach außen vielleicht nicht den Eindruck erweckt.«

Grantner riskierte eine Breitseite: »Haben Sie denn auch schon so eine Posaune gekriegt?« Er wurde wieder amtlich und unterdrückte den Wiener Dialekt.

»Eine Posaune? Soll das ein Witz sein? Glauben Sie im Ernst, der Mörder verteilt an seine potenziellen Opfer Posaunen? Dann dürfte die Josefina längst nicht mehr leben.«

»Dass Glauben immer mit Mutmaßungen und Spekulationen zu tun hat, müssten Sie doch am besten wissen.« Erst nachdem er es gesagt hatte, wurde Grantner bewusst, dass diese Feststellung nicht nur auf Jensens grenzwissenschaftliches Hobby zutraf, sondern auch auf dessen Job als Finanzmanager.

Jensen stutzte deshalb kurz, entschied sich dann aber für eine sachliche Antwort: »Nein, ich hab' keine Posaune. Vielleicht liegt es auch daran, dass ich von mir sagen kann, der Einzige in der Runde zu sein, der die Dinge realistisch zu betrachten versucht. Ich will nicht ausschließen, dass an manchem, worüber wir reden, was dran sein kann. Aber ich hätte gern handfeste Beweise.«

»Sehen Sie«, gab sich Grantner versöhnlich, »dann haben wir sogar eine Gemeinsamkeit. Auch ich hab' lieber Beweise als Vermutungen oder Gerüchte. Deshalb werden Sie mir sicher auf Anhieb sagen können, wie und wann Sie gestern vom Berg runtergekommen sind.«

»Wenn's denn hilfreich ist, bitte: Ich bin gemütlich zur Landsberger Hütte rübergelaufen.« Er verzog sein Gesicht zu einem ironischen Lächeln. »Aha – werden Sie jetzt sagen.

Und dann hat er dort den Mullinger übern Felsen gestoßen.« Vergeblich wartete er auf eine Reaktion Grantners, weshalb er ernster fortfuhr: »Falsch gedacht, Herr Chefinspektor. Ich bin gegangen, nachdem Mullinger schon weg war. Es dürfte etwa halb zwei gewesen sein. Und ich hab's gemütlich angehen lassen. Hab mich in der Sonne ein paar Mal auf Steine gesetzt, bin noch zur Schochspitze rauf – das ist so ein seitlicher Berggipfel, ganz harmlos und nicht schwierig – und bin dann bei der Landsberger Hütte ins Tal gestiegen. Der Weg ist weit, und Sie können dort immer wieder verweilen – auch weit abseits des Pfads. Somit erübrigt sich die Frage, ob ich Mullinger noch getroffen habe.«

»Dann sind Sie zur Landsberger Hütte, ohne dort einzukehren?«

»Ohne dort einzukehren«, bestätigte Jensen. »Ich wollte ja noch runter zum Vilsalpsee. Und vom dortigen Ausflugslokal gibts einen Bus-Shuttle hierher nach Tannheim. Damit bin ich dann runter ins Tal gefahren.«

»Was dann um wie viel Uhr war?«

»Vielleicht halb fünf, oder so.«

»Und am Abend? Wo haben Sie den Abend verbracht?«

»Hier. Ich war ziemlich fertig. Physisch und psychisch, wenn ich das mal so sagen darf. Außerdem war's mir übel. Ich hab im Zimmer oben ein Bad genommen und bin dann bald eingeschlafen.«

»Ohne noch etwas zu essen?«

»Ja. Ich weiß, das macht mich verdächtig. Ich hab' aufs Abendessen verzichtet, obwohl ich Halbpension gebucht hab.«

Grantner nahms zur Kenntnis. »Und Sie waren natürlich allein.«

»Ja, ganz allein.« Er zeigte ein verkrampftes Lächeln.

»Ich bin zwar Banker, heiße aber schließlich nicht Strauss-Kahn.«

Grantner wusste sofort, dass Jensen auf den ehemaligen Chef des Internationalen Währungsfonds anspielte, dem vor einem Jahr der Vorwurf gemacht worden war, in einem New Yorker Hotel ein Zimmermädchen sexuell belästigt zu haben.

Deshalb zog er mit seiner nächsten Bemerkung bewusst ins Kalkül, dass er sein Gegenüber provozierte: »Aber Frau Dobler-Maifeld hätte Sie doch ein bisschen aufmuntern können.«

Jensens Gesichtszüge veränderten sich. Offenbar musste er sich jetzt beherrschen. Grantner gab ihm gleich gar keine Gelegenheit zu einem emotionalen Ausbruch, sondern schob eine weitere unangenehme Frage nach: »Sie und Ihre Freunde haben uns gestern versichert, Frau Platterstein nicht zu kennen. So ganz mag ich das inzwischen nicht mehr glauben. Gibt's denn dazu was zu sagen?«

Jensen suchte in seinem Sessel nervös eine andere Sitzposition. »Da gibt's nur so viel zu sagen, dass wir alle von Karin gebeten wurden, die Kontakte zu ihrer Schwägerin geheim zu halten.«

»Und Sie halten sich an diese Abmachung, obwohl Karin jetzt tot ist.«

»Warum soll das nach ihrem Tode nicht mehr gelten? Auch Larissa hat mich am Freitagabend noch mal gebeten, mich an diese Abmachung zu halten. Zum Schutz von Frau Platterstein.«

»Wie soll ich das verstehen?«

»Frau Platterstein, also Karins Schwägerin, hatte Angst um ihren guten Ruf, falls bekannt werden sollte, womit sie sich als Hochschul-Professorin privat befasst. Sie wissen schon: diese parapsychologischen Dinge.«

Grantner hatte Mühe, seine Verärgerung zu unterdrücken. »Um es vorsichtig auszudrücken, Herr Jensen: Glaubwürdiger macht das Sie und Ihre Freunde nicht gerade.«

Jensen wollte etwas sagen, doch Grantner kam ihm zuvor: »Nur kurz eine Verständnisfrage: Besuchen S' eigentlich auch Ihre Freunde auf dem Campingplatz?«

»Auf dem Campingplatz?« Wieder zeigte sich in Jensens Gesicht eine Veränderung. »Ob ich …? Ja, kurz. Am Donnerstagabend war ich kurz dort, um ›Hallo‹ zu sagen.«

»Sie wissen also, wo die Caravans stehen?«

»Ja«, zögerte Jensen, »ich hab Robert Fischer angerufen und er hat mich am Eingang vom Campingplatz abgeholt. Ist das wichtig?«

Grantner sagte nichts.

78

Aleen Dobler-Maifeld liebte es, allein in den Bergen unterwegs zu sein. Obwohl die Nacht kurz gewesen war, hatte sie sich am frühen Morgen nach einem kurzen Hotel-Frühstück auf den Weg gemacht. Sie war mit ihrem Auto von Tannheim aus zur gegenüberliegenden Talseite gefahren, wo sich abseits des Nachbarorts Grän die Seilbahn zum Füssener Jöchle befand. Vor ihr lag ein langer, schweißtreibender Aufstieg, denn die Sonne brannte von einem wolkenlosen Himmel in den Steilhang hinein. Nach zweieinhalb Stunden hatte sie endlich die Bergstation und das dortige Gasthaus erreicht. Seit Betriebsbeginn der Umlaufbahn wurden zuhauf Touristen in die Höhe gekarrt. Ein Blick auf deren leichtes Schuhwerk oder die luftige Kleidung genügte, um zu erahnen, dass sie keine größeren Touren in Angriff nehmen wollten.

Aleen konnte sich den ganzen Tag über nicht auf die Schönheiten dieser reizvollen Landschaft konzentrieren. Sie wollte einfach weg, raus aus der Enge dieses Tales, hinauf zu den Berggipfeln, wo sie sich frei fühlte, dem Himmel nahe – und den Vögeln, denen sie es gern gleichgetan hätte: einfach abheben und unbeschwert segeln, über alle Mauern und Grenzen hinweg. Vorausgesetzt, sie brachen sich keinen Flügel.

Aleen fühlte sich an diesem Montag aber, als habe man ihr die Flügel gebrochen.

Sie hatte von dem schmalen Berggrat des Füssener Jöchles weit hinaus ins Alpenvorland geblickt – zu den Wasserflächen bei Füssen und weiter zum dunstig-blauen Horizont, wo sich irgendwo in der Ferne die Schwäbische Alb befinden musste.

Wie in Trance hatte sie dies alles nur wahrgenommen, hatte ihren Weg fortgesetzt, sich immer mal wieder ausgiebig auf einem Stein ausgeruht und die Wasserflasche aus dem Rucksack geholt, um ihren Durst zu stillen. Wenn sie die Augen schloss, kamen ihr all die Bilder der vergangenen Tage in Erinnerung. Die Toten, die Kriminalpolizei, die tausend Fragen. Selbst wenn sie auf einem großen Stein hätte schlafen wollen, es wäre ihr nicht gelungen. In ihrem Kopf drehte sich ein wildes Karussell, das nicht mehr zu stoppen war.

Sie hatte sich entschieden, sich von allen Zwängen zu befreien. Von dem Job, der sie auffraß. Von dem Sklaventum in den Betrieben. Mochte es das Burn-out-Syndrom sein – oder was auch sonst –, jedenfalls fühlte sie sich all dem nicht mehr gewachsen.

Längst war ihr klar geworden, dass die materielle Welt unablässig an der feingeistigen nagte. Wer seinen sensiblen Gefühlen genügend Raum verschaffte, sie entfalten ließ und in sich hinein hörte, bekam Botschaften übermittelt, die all die Verrückten in ihren hektischen Produktionsbetrieben oder Verwaltungsbüros nicht mehr wahrzunehmen vermochten. Es waren Botschaften und Signale, manchmal auch nur kleine Zeichen oder seltsame Zufälle, die nur richtig gedeutet werden mussten, um daraus wunderbare Schlüsse zu ziehen.

Doch während sie sich im Lauf des Tages tief in solche Gedanken sinken ließ, brachen wieder die Bilder über sie herein, die wie ein gigantischer Albtraum alles niederwalzten.

Dann war sie aufgestanden und einfach weitergegangen – wie ein Roboter, dem man die Strecke programmiert hatte. Als ob's eine Flucht wäre, die an kein Ziel führte, sondern in einen Kreis mündete.

Aleen durchwanderte eine tiefe Senke, um auf der gegenüberliegenden Seite wieder aufzusteigen. Es schien ihr, als werde ihr in diesem Moment ihr eigenes Leben vor Augen geführt: tief runter – aber drüben wieder rauf.

Doch ihre innere Stimme warnte: Es wird nicht wieder rauf gehen. Nie mehr. Du kannst da drüben zwar den Berg erklimmen, aber deine Seele wird unten bleiben und von immer mehr Geröllmassen verschüttet. Aleen sah das Ziel vor sich – majestätisch, charakteristisch, wunderschön. So ragte der Aggenstein in den blauen Himmel. Rund 50 Höhenmeter unterm Gipfel schien die Bad Kissinger Hütte mit ihrer Terrasse am luftigen Steilhang zu kleben, federleicht, geradezu verspielt und mit einer fröhlichen Beschwingtheit. Von Osten her war sie über einen breiten Bergsattel bequem zu erreichen.

Aleen hatte am Nachmittag dieses Etappenziel ihrer Wanderung gerade erreicht, als im Rucksack ihr Smartphone anschlug. Für einen kurzen Moment überlegte sie, ob sie sich überhaupt melden sollte. Dann jedoch entledigte sie sich des Rucksacks, öffnete den Reißverschluss einer Außentasche und griff nach dem Gerät. Auf dem Display wurde keine Nummer angezeigt.

»Ja«, sagte sie knapp und setzte sich auf einen großen Felsklotz.

»Frau Dobler-Maifeld?«, fragte eine weibliche Stimme.

Aleen zögerte. Auch wenn es nur drei Worte waren, so hatte sie dennoch den Eindruck, diese Stimme schon einmal gehört zu haben.

»Mit wem sprech' ich denn?«, fragte sie zurück.

»Mit jemandem, der es gut mit Ihnen meint«, kam es spontan zurück. »Ich glaube, es wäre sinnvoll, wir würden uns mal treffen.«

Das Gesagte traf sie wie ein dumpfer Hammerschlag. Wen gab es da, der mit ihr etwas Geheimnisvolles besprechen wollte? In Gedanken checkte sie alle infrage kommenden Frauen ab, doch da war keine, der sie einen solchen Anruf zutraute. Und doch hatte sie das Gefühl, diese Stimme schon mal gehört zu haben. Erst vor Kurzem. Aber wo?

»Wenn Sie mir ein Stichwort nennen, weshalb wir dies tun sollten, können wir drüber reden«, sagte sie unterkühlt und vermied es, sich ihre Verwunderung anmerken zu lassen.

»Ich sage nur Waghäusl, Mullinger und Rattinger. Reicht das, oder soll ich noch mehr Stichworte geben?« Die Frauenstimme klang selbstbewusst und triumphierend, und nun hatte Aleen keinen Zweifel mehr. Sie hatte diese Stimme erst am Freitagnachmittag gehört. Ganz sicher sogar. Es war diese Frau, die plötzlich im Flur der Hütte gestanden war und so getan hatte, als suche sie die Landsberger Hütte.

Das war diese Stimme, eindeutig.

Aleens Herz schlug bis zum Hals. Ihr Blutdruck stieg.

»Ich mache Ihnen einen gut gemeinten Vorschlag«, kam es zurück, ohne dass sie etwas gesagt hatte. »Passen Sie gut auf, was ich Ihnen jetzt sage …«

79

Häberle hatte sich in sein Wohnmobil zurückgezogen, um ein Glas Mineralwasser zu trinken. Er klappte den Kühlschrank auf und stellte zufrieden fest, dass Susanne jede Menge Dosenwurst eingelagert hatte. Wenn er allein unterwegs war, reichten ihm solche ›Notrationen‹ aus, wie er zu sagen pflegte. Wurst, Brot, Senf, Meerrettich – und abends, wenn alles getan war, ein kühles Weizenbier. Wenn er Lust auf ein warmes Essen hatte, konnte er in die nahegelegene Gaststätte gehen.

Er holte den Laptop auf den Tisch herüber und loggte sich ins E-Mail-Programm ein. Doch Linkohr hatte ihm nichts geschrieben. War auch nicht zu erwarten gewesen. Schließlich gab es keinerlei Hinweise, die daheim zu einem schnellen Ermittlungsergebnis führen könnten.

Häberle rief seinen jungen Kollegen an, um ihn im persönlichen Gespräch über die Entwicklung im Tannheimer Tal zu informieren. »Geht's Ihnen gut?«, begann er und brachte seinen Assistenten damit in Verlegenheit.

»Danke, ja – warum fragen Sie?«, Linkohr zeigte sich verwundert, dass Häberle sich nach seinem Wohlbefinden erkundigte.

»Nur so«, brummte Häberle und sah durchs Wohnmobilfenster talabwärts in Richtung Krinnenspitze. »Der Bär tobt momentan woanders und Ihnen sind die Hände gebunden.«

Kurze Pause in der Leitung. »Hände gebunden?«, stotterte Linkohr, was auf Häberle einen seltsamen Eindruck machte, obwohl er ja nicht ahnen konnte, dass der junge Kriminalist noch ganz unter den traumatischen Erlebnissen der vergangenen Nacht in Schorndorf litt. »Ach so«, fand dieser wieder seine Fassung, »ja, hier bei uns tut sich wenig. Wir haben inzwischen Mullingers Angehörige verständigt. Seine Eltern betreiben einen Wellness-Park im Schwarzwald, irgendwo bei Freiburg oder so. Die Nachricht muss ein herber Schock gewesen sein.«

»Habt ihr seine Studentenbude in Geislingen schon geöffnet?«

»Wir haben noch keinen Richter …«

»Okay, okay«, ärgerte sich Häberle, »und was sagt die Staatsanwaltschaft?«

»Der Bereitschaftsdienstler sieht's eher gelassen, hab ich den Eindruck. Ich hab ihm auch die Sache mit dem Weinkeller erklärt …«

Häberle unterbrach ihn und frotzelte: »Kommen Sie ja nicht auf die Idee, ihm vorzuschlagen, die Wand aufbrechen zu lassen.«

»Doch«, kam es stolz zurück, »ich hab's mal angedeutet. Aber mehr als die Frage, ob ich überhaupt wüsste, was das kostet, hab ich nicht zu hören gekriegt.«

»Mein Gott, Linkohr, wie blauäugig sind Sie eigentlich noch immer?«

»Den Versuch war's wert. Aber was machen denn die Kollegen aus Innsbruck?«

Häberle lehnte sich zurück und sah, dass in seine Parzellen-Reihe ein Wohnmobil mit holländischem Kennzeichen einrangierte.

»Die Jungs sind mit mindestens 20 Kräften hier. Sie vernehmen jeden, der auch nur im Entferntesten etwas mit der Sache zu tun haben könnte. Sogar hier auf dem Campingplatz haben sie so ziemlich jeden vernommen – wegen der Sache mit der Spritze, die unter dem Wohnwagen von diesem Robert Fischer aufgetaucht ist.« Häberle holte tief Luft. »Die entsprechenden Protokolle haben wir alle per E-Mail gekriegt. Sie müssten auch bei Ihnen sein.«

Linkohrs zögerliches »ja« ließ eher darauf schließen, dass er sie noch nicht gelesen hatte.

»Die Ösis sind ziemlich kooperativ«, erklärte Häberle und kam auf das eigentliche Anliegen seines Anrufes zu sprechen: »Sie wissen, Herr Kollege, dass Sie morgen Abend einen wichtigen Termin haben?«

Linkohr brauchte ein paar Augenblicke, bis er kapierte. »Ja, klar. Bad Waldsee – bei diesem Chinesen. 20 Uhr.«

»Denken Sie dran, die Sache könnte spannend werden. Wir wissen zwar nicht, wer da auftaucht. Aber Sie wissen ja, wer in Bad Waldsee aufgewachsen ist.«

»Ja ja«, beeilte sich Linkohr, seinen Kenntnisstand zu beweisen, »die Irene Rattinger, ich weiß.« Linkohr hakte trotzdem nach: »Sie haben aber den Chinesen nicht gefragt, ob jemand einen Tisch bestellt hat?«

»Nein, absichtlich nicht. Wie sollen wir denn sonst sicher sein, dass er dann die besagten Gäste nicht warnt? Nein, nein, wir machen das ganz konspirativ. Sie gehen hin und beobachten. Vielleicht taucht jemand auf, den wir kennen.« Häberle wartete nicht, bis Linkohr etwas sagte, sondern ergänzte: »Konspirativ. Nehmen Sie doch Ihre Freundin mit, dann sind Sie noch viel unauffälliger unterwegs. Oder gibt's gerade mal keine?«

80

»Das ist doch eine verrückte Gesellschaft«, nörgelte Grantner in seinem provisorischen Büro beim Bezirkspolizeikommando in Reutte. Nebenan diskutierte ein halbes Dutzend Kollegen den Inhalt unzähliger Vernehmungen, ohne jedoch aus den vielen Mosaiksteinchen ein konkretes Bild zusammensetzen zu können. Der Gräner Abteilungsinspektor Gustav Niedermaier war gekommen, um sein ganz spezielles Leid zu klagen: Nach dem zweiten Todesfall von heute früh sei das Tannheimer Tal »in Aufruhr«, wie er sich auszudrücken pflegte. Und zwar nicht aus Sorge der Einheimischen, selbst Opfer eines weiteren Mordes zu werden, sondern wegen der Auswirkungen auf den Fremdenverkehr. »Wenn die Medien erst mal groß drüber berichten, dass hier ein Massenmörder frei rumläuft, bleiben die Touristen weg«, erklärte Niedermaier. Gerade die Deutschen seien, was die Kriminalität anbelange, besonders sensibel. Außerdem kämen überwiegend gut situierte Leute ins Tannheimer Tal, für die die Sicherheit eine hohe Priorität genieße. »Schließlich sind wir hier für unsere geringe Kriminalitätsrate bekannt«, rühmte sich Niedermaier, der offenbar die Bedenken der Bewohner teilte.

»Wissen S' was«, entgegnete ihm Grantner gelassen, »mir ist ziemlich egal, was die Leute denk'n. Viel wichtiger wär's, die würden uns ein paar Tipps geben.«

»Entschuldigen Sie, Herr Chefinspektor, aber es sieht doch

so aus, als sei kein einziger Einheimischer in die Sache verwickelt. Das haben uns doch alles bloß diese Deutschen eingebrockt.«

»So ganz sicher bin ich mir da noch nicht«, meinte Grantner und kratzte sich im dünn gewordenen Haar. »Die Larissa und ihr Herr Gemahl, dieser Peter Pladler, sind mir nicht ganz geheuer. Jedenfalls scheint da nicht nur Friede, Freude, Eierkuchen zu herrschen, wie mein Kollege Platzko erfahren musste.« Er sah zu seinem jungen Kollegen hinüber, der am Schreibtisch nebenan saß und sich bisher aus dem Gespräch herausgehalten hatte. »Ich selbst«, fuhr Grantner fort, »konnte mich davon überzeugen, dass es da offenbar eine ziemlich intensive Beziehung gibt – nämlich zwischen Larissa und Uwe Astor.«

»Wie?« Niedermaier schien fassungslos zu sein. »Sie wollen damit doch nicht andeuten, dass die Junior-Chefin vom Hochsteinhof einen Liebhaber hat?«

»Doch, verehrter Herr Kollege. Genau das will ich sagen.«

»Das sollten wir aber nicht an die große Glocke hängen. Die Hinterbauers – so nennt man die Pladlers hier – gelten als angesehene Leute. Das wäre ein Skandal.«

»Das mag schon sein«, blieb Grantner unbeeindruckt, »auch ang'seh'ne Leute begeh'n hin und wieder eine Dummheit, wenn's Hirn aussetzt, weil 's Herz in die Hos'n g'rutscht is.«

»Aber doch nicht bei den Hinterbauers …«

Grantner unterbrach ihn brüsk: »Wenn ich Ihnen einen Tipp geben darf: Lassen Sie sich nicht von dem Geschwätz der Tourismusmanager beeindrucken. Die würden sogar gern den Wetterbericht beeinflussen, damit dieser nicht allzu schlecht ausfällt und die Touristen abschreckt. Aber uns werden sie nicht bei der Ermittlungsarbeit behindern.« Er lächelte überlegen, wie dies nur ein Kriminalist tun konnte, der von auswärts kommt und sich um örtliche Befindlichkeiten nicht zu scheren braucht.

Niedermaier zog zerknirscht von dannen und musste sich eingestehen, dass es ungeschickt war, die provinziellen Bedenken vorzutragen. Aber andererseits fühlte er sich für die Sorgen seiner Mitbürger verantwortlich.

Platzko wartete noch ein paar Sekunden, bis Niedermaier bei den Kollegen draußen angekommen war, um dann etwas anzusprechen, was ihn seit diesem Wochenende beschäftigte: »Ich bin kein allzu religiöser Mensch, aber wie halten Sie's denn mit dieser Weltuntergangsprophezeiung?«

»Der 21. Dezember?«, reagierte Grantner schnell. »Das hat nichts mit Religiosität zu tun, sondern mit den Mayas. Vergessen Sie's, Herr Kollege. Ich kann mich sicher eines halben Dutzends Weltuntergangstermine entsinnen, die von irgendwelchen Sekten oder einem selbst ernannten Messias angekündigt wurden. Und Sie sehen ja, Herr Platzko: Hurra, wir leben noch. So wird's auch diesmal wieder sein. Da brauchen S' keine Angst zu hab'n.« Er grinste entspannt. »Diese verrückten Deutschen auf ihrer Hütt'n da ob'n verquicken irgendwie die Offenbarung aus der Bibel mit diesen Endzeit-Theorien. Wenn Sie mich fragen: reiner Quatsch.«

Platzko zögerte. »Ich hab mal in der Bibel nachgeschlagen – aber das mit dem Buch mit den sieben Siegeln und den sieben Schalen des Zorns und diesen Katastrophen und Qualen, die Gott angeblich als Zeichen für den Weltuntergang schickt, öffnen den Spekulationen Tür und Tor.«

»Natürlich, Platzko, wie so vieles in der Bibel. Alles eine Sache der Interpretation. Aber nicht nur in der Bibel, das müssen S' bedenken. Auch die angeblich großen Propheten, wie der Nostradamus, haben sehr viel Wischiwaschi aufg'schrieb'n.«

»Ich finde das jedenfalls alles spannend. Und ich geb zu, dass ich mich im Religionsunterricht nicht so intensiv mit der Bibel auseinandergesetzt hab' wie jetzt in diesen Tagen.«

»Jetzt übertreiben S' mal net, Herr Kollege. Sie haben a bisserl auf den letzten Seiten der Bibel geblättert – da können S' net behaupt'n, schon bibelfest zu sein.«

»Will ich auch gar nicht. Aber vielleicht wär manches ein bisschen anders, wenn wir Christen uns in der Bibel genau so gut auskennen würden wie die Mitglieder anderer Weltreligionen in ihrer jeweiligen Literatur.«

»Sagen S' doch, dass Sie den Islam und den Koran meinen. Warum reden S' denn um den heißen Brei rum?« Grantner wurde richtig ärgerlich. Er hasste es, wenn Themen nicht beim Namen genannt wurden.

»Weil man doch vorsichtig sein muss, wenn man sagt, dass bei uns im christlichen Abendland die Bibel das Maß aller Dinge ist.«

»Ob's das Maß aller Dinge ist, vermag ich nicht zu sagen – und das will ich auch nicht. Aber wir brauchen sicher nicht klein beizugeben und mit unserer übergroßen Liberalität unsere Bibel gleich über Bord werfen, bloß wenn da jemand mit dem Koran winkt.«

»Das würden Sie aber öffentlich so nicht sagen.«

Grantner wollte sich jetzt auf keine Grundsatzdiskussion einlassen. Es gab in der Tat Themen, die auch in der Meinungsfreiheit einer Demokratie nicht angesprochen werden durften, ohne dass die geballte Medienmacht in seltener Eintracht massiv dagegen vorging. Grantner musste an den Literaturnobelpreisträger Günter Grass denken, der erst vor wenigen Wochen mit seinem Gedicht ›Was gesagt werden darf‹ etwas öffentlich angesprochen hatte, was eben ganz offensichtlich nicht öffentlich gesagt werden durfte. Grantner hatte mit großem Interesse verfolgt, wie sich die Kommentatoren auf teilweise geradezu peinliche Weise drehten und wendeten, um plötzlich den jahrelang prominenten Vorzeige-Linken zu kritisieren. Als dann jedoch auch noch eine zweifelhafte islamische Gruppierung hunderttausendfach kostenlose Koran-Ausgaben verteilte, hatten sich die Medien mit kritischen Kommentaren auffällig zurückgehalten.

»Wir können uns gern mal in einer stillen Stunde da drüber unterhalten«, versuchte Grantner, seinen Kollegen zu besänftigen. Jetzt war nicht die Zeit, um über weltpolitische Themen zu diskutieren.

»Ich bin da über etwas gestolpert, worauf ich mir keinen Reim machen kann«, blieb Platzko dennoch hartnäckig. »Es ist da in der Offenbarung von einem Ort namens Harmagedon die Rede …«

»Oh, Sie haben sich ja intensiv eingelesen«, staunte der Chefinspektor.

Platzko lächelte verlegen. »Man tut, was man kann. Aber das liest sich wirklich schwer. Ohne theologische Interpretation hat man kaum eine Chance, dies alles zu verstehen.«

»Dieses Harmagedon, das Sie ansprechen, ist erst durch diesen Katastrophenfilm aus den späten 90er Jahren richtig bekannt geworden«, erklärte Grantner. Im Film hieß das ›Armageddon‹, weil's auch in der Bibel unterschiedliche Schreibweisen gibt.«

»Wenn ich richtig gegoogelt hab', tun sich auch die Gelehrten schwer damit, diesen Ort geografisch irgendwo hinzuordnen«, meinte Platzko.

»Dafür gibt's Glaubensbewegungen, die dort die endzeitliche Entscheidungsschlacht erwarten.« Grantner zuckte mit den Schultern. »Was weiß ich, vielleicht bereitet diese Josefina Hallmoser in ihrer Hütte dort ob'n auch schon das Ende aller Tage vor.«

»Oder sie stimmen sich gemeinsam darauf ein.«

»Da befürcht ich eher was anderes«, entgegnete der Chefinspektor. »Vielleicht versucht der eine oder andere, aus dieser Weltuntergangsstimmung Kapital zu schlagen.«

»Das versteh ich jetzt nicht ganz.«

»Haben S' net g'les'n, was uns die Deutschen g'mailt ham? Diese obskuren Schriftstücke, die an alte Leut' g'schickt wurd'n?«

»Sie meinen, dieser Clique geht's nicht allein um ihr eigenes Seelenheil?«

»Einigen vermutlich schon. Aber vielleicht findet sich unter diesen ›Heiligen‹ auch ein gefallener Engel.«

»Sie meinen, eine ›Höllenbrut‹?«

»Das haben jetzt Sie g'sagt, Herr Kollege. Aber wie man das ausdrückt, ist schließlich egal. Denn denken S' dran: Wenn's den Herrgott gibt, hat er vermutlich einen Gegenspieler – wie alles auf der Welt aus Gutem und Bösem besteht, aus Plus und Minus. Deshalb wird's auch einen Satan geben.«

81

Häberle war an diesem Montagabend doch noch mit Aleen Dobler-Maifeld zusammengetroffen. Er hatte sie per Handy erreicht und gebeten, sich nach der Rückkehr von ihrer Bergtour zu melden. Sehr angetan war sie von diesem Vorschlag nicht gewesen, doch hatte Häberle sie davon überzeugt, dass es für sie möglicherweise angenehmer wäre, noch mal von einem deutschen Kriminalbeamten vernommen zu werden, anstatt nach Reutte vorgeladen zu werden.

Aleen hatte sich frisch gemacht, neues Make-up aufgelegt und ein knapp knielanges Kleid mit gewagtem Ausschnitt angezogen. Sie gab Häberle unterkühlt die Hand und setzte sich im Hotel-Restaurant ihm gegenüber. »Hatten Sie einen schönen Tag?«, fragte Häberle nach der Begrüßung, um die angespannte Atmosphäre aufzulockern.

»Danke der Nachfrage«, sagte sie zurückhaltend. »Ich brauch das von Zeit zu Zeit – allein in den Bergen. Deshalb nütze ich diese Hütten-Wochenenden, um wenigstens einen Tag allein zu sein. Daheim im Job erwartet mich nur Stress.« Ihre Pupillen verrieten erneut innere Unruhe.

»Waren Sie heute am Aggenstein, auf der Bad Kissinger Hütte?«

»Ja. Vom Füssener Jöchle aus. Eine grandiose Bergwanderung. Und gar nicht schwierig. Wenn man von den letzten Metern zur Aggenstein-Spitze hinauf absieht. Aber es ist völlig ausreichend, nur bis zur Hütte zu gehen. Ich nehme an, Sie waren auch schon oben.«

»Mindestens dreimal, ja«, entgegnete Häberle. Die Bedienung kam und sie bestellten Rotwein-Viertele unterschiedlicher Sorten.

»Brauch ich denn noch immer ein Alibi?«, lenkte Aleen ab. Es klang ängstlich. »Ich hab doch bereits am Freitagabend Ihrem hiesigen Kollegen alles erklärt. Und jetzt kommen Sie auch noch und wollen von mir wissen, wo ich vergangene Nacht war. Stimmt's?«

»So ist es«, bestätigte Häberle ruhig. »Das betrifft aber nicht nur Sie und ist reine …«

»… Routine«, unterbrach sie ihn unfreundlich und hob

das Glas. Ihre Hand zitterte. »Vielleicht sollten wir mal auf Ihren künftigen Ermittlungserfolg anstoßen. Cheers.«

Häberle war überrascht, dass sie plötzlich auch charmant sein konnte. Er stieß mit ihr an.

»Unsere Arbeit besteht zum größten Teil aus Routine«, knüpfte Häberle an ihre Feststellung an. »Aus viel Routine formt sich ein Bild – hoffentlich.«

»Dann sollten wir die Routine schnell abhaken«, wurde sie forsch, doch es hörte sich an, als wolle sie damit ihre Unsicherheit kaschieren. »Ich kann Ihnen genau sagen, wie's gestern Nachmittag war. Um kurz nach zwölf ist Jonas Mullinger gegangen. Es hat ihn wohl ziemlich mitgenommen, was da bei seinem ersten Zusammentreffen mit uns passiert ist. Er wollte zur Landsberger Hütte weiter und dort vielleicht übernachten.« Sie drehte nervös ihr Glas. »Ich konnte das gut nachvollziehen.«

Häberle nickte. »Und wie ging es weiter?«

»Etwa eine Stunde später, vielleicht auch zwei – aber bitte legen Sie mich nicht auf die Minute fest – ist auch Dirk Jensen gegangen. Er wollte ebenfalls zur Landsberger Hütte rüber. Ich hab' mir noch für einen Moment überlegt, ob ich ihn begleiten soll, aber …«, sie zögerte, »na ja, wir sind nicht immer gleicher Meinung. Er ist mir zu sehr Realist. Außerdem mag ich es einfach, allein mit mir und den Bergen zu sein. Und dazu …« Sie zögerte. »Und dazu bin ich ein bisschen nervlich angeschlagen. Der Job und so.« »Kann ich durchaus verstehen.«

»Deshalb hab ich noch eine Zeit lang mit Astor, Falkenstein und Josefina geplaudert und bin dann etwa eine halbe Stunde nach Jensen aufgebrochen – auch Richtung Landsberger Hütte. Aber nur ein kurzes Stück. Dann hab ich abgekürzt und bin über die Usseralpe ins Tal abgestiegen.«

»Wie – Sie waren gar nicht bei der Landsberger Hütte?«

»Nein. Enttäuscht Sie das jetzt?«, fragte sie kühl.

Häberle ging nicht darauf ein. »Und als Sie gingen, waren da Astor und Falkenstein noch da?«

»Ja, so war es.«

Häberle kannte den Abstieg. »Nur zum Verständnis: Haben Sie auf dem Weg zu dem Abzweig, der rechts runter zur Usseralpe führt, jemanden aus Ihrer Gruppe getroffen?«

»Nein, keinen Einzigen. Es ist ja nicht weit bis dorthin. Außerdem hätten es auch nur Jonas Mullinger und Dirk Jensen sein können.«

»Stimmt«, pflichtete ihr Häberle bei und sah sie durchdringend an. »Eine ganz andere Frage: Haben Sie jemals etwas von einer Professorin namens Platterstein gehört?«

»Platterstein?« Sie wiederholte den Namen geradezu theatralisch, wie Häberle es empfand. »Müsste ich das?«

»Ob Sie das müssten, weiß ich nicht«, lächelte der Göppinger Chefermittler verständnisvoll. »Dieser Name taucht immer wieder auf, obwohl wir die Dame noch nie zu Gesicht bekommen haben.«

»Was soll es mit ihr auf sich haben?« »Eben dies würde auch uns interessieren. Möglich, dass sie mehr weiß als wir alle zusammen.«

»Wissen – worüber?« Aleen wurde misstrauisch.

»Wissen über das, weshalb Frau Waghäusl und Jonas Mullinger sterben mussten.«

»Sie haben also doch schon konkrete Anhaltspunkte?« Aleen nahm einen Schluck Wein. Sie war beruflich den Umgang mit unangenehmen Gesprächspartnern gewohnt und wusste sehr wohl, eigene Emotionen zu unterdrücken. Es war stets ratsam, sein Gegenüber darüber im Unklaren zu lassen. Wenn überhaupt, dann durften Gefühle nur wohl dosiert eingesetzt werden. Doch jetzt fiel ihr diese antrainierte Verhaltensweise schwer.

»Ob aus dem, was wir wissen, tatsächlich Anhaltspunkte werden, vermag ich im Moment nicht zu erkennen«, antwortete Häberle vorsichtig.

»Das hört sich sehr geheimnisvoll an.«

»So geheimnisvoll, wie all das, was in Ihrer Gruppe so besprochen wird«, griff Häberle dankbar das Stichwort auf. »Mit vielem davon können Normalsterbliche nichts anfangen.«

Aleen brauchte ein paar Sekunden für die Antwort: »Ich hoffe, Sie haben in den vergangenen Tagen kein schiefes Bild von uns gekriegt.« Jetzt lächelte sie sogar. »Wir rufen keine Poltergeister und wir beschwören auch nicht den Weltuntergang herauf. Wir reden nur über Dinge, die in der Öffentlichkeit gern totgeschwiegen werden. Früher war das anders. Man braucht nur nachzulesen, dann stößt man auf die Rechtsanwaltspraxis in Rosenheim, wo sich – irgendwann in den Sechzigern, soweit ich weiß – paranormale Dinge ereignet haben. Zum Beispiel, dass sich aufgehängte Bilder um den Nagel an der Wand gedreht haben. Alle möglichen Erklärungsversuche – bis hin zu abenteuerlichen Geschichten über angeblichen Betrug – wurden bemüht, um die Sache zu verharmlosen. Sicher scheint nur zu sein, dass es mit einer jungen Angestellten zusammenhing, nach deren Weggang der Spuk vorbei war.«

»Wie halten Sie's denn mit Spuk und bösen Geistern?«, hakte Häberle nach, denn er musste an die Aussage denken, die ihr Nachbar gegenüber Linkohr gemacht hatte.

Aleens Gesicht versteinerte sich. »Ich denke, dass so etwas auf die Gemütslage ankommt«, sagte sie unerwartet schnell.

»Es gibt mit Sicherheit Situationen, während derer man für spirituelle Welten empfänglich ist. Öffentlich darüber zu reden, kann gefährlich sein.«

»Ich geb Ihnen recht, wenn's nach den Medien geht, darf es solche Dinge nicht geben«, erwiderte der Chefermittler. »Deshalb wird – wann immer solche Berichte auftauchen – krampfhaft eine abstruse Erklärung zurechtgebogen, anstatt dass man ehrlich sagt, Leute, hört her, dieses oder jenes übersteigt unser heutiges Vorstellungsvermögen.«

»Genau so ist es, Herr Häberle.« Ihre Augenlider zuckten jetzt häufiger, ihre Stimme wurde schwach. »Unsere ach so fortschrittliche Zivilisation hat viele Fähigkeiten verschüttet, die in früheren Jahrhunderten ganz normal waren.«

Sie hielt ein paar Atemzüge lang inne. »Es kann doch nicht alles Humbug sein, was die Menschen früherer Zeiten von ihren Ahnen überliefert bekommen haben. Da gab es Zeichen in der Natur oder tatsächlich Phänomene, die man nur zu deuten wissen muss. Auch heute noch. Denken Sie an die unglaublichen Zufälle, die es gibt.«

»Wie dieses Zeitungsinserat nach dem Absturz von Frau Waghäusls Ehemann?«

»Zum Beispiel, ja. Und ich bin davon überzeugt, dass es tagtäglich Ereignisse gibt, auch um uns herum, die von den Betroffenen totgeschwiegen werden, weil sie ansonsten Angst haben müssten, für verrückt erklärt zu werden. Denken Sie nur mal an schreckliche Verkehrsunfälle, wenn Autos zusammenstoßen. Da kommt's auf eine einzige Sekunde an. Wäre einer der Beteiligten früher oder später unterwegs gewesen, wären sie aneinander vorbeigekommen. Ich hab mal einen Bericht darüber gelesen, wie die Unfallbeteiligten die Zeit vor dem Unfall verbracht haben. Da fällt auf, dass es oftmals Kleinigkeiten waren, die den einen oder anderen Fahrer kurz aufgehalten haben. Ein kurzes Gespräch vor der Abfahrt mit dem Nachbarn noch – oder ein vergessener Schlüssel. Alles Merkwüdigkeiten, die Zufall sein können oder Fügung.« Ihre Lippen zitterten. »Und genau dies ist der Grund, weshalb es unsere Gruppe gibt, die offen für jedermann ist. Wer glaubt, ein paranormales Erlebnis gehabt zu haben, ist herzlich willkommen. Aber auch alle, die sich ernsthaft damit auseinandersetzen wollen – auch Leute wie Dirk Jensen, dem wir letztlich diese Treffen verdanken. Er ist zwar unser größter Realist, befasst sich aber trotzdem mit solchen Dingen. Und es ist gar nicht schlecht, wenn man so einen Realisten dabei hat, der uns alle, die wir schnell in Euphorie geraten, wieder auf den Boden der Tatsachen holt.« Aleen schien plötzlich Vertrauen in den Kommissar gewonnen zu haben. »Aber Sie dürfen mir glauben, Herr Häberle, auch wer an allem zweifelt, wird früher oder später merken, dass es Engel gibt.« Sie sah, dass ihr Gegenüber eine Augenbraue hob. »Engel erscheinen manchmal in Menschengestalt oder als unerklärliche Zufälle. Und vielleicht …« Ihre Augen konnten sich auf keinen Punkt konzentrieren. »… vielleicht sind die schrecklichen Zufälle das Werk einer bösen Macht.«

Häberle nickte, wollte aber nichts dazu sagen. Stattdessen versuchte er, das Gespräch wieder in eine andere Richtung zu lenken. »Bei dem, was uns die Altvorderen überliefert haben kann es auch um Naturheilmittel gehen, denke ich, oder?«

Aleen stutzte für einen Augenblick. »Ja natürlich. Ich bin davon überzeugt, dass die Schulmedizin mit ihrer Pharmazie-Lobby alles daran setzt, alternative Heilungsmethoden ins Lächerliche zu ziehen oder als Schamanen-Zauber abzutun.«

»Und damit ist auch das weite Feld der Geistheilungen gemeint«, stellte Häberle fest.

Aleen sah ihn irritiert an.

82

Linkohr hatte Nenas Flehen widerstanden. Angesichts heftiger Rückenschmerzen und geschwollener Handgelenke war er nicht schon wieder gewillt gewesen, in die Rolle eines Opfers zu schlüpfen und sich einer fiktiven, aber sehr realen Gefängniswärterin auszuliefern. Auch nachdem sie ihm versprochen hatte, diesmal einen Rollentausch vorzunehmen, hatte er sich geweigert. Zwar klang dies alles verlockend und reizvoll, vor allem spannend und erotisch – aber dann hatte er entschieden, die Nacht allein zu verbringen. Stattdessen bot er Nena aber an, ihn nach Bad Waldsee zu begleiten. Die Vorstellung, bei einem konspirativen Treffen eine Nebenrolle zu spielen, weckte ihre Neugier. Weil sie jedoch spätestens um 17.30 Uhr losfahren mussten, um rechtzeitig vor Ort zu sein, drohte ihre Mitwirkung an ihrem cholerischen Chef zu scheitern, dem es eine sadistische Freude wäre, ihr diesen Spaß zu verderben. »Mir wird's um vier heut Nachmittag sterbensschlecht«, kündigte sie im Telefongespräch mit Linkohr an. »So elendig schlecht, dass ich beinahe untern Schreibtisch falle.«

»Aber pass bloß auf, dem Idioten trau ich zu, dass er dich von Detektiven bespitzeln lässt. Es gibt ganze Heerscharen davon, die sich von solchen Typen in Lohn und Brot setzen lassen.«

»Ist mir völlig egal«, sagte Nena energisch. »Ich lass mich von diesem Kerl nicht mehr tyrannisieren. Das ist der Job nicht wert. Auch nicht in diesen Zeiten. Also, Mike, ich bin rechtzeitig da«, hatte sie gesagt.

Linkohr malte sich aus, in welche Rolle sie bei dieser Gelegenheit schlüpfen würde. Er hatte ihr aber eingebläut, nichts Auffälliges anzuziehen. Allerdings war sie im Gegensatz zu seinen meisten Verflossenen gar nicht darauf erpicht, viel nackte Haut zu zeigen, obwohl sie es sich leisten könnte.

Linkohr versuchte, die Gedanken an den Abend zu zügeln. Bis dahin standen wichtige Ermittlungen an, von denen er sich handfeste Ergebnisse versprach. Schließlich waren auch Häberle und sein Innsbrucker Kollege Grantner davon überzeugt, dass sie es möglicherweise mit einem Psychopathen zu tun hatten, der sich jetzt in die Enge gedrängt fühlte und zu allem fähig sein würde. In solchen Fällen bestand die Gefahr, dass er zu einem unberechenbaren Befreiungsschlag ausholte. Denn schon jetzt hatte er nichts mehr zu verlieren.

Erfreut nahm er zur Kenntnis, dass die Innsbrucker Privatklinik, in der auch eine angebliche Geistheilung stattgefunden haben sollte, an diesem Dientagvormittag reagiert hatte. Vermutlich war auf Häberles und Grantners Initiative auch das Landeskriminalamt vorstellig geworden. Jedenfalls hatten sie von dort per Datenübertragung eine einstündige Aufzeichnung der Überwachungskamera aus dem Eingangsbereich jenes Zeitraums erhalten, zu dem die Geistheilerin laut ihrer eigenen Honorarabrechnung die Klinik betreten haben müsste.

Doch als Linkohr an seinem Bildschirm auf die entsprechende Datei klickte, wurde seine freudige Erregung gedämpft. Was er sah, waren keine gestochen scharfen, bewegten Bilder, sondern kontrastarme schwarz-weiße Standaufnahmen, die im Abstand von 15 Sekunden abgespeichert worden waren. Zwar konnte man jede Menge Menschen sehen, die durch einen schmalen Durchgang kamen, aber mehr als Größe, Geschlecht und Gestalt war nicht zu erkennen. Eine Identifizierung schied aus. Vielleicht konnte man später, wenn eine verdächtige Person ermittelt sein würde, gewisse Vergleiche anstellen – mehr aber sicher nicht, ärgerte sich Linkohr.

Er hatte gar nicht bemerkt, dass Specki hinter ihm ins Büro gekommen war. »Kannst du vergessen«, sagte der Kollege, worauf sich Linkohr erschrocken umdrehte. »Immer derselbe Quatsch – ob bei unseren Banken oder Tankstellen oder jetzt in dieser Ösi-Klinik: Ich frag mich ernsthaft, wer denen solchen Überwachungsschrott verkauft.«

Linkohr bestätigte: »Völlig untauglich.«

»Dafür wird dich das hier vielleicht wieder ein bisschen aufmuntern«, grinste Specki und legte ihm mit einer weit ausholenden Geste einen seiner beiden mitgebrachten Computerausdrucke auf die Tastatur des Rechners.

Linkohr überflog die Zeilen und nickte anerkennend: »Super. Aber der Chef hat nichts anderes erwartet.« Die Göppinger Caravan-Vermietung hatte bestätigt, dass das Wohnmobil mit Göppinger Kennzeichen für eine Woche an Hildtraud Platterstein vermietet war.«.

Linkohr kommentierte selbstironisch: »Da haut's mir s' Blech jetzt nicht gerade weg.«

»Abwarten«, empfahl Specki und legte ihm ein weiteres Blatt vor. »Das hier dürfte dich weitaus mehr aus der Fassung bringen.«

Der junge Kriminalist las den Text und spürte, wie sich seine Pulsfrequenz beschleunigte. Es war die Zusammenfassung dreier Berichte, die im Lauf des Vormittags von den Autobahnpolizeirevieren zu den dubiosen Verkehrsunfällen auf der A7 eingegangen waren. Es handelte sich um die Antworten zu Häberles Anfragen zu den Fahrzeugversicherungen der verunglückten Autos. Linkohr konnte nach zweimaligem Lesen des Textes seinen Lieblingsausspruch nicht unterdrücken: »Da haut's dir s' Blech weg.«

»Hab ich doch befürchtet«, grinste Specki. »Ich ruf gleich den Chef an.«

83

Lokaljournalist Georg Sander, seit Jahr und Tag beim örtlichen Heimatblatt für Mord und Totschlag zuständig, war ziemlich verärgert. Keinen Ton hatte die Polizeidirektion Göppingen bisher vom Mord an einer Bürgerin des Landkreises verlautbart – und dies nur, wie Pressesprecher Rudi Lauer versicherte, weil sie nicht die »federführende Dienststelle« seien. Im Übrigen habe auch der zuständige Leitende Oberstaatsanwalt in Ulm keine Veranlassung gesehen, eine Pressemitteilung zu veröffentlichen.

Sander kannte diese Argumente zur Genüge und befürchtete, dass die geplante Verschmelzung mehrerer Direktionen zu einem überregionalen Ulmer Präsidium seine journalistische Arbeit nicht gerade erleichtern würde.

Eine langjährige gute Freundin aus Drackenstein hatte ihm jetzt den Tipp gegeben, dass eine gewisse Karin Waghäusl bereits am vergangenen Freitag in einer Seilbahn-Gondel im Tannheimer Tal ermordet worden sei. Zumindest werde dies in dem kleinen Dörfchen am Albtrauf gemunkelt.

Nachdem der Polizeipressesprecher Lauer wenigstens bestätigt hatte, dass man in »so einer Sache« den Kollegen in Österreich Amtshilfe leiste, war er erst richtig in Fahrt gekommen. Wie immer in solchen Fällen versuchte er, einige vertrauliche Quellen anzuzapfen, die jedoch allesamt versagten. Allerdings erfuhr Sander bei seinen unzähligen, hektisch geführten Telefonaten, dass sich Häberle momentan in Österreich aufhalte.

Das klang nicht gerade nach einem gewöhnlichen Mordfall. Sanders Kollegen in der Redaktion, die mit gespitzten Ohren seine Telefonate mitbekommen hatten, beschlossen – ohne ihn lang zu fragen – dass diese Geschichte morgen die

Aufmacher-Story auf der ersten Lokalseite werden musste. Sie störte es nicht, dass er bislang so gut wie keine Informationen beschaffen konnte. Jetzt galt es, mehrere Dinge möglichst gleichzeitig in die Wege zu leiten: Einen Gesprächspartner im Tannheimer Tal suchen, vielleicht einen Kollegen der dort erscheinenden Tageszeitung – und sich in Drackenstein, dem Wohnort der Karin Waghäusl, umhören.

Sander entschied, zunächst den Bürgermeister von Drackenstein anzurufen. Der gerade mal 420 Einwohner zählende Ort hatte über alle Verwaltungsreformen hinweg seine Selbstständigkeit bewahrt, musste sich aber den Bürgermeister mit der im Tal gelegenen Mini-Kleinstadt Wiesensteig teilen. Der jedoch zeigte sich zugeknöpft, verwies auf Datenschutz und seine Verschwiegenheitspflicht und betonte, dass er im Übrigen von nichts etwas wisse.

Wenig später waren Sander und sein Fotografen-Kollege Markus Homsheimer unterwegs nach Drackenstein, das aus einem oberen und einem unteren Ortsteil bestand. Karin Waghäusl, so hatte Sander von seiner langjährigen guten Freundin erfahren, wohnte in einem sonnigen Wohngebiet in Oberdrackenstein. Homsheimer, der bei den Dienstfahrten gern selbst am Steuer saß und dafür bekannt war, schneller als alle anderen ans Ziel zu gelangen, kannte auch den kürzesten Weg, der sie über die weite Hochfläche und auf eine kleine Gemeindeverbindungsstraße führte. Homsheimer holte aus dem weiß-blau bemalten Twingo alles heraus, was der PS-schwache Motor in seinen Grenzbereichen hergab, und reduzierte das Tempo auch nicht, als sie sich einem entgegenkommenden Traktor näherten. Die Enge des Asphaltbandes, so erkannte Sander mit großer Sorge, würde keinen Platz für beide Fahrzeuge bieten. Der Lokaljournalist klammerte sich mit der rechten Hand an den Haltegriff über der Tür. Noch immer hielt Homsheimer entschieden auf den Traktor zu, als wolle er den Kampf mit dem Landwirt aufnehmen und sehen, wer die besseren Nerven hatte. Der Landwirt jedenfalls, so schoss es Sander durch den Kopf, hatte zumindest das stärkere Gefährt zur Verfügung.

Endlich. Der Traktor wich seitlich auf den Grünstreifen aus, Homsheimer tat dies mit einer kurzen Lenkradbewegung kurz vor der drohenden Kollision ebenfalls, und ließ die rechten Räder des leichten Twingos über den Grünstreifen brettern. Kies spritzte, der Traktorfahrer hupte. Vorbei.

Sander sah vorsichtig zu Homsheimer hinüber, der das jugendliche Alter auch schon überschritten hatte, jedoch, der Fahrweise nach zu urteilen, ziemlich forsch geblieben war. Seine Hände umklammerten das Lenkrad, als gehörten sie einem Formel-1-Piloten. Dass es dieselben Hände waren, mit denen Homsheimer begnadet Klavier und Orgel spielen konnte, löste in Sander, wenn er daran dachte, stets aufs Neue allergrößte Bewunderung aus. Überdies war Homsheimer ein ebenso virtuoser Sänger in renommierten Chören.

Aber hier, als ›rasender‹ Zeitungsfotograf, zeigte sich die andere Seite Homsheimers. Sander musste bei solchen Fahrten immer wehmütig an dessen Vorgänger denken, der im Straßenverkehr das genaue Gegenteil verkörpert hatte. In Oberdrackenstein, das sie von einer Seitenstraße her erreichten, war jetzt, kurz vor der Mittagszeit, keine Menschenseele zu sehen. Weil Sander jedoch die Adresse von Waghäusls Haus kannte, dauerte es nur noch wenige Augenblicke, bis Homsheimer nach einigen waghalsig angeschnittenen Kurven das Ziel erreichte. »Hier muss es sein.« Er deutete auf ein beschauliches Einfamilienhaus, in dessen Garten die Frühlingsblumen üppig blühten. »Da wird aber keiner daheim sein, vermute ich.«

Die beiden stiegen aus, öffneten das Gartentürchen und näherten sich auf dem schmalen, von Blumen gesäumten Pfad der Eingangstür. Sander vergewisserte sich, dass dort der Name ›Waghäusl‹ stand, und klingelte, während Homsheimer bereits ein Foto von dem Gebäude schoss. Es dauerte keine halbe Minute, bis genau das geschah, was Sander insgeheim erhofft hatte. Wie immer im ländlichen Bereich gab es irgendjemanden in der Nachbarschaft, dem das Auftauchen fremder Personen nicht entging – insbesondere nicht, wenn kurz zuvor auch ein größeres Polizeiaufgebot da gewesen war.

»Hier ist niemand zu Hause«, hörte er plötzlich die Stimme vom Grundstück nebenan. Zwischen Sträuchern und Hecken näherte sich ein Mann dem Zaun. »Wollen Sie zu Frau Waghäusl?«, erkundigte er sich misstrauisch.

Sander stellte sich und seinen Kollegen ordnungsgemäß vor.

»Zeitung?«, wiederholte der Mann, den Sander aufs frühe Rentenalter taxierte. »Ja, ich hab mich schon gewundert, dass heute nichts drinstand.«

»Drinstand – worüber?«, fragte Sander interessiert nach.

»Na, hören Sie mal. Das müssen Sie doch wissen«, kam es vorwurfsvoll zurück. »Sonst wären Sie doch nicht hier, oder?«

»Wir wissen bisher nur, dass Frau Waghäusl ums Leben gekommen ist.«

»Ums Leben gekommen – das ist ja wohl vornehm ausgedrückt. Hören Sie sich doch hier mal um, dann wissen Sie, was geredet wird. Man hat sie ermordet. Im Tannheimer Tal.«

»Wo sollen wir uns denn umhören, wenn niemand auf der Straße ist?«

Der Nachbar ließ sich davon nicht beeindrucken. »Ihr Reporter seid doch sonst überall dabei. Sie werden wohl selbst wissen, wo Sie etwas erfahren können.«

Sander wollte jetzt keine Grundsatzdebatte über journalistische Recherche lostreten. Denn gleich würde dieser Mann vermutlich dasselbe sagen, was alle von sich gaben, die eine fehlende Berichterstattung kritisierten: dass sie nämlich selbst nichts sagen wollten, um in nichts hineingezogen zu werden. Außerdem, so hatte Sander schon viele Male zu hören bekommen, brauche auch nicht alles detailreich in der Zeitung zu stehen. Das trompeteten meist auch jene herum, die nach Mordfällen, die sich anderswo ereignet hatten, jeden Blutstropfen einzeln aus den Boulevardblättern heraussaugten. Sander hatte sich ein Berufsleben lang darüber geärgert.

Er unternahm den Versuch, dem Nachbarn trotzdem einige Informationen zu entlocken. »Was hat die Frau Waghäusl denn so gemacht?«

Der Mann stand jetzt direkt am Zaun. »Sie war Witwe, müssen Sie wissen.« Dann begann er, die Geschichte des Flugzeugabsturzes zu erzählen, während sich Sander eifrig Notizen machte und Homsheimer interessiert zuhörte, nachdem der Mann es sich energisch verbeten hatte, fotografiert zu werden.

»Wenn Sie mehr dazu wissen wollen, müssen Sie den Herrn Mack fragen. Das ist der Nachbar auf der anderen Seite«, erklärte Sanders Gesprächspartner, der seinen Namen nicht nennen wollte. »Mit dem Herrn Mack hat sie mehr gesprochen als mit mir. Aber der ist jetzt bei der Arbeit. Schafft beim Arbeitsamt in Ulm.«

»Aber was man so in Drackenstein spricht, das wissen doch auch Sie, oder?«

»Was man so spricht«, wiederholte der Mann und kratzte sich am unrasierten Kinn, »das wird Ihnen für Ihre Zeitung wenig nützen. Ich jedenfalls will nichts gesagt haben.«

Sander versuchte mit Engelszungen, ihm eine Bemerkung zu entlocken. Das klappte meist, sobald die Gesprächspartner den Eindruck hatten, sie würden ernst genommen, und ihr Wissen sei von Bedeutung. Auch in diesem Falle ging Sanders Taktik auf. »Na ja, die Frau Waghäusl«, begann er vorsichtig, »hat eigentlich nichts gearbeitet. Aber das hatte sie wohl auch nicht nötig. Der Herr Mack hat mir mal erzählt, sie sei wohl so was Ähnliches wie eine Privatdetektivin.« Er dämpfte seine Stimme und drückte seinen kräftigen Oberkörper gegen den Zaun, um trotz der trennenden brusthohen Hecke von Sander gehört zu werden. »Sie soll nämlich Schwindlern nachgespürt haben, die alte Leute aufs Kreuz legen.«

»So?« Der Journalist zeigte sich interessiert. »Hat sie auch gesagt, womit die Leute betrogen werden?«

»Wenn Sie's genau wissen wollen, sollten Sie mit Herrn Mack reden«, versuchte er wieder auszuweichen. »Es soll wohl um diese Werbe- und Kaffeefahrten gegangen sein. Sie wissen doch – wenn den Leuten ein Gewinn versprochen wird und sie irgendwo hinkutschiert werden, um teures Zeug angedreht zu bekommen.«

Sander nickte. Er hatte sogar mal eine Reportage darüber geschrieben. Er kannte die Tricks und Vorgehensweisen zur Genüge.

»Aber«, fuhr der Mann im Flüsterton fort, obwohl außer Homsheimer niemand mithören konnte, »sie hat sich auch für Aberglauben und Horoskope interessiert. So jedenfalls meint es Herr Mack. Aber bitte: Das ist alles vertraulich. Ich hab nix gesagt, wenn's drauf ankommt. Haben wir uns da verstanden?«

Sander sicherte ihm absolute Vertraulichkeit zu, worauf der Mann immer redseliger wurde – mehrmals allerdings mit dem Hinweis, dies sei alles geheim. »Frau Waghäusl soll nämlich selbst ein paar Dinge erlebt haben, die so etwas wie übersinnlich gewesen seien.«

»Zum Beispiel?« Sanders Spannung stieg. Entweder hatte er einen Wichtigtuer und Schwätzer vor sich, oder der Mann war von dem, was er schilderte, tatsächlich überzeugt. Noch vermochte der Journalist keine klare Linie zu erkennen. Oft genug schon war er in seinem Berufsleben auf solche Typen gestoßen, die wundersame Geschichten erzählten, die sich bei genauerem Betrachten als Hirngespinste herausstellten. Sander hatte sich ihre Ausführungen stets geduldig angehört und anschließend oftmals viel Zeit investiert, entsprechende Recherchen anzustellen. Auch wenn sich vieles hinterher als Flop erwies, so konnte er wenigstens guten Gewissens sagen, diese Menschen ernst genommen zu haben, wenngleich vielleicht ihre Schilderungen nicht ins allgemeingültige Weltbild passten. Nicht alle seine Kollegen brachten diese Geduld auf, was dazu führte, dass mancher mögliche Hinweisgeber frustriert von dannen zog – und viele Geschichten ungeschrieben blieben.

Sander wollte über das angeblich Übersinnliche, von dem Frau Waghäusl gesprochen hatte, mehr wissen.

»Nun ja,« sagte der Mann über die Hecke hinweg, »sie glaubte wohl, ihr verunglückter Mann habe … naja …«, der Nachbar verzog sein Gesicht zu einem mitleidigen Lächeln, »… der nehme Einfluss auf ihr Leben. Sozusagen vom Jenseits, wenn Sie das verstehen können …?«

Sander schluckte. Auch sein Fotografen-Kollege kam näher, denn er hatte zumindest bruchstückhaft gehört, was der Mann am Zaun gesagt hatte.

Das klang zumindest spannend, dachte Sander. Er wollte den Nachbarn nicht unterbrechen.

»Nun ja, das mag verrückt sein«, räumte dieser ein, »man darf das auch keinesfalls so verstehen, als neigte Frau Waghäusl dazu, irgendwelchen verrückten Ideen nachzuhängen – nein, das glaub ich nicht, dafür war sie viel zu intelligent, wie ich sie einschätze. Aber sie meinte, es gebe Zeichen, die nicht zufällig sein könnten. Ja, genau so hat sie es auch mal mir gegenüber ausgedrückt.«

»Und was soll das gewesen sein?«

»Nun ja, ich weiß das alles nur von Herrn Mack. Irgendwie soll es da bei dem Flugzeugunglück ihres Mannes eine merkwürdige Zeitungsanzeige gegeben haben. Aber fragen Sie mich jetzt nicht, was das genau war. Das weiß der Herr Mack besser.« Er strich sanft über die Hecke, aus der junge Triebe herausragten. »Und nach dem Tod ihres Mannes soll sich ein seltsames Zusammentreffen ergeben haben, das sie sehr nachdenklich gestimmt hat.«

Sander verzichtete inzwischen darauf, Notizen zu machen. Er hörte dem Mann nur angespannt zu.

»Das muss irgendwie mit der Familie ihres Mannes zusammenhängen – und dieser Sache mit einer angeblichen Geistheilerin. Fragen Sie mich jetzt aber bitte nicht, wie das alles war. Ich hab mich nicht weiter darum gekümmert. Wissen Sie, der ganze Dorfklatsch interessiert mich nicht.«

Sander und Homsheimer grinsten sich vielsagend an. Der Journalist beschloss, sich um diesen anderen Nachbarn namens Mack zu kümmern. Dies alles hörte sich vorläufig nach einer ziemlich verrückten Geschichte an, die durchaus die Qualität für eine Boulevardzeitung hatte. In der Heimatzeitung hingegen mussten Themen dieser Art behutsam und sensibel angegangen werden. Außerdem gab es in der Redaktion genügend Kollegen, die keinen Draht zu derlei Storys hatten.

84

Häberle hatte sein spartanisches Frühstück bereits hinter sich, als er von Linkohr telefonisch die neuesten Erkenntnisse übermittelt bekam.

Nachdem das lange Gespräch beendet war, ließ der Chefermittler die jüngsten Ermittlungsergebnisse auf sich wirken. Dass er so nah bei der ominösen Professorin genächtigt hatte, empfand er im Nachhinein sogar als seltsamen Wink des Schicksals. Zufall? Er wollte jetzt nicht darüber philosophieren. Zwar lag ihnen ihre Handynummer vor, doch nahm sie offenbar keine Anrufe entgegen, nicht einmal die Mailbox reagierte.

Häberles Interesse richtete sich jetzt auf das, was auch Linkohr geradezu in Euphorie versetzt hatte: dass alle Autos, mit denen in den vergangenen Jahren immerhin drei Teilnehmer dieser Hüttentreffen bei der Heimfahrt auf der A7 verunglückt waren, bei Uwe Astors Agentur versichert gewesen waren. Allerdings, so mahnte den Chef-Ermittler eine innere Stimme, brauchte dies nichts zu bedeuten. Sie kannten sich schließlich alle – und da lag es natürlich auch nahe, die Fahrzeuge bei einem guten Bekannten zu versichern. Vermutlich gab's satte Rabatte, wenn der Versicherungsagent alle Register zog und sämtliche Pluspunkte in die Kalkulation mit einbezog. Neuerdings, so hatte Häberle einmal gespottet, werde nicht nur berücksichtigt, ob man eine Garage habe und Hausbesitzer sei, sondern ebenso, ob das Auto nur bei Vollmond oder auch bei Neumond gefahren werde. Die Tarifgestaltung war derart unübersichtlich, dass von seriösem Geschäftsgebaren bisweilen nicht mehr die Rede sein konnte. Dass Astor, was dies anbelangte, gewiss mit allen Wassern gewaschen war, konnte sich Häberle durchaus vorstellen. Aber daraus durften keine voreiligen Schlüsse gezogen werden.

Während er die Schilderungen Linkohrs mehrmals überdachte, beobachtete er beiläufig durch das Seitenfenster des Wohnmobils das betriebsame Geschehen um sich herum. Die meisten Camper, so schien es, waren von einer gewissen Aufbruchstimmung ergriffen. Wie immer nach einem sonnigen Wochenende wurde der Dienstag für die Abreise genutzt. Entweder gings nach Hause oder neuen Zielen entgegen.

Häberle stieg aus und atmete die vormittägliche Frische tief in sich hinein. Dann ging er zu den Wohnmobilen und Wohnwagen der angrenzenden Parzellen hinüber. Astors Caravan wirkte verwaist, das Vorzelt war verschlossen. Häberle überlegte, ob der Mann noch schlief oder bereits, wie angekündigt, mit seinem Geländewagen, den er üblicherweise draußen geparkt hatte, in Richtung Fulda unterwegs war. Fischer hatte bereits das Vorzelt abgebaut und hielt gerade seine Fernsteuerung in der Hand, mit der er seinen Wohnwagen aus der Stellplatz-Lücke herausmanövrierte. Der Caravan ließ sich dank eines Elektromotors wie von Geisterhand bewegen. Seit es diese Neuerung gab, brauchten die Wohnwagen-Camper ihre schweren Gefährte nicht mehr mit Muskelkraft zur Anhängerkupplung ihres Autos zu schieben.

Häberle begrüßte die Fischers und lobte diese neue Technologie. »Für uns Ältere eine segensreiche Erfindung«, sagte

Fischer und erweckte den Eindruck, sich wie ein kleines Kind über die Fernsteuerung zu freuen.

»Jetzt geht's über die großen Berge?«, fragte Häberle.

»Ja, über Reutte und den Fernpass zum Reschenpass. Der direkte Weg – und kostet nix«, grinste Fischer, während seine Frau noch einige Handtücher von einer Wäscheleine nahm, die sie zwischen zwei Bäumen gespannt hatte.

»Mach ich auch immer so«, erwiderte Häberle. »Nur vor Imst muss man aufpassen, dass man nicht auf die Autobahn gerät, sonst zocken einen die Ösis mit ihren komischen Pickerln ab.«

»Zum Glück gibt's Navis«, erklärte Fischer, der jetzt die Wohnwagendeichsel direkt an die Anhängerkupplung seines Mercedes heranmanövriert hatte. »Ich blende die Autobahnen immer aus. Aber ich kapier nicht, dass die nicht wenigstens den Tunnel um Landeck herum mautfrei lassen. Da fährt jeder lieber durch die enge Innenstadt. Kein Mensch kauft sich doch für die paar Kilometer zwischen Imst und Landeck ein Pickerl.«

Häberle wollte nichts dazu sagen. Wenn's um Abzocke ging, da war er sich ganz sicher, spielten Umweltschutzgedanken keine Rolle. Umweltschutz wurde nur dort hochgepriesen, wo man unter diesem Deckmäntelchen locker Geld in die Staatskasse fließen lassen konnte.

»Dann wünsch ich eine gute Reise«, sagte er. »Bitte bleiben Sie erreichbar. Es könnte sein, dass wir noch Fragen haben.«

»Hat mir Ihr Kollege Grantner auch schon gesagt. Ist okay.«

Häberle verabschiedete sich mit Handschlag und erkundigte sich nach den Falkensteins.

»Die sind bereits weg, wollen aber in Pfronten noch was erledigen«, wusste Fischer. »Außerdem haben sie einen etwas weiteren Weg vor sich. Lago Maggiore. Das Rheintal rauf, über Bregenz, Chur und den San Bernardino. Das zieht sich ganz schön.«

»Und wo geht's bei Ihnen hin?«

»Zuerst mal ein kurzer Abstecher nach Füssen, dann nach Naturns im Vinschgau. Mal sehen, wie das Wetter ist. Der Waldcampinglatz dort ist genau so super ausgestattet wie der hier. Mit Hallenbad.«

Häberle nickte. Er wusste Bescheid.

Er verabschiedete sich und entschied dann, eine halbe Stunde schwimmen zu gehen. Er war zwar nicht im Urlaub hier, wollte sich aber ein bisschen freie Zeit gönnen. Schließlich hatte er das ganze Wochenende über gearbeitet.

Zuvor allerdings wollte er noch Grantner vom neuesten Stand der Göppinger Ermittlungen unterrichten. »Auch bei uns gibt's was Neues«, rühmte sich der Chefinspektor am Telefon. »Die Josefina Hallmoser – weißt, die Hüttenbesitzerin – hat uns wiss'n lass'n, dass sie eine Posaune g'fund'n hat.«

»So ein Schmuckstück?« Häberle ließ sich in seine Polstersitzgruppe plumpsen.

»Ja, genau dasselbe, das sie auch gekriegt hat – und exakt dasselbe, das wir bei der Landsberger Hütte ob'n g'fund'n haben.«

»Wo hat Frau Hallmoser sie gefunden?«

»In der Hütte – auf der Treppe zu den Schlafräumen rauf.«

»Und wann?«

»In der Nacht zu gestern, zum Montag, als sie allein in der Hütte war. Sie sei noch im Wohnraum g'sess'n, da sei es ihr so g'wese'n, als sei jemand in der Hütte. Doch wie sie nachg'schaut hat, war niemand da. Nur auf der Treppe hat sie dann diese kleine Posaune entdeckt.«

»Da kann sie aber schon längere Zeit dort gelegen sein«, überlegte Häberle.

»Kann sie – kann sie aber auch nicht«, brummte Grantner.

In diesem Augenblick überkam es Häberle wie ein Donnerschlag: Falkenstein. Der hatte doch gestern beiläufig gesagt, dass er das Schmuckstück, das an seinem Vorzelt gehangen habe, inzwischen verloren habe.

»Pass mal auf, Paul«, sagte er langsam, »das Ding könnte von Falkenstein stammen.« Er erklärte, was ihm soeben eingefallen war. »Aber viel bedeuten muss das auch nicht. Falkenstein war gestern lange Zeit in der Hütte gewesen. Da könnte es ihm …«

»… rausgefallen sein«, unterbrach ihn Grantner. »Mensch, August. Rausgefallen. Zufällig. Und das in der Nacht, in der dieser Mullinger vom Felsen fällt! Langsam werden's mir zu viele Zufälle. Findest du nicht auch?« Er ließ Häberle nicht zu Wort kommen. »Wo ist dieser Falkenstein jetzt?«

»Leider schon abgefahren – Richtung Tessin. Will aber noch was in Pfronten erledigen.«

»Verdammt«, das klang ärgerlich. »Wir werden versuch'n, ihn telefonisch zu erreichen.«

»Er hat versprochen, dass er erreichbar bleibt.«

»Ich hab den Eindruck, wir hab'n die Sach' mit diesen Posaunen bisher nicht ernst genug genommen. Jedenfalls sind die beiden, die wir vorliegen haben – von Frau Hallmoser und dieses Fundstück jetzt – vom gleichen Typ. Kann man im Internet beziehen. Sie sind aber nicht identisch mit jenem, das wir an der Leiche von Frau Waghäusl gefunden haben. Das könnte tatsächlich darauf hindeut'n, dass sich jemand von diesem Talisman ähnliche Ausführungen besorgt hat, um in Anspielung auf die Endzeitg'schicht'n in der Bibel Angst und Schrecken zu verbreiten.«

»Sieben soll's davon geben. Sieben Engel mit Posaunen«, erklärte Häberle.

»Und wie viel san denn jetzt schon im Spiel?«

»Sechs, wenn ich richtig gezählt hab. Bei Frau Waghäusl, bei Josefina Hallmoser, Fischer, die von Falkenstein – wenn's die ist, die in der Hütte gefunden wurde –, bei Astor und die bei der Landsberger Hütte, die wir Mullinger zuordnen können.«

»Nur von Jensen und dieser Dobler nochwas wissen wir nichts.«

»Zumindest haben die von keiner berichtet.«

»Ach ja«, wechselte Grantner das Thema. »Die Sache mit dem Fahrrad geht mir nicht aus dem Kopf. Du weißt: Der Seilbahn-Angestellte von der Talstation, dem am Sonntagmorgen erst eingefallen ist, dass er am Freitag einen Radler g'seh'n hat, der seinen Drahtesel möglicherweise am Parkplatz hat steh'n lass'n. Aber jetzt pass auf, August. Es hat sich noch einer gemeldet, der ein Fahrrad geseh'n hat.«

»Noch einer?« Häberle runzelte die Stirn und blinzelte in die Sonne.

»In der Nacht zum Samstag. Nachdem er jetzt über unseren Fall in der Zeitung gelesen hat, ist ihm eine seltsame Beobachtung eingfall'n. Nämlich ein einsamer Radler so ungefähr um 2.45.«

»2.45 Uhr«, wiederholte Häberle und vergewisserte sich: »Nachts?«

»Ja, nachts. Du hast richtig gehört. Und zwar in Innergschwend. Das sind ein paar Gehöfte und Pensionen zwischen Grän und Tannheim. Dort verlaufen einige Wirtschaftswege, die Radler und Fußgänger benutzen können.«

»Und da ist einer geradelt? Wer hat das gesehen?"

»Ein Pensionsgast dort. Der Mann hat in der schwülen

Nacht nicht schlafen können und ist auf den Balkon raus. Er kann sich ziemlich genau entsinnen, dass gegen 2.45 Uhr ein Radler aus Richtung Tannheim an der Pension vorbei und rüber nach Grän gefahren ist.«

»2.45 Uhr«, wiederholte Häberle, »das ist doch etwa die Zeit, zu der dieser Fischer wach geworden ist, weil er jemanden um seinen Wohnwagen hat schleichen hören.«

»Du sagst es überdeutlich, August. Aber es kommt noch besser. Der Zeuge ist zum Glück lang wach geblieben. Deshalb hat er den Radler auch wieder zurückkommen sehen. So gegen 3.15 Uhr, schätzt er.«

»Wie? Der ist mitten in der Nacht wieder zurückgeradelt?«

»So sieht es aus. Allerdings kann der Zeuge nicht beschwören, dass es ein und derselbe Radler war. Auch die Farbe des Fahrrads hat er in der Dunkelheit natürlich nicht erkennen können. Es stellt sich also die Frage, wer mitten in der Nacht durch Innergschwend radelt.«

»Hm«, brummte Häberle, schließlich gab es inzwischen auch in den Gebirgsorten genügend Touristen, die mit dem Fahrrad unterwegs waren. Allerdings war die Uhrzeit in der Tat ungewöhnlich. »Ist dir auf deinem schönen Campingplatz denn jemand aufgefallen, der mit dem Radl unterwegs ist?«

»Natürlich«, entgegnete Häberle prompt. »Sogar zwei aus dieser Hüttengruppe. Aber wenn dieser Radler, von dem du jetzt berichtest, nachts wieder nach Tannheim zurückgefahren ist, wird er wohl kaum vom Campingplatz sein. Er hat dann dort allenfalls schnell was erledigt.«

»Vorausgesetzt, er hat etwas mit unserer Sache zu tun«, gab Grantner zu bedenken und hakte nach: »Du sagst, bei zweien aus der Hüttengruppe hättest du Fahrräder gesehen?«

»Nur eines hab ich selbst gesehen – das von Astor. Aber es ist nicht rot, falls du danach fragen willst.« Häberle war während des Gesprächs aus dem Wohnmobil gestiegen, um Astors Wohnwagen sehen zu können. An dessen Deichsel war jedenfalls gestern ein Fahrrad gelehnt gewesen. »Das Rad von Astor ist jetzt weg. Und er auch.«

»Wie?«, staunte Grantner. »Der ist weg?«

»Ja, das hat er aber angekündigt. Er muss geschäftlich nach Fulda.«

»So, nach Fulda.« Grantner klang verärgert. »Und das Fahrrad?«

»Keine Ahnung. Aber ich denke, man kann Fahrräder hier in Tannheim oder in Grän auch mieten.«

»Ob du's glaubst oder nicht, August: Sogar im Hochsteinhof kann man Fahrräder ausleihen.« Grantner legte theatralisch nach: »Und die sind rot.«

»Du wirst lachen, Paul, das ist mir im Vorbeigehen auch aufgefallen«, konterte Häberle. »Habt ihr gecheckt, an wen am Donnerstag eines vermietet war?«

»Lässt sich nicht ohne Weiteres feststellen«, knurrte Grantner, »die Hausgäste haben theoretisch alle Zugriff, ohne dass da was registriert wird. Die Räder steh'n in einem offenen Carport.«

»Dann hätte man vermutlich auch gar nicht bemerkt, wenn zwischendurch eines gefehlt hat.«

»Da wird a bisserl g'schlampt«, entgegnete Grantner. »Aber es sind auch keine hochwertigen Räder.«

Häberle kniff die Augen zusammen, während er wieder in sein Wohnmobil stieg. »Könnte doch sein, dass die Larissa mit einem Fahrrad zu ihrem Lover auf den Campingplatz gefahren ist.«

»Sein kann alles«, kam es zurück, »denn der Zeuge aus

Innergschwend kann über das Geschlecht des Radlers gar nix sagen. Aber egal, wer da geradelt ist, eines ist mir klar, August: Dieser Astor ist mir nicht mehr geheuer. Und, glaub mir, jetzt ist er uns entwischt.«

Häberle riskierte einen Seitenhieb: »Es ist dein Hoheitsgebiet, in dem deine Staatsanwälte und Richter zuständig sind.«

»Sei doch nicht gleich beleidigt«, besänftigte ihn Grantner. »Auch das ist kein Vorwurf.«

»Und wie passen nun all diese Fahrräder in eure Theorie?«

»Wir hab'n das Szenario von Freitagfrüh durchgespielt. Pass auf, August: Dieser Radler, den der Seilbahnmensch gesehen hat, kam mit dem Fahrrad daher, hat am Parkplatz auf die Frau Waghäusl gewartet, die er vermutlich gekannt hat und von der er wusste, wann sie kommen würde. Vermutlich hat er sein Ticket bereits gehabt und ist ihr in die Gondel gefolgt.« Häberle lauschte, während er die Wohnmobiltür einrasten ließ und sich in die Polster setzte.

Grantner erklärte weiter: »Er sticht der Frau die Spritze in den Oberschenkel, steigt oben aus und verschwindet als Wandersmann, als wenn nichts gewesen wäre. Kein Mensch schaut ihm nach, niemand merkt etwas. Ja, er ist sogar so dreist, dass er dem Seilbahn-Angestellten noch zuruft, der Frau sei es übel geworden und sie fahre wieder ins Tal zurück. Eine andere Variante wäre: Er geht auf dem schnellsten Weg zu Fuß ins Tal runter. Nach etwa eineinviertel Stunden, vielleicht auch schneller, ist er wieder unten. Allerdings hätte er dann wieder mit seinem Fahrrad verschwinden können. Dagegen spricht die Aussage Obermosers, das Rad noch am Sonntagmorgen auf dem Parkplatz gesehen zu haben.«

»Wenn der Radler unser Täter ist, hat er das Rad erst später wieder abgeholt – oder es wurde mittlerweile geklaut. Unser Täter kann also auf dem Berg geblieben sein«, überlegte Häberle. »So ähnlich hab ich mir das auch schon gedacht. Außerdem hab ich Astors Fahrrad selbst am Sonntag gesehen. Aber, wie gesagt, es war nicht rot.«

»Für Astor wäre es aber auch ein Leichtes gewesen, diese Spritze unter Fischers Caravan zu legen.«

»Um einem seiner Kumpel den Mord in die Schuhe zu schieben?«, fragte Häberle zweifelnd zurück. »So ganz vermag ich das nicht nachzuvollziehen, Paul. Denn wenn wir die Geschichte zu Ende denken, hätte ja Astor ausgerechnet die Mutter seiner Geliebten umgebracht – sofern man diese Rückschlüsse aus dem Porträtbildchen ziehen darf, das du gesehen hast.«

»An diesem Techtelmechtel hab ich keinen Zweifel.«

»Vermutlich hast du recht, denn als ich gestern in seinem Wohnwagen war, war das Bild nicht mehr da. Er hat's wohl ganz schnell verschwinden lassen. Dafür muss es einen Grund geben.«

»Siehst du. Die beiden haben regen Kontakt. Und zwar nicht nur telefonisch. Wahrscheinlich ist Astor über alles bestens informiert, was in der Gruppe läuft.«

»Na ja«, brummte Häberle, »egal, was da im Hintergrund läuft, bin ich mir ziemlich sicher, dass Astor nicht nur auf Versicherungen macht, sondern jener ›Martin‹ ist, der regelmäßig über die Lande zieht und bei Werbe- und Kaffeefahrten Rentner übern Tisch zieht. Ich hab dir ja davon berichtet, dass wir eine Zeugin ausfindig gemacht haben, der an diesem Martin im Herbst letzten Jahres so ein für einen Mann eigenartiges Schmuckstück aufgefallen ist.«

Grantner zögerte. »Die Frage ist nur, welche Rolle Larissa spielt.«

»Vermutlich keine sehr schöne. Vielleicht unterstützt sie ihren geliebten Astor und warnt ihn vor den Recherchen ihrer Mutter und der Professorin.«

»Und Astor bringt einen nach dem anderen um, der sich ihm in den Weg stellt«, ergänzte Grantner.

»Was mir an dieser Theorie nicht so recht gefallen mag«, räumte Häberle ein, »ist das Motiv. In meinen Augen ist Astor mit seinen Geschäften, soweit wir sie jetzt überblicken können, kein so großes Kaliber, dass er gleich zum Äußersten greifen müsste. Und selbst wenn er bei der Honorarabzocke für die Geistheilung auch mit drin hängt, geht's doch um vergleichsweise kleine Beträge, deretwegen man nicht gleich ein paar Leute umbringt.«

Grantners kurzes Zögern bestätigte Häberle, dass sein Einwand auf Zustimmung stieß. »Du meinst, wir sollten uns nach größeren Kalibern umsehen?«

»Denk an die Konten in Jungholz«, wurde Häberle deutlich.

»Dass Geld eine Rolle spielt, ist uns klar«, erwiderte Grantner schnell. »Man darf nicht übersehen, dass Larissa nach dem Tod ihrer Mutter vermutlich einen schönen Batzen erben wird. Und ich kann mir durchaus vorstell'n, dass dieser Hochsteinhof nicht ganz so gut läuft, wie's notwendig wär', um so einen Kasten über Wasser zu halten.«

Häberle spürte plötzlich, dass Eile geboten war. Im Lauf des Gesprächs hatte sich seine Theorie erhärtet, wonach es in dieser Gruppe ein Geheimnis gab, das keiner der Beteiligten preisgeben wollte. Und wer es wagte, irgendetwas aufzudecken, wurde kaltblütig eliminiert. Und offenbar gab es jemanden, der die spirituellen Neigungen dieser Menschen ausnutzte und ihnen diese Schmuckstücke zusenden ließ, mit denen sie sich als verschworene Gemeinschaft fühlen sollten – bis ihnen jetzt erst klar wurde, dass es Zeichen ihres Untergangs waren.

Sechs Posaunen, so erinnerte sich Häberle schlagartig, waren schon aufgetaucht. Wenn sich der Täter tatsächlich an der Bibel orientierte, fehlte noch eine – bis zur Apokalypse.

»Bist du noch da?«, fragte Grantner ungeduldig.

»Ja. Paul, ich glaube, wir müssen ganz schnell handeln.«

»Auf einmal? Gerade noch liegst du in deinem Wohnmobil und tust so, als hättest du Urlaub, und jetzt kommst mit deiner deutschen Hektik daher«, stichelte Grantner im gemütlichen Wiener Dialekt.

»Überleg mal, wo der Astor gerade unterwegs ist?«, fragte Häberle rhetorisch, um gleich die Antwort nachzuschieben: »Nach Fulda. Auf der A7.«

»Oh Gott.«

85

Fischer hatte den Campingplatz in Richtung Pfronten verlassen. Wenn er mit dem sperrigen Wohnwagen unterwegs war, scheute er ohnehin die direkte Fahrt vom Tannheimer Tal über den Gaichtpass nach Weißenbach ins Lechtal hinab. Müheloser erschien ihm der kurze Umweg, zumal sie sich ohnehin noch ein bisschen in Füssen umsehen wollten, um anschließend über den Grenztunnel zur österreichischen Fernpassstraße zu gelangen, die bequem um Reutte herumführte. »Eigentlich bin ich froh, diesen Zirkus hinter mir zu lassen«, brummte er, als sie sich Füssen näherten. Weil sie sich auskannten, fanden sie am Stadtrand einen Parkplatz für das Wohnwagengespann. Von hier aus konnten sie problemlos mit öffentlichen Verkehrsmitteln in die City fahren.

Als sie am Nachmittag von ihrem Stadtbummel zurückkehrten, rechneten sie sich aus, dass sie noch bei Helligkeit ihr Ziel im Vinschgau erreichen würden. Sie hatten sich in einem Café ausgiebig über die Ereignisse der vergangenen Tage unterhalten. Und auch jetzt, auf der Fahrt zum Grenztunnel, war dies das beherrschende Thema. »Du kannst dir ja überlegen, ob du das je wieder mitmachst«, meinte seine Frau auf dem Beifahrersitz. Ihr war nicht entgangen, wie sehr ihren Mann Karins Tod mitgenommen hatte.

»Wahrscheinlich war ich zum letzten Mal dort«, entgegnete er, als der Mercedes durch den Tunnel rollte, in dessen Mitte sich die Staatsgrenze befindet. »Es hat sich so viel verändert – und mit Karins Tod wird auch der Zusammenhalt nicht mehr so sein, wie es mal war.«

»Und vergiss die Spritze nicht«, gab Renate zu bedenken und sah ihn von der Seite kritisch an. »Da gibt es irgendjemanden, der dich ganz bewusst in etwas reinziehen will. Wir haben es nicht nur mit guten Freunden zu tun.«

»Daran muss ich die ganze Zeit denken«, sagte er, während sie den Tunnel verließen und draußen die wild bewachsene Tal-Aue einer Flusslandschaft vorbeizog. Ein Torbogen, der die Touristen in Tirol begrüßte, überspannte die Schnellstraße. Wenig später zog die Anschlussstelle Reutte-Nord vorbei. Fischer beschleunigte und warf durch den Innenrückspiegel einen prüfenden Blick auf den Wohnwagen. Der Verkehr war an diesem Dienstag mäßig, die Sonne blendete.

»Ausgestanden ist die Sache noch nicht«, meinte Robert Fischer während die Tachonadel die 100 überstieg. Zwar sollte er mit Anhänger nur 80 fahren, aber unter Berücksichtigung aller Abweichungen und Toleranzen riskierte er auch in Österreich, deren Polizei man nachsagte, besonders streng gegen deutsche Touristen vorzugehen, eine leichte Überschreitung. »Ich hege aber immer noch die Hoffnung, dass wenigstens Larissa nicht in die Sache verstrickt ist«, sagte er.

»Trauen kannst du keinem«, appellierte Renate.

»Du meinst, auch dem Falkenstein nicht?« Fischer drehte seinen Kopf kurz zu ihr.

»Keine Ahnung. Wer weiß denn schon so genau, wer am Wochenende wann wo gewesen ist?«

»Du meinst doch nicht etwa …?« Er hatte Mühe, sich auf den Straßenverlauf zu konzentrieren, der jetzt in die große geschwungene Brücke der Umgehungsstraße mündete. »Zweifelst du etwa daran, dass Falkenstein und ich in der Sonntagnacht in der Brauereigaststätte waren?«

»Ach was«, beruhigte ihn Renate und grinste, »sei doch nicht so dünnhäutig. Natürlich nicht. Für uns alle hat sich die Sache erledigt. So wie sich die Falkensteins aufs Tessin freuen, werden wir unser Südtirol genießen.« Sie lächelte ihm zu. »Lass uns jetzt über etwas anderes reden.«

Das Wohnwagen-Gespann hatte inzwischen die große Metallwerk-Plansee-Brücke abseits von Reutte erreicht. Fischer spürte Seitenwind von rechts, wollte das Tempo deshalb leicht reduzieren und tippte auf die Bremse. Doch irgendetwas reagierte nicht wie gewohnt. Der Wagen ruckelte, und der Motor schien gegen den Bremswiderstand anzukämpfen. Augenblicke später fühlte es sich an, als zerrten Pkw und Anhänger abwechselnd aneinander. Dann heulte der Motor auf, der Wagen beschleunigte, als gäbe jemand Vollgas. Fischer hatte plötzlich den Eindruck, auch die Lenkung reagiere nicht mehr richtig. »Stimmt was nicht?«, fragte Renate.

Ihr Mann trat jetzt kräftiger auf die Bremse, doch stattdessen beschleunigte der Mercedes weiter.

86

Grantners Mannschaft versuchte fieberhaft, Kontakt zu Astor herzustellen. Doch sein Handy meldete lediglich, dass der Teilnehmer vorübergehend nicht zu erreichen sei. Häberle hatte zwar auf dem Campingplatz alle Kennzeichen und Fahrzeugtypen notiert, die zu den vernommenen Personen gehörten. Aber Grantner malte sich bereits aus, dass es nicht einfach sein würde, irgendwo auf der A7 einen bestimmten Geländewagen ausfindig zu machen, der in Richtung Fulda unterwegs war. Falls Astor überhaupt dorthin fuhr, und es kein Ablenkungsmanöver war.

»Wir dürfen uns nicht nur auf Astor konzentrieren«, appellierte Häberle im Kreise der österreichischen Kollegen. Er war zu Fuß zu einer Besprechung in die Inspektion Grän geeilt, wohin ihn Grantner gebeten hatte. »Wir müssen zwar davon ausgehen, dass bei diesen drei tödlichen Unfällen unangenehme Mitwisser ausgeschaltet wurden«, fuhr er fort, »aber nachdem wir im Moment nicht wirklich wissen, wer wem von diesen Herrschaften ein Dorn im Auge ist, sind sowohl Jensen, diese Dobler-Maifeld, Falkenstein und Fischer gefährdet.«

»Dann solltest aber auch diese Josefina Hallmoser und die Larissa Waghäusl net vergess'n – oder gar diese Professorin«, erwiderte Paul Grantner, der mit Häberle an der Oberkante der hufeisenförmig gestellten Tische saß. Vor ihnen hatten zwei Dutzend Männer und Frauen der Kriminalpolizei Platz genommen.

Ein älterer Kollege hob kurz die Hand und gab vorwurfsvoll zu bedenken: »Entschuldigen S', aber Sie tun gerade so, als hätten wir in den vergangenen vier Tagen noch nichts Konkretes zusammengetrag'n.«

Noch bevor Grantner etwas sagen konnte, meldete sich Platzko, der ganz links außen saß: »Vielleicht sollten wir die anderen tatsächlich warnen.«

»Warnen?«, entfuhr es dem Chefinspektor. »Wovor denn und mit welcher Begründung?«

»Darf ich?«, fragte Häberle vorsichtig, weil er spürte, dass es in der Mannschaft offenbar unterschiedliche Meinungen über das weitere Vorgehen gab. Vielleicht hatte ihn Grantner sogar deswegen hergebeten. Häberle sah ihn von der Seite an und hatte den Eindruck, dass dem Chefinspektor jetzt Schützenhilfe geboten erschien. »Wir müssen vermeiden, dass wir uns allzu sehr auf eine Richtung konzentrieren«, begann er ruhig. »Okay, dass Larissa ein Verhältnis mit Astor hat, lässt natürlich befürchten, dass er über alles informiert war, was die Gruppe gewusst und geplant hat. Larissa hat ihn unbewusst oder vielleicht tatsächlich bewusst und sehr berechnend informiert.«

»Und ein Fahrrad hat er auch«, gab einer aus der Kollegenrunde zu bedenken.

»Alles klar, alles richtig. Und mit hoher Wahrscheinlichkeit ist er auch Veranstalter von Kaffee- und dubiosen Werbefahrten. Zuzutrauen ist ihm dies, keine Frage. Aber wir müssen bedenken, wo die anderen bei diesen Unfällen gestorben sind.« Häberle lehnte sich entspannt zurück, um Gelassenheit zu demonstrieren. »Alle doch auf der A7, wo Astor jetzt angeblich unterwegs ist. Er wird dort aber wohl kaum selbst gegen einen Brückenpfeiler rasen oder sich von einem Viadukt stürzen.«

»Und was, bitt'schön, willst du uns damit sagen?«, unterbrach ihn Grantner.

»Dass er – falls er derjenige ist, für den man ihn halten könnte – jetzt auf der falschen Strecke unterwegs ist. Würde er unangenehme Mitwisser beseitigen wollen, wäre er auf dem Weg nach Südtirol oder ins Tessin. Oder er bliebe hier, denn einige Herrschaften sind bekanntlich noch gar nicht abgereist.«

»Da könnte was dran sein«, meinte schließlich ein älterer Kollege, der ganz rechts außen saß. Häberle nickte ihm dankbar zu. »Natürlich ist es okay, wenn wir versuchen, Astor irgendwo auf der Autobahn stoppen zu lassen. Das ist Sache meiner Kollegen von den einzelnen Autobahnpolizeirevieren. Aber falls wir es tatsächlich mit technischen Manipulationen an Fahrzeugen zu tun haben, wie ich euch bereits per E-Mail übermittelt habe, dann sollten wir die anderen tatsächlich informieren.«

Ein junger Kollege nickte eifrig. »Ich hab Ihren Bericht über Ihr Gespräch mit diesem Sachverständigen gelesen. Das klingt ziemlich nach Science-Fiction, finden Sie nicht? Man könnte gerade meinen, es sei möglich, Fahrzeuge auf der Autobahn wie Modellautos fernzusteuern und gegen Brückenpfeiler krachen zu lassen.«

»Genau so ist es aber«, war Häberle überzeugt, »natürlich bedarf es dazu eines speziell programmierten Geräts, das aber nicht größer ist als eine Zigarettenschachtel, und das bei einem heftigen Zusammenprall nahezu vollständig zertrümmert wird. Zumindest wird es bei einer normalen Unfalluntersuchung nicht auffallen.« Der Göppinger Chefermittler war von den Schilderungen des Sachverständigen derart fasziniert gewesen, dass er jedes Detail in Erinnerung behalten hatte. »Nur wenn ein Verdacht auf Manipulation vorliegt, würde ein total beschädigtes Auto bis ins letzte Detail zerlegt und auf Rückstände nach einem elektronischen Gerät untersucht.«

»Aber«, so hakte Grantner nach, »du hast auch g'schrieb'n, dass der Manipulator Sichtkontakt haben muss, weil er sonst gar nicht erkennen kann, wie er das Auto möglichst effektiv gegen etwas stoß'n lassen kann, damit die Insassen ums Leben kommen.« Grantner lehnte sich müde zurück. »Sag jetzt bitte nicht, so was sei womöglich schon bei der Lady Di angewandt word'n, die mit ihrem G'spusi, diesem Ägypter, und dem Chauffeur gestorben ist, als das Auto in Paris an einen Betonpfeiler gekracht ist.« Er sah in die schweigende Runde und sprach, an Häberle gewandt, weiter: »Du darfst auch nicht überseh'n, dass dies vorläufig nichts weiter als eine der möglichen Theorien ist. Vergiss bitte die offiziellen Unfallprotokolle nicht, in denen auch von Fahrzeugen die Rede ist, die den Verunfallten abgedrängt haben sollen.«

Häberle versuchte, die unterschiedlichen Meinungen in Einklang zu bringen. »Aber was schadet's denn, wenn wir zumindest die beiden, die mit ihren Wohnwagen schon losgefahren sind, vorsichtshalber warnen? Den Falkenstein und den Fischer.« Die meisten Kollegen nickten.

»Meinetwegen«, brummte Grantner in die Runde, »tun S', was Sie nicht lass'n können. Aber stimmen Sie sich mit dem Staatsanwalt ab.«

Häberle sah den Chefinspektor aufmunternd an.

Nur Platzko unterbrach die entstandene Stille: »Mich irritiert noch was anderes.«

»So?«, brummte Grantner.

»Frau Dobler-Maifeld ist auch nicht erreichbar.«

87

Falkenstein hatte allein schon wegen seines langen Wohnwagens auf dem Weg ins Tessin einen Umweg in Kauf nehmen müssen. Der Oberjochpass, der aus dem Bereich Tannheimer Tal in Richtung Sonthofen führte, wäre zwar die direkte Route nach Bregenz gewesen, doch riet der ADAC Gespannfahrer von dieser kurvenreichen Strecke ab. Falkenstein war deshalb ebenfalls über Pfronten ins Voralpengebiet gefahren. In der langgezogenen Gemeinde fand sich außerdem meist ein genügend großer Parkplatz, um vor der Weiterfahrt noch ein bisschen verweilen zu können.

Die Falkensteins liebten dieses Städtchen, bummelten eine Zeit lang, besahen sich Schnitzereien in den Auslagen einiger Geschäfte und beschlossen, in einem der zahlreichen Wirtshäuser in Ruhe zu Mittag zu essen.

Sie wollten ihre Weiterfahrt gemächlich angehen und gegebenenfalls unterwegs noch eine Übernachtung einlegen. Falkenstein steuerte zunächst die A7 an und folgte ihr nordwärts, vorbei an der Anschlussstelle Nesselwang/Oy. »Hier soll irgendwo der höchste Autobahnpunkt Deutschlands sein«, sagte er beiläufig, als der Mercedes die langgezogene Rottachtalbrücke erreichte. Seine Frau auf dem Beifahrersitz nahms wortlos zur Kenntnis – dabei sollte es ein Versuch sein, sie von den Gedanken über die turbulenten und tragischen Ereignisse des Wochenendes abzulenken. »Ich überleg mir noch immer, ob es nicht angebracht gewesen wäre, bis zur Beerdigung zu bleiben.«

Sie hatten sich darüber auf dem Campingplatz auch noch mit dem Ehepaar Fischer unterhalten. Sie waren jedoch zu der Überzeugung gelangt, den Ort des Geschehens wie geplant zu verlassen, zumal ihre Kontakte zu Karin nur aus einigen wenigen Begegnungen bestanden hatten. Außerdem war sich Larissa ohnehin unschlüssig, wo ihre Mutter bestattet werden sollte.

»Jetzt sind wir genauso auf der A7 unterwegs, wie es die anderen waren …«, sagte Annemarie plötzlich.

Falkenstein zuckte zusammen. Er hatte soeben mit Tempo 120 einen Sattelzug überholt und scherte wieder nach rechts ein, wo das Brückengeländer am Mercedes vorbeihuschte. Wie tief es da wohl runtergeht, meldete sich eine innere Stimme. Nie zuvor hatte er sich Gedanken darüber gemacht. Das im sanften Rechtsbogen über das Rottachtal gespannte Betonbauwerk ließ aus der Perspektive des Autofahrers jedenfalls vermuten, dass sich die Straße rund 40 Meter über Grund befand.

»Bitte pass auf, Christoph«, sagte seine Frau. Ihre Stimme klang flehend und drohend gleichermaßen – als sei Annemarie von einer diffusen Vorahnung ergriffen worden.

Falkenstein schluckte. Als Theologe waren ihm solche Ängste geläufig. »Mach dir keine Sorgen, Annemarie«, sagte er und konzentrierte sich auf den Straßenverlauf. »Die Schutzengel werden bei uns sein.« Dann gab er Gas.

88

Die Meldung traf sie wie ein Donnerschlag. Grantner war bleich geworden, als er das kurze Telefonat mit seinen Kollegen aus Reutte beendet hatte. Dass der Anruf, der mitten in die Besprechung der Kriminalisten geplatzt war, Schlimmes befürchten ließ, hatten die Ermittler bereits an den einsilbigen Bemerkungen Grantners bemerkt. »Kollegen«, sagte der Chefinspektor und blickte betroffen in die Runde. »Es hat einen schrecklichen Unfall gegeben. Ein Wohnwagen-Gespann ist von der Metallwerk-Plansee-Brücke gestürzt.« Er wandte sich direkt an Häberle: »Das ist die Fernpassstraße, die Umfahrung von Reutte.« Dann erklärte er mit belegter Stimme: »Es hat zwei Opfer gegeben.«

Häberle spürte, wie sich ihm die Kehle zuschnürte. Atemlose Stille lag im Raum – bis Grantner endlich das Entsetzliche aussprach: »Robert und Renate Fischer sind tot.« Ein paar Sekunden lang war niemand im Raum in der Lage, etwas zu sagen.

89

Linkohr hatte inzwischen jede Menge E-Mails aus Österreich erhalten. Die Kollegen, so schien es ihm, waren weiterhin sehr bemüht, ihre Informationen möglichst rasch zu übermitteln. Auch Häberle hielt ihn auf dem Laufenden. Bei allem, was sie jetzt über Karin Waghäusl wussten, mochte es verständlich sein, dass sie nicht mehr an Zufälle glauben wollte und empfänglich war für Spirituelles und Übersinnliches. Linkohr plagte immer stärker die quälende Frage, welches Geheimnis dieser ehemalige Weinkeller barg. An eine sensationelle Apparatur, von der gerüchteweise die Rede war, wollte er nicht glauben. Und doch, so hatte er es mit Specki und den anderen Kollegen besprochen, musste damit gerechnet werden, dass jemand das Gerücht für bare Münze nahm und in den Besitz der vermeintlichen Supervorrichtung kommen wollte. Auch Blumenhändlerin Landau hatte sich in einem Telefongespräch besorgt gezeigt, obwohl sie von den Vorgängen in Österreich nur peripher unterrichtet war.

Linkohr sah mit gewisser Sorge dem Erscheinen der morgigen Tageszeitung entgegen. Lokaljournalist Georg Sander war offenbar in den vergangenen Stunden ziemlich aktiv gewesen. Sogar den Jungkriminalisten hatte er anzapfen wollen, sich dabei aber eine Abfuhr eingehandelt. Linkohr hielt sich beim Umgang mit den Medien strikt an die Maulkorb-Erlässe, wonach nur der Pressesprecher der Polizei etwas verlautbaren durfte – und dies auch nur mehrfach gesiebt und mit staatsanwaltschaftlichem Segen. Linkohr hatte den Eindruck, dass sich die oberen Etagen zunehmend als Geheimnisträger hervortun wollten, um ihre eigene Bedeutung zu demonstrieren und sich unersetzlich zu machen. Auf der einen Seite wurde zwar vollmundig Bürgernähe propagiert, auf der anderen hingegen hielt man den Bürger für nicht mündig genug, um ihm auch unangenehme Wahrheiten zumuten zu können. Linkohr verscheuchte diese Gedanken, denn gleich würde er Nena treffen. Er hatte sie nicht zur Dienststelle kommen lassen wollen, um jeglichen Tratsch über seine Frauengeschichten gleich von vornherein auszuschließen. Stattdessen trafen sie sich auf dem Parkplatz der EWS-Arena, zu der man noch vor einigen Jahren schlicht und bodenständig Hohenstaufenhalle gesagt hatte. Nena kam pünktlich mit ihrem japanischen Kleinwagen angefahren, was Linkohrs Pulsfrequenz sofort erhöhte. Sie parkte neben seinem privaten VW-Polo, den er erst jüngst gebraucht erstanden hatte. Obwohl es nach Bad Waldsee eine dienstliche Fahrt sein würde, wollte er es nicht riskieren, seine Freundin in einem Kripo-Fahrzeug mitzunehmen. Falls er das Kilometergeld nicht erstattet bekäme, würde er dies als Ausgleich für das Vergnügen mit Nena in Kauf nehmen. Und wie er sie inzwischen kannte, konnte dies ziemlich aufregend sein.

Sie war mit der Kleidung ganz ihrem Stil treu geblieben: hautenge schwarze Lederhose, dazu eine ebenfalls schwarze Jacke, taillenbetont geschnitten. Ihre schwarzen Haare bewegten sich sanft im Wind, als sie zur Beifahrertür kam. »Hy, Mikilein«, strahlte sie und drückte ihm einen Kuss auf die Wange. »Na, was sagst du. Ich hab's geschafft, den alten Trottel auszutricksen.« Gemeint war ihr Chef, dem sie offenbar, wie angekündigt, ein plötzliches Unwohlsein vorgegaukelt hatte.

»Du bist wirklich irre«, sagte Linkohr, umarmte sie und fuhr ihr dabei liebevoll übers Haar. »Heute hat der Gefangene Ausgang«, grinste er.

»Freu dich nicht zu früh«, drohte sie und verzog das hübsche Gesicht spitzbübisch. »Ich hab die Dinger vorsichtshalber mitgenommen.« Sie deutete auf ihre kleine Handtasche.

Linkohr überlegte, ob darin die Handschellen tatsächlich Platz hatten.

Nena ergänzte: »Ich kann sie dir auch ausleihen, falls du einen Gangster festnehmen musst.«

Linkohr sah sie stirnrunzelnd von der Seite an. »Zuerst müssen wir einen finden.«

»Na, denn – fahr los, Herr Kommissar.«

Während Linkohr den Motor startete und den Parkplatz zur Lorcher Straße hinüber verließ, um vor der EWS-Arena in einen großen Kreisverkehr einzubiegen, fragte Nena: »Und wie unverdächtig werden wir uns verhalten müssen?«

»Indem wir uns ganz normal benehmen.«

»Normal benehmen?« Es klang enttäuscht. »Ganz normal?«

»Ja natürlich. Wir geh'n in dieses Lokal und essen was. Chinesisch natürlich.«

Sie legte ihre linke Hand auf seinen rechten Schenkel. »Und welche Rolle spielen wir?«

Ihm war klar, was sie hören wollte. »Die Rolle, die wir am besten können.«

»Und die wäre?« Ihr Griff wurde fester, und er hatte Mühe, sich auf die nächste Kreuzung vorzubereiten.

»Die Rolle eines Liebespaares«, sagte er, als rechts das Hochhaus des Landratsamtes auftauchte. »Was hast du denn gedacht?«

90

Das Steinacher Ried, unweit von Bad Waldsee gelegen, ist ein Paradies für die Tier- und Pflanzenwelt. Der Torfabbau hat unzählige Tümpel und Wasserlöcher hinterlassen, bisweilen auch flache Teiche und beschauliche Seen. Einige Erpel, deren grün-bläulich schimmerndes Federkleid besonders fein herausgeputzt erschien, schwammen aufgeregt und laut quakend hinter einigen Entenweibchen her, denen die Natur bekanntermaßen kein solch hübsches Aussehen zugestand.

Besonders wohltuend hob sich jetzt, Mitte Juni, das frische Grün der Birken von einigen sterbenden Bäumen ab, die irgendwann einmal Opfer eines Orkans geworden waren und deren schwarz gewordene Stämme vereinzelt aufragten, als seien sie Kulisse für einen Gruselfilm, zu dem nur der nächtliche Nebel fehlte. Noch war die Vegetation, die in wenigen Wochen diese Moorlandschaft vollends mit geradezu verschwenderischer Vielfalt überziehen würde, nur zu erahnen. Farne und Gräser, Stauden und Heidekraut kämpften sich momentan durch die dicke grau-braune Schicht abgestorbenen Lebens.

Jetzt waren die Tage am längsten, und jeder wärmende Sonnenstrahl, der diesen weichen und feuchten Erdboden traf, war wie ein Lockruf, der Pflanzen und Tiere nach langen, kalten Winter- und Frühlingswochen quicklebendig machte. Der Mensch darf dieses kleine Stück Paradies nur auf gekennzeichneten Wegen betreten – und dort, wo er gegen diesen Schutz der sensiblen Natur verstößt, wehrt sie sich auf ihre ureigenste Weise: Ein paar Schritte abseits der Pfade sinkt jeder, der dort zu gehen wagt, unter dem eigenen Gewicht auch mal knöcheltief in den sumpfigen Untergrund ein. Einheimische wissen, dass es deshalb gefährlich, wenn nicht sogar lebensgefährlich sein kann, die Trampelpfade oder die forstwirtschaftlichen Fahrwege zu verlassen. Überall in diesem morastigen Wald, der sich mal dicht und dann wieder steppenartig präsentiert, lauern schwarze Wasserlöcher, die auch einem guten Schwimmer zur tödlichen Falle werden könnten.

Der ältere Mann, der gegen 20 Uhr, als sich die Sonne hinter den Bäumen langsam dem Horizont näherte und lange Schatten überm Ried lagen, seinen Schäferhund Gassi führte, wusste natürlich, dass er seinen Vierbeiner hätte an die Leine nehmen sollen. Doch an einem Abend wie diesem würde er vermutlich hier draußen niemandem mehr begegnen, der sich daran störte. Allenfalls ein übereifriger Naturschützer könnte ihm Ärger bereiten, dachte er, während er Mattus, seinem treuen Gefährten, freien Auslauf gönnte. Außerdem folgte Mattus aufs Wort, wie sein Herrchen stets behauptete und damit gebetsmühlenartig betonte, wovon alle Hundebesitzer felsenfest überzeugt sind.

Jetzt aber war Mattus außer Sichtweite geraten – verschwunden in den wilden Resten des Vorjahresschilfs. Der Mann beschleunigte seine Schritte, rief ein paar Mal »Mattus, hierher, Mattus«, und kam angesichts seines üppigen Körperumfangs außer Atem. Als er jene Stelle erreicht hatte, an der der Hund nach links ins Gebüsch verschwunden war, versuchte er, in diesem Dschungel aus Schilf, Gestrüpp und frischen Trieben etwas zu erkennen. Doch sein Blick verlor sich schon nach wenigen Metern in diesem undurchdringlichen Dickicht. »Mattus, hierher«, rief er erneut – jetzt viel lauter und eindringlicher. Normalerweise ließ sich der Rüde nicht so ohne Weiteres von einer Wildspur ablenken. Wenn er sich jetzt aber in diesem Naturschutzgebiet herrenlos herumtrieb, verhieß das nichts Gutes. Außerdem war auch ein großer Hund nie davor gefeit, in einem Wasserloch jämmerlich zu ertrinken.

Noch einmal rief er nach Mattus und lauschte – doch mehr als das abendliche Zwitscherkonzert unzähliger Vögel war nicht zu vernehmen. Der Mann ging ein paar Schritte weiter, in der Hoffnung, auf eine lichtere Stelle zu stoßen, um die Umgebung überblicken zu können. Tatsächlich war das Dickicht nach etwa 50 Metern durch eine tiefschwarze Wasserfläche unterbrochen. Keine Welle kräuselte sich, nichts bewegte sich.

Der Mann formte seine Hände vor dem Mund zu einem Trichter und rief so laut er konnte: »Mattus, hierher.« Sekunden später endlich die Erlösung: Mattus machte sich durch ein lautes, aufgeregtes Bellen bemerkbar. Es schallte aus dem dichten Uferbewuchs heraus, war aber ganz nah und ließ keinen Zweifel aufkommen: Der Schäferhund musste einen aufregenden Fund gemacht haben.

91

Von dem Mercedes und dem Wohnwagen waren nur zwei chaotische Blech- und Kunststoffknäuel übrig geblieben. Häberle und Grantner hatten sich von Reutte aus über die E-Werkstraße der Absturzstelle genähert, an der unzählige Blaulichter zuckten und jede Menge uniformierter Einsatzkräfte herumwuselten. Das Wohnwagengespann, so hatten es sich die beiden Kriminalisten über Funk schildern lassen, war während des rund 50 Meter tiefen Sturzes auf die Drähte einer Hochspannungsleitung gefallen, die unter dem Bauwerk hindurch zu einem angrenzenden Umspannwerk führte. Ein Leiterseil, wie Fachleute die dicken Drähte bezeichnen, war durch das Gewicht der draufstürzenden Fahrzeuge gerissen und hatte einen Kurzschluss ausgelöst. In weiten Teilen Reuttes und einigen Dörfern des Lechtals gab es deshalb zurzeit keinen Strom.

»Da kam jede Hilfe zu spät«, konstatierte Grantner. Neben den Wracks stand ein Leichenwagen. »Du darfst mir glaub'n August«, fuhr der Chefinspektor fort, »wir werden diesen Mercedes – was er ja wohl mal war – bis ins kleinste Detail untersuch'n. Jede Schraube, jedes Kabel.«

Häberle nickte betroffen. »Ich empfehl' dir, den Unfallforscher aus Geislingen herzuholen.« Er folgte seinem Kollegen und stieg über die polizeiliche Absperrung, um den völlig deformierten Mercedes genauer sehen zu können. Die Feuerwehr hatte mit Spreizern und hydraulischen Blechscheren die Insassen bergen müssen. »Einfach wird es nicht sein, hier etwas zu finden.«

»Großer Gott«, entfuhr es Grantner, »wenn ein Flugzeug vom Himmel fällt, analysieren s' doch auch jeden Splitter. Dann wird das ja wohl bei einem Auto genauso möglich sein.«

Häberle glaubte einen unterschwelligen Vorwurf herauszuhören, der auf die vorausgegangenen tödlichen Unfälle auf der A7 gemünzt sein konnte, bei denen offenbar die Fahrzeugwracks nicht sorgfältig genug untersucht worden waren. Er wollte jetzt aber nicht darauf eingehen. »Gnade uns Gott«, sagte er stattdessen, »wenn auch noch den Falkensteins was passiert. Oder dem Astor.«

Grantner sah an einem der Betonpfeiler zu der Straße hinauf, die seit dem Unfall in beiden Richtungen gesperrt war, damit etwaige Schleuderspuren sichergestellt und der Aufprallwinkel gegen das Geländer berechnet werden konnte.

»Wer mir großen Kummer bereitet, August«, sagte Grantner nachdenklich, »das ist diese Dame mit dem Doppelnamen. Sie scheint spurlos verschwunden zu sein.«

»Die Dobler-Maifeld«, ergänzte Häberle, während er zu den Überresten des in Tausende von Einzelteilen zerborstenen Wohnwagens sah. »Und vergiss unsere Professorin nicht. Vielleicht ist sie uns ja schon einige Male über den Weg gelaufen – und wir haben's gar nicht gemerkt.«

»Oder wir finden s' als Leiche irgendwo.«

92

Das Navigationsgerät hatte Linkohr zielgenau zu dem chinesischen Restaurant in der Reutestraße in Bad Waldsee geführt. Während der knapp zweistündigen Fahrt war Nena ziemlich aufgeregt gewesen, schließlich sollte sie eine Rolle spielen, die sie eigentlich als Realität empfinden wollte – nämlich Linkohrs Geliebte zu sein. Der junge Kriminalist jedoch wich seit seinen heißen Erlebnissen aus der Samstagnacht geschickt der Frage nach seinen persönlichen Zukunftsvorstellungen aus. Einerseits entsprach Nena so ziemlich genau seinen Träumen – sie war sowohl sinnlich als auch erotisch – andererseits jedoch hatte ihn die hilflose Lage, in die sie ihn gebracht hatte, doch einigermaßen erschreckt. Seither fühlte er sich innerlich aufgewühlt und wieder einmal einem ungeheuren Wechselbad von Stimmungen ausgesetzt. Er versuchte aber, sich nichts davon anmerken zu lassen. Allerdings würde er diese Verzögerungstaktik nicht mehr lang durchhalten können, denn Nena war darauf erpicht, den 21. Dezember an einer Mayastätte zu verbringen. »Wenn schon die Welt untergeht«, hatte sie gleich hinter Ulm gesagt, »dann geh'n wir beide gemeinsam dort unter, wo dies angekündigt wurde.«

Linkohr war einsilbig geblieben. Er mochte jetzt keine Reisepläne schmieden – auch wenn ihm Nena als Reiseverkehrskauffrau ein Schnäppchenangebot offerieren wollte. Vermutlich würde aber auch dieses seinen schmalen Etat bei Weitem übersteigen.

Gerade als er seinen Polo in einer Seitengasse parkte, meldete sich sein Handy. Er stellte den Motor ab und sah auf dem Display des Geräts, dass es Häberle war. Bereits am Klang von dessen Stimme bemerkte er, dass es kein ungezwungenes

Geplauder werden würde. »Keine gute Nachricht«, begann der Chef sofort und berichtete von dem Tod des Ehepaars Fischer. »Ich brauch unbedingt diesen Kfz-Sachverständigen. Sie wissen schon, wen ich meine«, kam er sofort auf sein Anliegen zu sprechen. »Wenn's geht, soll der sich morgen früh gleich auf den Weg hierher machen – oder zumindest einen kompetenten Mitarbeiter schicken.«

»Sie vermuten, dass am Auto manipuliert wurde?«, fragte Linkohr zurück, doch Häberle schien in Eile zu sein, sodass keine Antwort, sondern eine weitere Frage folgte: »Sind Sie eigentlich schon in Waldsee?«

»Gerade eingetroffen. Wir steh'n vor dem Lokal.«

»Wir? Sind Sie in Begleitung?«

Erst jetzt wurde Linkohr bewusst, dass er dem Chefermittler gar nichts von Nena erzählt hatte. Aber die Idee, sie mitzunehmen, war schließlich von Häberle gekommen.

»Ich bin in weiblicher Begleitung«, erklärte er forsch. »Sie sagten doch, ich soll konspirativ vorgehen.«

Häberle entfuhr etwas, das wie ein kurzes Lachen zu deuten war. »Seien Sie vorsichtig, Herr Kollege«, sagte er, um sogleich anzufügen: »Es kann natürlich sein, dass das Ganze ein Flop ist. Wenn diese Karin Waghäusl einfach nur ein Date hatte, ist es nach ihrem Tod natürlich geplatzt. Aber ich denke, die Waghäusl war clever genug, nichts ohne ihre Schwägerin, die Frau Professor, einzufädeln – zumal ihr Ex-Mann dort seine familiären Wurzeln hat.«

Linkohr hatte Mühe, den Ausführungen des Chefs zu folgen, weil sich Nena provokant in den Beifahrersitz rekelte und über die Schenkelpartien ihrer hautengen Lederhose strich. Natürlich war auch ihm in den vergangenen Tagen mehrmals die Frage durch den Kopf gegangen, ob die Fahrt nach Bad Waldsee Sinn machte. Sein Interesse galt eher diesem Weinkeller, der vermutlich ein Geheimnis barg, an dem mehrere Seiten aus unterschiedlicher Motivlage interessiert waren.

»Es könnte sein«, hörte er Häberles sonore Stimme wieder, »dass Sie eine große Überraschung erleben. Halten Sie mich heut Nacht auf dem Laufenden.« Häberle beendete das Gespräch ungewöhnlich schnell.

93

Grantner und Häberle hatten sofort eine grenzüberschreitende Suche nach den Falkensteins angeordnet. Denn falls am Fahrzeug des verunglückten Ehepaars Fischer tatsächlich manipuliert worden war, konnte nicht ausgeschlossen werden, dass Ähnliches auch den Falkensteins drohte. Aus unerklärlichen Gründen waren sie jedoch auf ihrem Handy nicht zu erreichen. Einmal hatte sich Frau Falkenstein zwar gemeldet, doch war die Verbindung nach wenigen Sekunden zusammengebrochen. Weil weitere Anwählversuche nur zur Mailbox führten, veranlasste das Landeskriminalamt Durchsagen bei verschiedenen Rundfunksendern in Österreich, Süddeutschland und der Schweiz. Die Falkensteins wurden damit aufgefordert, sofort anzuhalten und »aus Sicherheitsgründen« die Polizei anzurufen. In Baden-Württemberg und Bayern wurde auf der A7 in Richtung Kassel weiterhin nach dem Geländewagen Astors gefahndet, dessen Kennzeichen sich Häberle während seines Aufenthalts auf dem Campingplatz notiert hatte.

Von der Unfallstelle aus waren die beiden Kriminalisten

zurück ins Tannheimer Tal in den Hochsteinhof gefahren, nachdem sie sich telefonisch angekündigt und um ein »dringendes Gespräch« mit Larissa und Dirk Jensen gebeten hatten. Jensen, so war ihnen von Larissa beschieden worden, sei noch unterwegs, werde aber in einer halben Stunde zurück sein.

Als die beiden Kriminalisten im Hotel eintrafen, war er bereits da und ließ sich mit Häberle und Grantner ins Besprechungszimmer führen. Er und Larissa waren von dem abendlichen Besuch sichtlich überrascht. »Sind Sie denn noch nicht weitergekommen?«, fragte Jensen, um überhaupt etwas zu sagen. Larissa war blass und nervös.

Grantner räusperte sich und schilderte ohne Umschweife und emotionslos, was sich zugetragen hatte, während Larissa mit den Tränen kämpfte, und Jensen bleich auf seinem Stuhl saß. Als der Chefinspektor mit seinen Erklärungen fertig war, herrschte bedrückte Stille.

Häberle sah sich bemüßigt, die Anspannung zu lösen. »Wir sind nun an einem Punkt angelangt, der – so glauben mein Kollege und ich – es dringend geboten erscheinen lässt, sämtliche Zurückhaltung fallen zu lassen, was Ihre Einschätzung der involvierten Personen anbelangt«, sagte er mit ruhiger Stimme.

Grantner stimmte ihm zu. »So ist es. Um es in aller Deutlichkeit zu sag'n: Wir hatt'n bisher gewisses Verständnis, wenn S' uns nicht alles über die anderen Herrschaft'n sag'n wollten. Aber jetzt san schon vier Menschen tot – oder eigentlich noch mehr, wenn man die Unfalltoten der letzten Jahre dazu nimmt – da dürf'n persönliche Dinge keine Rolle mehr spiel'n.« Er sah Larissa durchdringend an: »Und da meine ich ganz besonders auch Sie, gnädige Frau.«

Larissa zitterte. Jensen erkannte dies und versuchte, ihr

beizustehen: »Sie sollten berücksichtigen, dass Larissa gerade erst ihre Mutter verloren hat.«

Grantner runzelte die Stirn. »Die gnädige Frau weiß ganz genau, was ich meine – und vielleicht ist es besser, dies hier nicht in allen Details breitzutret'n.« Seine Stimme klang noch immer charmant. Er ließ Larissa nicht aus den Augen. »Denken S'einfach an das Bildchen.«

Larissa hielt ihren Blick auf ihre Hände gesenkt, in denen sie ein tränenfeuchtes Papiertaschentuch hielt. »Es ist ein Fluch«, schluchzte sie schließlich. »Seit Vati tot ist, hat sich so viel verändert.«

Jensen unternahm erneut einen Versuch, Larissa zu helfen. »Sie wissen doch, dass Larissas Tante diese verwandtschaftlichen Verhältnisse aufgedeckt hat.«

Grantner nickte. »Das ist uns bekannt. Und dass Frau Karin Waghäusl die ganzen Umstände sozusagen als ein Zeich'n des Himmels gedeutet hat.«

»Ja«, stellte Jensen betont sachlich fest, »wenn man's so nennen will, auch als einen Hilferuf ihres verstorbenen Mannes, dessen Seele keine Ruhe findet.«

Häberle sah die Gelegenheit für eine Nachfrage gekommen und wandte sich an Larissa: »Hatte Ihre Mutter irgendeinen Kontakt nach Bad Waldsee?«

Larissa blickte unerwartet schnell auf. »Bad Waldsee? Wie kommen Sie denn da drauf?«

Häberle verschränkte seine Arme. »Nur so eine Frage. Hatte sie denn?«

»Nicht sie«, sagte Larissa zögernd, »aber meine Tante.«

Häberle entsann sich der familiären Verhältnisse der Professorin. »Frau Platterstein hatte noch Kontakt nach Bad Waldsee?«

»Nicht wirklich, nein. Aber sie …«, Larissa stockte, »… na

ja, sie hat doch wegen der Schwindeleien mit Geistheilen und all dem Zeug herumrecherchiert.«

»Und all dem Zeug?«, hakte Grantner vorsichtig nach.

»Ja, auch wegen dieser Sache mit dem Weltuntergang, und weil damit Ängste geschürt werden …«

»Und Geschäfte gemacht werden«, nickte Häberle verständnisvoll.

»So wie bei den Kaffeefahrten, stimmt's?«, wurde Grantner unerwartet deutlich.

Larissa schloss die Augen und nickte. Nur Jensen hielt sich ostentativ im Hintergrund.

»Bei diesen Kaffeefahrten«, nahm Häberle das Stichwort dankbar auf, »bei denen Großmäuler von Magnetismus, Funkstrahlen und Weltuntergang faseln und Rentner abzocken.«

»Wissen S', was der deutsche Kommissar meint?«, blieb Grantner hartnäckig.

Jensen rang jetzt nach Worten, kam jedoch nicht dazu, etwas zu erwidern, denn Häberle legte nach: »Kaffeefahrten – mit so Angebern, die außer Schwätzen nichts gelernt haben. Braun gebrannt und meist mit Goldkettchen behangen.«

Larissa erschrak. Ihr war klar geworden, dass die Kriminalisten bei Weitem mehr wussten, als sie es für möglich gehalten hatte.

94

Lokaljournalist Georg Sander hämmerte an diesem Dienstagabend das Ergebnis seiner Recherchen in den Computer. In der nachmittäglichen Redaktionskonferenz hatte er den

Kollegen nur stichwortartig berichtet, was er von einem geschwätzigen Nachbarn der ermordeten Karin Waghäusl erfahren hatte. Mit einer Story über angeblich grenzwissenschaftliche Themen wäre er bei ihnen nicht auf allzu große Begeisterung gestoßen. Sie hingen meist dem Medien-Mainstream an, der in einer von Materiellem regierten Welt keinen Platz für Übersinnliches ließ. Oder es wurde alles daran gesetzt, solche Geschichten ins Lächerlich-Absurde zu ziehen. Entsprechend vorsichtig musste Sander formulieren, als er die Angaben dieses Nachbarn namens Mack zitierte. Heikel wurde es obendrein, nachdem er bei seinen unzähligen Telefonaten erfahren hatte, dass möglicherweise auch eine Dozentin der örtlichen Hochschule in die Angelegenheit verwickelt sein könnte, oder gar ein dort angesiedeltes forensisches Institut. So genau jedenfalls hatte es der Lokaljournalist in der Hektik des Redaktionsalltags nicht herausfinden können, zumal auch der Rektor der Hochschule nicht zu erreichen war. Angeblich hatte er einen wichtigen dienstlichen Termin im Oberschwäbischen wahrnehmen müssen. Dort wünsche der Herr Professor Dr. Siegler nicht gestört zu werden, hatte seine Sekretärin ausrichten lassen.

Sander war jedoch lang genug in dieser Kleinstadt tätig, um über genügend Informationsquellen zu verfügen, die ihm unter dem Siegel der Verschwiegenheit weiterhalfen. Was dies anbelangte, fühlte sich Sander jedoch als Auslaufmodell. Denn Journalisten, die nahezu ein ganzes Berufsleben lang einer Region treu blieben, dürfte es künftig kaum mehr geben. Zum einen, das wusste er, galt er längst in den Augen junger Kollegen und Verlagsmanager als ewiger Provinzler. Erfahrung und Ortskenntnisse zählten heutzutage ebenso wenig, wie die Kenntnis von Land und Leuten und deren Mentalität. Hauptsache, all jene, die sich heute Journalisten nannten, konnten gut reden und sich in der Öffentlichkeit als die großen ›Macher‹ präsentieren.

Sander jedoch hatte den Beruf von der Pike auf gelernt – und zwar direkt an der ›Front‹, wo sich Journalist und Betroffene tagtäglich begegneten oder gar persönlich kannten. Gleichzeitig öffnete diese Nähe zum Geschehen Tür und Tor. Einige wichtige Positionen waren von Personen besetzt, die Sander noch aus Schul- und Jugendzeiten kannte. »Frag doch mal die Floristin Landau«, hatte ihm einer aus diesen Kreisen am Spätnachmittag zugeflüstert. Und tatsächlich: Die Blumenhändlerin erwies sich als sympathische Gesprächspartnerin, die ihm sogar die Tiefen des mysteriösen Gewölbekellers zeigte. Allerdings wollte Sander darauf verzichten, die abenteuerliche Geschichte von der fragwürdigen Apparatur der Nazis zu veröffentlichen. Sander hatte einige Minuten von seinem Schreibtisch aus auf den Turm des Alten Rathauses gestiert, das er im Blickfeld hatte. Es war nicht einfach, eine reißerische Überschrift zu finden, deren Buchstabenzahl in die vier Zeitungsspalten passte. Irgendetwas mit Seilbahn-Mord und Rätsel im Gewölbekeller sollte es sein. Vielleicht sogar ›tödliches Geheimnis‹? Oder sollte auch noch der Flugzeugabsturz erwähnt werden? Nein, entschied Sander, das 14 Jahre zurückliegende Unglück würde er nur in der Unterzeile aufgreifen. Noch während er mit Formulierungen und Buchstaben kämpfte, schreckte ihn das schrille Klingeln des Telefons auf. Er hasste es, in solchen Momenten gestört zu werden. Doch die Frauenstimme, die sich mit ›Landau‹ meldete, war dazu angetan, seine aufkommende Wut zu dämpfen, wie sie der Stress und das eigene Unvermögen, schnell eine Überschrift formulieren zu können, hatte aufsteigen lassen.

»Mir ist da noch was eingefallen. Vielleicht interessiert

es Sie. Aber nach unserer netten Unterhaltung von heute Nachmittag, möchte ich es Ihnen sagen – aber wirklich ganz vertraulich.«

»Aber garantiert«, versprach der Journalist, der mit einem Schlag wieder voll aufnahmefähig war. Schließlich kam ein Fall wie dieser nur alle paar Jahrzehnte in der Provinz vor.

»Mir ist das erst eingefallen, nachdem Sie weg waren. Ich hab's auch noch nicht diesem Kriminalisten gesagt – sollte ich vielleicht morgen noch tun.«

Sander fühlte sich geschmeichelt, dass er offenbar einen vertrauenerweckenden Eindruck hinterlassen hatte. »Aber wir können ja drüber reden«, gab er sich vornehm zurückhaltend. Er hatte gelernt, nicht gleich großes Interesse zu zeigen. Das machte misstrauisch, falls der Gesprächspartner befürchtete, selbst in die Schlagzeilen zu geraten.

»Als die Frau Platterstein – Sie wissen: diese Professorin, von der wir gesprochen haben – als die den Keller erstmals besichtigt hat, da haben wir uns lang über so übersinnliche Dinge unterhalten.« Sie zögerte. »Na ja, auch über den Weltuntergang, der aus dem Maya-Kalender abgeleitet wird. Da hat die Frau Platterstein gesagt, es gebe sehr viel Lug und Trug – gerade, was unerklärliche Phänomene anbelange.«

Sander wurde nervös und malte Kringel aufs Papier. Denn dieses Thema hatten sie heute Nachmittag bereits abgehandelt. Nun wurde es Zeit, dass sie zur Sache kam und Neues berichtete. Aber er wollte sie nicht drängen.

Schließlich rang sie sich durch, ihm ihr Anliegen vorzutragen. »Jedenfalls hat die Frau Platterstein auch erzählt, sie sei einem großen Betrüger auf der Spur, der nicht nur mit den Ängsten der Menschen spiele, sondern in großem Stil Finanzwetten abschließe, wie dies die Banken doch heutzutage täten. Außerdem würden Unsummen kassiert, wenn landauf, landab todkranke Menschen von sogenannten Geistheilern aufgesucht würden.«

Sander schluckte trocken. Er kombinierte in Gedanken, was dies für den jetzigen Fall bedeuten konnte. Noch bevor er etwas sagen konnte, hörte er Frau Landaus Stimme: »Frau Platterstein hat sinngemäß gesagt, sie habe ihm eine Falle gestellt.«

»Eine Falle? Ihm?«, wiederholte Sander ungläubig so laut, dass Redaktionsleiter Kauz auf der anderen Seite der Schreibtisch-Gruppe aufhorchte und das Gesicht unterm Dreitagebart ausnahmsweise ein Grinsen andeutete.

»Wie muss man das verstehen – eine Falle?«, fragte Sander mit gedämpfter Stimme zurück. Er wollte die anderen Kollegen hinter den brusthohen Aktenschränken nicht auch noch neugierig machen.

»Weiß ich nicht«, sagte Frau Landau. »Ich war an dem Tag in Eile. Deshalb hab ich's wohl auch verdrängt.« Die Anruferin zögerte erneut. »Frau Platterstein wollte anscheinend nicht alles an die große Glocke hängen. Ich hatte aber den Eindruck, sie würde den Rektor Siegler einweihen wollen.«

Siegler. Dieser Hinweis half nicht weiter – zumindest nicht mehr jetzt, am Dienstagabend, wenn Siegler ohnehin nicht erreichbar war.

»Ich muss Ihnen noch eines sagen«, fuhr die Floristin fort, nachdem Sander keine allzu große Reaktion gezeigt hatte. »Mir wäre es sehr recht, wenn Sie mich in Ihrem Artikel namentlich nicht nennen würden.«

Sanders Pulsschlag beschleunigte sich. Nicht jetzt, dachte er. Bitte jetzt keinen Rückzieher. Er würde seinen ganzen Artikel umschreiben müssen. Es wäre nicht das erste Mal, dass ein mittags gesprächiger Informant im Laufe des Abends kalte Füße kriegte und darum bat, seinen Namen nicht zu veröffentlichen. Aber die Fairness gebot es, solchen Wünschen zu entsprechen, sofern es die Zeit bis zum Redaktionsschluss noch zuließ.

»Geht das?«, fragte sie schnell. »Wissen Sie, Herr Sander, ich will da in nichts hineingezogen werden.« Sie wartete offenbar auf eine Antwort, doch Sander blieb stumm. »Ich möchte Sie dringend ersuchen, meinen Namen rauszuhalten«, wurde sie etwas energischer. »Um es deutlich zu sagen, Herr Sander: Ich habe Angst. Ganz große Angst.«

95

Der chinesische Restaurantinhaber, der zugleich der Chefkoch war und Yi Gong Fan hieß, entpuppte sich als überaus freundlicher Herr: höflich, zuvorkommend und mit einem Lächeln, wie man es von den meisten asiatischen Völkern gewohnt ist. Linkohr stellte sich und seine ebenfalls strahlende Begleiterin vor, die knapp einen Kopf größer war als der Wirt. »Wie gewünscht, eine schöne Ecke«, wiederholte der Chinese die am Telefon geäußerte Bitte Linkohrs. Das Lokal war geschmackvoll im chinesischen Stil eingerichtet, nicht aufdringlich, nicht mit Dekorationen überfrachtet – jedoch so gestaltet, dass der Gast den durchaus angenehmen Eindruck hatte, in eine fremde Welt eingetreten zu sein – und dies im Gemäuer eines altehrwürdigen oberschwäbischen Wirtshauses, das noch immer den Namen ›Zur Linde‹ führte. Die Polster waren in unaufdringlichem Rot gehalten, die Lampen erinnerten an Laternen.

Als Nena dem Restaurantinhaber folgte und Linkohr hinterher kam, ließ er den Blick durch den in schummriges Licht getauchten Raum schweifen, in dem es auch beschauliche Nischen gab. Linkohr zählte überschlägig rund ein Dutzend Gäste, allesamt Pärchen, die sich in gedämpfter Lautstärke unterhielten. Eine sehr gediegene und seriöse Atmosphäre, wie Linkohr es empfand.

Der Chinese wies ihnen einen reservierten und festlich gedeckten Tisch in einer Ecke zu. »Ich wünsche Ihnen einen angenehmen Abend«, lächelte Yi Gong Fan und entfernte sich. Seit über 20 Jahren schon pflegte er die Gastlichkeit im Oberschwäbischen.

»Sehr schön hier«, staunte Nena, »das würde man in dieser ländlichen Umgebung nicht erwarten.«

»Magst du überhaupt chinesische Küche?«, fragte Linkohr. Ihm war bewusst geworden, dass sie darüber bisher gar nicht gesprochen hatten.

Nena grinste und stupfte ihn mit dem Zeigefinger gegen die rechte Hand. »Ich mag alles, was scharf ist.«

Linkohr lächelte zufrieden. Seit Sonntagnacht hatte er keinen Zweifel mehr daran, dass sie dies nicht nur aufs Essen bezogen haben wollte. »Lass uns mal unauffällig umschauen«, lenkte er ab. »Es ist jetzt zehn vor acht, und es sieht nicht danach aus, als warte hier noch jemand auf jemanden.«

»Aber der Tisch da drüben«, Nena deutete mit dem Kopf in die entsprechende Richtung, »auf dem steht auch ein ›Reserviert‹-Schild, genau wie bei uns hier.«

»Hast du das schon gesehen?«, stutzte Linkohr. »Ich bin begeistert von deinem Scharfblick.«

»Ich sagte doch, ich mag Scharfes«, stichelte sie, als ob sie Spaß daran fände, ihn mit eindeutig Zweideutigem zu provozieren.

Eine Bedienung näherte sich, schlank und zierlich, jedoch wohl proportioniert, stellte Linkohr insgeheim fest und schätzte sie auf knapp 20. Ihre asiatischen Gesichtszüge waren weich, die Haut wirkte sogar in dem gedämpften Licht blass. Das Lächeln war herzlich und keinesfalls gekünstelt. »Bitte sehr«, sagte sie und überreichte den beiden Gästen die Speisekarten.

»Wir tafeln heute auf Spesen«, flüsterte Linkohr seiner Begleiterin ins Ohr.

»Ich auch?«

»Ja, wenn du's nicht übertreibst.« Linkohr wusste zwar noch nicht so recht, ob es im Spesenformular eine entsprechende Spalte für Recherche-Begleiterinnen mit konspirativem Auftrag gab, aber notfalls würde er Nenas Zeche aus eigener Tasche bezahlen. Außerdem stellte er bei einem kurzen Blick auf die ersten Seiten der Speisekarte fest, dass sich die Preise im Rahmen dessen bewegten, was er sich als ›kleiner‹ Kriminaloberkommissar leisten konnte. Noch während er die Speisen mit den ziemlich exotisch klingenden Namen las, und Nena von manchen der Köstlichkeiten schwärmte, bemerkte er im Augenwinkel, dass sich der Gastronom von seiner Theke gelöst hatte und in Richtung Eingangstür eilte. Linkohr hob den Kopf und gab Nena zu verstehen, dass sie diskret ebenfalls in diese Richtung sehen sollte. Im Halbdunkel des Eingangsbereichs zeichnete sich die Silhouette eines kleinen Mannes ab. Als der Wirt ihn begrüßt hatte und ihn zu dem einzigen noch reservierten Tisch führte, hatte Linkohr keinen Zweifel mehr, um wen es sich dabei handelte. »Da haut's dir s' Blech weg«, entfuhr es ihm leise. Nena sah ihn fragend an.

96

Nach ihrem Gespräch mit Larissa und Jensen waren die beiden Kriminalisten zum Campingplatz gefahren, wo Häberle den Chefinspektor aus Innsbruck in sein Wohnmobil einlud. Die Sonne war bereits hinter den Bergen untergegangen, als die beiden schwergewichtigen Männer in der kleinen Sitzgruppe Platz nahmen und die Federung des Gefährts ächzte. Während Grantner einige Handy-Gespräche mit seinen Ermittlern in Reutte führte, ließ Häberle die Kronkorken zweier mitgebrachter Weizenbierflaschen wegschnippen. In Ermangelung richtiger Gläser goss er das aufschäumende Getränk in große Plastikbecher. »Nicht gerade stilecht«, grinste er, »aber wir sind ja schließlich nicht im Urlaub.« Er prostete seinem Kollegen zu.

»Wir versuchen gerade, den Staatsanwalt davon zu überzeugen, dass wir den Wohnwagen von Astor durchsuchen müssen«, erklärte Grantner und wischte sich den Schaum vom Mund. Häberle wollte sich nicht über das Verhältnis zwischen Kriminalpolizei und Staatsanwaltschaft auslassen, obwohl er einiges dazu hätte beitragen können. Stattdessen meinte er: »Falls der Astor Dreck am Stecken hat, wird er aber clever genug sein, nichts Belastendes auf seinen Laptops im Wohnwagen drauf zu haben.«

Grantner nickte. »Vermutlich hast du recht. Aber du weißt auch, dass die Computerexperten heutzutage alles wieder lesbar machen können, was jemals auf einer Festplatte drauf war.«

Häberle wusste dies zwar aus vielen vorausgegangenen Fällen, vermochte aber nicht einzuschätzen, ob es nicht längst gewiefte Computernarren gab, die tatsächlich alle elektronischen Spuren beseitigen konnten.

»Und was hältst du von dieser Larissa?«, fragte Grantner leicht missmutig, obwohl er spürte, dass der kräftige Schluck Weizenbier ihn wieder aufbaute. Allerdings würde dies nur von kurzer Dauer sein. Wenn er Alkohol trank, wurde er nach einem arbeitsreichen Tag schnell müde.

»Sie hat ein Verhältnis mit Astor – das ist klar. Daheim spielen sie und ihr Ehemann das traute Gastwirts-Ehepaar, aber drumrum ist alles aus den Fugen geraten, da wett' ich mit dir, Paul. Und wenn Karins Mutter in dieser Hütten-Gesellschaft den einen oder anderen unter die Lupe genommen hat, dann war Astor sicher darüber informiert. Ich bin überzeugt davon, dass es ihm gelungen ist, Larissa darüber etwas zu entlocken.«

»Oder sie hab'n gemeinsame Sache g'macht.«

»Glaub ich eher nicht«, resümierte Häberle, »dazu war ihre von euch geschilderte Reaktion auf den Tod ihrer Mutter allzu heftig. Mein Eindruck ist viel mehr der, dass sie sehr schockiert ist. Das kann sie nicht so ohne Weiteres schauspielern.«

»Meine Kollegen«, fuhr Grantner fort und nahm noch einen Schluck Bier, »haben heut' alles unternommen, um diese Professorin ausfindig zu machen. Sie hat aber hier an der Rezeption des Campingplatzes nicht geäußert, wohin sie fährt.«

»Das ist auch nicht üblich auf Campingplätzen«, entgegnete Häberle.

»Weiß ich. Deine Kollegen sind uns bei der Suche nach ihrem Fahrzeug behilflich. Es scheint aber wie vom Erdboden verschwunden zu sein. Und bei ihr daheim in deinem Geislingen ist sie auch nicht angekommen.«

»Soweit ich weiß, hat sie das Wohnmobil ja noch bis morgen angemietet.«

»Und was hältst du von diesem dubiosen Keller, von dem du mir berichtet hast?« Grantner tat sich nach den langen Ermittlungstagen schwer, in Gedanken die Zusammenhänge zu ordnen. Er blickte erschöpft in die aufziehende Dämmerung hinaus, die sich über den Campingplatz legte.

»Ich hab darüber lang mit meinen Kollegen telefoniert. Noch gibt es nur diese diffusen Zusammenhänge mit den Ahnen der Familie Waghäusl und jener des Exmannes von dieser Professorin Platterstein. Aber juristisch wirst du da nichts zusammenbasteln können.«

Häberle nahm einen kräftigen Schluck. Noch bevor Grantner etwas sagen konnte, ertönte der Rufton von Häberles Handy. Er holte das Gerät aus seiner Freizeitjacke und sah auf dem Display die Nummer seiner Göppinger Dienststelle. Es war Specki, der gleich zur Sache kam: »Das Wohnmobil der Frau Platterstein wurde aufgefunden. Es steht auf einem Parkplatz südlich von Bad Wurzach. An der B 465. Genauer gesagt, von Leutkirch kommend, zwischen Reichenhofen und Diepoldshofen.«

»Ach«, entfuhr es Häberle, »und die Dame selbst?«

»Ist spurlos verschwunden. Das Wohnmobil ist aber nicht verschlossen. Die Kollegen sagen, es sehe so aus, als sei sie nur kurz ausgestiegen und nicht mehr zurückgekommen. Sie hat sogar ihr iPhone im Handschuhfach zurückgelassen. Der Parkplatz ist übrigens wegen eines aufgeschütteten Erdhügels nur schwer einsehbar.«

»Schick sofort einige Kollegen der Spurensicherung hin«, ordnete Häberle an. »Ich werd' auch kommen.« Er ließ sich von Specki den genauen Standort des Fahrzeugs durchgeben, im gleichen Atemzug kam ihm aber die Befürchtung, dass die Schranke des Campingplatzes möglicherweise bereits für Ausfahrten geschlossen war.

»Noch was, August«, machte Specki weiter, »das iPhone war auf Aufnahmefunktion geschaltet. Du weißt doch, diese modernen Handycomputer bieten auch Diktiergerätefunktion …«

»Mach dir keine Mühe, mir das jetzt zu erklären«, unterbrach ihn Häberle, »was hat's damit auf sich?«

»Einer der Kollegen aus Bad Waldsee, der sich auskennt, hat wohl festgestellt, dass die Dame ziemlich viel drauf gesprochen hat – wie eine Art Protokoll.«

Häberle ließ diese Worte in sich nachhallen. Wie ein Protokoll, rekapitulierte er in Gedanken. Das konnte eine wahre Fundgrube sein. Weil ihn plötzlich eine innere Unruhe trieb, die auch seinem gegenübersitzenden Kollegen Grantner nicht entging, wollte er das Gespräch beenden, doch Specki beeilte sich, noch etwas zu erwähnen: »Der Sander hat angerufen. Er wollte eigentlich dich sprechen, hat mir dann aber gesagt, was er wollte. Die Frau Landau – die vom Blumenladen – hat ihn angerufen und gesagt, sie habe Angst.«

Häberle spürte, dass es höchste Zeit war, das Tannheimer Tal zu verlassen.

97

Als der kleine Mann in Begleitung von Yi Gong Fan, dem chinesischen Restaurantbesitzer, an den reservierten Tisch begleitet wurde, trafen sich die Blicke des neuen Gastes mit denen Linkohrs. Doch es war nur für den Bruchteil einer Sekunde. Der Mann wechselte noch ein paar Worte mit dem

Gastronomen, der dann wieder zur Theke und damit in Richtung Küche entschwand.

»Weißt du, wer das ist?«, flüsterte Linkohr seiner Begleiterin zu und gab ihr gleich die Antwort: »Professor Dr. Siegler. Rektor der Hochschule. Chef von der Frau Platterstein.«

»Oh«, machte Nena verwundert, konnte dies aber perfekt verbergen. Wer sie sah, musste denken, sie himmele gerade ihren Traummann an. »Und was hat das nun zu bedeuten?«, hauchte sie.

»Keine Ahnung. Mit jedem hab' ich gerechnet, aber nicht mit dem.«

Er sah, dass Sieglers Blicke aufmerksam durch den Raum wanderten und dabei kurz bei ihnen verweilten. Vermutlich war sich der Hochschul-Rektor im Zweifel, ob er dieses vermeintliche Liebespaar zwei Tische weiter kennen sollte.

Immerhin war es gerade erst zwei Tage her, dass Linkohr bei ihm Dokumente abgeholt hatte, die aus den Recherchen von Professorin Platterstein stammten. Linkohr rief sich den Inhalt in Erinnerung. Es waren dreiste Bettelbriefe an ältere Menschen gewesen – und der Versuch, mit dem Engelsglauben Geld zu erschwindeln.

Siegler hatte inzwischen die Speisekarte studiert, ein paar Worte mit der blassen Bedienung gewechselt und eine Bestellung aufgegeben.

Linkohr und Nena hatten sich bereits für eine der Spezialitäten des Hauses entschieden, nämlich den Ententeller mit fünf verschiedenen Entenspezialitäten für zwei Personen.

Als der Wein serviert war, ließen Linkohr und Nena die Gläser klingen. »Auf uns«, sagte der junge Kriminalist, und sie erwiderte: »Auf uns zwei Agenten.«

Der rote »Great Wall«, den ihnen die Bedienung empfohlen hatte, mundete vorzüglich.

Linkohr streichelte zärtlich Nenas linke Hand, ohne seinen Auftrag zu vergessen. Während die junge Frau ihn mit großen Augen fixierte, überlegte er, ob es Sinn machte, das Versteckspiel mit Siegler den ganzen Abend lang weiterzutreiben. Möglicherweise hatte ihn Siegler auch bereits erkannt und wollte sich nun seinerseits nicht zu erkennen geben. Dem knitzen Rektor traute er ohne Weiteres zu, ähnlich verdeckt ermitteln zu wollen, wie er es mit Nena tat. Die Frage war nur, ob Siegler das Treffen in dem Lokal organisiert hatte oder jemand, auf den er noch wartete. Ganz offensichtlich hatte er noch keine Speise bestellt, sondern sich nur ein kleines Pils kommen lassen.

Während Linkohr weiterhin gedämpft mit Nena sprach und sie beide so taten, als turtelten sie miteinander über ihre ganz privaten Vorstellungen zum Rest des Abends, bemerkte er, dass Siegler fast minütlich auf seine Armbanduhr sah. Er schien ziemlich ungeduldig zu sein und konnte es sich offenbar nur mühsam verkneifen, immer mal wieder einen Blick zu Linkohr herüberzuwerfen. Jetzt glaubte der Kriminalist sogar, im Gesicht des Mannes ein Lächeln zu erkennen.

»Ich löse das auf«, entschied Linkohr flüsternd gegenüber Nena und sah auf seine Uhr. Es war inzwischen kurz vor halb neun und anzunehmen, dass Sieglers Rendezvous nicht mehr stattfinden würde. Noch bevor das Essen kommen würde, wollte er Klarheit schaffen. Er erhob sich und ging mit einem offenen Lächeln auf den Rektor zu, der sein Gesicht zu einem breiten Grinsen verzog und sich erhob. »Entschuldigen Sie«, sagte Linkohr selbstbewusst und ehrlich, »mit Ihnen hätte ich zuallerletzt gerechnet.«

Die beiden Männer schüttelten sich die Hände. »Ich mit Ihnen aber auch nicht. Und um ehrlich zu sein: Für einen kurzen Moment war ich mir unsicher, ob Sie's wirklich sind.«

»Ich will Sie nicht belästigen und nicht stören«, versicherte der Kriminalist, »aber ich denke, dass wir mit offenen Karten spielen sollten.«

»Das können wir gern tun«, lächelte der Rektor. »Mein Date scheint ohnehin geplatzt zu sein.«

»Man hat Sie versetzt?«, hakte Linkohr sofort nach.

»So darf man das sagen. Versetzt wie einen Teenager, der mit Schmetterlingen im Bauch ein heimliches Rendezvous hat. Auch wenn man das Wort ›Rendezvous‹ heutzutage nicht mehr benutzt. Man sagt ›Blind Date‹ und trifft sich auf einer ›Location‹ oder bei einer ›Party‹, stimmt's, junger Mann?« Sein Grinsen wurde noch breiter. »Sie und Ihre Begleiterin dürfen sich gern zu mir setzen, wenn ich Ihre Zweisamkeit damit nicht störe. Aber ich denke, Ihr Hiersein ist nicht darauf ausgerichtet, sich nachher die Frage zu stellen, ›geh'n wir zu dir oder zu mir‹?«.

Linkohr wollte dazu nichts sagen, worauf Siegler sofort nachsetzte: »Ich denke, die Dame ist auch von der Kripo, oder?«

Siegler war bereits auf dem Weg zu Nena, die darüber irritiert war, sich erhob und dem Rektor die Hand reichte. Siegler stellte sich mit seinem fränkischen Dialekt vor, der in Nenas Ohren gleichermaßen charmant und derb klang.

Linkohr schlug ihm vor, sich zu ihnen an den Tisch zu setzen, was Siegler sofort annahm, sein Pilsglas ergriff und zu ihnen herüber kam. Die aufmerksame Bedienung bemerkte dies und näherte sich unauffällig. »Verzeihen Sie«, wandte sich Siegler an sie, »wir haben umdisponiert. Ich hab' mich zu den Herrschaften hier gesellt, nachdem mein Rendezvous geplatzt ist.« Er ließ sich noch einmal die Speisekarte geben. Jetzt bestand kein Grund mehr, mit der Bestellung zu warten.

»Ich dachte schon, Sie seien wegen der Sache da draußen da«, sagte er schließlich, nachdem Linkohr erklärt hatte, dass Nena keine Kriminalistin, sondern seine Freundin sei.

»Wegen welcher Sache?«, staunte Linkohr.

»Na ja, haben Sie's denn nicht mitbekommen? Auf der Fahrt hierher sind mir unzählige Einsatzfahrzeuge von Rettungsdiensten begegnet. Die sind alle in das Ried rausgefahren. Steinacher Ried heißt das«, erklärte Siegler und blätterte in der Speisekarte.

»Nein«, wiegelte Linkohr ab, »das hat nichts mit uns zu tun.« Dennoch stieg sein Interesse. »Haben Sie mitgekriegt, was los ist?«

»Ich hab in der Seitenstraße, in der ich geparkt hab', einen Mann gefragt. Er hat gesagt, es sei im Moor draußen eine Leiche gefunden worden.«

»Eine Leiche?«, wiederholte Linkohr ungläubig.

»Ja, eine Frau sei's wohl.« Siegler schien dies angesichts der Köstlichkeiten, von denen er gerade las, nicht sonderlich zu beeindrucken. »Eine Leiche im Moor, gell, das klingt gruselig, finden Sie nicht auch? Da erinnert man sich ans Dartmoor in England. Waren Sie schon mal im Steinacher Ried?«

»Nein«, musste Linkohr gestehen und spürte plötzlich einen Kloß im Hals. »Aber Sie kennen sich hier aus?«

»Nur bedingt. Ich komm öfters zu den Hochschul-Kollegen nach Ravensburg-Weingarten und gönn mir unterwegs mal den einen oder anderen Abstecher. Irgendjemand hat mir dann auch dieses Lokal hier empfohlen. Und Sie?«

Linkohr musste an die Frauenleiche im Moor denken und hatte deshalb Mühe, auf Sieglers lockere Art einzugehen. »Mir ist das Lokal zwar nicht empfohlen worden, aber vermutlich hat uns trotzdem ein und dasselbe Date zusammengeführt.« Linkohr entschied, dem Rektor die Zusammenhänge zu erklären, die auf dem Notizzettel basierten, der in Karin Waghäusls Auto gefunden worden war, also bei der Schwägerin von Frau Platterstein.

»Das ist aber interessant«, reagierte Siegler überrascht. »Wie kommt dieser Termin zu Frau Waghäusl?«

»Das erklärt sich relativ einfach: Die beiden Frauen haben sich offensichtlich in allem rege ausgetauscht.« Linkohr wurde deutlich: »Ich geh mal davon aus, dass Sie hier nicht auf Frau Waghäusl treffen wollten. Denn dass die seit Freitag tot ist, ist Ihnen ja bekannt.«

Siegler räusperte sich. »Ach – Sie wussten also nicht, wer hier heute Abend wen treffen sollte?«

Linkohr schüttelte den Kopf. »Nicht konkret, nein. Aber jetzt werden Sie mir sicher verraten, wen Sie hier treffen wollten.«

Siegler kniff die Lippen zusammen, sah sich um, als befürchte er, jemand könne hören, was er sagte, und entschied sich dann zu einer Erklärung: »Der Treffpunkt hier ist eigentlich zufällig gewählt. Weil ich heut' bei einem Kongress in Ravensburg war, und Bad Waldsee sozusagen gleich um die Ecke liegt, hab ich vorgeschlagen, dass man mal außerhalb der Hochschule und weit weg von Geislingen gemütlich plaudert.«

Linkohr wartete gespannt, dass Siegler endlich einen Namen sagen würde.

»Sie war ja ohnehin auch in der Gegend und hat gewisse Bezüge zu dieser Stadt hier«, erklärte der Rektor, während die Bedienung nach seinen Essenswünschen fragte, und er sich für knusprige Hähnchenbrust mit Gemüse in Lemon-Chilisoße nach Singapurer Art entschied.

»Darf ich kurz nachhaken, wen Sie mit ›sie‹ meinen?«, fragte Linkohr, nachdem die Bedienung wieder verschwunden war.

»Ach so, ich dachte, Sie wüssten, um wen es sich handelt« – er sah seine beiden Gesprächspartner entrüstet an – »gemeint ist natürlich die Frau Kollegin Platterstein. Ihr war viel daran gelegen, mich gleich Anfang dieser Woche zu treffen. Deshalb haben wir uns für heute hier verabredet.«

Linkohr brauchte ein paar Augenblicke, um zu begreifen: Wenn er den Zettel aus Karin Waghäusls Auto richtig deutete, war also auch die Schwägerin zu dem Treffen mit dem Hochschul-Rektor eingeladen gewesen. Und wer noch?, hämmerte es in seinem Kopf.

98

Der schmale Zufahrtsweg zum Hintereingang war nicht beleuchtet. Er zweigte von der steil abwärts führenden innerstädtischen Straße ab und führte zur hangabwärts gewandten Seite des Blumengeschäfts. Aufgrund der Topografie hatte der Architekt seinerzeit zwei Untergeschosse konzipieren müssen, die zur Bergseite hin vollständig im Erdreich verschwanden, zum Tal hin aber den Eindruck eines mehrstöckigen Gebäudes erweckten.

Die schwarz gekleidete Gestalt, die an diesem späten Juni-Abend über den geschotterten Weg auf das Grundstück gekommen war, um dort mit dem üppigen Bewuchs zu verschmelzen, unsichtbar für jeden Beobachter, trat nur vorsichtig auf, um keinerlei Geräusche zu verursachen. Nur wenn von der nahen Straße Motorenlärm herüberdrang, beschleunigte die Person ihre Schritte. Augenblicke später war das hölzerne Tor erreicht. Geübte Finger fischten aus einer mitgebrachten Stofftasche geeignete Werkzeuge, die es innerhalb weniger Minuten ermöglichten, das einfache und angerostete Schloss zu öffnen. Glücklicherweise fuhren vorn auf der Straße zu dieser späten Stunde noch genügend Autos, sodass die Wartezeiten bis zum nächsten Motorengeräusch nur kurz waren. Dann gingen das kurze Klicken und ein zweimaliges metallisches Scheppern im Umgebungslärm unter. Als die Verriegelung gelöst war, ließ sich die schwere Holztür einen Spalt nach außen öffnen. Wieder verharrte die Person, um ein nahendes Auto abzuwarten, falls die verrostete Türkonstruktion beim weiteren Öffnen knarzte.

Augenblicke später verschwand die schwarze Silhouette in dem Gebäude. Drinnen wurde eine kleine Taschenlampe mit schmalem LED-Strahl angeknipst. Er reflektierte an vielen Gartengeräten, an Schaufeln und Rechen, aber auch an Vasen und Plastikgefäßen. Ein Summton lag in der Luft, vermutlich von der Heizungsanlage. Eine Alarmanlage, da war sich die eingedrungene Person sicher, gab es hier nicht. Schließlich war ein Blumengeschäft nicht gerade ein Ort, an dem Reichtümer lagerten, die einen Einbruch lohnend erscheinen ließen.

Kein vernünftiger Mensch käme auf die Idee, nachts in diese Räume einzudringen. Wenn es da nicht etwas gäbe, das möglicherweise mehr wert war als Bargeld und Schmuck.

Auch Birgit Landau, die mit ihrem Mann das oberste Geschoss bewohnte, war seit Tagen von solchen Gedanken getragen. Sie schlief unruhig, wurde von jedem noch so geringen Geräusch aufgeschreckt und musste in diesen Nächten sehr oft an die verwinkelten Räume tief unten im Erdreich denken. Ja, was sie dem Lokaljournalisten Sander am Nachmittag noch gesagt hatte, entsprang keinesfalls der Fantasie eines gestressten und überreizten Gehirns. Sie hatte wirklich Angst.

99

Nachdem Grantner gegangen war, hatte Häberle erleichtert festgestellt, dass die Schranke des Campingplatzes noch offen war. Er verstaute das Stromkabel und räumte im Innenraum sämtliche Utensilien fahrbereit weg. Knapp zehn Minuten später hatte das Wohnmobil den Campingplatz verlassen. Häberle nahm sich vor, morgen Vormittag gleich anzurufen, um die Kosten für die drei Tage zu begleichen. Er beschleunigte den Wagen auf der Straße in Richtung Tannheim und bedauerte es insgeheim, den Aufenthalt in diesem schönen Tal so schnell abbrechen zu müssen. Über Oberjoch gelangte er zur A7 bei Oy, die er nördlich von Kempten, bei Dietmannsried, bereits wieder verließ, um Leutkirch und Bad Wurzach anzusteuern.

Mit Grantner hatte er verabredet, dass sie sich nach Klärung des Falles noch einmal treffen würden. Dem österreichischen Chefinspektor war eine gewisse Erleichterung anzumerken gewesen, dass Häberle den oder die Täter nicht mehr in der Alpenrepublik vermutete. »Um ehrlich zu sein, August«, hatte Grantner zum Abschied gesagt, »irgendwie wär ich froh, wenn's deine Landsleut g'wesen wär'n, die hier gemordet hab'n. Dann bleibt den friedlichen Menschen hier ein schlechter Ruf erspart.«

Häberle hatte nur geantwortet: »Das Böse ist leider überall. Und seit alles globalisiert ist und die Menschen überall ihre Werte über Bord werfen, weil sie meinen, es sei modern, die guten Sitten ihrer Väter infrage zu stellen, wird auch das letzte Stückchen friedliche Erde vollends verkommen.«

»Wahrscheinlich hast recht«, hatte Grantner ihm auf die Schulter geklopft. »Wir g'hör'n halt einer Generation an, die diesen kontinuierlichen Abstieg bemerkt. Solang nur noch der Profit zählt, wird sich nichts zum Guten wenden.«

Genau darüber wollte sich Häberle mit seinem Kollegen mal ausgiebig unterhalten. Jetzt aber musste er sich auf die Ereignisse konzentrieren, die sich dramatisch zuzuspitzen drohten. Wenn nun auch noch der Professorin etwas zugestoßen war, musste damit gerechnet werden, dass sie es tatsächlich mit einem Psychopathen zu tun hatten, der vor weiteren Morden nicht zurückschreckte. Immerhin deuteten allein schon die verteilten Posaunen darauf hin, dass er – oder sie – mit diesem Vorgehen so etwas wie einen persönlichen Triumph ausspielen wollte.

Häberle bemerkte, dass er die Kurven viel zu schnell nahm und sich auch innerorts nicht an das Tempolimit hielt. Noch ehe er vor Bad Waldsee den Fundort des Wohnmobils erreichte, schreckte ihn der elektronische Ton seines Handys auf, das er auf dem Beifahrersitz liegen hatte. Entgegen der Vorschrift griff er während der Fahrt danach und meldete sich. Es war wieder Specki, der noch zu später Stunde in der Dienststelle saß. »Bist du wach?«, erkundigte sich der Kollege.

»Was für eine Frage«, entrüstete sich Häberle gekünstelt. »Ich bin ja nicht im Urlaub – sondern unterwegs zu diesem Wohnmobil.«

»Dann fahr gleich weiter bis Bad Waldsee«, kam es zurück. »Dort hat man die Frau Platterstein gefunden.«

Häberle nahm instinktiv den Fuß vom Gaspedal. Er konnte sich nicht mehr auf den Straßenverlauf konzentrieren. »Gefunden? Was heißt das?«, fragte er aufgewühlt zurück.

»Tot«, sagte Specki knapp. »Tot im Moor. Im Steinacher Ried.«

100

Professor Dr. Walter Siegler hatte während des Essens häufig auf die Armbanduhr geschielt. Dass die Dozentin, mit der er verabredet war, nicht kam, schien ihn zu beunruhigen, auch wenn er seine Anspannung durch die eine oder andere ironisch-bissige Bemerkung zu überspielen versuchte. Jetzt, nachdem sie alle drei gespeist hatten, holte er sein Smartphone aus dem Jackett. »Ich muss wissen, was mit ihr los ist«, sagte er und drückte einige Tasten. Linkohr und Nena sahen sich gespannt an, während die Bedienung damit begann, Geschirr und Besteck abzuräumen. Nach einer halben Minute des Wartens nahm Linkohr eine Stimme aus dem Gerät wahr, ohne jedoch etwas zu verstehen. »Hallo«, sagte Siegler so laut, dass einige Gäste im Lokal auf ihn aufmerksam wurden. »Wer ist dort?« Er lauschte angestrengt, um dann irritiert nachzufragen: »Wieso denn Polizei? Ich hab die Nummer von Frau Plattgerstein gewählt. Vielleicht habe ich mich verwählt?« Seine Gesichtszüge wurden ernst. »Wer ich bin? Mein Name ist Walter Siegler.« Er nahm Blickkontakt zu Linkohr auf und entschied: »Ich sitze gerade mit einem Kollegen von Ihnen zusammen. Am besten, ich geb den Hörer weiter.« Ohne auf eine Antwort zu warten, reichte er das Gerät Linkohr über den Tisch. Der Kriminalist stellte sich vor und versuchte kurz, die Situation zu erklären, stieß jedoch auf kühle Skepsis. Natürlich wollte der Ravensburger Beamte nicht so ohne Weiteres glauben, es mit einem echten Kollegen zu tun zu haben. Linkohr hatte dafür Verständnis und schlug vor, die Göppinger Dienststelle zu kontaktieren, wo man seine Handy-Nummer kenne und sie den Kollegen weitergeben würde.

Knapp fünf Minuten später kam der Rückruf auf Linkohrs Gerät. »Okay«, gab sich der Ravensburger Kriminalist jetzt eine Spur freundlicher. »Um es kurz zu machen: Die Frau, nach der sich der Anrufer, den Sie offenbar kennen, erkundigt hat, ist tot.«

Linkohr war für den Bruchteil einer Sekunde nicht in der Lage, etwas zu erwidern. Die Nachricht hatte ihn wie ein Blitz getroffen. Nena sah ihm die Erschütterung an und hätte brennend gern das Telefonat mitgehört.

»Tot?«, flüsterte Linkohr, damit es an den Nebentischen niemand hören konnte.

»Ja, vermutlich erdrosselt. Ein Spaziergänger hat ihre Leiche im Steinacher Ried bei Bad Waldsee gefunden. Heute Abend«, erklärte der Kollege aus Ravensburg. »Kurz zuvor ist eine Streife von uns auf das Wohnmobil gestoßen, das ihr zur Fahndung ausgeschrieben habt. Es steht südlich von Bad Wurzach an der B 465. Wir gehen davon aus, dass sie dort ihren Mörder getroffen hat.«

»Und wie kommt ihr jetzt zu ihrem Handy?«

»Ein iPhone, Herr Kollege«, antwortete der Ravensburger, »mit vielen ›Apps‹ drauf, die wir gerade mal abgecheckt haben, als der Anruf kam.«

Linkohr wusste Bescheid: ›Apps‹ war die Abkürzung für ›Applikationen‹, also für die Anwendung von Computerprogrammen, wie es sie inzwischen zuhauf für die Smartphones gab, die in jüngster Zeit ziemlich schnell das normale Handy verdrängt hatten. Über den Touchscreen-Bildschirm ließen sich diese Apps mit einer Fingerberührung öffnen. Sie boten alles, was sich datenmäßig übermitteln ließ. »Eine dieser Apps«, fuhr die Stimme im Gerät fort, »ist eine Diktiergeräte-Funktion. ›Dictamus‹ nennt es sich. Benütze ich übrigens auch. Tolle und einfache Sache.« Er schien stolz darauf zu sein, sich in der Materie auszukennen. Linkohr überlegte, wie alt der Kollege wohl war.

»Wir hören uns gerade an, was die Dame zuletzt aufgesprochen hat. Klingt ziemlich interessant. Ich bin davon überzeugt, dass ihr etwas damit anfangen könnt.«

»Nennt sie Namen?«

Siegler gab Nena mit seinem Gesichtsausdruck zu verstehen, dass ihn die entstandene Situation ziemlich überraschte.

»Es sind Namen gefallen – aber wir haben das alles noch nicht protokolliert«, erfuhr Linkohr weiter. »Die Rede ist vom Tannheimer Tal und von Geislingen. Es sieht ganz danach aus, als sei's ein astreiner Fall für euch.«

»Mein Chef ist schon auf dem Weg«, erklärte Linkohr.

»Weiß ich, Kollege, hat man mir in Göppingen gerade gesagt«, kam es zurück. »Spielt eigentlich in eurem Fall auch eine Blumenhandlung in Geislingen an der Steige eine Rolle?«

Linkohrs innere Unruhe steigerte sich. »Wie kommen Sie da drauf?«

»Aus dem bisher Abgehörten lässt sich schließen, dass es dort etwas gibt, auf das sich die Recherchen dieser Frau konzentrierten.«

»Wie muss man das verstehen?«

Der Ravensburger Kollege ließ sich nicht aus der Ruhe bringen. »Sie hat noch heut Nachmittag diktiert – Moment, ich hab's mir aufgeschrieben«, es war das Rascheln von Papier zu vernehmen, »sie hat diktiert: ›Nachdem sich die Schlinge in Tannheim enger gezogen hat, ist anzunehmen, dass sich das Interesse jetzt sehr schnell auf die Geislinger Blumenhandlung konzentriert. Ich muss versuchen, dies heute Abend rauszufinden‹. Soweit das, was ich mitgeschrieben habe.«

»Danke«, sagte Linkohr. »Gibt es nähere Details dazu?«

»Um das herauszufinden, muss man die Audio-Dateien

komplett abhören. Das kann Stunden dauern, Herr Kollege. Wir haben nur in das reingehört, was in den vergangenen Stunden aufgezeichnet wurde. Aber vielleicht solltet ihr euer Hauptaugenmerk noch heute Nacht auf diese Blumenhandlung legen. Mehr kann ich dazu zum gegenwärtigen Zeitpunkt nicht sagen.«

101

Es war stockfinster. Der schmale Strahl der LED-Handlampe fiel punktuell auf Gartengeräte, Keramiktöpfe und Wasserschläuche. Die schwarz gekleidete Gestalt achtete sorgfältig darauf, nirgendwo anzustoßen, um keine verräterischen Geräusche zu verursachen. Jetzt erwies es sich als Vorteil, kürzlich hier den Vortrag des Hochschulprofessors besucht und diese Veranstaltung dazu genutzt zu haben, die Örtlichkeiten unauffällig auszuspähen. Es ging ein paar Steinstufen abwärts, dann rechts hinüber, vorbei an dem verliesartigen Schacht zu der weiter nach unten führenden Treppe. Der Lichtstrahl wanderte an den wackligen Klappstühlen entlang, traf kurz den gusseisernen Ofen, einige alte Laternen mit abgebrannten Kerzen und ein Trockengesteck. Dann verlor sich der LED-Strahl wie ein Irrlicht im schwarzen Schlund des Abgangs zum tiefer gelegenen zweiten Gewölbekeller, der in dieser undurchdringlichen Finsternis wie ein schwarzes Loch alles aufzusaugen schien, was sich ihm näherte. Als ginge es geradewegs in die Hölle.

Mit jedem Schritt nach unten wurde die Luft kühler, feuchter und modriger. Noch während die eindringende Person ein kurzer Schauer überfiel, weil der Geruch an Gruften und Gräber erinnerte, zerriss ein metallenes Scheppern die Stille. Die schwarze Gestalt verharrte in der Bewegung, weil das Geräusch augenblicklich einen heftigen Adrenalinstoß ausgelöst hatte. Der Puls raste, der Blutdruck stieg. Doch zwei Sekunden später hatte die Vernunft wieder alle Systeme des Körpers im Griff. Die mitgeführte Stofftasche, in der sich die schweren Werkzeuge befanden, war durch eine kurze Unachtsamkeit gegen die raue Wand gestoßen. Es hatte zwar einen lauten Schlag gegeben, aber er war gewiss nicht durch mehrere Etagen bis zur Wohnung der Blumenhändlerin zu hören gewesen.

Schritt für Schritt stieg die Gestalt weiter nach unten. Heute Nacht würde es Klarheit geben. Endlich. Jetzt oder nie. In den vergangenen Wochen und Tagen war so viel geschehen, dass es keinen Aufschub mehr geben durfte.

102

Häberle hatte sich übers Handy den Weg zu einem Treffpunkt am Ortsrand von Bad Waldsee erklären lassen. Dort war er in einen Streifenwagen umgestiegen, um sich über Feld- und Forstwege zu der Fundstelle der Leiche bringen zu lassen. Blaulichter zuckten gespenstisch durch den Birkenbestand, Halogenscheinwerfer hüllten den Uferbereich des Tümpels in grelles Licht, das sich in der schwarzen Wasserfläche spiegelte. Feuerwehrfahrzeuge standen auf jenen Bereichen, die tragfähig genug waren. Über eine waagrecht übers Wasser ausgefahrene Drehleiter konnten sich Einsatzkräfte und Kriminalisten trockenen Fußes dem Fundort nähern. »Der Täter muss irgendwo hierher gefahren sein«, erklärte der Einsatzleiter der Ravensburger Polizeidirektion. Häberle sah sich um und meinte resignierend: »Nach diesem Großeinsatz werden wir kaum noch relevante Reifenspuren sichern können.«

Der Kollege fühlte sich angegriffen. »Wir können niemandem einen Vorwurf machen. Gemeldet wurde eine leblose Person. Sie wissen selbst, was dann los ist.«

»Versteh ich doch«, verhielt sich Häberle loyal und blickte über das hell erleuchtete, mit frischem Grün überzogene morastige Gelände, über das eine frische Brise strich. Es war ziemlich kühl geworden.

»Der Mediziner meint – natürlich vorbehaltlich einer Obduktion – es gebe Spuren am Hals, die auf ein Erdrosseln hindeuten. Der Tod dürfte erst vor wenigen Stunden eingetreten sein.«

»Dass es diese Frau Platterstein ist – daran besteht kein Zweifel?«, fragte Häberle, während ihn ein Schwall Dieselabgase einhüllte, der aus einem Aggregat der Feuerwehr herrührte.

»Sie trug eine Jacke, in der ein Mäppchen mit Führerschein und Ausweis steckte«, antwortete der Ravensburger Einsatzleiter. »Außerdem«, er deutete auf einen näher kommenden Mann in Zivil, »hat unsere Kripo die Ermittlungen aufgenommen. Das hier ist der Leiter des zuständigen Dezernats, Kriminaloberrat Henry Wolpert.«

Häberle stellte sich vor und schüttelte dem groß gewachsenen, schlanken Mann die Hand. »Wir haben bereits am Stadtrand eine Lautsprecherdurchsage veranlasst«, erklärte der Kriminalist, der deutlich jünger war als Häberle, jedoch dem höheren Dienst angehörte und deshalb in der strengen Hierarchie der Polizei über ihm stand. »Es hat sich eine Zeugin gemeldet, die eine größere Limousine gesehen haben will«, fuhr der Beamte fort. »So gegen 18 Uhr. Sie hat gemeint, es sei ein Förster gewesen oder jemand, der rüber zum Gasthaus Rothaus wollte.« Er machte eine Kopfbewegung in Richtung Hochwald. »Liegt da drüben und ist über Fahrwege zu erreichen, die von hier aus aber gesperrt sind.«

»Hat sie ein Kennzeichen abgelesen?«

»Nein, dazu war sie zu weit weg.«

»Und was bedeutet ›größere Limousine‹?«

»Wahrscheinlich eine Art Kombi oder so ähnlich. Aber die Dame kennt sich in den Fahrzeugtypen nicht aus.«

»Geländewagen?«

»Ich sagte doch, sie kennt sich nicht aus. Sie meint aber, es sei ein dunkles Auto gewesen, vielleicht dunkelrot. Wir werden ihr Lichtbilder möglicher Typen vorlegen«, gab sich der Kriminalist gereizt, während eine aufgeregte Stimme aus seinem Funkgerät schnarrte.

Häberle ließ sich nicht aus der Ruhe bringen. »Gab es irgendwelche Besonderheiten an der Leiche?«

»Sie meinen, ob die Frau vergewaltigt wurde?«

»Nicht unbedingt«, entgegnete Häberle. »Ich denke an Gegenstände oder Ähnliches.«

»Der Zustand ihrer Bekleidung deutet nicht unbedingt auf ein Sexualdelikt hin. Sie war komplett angezogen. Das Einzige, was sich fand, aber das ist sicher nicht von Bedeutung, war ein etwas ungewöhnliches Schmuckstück.«

»So?«

»Ja, ein silberner Halskettenanhänger – wohl eine kleine Posaune oder so was Ähnliches.«

103

Birgit Landau war endlich eingeschlafen – doch jetzt hatte sie etwas aufgeschreckt. Ihr Herz pochte, sie hob den Kopf vom Kissen, starrte in die Finsternis und lauschte. Doch da war nur das gleichmäßige Atmen ihres Mannes neben ihr. Sonst nichts. Kein Lichtschein, kein abnormales Geräusch.

Und trotzdem musste da etwas gewesen sein, etwas, das sich in ihren Traum eingeschlichen hatte. Ein dumpfes Dröhnen, ein kurzes Rumpeln, weit entfernt. Davon war sie überzeugt – auch wenn ihr eine innere Stimme suggerieren wollte, sich alles nur eingebildet zu haben. Nein, durch irgendetwas war sie aufgewacht, auch wenn es nicht unbedingt im Haus gewesen sein musste.

Sie wollte ihren Mann nicht unnötig wecken, verhielt sich deshalb ruhig und konzentrierte sich auf alles, was von draußen an ihr Ohr drang. Auf einer der Straßen, von der sie umgeben waren, fuhren Autos. Alles ganz normal. Ein paar Minuten später erfüllte das Rattern eines Güterzugs den Geislinger Talkessel, um den sich die Eisenbahn in weitem Bogen schlängelte. Ein gewohnter Lärm. Doch diesmal, so empfand es die Frau, dauerte es unendlich lang, bis wieder Stille eingekehrt war und ihr feines Gehör selektieren konnte, was nicht zu den normalen Geräuschen einer Nacht gehörte. Irgendwo schlug eine Turmuhr zweimal. Es war ein Halbstunden-Schlag. Sie ließ ihren Kopf wieder in das Kissen sinken und versuchte, einzuschlafen. Doch so sehr sie sich auch bemühte, zur Ruhe zu kommen, umso mehr drängten sich geschäftliche Termine und diffuse Ängste in ihre Gedanken. Ihr Unterbewusstsein schien sich zu verselbstständigen, rührte in Vergangenem und ließ daraus ein nächtliches Gebräu aus schaurigen Geschichten und Horrorvisionen erwachsen – als ob das alte Haus ein Eigenleben habe, das in ihre Psyche eindringen wolle. Der Gewölbekeller, die finsteren Treppen, die zugemauerten Durchgänge und die geheimnisvollen Geschichten, die sich darum rankten – all dies wühlte ihr Inneres auf. Der Gedanke kam auf, es könne sich im Lauf des Tages jemand in den dunklen Tiefen des Gebäudes versteckt haben, um nachts sein Unwesen zu treiben. Sie musste an eine Sendung von ›Aktenzeichen xy … ungelöst‹ denken, in der der Fall eines älteren Ehepaars geschildert wurde, das nach Rückkehr von einer Campingreise in ihrer Wohnung erstochen worden war. Der Täter hatte nichts gestohlen und war auf rätselhafte Weise in das verschlossene Haus eingedrungen, ohne Aufbruchspuren zu hinterlassen. Je mehr Birgit Landau daran dachte, umso weiter wich der Schlaf zurück. Und dann war es wieder da – diesmal deutlich und wummernd, kein Traum, keine Fantasie, keine Einbildung. Es war ein dumpfer Schlag, der nicht von draußen kam. Etwas, das aus dem Gebäude kam, aus der Wand, aus dem Boden. Als sei sie selbst von einem imaginären Gegenstand getroffen worden, schreckte sie mit dem Oberkörper auf. Der Blutdruck schwoll an, ihre weit aufgerissenen Augen spielten verrückt. Sie sah helle Ornamente, die es nicht gab. Noch während sie mit zitternden Fingern zum Schalter für die Lampe auf dem Nachttisch griff, war er wieder hörbar – ein zweiter dumpfer Schlag, der irgendwo gegen das Gemäuer geführt wurde. Einbruch, durchzuckte es sie, als die schwache Lampe das Schlafzimmer erhellte und jetzt auch ihr Mann wach wurde. »Warum machst du Licht?«

»Hörst du das nicht?«, flüsterte sie. Ihr Körper zitterte. Ein dritter Schlag – zwar nur dumpf, aber kräftig genug, dass er sich durchs gesamte Mauerwerk übertrug.

104

Linkohr und Nena hatten im chinesischen Restaurant einen sichtlich schockierten Siegler zurückgelassen. Nach einem kurzen Telefonat mit Häberle war der Jungkriminalist mit seiner Freundin zum nahegelegenen Tatort gefahren. Dort stellte er Nena halb ironisch, halb ernst gemeint als seine ›verdeckte Ermittlerin‹ vor und wurde mit ihr zu Häberle vorgelassen. Der Chefermittler war erfreut, Linkohrs Schwarm kennenzulernen, und erläuterte kurz, was ihm der Ravensburger Kollege erklärt hatte. »Wir haben jetzt die siebte Posaune«, beendete er die Schilderungen, während der sie sich auf festen Waldboden zurückgezogen hatten.

»Und welche Schlüsse ziehen wir daraus?«

»Dass der oder die Täter offenbar zum großen Showdown übergegangen sind – sozusagen zu ihrem ureigensten Weltuntergang, den sie selbst inszenieren wollten.«

»Aber das klingt doch nach Psychopathen, oder nicht?«

Häberle nickte. Er knöpfte sich seine Jacke bis oben zu. »Zumindest nach jemandem, der Angst und Schrecken verbreiten will. Die Professorin, die das vorläufig letzte Opfer ist, hat uns aber wohl jede Menge Material hinterlassen.«

»Besser wär's gewesen, wenn sie einen von uns zu ihrem ›Abschlussgespräch‹ eingeladen hätte anstatt dieses Hochschul-Rektors.«

Häberle überlegte kurz, was dies zu bedeuten hatte. »Dass der sich ausgerechnet heute Abend in Waldsee rumtreibt, macht mich allerdings ein bisschen stutzig. Sie nicht?«

»Na ja«, meinte Linkohr, »das war ganz clever von ihr eingefädelt. Ihren Chef und ursprünglich auch ihre Schwägerin Karin Waghäusl wollte sie als neutrale Personen bei einem

Gespräch dabei haben, zu dem sie jemanden gebeten hatte, der ihr schon lang suspekt war.«

»Also nicht nur den Siegler, sondern noch eine dritte Person?«, staunte Häberle.

»So hat es mir Siegler geschildert, nachdem die Nachricht von ihrem Tod vorlag. Sie habe jemanden nach Bad Waldsee in dieses chinesische Restaurant bestellt, um mit dieser Person ›unter Zeugen‹, wie sie sich ausgedrückt haben soll, abzurechnen«, erklärte Linkohr, was Nena mit mehrfachem Kopfnicken bestätigte. »Sie habe dieser Person sogar erfolgreich eine ›Falle‹ gestellt.«

»Und wer war das – Mann, machen Sie's nicht so spannend«, drängte Häberle.

Linkohr zuckte mit den Schultern. »Weiß er nicht. Nicht mal, ob Mann oder Frau.«

»Wie? Das weiß der Siegler nicht? Der fährt einfach nach Bad Waldsee und fragt nicht, wobei er Zeuge sein sollte? Oder mit wem er's zu tun kriegen würde? «

»Extra hingefahren ist er nicht. Er kam von einem Kongress aus Ravensburg-Weingarten. Und der Treffpunkt Bad Waldsee lag nahe, weil die Platterstein dorthin, wie wir wissen, gewisse – na, sagen wir mal – familiäre Beziehungen über ihren Ex-Mann hat und sie außerdem auf der Heimfahrt war.«

»Sie wollen mir also allen Ernstes weismachen, der Siegler lässt sich zu so einem Blind Date bestellen?«, hakte Häberle leicht verstimmt nach, obwohl er dem Professor durchaus zutraute, sich auf so etwas einzulassen. »Ich kann nur wiedergeben, was er mir gesagt hat, Chef.«

Häberle lehnte sich an einen dicken Baum. »Da hat die Platterstein also jemanden in die Enge getrieben, weil sie ihm – oder ihr – dubiose Machenschaften nachgewiesen hat.

Dieser oder diese wiederum hat das offenbar bemerkt und sich ihrer entledigt – wie er oder sie dies wohl über Jahre hinweg auch mit anderen getan hat, die ihm oder ihr zu nahe gekommen sind. Und zum Zeichen, wie ernst es gemeint ist, hat er oder sie sich eines Zeichens bedient, das die Gruppe, der er oder sie selbst angehört, als Symbol für den Weltuntergang sieht – eine Posaune aus der biblischen Apokalypse.«

Linkohr verfolgte Häberles Schlussfolgerungen gespannt. Auch Nena hing fasziniert und gleichermaßen schaudernd an seinen Lippen.

»Aber dazu muss doch die Person über alles informiert gewesen sein«, wandte Linkohr ein.

»Dazu bedarf es nicht viel«, deutete Häberle mit leicht spöttischem Grinsen an. »Manchmal gibt es ganz einfache Mittel und Wege, sich ins Vertrauen von jemandem einzuschleichen.« Er zwinkerte seinem jungen Kollegen zu, ohne dass Nena es merkte.

Linkohr verzichtete auf eine Bemerkung. Stattdessen blieb er sachlich: »Folgt man den Erkenntnissen, die die Ravensburger Kollegen aus Plattersteins Diktiernotizen gewonnen haben, dann geht's jetzt ans letzte Geheimnis, das sie offenbar aufgespürt hat – und zwar in der Blumenhandlung. Allerdings stellt sich mir die Frage, wie die ›Gegenseite‹, falls es so etwas überhaupt gibt, darauf gestoßen ist.«

Häberles Augen blitzten im Blaulicht, das noch immer von dem Tümpel herüberzuckte. »Da war die Karin Waghäusl anfangs sicher eine gute Quelle. Sie war nach dem Tod ihres Mannes, dessen angeblichen Signalen aus dem Jenseits und den Spuren in seine Vergangenheit sehr empfänglich für allerlei seltsame Theorien. Man kann davon ausgehen, dass innerhalb dieser Hüttengruppe auch darüber sehr viel gesprochen wurde.« Er sah erneut Linkohr tief in die Augen. »Und nicht nur in dieser Gruppe«, betonte er dabei. »Auch gegenüber ihrer Tochter Larissa wird sie manches erzählt haben, zumal die Story von einer eingemauerten Vorrichtung zur Erforschung von Gedankenübertragung oder Ähnlichem natürlich den Verschwörungstheorien Tür und Tor öffnet.«

»Sie gehen also davon aus, dass der oder die Täter auch daran interessiert sind?«

»Wer schon so viel riskiert hat, schreckt vor nichts mehr zurück«, resümierte Häberle. »Die Mitwisser sind beseitigt. Jetzt läuft der letzte Akt.«

Linkohr war irritiert. »Wie meinen Sie das?«

»Wie ich es sage«, grinste Häberle. »Jetzt.«

105

Inzwischen waren es schon mehr als zehn Schläge, die durch das Mauerwerk dröhnten. Birgit Landau und ihr Mann hatten ihr Schlafzimmer vorsichtig verlassen, um die Herkunft dieser Geräusche lokalisieren zu können. Doch von hier aus war es nicht festzustellen. Sie hatten Licht gemacht, hatten das Fenster geöffnet, um vom zweiten Stock der Bergseite aus auf die Seitenstraße hinabschauen zu können. Aber im Schein der Straßenlampen war nichts Auffälliges zu erkennen. Nur geparkte Autos, aber keine Menschen, nichts, was die Schläge, die im Abstand von ein bis zwei Minuten das Haus erschütterten, erklären würde. Sie lauschten in die Nacht hinaus, inzwischen war es 2.45 Uhr geworden, und das Morgengrauen auch an diesem Juni-Morgen noch weit entfernt.

Moritz Landau, ein furchtloser großer Mann, ging in den Flur, um das Schloss der Wohnungstür ins Treppenhaus vorsichtig aufzudrehen und sie einen Spalt weit zu öffnen. Als jetzt ein neuerlicher Schlag erfolgte, hatten beide keinen Zweifel mehr daran, dass die Ursache innerhalb des Hauses liegen musste. Seine Frau hatte über seine breiten Schultern hinweg ebenfalls gelauscht und flüsterte ihm ins Ohr: »Ich ruf die Polizei.«

Er zögerte, nickte ihr dann aber zustimmend zu. »Ich geh mal vorsichtig runter.«

»Nein, bitte nicht«, flehte sie ihn flüsternd an.

»Lass mich«, wehrte er ab, warf den Bademantel über, griff sich als Waffe einen stabilen Besen und schritt langsam, ohne Licht anzuknipsen, die Stufen hinab. Durch die Fenster fiel das Licht der Straßenlampen und beleuchtete schwach seinen Weg.

Zitternd und aufgewühlt drückte Birgit Landau am mobilen Teil des Telefons die 110 und hatte nach wenigen Sekunden die Einsatzleitstelle der Polizei am Apparat. Obwohl ihr die Angst den Hals zuzuschnüren drohte, nannte sie schnell Namen und Adresse, um dann ihr Anliegen loszuwerden: »Wir haben einen Einbruch. Im Keller. Unten«, stammelte sie. »Jemand hämmert an der Wand herum.«

»Bleiben Sie in Ihrer Wohnung«, kam die ruhige Stimme eines Polizeibeamten zurück. »Wir sind bereits vor Ort.«

»Sie sind …« Frau Landau konnte ihr Erstaunen nicht verbergen.

»Erklär ich Ihnen später. Sie sagten, jemand sei schon eingedrungen?«

»Jemand schlägt gegen die Wand. Im Keller. Brechen Sie das Holztor an der Talseite auf.«

»Ich habe verstanden«, bestätigte der Beamte und wiederholte eindringlich: »Bleiben Sie in Ihrer Wohnung. Machen Sie sich nicht bemerkbar. Auf keinen Fall.«

»Danke«, atmete Birgit Landau schwer und beendete das Gespräch, um ins Treppenhaus hinauszuhasten, wo ihr Mann inzwischen abwärts verschwunden war. »Moritz!«, rief sie gedämpft. »Moritz!«

Doch er antwortete nicht. Stattdessen dröhnte ein weiterer Schlag durch das Haus. Für einen Augenblick war sie hin- und hergerissen. Sie konnte doch Moritz nicht allein lassen. Sie zögerte, erinnerte sich an die Aufforderung des Beamten, der ihr empfohlen hatte, in der Wohnung zu bleiben. Doch dann entschied sie, ebenfalls nach unten zu gehen.

Ihr Mann hatte bereits den unteren Gewölbekeller erreicht und war damit dem Dröhnen der Schläge deutlich näher gekommen. Er brauchte kein Licht, um sich zu orientieren. Er kannte hier jede Stufe, jedes Hindernis, sodass er sich in der absoluten Dunkelheit vortasten konnte und lediglich darauf achten musste, mit dem Besen nicht anzustoßen und damit unnötige Geräusche zu verursachen.

Ein weiterer Schlag drang jetzt deutlich hörbar aus der Tiefe herauf. Der Schall kam aus dem verliesartigen Schacht, der knapp brusthoch ummauert war und auf dem ein stabiler Gitterrost lag. Er beugte sich darüber, um vorsichtig hinabsehen zu können. Tief unten zeichnete sich das Ende des viereckigen Schachts ab. Dies war nur möglich, weil einer dieser Gewölbekeller schwach beleuchtet war. Dort brannte zweifellos Licht.

Mit ein paar Schritten erreichte er die Treppe, die neben dem Schacht abwärts führte. Hier dröhnten ihm die Schläge noch heftiger und dumpfer entgegen. Es bestand kein Zweifel mehr, dass dort unten jemand mit Hammer und Meißel hantierte. Die feucht-modrige Luft hatte sich bereits mit

Staub vermischt. Mauerwerk bröselte, jemand atmete schwer. Ein weiterer Hammerschlag. Moritz Landau schwitzte, zitterte und spürte seinen Herzschlag in allen Gliedern. Noch konnte er umkehren, abbrechen, auf die Polizei warten und die Gefahrenzone verlassen. Doch etwas in ihm machte ihn zornig – aber auch neugierig. Egal, wer da unten arbeitete. Es musste ein Besessener sein, jemand, der felsenfest davon überzeugt war, dass seine Schläge gegen das Gewölbe nicht auf den oben drauf gemauerten und wesentlich jüngeren Teil des Gebäudes übertragen würden.

Schritt für Schritt schlich Moritz Landau näher und konnte bereits den schwachen Lichtschein erkennen, der aus dem tiefen Kellergewölbe zum Treppenbereich herausschimmerte. Nun waren es nur noch ein paar Tritte, um mit einem Überraschungsangriff diese Person am Kragen zu packen oder ihr mit dem Besenstiel eine überzuziehen. Seine Kräfte, die er in diesem Zustand mobilisieren würde, wären vermutlich ums Vielfache stärker als im Normalfall. Er war entschlossen, gnadenlos zuzuschlagen – ohne Rücksicht darauf, was die Juristen später daraus machen würden. In seinem Haus hatte kein ungebetener Gast etwas zu suchen, schon gar nicht in der Nacht und erst recht nicht hier unten im Keller.

Noch während er dastand, einem weiteren Schlag lauschte und beim Atmen gegen den Staub ankämpfte, ein Husten unterdrückte und sich den Schweiß aus den brennenden Augen wischte, hallte von oben ein furchterregender Schlag an sein Ohr. Holz krachte, irgendetwas explodierte. Gleichzeitig erlosch vor ihm das diffuse Licht, und es kehrte bedrohliche Stille ein.

Moritz Landau drückte sich gegen die kalte Wand, hielt den Atem an und war mit allen Sinnen auf das Schlimmste gefasst. Es schien ihm, als hörte er von oben Schritte. Viele

Schritte. Oder war das eine Täuschung? Kam das von vorn? Ja, auch von vorn, wo bis vor wenigen Sekunden noch ein Lichtschimmer gewesen war, schien sich etwas auf ihn zu zu bewegen. Er drückte sich noch fester gegen die Wand. Er atmete nur flach, bewegte sich nicht, um mit dem Stoff seines Bademantels keine Geräusche zu verursachen. Und schon glaubte er, den warmen Atem von jemandem zu spüren, der sich ganz nah bei ihm befand. Gleich würde es zu der Berührung kommen. Immerhin hatte er dabei den Vorteil, darauf gefasst zu sein, schoss es ihm durch den Kopf. Die andere Person hingegen würde zutiefst erschrecken, ohne Vorwarnung plötzlich auf jemanden zu stoßen. Er überlegte, ob er sich nicht mit einem kräftigen Fußtritt nach vorn diesen Überraschungseffekt zunutze machen sollte.

Was aber, wenn er daneben trat? Ins Leere?

Und was war das oben für ein Geräusch gewesen? War Birgit über etwas gestolpert? War sie in Gefahr? War sie verletzt? Waren womöglich weitere Personen im Haus?

Was, wenn die Person, die jetzt direkt auf ihn zukam und dicht vor ihm stand, ein Messer hatte. Oder eine andere Waffe? Wer so dreist war, mitten in der Nacht in einem fremden Haus zu hämmern, hatte bestimmt keine Skrupel.

Er hatte das Bedürfnis, tief einzuatmen. Wenn er noch länger den Atem anhielt, würde er ersticken oder durch einen Herzschlag tot umfallen. Sein rasendes Herz brauchte Sauerstoff. Er würde es keine 20 Sekunden mehr aushalten.

Die Zeit schien sich ins Unendliche zu dehnen. Wo war denn Hilfe, verdammt noch mal? Birgit hatte doch versprochen, die Polizei zu rufen. Aber seither waren maximal drei oder vier Minuten vergangen. Gefühlt waren es zwei Stunden.

Bis eine Streife kam, lagen sie vermutlich längst in ihrem Blut.

Jetzt würde es gleich geschehen. Jetzt. Die Person war eindeutig direkt neben ihm. Wenn sie noch einen Schritt machte, nur einen einzigen, stieß sie gegen sein Knie oder gegen einen Fuß. Dann war alles vorbei. Für immer und ewig.

106

Häberle, Linkohr und Nena hatten sich von den Ravensburger Kriminalisten verabschiedet, um noch in der Nacht nach Geislingen zurückzufahren.

»Dein Job ist ja richtig spannend«, meinte Nena und legte wieder ihre linke Hand auf Linkohrs rechtes Knie, während sie auf die Schnellstraße Richtung Ulm einbogen und Häberles Wohnmobil folgten.

»Spannend wär gut, wenn's nicht so echt wär«, meinte Linkohr. »Im Krimi sind die Leichen immer nur fiktiv, aber unsere haben ihr Leben wirklich beendet. Das ist der Unterschied zu Büchern und Filmen.«

»Naja, deshalb kann man ja beim Schmökern eines Kriminalromans auch so herrlich mitgruseln, wenn man weiß, es ist ja nicht wirklich jemand umgekommen.«

»Es sei denn, die Geschichten orientieren sich an der Realität«, meinte Linkohr. »Es soll Kriminalromanschreiber geben, die in ihre Geschichten vieles von dem, was irgendwann mal in einem anderen Zusammenhang passiert ist, einfließen lassen.«

»Kommst du denn auch schon in einer vor?«, fragte Nena keck.

Er zog es vor, nichts dazu zu sagen, sondern sich gedanklich mit den Ereignissen der vergangenen Tage auseinanderzusetzen. »Wie denkst du eigentlich über den Siegler? Meinst du, dass der wirklich nur eine Randfigur ist?«

»Och, Mike«, entgegnete sie, »willst du jetzt eine ganz große Kriminalgeschichte draus konstruieren? Der Siegler ist ein grundehrlicher Mensch – jedenfalls schätz ich ihn so ein. Und diese Professorin hat ihn doch nur deswegen in die Sache einweihen wollen, weil sie einen seriösen Zeugen gebraucht hätte.«

»Aber immerhin«, gab Linkohr zu bedenken, »war von allen bisher Beteiligten keiner so dicht an dem Mord von Frau Platterstein dran wie er heute Abend. Und eigentlich – wenn man's genau nimmt – hatte er in Bad Waldsee nicht wirklich etwas zu suchen.«

»Und was ist mit euren anderen Verdächtigen, von denen du mir erzählt hast? Könnte es nicht sein, dass diese Larissa mal schnell nach Bad Waldsee gefahren ist? Oder dieser Finanzjongleur, von dem du mir erzählt hast?«

»Dirk Jensen«, nannte ihn Linkohr beim Namen. »Denkbar wäre alles. Wobei ich aber von Häberle nicht genau erfahren hab, wann er den zuletzt im Tannheimer Tal gesehen hat. Außerdem muss ja nicht jeder, der mit Finanzgeschäften zu tun hat, automatisch gleich ein Krimineller sein.«

Nena grinste, was er jedoch in der Dunkelheit nicht sehen konnte.

»Diese Hüttenbesitzerin, die das wohl alles arrangiert, dort oben in den Bergen – die ist tatsächlich absolut clean?«

»Ich denke schon. Wenn nicht, hätte dies Häberle nicht außer Acht gelassen.« Linkohr staunte, wie Nena alles gespeichert hatte, was er ihr in den vergangenen Tagen erzählt hatte. Ihn überkamen plötzlich Zweifel, ob er nicht allzu redefreudig gewesen war.

»Und wenn es stimmt, dass man Autos fernsteuern kann, dann stellt sich sogleich die Frage, was dieses Apotheker-Ehepaar Fischer gewusst hat«, fuhr sie fort.
Linkohrs innere Stimme mahnte zwar zur Zurückhaltung, aber jetzt konnte er das Gespräch zu diesem Thema nicht einfach abbrechen. »Die Frage stellt sich in der Tat, Nena. Wahrscheinlich hatten die beiden ein sehr enges Verhältnis zu Karin Waghäusl und waren über manches informiert. Genauso wie die anderen, die auf der A7 in den vergangenen Jahren gestorben sind.«

»Er hätte aber am ehesten das Medikament besorgen können, mit der Frau Waghäusl totgestochen wurde.«

»Das ist genau der Punkt«, meinte Linkohr, während die Abzweigung nach Biberach und zum Jordanbad viel zu schnell vorbeiflitzte und er trotzdem Mühe hatte, dem Wohnmobil Häberles zu folgen. »Aber mein Chef ist davon überzeugt, dass es ein misslungener oder ziemlich plumper Versuch war, dem Fischer mit der Spritze unterm Wohnwagen eine Tatbeteiligung unterzujubeln.« Linkohr überlegte. »Nein, nein, Nena, so einfach ist das nicht. Hinter allem steckt jemand, der massives Interesse daran haben muss, dass all das, was Karin Waghäusl und ihre Schwägerin herausgefunden haben, nicht an die Öffentlichkeit gelangt.«

»Und jemand, der über alles genau Bescheid wusste«, ergänzte Nena schnell.

»Uwe Astor«, entgegnete Linkohr.

»Wenn er so heißt, ja. Dass er mit Larissa ein Verhältnis hatte, hast du mir ja erzählt. Und wenn man sich gut kennt, Vertrauen und ein Verhältnis hat, dann erzählt man sich so manches.«

Linkohr fühlte sich ertappt. Er hatte Nena ziemlich viel

von den Ermittlungsergebnissen erzählt. Verbotenerweise, mahnte ihn seine innere Stimme.

Mein Gott, wie leichtsinnig hatte er in den vergangenen Tagen geplaudert! Und wie einfach hätte es sein können, dass sie ihn aushorchte und dieses Wissen missbrauchte. Er verwarf schnell den Gedanken, sie hätte seine Schilderungen irgendeiner Gegenseite zuspielen können.

Nein, Nena war viel zu ehrlich und wollte ganz sicher nichts anderes, als ihre Fantasien ausleben.

»Und was hat das jetzt alles mit dem Weltuntergang im Dezember zu tun?«, fragte sie plötzlich.

»Nichts«, entgegnete er in Gedanken versunken. »Nur, dass sich diese Hüttengesellschaft eben mit allen möglichen grenzwissenschaftlichen Dingen auseinandersetzt – ausgelöst durch dieses seltsame Zeitungsinserat nach dem Absturz von Frau Waghäusls Mann. Damit sind sie eigentlich erst so richtig in die Materie reingeraten – und den Schwindlern auf die Spur gekommen, die mit den Ängsten der Menschen Geschäfte machen. Bis hin zu den sogenannten Geistheilungen in den Intensivstationen von Krankenhäusern.« Linkohr bemerkte, dass es keinen Sinn machte, ihren Fragen auszuweichen. Sie hatten sich schon viel zu sehr mit den Details auseinandergesetzt.

»Ihr meint, dass hinter allem dieser Astor steckt?«

Linkohr brauchte ein paar Sekunden, um vorsichtig in Worte zu kleiden, was er mit Häberle bereits besprochen hatte. »Vieles deutet auf ihn hin. Seine Geschäfte sind sicher nicht ganz astrein, und vieles lässt vermuten, dass er auch diese Werbe- und Kaffeefahrten organisiert. Er könnte auch am Freitagvormittag mit dem Fahrrad zur Seilbahn gefahren sein.« Linkohr überlegte. »Könnte«, wiederholte er, um klarzumachen, dass es nur eine von mehreren Möglichkeiten war. »Aber genauso gut kann es andere Varianten geben. Denn da spielt noch ein weiterer Radfahrer eine Rolle, der in der Nacht zum Samstag zwischen Tannheim und Grän unterwegs war – exakt zu der Zeit, als die ganze Hüttengesellschaft bei Larissa im Hotel war. So hat mir das der Chef geschildert.« Er musste schalten, um an dem Wohnmobil dranzubleiben. Wieder verdrängte er sein schlechtes Gewissen, denn Nena hatte ohnehin schon viel mitbekommen. »Und wenn es stimmt, dass die Professorin auf ihr iPhone etwas diktiert hat, woraus zu schließen ist, dass sie jemandem eine Falle gestellt hat, und wenn man dann noch berücksichtigt, dass sie im Besitz von Schriftstücken war, in denen für Tätigkeiten einer Geistheilerin geworben wird und sogar Honorarforderungen an die Hinterbliebenen von verstorbenen Verwandten gerichtet wurden, dann kann man zumindest eines daraus ableiten: dass sie mithilfe der verstorbenen Tante ihres Ex-Mannes diesem Schwindel mit der Geistheilung auf der Spur war. Möglich, dass sie dem mutmaßlichen Täter beiläufig die schwerkranke Frau als Opfer zugespielt hat. Sozusagen als Köder. Als Falle.«

»Du meinst, sie hat ihn mehr oder weniger direkt darauf hingewiesen, dass diese betagte Dame ein gutes Opfer sein und man für angeblichen übersinnlichen Beistand ein fettes Honorar abzocken könnte?«

»Vielleicht. Und bei diesen Recherchen ist die Professorin dann auf die Familiengeschichte ihres Ex-Mannes gestoßen, in der es einen Mord gegeben hat, in den zufälligerweise – oder wie soll ich mich sonst ausdrücken – wieder ihr eigener Großvater verwickelt sein kann.«

»Zufälligerweise, sagst du«, griff Nena seine Worte auf. »Gibt es denn Zufälle?«

»Ja, wenn man wohl dem folgt, was diese Hüttengruppe

glaubt, so hat es mir jedenfalls mein Chef verklickert, dann gibt es wahrscheinlich keine Zufälle. Dann ist alles in irgendeiner Weise vorherbestimmt oder die zwangsläufige Folge dessen, woran wir glauben und wie wir denken – was wiederum unser Verhalten in der Gegenwart beeinflusst.«

»Das würde bedeuten ...« Nena musste kurz nachdenken. »Ja, das ist genau das, was ich mal gelesen habe: Wir formen unsere Zukunft mit der Macht unserer Gedanken.«

»Schön, wie du das sagst«, staunte Linkohr. Nena war trotz ihrer wilden Fantasien eine einfühlsame Frau.

»Die Frau Waghäusl«, überlegte sie weiter, »hat wohl an solche Vorherbestimmungen und Zeichen aus einer anderen Dimension geglaubt?«

»Ja, vermutlich ging es sogar so weit, dass sie in dem, was ihre Schwägerin – also die Schwester ihres Mannes – in der Folgezeit herausgefunden hat, das Bedürfnis einer unruhigen Seele gesehen hat, die auf Gerechtigkeit aus ist. Obwohl es nicht die Seele ihres Mannes war, die Grund gehabt hätte, keine Ruhe zu finden, sondern die seines Vaters.« Linkohr war froh, dass das Gespräch jetzt in eine andere Richtung ging. »Darüber zu spekulieren, ist müßig«, fuhr er fort. »Auch, was das Motiv für diesen Mord in der Vergangenheit gewesen sein könnte. Und dies alles wird nach so langer Zeit auch keinen einzigen Richter dieser Welt interessieren. Weißt du, Nena, wenn man Schicksale zurückverfolgt, wenn man fragt, warum was wie geschehen ist, dann wirst du immer auf irgendwelche Merkwürdigkeiten stoßen.«

»Ja, Mike, die Welt ist voll von solchen Dingen. Und was ihr macht, ist doch nur, Symptome festzustellen, genau wie die Schulmediziner heutzutage – die reflexartig die Krankheitssymptome mit Chemie glauben bekämpfen zu können, ohne die wahren Ursachen, die komplizierten Zusammenhänge von Körper und Seele zu berücksichtigen.«

Linkohr wollte nichts dazu sagen. Nicht jetzt, nicht in dieser Nacht – und nicht angesichts dessen, was sich womöglich in Geislingen anbahnte.

»Hast du eigentlich schon mal ein übersinnliches Erlebnis gehabt?«, fragte Nena plötzlich.

»Ich?« Er hatte damit nicht gerechnet und war jetzt auch nicht in der Stimmung, darüber zu reden.

»Also doch«, stocherte Nena weiter. »Wenn du zögerst, dann gibt es da etwas. Scheust du dich, darüber zu reden? Meinst du, ich halte dich dann für verrückt?«

Es ging noch ein bisschen hin und her, bis er sich endlich durchrang, etwas zu sagen, was er bisher nur selten jemandem erzählt hatte. »Na ja, es ist schon geraume Zeit her. Ich war zwölf Jahre alt, als meine Großmutter im Sterben lag. In einem Aussiedlerhof auf der Alb.« Er schloss wieder auf das Wohnmobil Häberles auf und versuchte, sich auf das zu konzentrieren, was er schildern wollte. »So ein Aussiedlerhof aus den 60er Jahren, verstehst du? Alles ebenerdig, die Zimmer aneinandergereiht an einem langen Flur, wie in einem Hotel. Im vorderen Bereich hat die junge Familie gewohnt, im hinteren die Großeltern. Alles verbunden mit diesem Flur mit Steinboden.«

Nena lauschte aufmerksam und wollte ihn nicht durch eine Zwischenfrage unterbrechen.

»Es war ein Sonntagnachmittag, die Verwandtschaft im vorderen Bereich, bei den sogenannten Jungen im Esszimmer versammelt; das waren mein Onkel, meine Tante und deren beider Kinder, also mein Cousin und meine Cousine. Dazu der Opa und meine Eltern, denn die kranke Oma war die Mutter meiner Mutter.« Linkohr machte eine kurze Pause. »Es schien so, als ob die Oma nicht mehr lang leben würde. Wir sitzen also dort. Und außerdem muss man wissen, dass sich draußen vor diesem Esszimmer der Zwinger eines wilden, extrem scharfen Schäferhundes über die ganze Giebelseite entlangzog. Der Hund hat, wann immer wir gekommen sind, wie wild gebellt, obwohl er uns längst hätte kennen müssen. Es konnte sich also weder ein Familienmitglied noch irgendein Fremder dem Haus nähern, ohne dass sich der eingesperrte Hund nicht wie verrückt gebärdet hätte. Ja, und so sitzen wir also da, als wir plötzlich alle hören, wie hier im vorderen Bereich des Flures die unverschlossene Haustür deutlich vernehmbar geöffnet und wieder geschlossen wird. In dem Flur hat das richtig gehallt – aber der Hund draußen hat keinen Ton von sich gegeben. Trotzdem waren wir alle davon überzeugt, dass jemand gekommen war. Alle hörten wir Schritte – und darüber haben wir später immer wieder geredet. Es waren Schritte, feste Schritte, wie von einer Ledersohle, deutlich hörbar auf dem Steinboden. Sie näherten sich, von der Haustür kommend, dem Esszimmer, schwenkten dann aber in den langen Flur ab, wo sie sich zum Wohnbereich der Großeltern entfernten. Das ging alles ziemlich schnell. Mein Onkel und meine Tante, auch der Opa, waren der Meinung, da müsse jemand gekommen sein. Man sah sich um und sah sich an – doch es waren alle da, die an diesem Sonntagnachmittag beisammen sein wollten. Eigentlich war es durchaus üblich, dass damals auf dem Land jemand zu Besuch kam, ohne zu klingeln – weil man wusste, dass man die Tür nicht verschloss. Ungewöhnlich war aber, dass jemand kam und gleich in den hinteren Bereich des Hauses ging. Meine Tante jedenfalls sagte, da müsse sie schau'n, wer gekommen sei, stand auf und ging den Flur nach hinten zum Schlafzimmer meiner schwerkranken Oma. Da war zwar niemand, aber sie war zu diesem Zeitpunkt gestorben.«

Nena spürte Gänsehaut.

»Dann hat man gesagt, der Tod sei gekommen. Und nicht mal der Schäferhund hat angeschlagen«, resümierte Linkohr.

107

Birgit Landau hatte von der Treppe aus, die von der Geschäftsetage abwärts führte, dieses Spektakel mitbekommen. Offenbar waren die angekündigten Polizisten tatsächlich schon vor dem Gebäude in Bereitschaft gewesen, ohne zu ahnen, dass sich längst jemand Zutritt verschafft hatte. Die Frau war zu Tode erschrocken und zitterte am ganzen Leib, denn noch konnte sie nicht wissen, dass eine Spezialeinheit der Polizei mit Brachialgewalt eingedrungen war und übersehen hatte, dass bereits vor ihnen jemand das ebenerdige Tor auf der Talseite aufgebrochen hatte. Im grellen Blitz einer Blendgranate hatte sie Männer herbeieilen sehen, die in Kampfoveralls gekleidet und mit riesigen Schutzhelmen ausgerüstet waren. Plötzlich war es wieder dunkel und still. Die Männer standen offenbar wie erstarrt, bis eine starke Halogenlampe den Raum erhellte.

Birgit Landau hatte sich kreidebleich zwischen Gartengeräte und einige dahängende Kleidungsstücke gezwängt. Ihre Augen weit aufgerissen, das Gesicht von blankem Entsetzen gezeichnet, das logische Denken blockiert. Nichts von alledem, was gerade um sie herum geschehen war, ergab für sie einen Sinn. Ihre Stimmbänder waren wie gelähmt, sie war außerstande, Worte zu formen.

Einer der martialisch gekleideten Männer kam langsam auf sie zu. »Keine Angst«, sagte er ruhig. »Darf ich fragen, wer Sie sind?«

»Ich bin Frau Landau«, stammelte sie. »Ich hab Sie angerufen.«

Der Mann verzichtete auf eine weitere Befragung, sondern wollte nur wissen: »Wo geht's lang?«

Die Frau deutete verschüchtert zu der Steintreppe, die hinab zum ersten Gewölbekeller führte. »Dort … dort ist …« Mehr konnte sie nicht mehr sagen. Denn ein ohrenbetäubender Schrei gellte aus der finsteren Tiefe zu ihnen herauf.

Die Frau fühlte sich einer Ohnmacht nah. All ihre Gliedmaßen schienen wie abgestorben zu sein. Sie war nicht mehr in der Lage, sich dem lähmenden Entsetzen zu entziehen, das sich ihrer jetzt vollends bemächtigt hatte. Dass der Schrei einer weiblichen Kehle entfahren war, hatte sie in diesem Augenblick der Panik gar nicht mehr zur Kenntnis nehmen können. Sie hatte nur Angst. Angst um Moritz. War er jetzt tot?

Die Männer in ihren Kampfanzügen stürmten die Treppe hinab.

Dass draußen auf der Bahnhofstraße eine dunkle Limousine mit österreichischem Kennzeichen langsam an der Blumenhandlung vorbeifuhr, hätte im Normalfall kein Aufsehen erregt. Doch die beiden Männer, die in einem am Straßenrand geparkten BMW saßen, nahmen es interessiert zur Kenntnis. »Guck mal«, sagte der zivile Beamte auf dem Beifahrersitz und deutete auf den Wagen, der soeben vorbeifuhr. Rasch notierte er das Kennzeichen, griff zum Funkmikrofon und bat um eine Halteranfrage. Bei ausländischen Fahrzeugen würde dies etwas länger dauern.

Der Fahrer des Wagens, den sie im Visier hatten, konnte nicht ahnen, dass er soeben einen Einsatzort der Polizei passiert hatte. Nichts deutete auf das Geschehen in den tiefen Gewölbekellern neben der Straße hin. Das Spezialeinsatzkommando, abgekürzt SEK, war bestens darin geübt, unauffällig in Erscheinung zu treten. Ihre zivilen Fahrzeuge hatten die Beamten in mehreren angrenzenden Straßen abgestellt – und ihr Auftreten erfolgte derart diskret, dass kein einziger Nachbar Verdacht schöpfte, es könnte etwas Außergewöhnliches geschehen. Dem SEK gehörten Männer und Frauen an, die für die extremsten Situationen ausgebildet waren, die das schier Unmögliche möglich machten, deren Aufgaben erst dort begannen, wo Streifendienst und Kriminalisten an ihre Grenzen stießen. Dieser Einheit standen technische Mittel zur Verfügung, die sie nur ungern oder überhaupt nicht der Öffentlichkeit präsentierten. Manches von dem, was in alten James-Bond-Filmen noch für Science-Fiction gehalten wurde, zählte längst zu ihrem Alltag. Jeder Verbrecher, der sich dessen bewusst war, müsste ehrlicherweise erkennen, dass er gegen eine solche Mannschaft keine Chance hatte.

Das eingespielte Team arbeitete in dieser Nacht Hand in Hand mit dem Mobilen Einsatzkommando, kurz MEK, dessen technische Ausstattung jener des SEK in nichts nachstand – im Gegenteil, sie war, was Observation und Telekommunikation anbelangte, noch weitaus raffinierter und effektiver. In dieser Nacht war ein Teil dieser Einheit nach Geislingen beordert worden, um das Umfeld der Blumenhandlung weiträumig zu überwachen. Beamte lungerten, getarnt als türkische Migranten, in einer Seitenstraße herum und hatten dabei alles, was sich um sie herum bewegte, unauffällig im Blickfeld. Ein anderer war als Taxifahrer unterwegs und bewegte sich stets abrufbereit durchs Stadtgebiet. Und ein junges Pärchen, das im Eingangsbereich des nahen Shopping-Centers ›Nel Mezzo‹ knutschte, waren ein Polizist und eine Polizistin, die diese Aufgabe im wahrsten Sinne des Wortes liebend gern übernommen hatten. Mit winzigen Mikrofonen, die in ihrer Kleidung versteckt waren, und über kleine Knopfohrhörer hielten sie alle den Kontakt zu ihrer Einsatzzentrale, die sich in einem äußerlich total vergammelten Kastenwagen befand, der auf dem Parkplatz des Alb-Elektrizitätswerks stand.

»Zielobjekt auf B10 Richtung Stuttgart eingebogen«, wurde ein Beamter in dieser fahrbaren Leitstelle über Kopfhörer informiert. Sie hatten sich entschlossen, den österreichischen Mercedes der E-Klasse unter die Lupe zu nehmen. Der Beamte gab die Information an ein Observierungsfahrzeug weiter, das für die weitere Verfolgung am günstigsten positioniert war. Die Besatzung bestätigte: »Wir übernehmen.« Nun galt es, die Fahrtroute durchzugeben, um nach einigen Kilometern ein anderes Auto einzusetzen. Je häufiger die Verfolger wechselten, umso weniger würde die sogenannte Zielperson Verdacht schöpfen.

»Wieso fährt der an dem Blumenladen vorbei?«, stutzte der Mann mit den Kopfhörern im Einsatzwagen. Sein junger Kollege, der für die Dokumentation zuständig war, zuckte mit den Schultern. »Vielleicht hätte sich seine Kontaktperson melden sollen.« Nach kurzem Überlegen meinte er: »Möglich, dass in der Wohnung dort jetzt Licht brennt – und im Treppenhaus. Die Frau, die sich über Notruf gemeldet hat, wird ganz sicher einige Lampen angeschaltet haben. Das hat den Plan vermutlich durcheinandergebracht.«

»Könnte sein. Das fällt natürlich auf. Womöglich hat da einer Lunte gerochen und hält uns jetzt zum Narren.«

Der Mercedes fuhr mit normaler Geschwindigkeit, wie die

Verfolger meldeten, in Richtung Göppingen, bog vor Süßen links auf das neu gebaute Teilstück der B10 ein und preschte dann mit Vollgas davon. »Wir lassen uns zurückfallen«, kam eine Stimme aus den Kopfhörern und Lautsprechern. »Verstanden«, bestätigte der Beamte im Kastenwagen. Sein Kollege behielt die Strecke auf einer Landkarte im Auge, die auf einem Monitor dargestellt wurde.

»Wir haben an der Umgehungsstraße Göppingen beim Möbelhaus Rieger ein Fahrzeug stehen«, erklärte der Einsatzleiter, »dort wechseln wir.«

»Verstanden«, kam es zurück, und auch die Besatzung des angesprochenen Ablösefahrzeugs bestätigte.

Unterdessen traf im Leitstellen-Kastenwagen die Meldung über den Besitzer des Mercedes ein: »Hochsteinhof, Tannheim, Österreich, Inhaber Peter und Larissa Pladler.«

Jetzt schaltete sich Specki in den Funkverkehr ein: »Verfolgen«, ordnete er laut und aufgeregt an. »Dran bleiben. Unbedingt.«

Bereits eine halbe Minute später sorgte die verfolgte Person für eine neuerliche Überraschung. »Er hat den Blinker gesetzt«, meldete ein MEK-Beamter. »Er verlässt die Umfahrungsstraße beim Möbelhaus Rieger.«

»Verstanden.« Der Einsatzleiter hakte bei dem bereitstehenden Ablösefahrzeug nach. »Gut«, kam es zurück. »Wir richten uns darauf ein.«

Der Mercedes verließ die B10, umrundete in der Ausfahrtsschleife einen Teil des Möbelhauses, bog in einen großen Kreisverkehr ein und verließ ihn bereits an der ersten Ausfahrt wieder – in Richtung Heiningen. Sein Weg führte ihn genau am Areal der Bereitschaftspolizei vorbei, wo das SEK Baden-Württemberg stationiert war. »Der dreht ab zur Autobahn«, stellten seine Verfolger fest. Die Einsatzleitung positionierte weitere Fahrzeuge an der Strecke zur A8-Anschlussstelle Aichelberg. Jene, die im Großraum Geislingen in Wartestellung gewesen waren, jagten jetzt durchs Voralbgebiet in Richtung Autobahn.

Rund zehn Minuten später hatte der schwarze Mercedes tatsächlich am Fuß der Schwäbischen Alb die A8 erreicht, um dort die Einfahrt Richtung Ulm/München zu nehmen. Inzwischen waren seine Verfolger zweimal ausgetauscht worden.

Kurz nachdem er auf der Beschleunigungsspur bergaufwärts verschwunden war, bog ein neues Fahrzeug in die Autobahn ein, um an ihm dranzubleiben. »Der fährt wieder zurück«, kommentierte der junge Kollege im Kastenwagen in Geislingen die Richtungsänderung. »Offenbar hat er bemerkt, dass was schief gelaufen ist. Ich wette, der fährt ins Tannheimer Tal zurück.«

Feine Nebelschwaden lagen in den Senken der Hochfläche. Dennoch war die Sicht gut genug, sodass die Spezialisten des MEK ausreichend Abstand halten konnten und kein weiteres Fahrzeug brauchten. Bei Nacht konnte man eine Zielperson relativ unauffällig observieren, sich mal zurückfallen lassen und dann wieder aufholen.

Vorsorglich beorderte der Einsatzleiter ein weiteres Fahrzeug zur Autobahnanschlussstelle Ulm-West. Diese Aufgabe übernahmen Kollegen, die in Geislingen bereits an ihm dran waren. Auch die Ulmer Polizei war inzwischen eingeschaltet. Denn falls der Mercedes tatsächlich ins Allgäu zurückfuhr, musste damit gerechnet werden, dass er die Abkürzung über die B10 durch Ulm nahm, anstatt auf der Autobahn bis zum Elchinger Dreieck weiterzufahren und auf diese Weise die Verknüpfung zur A7 zu nehmen. Wer sich auskannte, mied diesen Umweg und fuhr auf der vierspurigen B10 durch Ulm hindurch, um erst im Illertal, beim Hittistetter Dreieck, die Autobahn ins Gebirge zu benutzen.

Sehr schnell sollte sich zeigen, dass der Mercedes-Fahrer genau nach diesem Muster handelte. »Er verlässt die Autobahn«, meldete der Verfolger. Gleich hinter der Abfahrt übernahm ein anderes Fahrzeug die Verfolgung. Es war unweit der Anschlussstelle, bei der Dornstadter Jet-Tankstelle entlang der B10 in Warteposition gewesen.

In der Leitzentrale im Kastenwagen war inzwischen auch die Meldung eingegangen, dass in einer halben Stunde mit dem Eintreffen von Kommissar August Häberle zu rechnen sei. Er nähere sich, von Bad Waldsee kommend, Ulm. Seine gegenwärtige Position sei Laupheim.

Häberle hatte sich per Handy von der aktuellen Situation unterrichten lassen und gleich darauf mit Specki telefoniert, der seit Stunden in der Göppinger Direktion ausharrte und gemeinsam mit Kripo-Chef Thomas Kurz die Einsätze von SEK und MEK koordinierte und inzwischen Kontakt mit dem zuständigen Polizeipräsidium Schwaben Süd/West in Kempten aufnahm. »Ich schlage einen Zugriff vor«, sagte Häberle, dessen Jeanshemd schweißnass geworden war. Er hielt entgegen aller Bestimmungen sein Handy ans Ohr gepresst und steuerte sein Wohnmobil konzentriert auf der vierspurigen Straße auf Ulm zu. Im Rückspiegel sah er, dass ihm Linkohrs Polo stets mit gleichbleibendem Abstand folgte.

»Wir können davon ausgehen, dass der Kerl über Neu-Ulm und Senden zur A7 fährt«, stellte Häberle fest und sah auf die Uhr im Armaturenbrett. Es war inzwischen 3.45 Uhr und bald würde der Morgen grauen. »Was haltet ihr von der Ausfahrt Senden? Beim Möbelhaus Inhofer? Er braucht schätzungsweise knapp 15 Minuten von Dornstadt bis dorthin. Schaffen wir das?«

»Ein Teil unserer Kräfte ist im Raum Ulm«, meldete Specki und ergänzte gleich: »Wir ziehen dort weitere zusammen und versuchen, Ulm und Neu-Ulm einzubeziehen.«

»Dann werd ich auch dort sein. Ausfahrt Senden in Richtung Süden«, erklärte er und beendete das Gespräch. Während er überlegte, wie er von der B 30 möglichst schnell in Richtung Kempten-Füssen abbiegen konnte, fingerte er zwischen den Speichen des Lenkrads an seinem Handy, um Linkohr anzurufen.

Noch bevor sich der junge Kriminalist im Polo hinter ihm meldete, musste Häberle den Blinker setzen, um der auftauchenden Beschilderung zur A7 zu folgen. Schließlich hörte er eine weibliche Stimme. Es ist wohl Nena, dachte er und meldete sich. »Passen Sie auf«, begann er ohne Begrüßungsfloskeln. »Sagen Sie Ihrem Freund Mike, er soll an mir dranbleiben. Unser Ziel ist die Anschlussstelle Senden. Senden, ja – Senden«, wiederholte er, weil die junge Frau es nicht aufs erste Mal verstand. »Schon mal was von dem Möbelhaus gehört? Ja – genau dort. Einfach mir nachfahren.«

»Und dann?«, fragte Nena aufgeregt zurück.

»Nichts und dann«, gab Häberle zurück. »Dann ist Schluss. Ende. Letzter Akt.« Er drückte die rote Aus-Taste.

108

Birgit Landau war noch immer nicht fähig, das Geschehen um sie herum zu realisieren. Die Männer hatten sich katzenähnlich zu dem Kellerabgang geschlichen – in den Händen kurzläufige Waffen, die ihr bisher gar nicht aufgefallen waren.

Sie stürmten hinab, als habe es ein geheimes Kommando gegeben. Noch einmal wildes Geschrei. Frau Landau schloss die Augen und hoffte inständig, dass kein Schuss fallen würde. Bitte kein Schuss – hämmerte es in ihrem Kopf. Nur Schreie, Kommandos, dazwischen eine Frauenstimme.

War es wirklich eine Frauenstimme? Erst jetzt wurde Birgit Landau bewusst, dass sie schon einmal den Schrei einer Frau wahrgenommen hatte.

Stille. Es war vorbei. Die Frau löste sich aus der Verkrampfung. Ihre Knie zitterten, Tränen standen ihr in den Augen. Sie näherte sich vorsichtig dem Treppenabgang zum ersten Gewölbekeller, wo ihr drei Polizisten entgegen kamen. »Alles okay«, beruhigte einer von ihnen. »Bleiben Sie bitte oben.« Wo aber war Moritz, ihr Mann?

109

Häberle war richtig abgebogen. Elf Kilometer hinter Neu-Ulm verließ er die als Autobahn ausgewiesene B28, die als Zubringer zur A7 diente, an der Anschlussstelle Senden. Vor der Abbiegespur waren auf dem Pannenstreifen bereits Polizeifahrzeuge mit baden-württembergischem und bayrischem Hoheitskennzeichen postiert. Die Beamten würden dort mit ihrem Equipment, das sie stets an Bord ihres Kastenwagens hatten, eine Vollsperrung inszenieren, wie sie nach einem Unfall durchaus üblich war, und den Verkehr zur Staatsstraße ausleiten, die durch Senden südwärts führte und hier Kemptener Straße hieß. Das würde zu dieser frühen Stunde an einem Mittwochmorgen keine allzu große Behinderung darstellen und nicht gleich den Argwohn der Zielperson erwecken.

Der Zugriff, so hatten es Göppingens Kripo-Chef Kurz und die Kripo-Bereitschaft aus dem zuständigen Präsidium in Kempten angeordnet, musste dann eine kurze Wegstrecke weiter auf der breiten Kreuzung mit der Ulmer Straße erfolgen, direkt vor dem Möbelhaus Inhofer. Vermutlich, so überlegte Häberle, der mit seinem Wohnmobil rechts in die Ulmer Straße einbog und vor dem hell erleuchteten Komplex des Möbelhauses parkte, würde es keine große Aktion geben. Wer immer in dem österreichischen Mercedes saß: er war allein. Daran hatten die Verfolger keinen Zweifel. Linkohr, der seinen Polo hinter dem Wohnmobil angehalten hatte, war inzwischen mit Nena ausgestiegen. »Du bleibst bitte hier«, sagte er, worauf die junge Frau folgsam stehen blieb, während er mit dem Chefermittler zur Kreuzung ging, wo Häberle beim Vorbeifahren den dort stehenden bayrischen Kollegen zugewinkt hatte. Sie stellten sich gegenseitig vor. »Kommen Sie denn grad aus dem Urlaub?«, fragte einer der Uniformierten irritiert.

»Haben Sie eine Ahnung«, grinste Häberle. »Man kann's allenfalls neudeutsch als ›Adventure‹-Urlaub bezeichnen oder ›Survival-Weekend‹.« Dass es Freizeitangebote für Abenteurer und Überlebenskünstler gab, hatte er schließlich bei seinem letzten Fall zur Genüge erkennen müssen. »Wo ist unser ›Freund‹?«, fragte er, um das Thema zu wechseln.

»Hat sich bei der Umleitung in Ulm Zeit gelassen«, berichtete ein anderer Uniformierter. »Wir haben dort doch gerade eine Brückensanierung. Der Verkehr muss sich dran vorbeiquetschen. Der Mercedes ist grad erst über die Donau.«

Häberle erinnerte sich an die Baustelle, die er am Sonntag bei der Fahrt ins Allgäu passiert hatte. Er wollte etwas sagen, wurde jedoch vom elektronischen Ton seines Handys davon abgehalten. Es war Specki. »Der Zugriff in Geislingen war erfolgreich. Wir haben sie.«

»Sie?«, wiederholte Häberle ungläubig. »Was heißt ›sie‹?«

»Wie ich sage, August. Eine ›sie‹, eine Frau. Und weißt du, wer das Geheimnis aus dem Gewölbekeller raushämmern wollte?«

Pause. Häberle wurde ungeduldig. »Ich hab jetzt keine Lust auf ein großes Ratespiel.«

»Die feine Dame aus der Chefetage. Aleen Dobler-Maifeld.«

Häberle verzichtete auf einen Kommentar. Er musste seine Gedanken zuerst ordnen, doch dazu blieb jetzt keine Zeit. »Okay«, sagte er knapp. »Und was hat sie rausgehämmert?«

Specki zögerte. Er hatte mit einer anderen Reaktion des Chefermittlers gerechnet. »Natürlich keine Gespenstermaschine, August, sondern nur ein paar Knochen. Angesengte Knochen, wie es scheint.«

»Knochen«, wiederholte Häberle. »Menschliche?«

»Wir gehen davon aus.« Specki verzichtete auf den Hinweis, dass dies zu klären Aufgabe eines Gerichtsmediziners sei. Stattdessen fragte er zurück: »Und wie weit seid ihr mit eurem Uwe Astor?«

Häberle brummte etwas Unverständliches und drückte die Aus-Taste. Womöglich hatten sie sich bei ihren Ermittlungen in die falsche Ecke manövrieren und von den seltsamen Vorstellungen dieser Hüttengesellschaft anstecken lassen.

Häberle stand gedankenversunken an der Ampel. Ein paar Hundert Meter entfernt stellten Uniformierte auf der vierspurigen B28 mit wenigen Handgriffen Warnbaken und gelbe Blinklichter auf, dazu ein riesiges weißes Schild mit schwarzer Schrift: ›Unfall‹ und das rot umrandete runde Verkehrszeichen ›Gesperrt für Fahrzeuge aller Art‹. Ein ebenso überdimensioniertes blaues Schild mit weißem Pfeil nach rechts wies auf die vorgeschriebene Fahrtrichtung, nämlich den vierspurigen Autobahnzubringer zu verlassen. Hundert Meter vorher war ein Streifenwagen mit zuckendem Blaulicht abgestellt – exakt so, als sei tatsächlich im weiteren Verlauf der Autobahn ein Unfall geschehen.

Die ausgeschilderte Umleitung führte am Ende der Ausfahrt zur Verknüpfung mit der vorbeiführenden Staatsstraße nach Senden und dann auf die hell beleuchtete Kreuzung mit der Ulmer Straße zu. Die dortige Ampel leuchtete rot. Nichts Außergewöhnliches. Dass es die Einsatzleitung auf Dauer-Rot gestellt hatte, würde niemand ahnen. Auch der gesuchte Mercedes-Fahrer nicht.

Er würde zwar bei der Annäherung an die Ausleitung einen mächtigen Schreck bekommen, dann jedoch arglos der angeblichen Umleitung folgen und an dieser roten Ampel anhalten. Für die versteckten Einsatzkräfte war es dann ein Leichtes, ihn zu überwältigen.

Als einige unbeteiligte Autofahrer zwangsläufig ebenfalls der Umleitung gefolgt waren, ließ der Einsatzleiter, der mit Häberle und Linkohr auf der Ulmer Straße in einem Zivilwagen saß und von dort aus die Kreuzung im Blickfeld hatte, die Ampel kurz auf Grün springen, um sie sofort wieder auf Rot zu stellen.

Das Zielobjekt, so wurde schließlich von einem Verfolgerfahrzeug gemeldet, näherte sich. »Er bremst ab«, schilderte die Stimme im Lautsprecher, »er bremst und setzt artig den Blinker. Es sieht nicht so aus, als ob er misstrauisch geworden wäre.«

Häberle nickte stumm. Sie warteten gespannt, bis sich die Scheinwerfer auf der Kemptener Straße näherten. Ein einzelnes Auto. »Das ist er«, meinte Linkohr. Der Mercedes wurde langsamer und rollte nun auf die rote Ampel zu. Die Bremslichter leuchteten auf, der Mercedes kam zum Stillstand. Dies war der Moment, auf den die Einsatzkräfte hinter geparkten Autos und Werbeschildern gewartet hatten. Wie aus dem Nichts tauchten sie mit den Waffen im Anschlag aus dem Zwielicht der Straßenlampen auf und huschten lautlos von allen Seiten auf den Mercedes zu. Gleichzeitig preschte ein VW-Bus mit Blaulicht über die Kreuzung und blockierte die Weiterfahrt. Ein aufflammender Halogen-Scheinwerfer hüllte den Mercedes in gleißendes Licht. Eine Lautsprecherstimme hallte über die Kreuzung: »Verlassen Sie das Fahrzeug mit erhobenen Händen.«

Die Polizisten standen regungslos, die Waffen im Anschlag.

Noch bewegte sich nichts. Dann ließ der aufleuchtende Rückfahrscheinwerfer befürchten, dass der Mann im Mercedes ein Ausweichmanöver nach hinten versuchte. Doch von dort kamen bereits zuckende Blaulichter auf ihn zu. Der Mercedes stoppte und schoss plötzlich ruckartig nach vorn. Der Fahrer hatte Vollgas gegeben – jetzt offenbar wild entschlossen, notfalls auch einen Blechschaden zu riskieren.

Erst als mehrere Warnschüsse hallten und die Mündungsfeuer bedrohlich aufblitzten, schien dem Mann die Aussichtslosigkeit seiner Lage bewusst zu werden. Er bremste den Wagen bis zum Stillstand und blieb sitzen. Nichts rührte sich, als die Einsatzfahrzeuge vollends an ihn heranrückten und mehrere Waffenmündungen auf den Mercedes gerichtet waren. »Steigen Sie aus«, schnarrte eine Lautsprecherstimme über die Kreuzung. Um zu verhindern, dass sich unbeteiligte Autofahrer nähern konnten, war die Umleitung bereits wieder aufgehoben und dafür die Staatsstraße gesperrt worden.

Häberle und Linkohr verfolgten das Geschehen vom Wagen der Einsatzleitung aus. »Der hat keine Chance mehr«, brummte der Chefermittler.

»Er kommt raus«, meldete eine Stimme aus dem Lautsprecher, um ein paar Sekunden später hinzuzufügen. »Wir haben ihn.«

Häberle gab Linkohr ein Zeichen, ihm zu folgen. Sie verließen den Kastenwagen und eilten zur Kreuzung.

Im grellen Licht des Polizeischeinwerfers erkannten sie, wie Beamte einen Mann, dessen Hände auf den Rücken gefesselt waren, nach Waffen durchsuchten.

»Ich werd verrückt«, entfuhr es Häberle, der seine Schritte beschleunigte. »Das …«, er rang sichtlich nach Worten, »das ist gar nicht Astor …«

110

Als der Sommermorgen bereits graute, hatte Linkohr seine Freundin zu ihrem Auto gefahren, das sie an der Göppinger EWS-Arena abgestellt hatte. Sie würde sich für diesen Tag krankmelden und versprach, nach einigen Stunden Schlaf anzurufen. »Es ist unglaublich aufregend mit dir«, sagte sie, drückte ihm einen Kuss auf die Wange und stieg in ihren kleinen himmelblauen Mazda.

Linkohr jedoch hätte jetzt kein Auge zutun können. Er fuhr zur Polizeidirektion, wo Häberle, Specki und Kripo-Chef Kurz bereits mit starkem Kaffee auf ihn warteten.

»So eine Überraschung hab ich selten erlebt«, gestand Häberle, nachdem sie sich erschöpft im Besprechungszimmer niedergelassen hatten, während draußen das Licht des neuen Tages bereits durch die Fenster drang. »Wir waren viel zu sehr auf Astor fixiert«, konstatierte er. »Weil wir ihm als Organisator von diesen dubiosen Werbefahrten alles zugetraut haben – und weil er sich an die Larissa herangemacht hat. Es hat alles so wunderbar zusammengepasst, wie ein Mosaik.« Er lehnte sich in den ächzenden Stuhl zurück. »Und jetzt also Jensen. Dirk Jensen.«

»Ein dicker Fisch, wie es aussieht«, tröstete Kurz. »Da geht's nicht um Heizdecken, Magnetmatten oder Ähnliches, sondern um Finanzderivate und all diese abenteuerlichen Anlagegeschichten, mit denen die Welt an den finanziellen Abgrund gedrängt wurde. Der Jensen ist ein globaler Finanzhai, davon bin ich überzeugt. Im Lauf des Tages erfahren wir sicher mehr.«

»Was sagt er denn?«

»Er will zuerst mit seinem Anwalt sprechen. Ist ja klar.«

Häberle kannte derlei Strukturen aus früheren Fällen. Doch damals hatten nur vergleichsweise kleine Betrüger irgendwelche geldgierigen Kleinanleger aufs Kreuz gelegt. Was hingegen in den vergangenen Jahren weltweit lief, überstieg das Vorstellungsvermögen eines jeden Laien. Wahrscheinlich gehörte Jensen zu denen, die bei ihrem Job dem Größenwahn verfallen waren und mit Spekulationen und dubiosen Finanzwetten mit dazu beigetragen hatten, die Welt ins Chaos zu stürzen. Und wer ihm mit Beginn der Finanzkrise auf die Spur kam, wurde gnadenlos aus dem Weg geräumt.

»Nur die immensen Summen, die vermutlich auf dem Spiel standen, erklären sein skrupelloses Vorgehen«, resümierte

Häberle. Er war davon überzeugt, dass die verunglückten Autos mit funkferngesteuerten Apparaturen gegen Brückenpfeiler gelenkt oder von Viadukten gestürzt worden waren. »Womöglich stammte die Giftspritze und deren Inhaltsstoff doch aus den Regalen des Apothekers. Vielleicht hat der seinem Freund mal diesen Gefallen getan – und jetzt, nach diesem Wochenende, ist ihm die Sache zu heiß geworden und er wollte aussteigen. Dies würde auch erklären, dass er gleich gar nicht zur Hütte raufgegangen ist«, überlegte der Chefermittler. »Und ganz sicher ist dem Jensen auch der junge Mullinger suspekt vorgekommen – und zwar bereits in der ersten Nacht, als dieser mit der Dobler-Maifeld zusammengetroffen war.« Häberle seufzte: »Für die Staatsanwaltschaft wird's noch viel zu ermitteln geben – vorausgesetzt, die Herrschaften sind bereit, auch in elitären Kreisen nachzubohren.«

Nach einer kurzen Pause fuhr Häberle fort: »Vermutlich hat sich Karin Waghäusl im Umgang mit Jensen getäuscht. Der hat sich zwar nach dem Tod ihres Mannes rührend um sie gekümmert, doch waren seine Interessen wohl eher monetärer Natur. Wie möglicherweise all der anderen auch, die den Ermittlungen zufolge zumindest einen Teil ihrer Bankgeschäfte über die österreichische Exklave Jungholz abgewickelt haben.«

»Und welche Rolle spielte die Dobler-Maifeld nun wirklich?«, holte Linkohr seinen Chef aus den Gedanken zurück, in die er ein paar Sekunden lang verfallen war.

»*Sie* ist die Geistheilerin, über die wir so lang gerätselt haben. Sie war mit ihrem Job völlig überfordert und hat sich im Zustand ihres Burn-outs ein neues Standbein schaffen wollen. Letztendlich war sie aber nicht mehr in der Lage, Realität und irrationale Wunschbilder voneinander zu unterscheiden. Denken Sie an das, was ihr Nachbar berichtet hat.« Häberle räusperte sich. »Vieles deutet darauf hin, dass sie unter gewissen Wahnvorstellungen und Persönlichkeitsstörungen leidet. Dies alles dürfte dazu geführt haben, dass sie jetzt wie besessen nach dem vermeintlichen Supergerät gesucht hat. Nach den Todesfällen der vergangenen Tage hat sich dieser Drang verstärkt, zumal sie bemerkt haben dürfte, dass man auch ihr auf der Spur war.« Der Chefermittler runzelte die Stirn. »Aber es ist kaum anzunehmen, dass Jensen, der Realist, an die Existenz einer solchen Apparatur geglaubt hat. Deshalb dürfte die zwanghafte Suche danach allein ihrem Gehirn entsprungen sein. Allerdings«, überlegte Häberle, »halte ich es für denkbar, dass sie zumindest bei ihren Geistheilungen auf Jensens organisatorische Unterstützung vertrauen konnte.«

»Sie meinen, die beiden …?«

»… ergänzten sich zumindest«, unterbrach Häberle seinen jungen Kollegen. »Ich geh davon aus, dass all die Dokumente, die uns vorliegen und mit denen Zahlungen an ein Konto der Western Union Bank gehen sollten, von ihr stammen. Vermutlich hat ihr Jensen aus seinem Kundendatenstamm die Adressen alter Menschen besorgt, die für Geistheilung empfänglich sein könnten.«

»Und für die Ängste vor dem Weltuntergang«, ergänzte Kurz und strich sich über seinen Dreitagebart.

»Einen Hang zu spirituellen Dingen haben sie sicher alle. Was nichts Schlechtes ist – ganz im Gegenteil. Nur wenn es krankhaft wird, kann es groteske Formen annehmen.« Häberle nahm einen kräftigen Schluck Kaffee. »Die Dobler-Maifeld ist meines Erachtens ein Fall für den Psychiater. Denn sie konnte doch nicht im Ernst erwarten, dass sie in diesem Gewölbekeller eine Gedankenübertragungsapparatur finden würde.« Er überlegte. »Ich könnte mir denken, dass Jensen nicht gerade drüber erbaut war, dass sie ausgerechnet jetzt unbedingt das Ding holen wollte. Vielleicht hat er auch erst gestern Abend davon erfahren und ist deshalb Hals über Kopf heut Nacht nach Geislingen gekommen. Vermutlich hat er sich von Larissa das Geschäftsauto des Hotels geben lassen. Zur Tarnung.«

»Aber eingemauert war ja was«, gab Kurz zu bedenken. »Knochen. Angekohlte Knochen.«

»Dafür gibt's eine ziemlich irdische Erklärung«, entgegnete Häberle. »Alfred Platterstein, ein Mitarbeiter der früheren Weinhandlung und Vorfahre von Professorin Plattersteins verstorbenem Mann, wurde von Georg Waghäusl ermordet, mitten in den Kriegswirren. Und dieser Waghäusl war der Vater des mit dem Flugzeug abgestürzten Mario Waghäusl.«

»Also auch der Vater von Professorin Platterstein, die ja Marios Schwester ist«, ergänzte Linkohr, damit auch Kurz die Zusammenhänge erkannte. »Die Aufzeichnungen von diesem Mario haben letztlich das Karussell in Gang gesetzt. Sein schlechtes Gewissen, das sein Vater quasi auf ihn übertragen hat, förderte einen unglaublichen Zufall zutage«, machte der junge Kriminalist weiter: »Dass beide Familien ein schreckliches Geheimnis verbindet.«

Häberle ergänzte: »Hätten die sich nicht alle nach Mario Waghäusls Tod in dieser Gruppe zusammengefunden, wäre dieses Karussell nie angestoßen worden. Als aber Frau Waghäusl die Machenschaften ihres anfangs guten Freundes Jensen durchschaut hat, weil sie durch ihn möglicherweise viel geerbtes Geld verloren hat, trat ihre Schwägerin, die Professorin, in Erscheinung und deckte mehr auf, als man zunächst erwartet hatte. Sie kam den dubiosen Geistheilungen der

Dobler-Maifeld auf die Spur und stellte ihr geschickt eine Falle – wie wir wissen, mit der todkranken Irene Rattinger. Dass dabei noch ein mögliches Verbrechen aus Kriegszeiten aufgedeckt wurde, darf getrost als Zufall bezeichnet werden.« Häberle gähnte und meinte: »Ich bin mal gespannt, welche Überraschung uns noch die Diktate auf Plattersteins iPhone bringen.«

111

Dr. Joachim Beier, der Unfallforscher, war mit großer Begeisterung der Bitte Grantners gefolgt, den total demolierten Mercedes des Ehepaars Fischer zu untersuchen. Das Fahrzeugwrack lag in einer Werkstatthalle in Reutte. Beier und drei seiner Mitarbeiter machten sich in akribischer Kleinarbeit über den völlig zerstörten Wagen her, an dem die beiden vorderen Türen von den Rettungskräften aufgehebelt worden waren, um die toten Insassen zu bergen. Zwei Stunden später hatten die Sachverständigen die zerbrochenen oder deformierten Überreste unzähliger Kleinteile fein säuberlich aufgereiht, dazwischen Kabel, Steckverbindungen und jede Menge elektronische Vorrichtungen.

Als Grantner auftauchte, gab sich Beier wie immer siegessicher: »Hier schau'n S' her, Herr Oberinspektor«, führte er ihn zu einigen Teilen, die separat auf einer Folie lagen. »Hier hab'n S' Ihren Beweis.«

Grantner hatte tiefe Augenringe. »Ich seh nur an Hauf'n Schrott«, brummte er.

»Aber es ist genau das, was ich vermutet hab'. Schau'n S'

nur«, begeisterte sich Beier, der den Kriminalisten um Haupteslänge überragte. Er deutete auf die zerbrochenen, beieinanderliegenden Teile eines schwarzen Plastikgehäuses, das im Originalzustand knapp größer als eine Zigarettenschachtel gewesen war. »Das Ding war im Motorraum drin, wo es aber nicht hingehört. Auch wenn der Mercedesstern drauf ist.«

Grantner ging in die Hocke, um die Objekte genauer sehen zu können. Beier tat es ihm nach und nahm einige Teile nacheinander in die Hand. »Ein Steuergerät, hochkomplex natürlich und nicht von einem Bastler gemacht. Es war ans Bordnetz angeschlossen. Damit wurde die ganze Technik gesteuert, versteh'n S'?«

Grantner war auf ein solches Ergebnis gefasst gewesen, nachdem ihm Häberle von dem Gespräch mit Beier berichtet hatte.

»Das funktioniert ferngesteuert«, erklärte der hochkarätige Sachverständige. »Wenn das da drüb'n auf der Brücke passiert ist, hat der Täter das Auto gut beobachten und im richtigen Moment runterstürzen lassen können.«

Die beiden Männer erhoben sich wieder. »Im Normalfall finden S' so ein Ding in diesem Schrotthaufen nicht«, erklärte Beier, um dezent auf die Leistungen seines Instituts hinzuweisen. »Sie schöpfen keinen Verdacht, wenn Sie das Mercedes-Logo drauf sehen. Die meisten denken dann, es gehöre zum Auto dazu. Schau'n Sie doch, wie viel elektronisches Zeug es da gibt. Hier«, er deutete auf ein Objekt, das auf einer anderen Folie lag, »das ist zum Beispiel das Airbagsteuergerät.« Beier blieb einen Moment geradezu andächtig vor den Überresten des sezierten Autos stehen. »Bei einer normalen Begutachtung fällt das keinem Sachverständigen auf. Da müssen S' schon den Auftrag ham, ganz konkret danach zu suchen.«

Grantner wollte lieber nicht darüber nachdenken, bei wie vielen merkwürdigen Unfällen so etwas schon übersehen worden war. Bei den drei tödlich Verunglückten auf der A7 vermutlich auf jeden Fall.

112

Auch Häberle war an diesem Donnerstagvormittag übermüdet. Nach einem kurzen Frühstück mit Susanne hatte er sich wieder auf den Weg zur Polizeidirektion gemacht. Dort begrüßte ihn ein gut gelaunter Linkohr, der ihn gleich mit einer Fülle von Information überhäufte. »Die Kollegen haben Jensens Haus auf den Kopf gestellt und kistenweise Akten und Datenträger sichergestellt«, berichtete er und zog sich einen Stuhl an Häberles Schreibtisch heran. »Das hier dürfte das Kurioseste sein«, Linkohr deutete auf eine offene Schachtel, »der restliche Inhalt eines kleinen Pakets von einem Versandhaus, das allerlei Krimskrams vertreibt: Drei silberne Posaunen, geeignet als Schmuckanhänger für Halsketten.«

Häberle grinste. »Die wird er jetzt nicht mehr brauchen.«

»Das Wichtigste wird aber noch einige Zeit in Anspruch nehmen, bis man's ausgewertet hat«, fuhr Linkohr fort und sortierte seine Blätter. »Der Herr Jensen hat in der globalen Finanzwelt kräftig mitgemischt – wohl dank seiner vielfältigen Beziehungen in die Schweiz und an die Wall Street in New York.« Aus Häberles eher gelangweilter Reaktion bemerkte Linkohr, dass sein Chef offenbar mit so etwas gerechnet hatte. »Aber jetzt kommt's«, versuchte er deshalb dessen Aufmerksamkeit zu steigern. »Beim ersten flüchtigen Durchsehen sind die Kollegen auf die Namen unserer drei Toten von der A7 gestoßen. Alle scheinbar Kunden, die ihm größere Geldbeträge anvertraut hatten. In einem Fall …«, Linkohr musste wieder in seinen Aufzeichnungen nachsehen, »… waren es 2,76 Millionen Euro. Das war der Tote aus Flensburg, ein Bauunternehmer.«

»Und ich wette, das Geld ist alles irgendwie über Jungholz und sonstige steuerschonende Umwege in die Schweiz oder sonst wo hin geflossen«, brummte Häberle.

»Und vermutlich dort versickert«, grinste Linkohr. »Beziehungsweise im Zuge der Finanzkrise verzockt worden.«

»So sieht es aus«, bekräftigte Häberle. »Denn als mit der weltweiten Krise seine Anleger kalte Füße gekriegt haben, dürfte es für ihn ziemlich eng geworden sein.«

Häberle lehnte sich zurück. »Aber einer wie der findet Mittel und Wege, diese Probleme auf seine Art zu lösen.«

»Ferngesteuerte Unfälle«, nickte Linkohr, der sich die interessanteste Nachricht wie immer bis zuletzt aufgehoben hatte: »Und was glauben Sie, wer den Unterlagen zufolge ihm auch einen großen Betrag anvertraut hat?«

Häberle entschied, den Kollegen zu verblüffen: »Lassen Sie mich raten. Ich würd' sagen, die Karin Waghäusl.«

Linkohr verkniff sich seinen Lieblingssatz.

113

Jensens beharrliches Schweigen dauerte nur bis zum Spätnachmittag. Seiner aussichtslosen Situation schien er sich erst bewusst geworden zu sein, nachdem ein Richter des zuständigen Ulmer Amtsgerichts einen Haftbefehl wegen des Verdachts des Mordes in mindestens fünf Fällen ausgestellt hatte. Wenig später führte Jensen ein ausführliches Gespräch mit einem Münchner Anwalt und entschied sich angesichts der bereits erdrückenden Beweislage für ein Geständnis.

Am frühen Abend fuhr Häberle in die Untersuchungshaftanstalt, die sich in einem düsteren Backsteingebäude hinter dem trutzig anmutenden historischen Komplex des Ulmer Landgerichts versteckte. Nach den üblichen Zugangskontrollen wurde der Chefermittler in einen kahlen Besprechungsraum geführt, in dem Rechtsanwalt Udo Hollbacher und sein Mandant Dirk Jensen bereits auf ihn warteten.

Die drei Männer nahmen um einen hölzernen Tisch Platz, auf dem Hollbachers Akten lagen, die zum Großteil aus ausgedruckten E-Mails und mit der Hand beschriebenen Zetteln bestanden. Jensens Gesicht wirkte im grellen Licht zweier Leuchtstoffröhren fahl und beinahe leblos. Die Ereignisse der vergangenen Stunden hatten nichts mehr von dem Strahlen eines wortgewandten und selbstbewussten Mannes übrig gelassen.

»Herr Jensen hat sich zu einem Geständnis entschlossen«, sagte Hollbacher und legte seine hohe Stirn in Falten, wie dies Anwälte immer tun, wenn sie sich mit Fakten auseinandersetzen müssen, die keinen Spielraum für Ausflüchte lassen.

Häberle nickte ernst. »Das ehrt Sie«, sagte er, an Jensen

gewandt. Dass sie sich so schnell an diesem Ort gegenübersitzen würden, hatte keiner von ihnen für möglich gehalten.

Jensen sah auf die Tischplatte, ohne eine Regung zu zeigen.

»Mein Mandant hat mich beauftragt, Ihnen gegenüber eine Erklärung abzugeben«, fuhr Hollbacher sachlich fort und nahm ein beschriebenes Blatt Papier zur Hand. »Er räumt ein, Frau Karin Waghäusl am Vormittag des vergangenen Donnerstags an der Seilbahn in Tannheim abgepasst, sich zu ihr in die Gondel begeben und ihr eine tödliche Injektion gesetzt zu haben.«

Jensen schloss die Augen, als wolle er an diese Szene nicht mehr erinnert werden.

»Herr Jensen«, fuhr Hollbacher fort, »ist zuvor mit einem im Hotel Hochsteinhof entliehenen Fahrrad auf den Wirtschaftswegen bei Tannheim umhergefahren, um den Anschein zu erwecken – falls er gesehen werden würde – ein ganz normaler Radler zu sein. Er hat zunächst vorgehabt, nach der Seilbahnbergfahrt sofort wieder zu Fuß ins Tal zurückzugehen, um mit dem am Parkplatz deponierten Fahrrad zu verschwinden. Doch nachdem ihn an der Bergstation niemand so richtig zur Kenntnis genommen habe, sei er gleich zu der Hütte weitergegangen.« Die monotone Stimme des Rechtsanwalts hörte sich an, als schildere er einen ganz normalen Vorgang. »Er hat Frau Waghäusls Rucksack mitgenommen, um zu verhindern, dass man sie mit den darin enthaltenen Papieren sofort würde identifizieren können. Und um sich unkenntlich zu machen, hatte sich Herr Jensen einen künstlichen Bart angeklebt, den er zusammen mit dem Rucksack den Steilhang hinabgeworfen hat.«

Häberle lauschte, ohne sich Notizen zu machen. Er würde die Erklärung ohnehin schriftlich bekommen.

»Herr Jensen räumt ferner ein«, machte Hollbacher weiter, »am Abend des vergangenen Sonntags den Herrn Jonas Mullinger in der Landsberger Hütte angesprochen und zu einem Gespräch im Freien überredet zu haben. Anlass für diese Aussprache sei ein Telefonat gewesen, das Mullinger in der Nacht zuvor belauscht hat. Herr Jensen musste befürchten, dass Mullinger zufällig von Dingen erfahren hatte, die zu strafrechtlichen Konsequenzen hätten führen können. Es kam zu einer handgreiflichen Auseinandersetzung, in deren Verlauf Herr Mullinger unglücklich abgestürzt ist.«

»Und dann ist Herr Jensen bei Nacht zum Vilsalpsee abgestiegen – mit Taschenlampe?«

»Genau so ist es.«

Häberle musste an die Schilderungen eines Zeugen denken, der behauptet hatte, am Steilhang ein Irrlicht gesehen zu haben. »Jetzt würden mich aber die Hintergründe von dem allem interessieren«, fuhr er fort.

»Ich komme gleich drauf«, erwiderte der Anwalt. »Im Falle des Herrn Mullinger ging es um Tätigkeiten der Frau Dobler-Maifeld, die umgangssprachlich als ›Geistheilung‹ bezeichnet werden. Herr Jensen räumt ein, Frau Dobler-Maifeld darin Beihilfe geleistet zu haben. Über einen längeren Zeitraum hinweg hat Frau Dobler-Maifeld geistheilende Kräfte vorgetäuscht und sich das Vertrauen von Schwerkranken oder deren Angehörigen erschlichen, um Honorare berechnen zu können. Mein Mandant legt aber Wert auf die Feststellung, dass dies in keinem Fall mit Hilfe oder Duldung von Klinikpersonal erfolgt sei.« Der Anwalt räusperte sich. »Dieses Vorgehen der Frau Dobler-Maifeld sei aus dem Gesprächskreis über – nennen wir es mal – außergewöhnliche Wahrnehmungen entstanden, nachdem sie sich selbst berufsbedingt nervlich sehr angeschlagen gefühlt habe.« Der

Jurist kniff die Augen zusammen und sah Häberle streng an: »Unter uns gesagt, die Dame bedarf dringend fachärztlicher Hilfe. In der vergangenen Nacht hat sie sich mit ihrer Aktion im Weinkeller vollends in ihre abstruse Vorstellungswelt verrannt.«

»Und Frau Platterstein im Steinacher Ried?«, fragte Häberle vorsichtig, während Jensen noch immer mit meist geschlossenen Augen dasaß und jetzt zu zittern begann.

»Das hat nichts mit Herrn Jensen zu tun«, wurde der Jurist energisch. »Wir gehen davon aus, dass Frau Platterstein unter Hinweis auf die sogenannten Geistheilungen Frau Aleen Dobler-Maifeld zu einer Aussprache treffen wollte, dabei von ihr abgepasst und umgebracht wurde.«

»Und danach ist Frau Dobler-Maifeld Hals über Kopf nach Geislingen gefahren, um im Kellergewölbe ein angebliches Supergerät zu suchen?«

»So vermuten wir das«, antwortete Hollbacher schulterzuckend. »Wie gesagt, ihre Wahnvorstellungen, die von beruflichem Stress und ihrem Burn-out-Syndrom getragen sein dürften, haben sich zunehmend verschlimmert, sagt Herr Jensen.«

»Entschuldigen Sie«, entgegnete Häberle, »aber Sie spekulieren nur über das Motiv von Frau Dobler-Maifeld. Wie steht es mit den Motiven Ihres Mandanten?«

»Auch dazu macht er selbstverständlich Angaben und bestätigt, was die bisherige Beweislage erbracht hat. Er bestreitet nicht, dass er kraft seiner Möglichkeiten, die er weltweit hat, mit hohen Beträgen spekuliert und die Anleger auch über die Risiken unterrichtet hat. Diese allerdings – und allen voran ganz aktuell Frau Karin Waghäusl – unterstellten ihm plötzlich, Millionenbeträge veruntreut zu haben, ja, sie haben sogar gedroht, ihn deswegen anzuzeigen.« Der Anwalt nahm ein neues Blatt zur Hand, um sich an die wörtlichen Angaben seines Mandanten halten zu können. »Mein Mandant sah sich von seinen Auftraggebern zu Unrecht in die Enge getrieben, zumal die Gelder, die man ihm anvertraut hatte, auch nicht legal erworben beziehungsweise nicht versteuert worden waren. Schließlich ging es um seine Reputation, um seinen guten Ruf, den er seit Jahren international genießt.«

Häberle wollte dies nicht kommentieren. Für einen Mord konnte es keinerlei Entschuldigung geben. »Auch Herr Fischer war demnach einer, der ihm gefährlich werden konnte«, stellte er fest.

Hollbacher zögerte und wich aus. »Herr Fischer hat meinem Mandanten das Remifentanil besorgt. Schon vor einigen Wochen. Herr Jensen legt aber Wert auf die Feststellung, dass Herr Fischer den eigentlichen Zweck nicht kannte. Herr Jensen betont, er habe den Wunsch nach diesem Mittel damit begründet, es zur Einschläferung einer Katze zu benötigen. Nach dem Vorfall vom Freitag hat Herr Fischer meinem Mandanten telefonisch Vorwürfe gemacht, konnte ihm aber nichts anhaben, ohne sich selbst einer Straftat bezichtigen zu müssen – nämlich wegen der Herausgabe dieses Mittels.«

»Daraufhin«, konstatierte Häberle, »hat Herr Jensen auf geschickte Weise den Fischer einschüchtern wollen, indem er ihm in der Nacht zum Samstag, als er mit den anderen von der Hütte ins Tal gefahren ist, die Spritze untern Wohnwagen gelegt hat. Wie wir wissen, hat er eine Zeitlang den ›Hochsteinhof‹ verlassen. Zeit genug, um als geübter Radler, der er ist, mit einem dort herumstehenden Fahrrad mal schnell nach Grän rüberzufahren. Ein Zeuge, der in einer Pension nicht schlafen konnte, hat jedenfalls einen Radler beobachtet.« Der Anwalt nickte, während Jensen jetzt zur weiß getünchten Wand starrte.

»Um die nervösen Geldanleger auszuschalten, kam ihm die Idee mit den ferngesteuerten Autos«, machte Häberle weiter.

»Herr Jensen räumt dies ein und will nichts beschönigen. Er hat sich rumänischer Techniker bedient, die sich darauf spezialisiert haben, solche Vorrichtungen an geparkten Autos anzubringen. Im Falle des Mercedes' des Ehepaars Fischer ist dies in den Nachtstunden geschehen, als das Fahrzeug außerhalb des Campingplatzes abgestellt war.«

»Und wer hat das Auto von der Brücke stürzen lassen?«, fragte Häberle, während Jensen mit geschlossenen Augen tief einatmete.

»Das war Herr Jensen«, antwortete der Anwalt. »Er hat gestern im Bereich dieser Brücke in Reutte gewartet und die Fernbedienung betätigt, als Fischers Mercedes auftauchte.«

»Und die Unfälle auf der A7 – in den vergangenen drei Jahren?«

Der Jurist blätterte in seinen Akten und erwiderte emotionslos. »Auch die werden eingeräumt.«

Häberle ließ ein paar Sekunden verstreichen. Ihm schien, als sei Jensen geistig in eine andere Welt entrückt. »Diese Schmuckstücke – diese Posaunen – sollten zur Einschüchterung dienen ...«, überlegte Häberle.

»Herr Jensen räumt ein, sich diese Schmuckstücke besorgt zu haben, nachdem Frau Waghäusl ein ähnliches von ihrem verstorbenen Mann erhalten hatte, und diese Posaunen dann zufälligerweise beim letztjährigen Treffen dieser Hüttenfreunde eine Rolle gespielt hätten. Als Zeichen für den Weltuntergang. Er hat sie über einen Internetversand den anderen sozusagen anonym zukommen lassen. Übrigens auch der Frau Dobler-Maifeld. Na ja«, wich der Anwalt von seinen Aufzeichnungen ab, »es war wohl zunächst nur ein Gag.

Die Herrschaften haben die Dinger ja wohl auch als solches betrachtet oder als ein Zeichen von Verbundenheit verstanden und sie, wie den Akten zu entnehmen ist, bisweilen stolz getragen.«

Häberle wollte dies nicht kommentieren. »Herr Jensen musste am Wochenende aber befürchten, dass ihn seine angeblichen Freunde durchschaut hatten.«

»Durchschaut oder nicht. Vieles deutete darauf hin, dass Frau Waghäusl und ihre Schwägerin zu einem Schlag gegen ihn ausholen würden. Er musste davon ausgehen, dass sich die Lage zuspitzen würde. Der E-Mail-Verkehr und Telefonate hatten dies befürchten lassen. Karin Waghäusl, mit der ihn einst ein freundschaftliches Verhältnis verband, war eindeutig die treibende Kraft.«

»Und deshalb«, resümierte Häberle, »musste alles schnell gehen. Daher blieb keine Zeit mehr, ihr Auto zu manipulieren.«

Aleen Dobler-Maifeld war auf richterliche Anordnung in die psychiatrische Klinik nach Bad Schussenried gebracht worden. Mit Erleichterung hatten die Kriminalisten unterdessen die Meldung entgegengenommen, wonach die Falkensteins wohlbehalten im Tessin angekommen waren und Astor tatsächlich – wie die Recherchen ergaben – einen geschäftlichen Termin als Moderator und Organisator einer Werbefahrt in Kassel hatte.

Zwei Ermittler, die sich inzwischen die langen Diktate von Professorin Platterstein angehört und einige Passagen auf die Festplatte eines Computer kopiert hatten, berichteten an diesem späten Abend von den Inhalten. »Sie hätte die perfekte Detektivin sein können«, konstatierte ein junger Beamter im Kreis der Kollegen, zwischen denen auch ein erschöpfter Häberle und Linkohr Platz genommen hatten. »Sie hat alles, aber wirklich alles, auf ihr Gerät gesprochen. Sogar, dass sie im Hallenbad des Campingplatzes den jungen Mullinger beobachtet hat, weil sie ihn zuvor schon in der Hochschule observiert hat, nachdem sie von ihrer Schwägerin Karin erfahren hatte, dass er übers Internet auf die Gruppe gestoßen war.« Er blätterte in seinen Aufzeichnungen. »Wollt ihr's hören?«

Häberle schüttelte müde den Kopf. »Berichten Sie weiter.«

»Sie war wohl am Freitag auch kurz in der besagten Hütte und hat sich dort als Wandererin ausgegeben, um nach dem Weg zu fragen. Sie hat diktiert: ›Ich wollte sehen, wer in der Hütte war. Namentlich kannte ich außer dem jungen Mullinger niemand. Da waren noch zwei Frauen und ein Mann mittleren Alters, bei dem es sich vermutlich um Dirk Jensen handelte.‹«

»Und was gibt's konkret zu dem?«, interessierte sich Häberle.

»Sinngemäß wird Jensen mehrfach als ›der Verräter‹ bezeichnet. Am Samstag hat sie festgehalten, es gäbe nun Beweise für seine Millionenbetrügereien. Sie habe sogar seine Kontonummer bei der Volksbank in Jungholz ausfindig gemacht. Die Nummer ist draufgesprochen.« Der Beamte blätterte weiter. »Am Sonntagmittag hat sie diktiert: ›Am Dienstag ist Aleen dran. Ich habe jetzt so viele Beweise gesammelt, dass nur sie die Geistheilerin sein kann, sodass der Termin mit Siegler am Dienstag, 20 Uhr, beim Chinesen in Bad Waldsee stattfinden kann. Er soll bei dem Treffen mein neutraler Zeuge sein.‹« Der Ermittler fügte an: »Es hört sich so an, als habe sie vorsorglich alles festgehalten, falls ihr etwas zustoßen sollte. Deshalb hat sie noch am Dienstag –

um 17.03 Uhr – diktiert: ›Bin schneller als erwartet bereits in Leutkirch. Werde noch einen Spaziergang machen.‹ Bei der nächsten Aufzeichnung um 17.28 Uhr wird ihre Stimme hastig: ›Aleen hat mich verfolgt. Sie parkt vor mir.‹ Danach gibt es keine Aufsprachen mehr.«

»Ich denke, der Rest ist bekannt. Auch wenn die Dobler-Maifeld momentan noch schweigt. Sie hat die Mitwisserin beseitigt. Und mit diesem Schmuckstück, das sie urprünglich von Jensen erhalten hatte, von sich ablenken wollen«, resümierte Häberle.

Der Kriminalist am Computer klickte auf eine weitere Audio-Datei. »Auch das ist interessant«, sagte er, worauf die Frauenstimme aus dem Lautsprecher drang: »Den Falkenstein hab ich am Donnerstagabend ziemlich erschreckt. Denn die Posaune, die man mir letzte Woche zugeschickt hat, habe ich ihm an den Wohnwagen gehängt. Bin mal gespannt, ob ich jemals erfahre, wie er reagiert hat.«

»Darüber hätten wir noch lang rätseln können«, meinte Linkohr. »Aber die Spritze hat sie in derselben Nacht nicht auch noch unter Fischers Auto gelegt?«

Häberle lächelte. »Sicher nicht. Woher hätte sie denn die Rückstände dieses Nervengifts gehabt? Nein, das war Jensen. Das hat sein Anwalt inzwischen erklärt.«

»Aber der war doch nachts auf dem Berg in der Hütte«, zweifelte Linkohr.

»Eben nicht. Die ganze schöne Gesellschaft ist nach gewissen Unstimmigkeiten bei Nacht und Nebel irgendwann runtergefahren – was den Mullinger morgens ziemlich verwundert hat. Jensen hat sich dabei ein Zeitfenster geschaffen, um mit einem Fahrrad auf den Campingplatz rauszufahren.«

»Dazu hätte er wissen müssen, wo genau der Wohnwagen Fischers steht.«

»Hat er, Herr Kollege«, trumpfte Häberle auf. »Jensen hat bereits am Donnerstagabend dort einen Besuch abgestattet. Das hat er höchstpersönlich dem Oberinspektor Grantner erzählt.«

»Darf ich noch mal?«, unterbrach der Kriminalist am Computer den Dialog.

»Ich bitte darum«, ermunterte ihn Häberle.

»Aus den vielen Diktaten dieser Dame hab' ich noch eines, das ihr euch auch im Original anhören solltet. Er klickte mit der Maustaste an seinem Computer, sodass sich das Audio-Programm öffnete und Frau Plattersteins ruhige Stimme ertönte: »Auch wer alles, was geschieht, als Zufall abtun will, kommt nicht umhin, über manches nachzudenken, was uns bei unseren Nachforschungen aufgefallen ist. Wer hätte es schon für möglich gehalten, dass sich der Kreis um meine Familie und die meines verstorbenen Mannes auf derart dramatische Weise schließt? Ich habe nämlich herausgefunden, dass uns nicht nur ein tragisches Geschehen aus der Kriegszeit vereint, sondern auch ein Flugzeugabsturz: Ernest Frohberger, der Pilot der verunglückten Swissair-Maschine war ein Schulfreund meines Mannes. Und wäre Dirk Jensen an jenem Tag nicht geschäftlich in New York aufgehalten worden, wäre auch er unter den Opfern gewesen und uns vieles erspart geblieben.«

Betretenes Schweigen machte sich breit. »Das wäre der Stoff für einen Krimi«, meinte Linkohr in Anlehnung an Nenas gestrige Bemerkung.

Kurz räusperte sich. »Nur wird's leider keiner mehr lesen.«

»Wieso nicht?«

»Bis das geschrieben wäre, ist die Welt untergegangen.« Er grinste. »Denk an den 21. Dezember. Wer jetzt im Juni noch anfängt, Romane zu schreiben, muss ein großer Optimist sein.«

»Aber ich sag euch, Leute«, gab sich Kurz hoffnungsfroh. »Es wird weitergeh'n. Man darf sich bloß von den ewigen Miesmachern nicht unterkriegen lassen. Nicht Weltuntergangsstimmung ist gefragt, sondern der behutsame Umgang mit unserem Planeten, der so paradiesisch sein kann.«

Häberle nickte zustimmend. »Allerdings«, meinte er süffisant, »war's für den Kollegen Linkohr und mich der dreizehnte Fall. Aber wir wollen ja nicht abergläubisch sein, oder?«

Linkohr freute sich auf ein paar freie Tage – und auf Nena. Und falls die Welt im Dezember unterging, machte es Sinn, das Leben noch in vollen Zügen zu genießen. Vielleicht würde er doch mit ihr nach Mexiko fliegen.

ENDE

Danksagung

Mein Dank gilt allen, die mir bei der Recherche zu diesem Buch behilflich waren und mir wertvolle Tipps gegeben haben – dazu gehören insbesondere (in alphabetischer Reihenfolge):

Prof. Dr. Jochen Buck, Yi Gong Fan, Falko Friesecke, Siegfried Götz, Kerstin Jöhren, Elmar Maronn, Dr. Frank J. Reuther, Paul Rimml, Dr. Walter Schlittenhardt sowie Prof. Dr. Werner Ziegler. Außerdem bedanke ich mich bei unzähligen Polizeibeamten und Juristen, die mir Einblick in ihre Arbeit gaben.

Ohne die vielen Gesprächspartner, die mit großer Bereitschaft meine Fragen beantwortet haben, wäre es unmöglich gewesen, die Handlung realitätsnah zu gestalten.

Letztlich aber trägt eine Person ganz besonders zum Gelingen bei: Meine Lektorin Claudia Senghaas, die mit großer Geduld und viel Einfühlungsvermögen die Häberle-Krimis von Anfang an begleitet.